CB143015

O Rancho

Obras da autora publicadas pela Editora Record

Acidente
Agora e sempre
A águia solitária
Álbum de família
Amar de novo
Um amor conquistado
Amor sem igual
O anel de noivado
O anjo da guarda
Ânsia de viver
O apelo do amor
Asas
O beijo
O brilho da estrela
O brilho de sua luz
Caleidoscópio
Casa forte
A casa na rua Esperança
O chalé
Cinco dias em Paris
Desaparecido
Um desconhecido
Desencontros
Doces momentos
Entrega especial
O fantasma
Final de verão
Forças irresistíveis
Galope de amor
Honra silenciosa
Imagem no espelho
Jogo do namoro
Jóias
A jornada
Klone e eu
Meio amargo
Mergulho no escuro
Momentos de paixão
Um mundo que mudou
Passageiros da ilusão
Pôr-do-sol em Saint-Tropez
Porto seguro
Preces atendidas
O preço do amor
O rancho
Recomeços
Relembrança
Resgate
O segredo de uma promessa
Segredos de amor
Segredos do passado
Tudo pela vida
Uma só vez na vida
Vale a pena viver
A ventura de amar
Zoya

DANIELLE STEEL

O RANCHO

Tradução de
MIRIAM GROEGER

7ª EDIÇÃO

EDITORA RECORD
RIO DE JANEIRO • SÃO PAULO

2008

CIP-Brasil. Catalogação-na-fonte
Sindicato Nacional dos Editores de Livros, RJ.

Steel, Danielle, 1948-
S826r O rancho / Danielle Steel; tradução de Miriam
7ª ed. Groeger. – 7ª ed. – Rio de Janeiro: Record, 2008.

Tradução de: The ranch
ISBN 978-85-01-04970-4

1. Ficção norte-americana. I. Groeger, Miriam.
II. Título.

98-1088 CDD – 813
CDU – 820(73)-3

Título original norte-americano
THE RANCH

Copyright © 1997 by Danielle Steel

Todos os direitos reservados. Proibida a reprodução,
no todo ou em parte, através de quaisquer meios.

Direitos exclusivos de publicação em língua portuguesa para o Brasil
adquiridos pela
EDITORA RECORD LTDA.
Rua Argentina 171 – Rio de Janeiro, RJ – 20921-380 – Tel.: 2585-2000
que se reserva a propriedade literária desta tradução

Impresso no Brasil

ISBN 978-85-01-04970-4

PEDIDOS PELO REEMBOLSO POSTAL
Caixa Postal 23.052
Rio de Janeiro, RJ – 20922-970

EDITORA AFILIADA

Para Victoria e Nancy,
amigas especiais e preciosas,
irmãs de coração,
que me fazem rir,
seguram minha mão quando choro,
e estão sempre, sempre, sempre
prontas a me dar apoio.

Com todo o meu amor,
d.s.

Capítulo 1

Em qualquer outro supermercado, a mulher andando pelos corredores de prateleiras, empurrando um carrinho entre a seção de enlatados e de condimentos *gourmet*, teria parecido estranhamente deslocada. Tinha cabelos castanhos impecavelmente penteados até os ombros, uma pele bonita, enormes olhos castanhos, uma figura esbelta, unhas pintadas com perfeição, e vestia um costume de linho azul-marinho que parecia ter sido comprado em Paris. Usava sapatos de salto alto e uma bolsa Chanel azul-marinho, e tudo em relação a ela era um primor. Poderia ter fingido com facilidade que nunca estivera num mercado antes, mas parecia surpreendentemente à vontade ali. Na verdade, ela quase sempre parava no Gristede's, na Madison Avenue com a Rua Setenta e Sete, a caminho de casa. Sua empregada fazia a maior parte das compras, mas de um modo estranhamente antiquado. Mary Stuart Walker preferia fazer as compras ela mesma. Gostava de cozinhar para Bill quando ele chegava em casa à noite, e os dois nunca tinham tido uma cozinheira, nem mesmo quando os filhos eram menores. Apesar de sua aparência impecável, ela gostava de cuidar da família e de cada pequeno detalhe pessoalmente.

O apartamento deles ficava na Rua Setenta e Oito com a Quinta Avenida, e tinha uma vista esplêndida do Central Park. Viviam lá há quinze dos quase vinte e dois anos de casamento. Mary Stuart mantinha a casa com um aspecto impressionante. Os filhos às vezes zombavam dela em relação a como tudo sempre estava tão "perfeito", como a aparência e a colocação de todas as coisas tinham de estar exatamente corretas, e era fácil acreditar que ela fosse assim. Só em observá-la, dava para perceber facilmente que era um tanto compulsiva a esse respeito. Mesmo às seis horas de um entardecer quente de junho, em Nova York, após seis horas de reuniões, Mary Stuart acabara de retocar o batom, e não tinha sequer um fio de cabelo fora do lugar.

Ela escolheu dois bifes pequenos, duas batatas para assar, aspargos frescos, algumas frutas e iogurte, lembrando-se com extrema facilidade dos dias em que o carrinho de compras andava abarrotado de guloseimas para as crianças. Embora sempre fingisse desaprovar, não conseguia resistir à tentação de comprar as coisas que os filhos viam na televisão e lhe pediam. Mimá-los um pouquinho era um pequeno prazer nessa vida. Satisfazer seus desejos de comer cereal com sabor de goma de mascar era tão importante para eles que nunca conseguia encontrar uma razão para se recusar a comprá-lo e forçá-los a comer um cereal saudável, mas que eles detestariam.

Como a maioria das pessoas de sua classe em Nova York, ela e Bill esperavam muito de seus filhos, um alto padrão para tudo, notas quase perfeitas, habilidades atléticas impressionantes, total integridade, princípios morais elevados. Como resultado, Alyssa e Todd eram bonitos, inteligentes e brilhantes em todos os sentidos, destacando-se dentro e fora da escola, e, basicamente, eram pessoas muito decentes. Bill os provocara desde pequenos, dizendo-lhes que esperava que fossem filhos perfeitos, e que, de fato, ele e sua mãe estavam contando com isso. Quando completaram dez e doze anos, Alyssa e Todd suspiravam sempre que ouviam aquelas palavras. Mas havia mais do que um pouco de verdade naquele discurso, e eles sabiam disso. O que seu pai de fato queria dizer era que eles tinham de fazer absolutamente o melhor possível dentro e fora da escola, desempenhar-se no máximo de suas capacidades, e mesmo que nem sempre fossem bem-sucedidos, tinham de tentar com determinação. Era uma expectativa muito grande em relação a qualquer pessoa, mas Bill Walker sempre estabelecera padrões altos, e eles os alcançavam. Por mais severa que sua mãe às vezes aparentasse ser, o verdadeiro perfeccionista era seu pai, que esperava o máximo deles e dela. Bill realmente pressionava todos, não só os filhos mas também a esposa.

Mary Stuart fora para ele a esposa perfeita durante aproximadamente vinte e dois anos, proporcionando-lhe um lar impecável, filhos perfeitos, apresentando-se sempre bonita, fazendo o que ele esperava dela, recebendo seus amigos e mantendo uma casa que não só os colocou nas páginas da *Architectural Digest*, mas que era um lar feliz para onde retornar. Não havia nenhum exibicionismo ou ostentação em relação ao modo de vida deles; tudo era maravilhosamente bem-feito e administrado de forma meticulosa. Não se podia ver emendas em nada que Mary Stuart fazia. Ela dava a impressão de que tudo era tão fácil, embora a maioria das pessoas percebesse que as coisas não podiam ser tão fáceis quanto ela fazia parecer. Mas esse era seu presente para Bill. Fazer com que tudo parecesse fácil. Durante anos ela organizara eventos de caridade que levantaram centenas de milhares de dólares para obras beneficentes importantes, participara de conselhos de museus e trabalhara incessantemente assistindo a causa de crianças deficientes, doentes, ou seriamente desprivilegiadas. E agora, aos quarenta e quatro anos, com os filhos mais ou menos crescidos, além dos eventos de caridade que ainda organizava e dos conselhos de que participara nos últimos três anos, ela vinha fazendo trabalho voluntário com crianças física e emocionalmente incapacitadas num hospital do Harlem.

Fazia parte do conselho do Metropolitan Museum of Art e do Lincoln Center, e ajudava a organizar vários eventos para levantar fundos a cada ano, porque todos queriam que ela os ajudasse. Mantinha-se extraordinariamente ocupada, em particular agora, sem os filhos para esperá-la em casa, e com Bill quase sempre trabalhando até tarde no escritório. Ele era um dos sócios majoritários numa firma de advocacia em Wall Street. Todos os casos mais importantes deles, relacionados à Alemanha e Inglaterra, ficavam sob sua responsabilidade. Em primeiro lugar, ele era um advogado de tribunal, e as atividades sociais de Mary Stuart sempre tinham ajudado muitíssimo a fortalecer sua reputação. Ela recebia seus convidados maravilhosamente bem, e sempre o fizera, embora esse ano tivesse sido bastante calmo. Bill passara uma grande parte dele viajando pelo exterior, em especial nos últimos meses, nos preparativos de um grande julgamento em Londres, o que o mantivera longe de casa. E Mary Stuart estivera mais ocupada do que nunca com seu trabalho voluntário.

Alyssa estava passando seu penúltimo ano de universidade na Sorbonne. Assim sendo, esse ano Mary Stuart tinha mais tempo para si mesma. Isso lhe deu a chance de colocar em dia muitas coisas que andavam atrasadas. Assumiu alguns trabalhos de caridade adicionais, leu muito e serviu como voluntária para ajudar no hospital nos fins de semana. Ou, às vezes, aos domingos, apenas agradava a si mesma e ficava na cama com um livro, ou devorava todo o *New York Times*. Tinha uma vida cheia e movimentada, e olhando para ela ninguém jamais teria suspeitado que faltasse algo. Ela aparentava ser pelo menos cinco ou seis anos mais jovem do que era, embora esse ano tivesse emagrecido mais do que de costume, o que deveria tê-la envelhecido. Mas de algum modo isso não havia acontecido, e de fato a fez parecer ainda mais jovem. Ela emanava uma suavidade que as pessoas amavam, e as crianças correspondiam, especialmente aquelas com as quais trabalhava. Havia uma bondade genuína vinda da alma, que transcendia as distinções sociais, e fazia com que as pessoas não percebessem o mundo de onde ela vinha. Ao observá-la, só se percebia algo muito comovente a seu respeito, algo quase melancólico. Era como se entendesse o que era um grande sofrimento e tivesse passado por uma enorme tristeza, e todavia não se detectava sinais de desânimo ao seu redor. Sua vida parecia tão completamente perfeita. Seus filhos sempre tinham sido os mais inteligentes, os mais perfeitos, os mais bonitos. Seu marido era extremamente bem-sucedido, tanto do ponto de vista financeiro como em termos do prestígio conquistado ao vencer casos internacionais de grande evidência. Ele era respeitado em sua profissão, assim como em seu círculo social.

Mary Stuart tinha tudo o que a maioria das pessoas desejava, e no entanto, ao olhar para ela, percebia-se uma ponta de tristeza, uma espécie de comiseração que se sentia mais do que se via, talvez uma solidão, o que parecia ainda mais estranho. Como é que uma pessoa com a aparência e a classe de Mary Stuart, com suas realizações e sua família, poderia se sentir solitária? Esse sentimento em relação a ela, ao olhá-la com o coração e não com os olhos, parecia estranho e pouco provável, e fazia a pessoa questionar suas próprias intuições. Não havia nenhuma razão para suspeitar que Mary Stuart Walker se sentisse só ou triste, e contudo, ao olhá-la com atenção suficiente, dava para saber que ela se sentia assim. Por detrás da fachada elegante, algo de trágico a envolvia.

— Como está se sentindo hoje, Sra. Walker? — O homem da caixa registradora abriu um amplo sorriso para ela. Gostava dela. Era linda, e sempre fora educada com ele. Havia anos perguntava sobre a família dele, sobre sua esposa, e sobre sua mãe, antes de seu falecimento. Costumava vir com os filhos, mas agora eles não estavam mais lá, então ela vinha sozinha e sempre batia um papo com ele. Teria sido difícil não gostar dela.

— Estou bem, Charlie, obrigada. — Ela sorriu para ele, parecendo ainda mais jovem. Sua aparência mudou muito pouco desde seus tempos de adolescente, e quando vinha ao mercado nos fins de semana usando *blue jeans*, às vezes ficava igual à filha. — Está quente hoje, não está? — disse ela, mas não parecia sentir calor. Ela nunca aparentava desconforto. No inverno, vivia bem-vestida, apesar do frio brutal e das camadas de roupas que todos usavam, as botas para neve e lama, os chapéus e cachecóis, e as proteções para as orelhas. E no verão, quando todas as outras pessoas pareciam um farrapo no calor mortal, sua aparência era tranqüila, fresca e arrumada. Ela era apenas uma dessas pessoas. Agia como se nunca nada saísse errado, nunca perdia o controle, e certamente nunca perdia a calma. Ele também a via rindo com os filhos. A filha era uma verdadeira beldade. O filho era um bom menino... eles todos eram. Charlie achava o marido um pouco emproado, mas quem pode saber o que traz felicidade para algumas pessoas? Era uma família bonita. Ele supôs que o marido estava na cidade de novo. Ela comprara duas batatas para assar e dois bife de filé *mignon*.

— Dizem que amanhã vai esquentar mais ainda — disse ele, enquanto colocava as coisas nas sacolas e a via dar uma olhada para o *Enquirer*, e então franzir as sobrancelhas em desaprovação. Tanya Thomas, a cantora megaestrela, estava na capa. A manchete dizia: TANYA A CAMINHO DE MAIS UM DIVÓRCIO. CASO COM O TREINADOR DESTRÓI O CASAMENTO. Havia fotos terríveis dela, uma foto menor do treinador musculoso de camiseta, e outra do atual marido fugindo da imprensa e escondendo o rosto, enquanto desaparecia pelas portas de uma casa noturna. Charlie deu uma olhada para as manchetes e encolheu os ombros.

— Isso é Hollywood, lá todos vão para a cama uns com os outros. É de admirar que ainda se preocupem em se casar. — Estava casado com a mesma mulher havia trinta e nove anos, e para ele as excentricidades de Hollywood eram como histórias de outro planeta.

— Não acredite em tudo que você lê — disse Mary Stuart, de uma maneira um pouco severa, ao que ele olhou para ela e sorriu. Seus gentis olhos castanhos pareciam estar preocupados.

— A senhora é boa demais em relação a todos, Sra. Walker. Eles não são o mesmo tipo de pessoas que nós, acredite. — Ele sabia, através dos anos vira alguns artistas de cinema entrar no mercado regularmente, com homens e mulheres diferentes o tempo todo; era uma turma bastante espalhafatosa. Pareciam uma espécie de seres humanos completamente diferente de Mary Stuart. Tinha certeza de que ela nem mesmo entendia o que ele estava dizendo.

— Não acredite no que você lê nos tablóides, Charlie — disse ela outra vez, com uma firmeza incomum, e depois disso pegou os mantimentos com um sorriso e se despediu.

Era uma caminhada curta até o prédio onde morava, e mesmo depois das seis horas da tarde ainda estava abafado. Ela calculava que Bill estaria em casa por volta das sete horas, como sempre, e ela serviria o jantar às sete e meia ou oito, dependendo de como ele estivesse se sentindo. Planejava botar as batatas no forno quando chegasse em casa, e então teria tempo para tomar banho e trocar de roupa. Apesar de sua aparência fresca, estava cansada e com calor após um longo dia de reuniões. O museu estava planejando uma enorme campanha para angariar recursos financeiros no outono, tinham esperanças de fazer um grande baile em setembro, e queriam que ela fosse a presidente. Mas até o momento conseguira declinar o convite, e esperava poder apenas orientá-los. Não estava com disposição para organizar um baile, e ultimamente preferia os trabalhos em que colocava mãos à obra, como no hospital para crianças deficientes, ou, mais recentemente, com crianças no Harlem que sofriam maus-tratos dos pais.

Quando entrou no prédio, o porteiro cumprimentou-a, tirou os mantimentos de seus braços e os entregou ao ascensorista. Depois de lhe agradecer, subiu em silêncio para seu apartamento, que ocupava o andar todo. O prédio era sólido, antigo e muito bonito. Era um dos seus favoritos na Quinta Avenida, e a vista que se tinha ao abrir a porta da frente do prédio era espetacular, especialmente no inverno, quando o Central Park estava coberto de neve, e o horizonte de um lado ao outro do parque ficava gravado num contraste marcante. No verão também era lindo, a paisagem toda ficava viçosa e verde, e de sua posição privilegiada no décimo quarto andar, tudo parecia tão bonito e tranqüilo. Não se ouvia nenhum barulho vindo lá de baixo, não se via nenhuma sujeira, não se pressentia nenhum perigo. Tudo estava bonito e verde, e o desabrochar das últimas flores da primavera enfim explodira, após um inverno longo e gélido que parecera não ter fim.

Mary Stuart agradeceu ao ascensorista o auxílio, trancou a porta depois que ele se foi e atravessou o apartamento até a cozinha branca, limpa e grande. Ela gostava de trabalhar em cômodos simples, abertos e funcionais, como esse, e, a não ser pelas três gravuras francesas emolduradas, a cozinha era completamente imaculada, com paredes brancas, chão branco, e longas extensões de bancadas em granito branco. O cômodo aparecera na *Architectural Digest* cinco anos antes, com uma fotografia de Mary Stuart sentada num tamborete da cozinha, usando um *jeans* branco e uma suéter branca de angorá. Apesar das excelentes refeições que Mary Stuart de fato preparava, era difícil acreditar que alguém cozinhava de verdade lá.

Sua empregada agora era uma diarista, e não se ouvia ruído algum enquanto Mary Stuart guardava os mantimentos, ligava o forno, e, por um longo momento, ficava parada olhando o parque pela janela. Podia ver o *playground* a uma quadra de distância, e lembrou-se das horas incontáveis que passara lá, congelando no inverno quando seus filhos eram pequenos, empurrando-os nos balanços, vigiando-os enquanto andavam de gangorra ou apenas brincavam com os amiguinhos. Parecia ter sido havia mil anos... tempo demais... como é que tudo passara voando tão rapidamente? Parecia ter sido apenas ontem que as crianças estavam em casa, que jantavam juntos todas as noites, com todos falando ao mesmo tempo sobre suas atividades, seus planos, seus problemas. Agora, até mesmo uma das discussões entre Alyssa e Todd teria sido um consolo, e tão mais reconfortante do que aquele silêncio. Seria um alívio quando Alyssa voltasse para casa no outono, depois de passar um ano em Paris, a fim de cursar o último ano em Yale. Pelo menos, uma vez que ela tivesse retornado, passaria os fins de semana em casa de vez em quando.

Mary Stuart saiu da cozinha e andou até o pequeno gabinete, onde muitas vezes despachava a correspondência. A secretária eletrônica ficava lá. Ela a ligou e imediatamente ouviu a voz de Alyssa. Só em ouvi-la, abriu um sorriso.

— Olá, mamãe... sinto muito não tê-la encontrado. Só queria dizer alô, e saber como você estava. Aqui são dez horas, e estou saindo para tomar um drinque com alguns amigos. Voltarei tarde, portanto não me telefone. Ligarei alguma hora nesse fim de semana. Nos veremos dentro de algumas semanas... até logo... — E então, quase como um pensamento posterior. — Ah... eu te amo... — Então se ouviu um clique quando ela desligou. A secretária gravou a hora, e Mary Stuart deu uma olhada para o relógio, lamentando ter perdido a ligação da filha. Eram quatro horas em Nova York quando Alyssa lhe telefonou, duas horas e meia antes. Mary Stuart estava ansiosa para o encontro com ela dentro de três semanas em Paris, quando dirigiriam até o sul da França, e então entrariam na Itália para passar umas férias. Mary Stuart planejava ficar lá duas semanas, mas Alyssa só queria voltar para casa poucos dias antes das aulas começarem em setembro. Ela queria ficar na Europa o maior tempo possível, e já estava dizendo que, depois da formatura, desejava voltar para viver em Paris. No momento, Mary Stuart não queria nem pensar sobre o assunto. O ano anterior tinha sido solitário demais sem ela.

— Mary Stuart... — A voz seguinte era do seu marido. — Não vou jantar em casa hoje. Estarei em reuniões até as sete horas, e acabei de descobrir que tenho de jantar com clientes. Vejo você lá pelas dez ou onze horas. Desculpe.

Soou um clique, e ele se foi, a informação comunicada, os clientes muito provavelmente esperando por ele enquanto telefonava, e, além disso, Bill odiava máquinas. Ele dizia que era naturalmente incapaz de se relacionar com elas, e que jamais deixaria uma mensagem pessoal gravada para ela. Às vezes, Mary brincava com ele por causa disso. Costumava brincar com ele em muitas ocasiões, mas não ultimamente. Fora um ano difícil para os dois. Tanta coisa havia mudado... tantas revelações e decepções surpreendentes... tanta mágoa. E todavia, aparentemente, eles todos pareciam tão normais. Às vezes Mary Stuart pensava consigo mesma como aquilo era possível. Como é que seu coração podia se partir, ficar despedaçado sem chance de conserto, e contudo ela seguia em frente, fazendo café, comprando lençóis, fazendo as camas, e comparecendo a reuniões. Ela se levantava, tomava banho, vestia-se, ia para a cama, mas interiormente uma parte dela tinha morrido. Anos atrás, ficava imaginando como as pessoas sobreviviam a uma coisa dessas. Algumas vezes sentira um fascínio mórbido pelo assunto. Mas agora sabia. Continuava vivendo. Simplesmente continuava. Seu coração continuava batendo e se recusava a deixar que morresse. Continuava andando, falando, respirando, mas por dentro tudo estava doendo.

— Alô — dizia a mensagem seguinte —, aqui é o Tony Jones. Estou ligando para avisar que o seu videocassete já está consertado. A senhora pode pegá-lo quando quiser. Obrigado.

Duas mensagens sobre reuniões de diretoria que tinham sido adiadas. Uma pergunta sobre o baile do museu e sobre o comitê que estava sendo formado para organizá-lo, e uma chamada da chefe das voluntárias de um abrigo no Harlem. Ela fez umas poucas anotações, e lembrou que tinha de desligar o forno. Bill não viria para casa. Outra vez. Ultimamente, fazia isso com freqüência. Ele trabalhava demais. E a seu próprio modo, ela também, com seu carrossel sem fim de reuniões e comitês.

Desligou o forno e decidiu preparar uns ovos para si mesma, mas esperaria um pouco, e então entrou em seu quarto. As paredes eram de um amarelo pálido, com um remate branco lustroso, o tapete era uma tapeçaria antiga feita à mão que ela comprara na Inglaterra. Havia gravuras e guaches antigos nas paredes, uma atraente lareira de mármore, e, sobre o consolo, fotografias de seus filhos em molduras de prata. Poltronas superestofadas e confortáveis estavam posicionadas de ambos os lados da lareira, e à noite ou nos fins de semana ela e Bill gostavam de sentar próximos ao fogo e ler. Agora passavam a maior parte dos fins de semana na cidade, como já vinham fazendo no ano anterior. Tinham vendido a casa em Connecticut no último verão. Com a partida dos filhos, e Bill viajando constantemente, eles nunca iam lá.

— Minha vida parece estar passando por um ciclo de encolhimento ultimamente — disse certa vez para uma amiga — com a partida das crianças, e Bill viajando, parece que estamos reduzindo tudo. Até mesmo nosso apartamento está começando a parecer grande demais para nós. — Mas ela jamais teria coragem de vendê-lo. As crianças haviam crescido lá.

Ao entrar no quarto, e colocar a bolsa de lado, seus olhos involuntariamente se voltaram para o consolo. Ainda era reconfortante vê-las lá, as crianças, quando tinham quatro, cinco, dez e quinze anos... o cachorro que tiveram quando pequenas, um labrador grande e amistoso, cor de chocolate, batizado com o nome de Mousse. Como sempre, viu-se atraída por elas, e ficou parada olhando as fotografias fixamente. Era tão fácil olhar para elas, apenas ficar ali parada e recordar. Era como se fosse puxada para uma outra época, e tantas vezes desejou poder voltar àqueles tempos antigos, quando todos os seus problemas eram simples. O rostinho alegre de Todd, com seus cabelos loiros, olhava para ela quando era um garotinho, e ela podia ouvi-lo chamando seu nome outra vez... ou vê-lo correndo atrás do cachorro... ou caindo na piscina com três anos e ela mergulhando atrás dele toda vestida. Naquele dia salvou sua vida. Havia uma foto de todos eles há três Natais, rindo, seus braços ao redor uns dos outros, fazendo farra, enquanto um fotógrafo exasperado suplicava para que ficassem sérios por um momento, a fim de que pudesse fotografá-los.

Todd insistira em cantar canções ultrajantes para eles, enquanto Alyssa ria histericamente, e até mesmo ela e Bill não conseguiam parar de rir. Tinha sido tão gostoso agir como bobos. Estar com eles era sempre uma boa sensação. As recordações fizeram com que a voz de Alyssa na secretária eletrônica soasse ainda mais enternecedora. Então, como sempre fazia, Mary Stuart virou as costas para as fotos, para as carinhas que tanto a acariciavam quanto a atormentavam, que dilaceravam e confortavam seu coração. Estava com um nó na garganta quando entrou no banheiro e lavou o rosto, e então olhou séria para seu reflexo no espelho.

— Pare com isso! — Ela balançou a cabeça respondendo a si mesma. Sabia muito bem que não devia se permitir fazer isso. Não podia mais se dar ao luxo de ser indulgente consigo mesma. Tudo que podia fazer agora era seguir em frente. Mas entrara num território estranho, com uma paisagem que não lhe agradava. Era desolado e despovoado, e às vezes insuportavelmente solitário. Por vezes, sentia-se como se tivesse ido parar lá sozinha, só que sabia que Bill também estava lá, perdido em algum lugar do deserto, em seu próprio inferno particular. Fazia mais de um ano que estava procurando por ele nesse deserto, mas ainda não o encontrara.

Então pensou em fazer o jantar para si mesma, mas decidiu que não estava com fome. Depois de tirar o costume, e vestir uma camiseta cor-de-rosa e calças *jeans*, voltou ao gabinete, sentou-se à escrivaninha e examinou alguns papéis. Às sete horas ainda estava claro lá fora, e resolveu telefonar para Bill e dizer-lhe que recebera sua mensagem na secretária eletrônica. Ultimamente, tinham muito pouca coisa para falar um ao outro, a não ser sobre o trabalho dele, ou as reuniões dela, mas, de qualquer modo, telefonou para ele. Era melhor do que desistir completamente. Não importava o quão perdidos tinham estado durante o ano que passara, Mary Stuart ainda não estava disposta a deixar tudo de lado. E sabia que provavelmente nunca estaria. Desistir não era algo que se encaixava em seu perfil, não era algo em que acreditava. Eles deviam um ao outro mais do que isso depois de todos esses anos. Quando a situação fica difícil, não se abandona o navio. Na vida de Mary Stuart, se fosse necessário, afundaria com ele.

Discou o número dele e ouviu o telefone tocar, e, então, finalmente uma secretária atendeu. Não, o Sr. Walker não podia atender. Ainda estava em reuniões. Ela lhe diria que a Sra. Walker telefonara.

— Obrigada — disse Mary Stuart em tom suave, e desligou, girando vagarosamente na cadeira para olhar outra vez para o parque. Se ela se permitisse, veria casais passeando por lá no ar quente de junho ao pôr-do-sol, mas não queria fazer isso. Agora não tinha nada para dizer a eles, nada para aprender com eles. Só lhe traziam dor e lembranças do que ela e Bill tinham compartilhado um dia. Talvez compartilhassem outra vez. *Talvez*... permitiu-se pensar nessa palavra, mas não na conclusão inevitável caso não voltasse a fazê-lo. Isso era inconcebível, e de novo, tomando coragem, voltou a atenção para os papéis. Trabalhou mais uma hora, enquanto o sol se punha, escrevendo listas de comitês e sugestões para o grupo com que se encontrara aquela tarde, e quando olhou de novo pela janela estava quase escuro, e a noite aveludada pareceu tragá-la. O apartamento estava tão silencioso, de tal forma vazio, que quase a fez gritar, ou pedir ajuda a alguém. Mas não havia ninguém lá. Fechou os olhos e recostou a cabeça na cadeira. Então, como se a Providência Divina a tivesse ouvido, e ainda se importasse com ela, embora tivesse dúvidas disso, o telefone tocou.

— Alô? — Ela soou surpresa e muito jovem, fora trazida de muito distante, de volta de seus próprios pensamentos. E na penumbra do quarto, com os cabelos um pouco desalinhados, estava incrivelmente bonita ao atender ao telefone.

— Mary Stuart? — A voz era suavemente arrastada, e a fez sorrir imediatamente só de ouvi-la. Era uma voz que conhecia fazia vinte e seis anos. Não tinha notícias dela havia meses, mas de alguma forma estava sempre presente quando precisava, como se adivinhasse. Compartilhavam a ligação poderosa de uma amizade antiga. — É você? Por um minuto pensei que fosse Alyssa. — A voz do outro lado era feminina, profundamente sensual, e ainda acusava uns leves indícios do Texas.

— Não, sou eu. Alyssa ainda está em Paris. — Mary Stuart suspirou ao sentir uma mão forte se estender e puxá-la de volta para a praia. Era surpreendente como ela sempre estava presente em momentos estranhos. Fazia isso com freqüência. Estavam sempre ao lado uma da outra, sempre haviam estado. E ao pensar nisso, Mary Stuart lembrou-se do que tinha visto no Gristede's. — Você está bem? Estava lendo sobre você essa tarde. — Mary Stuart enrugou as sobrancelhas, pensando na manchete do jornal.

— Bonito, não é? É particularmente agradável, se levarmos em conta que minha atual treinadora é uma mulher. Despedi o sujeito na capa do *Enquirer* no ano passado. Ele telefonou hoje ameaçando me processar, porque sua esposa está furiosa com a matéria. Ele tem muito a aprender sobre jornais. — A própria Tanya aprendera do modo mais difícil. — E para responder a sua pergunta, sim, estou bem. De certa forma. — Sua voz tinha um ronronado suave que deixava a maioria dos homens enlouquecidos, e Mary Stuart sorriu ao ouvi-la. Era como uma brisa de ar fresco entrando num quarto abafado. Sentiu isso em relação a ela da primeira vez em que a viu. Tinham cursado a faculdade juntas em Berkeley, havia vinte e seis anos. Foram dias de loucura, e todas eram tão jovens. Naquela época, elas eram quatro. Mary Stuart, Tanya, Eleanor e Zoe. Foram companheiras de quarto durante os primeiros dois anos, e então alugaram uma casa em Euclid.

Inseparáveis durante quatro anos; tinham sido como irmãs. No último ano da faculdade, Ellie morreu, e depois disso as coisas mudaram. Após a formatura, todas elas cresceram e seguiram suas vidas. Tanya se casou logo, dois dias depois da formatura, com o namorado de infância de sua cidade natal no leste do Texas. O casamento foi celebrado na capela, e durou dois anos. Um ano após a formatura, sua carreira meteórica tinha disparado e explodiu sua vida em pedaços, junto com o casamento. Bobby Joe conseguiu resistir por mais um ano, mas foi demais para ele. Sentia-se completamente fora do ninho e sabia disso. Já era amedrontador o bastante ter uma esposa educada e talentosa, mas uma superestrela era mais do que ele podia administrar. Ele tentou, queria ser justo, mas o que realmente desejava era que ela desistisse de tudo e ficasse com ele no Texas. Não queria abandonar sua casa, não queria desistir dos negócios do pai, eram empreiteiros e estavam indo bem, e ele sabia com o que podia ou não lidar. E para seu crédito, jornais, agentes, concertos, fãs gritando e contratos multimilionários não eram o que ele queria, e essas coisas significavam a vida toda de Tanya. Ela amava Bobby Joe, mas não estava disposta a desistir de uma carreira que era tudo com que um dia sonhara. Eles se separaram no segundo aniversário de casamento, e quando chegou o Natal já estavam divorciados. Ele levou um longo tempo para esquecê-la, mas casou de novo e teve seis filhos, e Tanya o tinha visto uma ou duas vezes através dos anos. Ela disse que ele estava gordo e careca, e que continuava sendo tão agradável quanto antes. Sempre dizia isso num tom um pouco tristonho, e Mary Stuart sabia que Tanya estava consciente do preço que pagara, dos tributos que a vida cobrara dela em troca do seu sucesso arrebatador, de sua carreira fantástica. Vinte anos depois de ter iniciado sua carreira, ainda era a cantora número um do país.

Ela e Mary Stuart permaneceram boas amigas. Mary Stuart também se casou no verão após a formatura. Mas Zoe foi para a faculdade de medicina. Ela sempre tinha sido a rebelde no meio delas, a que se incendiava por todas as causas revolucionárias. As outras costumavam brincar, dizendo que ela tinha ido para Berkeley com um atraso de dez anos, mas era ela quem sempre as reunia, que exigia que tudo fosse justo e correto, que lutava pelo indivíduo desprivilegiado em todas as situações... Foi Zoe quem encontrou Ellie quando ela morreu, que chorou tão desesperadamente, e teve a coragem de telefonar para os tios de Ellie. Foi uma época horrível para todas elas. Ellie tinha sido mais chegada a Mary Stuart, era uma garota maravilhosa e gentil, cheia de idéias e sonhos idealistas. Seus pais haviam morrido num acidente quando ela estava no penúltimo ano da faculdade, e suas três companheiras de quarto tornaram-se sua família. Às vezes, Mary Stuart pensava se um dia Ellie seria capaz de lidar com as pressões do mundo lá fora. Mostrava-se tão delicada a ponto de ser quase irreal. Ao contrário das outras, com suas metas de vida e seus planos, vivia totalmente afastada da realidade e era uma sonhadora. Ela morreu três semanas antes da formatura. Tanya quase adiou seu casamento por causa disso, mas as três concordaram que o desejo de Ellie seria que ela fosse adiante com seus planos, e Tanya confessou que Bobby Joe a teria matado se ela o tivesse adiado. Mary Stuart foi a madrinha de Tanya, e Zoe, sua única dama de honra.

Tanya também teria ido ao casamento de Mary Stuart, só que, naquela época, estava fazendo seu primeiro concerto no Japão. E Zoe não conseguira tirar folga da escola. Mary Stuart se casou na casa dos pais em Greenwich.

A segunda vez que Tanya se casou, Mary Stuart assistiu pelo noticiário. Tanya tinha vinte e nove anos, casou-se com seu agente e eles fizeram uma cerimônia tranqüila em Las Vegas, acompanhada por tablóides, helicópteros, câmeras de TV e todos os membros da imprensa que estavam disponíveis num raio de mil e seiscentos quilômetros de Vegas.

Mary Stuart nunca gostou do novo marido de Tanya, que disse que dessa vez queria filhos, que comprariam uma casa em Santa Barbara, ou Pasadena, e teriam uma "vida de verdade". Ela estava com a idéia certa, mas dessa vez o marido pensava diferente. Ele tinha duas coisas em mente: a carreira e o dinheiro de Tanya. E fazia de tudo para empurrar uma coisa a fim de obter a outra. Profissionalmente, Tanya sempre dizia que ele tinha feito muitas coisas boas por ela. Que realizou mudanças que ela jamais poderia ter conseguido sozinha, marcando concertos ao redor do mundo para ela, obtendo contratos para a gravação de discos que bateram todos os recordes e empurrando-a de superestrela a personalidade lendária. Depois disso, Tanya podia pedir quase qualquer coisa que desejasse. Nos cinco anos em que estiveram casados, ela recebeu três discos de platina e cinco de ouro, e ganhou todos os prêmios Grammy e musicais em que podia pôr as mãos. E, apesar da pequena fortuna que ele tirou dela no final, seu futuro estava garantido. Sua mãe estava vivendo numa casa que valia cinco milhões de dólares em

Houston, e ela comprara uma propriedade próxima de Armstrong para a irmã e o cunhado.

Ela mesma tinha uma das casas mais bonitas de Bel Air, e uma casa de praia valendo dez milhões de dólares em Malibu, para onde nunca ia. Seu marido quis que a comprasse. Tanya possuía dinheiro e fama, mas não tinha filhos. Depois do divórcio, achou que precisava de uma mudança, e começou a carreira de atriz. Fez dois filmes no primeiro ano, e ganhou um prêmio da Academia no segundo. Com trinta e cinco anos, Tanya Thomas podia ter qualquer coisa e tudo que a maioria das pessoas achava que ela sonhara ter. O que nunca teve foi a vida que teria compartilhado com Bobby Joe, afeição, amor e apoio, alguém para ficar ao seu lado e cuidar dela, e filhos. E passaram-se outros seis anos antes que se casasse com o terceiro marido, Tony Goldman. Ele tinha empreendimentos imobiliários na área de Los Angeles e tinha saído com uma meia dúzia de atrizes principiantes. Não havia dúvida de que estava impressionado com a carreira de Tanya, mas até mesmo Mary Stuart, sempre furiosamente na defensiva pela amiga, teve de admitir que ele era um sujeito decente e que obviamente nutria um sentimento profundo por ela. O que preocupava aos amigos de Tanya, a essa altura numerosos, era se Tony poderia ou não manter uma cabeça fria no calor da vida da artista, ou se tudo aquilo seria demais e ele enlouqueceria. Baseada em todas as notícias que vinha ouvido nos últimos três anos, Mary Stuart tinha a impressão de que as coisas tinham ido bem, e, tendo sido amiga íntima de Tanya pelos vinte anos de sua carreira, sabia melhor do que ninguém que aquilo que lia nos jornais não significava nada.

Mary Stuart sabia que a grande atração que Tony exerceu sobre Tanya se deveu a ele ser divorciado e ter três filhos. Eles estavam com nove, onze e quatorze anos de idade no dia do casamento, e Tanya os amava de todo o coração. O mais velho e o mais novo eram meninos, e eram loucos por Tanya, e a garotinha estava completamente embevecida e mal podia acreditar que Tanya Thomas estava se casando com seu pai. Ela se vangloriava disso para todo mundo, e até mesmo começou a tentar se parecer e se vestir como Tanya, o que para uma menina de onze anos não era nada apropriado. Tanya costumava levá-la para fazer compras e sempre comprava coisas de modo a moderar suas tendências, mas fazendo com que ainda se sentisse bonita.

Ela era ótima com crianças, e vivia falando em ter um bebê. Mas tendo se casado com Tony aos quarenta anos, estava hesitante em engravidar. Tinha medo de estar velha demais, e Tony não parecia muito entusiasmado com a idéia de ter mais filhos, portanto Tanya nunca insistiu no assunto. Já havia coisas suficientes para tratar, quando mais se começasse a negociar com Tony sobre ter um bebê. Nos dois primeiros anos de casamento, ela fez duas turnês de concertos, uma seguida da outra.

Os tablóides estavam enlouquecidos cobrindo sua vida, e durante esse tempo ela teve de enfrentar dois processos legais. Definitivamente, não era uma atmosfera que conduzisse à sanidade, muito menos à concepção. Era mais fácil apenas assumir os filhos de Tony, e ela fez isso, de todo o coração. Ele até dizia que ela era melhor mãe para eles do que sua primeira esposa. Mas Mary Stuart notara que apesar do jeito dócil e amistoso de Tony, Tanya parecia estar sempre tomando conta de tudo ela mesma: agentes, advogados, turnês de concertos, ameaças de morte, encarando todas as agonias e preocupações sozinha, enquanto Tony fechava seus próprios negócios, ou ia para Palm Springs jogar golfe com os amigos. Ele parecia estar menos envolvido na vida de Tanya do que Mary Stuart gostaria que estivesse. Ela sabia melhor do que qualquer outra pessoa como a vida de Tanya era difícil, como era solitária, como ela trabalhava duro, como as exigências dos fãs eram brutais, como eram dolorosas as traições.

Por estranho que parecesse, Tanya raramente reclamava, e Mary Stuart sempre a admirou por isso. Mas ela ficava irritada quando via Tony acenando para as câmaras quando iam à entrega dos Oscar ou dos prêmios Grammy. Ele sempre parecia estar por perto para os bons momentos, mas não para os difíceis. Mary Stuart estava pensando nisso naquele momento, enquanto Tanya mencionava a esposa do treinador que lhe telefonara fazendo ameaças devido às manchetes nos jornais. Através dos anos, Tanya aprendeu melhor do que ninguém que não havia nada que se pudesse fazer para lutar contra os jornais.

— Na realidade, Tony também não ficou muito feliz — disse Tanya, bem baixinho. O tom de sua voz preocupou Mary Stuart. Ela parecia cansada e solitária. Vinha travando as mesmas batalhas por um longo tempo, e elas eram muito desgastantes. — Todas as vezes que os jornais afirmam que estou tendo um caso, ele enlouquece. Ele diz que eu o estou envergonhando perante os amigos, e que não está gostando. Posso entender seu ponto de vista. — Ela suspirou, mas não havia nada que pudesse fazer a esse respeito. Não havia nenhuma maneira de impedi-los de continuar. E a imprensa adorava atormentá-la, ela e sua esplêndida cabeleira loura, os enormes olhos azuis e o corpo espetacular. Era difícil para qualquer um deles acreditar que ela fosse apenas uma mulher normal, e que preferia beber Dr Pepper do que champanhe. Mas esse tipo de notícia não vende jornais.

Tanya sempre pintava os cabelos de louro, e um retoque cosmético cuidadoso e constante a mantinha com uma aparência pecaminosamente jovem. Ela dizia estar agora com trinta e seis anos, e descartou com sucesso os oito anos adicionais que ela e Mary Stuart tinham em comum. Mas olhando para ela, ninguém suspeitaria que estava mentindo.

— Eu mesma também não fico exatamente feliz quando afirmam que estou tendo um caso, mas as pessoas de quem eles falam são em geral tão ridículas que na maior parte do tempo não me incomodo... a não ser por Tony. — E as crianças. Era embaraçoso para todos eles, mas não havia nada que pudesse fazer para acabar com os boatos. — Acho que eles simplesmente imprimem uma lista de possíveis casos, de um computador em algum lugar, e jogam você junto com qualquer pessoa que lhes agrade.

Tanya encolheu os ombros e colocou os pés sobre a mesinha de centro à sua frente, enquanto apertava os olhos e pensava em Mary Stuart. Não falava com ela havia meses. Eram as amigas mais íntimas do antigo grupo. Tanya sabia que Mary Stuart não falava mais com Zoe fazia anos, e ela mesma quase perdeu o paradeiro de Zoe. Ligava para ela a cada um ou dois anos, e ainda trocavam cartões de Natal, mas a vida de Zoe parecia tão separada das delas. Era uma médica especialista em doenças internas, em San Francisco. Nunca se casou, nunca teve filhos. Era totalmente devotada ao seu trabalho, e dedicava cada momento livre do seu tempo às clínicas gratuitas. Era o tipo de trabalho em que sempre acreditou. Tanya sequer a vira nos últimos cinco anos, desde seu último concerto em San Francisco.

— E você? — perguntou Tanya subitamente para Mary Stuart, num tom incisivo. — Como vai? — Havia uma agudeza em sua voz, um tom final contundente que ela usava para sondar a alma de sua amiga, mas Mary Stuart percebeu a manobra e se esquivou.

— Estou bem. Fazendo as mesmas coisas de sempre, trabalho de comitês, reuniões de diretoria, trabalho voluntário no Harlem. Acabei de passar o dia todo no Metropolitan, falando sobre um grande evento para levantar recursos que eles estão planejando para setembro. — Sua voz soava uniforme, controlada e calma, mas Tanya a conhecia bem demais, e Mary Stuart sabia disso. Ela podia tapear muita gente, à vezes até o Bill, mas Tanya, nunca.

— Não foi isso que perguntei. — Houve um longo silêncio enquanto nenhuma das mulheres tinha certeza do que dizer, e Tanya esperou pela resposta de Mary Stuart. — Como vai você, Mary Stuart? Realmente?

Mary Stuart suspirou e olhou pela janela. Estava escuro agora. E ela estava sozinha no apartamento silencioso. Praticamente, ficara sozinha por mais de um ano.

— Estou bem. — Sua voz tremeu ligeiramente. Estava melhor do que na ocasião em que Tanya a vira fazia um ano, num dia de chuva desastroso quando Mary Stuart desejou que sua própria vida tivesse acabado. — Estou me acostumando com essa situação. — Mas tantas coisas haviam mudado. Muito mais do que ela esperara.

— E o Bill?

— Ele também está bem, eu acho. Nunca o vejo.

— Isso não me soa tão bem assim. — Houve outra longa pausa, mas as duas estavam acostumadas, Tanya estava pensando. — E Alyssa?

— Ela está bem, eu acho. Adora Paris. Vou até lá me encontrar com ela em algumas semanas. Vamos passar um mês viajando pela Europa. Bill está tratando de um grande caso judicial na Inglaterra, onde vai ficar durante todo o verão, portanto pensei em ir até lá visitá-la. — Seu tom ficou mais alegre ao falar da viagem, e Tanya sorriu. Alyssa Walker era uma das pessoas favoritas de Tanya.

— Você vai ficar com ele na Inglaterra? — perguntou Tanya com sua suave fala arrastada, e Mary Stuart hesitou e depois respondeu rapidamente.

— Não, vou ficar aqui. De fato, ele estará ocupado demais para prestar qualquer atenção em mim durante um caso como esse, e tenho tantas coisas para fazer aqui. — *Tantas coisas para fazer aqui.* Conhecia todas as coisas certas para dizer, todas as coisas para disfarçar, a linguagem do desespero... Alguma hora temos de nos encontrar... não, está tudo bem... tudo está maravilhoso... Bill está tão terrivelmente ocupado com o trabalho neste momento... ele está viajando... eu tenho uma reunião... tenho de encontrar com a minha diretoria... tenho de ir até o centro da cidade... até o subúrbio... à Europa, para ver minha filha... A política da dissimulação, a coisa correta para dizer a fim de procurar solidão e silêncio, e um lugar para sofrer em paz, longe de olhares curiosos e da compaixão dos outros. Uma maneira de empurrar as pessoas para longe, sem dizer quão ruins as coisas realmente estavam.

— Você não está bem, Mary Stuart. — Tanya partiu atrás dela com a determinação pela qual era conhecida. Não deixaria pedra sobre pedra até descobrir a verdade, a resposta, o culpado. Era essa determinação em perseguir a verdade que ela e Zoe tinham em comum. Mas Tanya foi sempre muito mais sutil, e muito mais gentil quando descobria o que desejava saber. — Por que você não me diz a verdade, Stu?

— Estou lhe dizendo a verdade, Tan — insistiu Mary Stuart... Stu... Tan... Tannie... os nomes de tanto tempo atrás... as promessas... a esperança... o início. Agora sua sensação era sempre como se fosse o fim, quando tudo diminui gradativamente e você começa a perder todas essas coisas em vez de encontrá-las. Mary Stuart detestava tudo isso em relação à sua vida atual. — Estamos bem, eu juro.

— Você está mentindo, mas não sei se devo culpá-la. Tem direito de fazer isso. — Essa era a diferença entre Zoe e Tanya. Zoe nunca a deixaria mentir, não a deixaria se esconder. Teria achado que era sua obrigação expô-la, iluminar intensamente sua dor, pensando que poderia curá-la. Pelo menos Tanya entendia que não poderia fazer isso. Ela agora tinha suas próprias preocupações. Os tablóides não tinham acertado sobre seu caso amoroso, mas não estavam longe do alvo no que se referia a ela e Tony estarem com problemas. Apesar do fato de ter achado divertido por algum tempo, ele não estava mais gostando da publicidade que a imprensa fazia em torno deles, nem das mentiras, das ameaças, das pessoas à espreita, dos processos legais, das pessoas sempre tentando se aproveitar dela e embaraçá-la ou usá-la, a qualquer custo. Era absolutamente exaustivo, e impossível, ter qualquer tipo de vida privada decente. Como é que se podia até mesmo encontrar a verdadeira mulher em meio a todo esse absurdo? Ultimamente, Tony reclamava disso a toda a hora, e ela era solidária com ele. Mas, além da possibilidade de se aposentar, o que Tanya não queria fazer, e ele não esperava que fizesse, realmente não havia nada que pudesse fazer para mudar a situação. Tudo que podiam fazer era viajar de tempos em tempos, e isso ajudava. Mas uma viagem ao Havaí, ou até mesmo à África, ou ao sul da França, não resolvia os problemas. Ela oferecia uma fuga breve e agradável, mas nenhuma solução real. Por mais insano que parecesse, até mesmo para ele, apesar de seu sucesso fenomenal, de sua grande fama e dos milhões de fãs que a adoravam, na realidade, a própria vida que ela levava fazia dela uma vítima. E, pouco a pouco, Tony passou a detestá-la. Por enquanto, tudo o que podia fazer era prometer a ele que se manteria a mais discreta possível. Ela sequer fora ao Texas para ver a mãe na semana anterior como planejara, porque receava que se saísse da cidade alimentaria os rumores ainda mais. Ultimamente, ele sempre dizia que tudo estava ficando difícil demais para ele e para as crianças, e só a maneira com que dizia isso deixava Tanya em pânico. Em particular, porque ele sabia que não havia nada que ela pudesse fazer para mudar a situação. Seus tormentos vinham todos de origens externas.

— Vou a Nova York na próxima semana, é por isso que estou telefonando — explicou Tanya. — Imaginei que com sua vida ocupada era melhor marcar um encontro com você, ou você estaria jantando com o governador e dando o golpe nele para arranjar dinheiro para uma de suas causas. — Através dos anos, Tanya tinha sido incrivelmente generosa com os grupos pelos quais Mary Stuart mais se preocupava, e duas vezes doou seu tempo para fazer *shows*, mas isso já fazia algum tempo. Ultimamente, ela andava ocupada demais. Parecia que nunca tinha um momento para si mesma. E seu agente e empresário atuais eram mais severos do que os anteriores, que lhe davam uma folguinha, mas os novos a pressionavam para fazer mais concertos. Havia fortunas a serem ganhas, dos discos gravados dos concertos, dos acordos de licenças para bonecas e perfume, e dos novos CDs e fitas, e Tanya estava mais quente do que nunca. Eles queriam que ela aproveitasse para tirar proveito disso tudo, mas no momento se achava mais inclinada a fazer outro filme.

— Vou participar de um programa de TV em Nova York — disse a Mary Stuart —, mas na realidade estou indo para falar com um agente sobre a possibilidade de escrever um livro. Recebi um telefonema de uma editora, e acho que não estou interessada mas vou ouvi-los. O que mais há para dizer sobre mim? — Já haviam feito quatro biografias não-autorizadas sobre ela, todas cruéis, e em sua maior parte incorretas, mas ela em geral as encarava de boa vontade. Depois da primeira, que viera como um golpe terrível, Tanya telefonara histérica para Mary Stuart no meio da noite. Deram bastante apoio uma à outra através dos anos, e a essa altura ambas tinham certeza de que sempre fariam isso. Era o tipo de amizade que não se reproduz mais tarde na vida. Ela começa, cresce, é cultivada de arbusto até se transformar numa árvore de carvalho. Mais tarde, as raízes não se formam da mesma maneira. Suas raízes tinham se estabelecido havia um longo tempo, e lá estavam, enterradas solidamente na terra, por toda a sua existência.

— Quando é que você vai chegar? Encontrarei com você no aeroporto — ofereceu-se Mary Stuart.

— Eu a pegarei no caminho para a cidade, e poderemos ir para o hotel e conversar. Chegarei na terça-feira. — Como sempre fazia, Tanya estava voando para lá no avião da gravadora. Para ela era exatamente a mesma coisa que pegar um carro, e a maneira casual com que sempre voava de um lado para o outro sempre divertira Mary Stuart. — Telefonarei para você do avião.

— Estarei aqui — disse Mary Stuart, sentindo-se de repente como uma criança. Havia alguma coisa na maneira com que Tanya a arrebatava e a colocava sob sua asa, que fazia com que se sentisse jovem de novo, e não com mil anos. Ela abriu um grande sorriso ao pensar em revê-la. Bastante tempo se passara desde a última vez, nem podia lembrar quando fora, embora Tanya recordasse, claramente.

— Até logo, garota — disse Tanya, sorrindo. E então, num tom mais sério, e tão suave quanto Mary Stuart sempre lembrara completou: — Amo você.

— Eu sei. — Ela balançou a cabeça enquanto lágrimas vinham-lhe aos olhos. Era à gentileza que Mary Stuart não conseguia mais resistir. Era muito mais fácil lidar com a solidão. — Também a amo — disse ela, engasgando com as próprias palavras, e então: — ... Sinto muito... — Fechou os olhos, lutando contra as ondas de suas próprias emoções.

— Não faça isso, querida... está bem... eu sei... eu sei. — Mas a verdade é que não sabia. Ninguém sabia. Ninguém poderia compreender o que estava sentindo. Nem mesmo seu marido.

— Vejo você na semana que vem — disse Mary Stuart, parecendo tranqüila outra vez, mas não conseguiu enganar Tanya. Havia uma enxurrada de agonia contida por trás da represa que Mary Stuart construíra para manter a dor sob controle, e Tanya não podia deixar de pensar consigo mesma quanto tempo ela conseguiria agüentar.

— Até terça-feira. Use apenas um *jeans*. Sairemos para comer um hambúrguer, ou pediremos que tragam a comida no quarto ou algo assim. Até mais...

E então ela se foi, e Mary Stuart ficou pensando nela e nos dias em Berkeley, antes de todas terem tomado seus próprios rumos, antes que a vida tivesse se tornado tão ocupada, e tão dura, e todas tivessem suas dívidas para pagar. Tudo tinha sido tão fácil naquela época... no início. Até que Ellie morreu, logo antes da formatura. Sua morte foi a entrada das três no mundo real, e ao pensar nisso ela deu uma olhada para uma fotografia das quatro quando calouras sobre sua mesinha-de-cabeceira. Agora pareciam crianças, mais jovens ainda que sua própria filha. Viu Tanya com sua longa cabeleira loura, parecendo sensual e sensacional, e Zoe com as longas tranças ruivas, tão sincera e apaixonada, e Ellie, tão etérea, com uma pequena auréola de cachos louros, e a própria Mary Stuart, destacando-se seus olhos, pernas e longos cabelos escuros, olhando diretamente para a câmera. Parecia que tinha sido havia cem anos, e fora. Ficou pensando sobre elas por um longo tempo, e eventualmente adormeceu na cama, com o *jeans* e a camiseta rosa. Quando Bill chegou às onze horas, encontrou-a dormindo. Ele ficou parado olhando para ela demoradamente, e então apagou a luz. Não falou com ela nem a tocou, e ela dormiu de *jeans* a noite toda. Quando acordou na manhã seguinte, Bill já voltara para o escritório. Simplesmente passara mais uma vez pela sua vida, como o estranho que ele se tornara hoje em dia.

Capítulo 2

No dia seguinte, quando Tanya Thomas acordou em seu quarto na casa de Bel Air, Tony já estava no chuveiro. Eles compartilhavam um único quarto, e dois quartos de vestir gigantescos, cada um com seu próprio banheiro. O quarto era grande e arejado, decorado com antigüidades francesas, enormes cortinas de seda cor-de-rosa e quilômetros de tecidos florais rosa. O quarto de vestir e o banheiro de Tanya eram revestidos de mármore rosa e as cortinas também eram de seda num tom rosa pálido. O banheiro de Tony fora todo revestido de mármore preto e granito. Com toalhas e cortinas de seda pretas, era o banheiro masculino perfeito.

Ela comprara a casa anos antes e a redecorara toda para agradar a Tony quando se casaram. Embora ele também fosse extremamente bem-sucedido, Tanya sabia que ele adorava ostentar o sucesso dela. Apesar de todas as dores de cabeça associadas a esse sucesso, ele adorava revelar às pessoas que era casado com Tanya Thomas. Os bastidores de Hollywood sempre o haviam atraído, e após ter ficado à margem durante anos, ser jogado bem no coração de tudo aquilo lhe parecera um prêmio extraordinário. Ele adorava freqüentar as festas de Hollywood, de conversar com as estrelas, de comparecer à entrega de prêmios da Academia e dos Globos de Ouro e de ir especialmente aos eventos de gala de Barbara Davis. Gostava disso tudo muito mais do que Tanya, que, após dezoito horas de trabalho, se sentia mais feliz ficando em casa à noite, afundando-se numa banheira de água morna e ouvindo a música de outra pessoa.

Enquanto Tony ainda estava se vestindo, ela colocou um robe de cetim rosa sobre a camisola rendada e desceu para preparar alguma coisa para o café da manhã dele. Havia outras pessoas na casa que poderiam ter feito isso para ele, mas Tanya gostava de preparar o café ela mesma, e sabia que isso significava muito para Tony. Também cozinhava para os filhos dele sempre que podia, e era uma boa cozinheira. Fazia um bom bife, e introduzira todos eles aos cereais, tendo agüentado um bocado de provocação por causa disso, mas eles os adoravam. Também gostava de preparar massas para ele. Havia muitas coisas que gostava de fazer para Tony. Gostava de fazer amor com ele, de quando ficavam a sós, de fazer viagens em sua companhia e descobrir novos lugares. Mas nunca havia tempo suficiente, sempre tinha ensaios e sessões de gravação, filmes e concertos, eventos de caridade e horas incontáveis passadas examinando documentos e contratos com seus advogados. Hoje em dia Tanya era mais do que uma cantora ou atriz, transformara-se num império, numa indústria em si mesma, e aprendera muito sobre negócios, através de experiências amargas.

Enquanto esperava por ele, serviu o suco de laranja e quebrou ovos numa frigideira quando a manteiga esquentou. E enquanto colocava a fatia de pão na torradeira e começava a fazer o café para ele abriu o jornal da manhã. Seu coração quase parou ao ler a segunda reportagem de destaque. Falava sobre um ex-funcionário seu que a estava processando, supostamente por assédio sexual. Era a primeira vez que ouvia falar disso, e, enquanto lia o artigo, reconheceu o nome do segurança que trabalhara com eles durante duas semanas no ano anterior e que fora despedido por roubo. Ele dera uma longa entrevista, afirmando que ela o tentara seduzir, e que quando ele a rejeitara, ela o despedira sem qualquer razão ou explicação. Enquanto lia com uma sensação de náusea, Tanya sábia que, como acontecera com todas as outras ações judiciais em que estivera envolvida, no final acabariam pagando ao sujeito só para entrar num acordo e se livrar dele. Parecia que não havia mais como se defender, de provar a qualquer pessoa que era inocente, que tudo não passara de mentira, e que aquilo era uma forma de chantagem. Sabia que seu marido também estava consciente disso, e ele era sempre o primeiro a dizer-lhe para entrar num acordo, não importava quão revoltante fosse a acusação, ou o ataque. Apenas era mais simples daquela maneira. Mas também sabia que Tony ficaria lívido quando visse o jornal. Ela o dobrou com cuidado e o escondeu, e um momento mais tarde ele entrou na cozinha usando as roupas de golfe.

— Não vai trabalhar hoje? — perguntou ela para puxar conversa, tentando parecer relaxada, enquanto cortava um abacate em fatias e dava os toques finais ao café da manhã.

— Onde você esteve nos últimos três anos? — Tony pareceu surpreso com a pergunta. — Sempre jogo golfe às sextas-feiras. — Com seus quase cinqüenta anos, era um homem atraente, com cabelos escuros e um físico forte. Jogava muito tênis e golfe, e fazia ginástica, num ginásio construído no extremo oposto da casa, com seu treinador particular, que não era aquele que aparecera recentemente nos jornais. — Onde está o jornal? — perguntou ao sentar-se, olhando ao redor. Ele lia o *Los Angeles Times* e o *Wall Street Journal* todas as manhãs. Era um excelente empresário, e ganhara uma fortuna em empreendimentos imobiliários nos anos em que isso realmente contava. Mas Tanya não tinha interesse em seu dinheiro. Fora a sua gentileza que a atraíra originalmente, sua decência, os filhos e seus valores familiares. No que dizia respeito a ela, Tony era apenas um sujeito comum indo para o trabalho todos os dias e jogando bola com os filhos nos fins de semana. E ela apreciava especialmente o fato de que ele não estava "no seu ramo de negócios". O que não percebera antes era que ele gostava de todas as pompas de Hollywood muito mais do que ela. Tudo aquilo lhe agradava, mas não pretendia pagar o preço pelo seu estilo de vida. Ele apreciava o esplendor, mas não o preço que tinha de pagar para estar ali. E Tanya sabia que não se podia ter uma coisa sem a outra. De fato, Tony reclamava sempre dos aborrecimentos que eram obrigados a agüentar, e das histórias enfurecedoras nos jornais.

— Você não pode ter ambas as coisas — explicara para ele logo no início. — Você não pode ter a glória sem a dor — dissera gentilmente, e se oferecera para parar de trabalhar, na primeira vez que os jornais fizeram acusações comprometedoras contra ela, e falaram de todos os seus antigos namorados, depois que se casaram. Mas ele insistira que não queria que ela parasse. Achava que ficaria entediada. Ela sugerira que desistissem de tudo e tivessem um bebê. Mas ele gostava do que ela fazia, e ela também, portanto continuou com sua carreira, e os dois continuaram cerrando fileiras contra os ataques, as ameaças de morte e as ações judiciais. Ela ainda se recusava a ter um guarda-costas em tempo integral, e só contratava um quando ia a um evento usando muitas jóias emprestadas.

— Então, onde está o jornal? — perguntou ele outra vez, atacando os ovos. E dando uma olhada para ela, viu imediatamente nos olhos de Tanya que algo acontecera. — O que foi?

— Nada — disse ela, vagamente, servindo uma xícara de café para si mesma.

— Vamos, Tanya — disse, parecendo chateado. — Está escrito no seu rosto. Você não vai ganhar o Oscar com essa encenação.

Ela sorriu pesarosamente para ele e encolheu os ombros. De qualquer modo, ele descobriria. Apenas não queria que fosse durante o café da manhã. Sem mais uma palavra, entregou-lhe o jornal e ficou observando enquanto ele lia a história. Podia ver os músculos se contraírem em seu queixo e pescoço. Mas ele não disse uma palavra até acabar de ler e abaixar o jornal. E então olhou para ela com uma expressão severa.

— Isso vai lhe custar um bocado. Pelo que sei de processos por assédio sexual, atualmente estão pagando grandes indenizações. — Disse sem emoção, mas era fácil perceber que estava muito zangado. — O que você disse para ele? — Seus olhos penetraram nos dela enquanto fazia a pergunta, e Tanya o olhou estupefata.

— O que eu *disse* para ele? Você está louco? Acha que falei alguma coisa para ele? Eu lhe disse onde o estúdio ficava e a que horas eu tinha de estar no ensaio. Foi isso que eu disse para ele. Como pode me perguntar uma coisa dessas? — Quando olhou para ele havia lágrimas em seus olhos, e Tony pareceu sentir-se desconfortável, enquanto tomava um gole de café.

— Só pensei se você teria dito qualquer coisa que ele pudesse usar para armar essa acusação, foi só isso. Quero dizer, diabos, o cara certamente está contando uma história e tanto.

— Como todos os outros — disse ela tristemente, sem afastar os olhos dos de Tony. — Não é diferente de qualquer outra coisa que aconteceu. É pura ganância e inveja. Ele viu dinheiro, e o quer. Imagina que pode me constranger até eu pagar para que fique calado.

Ela já passara por isso antes, não só com ações relativas a discriminação, mas também a dispensas ilegais de funcionários, pedidos de indenização imobiliária e de acidentes de ex-funcionários. Todos tinham esperanças de que a processando conseguiriam uma parte do poder. Hoje em dia, isso não era novidade em Hollywood nem em outros lugares, mas ainda repercutia mal quando acontecia. E embora Tony entendesse as razões para isso, ele nunca se acostumara com essas situações, e não gostava delas. Ele dizia que esses incidentes eram duros para seus filhos e para sua família, que o faziam sentir-se ridículo e até davam à sua ex-esposa alguma coisa sobre o que reclamar. Ele simplesmente não precisava disso. Tanya sabia muito bem como Tony reagia a essas histórias. Primeiro, fingia que elas não o incomodavam, então se tornava cada vez mais desagradável, e, eventualmente, colocava tanta pressão sobre ela quanto seus advogados, para apenas se livrar da situação e entrar num acordo. Mas, através de todo o processo, ele agia como se fosse a parte prejudicada. E enfim, depois que a fazia pagar por isso durante algum tempo, decidia perdoá-la. Esse comportamento estava se tornando uma história velha e familiar, e ela não estava gostando disso.

— Vai indenizá-lo? — perguntou Tony, parecendo ansioso.

— Nem falei ainda com o meu advogado — disse ela, demonstrando irritação. — Acabei de ler no jornal essa manhã, como você.

— Se você tivesse lidado com o problema da maneira certa há um ano, quando o despediu, isso nunca teria acontecido — disse ele, vestindo um paletó e olhando-a da porta.

— Não é verdade e você sabe disso. Já passamos por isso antes. São os ossos do ofício, não importa o que você faça. — Ela sempre fora tão cuidadosa, e tão circunspecta, mas ninguém lhe dava crédito por isso. Nunca tinha sido promíscua, se comportado mal, usado drogas, tratado mal os seus empregados, ou ficado bêbada em público. Mas em seu tipo de vida, não importava o que se fizesse ou não, as pessoas faziam afirmações revoltantes, e na maior parte dos casos o público acreditava nelas. E, às vezes, Tony também.

— Não tenho mais certeza se sei o que você faz — disse ele, parecendo zangado. Detestava o constrangimento que dizia que ela lhe causava. E então ele girou nos calcanhares e saiu. E, um minuto mais tarde, ela ouviu seu carro descendo veloz pela entrada de veículos.

Assim que de Tony saiu, ela telefonou para seu advogado, Bennett Pearson, e ele se desculpou. Já era tarde quando receberam os jornais no dia anterior, e não tiveram tempo de telefonar para ela e avisá-la.

— Sem dúvida foi uma surpresa agradável dessa maneira, durante o café da manhã — disse ela, num estilo bastante texano. — Da próxima vez, seria bom receber um pequeno aviso. Você sabe que Tony não é exatamente louco por essas coisas.

— Na semana anterior foi o treinador no *Enquirer*, agora o guarda-costas. Além de ser alvo de ações judiciais e chantagens de diversos graus, também era considerada um símbolo sexual, e os jornais adoravam enfiar as garras em qualquer coisa que pudessem sobre ela. Havia lágrimas em seus olhos, quando desligou depois de falar com os advogados. O guarda-costas estava insistindo em afirmar que fizera propostas indecorosas para ele, que o constrangera, e que, por isso, ele sofrera de problemas emocionais. E arranjara algum falso psiquiatra que estava disposto a testemunhar em seu favor. De acordo com seus advogados, a acusação não era particularmente incomum, mas Tanya lembrou que o sujeito era realmente sórdido e era provável que de fato acabasse com ela. No início de sua carreira, provavelmente teria sentado e chorado. Mas, após mais de vinte anos, a situação toda era familiar demais, e ela sabia por que isso acontecia. Era bem-sucedida e poderosa, e conseguira se manter no topo da carreira através de trabalho duro e uma quantidade inacreditável de determinação, e as pessoas estavam dispostas a cerrar fileiras para tentar tirar isso dela. Em Hollywood, como em qualquer outro lugar, havia exércitos de pessoas frustradas que ficavam satisfeitas em tirar o que podiam de qualquer outra pessoa. Tratava-se certamente de uma ética de trabalho incomum, mas sem dúvida não era desconhecida.

Perguntara ao seu advogado o que queria que ela fizesse sobre o caso, e ele lhe dissera que apenas o esquecesse. Ele cuidaria de tudo, e tinha certeza que, depois da explosão pública inicial, o cavalheiro em questão estaria ansioso para entrar num acordo. De qualquer forma, sabia que essa fora a intenção dele, e lhe avisou que as quantias pagas em acordos de processos por assédio sexual alcançavam facilmente os milhões nos tempos atuais.

— Ótimo. O que você gostaria que eu fizesse? Por que não dou logo a casa em Malibu para ele? Pergunte como ele se sente em relação ao sol, ou talvez prefira ficar com a casa em Bel Air, só que é um pouco menor. — Era impossível não ser cínica, mais difícil ainda era não ficar zangada, ou se sentir explorada, ou traída, por pessoas que estavam dispostas a feri-la ou usá-la, embora nunca a tivessem conhecido. De certa forma, os ataques que ela sofria eram tão óbvios e impessoais que ficavam na mesma categoria de tiros dados de um carro em movimento.

Àquela altura já eram nove horas, e sua secretária chegara, uma garota nervosa chamada Jean, que anteriormente trabalhara para o presidente de uma companhia de discos, e estava com Tanya havia mais de um ano. Ela era eficiente e de confiança, mas Tanya não gostava do fato de que a garota sempre parecia aumentar a sensação de urgência ao seu redor, em vez de diminuí-la para ela. E foi exatamente o que ela fez essa manhã. Na primeira hora depois de sua chegada, receberam três ligações de Nova York, duas de revistas de entretenimento querendo entrevistas, e uma do *show* de que iria participar. O advogado telefonou para ela mais duas vezes, e seu agente telefonou para pressioná-la a tomar uma decisão sobre sua próxima turnê de concertos. Ela ainda não se comprometera, e eles tinham de saber de sua decisão imediatamente, porque do contrário seria impossível incluir o Japão. E o seu agente na Grã-Bretanha ligou querendo saber sobre um contrato. Tinham recebido notícias de outra história saindo nos jornais, e também estavam ligando sobre um problema técnico em seu último disco. Ela estaria fazendo um *show* de caridade na noite seguinte, precisava chegar ao estúdio da gravadora até o meio-dia, e teria ensaios naquela noite para o *show* beneficente. E seu agente cinematográfico telefonou, querendo falar com ela sobre outro filme.

— Meu Deus, o que há hoje? Uma lua cheia, ou todos nessa cidade estão simplesmente ficando loucos? — Tanya passou a mão pelos longos cabelos louros tirando-os dos olhos, enquanto Jean lhe dava uma xícara de café, e lembrava a ela que precisava dar uma resposta sobre a turnê, antes das quatro e meia. — Maldição, não tenho de fazer nada, e se eles não incluírem o Japão, então será uma pena. Não vou ser pressionada a tomar uma decisão antes que esteja pronta. — Ela estava com um ar mal-humorado quando falou aquilo, o que não era uma característica sua. Tanya sempre tivera uma disposição bem-humorada, mas a pressão sobre ela era suficiente para fazer um vulcão entrar em erupção, era apenas humana, e havia um limite de quanto podia agüentar.

— E quanto à entrevista com a *View*? — perguntou Jean, implacável. — Eles realmente precisam da sua resposta essa manhã.

— Por que não telefonaram para os meus relações-públicas? — perguntou Tanya, sentindo-se cada vez mais estressada a cada momento que passava. — Eles não devem me telefonar diretamente. Por que não está dizendo isso a eles?

— Eu tentei, mas não quiseram me ouvir. Sabe como é, Tanya, no minuto em que conseguem seu número de telefone, todos querem falar diretamente com você.

— É, e eu também. — Era o Tony. Ele voltara do jogo de golfe, e estava parado na porta do escritório, com uma expressão que era tudo menos feliz. — Posso falar com você por um minuto, Tan?

— Claro — disse ela, olhando para ele e sentindo-se repentinamente nervosa. Tinha de estar no estúdio em meia hora, mas não queria fazê-lo esperar. Ele não parecia estar disposto a esperar nem mais um minuto. O que quer que fosse que o estava perturbando parecia ser urgente.

Jean deixou-os a sós, e Tanya esperou que ele sentasse. Parecia ter algo de extrema importância para lhe dizer, e ela não tinha certeza se estava preparada para ouvir.

— Alguma coisa errada? — perguntou ela, num sussurro ansioso.

— Não exatamente — ele suspirou, e afastou os olhos dela, olhando pela janela. — Nada além do usual. Não quero que você me interprete errado. — Ele se voltou e olhou para ela, mas podia ver em seus olhos o quanto estava zangado, como se sentia traído, não só por ela, ou pela história que o guarda-costas contara, mas pelo fato de que suas vidas exigiam que aturassem esse tipo de abuso, e que nunca havia jeito de escapar da tortura. Como celebridades, não tinham direito à privacidade, ou mesmo à honestidade, e toda história inventada por qualquer pessoa contava com a proteção da primeira emenda da Constituição. — Não estou zangado sobre aquela coisa no jornal de hoje — mentia para si mesmo mais do que para ela, mas gostava de acreditar que era justo com Tanya, mesmo quando não era. — Não é muito pior do que as outras coisas que disseram sobre nós. Tenho muito respeito por você, Tan. Não sei como você agüenta toda essa merda — e ambos sabiam que era muita. No Natal anterior, devido a uma ameaça de morte muito séria, feita para todos eles, e particularmente para Tanya, haviam sido obrigados a contratar guarda-costas para os filhos dele, e sua ex-esposa tivera um ataque por causa disso. — Acho que você é uma mulher maravilhosa.

Mas ela nao gostou da maneira com que ele a olhou quando disse isso. Seus olhos diziam tudo, e há um ano ela já previa o que estava por vir. Ele estava cheio dessa situação, e ainda podia virar as costas e se afastar de tudo. A diferença era que ela não podia fazer isso. Mesmo que decidisse se aposentar naquela tarde, tudo continuaria por um longo, longo tempo, talvez eternamente, e ela sabia disso.

— O que está me dizendo? — Ela tentou não ser cínica, mas era difícil não o fazer. Já estivera nessa situação antes, de diversas maneiras, com pessoas diferentes. Disse a si mesma que estava preparada para o que vinha, mas no fundo do coração sabia que não estava. Ninguém nunca estava, sempre tinha esperanças que dessa vez fosse diferente, que ele se mostrasse forte o bastante, que realmente se importasse, que valesse a pena para ele ficar ao seu lado e ajudá-la. Era tudo que ela sempre quisera, talvez até mais do que filhos, apenas um relacionamento sólido e verdadeiro, com um homem que ficasse ao seu lado quando a merda batesse no ventilador, porque isso eventualmente acontecia. Dissera isso a Tony logo no início. E, durante cerca de três anos, ele mantivera uma boa atitude a esse respeito, mas ultimamente estava ficando impaciente. Impaciente demais. — Você está me dizendo que sou boa demais para você, que mereço uma coisa melhor do que você tem para me oferecer? Um daqueles pequenos discursos nobres que me dá a sensação de estar subindo para a grandiosidade, enquanto você foge pela porta? — disse claramente, encarando-o. Não adiantava se esconder do que estava por vir. E sabia que agora chegara o momento.

— Que coisa vil você está dizendo. Nunca a abandonei. — Parecia magoado, e ela ficou arrependida. Talvez tivesse sido prematura em suas acusações.

— Não, mas está pensando em fazê-lo, não é? — disse Tanya, suavemente.

Ele ficou sentado olhando para ela por um longo tempo, sem confirmar nem negar o que ela lhe perguntara.

— Nem sei direito o que estou falando para você. Só acho que estou ficando cansado. A vida que você leva é dura, muito mais do que qualquer pessoa possa imaginar até fazer parte dela.

— Eu o avisei sobre isso — disse Tanya, sentindo-se como uma alpinista na metade da escalada do Everest, enquanto seus companheiros começavam a abandoná-la. — Eu lhe disse como era. É uma vida dura aqui, Tony. Existem coisas maravilhosas em relação a ela, e adoro meu trabalho, mas odeio o que todas as outras coisas fazem comigo... com você... conosco... e com as crianças... eu sei o quanto é duro. Mas a merda é que não posso fazer nada para impedir que essas coisas aconteçam, e você sabe disso.

— Eu sei, eu sei... e não tenho nenhum direito de reclamar. — Fitou-a com os olhos cheios de vergonha e agonia, mas ela ao olhar para ele sabia que para Tony estava acabado. Dava para ver. Ele tivera seu caso com Hollywood, e para ele o romance tinha desaparecido.

— Eu sei como é duro para você, e não tenho a intenção de piorar as coisas. Sei o muito que você trabalha, e o quanto é perfeccionista... mas isso também é parte do problema. Você não tem nenhum tempo em sua vida para mim, ele está todo tomado por concertos, ensaios e gravações. Você está fazendo coisas fantásticas, Tan, e enquanto isso eu fico sentado aqui lendo sobre nós nos jornais.

— E acreditando neles? — perguntou ela sem rodeios. Talvez fosse isso. Talvez ele pensasse que era verdade. O guarda-costas que a estava processando fora um verdadeiro filho da puta, mas era um homem muito atraente.

— Não, não estou acreditando neles — disse, suspirando —, mas também não estou gostando dessa situação. Os caras com quem joguei golfe essa manhã fizeram um estardalhaço. Aliás, alguns deles acharam que era um bocado engraçado ter uma esposa processada por assédio sexual. A maioria reclama que suas esposas nunca querem dormir com eles.

Parecia constrangido com o que estava dizendo, mas Tanya percebeu o significado mais profundo. Seus amigos o haviam atormentado, e Tony estava cansado de ser humilhado. Era uma queixa razoável, mas também estava cansada da humilhação. O problema é que ele podia conseguir uma passagem para a liberdade a qualquer momento, e ela não. Ela era o alvo dos jornais e dos "reclamantes" em potencial, e não o seu marido.

— Não sei o que estou lhe dizendo — disse Tony num tom infeliz —, não é muito divertido desse jeito, é?

— Não, não é — disse ela tristemente, arrasada demais pela expressão em seus olhos para sequer discutir com ele sobre o assunto.

De algum modo, no final, os caras ruins sempre venciam. Os jornais, as ações judiciais, as ameaças e a pressão que tudo isso exercia tinham-se provado excessivos para qualquer relacionamento com um ser humano normal.

— Você está me dizendo que quer cair fora? — perguntou, consternada. Tony não era o único amor de sua vida, mas se sentia confortável com ele, confiava nele, amava-o e os seus filhos. Se dependesse dela, jamais teria terminado com seu casamento.

— Não tenho certeza — admitiu ele. Estivera pensando sobre isso, mas não chegara a quaisquer conclusões definitivas. — Para ser honesto com você, não tenho certeza de quantos *rounds* mais consigo agüentar. Não quero ser injusto com você. Realmente está começando a dar nos meus nervos, e achei que devia saber disso.

— Aprecio sua honestidade — disse, olhando para ele, já se sentindo traída porque ele não estava lhe dando apoio, porque o "constrangimento" de estar casado com ela e o que isso envolvia estavam fazendo com que ele a deixasse. — Gostaria de poder melhorar as coisas.

— Gostaria que essa situação não me incomodasse. Nunca pensei que isso aconteceria. Tudo parece estar numa escala muito mais humana até você entrar nessa vida, e então fica muito parecido com a Alice-no-País-das-Maravilhas. Tudo é muito irreal, enquanto você começa a cair e cair e cair... — disse ele, e ouvindo-o falar ela lembrou outra vez que o amava. Ele era um homem inteligente, e apesar de suas diferenças ainda tinham muita coisa em comum.

— Essa é uma maneira interessante de colocar as coisas — disse ela, sorrindo tristonha para ele, sabendo em seu íntimo que, de qualquer modo, era provável que para Tony tudo já estivesse acabado. — E as crianças? — perguntou, parecendo repentinamente atormentada. — Se você for embora, ainda deixará que eu as veja? — Havia lágrimas em seus olhos quando lhe fez a pergunta. Até esse momento tudo tinha sido tão sem derramamento de sangue e tão razoável. A primeira das muitas conversas para começar o desenredar do seu casamento. Mas quando ele viu a expressão arrasada em seus olhos, estendeu o braço e tocou-lhe a mão. Sentia-se horrível com o que estava vendo. E se detestava por estar fazendo isso com ela, mas já sabia havia algum tempo que não poderia agüentar a situação muito mais. E a história no jornal matutino realmente o aborrecera.

— Eu ainda te amo, Tan — disse ele num sussurro, e ela o detestou por estar tão atraente ao lhe dizer isso. Ele ainda a atraía bastante, era sensual, bonitão e inteligente, e mesmo que não estivesse ao seu lado para apoiá-la na maior parte do tempo, sempre estivera disposta a perdoá-lo. — Só queria lhe dizer o que eu estava sentindo. E mesmo que as coisas não dêem certo para nós nunca a impediria de ver as crianças. Elas a amam — disse, olhando gentilmente para ela, de um modo que dilacerou seu coração. Ele estava dizendo adeus sem falar as palavras, mas ela sabia que agora não demoraria muito tempo. Se para ela não estava acabado, para ele certamente estava.

— E eu as amo. — Ela começou a chorar mansamente, ele foi se sentar ao seu lado e pôs o braço ao redor de seus ombros.

— Elas também a amam, e eu também, Tan, do meu próprio jeito maluco — disse ele, mas ela não acreditou. Se realmente a amasse, não iria querer deixá-la.

— E quanto a Wyoming? Elas ainda virão? Você virá? — perguntou, sentindo-se desesperada e subitamente muito amedrontada. Ela o estava perdendo, e provavelmente às crianças também. Por que iriam querer vê-la, se seu pai a deixara? Será que nos últimos três anos estabelecera um relacionamento profundo o suficiente para que elas quisessem fazer isso? E quando levantou os olhos, Tony a estava olhando de um modo estranho.

— Acho que elas devem ir com você. Acredito que seria uma experiência maravilhosa para elas — disse ele, parecendo constrangido, e ela entendeu de imediato o que ele estava querendo dizer.

— Mas você não virá. É isso?

— Acho que não. Acho que seria um bom momento para darmos um tempo. Estou pensando em ir à Europa.

— Quando foi que essa idéia surgiu? Hoje no campo de golfe? — O que estava acontecendo aqui? Há quanto tempo ele planejava essa deserção? Pensou subitamente consigo mesma, enquanto escutava. E quando seus olhos penetraram nos dele, Tony pareceu ficar um pouco encabulado.

— Venho pensando sobre isso há algum tempo, Tan. Não foi algo que acabou de acontecer essa manhã durante o café. Acho que esse último incidente foi uma espécie de catalisador. Todavia, foi o *Enquirer* na semana passada. O *Star* na semana anterior. Têm sido as ações judiciais, as ameaças e os jornais, desde que nos casamos.

— Pensei que você estava se acostumando — disse ela, num tom chocado.

— Não vejo como qualquer pessoa possa fazer isso. Você também não se acostumou. — Por vezes ele se preocupara com o estresse incrível que tudo aquilo causava a ela. Sabia que até mesmo pessoas tão jovens quanto Tanya às vezes emborcavam e morriam por excesso de estresse. Em certas ocasiões pensara seriamente como é que isso não acontecia com ela. — De qualquer forma, Tanya, sinto muito.

— Então o que fazemos agora? — Queria saber se devia subir e preparar as malas dele, ou fazer um sexo ardente e apaixonado com ele e convencê-lo a desistir da idéia. Qual era o protocolo, e o que ele esperava? E mais importante ainda do que isso, o que é que ela queria? Nem ela mesma sabia. Ainda se sentia magoada e chocada demais com o que Tony estava dizendo.

— Não tenho muita certeza do que devemos fazer — disse ele honestamente. — Quero pensar sobre isso por algum tempo. Mas queria avisá-la da direção que estou tomando.

— Como se fosse um furacão, ou uma enchente, um tipo de desastre natural — disse ela, tentando sorrir, mas as lágrimas continuavam brotando em seus olhos. Então Jean bateu à porta e enfiou a cabeça lá dentro.

— Você está atrasada uma hora para o estúdio. O produtor telefonou e queria lembrá-la de que o marcador de tempo estava correndo. Os músicos querem saber se podem almoçar mais cedo e voltar em uma hora. E o seu agente telefonou para lhe lembrar que precisa de uma resposta sua hoje, até as quatro e meia. Bennett Pearson também telefonou. Ele quer que você ligue para ele logo que tiver terminado.

— Está bem, está bem. — Tanya levantou a mão para interrompê-la. — Diga aos músicos para almoçarem agora. Estarei lá em meia hora. Diga ao Tom para esperar e passaremos os arranjos juntos. — E com os diabos, como é que ela podia cantar, e decidir sobre o Japão, e um novo filme, e outra turnê, e se devia ou não pagar uma indenização ao chantagista que contara sua história no jornal matutino? Quando Jean saiu da sala outra vez, ela levantou os olhos para o marido. — Acho que você está certo. Nada disso é muito divertido, não é?

— Às vezes é muito divertido — disse ele —, mas a maior parte do tempo não é. O preço a ser pago por isso tudo é muito alto — disse honestamente, enquanto se levantava. Ele se sentia um inútil, mas no fundo estava aliviado, e em sua opinião a vida dela era um total pesadelo. — Vá fazer sua gravação, Tan. Sinto muito tê-la atrasado. Conversaremos outra hora. Não há nada a ser resolvido agora. Sinto ter tomado tanto tempo. — Não importava. Uma hora. Três anos. Era muito divertido. Que inferno, quem poderia culpá-lo por querer dar o fora agora? Ela o observou sair da sala, dividida entre a tristeza e o ódio.

— Está tudo bem? — Jean estava de volta com uma pilha de recados para ela, e um lembrete de que tinha de sair para o estúdio nos próximos cinco minutos.

— Está bem, está bem, estou indo, e sim, está tudo bem. — Tudo bem. Tudo sempre estava bem, mesmo quando não estava. E ela não podia deixar de imaginar quanto tempo a imprensa levaria para descobrir, caso Tony a deixasse. Não devia ser uma consideração, mas era. A perspectiva de outro *round* de histórias sobre ela era exaustiva.

Lavou o rosto antes de sair e tentou não chorar. Pôs óculos escuros, e Jean dirigiu o carro. Respondeu a alguns dos telefonemas do carro, e disse ao seu agente que faria a turnê de concertos, inclusive no Japão. No ano seguinte, ficaria na estrada por cerca de quatro meses, mas podia voar para casa de tempos em tempos, e sabia como a turnê de concertos era importante. Quando chegou, entrou direto no estúdio e ficou até as seis horas, então foi ao ensaio para o *show* beneficente, e naquela noite não chegou em casa antes das onze horas. E quando chegou, encontrou uma mensagem de Tony na mesa da cozinha. Ele fora para Palm Springs passar o fim de semana. Ficou parada por um longo momento, segurando o papel na mão, pensando para onde fora sua vida com ele, e quanto tempo ele levaria agora para acabar com ela. Era o presságio da calamidade, e não precisava ser uma vidente para saber que Tony estava de saída. Pensou em impedi-lo, em telefonar para ele em Palm Springs e dizer o quanto o amava, e como lamentava toda a dor que lhe causara. Mas quando pegou o telefone, ficou apenas ali, parada.

Por que ele não permanecia ao seu lado para lhe dar apoio? Por que não era capaz de agüentar o mesmo abuso que estava sendo amontoado sobre ela? Por que estava tão disposto a correr? A única conclusão a que pôde chegar enquanto pensava sobre isso foi que era completamente possível que Tony Goldman nunca a tivesse amado de verdade. E se, na verdade, esse fosse o caso, era muito provável que ela jamais soubesse. Colocou o fone de volta no gancho, e com lágrimas nos olhos andou calmamente em direção ao silêncio do seu quarto.

Capítulo 3

Quando Tanya voou para Nova York, usou o avião da companhia gravadora, e para poder ficar sozinha decidiu não levar a secretária. Realmente, não precisava de Jean para um *show* de TV e uma reunião com um agente literário. Além disso, queria um tempo para pensar sobre Tony. Depois do fim de semana em Palm Springs, ele voltara zelosamente na noite de domingo. Tinham jantado com as crianças, e nada mais foi dito sobre a infelicidade de Tony, ou as histórias nos tablóides. Não teve coragem ou energia para puxar nenhum dos dois assuntos com ele. E ele teve cuidado para não dizer-lhe mais nada. Ele nem fez comentário algum quando a revista *People* descobriu a história da ação judicial. Sabia que dissera o suficiente, e, na terça-feira, quando ela saiu para o aeroporto a fim de ir para Nova York, ele já tinha ido para o escritório.

O avião estava esperando por ela, era como se tivesse um avião comercial a sua disposição. Havia um executivo da companhia a bordo, indo para Nova York. Obviamente, sabia quem ela era, mas, além de um breve alô, não lhe falou mais nada. Ela fez anotações, chamadas telefônicas e trabalhou em algumas músicas. Na metade do trajeto para Nova York, seu advogado telefonou para dizer que o guarda-costas queria um milhão de dólares para desistir da ação judicial.

— Diga a ele que o verei na corte — disse Tanya, em tom frio.

— Tanya, não acho que isso seja inteligente — disse Bennett Pearson com tranqüilidade.

— Não vou pagar às pessoas para me chantagearem. Ele não pode provar nada, não tem um caso. É pura invenção dele.

— É a palavra dele contra a sua. Você é uma grande estrela, e, segundo ele, você o perseguiu, você o traumatizou, você o despediu, você arruinou sua vida porque ele não quis fazer sexo com você...

— Está bem, Bennett. Você não tem de repetir tudo. Eu sei o que ele está afirmando.

— As pessoas poderiam sentir pena dele. Hoje em dia os júris são imprevisíveis. Você tem de pensar sobre isso. E se eles o premiarem com dez milhões de dólares pela sua dor e sofrimento? Então como você se sentiria?

— Com vontade de matá-lo.

— Pense nisso. Acho que você devia pagar para sair dessa. E um milhão é um número redondo.

— Você tem noção de como tenho de trabalhar duro para ganhar isso? As pessoas não saem por aí distribuindo esse dinheiro por nada, sabia.

— Você vai fazer uma turnê no ano que vem. Tire do seu faturamento, e desconte como má sorte, como um incêndio na casa que não está coberta pelo seu seguro.

— Isso é nauseante. Não passa de um assalto.

— É isso mesmo, e já fizeram isso antes. A você, e a muitos outros.

— Fico doente em ter de pagar a pessoas assim.

— Apenas pense no assunto. Você já tem coisas suficientes em seu prato, sem adicionar uma ação judicial a ele. A última coisa de que precisa é fazer um depoimento que acabe nos jornais. Seria uma questão de conhecimento público, e os trâmites legais também.

— Está bem, está bem.

— Ligue-me de Nova York. — Por que tudo era tão desagradável? Não era de admirar que Tony quisesse dar o fora. Às vezes também desejava poder abandonar sua vida, mas estava inescapavelmente ligada a ela, como verrugas ou câncer.

O vôo para Nova York levou apenas cinco horas, e ela telefonou para Mary Stuart pouco antes de aterrissarem. Disse-lhe que estaria lá em meia hora para pegá-la, e Mary Stuart ficou excitada com a perspectiva de vê-la. Meia hora mais tarde, Tanya ligou outra vez para ela do carro, e quando chegou lá, sua velha amiga estava esperando no térreo, vestida num *jeans* e numa pequena suéter de algodão. As duas mulheres se abraçaram com força, e Tanya deu uma longa olhada para a amiga na penumbra do carro. Mary Stuart parecia mais magra e muito mais séria do que parecera no encontro anterior. O último ano obviamente cobrara um tremendo tributo dela. Tanya sabia que com Alyssa em Paris era ainda mais difícil. Mas Alyssa precisara se afastar deles, e Mary Stuart sabia disso, portanto não reclamou.

— Meu Deus, você nunca muda — disse Mary Stuart, admirando-a, maravilhada em ver como Tanya ainda era linda, mesmo na idade delas. Era como se as mãos do tempo nunca a tivessem tocado. — Como você faz isso?

— Segredos profissionais, minha querida — ela riu, com um jeito sensual e misterioso, e então ambas riram. Mas, a despeito de qualquer cirurgia que tivesse feito, ela também tinha uma pele maravilhosa, lindos cabelos e um corpo fantástico. E um aspecto jovem que nunca a deixara. Mary Stuart também estava com uma boa aparência, mas parecia mais próxima da idade delas do que Tanya jamais parecera. Mas preservar a aparência não era o negócio de Mary Stuart. — Você também está com uma aparência bastante boa, garota, apesar de tudo — ousou Tanya dizer. Era difícil acreditar que se passara um ano, o pior da vida de Mary Stuart, e provavelmente de Bill, embora ele jamais admitisse isso.

— Acho que você fez um pacto com o diabo — reclamou Mary Stuart. — Não é justo para o resto de nós. O que você admite como sendo sua idade agora? Trinta e um? Vinte e cinco? Dezenove? Vão pensar que sou sua mãe.

— Oh, cale a boca. Você parece dez anos mais jovem do que é.

— Quem dera. — Mas Mary Stuart sabia exatamente o quanto o ano que passara fora duro com ela. Apesar do que Tanya dissera, podia ver isso no espelho.

Elas foram ao J.G. Melon, como sempre faziam havia anos, e

comentaram sobre o rostos que ainda viam por lá, ou que não viam mais, e Tanya disse a ela que ia fazer uma turnê naquele inverno.

— O que Tony pensa disso? — Mary Stuart olhou para ela por cima do seu hambúrguer. Houve uma breve pausa na conversa, e então Tanya deu uma olhada para ela, e sua expressão disse um monte de coisas.

— Eu não disse para ele. Na realidade, não o tenho visto muito nos últimos dias. Nós... ahn... acho que tenho um pequeno problema. — Mary Stuart enrugou as sobrancelhas preocupada e ficou ouvindo. — Ele... ahn... foi para Palm Springs por uns dias, e acha que talvez devamos dar um tempo ao nosso relacionamento nesse verão. Ele disse que vai à Europa, enquanto eu levo as crianças para Wyoming.

— Ele está indo numa peregrinação religiosa, ou tem alguma coisa que você não está contando?

— Não. — Tanya abaixou o hambúrguer e olhou para sua velha amiga sobriamente. — Acho que há alguma coisa que ele ainda não disse, mas dirá. Ele apenas ainda não sabe disso. Acha que está tentando tomar uma decisão. Mas conheço os sinais. Ele já se decidiu.

— O que faz você pensar que ele já se decidiu? — Mary Stuart sentia pena dela, mas também não estava surpresa.

O estilo de vida de Tanya inevitavelmente causava muitas baixas, e ambas sabiam disso. Mas enquanto falava sobre a situação, Tanya parecia desapontada e infeliz.

— Acho que sim, porque não sou tão jovem quanto o médico me fez parecer. — Mary Stuart sorriu com seu comentário. — Já vi muitas fatalidades. Ele já se foi, apenas não sabe disso. Aparentemente, não consegue agüentar mais essa pressão, as ações judiciais, os tablóides, os ataques, as calúnias, o constrangimento, a humilhação. Não posso culpá-lo.

— Você não está esquecendo de algo? E as coisas boas? — perguntou Mary Stuart, gentilmente.

— Imagino que elas se percam na confusão. Você esquece delas. Eu também. Portanto, acho que não posso culpá-lo. A única hora em que realmente gosto do que faço é quando estou cantando...

quando estou gravando, ou cantando com todo o meu ser em um concerto. Nem me importo com os aplausos... é só a música... e ele não desfruta isso, eu sim.

— Ele recebe toda a merda. Eu recebo a glória. Suspeito que esteja cheio disso. Havia uma história no jornal dessa semana, de um ex-funcionário que contratamos no ano passado. O sujeito afirma que o assediei sexualmente e depois o despedi porque ele não queria transar comigo. Você sabe, a historinha agradável costumeira, tecida em casa. Saí na primeira página e constrangi Tony diante de todos os seus amigos. Acho que foi como uma última gota para ele.

— E você? Como é que você fica? — Mary Stuart parecia genuinamente preocupada. Elas se preocupavam uma com a outra havia anos, mesmo que não se falassem sempre, ou se vissem com freqüência, ou nem mesmo morassem na mesma cidade. Mas ambas sabiam que sempre estariam prontas a apoiar uma à outra. — Você está me dizendo que a situação está ficando insuportável demais para ele, portanto ele está indo embora?

— Ele não disse isso, mas vai. Agora mesmo ele quer um "tempo de folga" para poder ir à Europa. O que me deixa sozinha para levar seus filhos para um rancho em Wyoming, mas isso também não é problema. Eu realmente os amo.

— Eu sei que você os ama. Mas não estou exatamente impressionada com o cavalheirismo e devoção do pai deles.

— E daí, qual é a novidade? — Tanya sorriu pesarosa, e apertou as mãos de Mary Stuart. — E você? Como vai o Bill ultimamente? Tem sido tão duro para ele quanto para você? — Estava estampado em seu rosto o quanto havia passado.

— Imagino que sim. — Ela encolheu os ombros. — Não falamos muito sobre isso. Não há nada a dizer. Não se pode desfazer o que aconteceu. — Ou as coisas que tinham falado um para o outro sobre o que acontecera.

Tanya então ousou perguntar-lhe algo que vinha pensando durante o último ano, e que suspeitava ser a raiz do problema.

— Ele a culpa? — Foi pouco mais que um sussurro, mas até mesmo no restaurante lotado Mary Stuart a ouviu.

— Provavelmente — disse, suspirando. — Suponho que ambos nos culpamos por não termos visto o que estava se passando. Mas sei que no início ele achou que eu deveria ter previsto o que estava por acontecer. Eu deveria ter sido capaz de prever o desastre antes que ele nos atingisse. Bill me confere qualidades mágicas quando lhe convém. De qualquer modo, suponho que também me culpo. Isso não muda nada. A ilusão é que, se você colocar a culpa na pessoa certa, poderá voltar o relógio e impedir que as coisas aconteçam. Mas não funciona dessa maneira. Não importa. Já acabou. — Lágrimas encheram seus olhos e ela olhou para o outro lado, e Tanya ficou logo arrependida de ter mencionado o assunto.

— Sinto muito... não devia ter dito nada... — De que adiantava agora? Tanya estava se repreendendo em silêncio por ter sido tão estúpida, enquanto Mary Stuart tocava os olhos levemente com o lenço, e olhava tranqüilizadora para Tanya.

— Está tudo bem, Tan. Não tem importância. De qualquer maneira, dói o tempo todo. Como um membro amputado, a sensação nunca pára. Em alguns momentos a dor é mais aguda que em outros, às vezes é realmente insuportável, outras vezes você consegue viver com ela, mas nunca para de doer. Você não fez com que doesse. A dor está comigo em todos os momentos.

— Você não pode viver assim para sempre — disse Tanya, parecendo estar arrasada pela amiga. Sem dúvida, fora a pior coisa que já acontecera com qualquer uma delas, e não havia nada que pudesse fazer a respeito.

— Aparentemente você pode viver assim para sempre — respondeu Mary Stuart num tom desesperado. — As pessoas fazem isso o tempo todo. Elas vivem com dores constantes de todos os tipos, artrite, reumatismo, indigestão, câncer, e então vem isso, a destruição do coração, a morte da esperança, a perda de tudo que você sempre amou. É um desafio para a alma — disse ela, parecendo agoniada, mas ao mesmo tempo tão forte que Tanya quase não agüentou.

— Por que você não vem para Wyoming comigo e as crianças? — deixou escapar de repente. Era a única coisa que podia sugerir para ajudá-la.

Mary Stuart sorriu para ela.

— Estou indo para a Europa para ver Alvssa, do contrário adoraria. Adoro andar a cavalo. — E então ela franziu as sobrancelhas, confusa com alguma antiga lembrança e agradecida por sair de um assunto insuportavelmente doloroso. — Mas não sabia que você gostava.

— Não gosto. — Tanya riu. — Eu detesto. Mas esse lugar é supostamente fabuloso, e achei que seria bom para as crianças. — Ela pareceu constrangida por um momento. — Pensei que Tony também gostaria, mas ele não vai. Mas as crianças agora estão com doze, quartoze e dezessete anos, e todas adoram cavalgar. Achei que seria perfeito para elas.

— Tenho certeza de que será. Você também vai montar? — perguntou-lhe Mary Stuart.

— Depende de quão atraentes os *cowboys* sejam — disse Tanya, num tom muito texano, e ambas riram. — Acho que sou a única garota do Texas que sempre detestou cavalos. — Mas Mary Stuart lembrou que ela montava bem, apenas não gostava.

— Talvez Tony mude de idéia e vá com você.

— Duvido — disse Tanya baixinho. — Parece que ele está decidido. Talvez o tempo que vai passar distante faça bem para ele. — Na realidade, Tanya não achava que fosse fazer diferença, e Mary Stuart pensava em silêncio da mesma forma. As coisas definitivamente pareciam estar indo por água abaixo entre Tanya e seu marido.

As duas continuaram a conversar um pouco mais sobre Alyssa, o próximo filme de Tanya e a turnê de concertos que ela assinara para o inverno seguinte. Mary Stuart apenas podia imaginar como seria rigorosa, e admirava Tanya por fazê-la. Depois elas conversaram sobre o *show* de que ela participaria na manhã seguinte. Era o *show* diurno número um de entrevistas ao vivo no país.

— De qualquer modo tinha de vir a Nova York para essa reunião, portanto pensei que era melhor fazê-lo. Estou torcendo para que não queiram falar sobre a ação judicial. Meu agente já disse a eles que não quero falar sobre o assunto, não sei de quanto isso vale. — Então ela lembrou de um convite que queria estender a Mary

Stuart. — Tenho uma amiga que estreou uma peça aqui, na semana passada. Dizem que é muito boa, e ela recebeu críticas excelentes. Vão apresentá-la durante o verão e ver como se sai, e se forem bem, continuarão pelo próximo inverno. Se quiser, pegarei entradas para você. Mas ela está dando uma festa amanhã à noite, e eu disse que iria. Se quiser vir comigo, adoraria levá-la. Será que Bill gostaria de algo assim? Ele também é bem-vindo, eu só não sabia se faria seu estilo, ou se estaria ocupado demais. — Ou se atualmente ele estava falando com Mary Stuart.

— Você é um amor. — Mary Stuart sorriu para ela. Tanya sempre trouxera tanta alegria e estímulo à sua vida. Isso a recordava de mais de vinte anos atrás. Era sempre Tanya quem reunia a todas, que as animava a levar adiante algum projeto maluco de sua autoria, ou fazia com que elas se divertissem, às vezes a despeito da má vontade delas mesmas. Mas não conseguia imaginar Bill disposto a fazer esse programa. Eles não saíam havia meses, exceto para tratar de negócios, e agora ele trabalhava até tarde todas as noites, fazendo os preparativos para Londres. Em duas semanas, ele partiria pelo resto do verão. Mas ela tinha esperanças de que ao final de sua viagem com Alyssa elas pudessem passar um fim de semana no Claridge em Londres, para visitá-lo. Mas ele já lhe avisara que estaria ocupado demais para que ficassem mais tempo. Depois disso, Mary Stuart voaria de volta para os Estados Unidos. Bill dissera que a manteria informada em relação ao decorrer do julgamento, e se poderia ir visitá-lo outra vez. De certo modo, o que ele lhe havia dito não soava muito diferente daquilo que Tony dissera para Tanya. E talvez não fosse. Ambas pareciam estar perdendo os homens de suas vidas, e não tinham nenhuma maneira de impedi-los de partir.

— Não tenho certeza se Bill poderia se juntar a nós. Ele vai trabalhar até tarde todas as noites, antes de partir para Londres para o julgamento. Mas perguntarei a ele.

— Você gostaria de vir sozinha? Ela é uma garota simpática — Tanya pareceu ficar envergonhada. Estava agindo como se a amiga fosse uma atriz desconhecida. — Provavelmente deveria lhe dizer que se trata de Felicia Davenport, para que você não desmaie quando a conhecer. Somos amigas há anos, e ela é realmente fantástica.

— Sua esnobe antipática. — Mary Stuart estava rindo dela. Felicia Davenport era uma da maiores estrelas de Hollywood, e estava fazendo sua primeira tentativa na Broadway. Mary Stuart acabara de ler a notícia no *New York Times* de domingo. — Ainda bem que você me disse antes que a conhecesse. Você está certa, eu teria morrido. Sua tolinha. — Ambas estavam rindo quando saíram do restaurante, e Tanya disse-lhe que falaria com ela sobre a festa pela manhã. Seria na casa alugada de Felicia, na Rua Sessenta Leste.

Tanya deixou Mary Stuart em seu apartamento, que prometeu vê-la no *show* da manhã seguinte e a abraçou com força antes que fosse embora.

— Obrigada por essa noite, Tan. É tão bom rever você. — Nem tivera consciência de como estava frágil e solitária até encontrar-se com a amiga. Ela e Bill mal tinham se falado o ano todo, e ela se sentia como uma planta que não fora regada. Mas ver Tanya fora como ficar parada numa chuvarada, revitalizando-se de novo. E Mary Stuart estava sorrindo quando entrou no edifício com um andar saltitante, e cumprimentou o porteiro com a cabeça.

— Boa-noite, Sra. Walker — disse ele, tirando o chapéu para ela como sempre fazia. O ascensorista disse-lhe que Bill chegara a apenas alguns minutos. E quando ela entrou, encontrou-o no gabinete, guardando alguns papéis. Ela estava num alto-astral e sorriu quando ele se voltou para olhá-la. E Bill pareceu ficar espantado ao ver sua expressão, como se ambos tivessem esquecido de como era a sensação de passar bons momentos, estar com amigos, conversar um com o outro.

— Onde você esteve? — Estava com um ar surpreso. Ela parecia uma pessoa totalmente diferente, e ele não podia imaginar onde ela estivera àquela hora, de *blue jeans*.

— Tanya Thomas está na cidade, acabamos de jantar juntas. Foi ótimo poder vê-la. — Ela se sentia como uma bêbada na igreja, enquanto sorria amplamente para ele, e parecia ter subitamente esquecido a seriedade do último ano, o silêncio que brotara como uma parede entre eles. De repente ela se sentia barulhenta demais, jovial demais, e surpreendentemente desconfortável com seu marido. — Sinto voltar para casa tão tarde... deixei um bilhete... Ela titubeou, sentindo-se encolher enquanto ele a olhava. Seus olhos estavam tão frios, seu rosto tão sem expressão. Os traços bem talhados e atraentes que ela amara por tanto tempo haviam-se transformado em pedra no ano que passara, junto com tudo mais em relação a ele. Bill se afastara de tal modo dela que não podia mais vê-lo, quanto mais encontrá-lo. Tudo que podia ouvir era um eco do que tinha sido.

— Não vi o bilhete. — Era mais uma afirmação do que uma acusação. E ao olhar para ele muitas vezes se surpreendia desejando que ele não tivesse permanecido tão atraente. Estava com cinqüenta e quatro anos, e tinha bem mais que um metro e oitenta e dois de altura, um físico atlético e um corpo longo e esbelto. Seus olhos penetrantes eram azuis, e há um ano pareciam feitos de gelo.

— Sinto muito, Bill — disse calmamente. Sentia-se como se tivesse passado a vida toda se desculpando para ele por uma coisa pela qual jamais deveria ter sido culpada. Mas sabia que ele jamais a perdoaria. — Deixei o bilhete na cozinha.

— Comi no escritório.

— Como vão as coisas? — perguntou ela, enquanto ele colocava o resto dos papéis em sua pasta.

— Muito bem, obrigado — disse, como se estivesse falando com uma secretária ou uma estranha. — Estamos quase prontos. Vai ser um julgamento muito interessante — e então apagou a luz do gabinete, como se a estivesse dispensando. Estava levando a pasta para o quarto deles. Era uma coisa que ele jamais teria feito havia um ano, e era um pequeno detalhe, mas não importava mais. — Acho que na realidade vamos partir para Londres um pouco mais cedo. — Ele não dissera nada para ela até aquele momento. Simplesmente fizera seus planos, e pronto, como se não precisasse mais consultá-la. Ela queria saber o que "mais cedo" significava nesse caso, mas não ousava perguntar. Provavelmente iria apenas aborrecê-lo.

Se ele estava partindo mais cedo, talvez ela também fizesse o mesmo, embora ainda não soubesse dos detalhes finais. Elas tinham reservas de hotéis em Paris, St.-Jean-Cap-Ferrat, São Remo, Florença e Roma, e iam ficar no Claridge com Bill, em Londres. Seria uma viagem maravilhosa, e após meses separadas, Mary Stuart estava realmente ansiosa para viajar com a filha. Ela acabara de completar vinte anos em abril. Seu aniversário caía uma semana antes do aniversário de seu irmão. E ambos os dias tinham sido importantes para Mary Stuart.

E enquanto Bill colocava a pasta no chão e ia em direção ao banheiro para vestir o pijama, Mary Stuart lembrou-se do convite de Tanya, e contou para ele.

— Acho que é um *cocktail* ou algo assim. Está sendo oferecido por Felicia Davenport. Aparentemente, ela é amiga de Tanya. — E ao ver a expressão no rosto dele, ela se sentiu como uma adolescente de quatorze anos pedindo ao pai para ir ao baile de formatura. Ele parecia consternado que ela tivesse ousado lhe perguntar. — Acho que você poderia se divertir. A peça tem recebido críticas delirantes, e Tanya disse que ela é muito simpática.

— Tenho certeza de que é verdade, mas amanhã tenho de trabalhar até tarde outra vez. Esse é um caso gigantesco que estamos preparando, Mary Stuart. Achei que você tinha entendido isso. — Uma censura era pior que uma recusa, e seu tom a irritou.

— Eu entendo, mas você tem de admitir que é um convite fora do comum. Acho que devíamos ir. — Ela queria ir. Estava cansada de sentar em casa e sofrer. Ver Tanya a recordara de que havia um mundo inteiro lá fora... mesmo com seus próprios problemas, e preocupações sobre Tony, suas ações judiciais e os jornais, ela não estava sentada em casa chorando num canto. Ela lembrara a Mary Stuart que existiam outras opções.

— Para mim está fora de questão — disse Bill, firmemente —, mas fique à vontade para ir se desejar. — Ele fechou a porta do banheiro e quando saiu, sua esposa o esperava com um olhar decidido.

— Eu vou — disse ela, com uma expressão teimosa nos olhos, como se esperasse que ele fosse brigar com ela.

— Vai o quê? — Ele parecia completamente confuso com o que ela estava dizendo. E se não a conhecesse bem, teria pensado que andara bebendo. Ela estava se comportando de um modo muito estranho. — Do que você está falando? — disse ele, mostrando-se irritado e inconsciente pelo fato de que ela parecia mais relaxada do que de costume e que estava realmente muito bonita.

— Eu vou à festa — disse ela, com determinação.

— Ótimo. E eu *não* vou, contanto que você entenda isso. Vai ser divertido para você conhecer pessoas desse tipo. Tanya certamente parece ter amigos interessantes, mas não é de surpreender. — Ele então pareceu esquecer do assunto, e foi para a cama com uma pilha de revistas que precisava olhar rapidamente para fins legais e de negócios. Havia diversos artigos sobre alguns de seus clientes. E Mary Stuart desapareceu no banheiro e emergiu dez minutos mais tarde numa camisola de algodão branca. Ela poderia ter usado uma cota de malhas de ferro ou uma camisa de cilício, e ele não teria notado. Enquanto ele lia, ela ficou deitada quieta na cama pensando em sua conversa com Tanya e as coisas que ela dissera sobre Tony. Pensou consigo mesma se Tanya estava certa, e ele realmente a deixaria em breve ou ficaria por perto e tentaria resolver os problemas. Parecia tão injusto de sua parte não ficar ao lado de Tanya, mas ela parecia estar resignada com sua deserção, e quase que a esperava. Mary Stuart não podia deixar de pensar se Tanya não deveria assumir um papel menos aquiescente, e pelo menos tentar impedi-lo de partir. Era tão fácil olhar para a vida de outra pessoa e decidir o que ela deveria fazer. Fora totalmente incapaz de fazer isso com sua própria vida. No ano anterior, tinha sido uma completa incompetente no sentido de mudar o curso dos acontecimentos, ou conseguir estabelecer um diálogo com Bill em um momento qualquer. Ele ficara totalmente fora do seu alcance atrás de uma parede de gelo, que a cada momento se tornava mais e mais espessa. Ela se sentia como se não o tivesse visto de fato em meses, e começara a perder as esperanças de um dia se comunicar com ele outra vez. Não tinha idéia do que fariam do futuro. E ele certamente também não estava aberto a discussões sobre isso. Tinha a sensação de que se tivesse mencionado isso para ele, teria agido como se ela fosse louca. Como fizera essa noite, quando chegara em casa com um andar mais leve e um sorriso no rosto. Ele a olhara como se ela tivesse vindo de outro planeta. Era óbvio que o riso não deveria mais ser tolerado, e qualquer tipo de intimidade entre os dois era coisa de um passado distante. E ela só notara realmente como tudo piorara quando teve a visão deles dois através dos olhos de outras pessoas. Alyssa ficara horrorizada quando voltara para casa no Natal, e mal pudera esperar para voltar para Paris. Contudo, por mais terrível que a situação fosse para todos, Mary Stuart não tinha idéia de como fazer para impedir que ela continuasse. E Bill não queria fazer nada.

Ele apagou a luz quando acabou de ler e não disse uma palavra para Mary Stuart. Ela estava deitada de lado, com os olhos fechados, fingindo dormir, pensando se ele um dia se tornaria humano outra vez, se um dia estenderia a mão para ela, se alguém eventualmente gostaria dela, ou a tocaria, ou diria que a amava, ou se agora tudo isso fazia parte do passado. Com quarenta e quatro anos, em mais de um sentido, sua vida não estava só encolhendo, estava acabada.

Capítulo 4

No dia seguinte, Mary Stuart ficou em casa diligentemente para ver Tanya na televisão, e teve vontade de pular da cadeira e quebrar a tela quando a entrevistadora saiu de uma pergunta sobre a infância de Tanya numa pequena cidade do Texas e passou de imediato para o rumor recente que a ligava ao seu treinador. Depois fez uma referência maliciosa à ação judicial que haviam acabado de lhe jogar na cara, por ter assediado sexualmente um funcionário. Mas, apesar da fúria de Mary Stuart, Tanya soube lidar com a situação graciosamente, com aparente facilidade e um sorriso simpático, enquanto deixava os assuntos de lado, qualificando-os como chantagem e pratos típicos para os tablóides. Mas quando saiu do estúdio, seus braços estavam colados dos lados do corpo, e estava com a sensação de ter derramado um copo de água debaixo de cada axila, sem mencionar o início de uma forte dor de cabeça.

— Chega de programas de TV diurnos — disse ela à publicitária que a acompanhara ao estúdio, e que a escoltou até a sua próxima parada, o compromisso com o agente literário a respeito de fazerem um livro sobre sua vida. Mas, no final, o encontro a atraiu muito pouco. Tudo que eles queriam era sensacionalismo, nenhuma substância. Estava cheia de todos eles quando telefonou para

Jean naquela tarde e descobriu que aparecera mais uma vez em todos os jornais de Los Angeles, e que havia alguma coisa nos tablóides sobre seu marido estar passando o fim de semana em Palm Springs com uma atriz nova não-identificada.

— Você falou meretriz? — perguntou intencionalmente, e Jean riu. Não era uma história bonita. Jean leu o artigo de Los Angeles sobre a ação judicial contra ela, e Tanya teve de lutar contra as lágrimas enquanto ouvia. O ex-guarda-costas estava afirmando que ela o insultara repetidas vezes, andando nua pela casa quando estavam sozinhos, o que a teria feito rir, se não estivesse tão angustiada com a história. — Gostaria de poder lembrar da última vez que fiquei sozinha naquela casa — disse Tanya, sentindo-se deprimida. Já podia imaginar a reação de Tony. Mas declinou o oferecimento de Jean para ler a história sobre ele para ela. Depois de desligar o telefone, saiu e comprou-a ela mesma, e era uma beleza. Havia uma foto dele tentando se esconder do fotógrafo, e a foto de uma jovem atriz que Tanya conhecia, que não podia ter um dia a mais de vinte anos. Mas também era impossível distinguir se a fotografia tinha sido computadorizada e o jornal apenas fizera uma montagem para parecer que os dois estavam juntos. Ultimamente, nunca se podia ter certeza sobre fotografias. Mas, de qualquer modo, ela não gostou, e embora a princípio tivesse resistido, eventualmente telefonou para ele no escritório. Pegou-o no momento em que estava saindo.

— Ouvi dizer que meu nome estava outra vez na ribalta hoje — disse ela, tentando injetar humor numa situação desanimadora.

— Poderíamos dizer isso. Seu amigo Leo parece ter muita coisa para falar de você. Você já leu? — disse ele, parecendo realmente furioso e mal conseguindo esconder isso dela.

— Jean leu para mim. Mas é tudo merda que ele inventou. Espero que você saiba disso. — Seu tom era muito calmo, muito controlado, e muito sulista.

— Não tenho mais certeza do que eu sei, Tan.

— O que eles escreveram sobre mim não é pior que a história no tablóide sobre você e uma garota que supostamente levou para

Palm Springs. Eles até imprimiram uma foto sua — disse ela, tentando brincar com ele. — E também não é verdade. Então qual é o grande problema?

Houve uma longa pausa, e então ele falou bem devagar.

— Na realidade, eles não mentiram. Eu ia falar com você sobre isso, mas não tive uma oportunidade antes de sua partida.

Ela se sentiu como se Tony a tivesse golpeado com um bastão. Ele a traíra, estava nos tablóides, e ele estava admitindo isso para ela. Ficou em silêncio por um longo tempo. Não sabia o que dizer.

— É uma história e tanto. O que você espera que eu diga agora?

— Você tem todo o direito de estar realmente furiosa, Tan. Não a culparia nem um pouco. Acho que alguém lhes deu a dica. Não tenho a menor idéia de como eles apareceram no hotel. Imaginei que a história não chegaria aos jornais.

— Você está um pouco velho para ser tão ingênuo, sabe? Você tem freqüentado Hollywood tempo suficiente para saber como isso funciona. Quem você acha que ligou para eles? Ela ligou. Esse é um grande golpe para ela, roubar o marido de Tanya Thomas. Fama, Tony. Como é que ela poderia deixar passar uma oportunidade como essa? — Era uma coisa desagradável que estava dizendo, mas provavelmente era verdade, e ele sabia. Isso nem lhe ocorrera quando as coisas aconteceram. E do seu extremo do telefone houve um longo, longo silêncio. — O senhor é uma celebridade agora, Sr. Goldman. Está gostando?

— Não há muito que eu possa dizer, Tan.

— Não, não há. Você poderia pelo menos ter sido discreto, ou poderia ter levado alguém que não venderia o seu traseiro e o meu para os tablóides.

— Não quero fazer esse jogo com você, Tanya — disse ele, parecendo constrangido e zangado. — Sairei de casa amanhã. — Houve outro longo silêncio, enquanto ela balançava a cabeça e lutava contra as lágrimas.

— É, eu imaginei — disse em tom rouco.

— Não posso viver mais assim, sendo um alvo constante para os tablóides.

— Eu também não gosto disso — disse ela, triste. — A única diferença é que você tem uma escolha, eu não.

— Então, sinto muito por você — mas seu tom não refletia isso. De repente, ele se tornara perverso. Fora apanhado com as calças na mão, e não gostou. Ele não gostava de ficar em segundo plano em relação a ela, não gostava de ser vendido e traído, e de ser feito de bobo. Não gostava de nada daquilo, e mal podia esperar para sair de sua casa e de sua vida, e dos focos de luz sob os quais fora empurrado enquanto estivera casado com ela. No início ele os quisera, mas quando aumentaram demais a temperatura ele descobriu que não gostava.

— Sinto muito, Tan... Não queria fazer isso pelo telefone. Ia lhe dizer amanhã quando chegasse em casa. — Ela balançou a cabeça, enquanto lágrimas rolavam-lhe pelas faces, ele perguntou se ainda estava lá, e ela finalmente respondeu.

— Sim, eu estou aqui — mais ou menos, o que restava dela. Era tudo tão desgraçadamente difícil, e tão insuportavelmente solitário. Ela passara por tanta coisa durante tanto tempo, tinha sido tão usada e explorada, e tratada de uma maneira tão rude. Fora roubada pelo empresário com quem se casara, e agora Tony não tinha o peito de agüentar a barra ao seu lado depois de três anos, e estava fugindo para Palm Springs a fim de trepar com atrizes iniciantes. O que ele pensou que os jornais fariam com isso? Como podia ter sido tão descuidado e estúpido?

— Sinto muito — disse ele numa voz fraca, mas àquela altura já não tinha importância.

— Eu sei... esqueça... eu o verei quando voltar — disse ela, ansiosa para se afastar dele. Já a ferira o bastante. Ela não tinha mais nada a dizer. Então teve outro pensamento. — E quanto a Wyoming?

— Leve as crianças. Vai ser bom para elas — disse ele com nobreza, aliviado por estar livre daquela situação difícil. Estava ansioso por partir para a Europa, e levaria a mesma atriz iniciante com ele.

— Obrigada... — E depois, — Tony... também sinto muito... — Ela então começou a soluçar, e um momento depois desligou o telefone. Ainda estava chorando quando ele tocou outra vez. Ela quase não o atendeu, tinha certeza de que se tratava de Tony telefonando de novo para ver se estava bem. Mas se enganara. Era Mary Stuart, e ela pôde ouvir de imediato como Tanya estava transtornada. E, através das lágrimas, Tanya conseguiu explicar que Tony acabara de abandoná-la. Ela lhe contou sobre os dois artigos, e que Tony a estivera traindo em Palm Springs. Tudo estava embaralhado e quase ininteligível, mas Mary Stuart conseguiu decifrar o que estava acontecendo, e insistiu em ir vê-la. Dispunham de bastante tempo antes da festa, se elas fossem, mesmo depois do que acontecera. Tudo o que Tanya queria fazer era voltar para casa, mas não mandariam o avião para ela até a manhã seguinte.

— Quero que você venha até aqui para compartilhar uma xícara de chá, um lenço de papel ou um copo de água. Vamos, garota. Se você não vier, vou até aí pegar você — insistiu Mary Stuart, e Tanya ficou relutante mas sensibilizada com o oferecimento.

— Estou bem. — Mas ela não conseguia disfarçar seu sentimento enquanto chorava mais ainda.

— Não, você não está bem, sua mentirosa. — E então, a ameaça máxima: — Se não vier, telefonarei para os tablóides — disse Mary Stuart com firmeza, e Tanya riu.

— Você é revoltante — disse Tanya, rindo através das lágrimas. — Não a vejo há um ano, e o que faço, acabo me divorciando nos dois dias em que finalmente a encontro.

— Pelo menos posso estar aqui para dar-lhe apoio. Agora venha para cá antes que eu chame o *Enquirer*, o *Globe* e o *Star*, e quaisquer outros que eu possa encontrar. Você quer que eu vá aí buscá-la, Tan? — perguntou gentilmente, mas Tanya assoou o nariz outra vez do outro lado.

— Não, estou bem. Tudo bem... irei para sua casa. Estarei aí em cinco minutos. — E estava, com os cabelos despenteados, olhos e nariz vermelhos. Mas, apesar de tudo, sua aparência ainda era deslumbrante, como lhe disse Mary Stuart, enquanto colocava os braços ao seu redor e a segurava como uma criança chorando em seus braços. Tivera muita prática com Todd e Alyssa, e era uma boa mãe. Confortara e consolara muito em vinte e dois anos. Mas, tristemente, não o suficiente para Todd. Se isso tivesse acontecido, as coisas poderiam ter sido diferentes.

— Não posso acreditar nisso... tudo desmoronou em cerca de cinco minutos — disse Tanya, referindo-se ao seu casamento. Só que ambas sabiam que, na realidade, esse processo levara muito mais tempo. Havia muito tempo que Tony andava saturado em relação a todas as coisas que o aborreciam na vida dela; mas ele não lhe dissera isso. E ela percebeu que ele estava se sentindo infeliz fazia muito mais tempo do que ela pensava. Olhando para trás, podia ver todos os sinais, mas ela não os notara enquanto estavam acontecendo.

Apesar do calor que fazia lá fora, Mary Stuart preparou uma xícara de chá para Tanya e, sentando-se na cozinha imaculadamente branca, ela o tomou.

— Afinal, o que você faz nesse lugar? — perguntou Tanya, enquanto olhava ao redor. — Encomenda quentinhas?

— Não, eu cozinho aqui — disse Mary Stuart num tom afetado, mas sorrindo para a amiga. Tanya parecia maltratada e machucada, mas, para seu consolo, se sentia um pouco melhor. — Apenas gosto das coisas limpas e organizadas.

— Não — corrigiu-a Tanya. — Você gosta das coisas perfeitas, e sabe disso. Mas nem sempre se consegue isso, às vezes tudo vira uma confusão e simplesmente é assim, e não se pode mudar nada. Talvez você precise aceitar isso. Fico com a sensação de que você está se punindo pelo que aconteceu. — Era verdade, e, mais do que tudo, Tanya queria libertar a amiga do tormento que ainda podia ver em seus olhos.

— Você não se puniria? — perguntou Mary Stuart, em tom suave. — Como eu poderia não me culpar? Bill me culpa... eu sei.... ele não pode nem olhar mais para mim. Vivemos aqui como estranhos. Não somos mais nem mesmo inimigos... no início éramos, nem isso sobrou agora.

— Ele virá hoje à noite? — perguntou-lhe Tanya, sentindo-se triste por ambos. As cartadas que a vida lhes dera não tinham sido fáceis. Pelo menos não ultimamente.

Mas Mary Stuart sacudiu a cabeça como resposta.

— Ele disse que tinha de trabalhar até tarde no escritório.

— Ele está se escondendo. — Como a maioria das pessoas, ela era sábia a respeito da vida de todos, menos em relação à própria, mas Tanya era mais esperta que a maioria das pessoas. Apenas escolhia péssimos maridos.

— Eu sei que ele está — disse Mary Stuart, enquanto iam para seu quarto. — Mas não consigo encontrá-lo. Já olhei em todos os lugares, e não sei mais onde ele se encontra. É como aquele filme *Vampiros de almas*. Há um homem morando aqui, e ele se parece exatamente com Bill, mas sei que não é ele. Mas não tenho a mínima idéia de onde colocaram o verdadeiro.

— Continue procurando — disse Tanya, e surpreendeu Mary Stuart com sua veemência. — Não está acabado enquanto não chegar o fim. — De alguma forma, Tanya sentia que eles tinham algo que valia a pena salvar. Estavam casados fazia quase vinte e dois anos. Era um longo tempo de relacionamento para se abandonar. Por outro lado, as pessoas o faziam, e se Mary Stuart nunca mais encontrasse Bill, seria errado de sua parte desperdiçar a vida com ele para sempre, e Tanya sabia disso. Ela apenas detestava vê-la desistir tão cedo, depois de tudo que acontecera com eles. E era tão injusto que ele culpasse Mary Stuart.

— Isso é verdade para você também? — perguntou-lhe Mary Stuart, enquanto voltavam pelo corredor em direção à sala de estar, passando por uma porção de portas fechadas, que Tanya suspeitava que fossem quartos. — Não está acabado enquanto não chegar o fim?

— Acho que no meu caso é diferente — disse Tanya, com um suspiro. — Talvez nunca tenha sido verdade, ou nunca deveria ter sido. Mas acho que tinha acabado há algum tempo, e eu não queria ver. Nunca percebi o quanto ele se sentia infeliz com todo esse lixo que não posso controlar. Mas se isso vai deixá-lo louco, então não há nada que eu possa fazer. — Ela ainda o amava, mas também era inteligente o bastante para saber quando estava derrotada. De certo modo, desde o início, o relacionamento entre os dois nunca fora totalmente perfeito, e ela também estava consciente disso, embora tivesse detestado admitir isso.

As duas se acomodaram na sala de estar e conversaram durante algum tempo, e então Tanya se levantou e disse que tinha de ir ao toucador, e Mary Stuart lhe indicou onde era. Havia um pequeno banheiro de visitas no final do corredor, à esquerda, e Tanya andou rapidamente em sua direção. Abriu a porta, acendeu a luz e então ficou boquiaberta. Abrira a porta errada, e estava parada no quarto de Todd, olhando fixamente para os troféus, fotos e todas as lembranças ao seu redor. Tudo no quarto encontrava-se em perfeita ordem, era como se ele estivesse na escola e fosse chegar de Princeton a qualquer minuto. Enquanto ela estava parada olhando para aquilo tudo, Tanya não ouviu Mary Stuart chegar pelas suas costas, nem viu a expressão arrasada em seus olhos enquanto olhava ao redor.

— Nunca mais entrei aqui — disse ela, num sussurro que fez Tanya pular. Ela se voltou e viu a expressão arrasada nos olhos da amiga, e instintivamente colocou os braços ao seu redor. Tanya achava que ela não devia deixar o quarto daquela maneira. Era como um santuário para ele, e só de saber que estava lá todos os dias, tão próximo dela, tinha de ser incrivelmente doloroso. Havia uma foto de Todd com dois amigos da escola sobre a escrivaninha. Tanya se esquecera de como ele ficava exatamente a cara da mãe quando sorria, mas agora ela lembrava, o que fez com que chorasse ao ver o retrato dele.

— Oh! Mary Stuart — disse ela, enquanto lágrimas também enchiam seus olhos —, sinto tanto... abri a porta errada, e sem querer vim parar aqui...

A mãe do rapaz sorriu através das lágrimas e desprendeu-se dos braços de Tanya, ficando ao seu lado e olhando fixamente para a mesma foto.

— Ele era tão maravilhoso, Tanny... era um garoto espetacular... sempre fazia a coisa certa... sempre era a estrela, o menino que todos queriam ser, o garoto por quem todos se apaixonavam... — Havia lágrimas rolando lentamente por suas faces, e Tanya ficou parada olhando para a fotografia, como se esperasse que ele fosse falar, ou aparecer no quarto, mas ambas sabiam que isso não aconteceria.

— Eu sei. Lembro-me perfeitamente dele... era tão parecido com você — disse Tanya, numa voz suave.

— Ainda não consigo acreditar que aquilo aconteceu — disse Mary Stuart, olhando para Tanny, e depois se sentando na cama. Ela não fazia isso desde o Natal. Entrara lá sozinha, tarde na véspera de Natal, deitara na cama dele abraçada ao seu travesseiro e chorara durante horas. Como sempre, não ousara dizer a Bill que estivera lá. Ele já lhe dissera uma vez antes que deviam manter o quarto trancado, mas quando perguntou a ele o que achava que ela devia fazer com os pertences de Todd, ele lhe dissera para fazer o que quisesse. E ela não encontrara a coragem para se desfazer de nada. Simplesmente não teve forças para fazer isso.

— Você não deveria guardar as coisas dele? — perguntou-lhe Tanya, tristemente. Podia imaginar como seria difícil, mas ficou pensando se não seria mais saudável para eles. Ou talvez devessem considerar a idéia de vender o apartamento. Mas não ousava dizer isso.

— Eu simplesmente não poderia — respondeu-lhe Mary Stuart. — Simplesmente não consigo guardar as coisas dele — disse, e lágrimas rolaram outra vez pelas suas faces, ao pensar na criança que um dia vivera lá. — Sinto uma falta tão grande dele... todos sentimos. Bill não diz nada, mas sei que ele também deve sentir. Isso o está matando... está matando a todos nós... — Também sabia como afetava Alyssa. Uma vez a viu entrando no quarto dele. E não achava que a razão dela querer ficar em Paris fosse um completo mistério. Quem poderia culpá-la por isso? Vir para casa era bastante deprimente, e por enquanto não havia nenhum sinal de alívio à vista. Nem ela nem Bill pareciam ter-se recuperado.

— Não foi culpa sua — disse Tanya repentinamente, com firmeza, segurando a amiga pelos braços e olhando em seus olhos com determinação. Era como se estivesse destinada a estar ali. — Você tem de acreditar nisso. Não poderia tê-lo impedido, uma vez que ele já tomara a decisão.

— Como é que não pude ver o que estava acontecendo com ele? Como é que eu podia amá-lo tanto e deixar que isso passasse completamente despercebido? — Mary Stuart sabia que jamais poderia se perdoar pelo que não percebera e que havia acontecido.

— Ele não queria que você percebesse. Era um homem feito, tinha o direito de guardar seus próprios segredos. Ele não queria que você soubesse, ou lhe teria contado. Você não tem de saber sobre tudo e ler a mente de outra pessoa. Não poderia ter sabido, Mary Stuart, você *tem* de acreditar nisso. — O que Tanya não podia acreditar era que Bill a tivesse torturado durante o ano que passara e não a tivesse libertado do seu próprio sentimento de culpa. Em vez disso, ele o confirmara para ela, tanto com suas ações como com seu silêncio.

— Sempre penso que foi minha culpa — disse Mary Stuart, em tom triste, mas Tanya não a deixaria ficar assim. Estava determinada a libertá-la das amarras que a prendiam. Era o ato máximo de amizade, e uma questão de sobrevivência para Mary Stuart.

— Você não é tão importante assim — disse ela, tranqüilamente. — Mesmo com todo o amor dele, você não era tão importante assim para Bill. Ele tinha sua própria vida, seus próprios amigos, seus próprios sonhos, suas próprias decepções, suas próprias tragédias. Você não poderia tê-lo forçado a fazer aquilo se quisesse, e não poderia tê-lo impedido de fazê-lo, não importa o quanto quisesse. A não ser que ele tivesse vindo para você, e lhe tivesse suplicado para impedi-lo. E ele jamais teria feito isso, era uma pessoa muito fechada, assim como você. — Tanya estava muito séria enquanto olhava em seus olhos, agora determinada a ajudar a amiga.

— Mas eu jamais faria algo assim — disse Mary Stuart, que continuava olhando fixamente para a fotografia do filho, como se ainda pudesse perguntar a ele por que aquilo acontecera.

Mas agora todos sabiam a razão. Era tão pateticamente simples. A garota que ele amara durante quatro anos morrera num acidente de automóvel quatro meses antes, numa estrada congelada de Nova Jersey, e ele afundara em silêncio numa depressão cada vez mais profunda. Ninguém percebera o quanto ele estava deprimido, ou toda a extensão do seu desespero depois que ela morreu. Na Páscoa, pensaram que ele estava saindo da depressão. Mas, em retrospecto, Mary Stuart chegara à conclusão de que ele só parecera estar mais feliz na Páscoa porque, provavelmente, decidira fazer aquilo depois que voltasse das férias. Ele se aproximara tanto de sua mãe na ocasião. Eles saíram para uma longa caminhada no parque, conversaram filosoficamente e riram, ele até falara em termos vagos sobre seu futuro. Ele dissera a ela que agora sabia que sempre seria feliz. E então fez aquilo, na noite em que voltou. Cometeu suicídio duas semanas antes de completar vinte anos, em seu quarto em Princeton. O rapaz do quarto ao lado o encontrara. Ele entrara lá para pedir algo emprestado e encontrara Todd na cama, adormecido, e alguma coisa na maneira em que permanecera ali deitado levantara suspeita. Ele o examinara imediatamente e administrara ressuscitação cardiopulmonar, até a chegada da polícia e dos bombeiros. Mas eles disseram mais tarde que Todd já estava morto havia diversas horas quando o rapaz o encontrou.

Ele deixara um bilhete para cada um deles, dizendo que sentia tanta paz e estava tão calmo, e enfim tão feliz. Ele dissera que era um ato covarde de sua parte, sabia disso, e que sentia muito por toda dor que lhes causaria, mas simplesmente não podia mais viver sem Natalie. Ele dissera que realmente tentara. E esperava que uma vez que eles o tivessem perdoado, ficassem consolados em saber que ele e Natalie estariam juntos para sempre no céu. Embora seus pais tivessem dito que eles eram jovens demais, ele desejara casar com ela, depois da formatura, no verão seguinte. E, num certo sentido, Todd dissera em seu bilhete que agora os dois estavam casados.

Através de tudo isso, do momento em que ouviram as notícias, e muito tempo depois, Bill culpara Mary Stuart. Ele dissera que ela enchera a cabeça de Todd com bobagens e romantismos, e permitira que ele desenvolvesse um relacionamento sério demais com Natalie durante os últimos quatro anos e que se ela não o tivesse empurrado para a religião, ele nunca teria tido noções tão absurdas da vida após a morte ou de Deus. De acordo com Bill, Mary Stuart de fato armara o palco para o desastre. E ele jogou o suicídio de Todd inteiramente na consciência de sua mãe. Na ocasião, o que ele dissera para ela quase a matara. Mas pior do que qualquer coisa que ele pudesse ter dito para ela era a agonia da perda do filho mais velho, seu único filho... o primogênito... a criança que sempre fora seu raio de sol, e lhe trouxera tanta alegria e orgulho.

Enquanto Tanya a ouvia, tinha vontade de ir até Bill Walker e sacudi-lo. Suas acusações eram as mais insanas que já ouvira, e sentiu que ele estava tentando suavizar sua própria dor e sentimento de fracasso, culpando Mary Stuart por tudo. Era tão cruel que se tornava quase insuportável. E era fácil ver o que acontecera com Mary Stuart como resultado disso. Ela se sentia morta por dentro.

— Pobre garoto. — Mary Stuart estava soluçando baixinho, enquanto as duas permaneciam sentadas no velho quarto de Todd, ainda tentando compreender, um ano depois do acontecido, por que ele fizera aquilo.

— Ele estava muito apaixonado por ela. Quando recebeu o telefonema depois do acidente de Natalie, pensei que isso o mataria. — E no final o matou. Matara todos eles. Agora não sobrava nada de Mary Stuart, ou de Bill, ou do casamento deles. Tinham todos morrido com Todd, pelo menos morreram as partes mais importantes deles, seus corações, suas almas e seu sonhos, tudo morrera com o menino que eles amaram tanto e que perderam tão injustamente.

— Você alguma vez ficou zangada com ele por tudo isso? — perguntou Tanya, e Mary Stuart pareceu surpresa.

— Com Todd? Como eu poderia?

— Porque ele magoou a todos vocês. Porque ele tirou algo de você. Porque ele se acovardou, quando deveria ter tido a coragem de seguir vivendo, e deveria ter-lhe dito o quanto estava sofrendo.

— Eu deveria saber. — Mary Stuart assumiu a culpa outra vez, mas Tanya não ia deixar que fizesse isso.

— Você não pode saber de tudo. Não lê pensamentos. Você é apenas um ser humano. Ele não devia ter feito isso com você. — Mary Stuart sequer se permitira pensar aquelas coisas, e ouvi-las a amedrontava. — Não foi justo da parte dele, e você sabe disso. E não é justo Bill culpar você. Talvez seja hora de você ficar de bem consigo mesma e zangada com os dois. Eles colocaram um fardo enorme em suas costas, Mary Stuart.

Por um longo momento, ela não disse nenhuma palavra enquanto olhava para Tanya.

— Desde a noite em que ele morreu, senti que era minha culpa.

— Eu sei que se sentiu assim. Mas isso foi de certo modo conveniente para todos, não acha? Talvez até mesmo agora Todd precise assumir a responsabilidade pelo que fez. Talvez você tenha de devolvê-la para ele, e dizer ao Bill o que você pensa. Não pode apenas aceitar em silêncio toda a culpa e todo o peso do que aconteceu. Todd vai para a história como um herói, e não como um pobre garoto, doente e tolo, que fez uma coisa incrivelmente estúpida que todos nós sentiremos para sempre. Mas, seja lá o que foi, por qualquer razão que tenha sido, talvez aquele fosse seu destino. E foi o que aconteceu. Isso agora não pode ser mudado. Você não pode desfazer o que aconteceu, ou resolver que foi sua decisão, ou sua culpa. Ele fez tudo sozinho. E Bill não tem o direito de culpá-la, foi assim que ele se absolveu. Foi tudo *sua* culpa, para que ele pudesse ficar livre para se sentir zangado, miserável e frágil. Mary Stuart, você não é a parte responsável aqui, você é o bode expiatório.

— Eu sei — disse ela, suavemente. — Descobri isso há um tempo, mas isso não muda nada. Bill nunca vai admitir. Do ponto de vista dele, é tudo minha culpa.

— Então talvez você deva deixá-lo. Ou vai permitir que ele a castigue pelo resto de sua vida? Você ficará de joelhos pelos próximos quarenta ou cinqüenta anos, sussurrando *mea culpa*. É um longo tempo para se sentir culpada. Você está jovem demais para isso. — Ouvi-la era como mandar alguém abrir as cortinas num quarto escuro e deixar entrar enormes fachos da luz do sol. Estivera sentada num canto escuro por um ano, perdida na obscuridade e sofrendo. Era estranho estar sentada nesse quarto enquanto falavam sobre isso. Era como se Todd estivesse com elas. E ouvindo Tanya falar com ela, subitamente fez com que tudo parecesse muito diferente. Queria ficar zangada com Bill, queria gritar com ele, e sacudi-lo. Como podia ele ser tão estúpido? Como podia ter destruído seu casamento?

— Não sei mais o que pensar, Tan. Tudo tem sido tão confuso. Pobre Alyssa, deve ter sido um pesadelo vir para casa no Natal do ano passado. Estávamos todos numa confusão tão grande que ela mal pôde esperar para voltar para Paris. — No final ela partira quatro dias mais cedo. E isso fizera sua mãe se sentir ainda mais culpada.

— Você tem muitos anos pela frente para compensá-la. O que tem de fazer é pensar em si mesma, e no que você precisa. Não pode continuar deixando Bill fazer isso com você. Você tem de encontrar sua paz em relação ao que aconteceu. Precisa ter uma longa conversa consigo mesma, e com seu filho, e ver o que você descobre. E então, tem de falar com Bill. Até agora, ele se saiu dessa situação de forma bastante cômoda.

— Não acho que seja assim — disse Mary Stuart com sabedoria. — Deve ser tão doloroso para ele que se escondeu por trás de uma parede de gelo até ficar totalmente entorpecido. E agora está apavorado com a idéia de sair de lá.

— Se ele não sair, destruirá você e seu casamento. — Se já não o fizera. Tanya não tinha certeza de quanto sua amiga poderia resgatar, mas pelo menos ela estava pensando nisso. E Tanya estava feliz por ter-se aventurado a entrar no quarto de Todd e ter estado lá com ela.

— Obrigada, Tanny — disse Mary Stuart, levantando-se outra vez, e Tanya pôs o braço ao redor dos seus ombros. Mary Stuart então abriu as cortinas, e o quarto se encheu de luz enquanto ela olhava à sua volta.

— Ele era um garoto ótimo. Ainda não consigo acreditar que se foi.

— De certo modo ele não se foi — disse Tanya, suavemente —, nós todos lembraremos dele para sempre. — Havia lágrimas nos olhos das duas quando saíram do quarto de braços dados e andaram bem devagar de volta para a cozinha. Tanya tomou outra xícara de chá e depois voltou para o hotel a fim de se vestir para a festa. Depois que ela foi embora, Mary Stuart deu mais um olhada no quarto de Todd, puxou as cortinas, e então fechou a porta em silêncio e voltou para seu próprio quarto. Talvez Tanya estivesse certa. Talvez a culpa não fosse toda sua. Talvez a culpa fosse de Todd e de mais ninguém. Mas, ainda assim, não podia se forçar a ficar zangada com ele. Era bem mais fácil ficar chateada com o pai dele. Assim como era mais fácil para Bill culpar Mary Stuart, e não a si mesmo, por não ter previsto o que acontecera.

Ela ainda estava sentada pensando sobre isso quando Alyssa telefonou. Falaram um pouco, e ela lhe contou sobre a visita de Tanya, mas não falou sobre a conversa delas no quarto de seu irmão. Ela disse que Tanya a convidara para ir a uma festa oferecida por Felicia Davenport, mas que estava pensando em não ir. Estava se sentindo emocionalmente drenada com o que haviam conversado. Mas Alyssa ficou ultrajada com a idéia de que ela fosse perder uma oportunidade como aquela.

— Você está louca? Jamais terá outra chance como essa, mamãe. Vá. Vista-se. Agora vou desligar para que você possa se aprontar. Use o vestido de *chiffon* preto do Valentino.

— Aquele que você usa o tempo todo? — brincou, mas tinha sido maravilhoso falar com ela. Sempre fora apegada à filha, mas depois da morte de Todd tinham ficado ainda mais unidas. E Alyssa apoiara a mãe de diversas maneiras. Mary Stuart queria se desculpar por ter sido tão deprimente por tanto tempo, mas não desejava mencionar assuntos dolorosos. Em vez disso, desligou, e fez um esforço para tomar um banho, vestir-se e usar o vestido do Valentino. Era muito bonito, e ela estava com uma aparência suave e elegante enquanto calçava os sapatos de salto alto e escovava os cabelos até ficarem brilhando. Aplicou a maquilagem com muito cuidado. Pôs os brincos de brilhantes que Bill lhe dera anos atrás, e sorriu ao se olhar no espelho. Decidiu que estava bem, talvez até um pouco melhor do que isso, mas era uma sensação estranha estar saindo sem o marido.

Tanya telefonou e fez os preparativos para pegar Mary Stuart. Ela estava esperando lá embaixo quando a limusine chegou. Mary Stuart deslizou para dentro dela e pareceu ficar impressionada quando viu Tanya. Ela estava usando uma blusa solta, quase transparente, de *chiffon* rosa, por cima de calças de cetim preto que exibiam o trabalho árduo do seu treinador e seu corpo maravilhoso. Estava com *escarpins* de salto alto em cetim preto, e os cabelos louros se sobressaíam numa farta cabeleira. Estava incrivelmente bonita e muito sensual, mas sua avaliação de Mary Stuart também foi satisfatória.

— Você está tão elegante — disse com admiração, aí estava uma qualidade de Mary Stuart que sempre invejara. Tudo em relação a ela era tão completamente perfeito, até o último detalhe, o último fio de cabelo e a última unha. Tinha pernas sensacionais e cabelos lindos, e essa noite, pela primeira vez em um ano, seus enormes e calorosos olhos castanhos pareciam um pouco menos assombrados. — Você está ótima.

— Tem certeza de que não vou envergonhá-la? — perguntou Mary Stuart, de forma tímida.

— De jeito nenhum. Vai ter de passar a noite toda chutando os homens para longe. — Ela abriu um grande sorriso e então arqueou uma sobrancelha. — É claro, a não ser que não queira fazer isso. — Mas Mary Stuart sacudiu a cabeça ao que ela disse. Não estava procurando mais ninguém. De qualquer modo, ainda não. E o mais provável era que não o fizesse nunca. Mas não gostava de se sentir como se aquela parte de sua vida tivesse acabado totalmente, e durante o último ano isso, sem dúvida, tinha acontecido. Apesar de sua conversa com Tanya no quarto de Todd naquela tarde, por enquanto certamente não havia luz no final do túnel. Mas era uma boa sensação vestir roupas elegantes outra vez, sair e conhecer gente nova. E a festa, quando chegaram lá, estava melhor do que esperavam.

Felicia Davenport foi maravilhosa, calorosa e hospitaleira com ambas. Ela e Mary Stuart passaram um longo tempo conversando sobre Nova York, teatro, e até mesmo sobre crianças. Mary Stuart a adorou. Era uma mulher fascinante, e obviamente uma grande amiga de Tanya. A maior parte da noite Tanya passou cercada de homens, e Mary Stuart também teve sua cota justa de admiradores. Ela deixou que todos soubessem que era casada, e sua aliança estava bem visível, mas conversou sobre diversos assuntos interessantes, e a noite inteira fez bem ao seu ego. Estava se sentindo ótima quando finalmente foram embora, e Tanya se ofereceu para levá-la para comer hambúrguer outra vez, mas ela realmente achou que devia ir para casa. Não queria forçar a barra com sua nova independência e provocar Bill.

Tanya a deixou em casa, e Mary Stuart a convidou para subir, mas ela disse que queria voltar ao hotel, dar alguns telefonemas e relaxar, já que Mary Stuart não queria sair para jantar.

— Obrigada por momentos maravilhosos... por um monte de coisas... — Mary Stuart sorriu para ela agradecida. — Como sempre, você salvou minha vida. É engraçado como você sempre faz isso.

— Não faço nada, a não ser aparecer uma vez por ano como uma praga.

— Agora veja se você se cuida, está ouvindo — repreendeu-a Mary Stuart, ambas riram e então se abraçaram. Mary Stuart ficou parada na calçada e acenou até a limusine desaparecer, e ao se voltar e entrar no edifício, sentiu-se como a Cinderela. A visita de Tanya sempre transformava sua vida enquanto ela estava lá, e sempre a recordava de como tinham sido boas amigas, ainda eram e provavelmente sempre seriam. Era uma boa recordação. E se sentiu melhor do que em meses, ou talvez em mais de um ano. O senso de oportunidade de Tanya não poderia ter sido melhor. E embora ela mesma estivesse tendo problemas, ainda assim conseguira dar tanto de si para Mary Stuart.

— O Sr. Walker acabou de subir — anunciou o ascensorista quando Mary Stuart entrou.

Pouco depois, ela já estava no apartamento, e o viu entrar no quarto deles. Ele a ouviu entrar, mas não se voltou para olhá-la. Foi como se levasse um tapa na cara, enquanto o via se afastar e se recusar a vê-la.

— Olá, Bill — disse ela, ao entrar no quarto pouco depois dele, que só então deu sinais de registrar sua presença, enquanto a olhava por cima do ombro. Ele estava segurando a pasta.

— Não a vi entrar — disse, mas ela sabia que ele a vira. Ele não tinha querido vê-la. Era o mestre da negação e da rejeição. — Como estava a festa?

— Muito interessante. Conheci pessoas muito inteligentes, foi um tanto refrescante. Felicia Davenport foi maravilhosa, e gostei da maioria de seus amigos. Eu me diverti — disse ela, dessa vez sem se desculpar. Subitamente não achava que tinha de se arrastar até ele e pedir perdão por sua falha imperdoável. Era um pensamento estranho, mas parecia que naquela tarde Tanya a libertara. — É uma pena que você não tenha podido ir.

— Deixei o escritório há vinte minutos, enquanto você estava na farra — disse ele, em tom rude, mas ao mesmo tempo sorrindo. — Estamos partindo para Londres em três dias. — Era quase duas semanas mais cedo do que ele planejara.

— É muito mais cedo do que você tinha dito, e não apenas alguns dias — repreendeu-o, mas se sentiu punida outra vez e abandonada. Não havia nenhuma razão real para que não pudesse ficar em Londres com ele. Mas havia muito tempo que ele deixara claro que isso estava fora de cogitação. Não a queria lá enquanto estivesse trabalhando. Era mais uma maneira de manter-se afastado dela, para puni-la por suas transgressões.

— Eu a verei quando vier com Alyssa — disse, como se estivesse lendo o que estava passando por sua cabeça. Todavia, dois dias em três meses mal eram suficientes para sustentar um casamento, particularmente quando não existia nenhuma razão real para ela não estar lá, exceto que ele não a queria, e essa era a única razão que a manteria longe de Londres. Depois de sua viagem com Alyssa, passaria o resto do verão sozinha em Nova York. E por um louco momento ela pensou em voar até a Califórnia para passar alguns dias com Tanya. Não tinha mais nada para fazer, e a maioria das diretorias e eventos de caridade de que participava estaria fazendo um intervalo no verão. Pelo menos era uma idéia, embora soubesse muito bem que provavelmente nunca faria isso.

Um momento mais tarde, Bill desapareceu no banheiro e saiu de pijama. Nem pareceu notá-la ou ao vestido que usara, ou como estava bonita. Era como se ela tivesse deixado de ser mulher no momento em que seu filho morrera.

Depois disso, ela entrou no banheiro e lentamente tirou o vestido do Valentino, e com ele se foi a ilusão de ser atraente ou independente. Saiu de roupão, e viu que Bill estava de costas para ela outra vez, lendo uns papéis. E antes que pudesse se controlar, sentiu como se uma força bem no fundo dela a fizesse confrontá-lo. Sua voz soou muita clara e tranqüila no quarto, e ela mesma ficou surpresa com as próprias palavras, mas não tão espantada quanto ele.

— Não vou fazer isso para sempre, Bill. — Ela ficou ali parada por um momento depois de lhe dizer isso, e lentamente ele se virou e olhou para ela, segurando os óculos nas mãos com uma expressão de assombro.

— O que você quer dizer exatamente com isso? — Era o advogado da corte em seu estilo mais assustador, mas ela se recusou a deixar que ele a intimidasse.

— Significa exatamente o que acabei de dizer. Não vou viver para sempre deste jeito. Não posso fazer isso. Você nunca fala comigo. Age como se eu não existisse. Você me ignora, me evita, me rejeita, e agora vai passar três meses em Londres, ou pelo menos dois, e espera que eu me satisfaça com uma visita de dois dias. Isto não é mais um casamento. É escravidão, e as pessoas devem ter sido muito melhores com seus escravos do que você é comigo.

Certamente, era a coisa mais chocante que ela já dissera para ele neste último ano, e ele não pareceu ficar feliz com o que estava ouvindo.

— Acha que estou indo por prazer? Você parece ter esquecido que irei a trabalho. — Seu tom era frio.

— Acho que você esqueceu que estamos casados. — Ele sabia exatamente o que ela queria dizer, e ela não precisava explicar mais.

— Esse tem sido um ano muito difícil. Para nós dois. — Tinham passado recentemente pelo aniversário da morte de Todd, e parecia que isso apenas dificultara as coisas.

— Sinto-me como se tivéssemos morrido com ele — disse Mary Stuart, tristemente, enquanto olhava para o marido, embora estivesse aliviada porque ao menos estavam conversando. — E nosso casamento conosco.

— Isso não é necessariamente verdade. Acho que ambos precisamos de tempo — disse ele, mas ela podia ver que não estava sendo honesto, nem com ela nem consigo mesmo. Ele achava que tudo ia se consertar sozinho um dia, e Mary Stuart podia ter-lhe dito que isso não aconteceria. Agora seria necessário muito mais do que simplesmente ficar esperando.

— Já se passou um ano, Bill — lembrou-lhe, pensando consigo mesma até onde ele estaria disposto a ser pressionado. Suspeitava que não muito mais.

— Estou ciente disso — disse ele, e então houve um silêncio. — Estou ciente de muitas coisas. Entretanto, não sabia que você planejava me dar um ultimato. — Ele não estava nem um pouco feliz com sua declaração inicial.

— A intenção não foi essa. Foi uma informação. Mesmo que eu quisesse fazer isso indefinidamente, acho que não poderia.

— Você pode fazer qualquer coisa que queira.

— Então talvez eu não queira. Não quero ser tratada como uma peça de mobília pelo resto da minha vida. Isso não é um casamento, é um pesadelo. — Era a primeira vez que ela lhe dizia isso. E dessa vez ele não falou nada, simplesmente virou as costas para ela de novo, colocou os óculos e se concentrou na leitura. — Não acredito que você vá me ignorar outra vez depois do que lhe disse.

Ele falou com as costas voltadas para ela, e, olhando-o, era difícil lembrar que existira calor, amor ou alegria entre eles. Era ainda mais difícil acreditar que estivera profundamente apaixonada por ele, e que ele era o pai dos seus filhos.

— Não tenho nada para lhe dizer — falou, enquanto continuava a leitura. — Ouvi sua declaração, e não tenho mais nenhum comentário a fazer. — Ele estava sendo inacreditável, e ela não pôde deixar de pensar se estava tão amedrontado e sentindo tanta dor que simplesmente se congelara. Mas, independente do que fosse, e de como tinha acontecido, ela finalmente encarava o fato de que não agüentaria aquela situação por muito mais tempo.

Ela foi para a cama, ele apagou a luz e não se virou mais, nem lhe disse outra palavra, e na aquela noite Mary Stuart ficou deitada na cama no escuro, pensando por um longo tempo em Tanya e nas pessoas que conhecera na festa de Felicia. Mesmo aos quarenta e quatro anos, havia vida lá fora para ela, e pessoas que queriam conversar e lhe demonstrar um pouco de interesse. Era como se Tanya lhe tivesse aberto uma janela, e ela tivesse ousado olhar para fora pela primeira vez em séculos. Tudo era muito intrigante, e agora não tinha nenhuma idéia do que fazer. Nem seu marido, depois de ouvir o que ela lhe dissera aquela noite. Os dois estavam presos em lados opostos do que se tornara o Grand Canyon, e que um dia fora seu casamento.

Capítulo 5

Nos três dias seguintes, os caminhos de Bill e Mary Stuart raramente pareciam se cruzar. Ele trabalhava até quase meia-noite todos os dias, e ela começava a ter a sensação de que ele morava no escritório. Mas agora Mary Stuart estava acostumada com isso. Ficara mais ou menos sozinha o ano todo, e essa situação na verdade não era diferente. A única mudança na semana que passara era que não precisava mais fazer o jantar. Como resultado, estava ficando mais magra, e no passado Bill teria se preocupado com ela, mas do jeito que as coisas estavam agora, ele sequer havia notado.

E no dia anterior ao marcado para sua partida, Mary Stuart telefonou para ele no escritório, para saber se queria que fizesse suas malas para Londres. Ela presumiu que sim, já que ele nunca fizera as malas sozinho antes, mas ele disse que estava vindo para casa naquela tarde para fazê-las.

— Tem certeza? — Estava surpresa, era como se não o conhecesse mais. Nada do que ele fazia, ou queria dela, era o mesmo que fora um dia. Mas o filho deles morrera, e no que dizia respeito a ele, a culpa era dela, ou pelo menos assim ela interpretava a situação. No que concernia a ela, os dois não eram mais as mesmas pessoas. — Não me importo de fazer as malas para você. — Parecia ser o mínimo que podia fazer por ele, e isso a manteria ocupada. Ainda estava tentando absorver o fato de que seu marido estava partindo por dois ou três meses. Só naquele dia essa realidade a atingira. Com exceção de sua viagem com Alyssa, ficaria sozinha o verão todo. E, de certo modo, isso a amedrontava. O fato de ele não a querer ao seu lado em Londres salientava a distância entre os dois. Ele afirmava que seria enfadonho demais para ela e o distrairia. Mas em anos passados, jamais teria existido um momento de dúvida sobre sua ida. — Não me importo de arrumar as malas para você — disse ela outra vez ao telefone, mas ele insistiu que precisava escolher as roupas ele mesmo, já que desejava ter muito cuidado com o que usaria no tribunal em Londres.

— Estarei em casa às quatro — explicou ele, num tom aflito. Deixar seu escritório por diversos meses era complicado, e havia um milhão de detalhes para serem pensados. Estava levando uma de suas assistentes com ele, e tivesse ela sido mais jovem e mais atraente do que era, Mary Stuart teria chegado a uma conclusão óbvia. Mas nesse caso, era uma mulher atarracada, inteligente, mas muito feia em seus sessenta anos.

— Você quer jantar em casa ou preferia jantar fora essa noite? — perguntou Mary Stuart, sentindo-se deprimida, mas tentando parecer alegre. Era como se não existisse mais nenhum fingimento entre os dois, nem mesmo a ilusão de proximidade, e de algum modo essa sensação parecia mais aguda agora que ele estava partindo.

— Eu pego alguma coisa da geladeira — disse ele de uma maneira ausente —, não se dê ao trabalho. — Ambos tinham passado a odiar os jantares silenciosos e constrangedores, e ela ficava aliviada quando o marido preferia ficar no escritório e trabalhar até tarde. E como resultado os dois tinham emagrecido.

— Comprarei umas coisas frias no William Poll ou Fraser Morris — disse ela, e saiu para tratar de alguns afazeres. Tinha de comprar um livro, que sabia que ele iria querer para o avião, e pegar suas roupas no tintureiro. Enquanto se apressava para o leste em direção a Lexington, subitamente se sentiu satisfeita por estar viajando em algumas semanas. Apesar do abismo existente agora entre eles, ficaria incrivelmente solitária sem Bill.

Escolheu algumas coisas para o jantar no William Poll, comprou o livro e umas revistas, doces e chicletes, e quando ele chegou do escritório às quatro e meia todas as camisas que ela pegara no tintureiro já estavam penduradas para ele no quarto de vestir. E, sem dizer uma palavra para ela, ele entrou direto para arrumar a bagagem. Ficou ocupado tirando malas dos compartimentos acima do armário. E ela não o viu mais até as sete horas, quando ele apareceu na cozinha. Ainda estava usando a camisa branca engomada do trabalho, mas tirara a gravata, e os cabelos estavam um pouco despenteados. Isso fez com que parecesse subitamente mais jovem, e a parte dolorosa era que naquele momento estava tão parecido com Todd, mas ela tentou ignorar esse detalhe com determinação.

— Acabou de arrumar as malas? Teria tido prazer em fazê-las para você — disse ela, baixinho, arrumando a mesa de jantar. Fora outro dia quente, e era agradável ter uns frios para servir, e não precisar fazer o jantar.

— Não queria incomodá-la — disse ele, sentando-se numa banqueta alta ao lado da bancada de granito branco da cozinha. — Não tenho mais lhe proporcionado muita felicidade, não me parece justo que lhe dê trabalho e sofrimento, e mais nada. Pelo menos posso deixar você em paz e facilitar as coisas. — Era a primeira vez que ele reconhecia a situação, e ela o encarou espantada. Quando tentara lhe dizer alguma coisa uns dias antes, encontrara uma parede, e ele a ignorara por completo. Agora estava pensando consigo mesma se ele realmente a ouvira.

— Não espero que você me deixe em paz — disse ela, enquanto se sentava à sua frente, e seus olhos pareciam lagos de chocolate escuro. Ele sempre adorara ficar olhando para ela, adorava sua aparência, seu estilo e seus olhos expressivos, mas a dor que vira neles no último ano tinha sido demais para ele agüentar, e era mais fácil evitá-la. — O casamento não tem a ver com se manter à distância. Ele tem a ver com compartilhar. — E eles haviam compartilhado. Compartilharam alegria durante cerca de vinte e um anos, e um sofrimento sem fim no último ano. O problema é que não compartilharam realmente o sofrimento. Tinham sofrido em silêncio cada um em seu canto.

— Não temos compartilhado quase nada ultimamente, não é?

— disse ele, melancólico. — Acho que tenho estado ocupado demais no escritório. — Mas não era isso, e ambos sabiam. Ela não disse nada enquanto o observava, e ele estendeu a mão e vagarosamente tocou a mão dela. Era o primeiro gesto daquele tipo em meses, e as lágrimas vieram aos olhos de Mary Stuart ao sentir seus dedos.

— Tenho sentido sua falta — disse ela num sussurro, mas tudo que ele fez foi balançar a cabeça afirmativamente. Também sentira a mesma coisa, mas não conseguia dizer-lhe isso.

— Sentirei sua falta quando estiver viajando — disse ela, baixinho. Era a primeira vez em seu casamento que ficariam separados aquele tempo todo. Mas ele fora tão inflexível quanto a ela não acompanhá-lo. — É um tempo tão longo.

— Vai passar rápido. No mês que vem você virá com Alyssa, e espero estar em casa no final de agosto.

— Vamos ficar juntos dois dias em dois meses — disse, olhando para ele, desesperada, e tirando vagarosamente a mão da dele. — Não é o tipo de rotina de que os casamentos são em geral feitos, pelo menos não os bons casamentos. Eu poderia ficar no hotel e me virar durante o dia. — Tinham amigos suficientes em Londres para mantê-la ocupada dia e noite por meses, e ele sabia disso. E, repentinamente, era uma sensação constrangedora estar suplicando a ele para deixar que fosse para lá.

— Você vai me distrair demais — disse ele, infeliz. Já tinham conversado sobre isso antes, e ele tinha sido claro com ela. Não queria que ela fosse a Londres, a não ser por um breve fim de semana com a filha.

— Nunca o distraí antes — disse ela, sentindo-se a suplicante outra vez, e detestando tanto a si mesma quanto a ele por isso. — De qualquer forma... é tempo demais... isso é tudo. Acho que ambos sabemos disso. — De repente os olhos dele penetraram nos dela, e havia uma questão neles enquanto a fitava.

— O que você quer dizer com isso? — Pela primeira vez, ele parecia estar de fato preocupado. Era um homem atraente, e ela tinha certeza de que haveria muitas mulheres correndo atrás dele em Londres. Mas não podia imaginar que ele estivesse se preocupando com ela. Sempre fora a esposa perfeita, mas ele também nunca a deixara sozinha um verão inteiro, depois de um ano como aquele.

— Quero dizer que dois meses é um longo tempo, especialmente depois do ano que acabamos de passar. Você está partindo por dois meses, talvez mais... Não estou exatamente certa do que devo achar disso, Bill. — Parecia preocupada enquanto o observava, e então ele a surpreendeu ainda mais.

— Nem eu. Apenas pensei... talvez... pudéssemos usar um tempo longe um do outro para assumir o controle das coisas outra vez. Para descobrir o que devemos fazer agora e encontrar um modo de juntar os pedaços. — Estava espantada em ouvi-lo dizer isso. Nem mesmo tivera certeza de que ele estaria disposto a reconhecer como haviam se afastado completamente no último ano, quanto mais o fato de que precisavam juntar os pedaços outra vez.

— Não vejo como o fato de ficarmos separados durante dois meses vai nos aproximar mais — disse num tom casual.

— Talvez ajude a desanuviar nossas mentes. Não sei... Só sei que precisava ficar longe de você, para pensar em alguma outra coisa para variar. Para me absorver no trabalho.

Ela ficou surpresa quando ele a olhou, e ela viu lágrimas em seus olhos. Não o via chorar desde o dia em que tinham ido recolher o corpo de Todd em Princeton. Mesmo no funeral, mantivera-se sério, e nunca o vira chorar desde então. Ele estivera se escondendo atrás de sua parede todo esse tempo, e essa era a primeira vez que se aventurava a sair de trás dela. Talvez também estivesse perturbado em ter de partir. Pelo menos era alguma coisa.

— Queria ficar sozinho para trabalhar lá, Mary Stuart. É só isso... — Seus lábios tremiam enquanto os olhos se enchiam de lágrimas, e estendeu a mão para a dele de novo e a segurou gentilmente. — Todas as vezes que olho para você... penso nele... é como se estivéssemos todos irreversivelmente presos uns aos outros. Precisava me afastar disso tudo, para parar de pensar nele, e no que deveríamos ter feito ou sabido ou dito, ou em como as coisas poderiam ter sido diferentes. Esses pensamentos têm quase me levado à loucura. Pensei que Londres podia ser uma boa maneira de mudar isso.

Achei que deixar você para trás poderia ser bom para ambos. Você deve se sentir do mesmo jeito em relação a mim, sempre que me vê.

Ela então sorriu através de suas próprias lágrimas, sensibilizada, mas consternada com que ele estava dizendo.

— Você é tão parecido com ele. Quando entrou na cozinha há pouco, por um momento fiquei sobressaltada.

Ele balançou a cabeça. Entendia perfeitamente. Ambos viviam assombrados. Estava cheio do apartamento, da correspondência que ocasionalmente ainda vinha para Todd, e do quarto que sabia que estava lá, mas onde nunca entrara. Até mesmo Alyssa às vezes se parecia com Todd, e ele tinha os olhos e o sorriso da mãe. Tudo era tão insuportavelmente doloroso.

— Não podemos fugir um do outro para escapar da memória do nosso filho — disse Mary Stuart, tristemente. — Assim é uma perda dupla para nós, não só o perdemos, perdemos um ao outro. — Aliás, isso já havia acontecido, e ambos sabiam disso.

— Você ficará bem enquanto eu estiver longe? — perguntou ele, sentindo-se culpado pela primeira vez. Dissera a si mesmo que era tão sensato deixá-la. Afinal, ia a Londres para trabalhar. Mas, na realidade, ficara aliviado com a oportunidade de escapar dela. Agora sua atitude parecia constrangedora e idiota, entretanto, não queria mudar isso e levá-la com ele.

— Ficarei bem — disse ela, com mais nobreza do que sinceridade. Que escolha tinha agora? Dizer a ele que sentaria em casa e choraria todos os dias? Que era mais do que podia agüentar? Não era. Estava quase acostumada a isso. Na realidade, Bill a abandonara quando Todd falecera, pelo menos emocionalmente, e agora ele apenas estava levando o corpo com ele. Ficara sozinha por um ano, a verdade é que mais dois meses não fariam muita diferença.

— Você pode me telefonar quando tiver um problema. Talvez devesse ficar na Europa com Alyssa por uns tempos. — Ela se sentia como uma tia velha sendo empurrada para os parentes ou em viagens de cruzeiros. Mas sabia que estaria melhor ficando em casa do que definhando sozinha em hotéis ao redor da Europa.

— Alyssa vai para a Itália com amigos, ela tem seus próprios planos. — E ele também. Todos tinham. Até mesmo Tanya tinha sua viagem para Wyoming com os filhos de Tony. Todos tinham alguma coisa para fazer, com exceção dela. Tudo que tinha era uma curta viagem com Alyssa, e ele esperava que ela passasse o resto do verão esperando. Era uma presunção extraordinária da parte dele, mas levando-se em conta o que suas vidas haviam se tornado, isso não a surpreendia mais.

Eles beliscaram a comida que ela comprara sem muito apetite, falaram sobre algumas coisas que ela precisava saber, sobre sua manutenção, um prêmio de seguro que ele estava aguardando, e que correspondência ele queria que ela lhe enviasse. Esperava que ela pagasse as contas e cuidasse da maior parte das coisas. Ele teria poucos momentos preciosos de folga, enquanto estivesse trabalhando no caso em Londres. E depois de conversarem por algum tempo, ele voltou ao quarto deles para embalar o resto dos papéis. Estava no banheiro tomando banho quando ela entrou no quarto, e quando ele voltou usava um roupão e o cabelo estava úmido. Ele cheirava a sabonete e a colônia pós-barba, e por um momento, vendo-o daquele jeito, ela levou um choque. Agora que estava partindo, ele parecia estar relaxando um pouco com ela. Pensou consigo mesma se seria porque ele estava com pena de partir e, de repente, isso estava fazendo com que se sentisse mais próximo dela, ou, ao contrário, sentia-se tão aliviado que ficara descuidado.

E quando foram para a cama naquela noite, ele não se aproximou dela, mas de certo modo, mesmo a distância, parecia estar menos tenso. Havia diversas coisas que gostaria de ter dito para ele, sobre como se sentia, e o que ainda queria dele, mas pressentiu que, apesar do ligeiro aquecimento da guerra fria, ele ainda não estava pronto para que ela desnudasse sua alma ou dissesse para ele qual eram seus sentimentos em relação ao seu casamento. Ultimamente andava se sentindo desolada, incrivelmente triste e estranhamente enganada. Tinham lhe roubado um filho, e Todd fora roubado do seu futuro, ou ele o roubara de si mesmo. Mas era como se, quando os espíritos o levaram, tivessem carregado seus pais com ele. Teria sido bom poder dizer isso abertamente a Bill, mas sabendo que mal o veria nos próximos dois meses, ela não achava que fosse o momento certo, ou que ele estivesse preparado para isso. E enquanto ficava pensando nele, deitada do outro lado da cama, Bill adormeceu sem dizer mais uma palavra ou colocar o braço ao redor dela. Antes, na cozinha, ele dissera tudo que podia por enquanto.

E quando ele acordou na manhã seguinte, estava com pressa para se organizar. Telefonou para o escritório, fechou as malas, tomou banho e fez a barba, e mal teve tempo de dar uma olhada no jornal durante o café da manhã. Ela preparara ovos e cereal para ele, e a torrada de pão integral que ele comia todos os dias, e então fora se vestir, reaparecendo num terninho de linho preto com uma camiseta listrada branca e preta. Como sempre, quando ele a viu, ela parecia um anúncio de revista.

— Você tem uma reunião hoje? — perguntou ele, olhando por cima do jornal.

— Não — disse baixinho. — Sentia uma dor no fundo do estômago.

— Está muito bem vestida para apenas ficar sentada em casa. Vai sair para almoçar? — Ela não pôde deixar de pensar por que ele se importava, de qualquer modo estava se afastando dela por dois meses. Que diferença fazia o que ela fizesse agora?

— Não queria levá-lo ao aeroporto de *jeans* — disse ela, e com isso ele arqueou uma sobrancelha.

— Não estava esperando que você me levasse ao aeroporto. Uma limusine virá me apanhar às dez e meia. Estou dando uma carona para a Sra. Anderson. Eles a pegarão antes, e na realidade Bob Miller também virá. Pretendíamos trabalhar um pouco no carro, a caminho do aeroporto. — Eles não agüentavam perder um único momento. Os robôs humanos. Ou era apenas uma desculpa para se livrar dela mais cedo?

— Não preciso ir, se você prefere assim — disse baixinho, e ele pegou o jornal outra vez e voltou à leitura.

— Não acho que faça muito sentido. Será mais simples nos despedirmos aqui.

E menos embaraçoso, Deus nos livre se alguém pensasse que ele a amava. Ou será que amava? O fraco sentimento de humanidade que ele demonstrara nesse mesmo cômodo, havia apenas uma noite, desaparecera, a parede estava de pé outra vez, e ele não só estava se escondendo por trás dela, mas também por trás do jornal.

— Tenho certeza de que você tem coisas mais interessantes para fazer hoje. O aeroporto fica muito tumultuado nessa época do ano, levaria horas para voltar à cidade. — Ele então sorriu para ela, mas não havia calor em seu sorriso. Era o tipo de sorriso que se oferece para um estranho.

Ela concordou com a cabeça, e não disse nada, e quando ele se levantou, ela colocou os pratos na pia e tentou se controlar para não chorar. Era tão estranho vê-lo partir, passar por todos os procedimentos e planos. E quase antes que ela tivesse se acostumado com a idéia, ele já chamara o elevador e suas malas estavam no patamar. Bill vestira um terno cinza-claro e estava insuportavelmente bonito. A essa altura, já ficara tacitamente decidido que ela não iria ao aeroporto. Ficou parada à porta do apartamento olhando para ele, enquanto o ascensorista pegava suas malas e, então, dava um passo discreto para trás, a fim de não poder vê-los.

— Telefonarei para você — disse Bill, parecendo uma criança outra vez, e ela teve de lutar contra as lágrimas enquanto olhava para ele. Queria lhe dizer que não conseguia acreditar que ele estava partindo, sem um único gesto de amor para com ela.

— Cuide-se — disse ela, sem jeito.

— Sentirei sua falta — disse ele. Então se abaixou para beijar-lhe o rosto, e involuntariamente ela colocou os braços ao redor dele.

— Sinto muito... sobre tudo... — Sobre Todd, sobre o ano que haviam passado, pelo fato de ele achar que precisava tirar um tempo longe dela por uns dois meses, enquanto trabalhava na Europa. Sobre o fato de que seu casamento estava em pedaços ao redor de seus pés. Havia tanto do que se lastimar, era difícil lembrar de tudo, mas ele entendeu o que ela estava tentando dizer.

— Está tudo bem. Vai acabar tudo bem, Stu... — Ele não a chamara assim o ano todo. Mas será que acabaria? Ela não acreditava mais nisso. E agora os dois se separariam por dois meses. Sabia instintivamente que só ficariam mais afastados dessa possibilidade, e não mais próximos. Ele era tão tolo em pensar que era disso que precisavam. Se a separação fizesse alguma coisa, seria tornar a distância intransponível no futuro.

Ele então deu um passo para trás, sem beijá-la, e olhou para ela com uma tristeza imensurável.

— Eu a verei em algumas semanas.

Tudo que ela pôde fazer foi balançar a cabeça afirmativamente, enquanto lágrimas começavam a descer por suas faces, e o ascensorista aguardava.

— Eu te amo — sussurrou, quando ele virou as costas para ela.

Ele se voltou ao ouvi-la. Mas apenas olhou para ela, e balançou a cabeça, então a porta do elevador se fechou em silêncio por trás dele. Bill não respondera.

Quando Mary Stuart voltou a entrar no apartamento, a força de sua solidão chegou a tirar-lhe o fôlego. Não podia acreditar o quanto se sentira mal em vê-lo partir, em saber que ele não voltaria para casa durante meses, e que nem mesmo o veria, exceto por alguns dias com a filha. Pelo menos contava com isso, mas, assim mesmo, parecia o fim do seu casamento. Não importava o que ele dissera, o fato de que precisava de um tempo longe dela, e que não conseguia mais corresponder a ela de forma alguma, contava sua própria versão da história.

Sentou-se no sofá e chorou por algum tempo, sentindo pena de si mesma, e então andou lentamente para a cozinha. Colocou os pratos na lavadora, guardou o resto do café da manhã, e quando o telefone tocou, pensou em não atender. Achou que podia ser Bill telefonando do carro, dizendo a ela que esquecera de algo, ou talvez até dizendo que a amava. Mas quando atendeu era sua filha.

— Alô, querida. — Mary Stuart tentou parecer mais alegre do que se sentia. Não queria dizer a Alyssa o quanto estava infeliz com a partida de seu pai. Já tinham passado por infelicidade suficiente sem que Mary Stuart reclamasse sobre seu casamento, em particular para a filha. — Como está Paris?

— Linda, quente e romântica — disse ela. Era uma nova palavra em seu vocabulário, e Mary Stuart sorriu, pensando se havia um homem novo em sua vida. Talvez até mesmo um jovem francês.

— Posso perguntar por quê? — disse com cautela, ainda sorrindo.

— Ah, apenas está. Paris é tão maravilhosa. Adoro isso aqui. Não quero ir embora nunca mais. — Mas teria de fazê-lo em algumas semanas. Abririam mão do apartamento dela quando Mary Stuart viesse a Paris.

— Não posso culpá-la por isso — disse, olhando para o Central Park da janela da cozinha. Também estava bastante verdejante, mas também estava sujo, cheio de assaltantes e de vagabundos, e definitivamente não era Paris. — Mal posso esperar para vê-la — disse ela, tentando não pensar em Bill saindo uma hora antes. Àquela hora, ele já estaria no aeroporto. Mas duvidava que ele lhe telefonasse. Não havia nada a dizer, e ela o deixara desconfortável demais com sua exibição de emoções. Ela recebera a mensagem muito claramente.

Mas do lado de Alyssa houve um silêncio estranho. Sua mãe nem mesmo notara.

— Você já se organizou um pouco? — Mary Stuart pedira que ela reunisse alguns mapas para suas viagens rodoviárias. Alyssa estava encarregada daquela parte da viagem. O escritório de Bill cuidara do resto. — Você conseguiu o mapa dos Alpes Marítimos? Ouvi falar de um hotelzinho ótimo, nas cercanias de Florença. — Mas ainda assim não ouviu nenhuma palavra da filha. — Alyssa? Você está bem? Há alguma coisa errada? — Havia algum problema? Estava apaixonada? Estava chorando? Mas quando ela falou de novo, Mary Stuart pôde ouvir que não estava chorando. Ela apenas parecia um pouco constrangida.

— Mamãe... Tenho um problema...

— Oh! meu Deus. Você está grávida? — Ela estava quase com vinte anos e seria uma calamidade que Mary Stuart preferia não encarar, mas se tivesse que fazê-lo, apoiaria a filha.

Mas Alyssa ficou ultrajada com a sugestão.

— Mãe, pelo amor de Deus! É claro que não!

— Bem, desculpe. Como eu podia saber? Então, qual é o problema?

Alyssa respirou fundo e partiu para uma história longa e complicada, que parecia uma das histórias que ela contava no terceiro ano da escola, que se estendiam por uma eternidade e não tinham fim. Finalmente, tudo se resumia ao fato de que um grupo de amigos seus ia à Holanda e eles queriam que ela fosse junto. Era uma oportunidade rara, e eles viajariam pela Suíça e Alemanha, ficando hospedados com alguns amigos, ou em albergues da juventude, e então iriam à Itália, onde ela planejava encontrá-los mais tarde. Mas a parte inicial da viagem acabara de ser organizada, e no que concernia a Alyssa, era a grande oportunidade de sua vida.

— Parece maravilhoso. Mas ainda não entendi o problema.

Alyssa suspirou. Às vezes a mãe era tão obtusa, mas pelo menos isso não ocorria sempre, como o pai.

— Eles estão partindo esta semana. Ficarão viajando por dois meses, antes de nos encontrarmos em Capri. Eu poderia desistir do apartamento agora e ir com eles, exceto.. — Sua voz se extinguiu, enquanto Mary Stuart compreendia. Ela não queria mais viajar ao redor da Europa com a mãe. Certamente era compreensível, mas também era um desapontamento enorme para Mary Stuart. No momento, era tudo que tinha em sua vida. E ela estivera com esperanças de uma viagem restauradora, sozinha com a filha única, agora sua única filha.

— Estou entendendo — disse Mary Stuart, baixinho. — Você não quer ir comigo. — E então se intimidou com as próprias palavras. Não tinha a intenção de parecer daquele jeito.

— Não é nada disso, mamãe. E ainda irei com você se realmente quiser. É só que... pensei... essa é uma oportunidade tão fantástica... mas o que você quiser... — Ela procurava ser diplomática sobre o assunto, mas estava louca para ir com os amigos, e Mary Stuart sabia que seria muito mais divertido para ela. Não parecia justo impedi-la de ir.

— Parece maravilhoso — disse sua mãe, generosamente. — Acho que você deve ir.

— Está falando sério? Está sendo sincera? Realmente? — Ela parecia uma criancinha, pulando para cima e para baixo em seu apartamento em Paris. — Oh! mamãe, você é o máximo. Sabia que iria compreender... mas tinha medo que pensasse... eu... — E então, subitamente, Mary Stuart compreendeu melhor ainda, mas não ficou realmente chocada.

— Tem um cavalheiro incluído nesse plano? — Podia ouvir tudo na voz da filha, e isso fez com que sorrisse, embora também a deixasse nostálgica.

— Bem... talvez... mas não é por isso que quero ir com eles. Honestamente, é porque a viagem é tão maravilhosa.

— E você é uma filha maravilhosa, e eu te amo. Você me deve uma viagem para o inverno. Tiraremos alguns dias para viajarmos juntas para algum lugar, antes que você volte para Yale. Está combinado?

— Prometo que sim. — Mas Mary Stuart sabia que não seria o mesmo, ela estaria ansiosa sobre seus amigos, começar as aulas e voltar para casa de novo. Ficaria facilmente distraída. A viagem pela França e Itália teria sido maravilhosa para ela, mas a viagem pela Holanda com os amigos seria muito mais divertida para a filha. E Mary Stuart nunca hesitara em se sacrificar pelos filhos.

— Quando você partirá?

— Em dois dias, mas posso cuidar de tudo.

Elas conversaram sobre como ela enviaria as coisas para casa por navio, e os pagamentos que teriam de ser feitos. Mary Stuart precisava fazer-lhe uma remessa de dinheiro. Ela disse à filha para comprar *traveler's checks* com ele, e o quanto comprar, e elas conversaram por um longo tempo sobre os detalhes das viagens de Alyssa. E então a mãe lhe perguntou se ainda planejava ir a Londres.

— Acho que não. Nem íamos passar pela Inglaterra, e falei com papai no outro dia de noite, ele disse que ia estar realmente ocupado. — Ele estava evitando a todos, não só a esposa, mas também a sua filha. Não foi um grande consolo para Mary Stuart ouvir isso.

Quando desligaram, Mary Stuart ficou um longo tempo sentada, olhando pela janela para as mães e filhos se apressando em direção ao *playground*, e para as crianças correndo por lá, enquanto as mães se sentavam nos bancos e conversavam. Agora podia lembrar daqueles dias, como se tivessem acontecido apenas um dia antes. Ela passava todas as tardes no parque com os filhos. Algumas de suas amigas tinham ido trabalhar, mas ela sempre achara mais importante ficar em casa, e tivera a sorte de sempre ter podido fazer isso. E agora eles não estavam mais lá, uma já estava crescida, vivendo sozinha e viajando ao redor da Europa com amigos, o outro partira para um lugar distante na eternidade, onde tinha esperanças de que um dia o veria outra vez. Acreditar nisso era tudo que restara para ela se agarrar.

— Tomem conta deles — queria ela sussurrar para as mães que podia ver a distância lá embaixo. — Segurem-se a eles enquanto puderem. — Tudo era tão breve, e então acabava. Como seu casamento. Agora ele também chegara ao fim. Tinha certeza disso, soubera durante meses, e se recusara a ver a realidade. Mas quando pensou na maneira com que ele partira, as coisas que ele deixara sem dizer, e o modo com que se afastara dela quando lhe dissera que o amava, não restou mais nenhuma dúvida em sua mente. E ela sequer tinha o consolo de pensar que a causa era outra mulher. Não era ninguém, era ele, era ela, era o tempo, era o fato de que a tragédia os atingira, e eles não tinham sobrevivido. Era a Vida. Seja lá o que fosse que causara tudo isso, sabia que seu casamento morrera. Tudo que tinha a fazer agora era se ajustar à idéia. Dispunha de dois meses para experimentar a liberdade, e ver se gostava.

Naquela tarde ela saiu para uma caminhada, e pensou sobre tudo que estava acontecendo. Sobre Alyssa viajando com amigos, e Bill ficando em Londres por dois meses, e percebeu uma coisa que sempre soubera, e que de certo modo receava, que no final a pessoa ficava sozinha, exatamente como ela estava agora, sem eles. Dependia dela recolher os pedaços, seguir em frente, ficar em paz com o que Todd fizera e aprender a deixar isso para trás. Tanya estava certa quando estivera lá, ela não podia se esconder para sempre. Depois de tudo, talvez não fosse culpa sua, mas mesmo se fosse, ela não podia continuar usando a morte dele como uma mortalha, até que a matasse.

Ela voltou ao apartamento, e ao entrar colocou a bolsa de lado, sabia o que tinha de fazer. Soubera por um longo tempo, e nunca tivera a coragem de tomar uma decisão. Ela teria preferido não fazer aquilo sozinha, mas estava na hora. Tinha a sensação de que ele a estava esperando, como se tivesse aprovado e quisesse que ela tomasse essa atitude. Abriu a porta do quarto dele e ficou parada lá por um longo tempo. Então puxou as cortinas e as persianas, e deixou que a luz do sol entrasse. Sentou-se à sua escrivaninha e começou a abrir as gavetas, e, no início, sentiu-se como uma intrusa lendo todos os papéis de Todd. Havia cartas e velhos exames, várias recordações da infância, e uma velha nota de Princeton sobre sua iniciação no clube gastronômico. Uma por uma, ela revistou todas as gavetas, e então, lutando contra as lágrimas, foi para a cozinha. Havia uma pilha de caixas lá, e ela as trouxe de volta para o quarto de Todd, e assim que começou a empacotá-las, começou a chorar. Mas se entregar às lágrimas foi quase como um alívio.

Naquela noite ela passou horas no quarto dele, e o telefone jamais tocou. Bill nunca telefonou. Ele devia ter aterrissado às duas da manhã, no horário de Londres, e estaria no Claridge às três e trinta. Ele não tinha nenhuma idéia do que ela estava fazendo, e lhe dissera havia muito tempo para fazer o que quisesse.

Levou horas para empacotar as coisas do quarto, e quando terminou não estava sobrando nada. Colocara todas as roupas dele em caixas e guardara apenas umas poucas coisas especiais, como seu velho uniforme de escoteiro, que encontrou guardado numa prateleira, a jaqueta de couro favorita e um suéter que ela fizera para ele. O resto seria dado, e os papéis e livros ela poria no armário de depósito do porão. Deixara todos os troféus de Todd alinhados numa prateleira. Queria encontrar um lar para eles, e tirara todas as suas fotografias do quarto e as espalhara pelo apartamento. Era como se de repente ele estivesse compartilhando alguma coisa com eles, como se lhes tivesse deixado um presente, mais uma recordação. Colocou uma fotografia especialmente bonita de todos eles em seu próprio quarto e outra dele no quarto de Alyssa.

Eram duas da manhã antes que tivesse terminado, e então tudo já se encontrava arrumado. Lá fora estava escuro, enquanto ficava parada sozinha na cozinha completamente branca. Quase podia senti-lo ao seu lado, ainda podia ver seu rosto, os olhos, ouvir sua voz tão claramente. Às vezes pensava que o estava esquecendo, mas sabia que isso jamais aconteceria. Todd representava muito mais do que a soma de suas coisas para ela. Nada daquilo importava mais, tudo se fora, e o que realmente importava estaria com ela para sempre.

Tirou as colchas verde-escuras das camas e as guardou no armário para mandar para a lavanderia, e fez uma anotação mental para trocar as cortinas. Nunca notara o quanto tinham desbotado. Era triste olhar para seu velho quarto, parecia tão vazio e desolado, com as caixas empilhadas por todos os lados ao seu redor. Era como se ele estivesse se mudando para algum lugar. Mas ele se fora havia muito tempo. Ela se atrasara um ano para guardar suas coisas. Atrasara-se um ano para dizer adeus para ele, mas o fizera das formas mais importantes. Ele nunca seria esquecido, e as coisas jamais seriam as mesmas outra vez. Parecia ser apenas uma questão de tempo, antes que ela começasse a empacotar o resto das coisas no apartamento.

Mary Stuart olhou ao seu redor pela última vez, e gentilmente fechou de novo a porta do quarto dele. No dia seguinte, pediria à Legião da Boa Vontade para recolher as coisas a serem distribuídas, e pediria ao administrador para levar o resto das caixas para o porão. E enquanto andava vagarosamente de volta para seu quarto, pensou em tudo que acontecera no último ano, na distância que haviam percorrido, e em como todos eles estavam sozinhos. Alyssa estava na Europa com os amigos, Todd partira, e Bill ficaria em Londres durante o verão. E agora ela estava ali, guardando as recordações, e deixando que o filho mais velho se fosse, seu primogênito. Por um longo tempo, ficou olhando intensamente para a foto dele, parada em seu quarto. Seus olhos eram tão grandes, brilhantes, e claros, e ele estava rindo quando ela tirou a fotografia. Ainda podia ouvir o som de sua risada.

"Ora, vamos mamãe... ande logo..." Fora em Cape Cod, e ele estava congelando num calção de banho molhado. Ele fingira que estava estrangulando a irmã, tudo numa brincadeira saudável. Depois correra a metade do caminho em direção à praia com a parte de cima do biquíni dela, enquanto Alyssa o perseguia gritando, agarrada a uma toalha. Parecia ter acontecido havia milhões de anos, quando havia mais em sua vida do que apenas recordações e um apartamento vazio.

Mary Stuart só foi para a cama horas mais tarde, e, quando o fez, ficou deitada sonhando com todos eles. Alyssa estava dizendo algo e sacudindo a cabeça, e Todd estava lhe agradecendo por ter empacotado as coisas para ele. E quando ela olhou para cima pôde ver Bill à distância, andando para longe dela, e quando o chamou, ele nunca se voltou para olhar para ela, apenas continuou andando.

Capítulo 6

Quando Tanya voltou para Los Angeles não tinha certeza do que encontraria. Tony lhe dissera que estava se mudando de lá, mas sempre havia a possibilidade remota de que não tivesse feito isso. Mas logo que chegou em casa, verificou os armários dele e viu que se encontravam todos vazios. Jean estava na casa, esperando por ela, ansiosa por lhe comunicar o último relatório e lhe mostrar o horror mais recente nos tablóides. Ela estava outra vez nas páginas da frente, e, como de costume, as histórias sobre o guarda-costas que a estava processando eram estarrecedoras. Alguém lhes dissera que Tony alugara um apartamento para si mesmo, mas eles explicaram que era apenas temporariamente, e havia mais fotos dele com a atriz novata com quem ele saíra. Dessa vez ele fora jantar com ela.

— Está bem... Está bem... — disse Tanya para Jean, com um ar cansado. — Eu sei. Já vi. — Pegara um exemplar no aeroporto. — Acho que irei para Santa Barbara por uns dois dias. — Precisava se afastar de lá, dos fotógrafos, dos olhos curiosos e dos armários vazios. Não tinha nem tempo de pranteá-lo, tudo em que conseguia pensar era em como se proteger da mídia.

— Você não pode ir — disse Jean, casualmente, entregando-lhe quatro folhas de programação. — Estará fazendo um *show* de caridade amanhã à noite, e depois disso terá ensaios durante dois dias. E, no fim de semana, terá um encontro com Bennett para conversar sobre a ação judicial.

— Avise a ele que não posso — disse Tanya, infeliz. — Preciso de uns dois dias de folga. — Jamais teria deixado de cumprir um compromisso com um *show* de caridade ou teria faltado a ensaios. Mas não estava disposta a passar o fim de semana com Bennett Pearson, preparando-se para depoimentos.

— Acho que é um compromisso inadiável. Já estão marcando seus depoimentos no caso de Leo Turner, e Bennett disse que ele recebeu um telefonema do advogado de Tony essa manhã.

— Isso foi rápido — disse Tanya, deixando-se cair numa cadeira grande e confortável de cetim rosa, em seu quarto. — Ele certamente não perdeu muito tempo. — Era como se três anos tivessem desaparecido como fumaça da noite para o dia, e agora tinham de passar aos negócios. Às vezes ela pensava consigo mesma se era a isso que tudo se resumia. Tudo tinha a ver com dinheiro, ganância e negócios. Os agentes, os advogados, as pessoas vendendo histórias sobre ela, aqueles que queriam ser pagos para não processá-la, o número sem fim de pessoas que pensavam que ela lhes devia pelo seu sucesso porque fora mais afortunada do que elas.

— Preciso de um dia para mim — disse baixinho para sua secretária, e ninguém nesse seu mundo tinha idéia do quanto estava sendo sincera. Simplesmente não podia fazer mais isso, não podia seguir em frente, não podia continuar ligando a tomada, e sorrindo, e cantando e trabalhando para todos eles. Às vezes se sentia como se trabalhasse apenas para pagar a toda aquela gente. Não sobrava mais nada da vida. Era apenas trabalho e pagamentos.

— Ele acha que pode comprar Leo por quinhentos mil — disse Jean, continuando a pressioná-la, e ela ainda tinha um braço cheio de compromissos e recortes. Mas Tanya estava com um ar sinistro, e a secretária não notara.

— Foda-se o Leo. E você pode dizer ao Bennett que eu disse isso.

Jean balançou a cabeça, afirmativamente, e continuou, enquanto Tanya ficava desejando que o chão a tragasse. Mas Jean, além de meticulosa, era implacável.

— Recebemos um telefonema do *L.A. Times* hoje. Eles querem saber os detalhes do divórcio. Se Tony quer uma pensão ou um acordo, ou ambos, e se você vai conceder isso a ele.

— Essa pergunta foi do advogado dele ou do jornal? — Tanya parecia confusa e aborrecida. Certamente não existia tal coisa como privacidade em sua vida, ou decência, ou qualquer coisa mesmo remotamente humana.

— Foi o jornal, e Tony telefonou. Ele quer falar com você sobre as crianças.

— O que ele quer me dizer sobre elas? — Ela recostou a cabeça contra a cadeira e fechou os olhos, enquanto Jean sentou à sua frente e continuou. Ela nunca perdia o ritmo. E ainda tinha de falar com Tanya sobre todos os seus compromissos. Um advogado, um contador, um decorador que achava que ela devia redecorar a casa, um arquiteto que iria ajudá-la a modificar a cozinha na casa de praia. Todos tinham de ser pagos, e recebidos, e ouvidos, e se eles de alguma forma decidissem que ela não tinha correspondido às suas expectativas, eles a processariam. As coisas eram simplesmente desse jeito, e Tanya sabia disso. E não importava que o advogado de Tanya fizesse todos assinarem acordos confidenciais, assegurando a ela de que eles não venderiam informações aos jornais. — Por que Tony quer falar comigo sobre as crianças? — perguntou ela outra vez para Jean, que voltou às suas anotações e verificou. Às vezes ela trabalhava dez ou doze horas por dia. Não era um trabalho fácil, mas era bem paga, e a maior parte do tempo Tanya era uma pessoa agradável com quem trabalhava. E Jean gostava da glória, de ir aos concertos com ela, de ser vista com ela, de usar suas roupas velhas, e viver num tipo estranho de meia-vida à sua sombra. Ela também desejara ser cantora, mas não tivera a voz, a sorte ou o talento. Tanya tinha, e ela ficava feliz em apenas ficar ao seu lado.

— Não tenho certeza — respondeu Jean, sobre as crianças. — Ele não disse. Mas pediu para você ligar para ele.

Ela teve de ouvir sobre negócios por mais meia hora, e Jean a alertou de que a empregada deixara o jantar para ela na cozinha. Em vez de jantar, Tanya se serviu de um copo de vinho, examinou algumas anotações, e recebeu um arquivo de contratos de Jean. Eles tinham sido entregues por seus advogados e eram todos dos promotores da turnê de concertos. Quando Jean finalmente foi embora, às nove horas, Tanya pegou o telefone e ligou para Tony.

— Oi — disse ela, parecendo totalmente exausta. Fora um longo dia desde o início, cedo naquela manhã, em Nova York, e havia tanta coisa esperando por ela. Às vezes pensava consigo mesma se sobreviveria. — Jean disse que você queria que eu lhe telefonasse.

— Sim, eu queria — disse ele, num tom constrangido e distante. — Como estava Nova York?

— Agradável, mais ou menos. Encontrei-me com Mary Stuart Walker, valeu a pena só por isso, e Felicia Davenport. Eles me sacanearam no *show* da manhã que eu fiz, e me jogaram bem na cara todo o lixo dos tablóides. — Ela já passara por isso antes, nada mais a surpreendia, mas, ainda assim, ela nunca gostara daquilo. — E encontrar com o cara da agência literária foi uma perda de tempo. — Mas ela percebeu, ao ouvir a si mesma, que estava saindo do assunto. Ele não parecia mais interessado em sua vida. — Mas isso não vem ao caso agora, não é? Ou será que foi só isso que sobrou, apenas negócios?

— Isso foi tudo que sempre existiu, não foi? O que mais havia, Tanya? Seu trabalho, seus concertos, sua carreira, seus eventos de caridade, seus ensaios, sua música.

— É assim que você vê tudo agora? Acho que você deixou algumas coisas de fora? O que fizemos juntos... as viagens que fizemos... as crianças...

Existira mais na vida deles do que apenas sua carreira e sua música. Não era justo da parte dele dizer isso agora, apenas para se absolver do fato de tê-la deixado, mas ela já passara do estágio de discutir com ele. Não foram apenas seu trabalho e as pressões que o haviam atingido, sabia que o perdera porque ele se sentia tão humilhado pelos tablóides. Você precisava ser insensível para amar alguém com uma carreira no *show business*, e aparentemente ele não era.

— Incidentalmente, o que você disse às crianças? — Estava preocupada com isso. Desejaria telefonar para elas de Nova York, mas não queria lhes falar, antes que Tony contasse tudo para elas.

— A mãe delas cuidou disso para mim — disse ele, parecendo zangado. — Ela mostrou para eles tudo que saiu nos jornais.

— Sinto muito — disse Tanya, com uma humildade genuína. Era tão doloroso para todos eles, especialmente para as crianças.

— É, eu também — disse ele sem sinceridade. Parecia mais aliviado do que infeliz. E então, de repente, ele pareceu constrangido. — Aliás, Nancy queria falar com você. Com tudo que estão escrevendo sobre nós, ela não acha... ela pensou que as crianças... no momento, ela não quer expor as crianças ao seu estilo de vida. — Ele cuspiu as palavras como ostras estragadas.

— Meu estilo de vida? — Tanya ficou completamente frustrada com esse comentário. — Que estilo de vida? O que mudou desde a semana passada? — E então ela compreendeu. Nancy lera todas as histórias, e todas as afirmações de Leo, sobre ela tê-lo assediado sexualmente e andado nua pela casa. — Tony, seus filhos praticamente viveram conosco nos últimos três anos. Alguma vez eles foram prejudicados? Eu fiz alguma coisa errada? O que ela acha que vou fazer agora? O que poderia ser diferente?

— Não estou mais aí. Ela não vê por que eles deveriam ficar com você, se eu fui embora. Eles podem visitar você, se eu for junto — disse ele, quase engasgando nas palavras. Até ele estava envergonhado com o que Nancy lhe dissera. — Mas ela não quer que eles fiquem aí.

— Estamos falando sobre direitos de visita? — Eles já estavam chegando lá? Ela já estava negociando seu divórcio? E onde se encontravam seus advogados?

— Eventualmente falaremos sobre isso — explicou ele, e falariam sobre outros assuntos também, como a casa em Malibu que ela comprara com seus próprios recursos depois que se casara com Tony, mas da qual Tony gostava muito. Ele era o único que a usava. Ela nunca tinha tempo para ir lá. — Agora, ela está falando sobre Wyoming.

Houve um longo silêncio do lado de Tanya, à medida que ela começava a entender. Nancy não estava querendo deixar Tanya levar seus enteados a Wyoming.

— Isso pode ser negociado? — perguntou, num tom amargamente desapontado. Ia ser tão divertido, e ela estivera esperando por isso havia meses. Agora tudo saíra errado. Tony a abandonara, e as crianças estavam sendo retidas em casa pela mãe. — É um lugar fantástico, Tony. Todos dizem que é fabuloso, e as crianças adorariam. — A princípio ele sequer queria ir. Nenhum deles queria. E ela reservara uma luxuosa cabana de três quartos por duas semanas. — O que eu devo fazer com as minhas reservas?

— Cancele-as. Eles reembolsarão você?

— Não. Mas esse não é o caso. Eu queria fazer alguma coisa especial e diferente com as crianças.

— Não posso fazer nada, Tan — disse Tony, outra vez constrangido. A coisa toda era embaraçosa. Ele sabia o quanto ela aguardara ansiosamente por essa oportunidade, e realmente se sentia desconfortável, em particular porque acabara de deixá-la. — Nancy diz que não, Tan. Fiz o melhor que pude para convencê-la. Leve duas amigas. Que tal a sua velha amiga em Nova York? Mary Stuart?

— Obrigada pelas sugestões. — Mas agora estava preocupada com outra coisa, algo muito mais importante. — Quero saber o que está acontecendo aqui. Terei permissão de vê-las outra vez? — Queria ouvir isso dele. Eles não tinham o direito de fazer isso com ela. E seus olhos se encheram de lágrimas quando fez a pergunta para ele.

— Quem? — Ele tentou parecer vago, mas sabia o que ela estava perguntando. E não dependia dele, dependia da mãe deles.

— Você sabe o que quero dizer, maldição, não brinque comigo. As crianças. Vão permitir que eu as veja?

— É claro, eu... tenho certeza que Nancy... — Mas ela podia perceber que ele estava usando evasivas.

— A verdade. Que acordo você fez com ela? Poderei vê-las? — Falou como se estivesse conversando com um estrangeiro, ou alguém de outro planeta. Mas ele entendera muito claramente a pergunta, apenas não sabia como responder, sem deixá-la louca.

— Você terá de resolver isso com o seu advogado — disse ele vagamente, esperando evitar um confronto.

— Com os diabos, o que isso quer dizer? — Ela estava gritando com ele e perdendo o controle rapidamente. De súbito, foi dominada por uma sensação de pânico. Por que todos eram sempre tão capazes de tirar tudo dela? O dinheiro que trabalhava tanto para ganhar, sua reputação, agora até seus filhos. — Vocês vão deixar que eu as veja ou não? — Ela estava gritando, e ele estava se encolhendo.

— Não depende de mim, Tan. Se dependesse, você poderia vê-las a qualquer momento. Depende da mãe delas.

— Depende dela o cacete. Aquela vagabunda não dá a mínima para elas e você sabe disso. Foi por isso que você a deixou. — Por isso e algumas outras coisas, como um problema com bebidas, uma propensão ao jogo e o fato de que ela fora para a cama com todos os homens que ele conhecia. Mais de uma vez, ele tivera de procurar por ela e as crianças em Vegas. Mas, apesar disso tudo, seus filhos eram fantásticos, e Tanya sabia que tinha sido boa para eles. Agora ela queria permanecer fazendo parte de suas vidas, e Nancy não tinha o direito de impedi-la.

— Apenas resolva isso com seu advogado. — Eles falaram por mais alguns minutos e desligaram.

Naquela noite, ela ficou andando ao redor da casa como um leão procurando pelo jantar. Não podia acreditar no que estava acontecendo com ela. Tony a deixara, levara sua vida, seus filhos, fora infiel a ela em Palm Springs, a fizera de boba nos jornais, e agora sua ex-esposa não queria deixar que ela visse as crianças. Mas quando seu advogado ligou de volta naquela noite, não foi encorajador ao ouvir as explicações dela sobre o que estava acontecendo.

— Existe algo chamado os direitos dos pais adotivos — explicou Bennett, pacientemente, para ela, que começou a detestar o som de sua voz, enquanto ele discorria sobre os detalhes.

Era sempre a mesma coisa. Eles explicavam quais eram os direitos de pessoas normais, e quais os direitos das celebridades, e por que eram diferentes. E com circunstâncias atenuantes, podia-se contar com a certeza de que se sairia fodida.

— Mas você tem de compreender, Tanya, ultimamente você não tem sido exatamente pintada nos jornais como a Virgem Maria, com os tipos de acusações que Leo está fazendo. O cara contou umas histórias bastante feias, e imagino que a ex-esposa de Tony não queira que os filhos sejam expostos a esse tipo de comportamento.

Acho que se você fosse à corte e o advogado dela a questionasse a despeito do quanto você seja inocente, quando ele terminasse, ninguém deixaria você levar essas crianças para um lanche na Catedral de St. Paul, o que dizer para ficar em sua casa, ou ir para Wyoming passar férias. — Havia lágrimas nos olhos dela, enquanto ele dizia isso. Ele não tinha idéia do quanto a magoara. — Sinto muito, Tanya. É apenas a realidade. Acho que, por enquanto, você deve deixar o assunto de lado. Pelo menos até a poeira assentar ao redor desse processo.

— Mas e quando vier o próximo? — disse ela, assoando o nariz. Conhecia o cenário muito bem agora.

— Que próxima vez? — Conseguira confundir Bennett por um minuto. — Você está envolvida em outro caso? Acabou de receber a intimação? — Ele não ouvira nada sobre isso.

— Não, mas tenho certeza de que haverá outro. Só se passou uma semana desde o último. Me dê mais uns dias.

— Não seja cínica — disse, mas ela estava certa, e ele sabia disso. Em sua posição, ela era nada mais nada menos do que um alvo constante. Não era de admirar que Tony a deixara. Naquele momento, ela odiava sua vida tanto quanto ele. — De qualquer modo, vamos conversar sobre Leo — continuou Bennett, ignorando sua atual frustração relativa aos filhos de Tony. Não havia nada que ele pudesse fazer sobre isso, e não queria discutir na corte, inevitavelmente em frente das câmaras, se Tanya tinha ou não o hábito de andar pela casa nua na frente dos seguranças, ou de dormir com seu treinador. Ele tinha certeza de que ela não fazia nenhuma das duas coisas, mas o que quer que tivesse feito em sua vida viria à tona de forma turbulenta. E, afinal, ela era uma mulher feita.

— Não quero falar sobre Leo — disse ela, abruptamente. Estava infeliz e exausta.

— Ele está disposto a baixar para quatrocentos e noventa, se pularmos nessa oferta agora. E, francamente, acho que você deve aceitar — falou, casualmente, e, enquanto ouvia, ela quase pulou do sofá e desligou na cara dele.

— *Quatrocentos e noventa mil dólares?* — Gritou para ele, e ele não pestanejou. — Você está *louco*? O cara inventou a história toda, e vamos pagar meio milhão de dólares por ela? Por que ele não recebe apenas uma parte num filme?

— Porque ninguém jamais ouviu falar dele, e ele teria de trabalhar em quatro ou cinco filmes para receber essa quantia. Isso poderia levar uns dois anos, se ele tiver sorte. Inventar isso sobre você é muito mais rápido.

— Isso tudo é revoltante. — Mas era verdade, e essa era a pior parte. — Não posso acreditar.

— Se esperarmos, ele poderia dobrar a quantia outra vez. Posso telefonar para o advogado dele essa noite e dizer que concordamos? Quero fazer tudo dependente de confidencialidade, é claro. O advogado dele disse que ele já está falando com uma das redes de emissoras sobre um filme.

— Oh! meu Deus — gemeu ela, e fechou os olhos de novo. Em que tipo de pesadelo ela vivia? Não era de admirar que Tony partira. Quem poderia culpá-lo? Tanya gostaria de partir também, mas essa era a única maneira que ela conhecia de ganhar a vida. — Isso tudo é tão nauseante, não é? Que tipo de profissão é essa? Como fui me envolver nela e por que fiquei?

— Gostaria de ver sua declaração de imposto de renda para o ano passado? Talvez ela possa lhe dar algum conforto — disse ele irreverente, mas ela sacudiu a cabeça tristemente. Tudo isso era demais. Muito além da conta. Era mais lodo e sordidez do que jamais sonhara em ter de conviver.

— Sabe o que mais, Bennett — respondeu para ele. — Não é consolo suficiente para esse tipo de merda. É com a minha vida que essas pessoas estão brincando. É sobre *mim* que estão contando essas mentiras. Eu me tornei uma coisa, uma caixa registradora, um objeto. — Qualquer pessoa que quisesse um dinheiro extra, um meio milhão tranqüilo, e estivesse disposta a mentir, trapacear, ou chantageá-la, podia ter qualquer coisa que desejasse. Pela primeira vez, ouvindo suas palavras, Bennett ficou em silêncio. E ele detestava pressioná-la, mas sabia que tinha de fazê-lo.

— O que digo para o advogado de Leo, Tan? Me dê uma chance.

Houve uma pausa longa e infeliz, e então finalmente ela balançou a cabeça. Sabia que estava derrotada.

— Está bem — disse, rouca, sentindo-se deprimida com tudo aquilo. — Diga a ele que pagaremos... o bastardo... — E então, tentando afastar o horror de sua mente, e o fato de que acabara de pagar meio milhão de dólares a um homem para contar mentiras perversas sobre ela para a imprensa. Então fez outra pergunta a Bennett. — E quanto a Wyoming? Você pode fazer alguma coisa sobre isso?

— Como o quê? Comprá-lo para você? — Ele estava tentando brincar com ela para tirá-la da depressão, mas sabia que não estava obtendo sucesso, e não a culpava. Ser uma celebridade era um negócio difícil, apesar do que as pessoas pensavam. Do lado de fora, parecia maravilhoso, de dentro, era uma profissão cheia de sofrimentos profundos. E era impossível não levar as coisas em caráter pessoal. Eles eram humanos, todos sentiam.

— Você pode conseguir com que ela concorde em deixar que eu leve as crianças comigo? Reduzirei a estada para uma semana se fizer diferença — embora tivesse as reservas por duas semanas.

— Tentarei se você assim deseja, mas acho que a minha tentativa será bastante inútil. E acho que é uma aposta razoável, que a recusa ao seu pedido chegará aos jornais, o que não vai exatamente fazer com que pareça uma pessoa cheia de moral. E como estamos pressionando Leo quanto ao problema da confidencialidade, eu preferia não ter todo esse lixo arrastado de volta para os jornais.

— Ótimo. Obrigada — disse ela, tentando parecer que não se deixara afetar por aquilo tudo, mas era óbvio que ficara perturbada durante toda a conversa.

— Sinto muito, Tan — disse ele, sombrio.

— Claro, obrigada. Falarei com você amanhã. — Ela estava chorando enquanto dizia isso.

— Eu telefono para você. Temos de examinar os contratos da turnê de concertos. Ligarei para você pela manhã.

Seu coração afundou quando ele desligou. Sua vida se transformara numa merda através dos anos, e somente em ocasiões como essa é que ela realmente via isso. Apesar da adulação, e da emoção de que eles falavam, os aplausos, os concertos, os prêmios, o dinheiro, sua vida realmente se reduzia a isso. Pessoas fazendo você parecer uma prostituta barata, um marido que a abandonava sem olhar para trás, e enteados que jamais veria outra vez. Era surpreendente que qualquer pessoa em Hollywood ainda pudesse erguer a cabeça, ou se desse ao trabalho de dar um passo depois do outro.

Naquela noite ela ficou sentada sozinha em sua casa de Bel Air, pensando sobre isso e desejando estar morta, mas se sentindo infeliz e amedrontada demais para fazer qualquer coisa sobre a situação. Ela pensou em Ellie pela primeira vez em anos, e em Todd, o filho de Mary Stuart. Parecia uma saída tão fácil, e contudo não era. Tratava-se de uma coisa tão totalmente errada para se fazer, e todavia se precisava de uma mistura peculiar de covardia e coragem, e ela descobriu que não tinha nenhuma das duas.

Ficou sentada em sua sala de estar até o sol nascer, pensando em tudo, querendo odiar Tony por tantas coisas quanto possível, e descobriu que também não podia fazer aquilo. Não conseguia fazer nada, exceto sentar-se ali e chorar a noite toda, e não havia ninguém para ouvi-la. Por fim, levantou-se e foi para a cama. Não tinha a menor idéia do que iria fazer sobre Wyoming, e agora nem se importava. Deixaria que Jean fosse e levasse amigos, ou seu cabeleireiro, ou Tony com uma namorada. E então ela se lembrou que ele estava indo para a Europa com a namorada. Todos tinham amigos e filhos, e uma vida, e até mesmo uma reputação decente. E tudo que ela tinha era um punhado de discos de ouro e platina pendurados na parede, e uma fileira de prêmios colocados numa prateleira sob eles. Mas além disso, não tinha muito mais. Não se podia imaginar confiando em alguém outra vez, ou mesmo tendo um homem disposto a agüentar todo aquele lixo. Era hilariante. Conseguira chegar até o topo, para descobrir que não havia nada lá que qualquer pessoa quisesse. Deitou-se na cama, ainda pensando nisso, e nas crianças que provavelmente nunca mais veria, ou não por mais de alguns minutos. Era como se ela, Tony, seus filhos e sua vida juntos tivessem desaparecido no ar, e nada daquilo jamais tivesse existido. Desaparecido. Numa nuvem de fumaça... num incêndio gigante... uma vida inteira em chamas... com os tablóides sendo usados para acendê-las.

Capítulo 7

Quando Tanya acordou, mais tarde naquele dia, sentiu-se como se tivesse sido espancada. Ela mal dormira, e alguma coisa sobre o acordo, as notícias sobre as crianças, o fato de voltar para casa e ver que Tony levara todas as coisas dele a deixara maltratada e quebrada. Saiu da cama e teve a sensação de estar de ressaca, enquanto fazia uma careta e se olhava no espelho. Não tomara um drinque sequer no dia anterior, mas se sentia muito mal, e estava com uma dor de cabeça horrível.

— Deus, vou precisar de fazer outra visita ao cirurgião plástico depois disso tudo — disse para seu reflexo, quando entrou no banheiro. Preparou um banho quente, deslizou lentamente para dentro da água e se sentiu um pouco melhor. Tinha um *show* beneficente para fazer naquela noite, era por uma causa com a qual realmente se importava, e queria cumprir a promessa que fizera a eles. Naquela tarde tinha um ensaio curto, e ao meio-dia precisava entrar no carrossel outra vez, correndo atrás de suas inúmeras obrigações.

Entrou na cozinha de robe, fez uma xícara de café para si mesma, e pegou o jornal da manhã. Dessa vez, não estava na primeira página, nem seu prestes a se tornar ex-marido, ou qualquer de seus funcionários, passados ou presentes. Pelo menos, era alguma coisa. Virou cada página cautelosamente, como se estivesse esperando encontrar uma tarântula entre elas. Mas a única coisa que lhe chamou a atenção foi a história sobre uma médica em San Francisco, chamada Zoe Phillips. Tanya a leu avidamente, e quando terminou estava sorrindo. Zoe era uma das suas velhas colegas de quarto da universidade. Parecia que ela estava se saindo muito bem, o que não era surpresa. Ela abrira a clínica de combate à AIDS mais importante da cidade, e pelo que parecia a administrava de forma genial, conseguindo recursos financeiros e transformando pães em peixes. Ela estava alimentando indigentes com AIDS, alojando-os, tratando-os e atendendo também aos grandes segmentos da população mais rica infectada. O artigo fazia com que ela parecesse a Madre Teresa de San Francisco. E Tanya estava tão sensibilizada depois do que lera que pegou seu caderno de telefones, procurou o número e telefonou para ela. Havia dois anos que não se falavam, mas sempre trocavam cartões de Natal. Tanya sabia que era a única que ainda mantinha contato com ela. Mary Stuart perdera o contato com ela anos antes. Jamais haviam consertado a fenda que aparecera entre elas, ocorrida quando Ellie morrera, e Mary Stuart nem gostava de ouvir falar dela. Mas Tanya gostava de ambas, e quando a enfermeira atendeu ao telefone, ela pediu para falar com a Dra. Phillips.

Primeiro, a enfermeira disse que a doutora estava tratando de um paciente e perguntou se podia anotar o recado.

— Claro — disse Tanya, agradavelmente, sem hesitação.

— Posso perguntar quem está falando?

— Tanya Thomas.

Houve uma longa pausa. Normalmente, a enfermeira teria pensado que se tratava de uma coincidência, mas a doutora tinha uma habilidade extraordinária para entrar em contato com pessoas famosas, a fim de que participassem de eventos beneficentes para eles, ou apenas para lhes doarem dinheiro diretamente.

— *A* Tanya Thomas? — Ela se sentiu estúpida perguntando.

— Acho que sim — riu Tanya. — Fiz a universidade com a Dra. Phillips — explicou. Era interessante que Zoe nunca se vangloriasse disso. Seu único interesse em Tanya era a história que tinham juntas.

A enfermeira que a atendera ficou claramente impressionada

ao saber que Tanya e a doutora eram amigas, e disse que ia ver se a Dra. Phillips já estava liberada. Houve mais um período de espera, e um momento depois Tanya ouviu uma voz familiar ao telefone. Ela possuía uma voz suave e esfumaçada, e uma seriedade que transmitia até mesmo pelas linhas telefônicas. Mas ela lidava com um assunto sério.

— Tan? — perguntou ela, numa voz baixa e vagarosa. — É você? Minhas enfermeiras quase ficaram loucas.

— Sou eu. Você parece o Dr. Salk pelo que estou lendo no jornal. Tem estado bastante ocupada, e esqueceu de me mandar um cartão de Natal no ano passado. — Quando falava com ela, sempre se sentia como se fossem crianças outra vez. Trazia recordações dos velhos tempos, da mesma maneira que acontecia quando via Mary Stuart.

— Não mandei nenhum. Estava ocupada demais. Tive um bebê. — Disse isso com o mesmo sorriso gentil, e Tanya podia visualizá-la enquanto a ouvia.

— Você fez o quê? Está casada? — Mas ela duvidava. Zoe nunca quisera casar. Sentia-se satisfeita com sua carreira e seus relacionamentos monógamos de longo termo. Porém estava mais interessada em problemas e em mudar o curso da história da medicina do que em se casar, e sempre estivera. — O que você está me dizendo? Você se juntou ao resto da população burguesa? O que aconteceu?

— Não fique entusiasmada demais. Eu a adotei. E não, não me casei. Não mudei tanto assim. Só estive realmente ocupada.

— Qual é a idade do bebê? — Só de pensar nisso era tão adorável e, de certo modo, tão diferente de Zoe. Ela nunca lhe dera a impressão de ser terrivelmente maternal. E julgando pela sua idade, que Tanya sabia tão bem qual era, Zoe tomara essa atitude aos quarenta e três anos. Devia ter resolvido experimentar a maternidade antes que fosse tarde demais, mas era interessante que não tivesse decidido ficar grávida.

— Ela está agora com quase dois anos. De certo modo, entrou em minha vida por acaso. Sua mãe era minha paciente, e felizmente não tinha AIDS, mas também não tinha onde morar. Não queria ficar com Jade, então eu a adotei. Ela é meio coreana. E tem sido perfeito. Eu nunca poderia ter tirado folga da minha prática para ficar grávida. — E nunca estivera envolvida com qualquer pessoa com quem desejasse ter uma ligação tão permanente. Pelo menos, não em tempos recentes. Seu coração estava no seu trabalho, e teria feito qualquer coisa na vida pelos seus pacientes.

— Quando poderei vê-la? — perguntou Tanya, ansiosa, pensando em sua velha amiga e em Jade, a garotinha coreana que ela adotara. Ela adorou o nome. Combinava tanto com Zoe.

— Eu lhe mandarei uma fotografia — disse Zoe se desculpando, enquanto fazia um sinal para a enfermeira que estava esperando por ela na porta. Apontou para o relógio de pulso e ergueu cinco dedos para ela. Queria mais cinco minutos para falar com Tanya. Mas havia mais de quarenta pacientes esperando por ela na sala de espera alguns deles até doentes demais para estarem lá. Era uma história familiar para Zoe. Mas podia ao menos tirar uma folga de cinco minutos, em honra aos velhos tempos.

— Que tal fazer algo melhor do que me mandar uma fotografia? Que tal vir a Wyoming? — Tanya simplesmente decidiu convidá-la no ímpeto do momento. E se Zoe viesse, e Jade, e Mary Stuart... mas ela sabia que era bobagem. Mary Stuart estava indo para a Europa com a filha. — É apenas uma idéia. Aluguei uma cabana num elegante rancho para veranistas por duas semanas em julho, e não tenho ninguém com quem ir. — Parecia cansada e abandonada, e Zoe a conhecia o suficiente para perceber que as coisas não estavam indo bem, e, se fosse verdade, ela sentia muito ouvir isso.

— E seu marido?

— Essa sua pergunta prova o que sempre suspeitei a seu respeito. Você não compra mantimentos e não lê jornais. — Zoe fora magra demais a vida toda, e era a inveja de todas as mulheres que a conheciam, mas ela riu do comentário de Tanya.

— Você acertou as duas coisas. Nunca tenho tempo para comer, e não leria aquele lixo se você me pagasse.

— Isso é reconfortante. De qualquer forma, para responder à sua pergunta, ele se foi. Aliás, saiu de casa essa semana. E agora sua ex-mulher não quer deixar que eu veja seus filhos, porque estou sendo processada por um guarda-costas que afirma que tentei seduzi-lo. De fato, é tudo tão nauseante que não vale a pena tentar explicar para um ser racional. Não se preocupe em tentar entender. Eu não consigo entender, e moro aqui. — Mas o que Zoe ouviu mais do que as palavras foi o sofrimento na voz da amiga. Parecia genuinamente atormentada com o estado de sua vida atual.

— Não parece muito divertido. Wyoming soa como uma idéia fantástica. Gostaria de poder ir com você. — A enfermeira estava parada na porta balançando os braços outra vez, mas Zoe não queria interromper Tanya. Parecia que ela estava precisando de alguém com quem falar. Portanto, Zoe sinalizou pedindo mais cinco minutos, e a enfermeira desapareceu outra vez com uma expressão de desespero.

— Você não acha que poderia vir, Zoe? Só por um fim de semana?

— Quem dera eu pudesse. Não tenho ninguém trabalhando comigo nesse momento. Teria de deixar um grupo de prontidão para me cobrir, e meus pacientes realmente detestam isso. A maioria deles está tão doente que quer saber que eu vou estar aqui.

— Você nunca tira uma folga? — disse Tanya, espantada, não que ela tivesse muito tempo disponível também. Mas o que ela fazia era muito menos rigoroso do que cuidar de pacientes terminais.

— Não com muita freqüência — confessou Zoe. — Aliás — disse ela, se desculpando —, agora é melhor eu voltar para o trabalho, ou vão botar a porta do meu escritório abaixo e me linchar. Ligo para você uma hora dessas. Não deixe que os bundões a desanimem, Tan. Eles são todos seres inferiores, e simplesmente não vale a pena.

— Tento lembrar disso a maior parte do tempo, mas de qualquer maneira eles acabam lhe atingindo. De alguma forma eles sempre ganham, pelo menos nessa cidade, ou pelo menos nessa profissão.

— Você não merece isso — disse Zoe em sua voz gentil, e Tanya abriu um grande sorriso pela primeira vez naquela manhã.

— Obrigada. Ah, por falar nisso, vi Mary Stuart no outro dia.

— Como ela está? — Zoe pareceu tensa quando perguntou, mas ainda era aquele velho problema de sempre, e Tanya nunca dera atenção a isso. Ela continuara a dar a cada uma delas notícias da outra através dos anos, e ainda alimentava fantasias quanto a uni-las outra vez, como nos velhos tempos.

— Ela está bem, mais ou menos. Seu filho morreu no ano passado. Acho que nenhum deles se recuperou. Acredito que, no momento, tudo ainda esteja um pouco abalado.

— Diga a ela que sinto muito — disse Zoe, suavemente, e ela sentia. — Do que ele morreu? Um acidente?

— Acho que sim — disse Tanya vagamente, não querendo dizer a ela que fora um suicídio. Sabia o quanto Mary Stuart se sentia reservada e ressentida em relação ao ocorrido. — Ele estava em Princeton. Tinha vinte anos.

— É uma pena. — Ela lidava tão constantemente com a morte, mas nunca se tornara indiferente a ela. Era uma derrota que ainda odiava, e sabia que jamais poderia aceitar com resignação. Toda vez que perdia um paciente, sentia-se lograda.

— Eu sei, você tem de ir... mas pense sobre Wyoming, se puder. Seria divertido, não acha? — Era um sonho louco, mas agradava a Tanya, e Zoe sorriu com a idéia. Para ela, não se tratava nem mesmo de um sonho. No momento, fazia onze anos que não tirava férias. — Telefone para mim um dia desses. — Ela parecia ansiosa e solitária, e Zoe desejou poder esticar as mãos para ela e ampará-la. Era estranho pensar que alguém que tinha tanta coisa pudesse estar tão vulnerável e infeliz. Aqueles que não conheciam sua vida jamais teriam acreditado nas pancadas que Tanya e outras pessoas como ela haviam levado, e o preço que a fama de Tanya lhe custara.

— Mandarei fotografias de Jade, prometo! — disse antes de desligar, e logo que o fez, três enfermeiras caíram em cima dela, reclamando sobre as centenas de pessoas na sala de espera. Mas a que atendera à chamada olhou-a maravilhada.

— Não podia acreditar que era realmente Tanya Thomas. Como ela é? — Todos sempre perguntavam, mas era uma pergunta tão tola.

— É uma das mulheres mais agradáveis que já conheci, a mais decente. Trabalha como uma condenada, e tem tanto talento que nem se dá conta. Ela merece uma sorte melhor do que tem tido na vida. Talvez um dia consiga isso — disse Zoe sabiamente, enquanto as seguia para fora do seu escritório. Mas a enfermeira que atendera à ligação não conseguia entender o que Zoe estava dizendo.

— Ela ganhou Grammys, prêmios da academia, discos de platina, dizem que ela fatura dez milhões de dólares quando faz uma turnê de concertos, e um milhão por concerto quando não faz turnê. O que mais está faltando?

— Muito mais, Annalee, acredite em mim. Você e eu temos mais em nossas vidas do que ela. — Era de partir o coração pensar que ela tinha de chamar uma amiga da faculdade para encontrar alguém com quem passar as férias. Pelo menos Zoe tinha seu bebê.

— Não entendo — disse a enfermeira, sacudindo a cabeça, enquanto Zoe desaparecia numa sala de tratamento. E em Los Angeles, Tanya estava sentada olhando fixamente para a fotografia de Zoe no jornal. E então, só pelo prazer, decidiu telefonar para Mary Stuart.

— Olá, adivinhe com que acabei de falar há cinco minutos?

— Com o presidente — brincou Mary Stuart, feliz em ouvir a voz da amiga de novo. Desde que passara por Nova York, ela sentira sua falta.

— Não, Zoe. Ela está dirigindo uma clínica para tratamento de AIDS em San Francisco. Havia um grande artigo sobre ela no *L.A. Times* dessa manhã, e ela adotou um bebê, que está com quase dois anos. Seu nome é Jade, e ela é metade coreana.

— Que bom — disse Mary Stuart, tentando se sentir generosa em relação à velha amiga. Mas, mesmo depois de mais de vinte anos, alguns dos velhos ferimentos ainda doíam. — Fico feliz por ela — disse, e falava a verdade. — É tão típico dela, não é? Quero dizer, adotar, e uma criança asiática. Ela realmente acabou se tornando exatamente o que começou a ser. E a clínica para tratamento de AIDS também não me surpreende. Ela está casada?

— Não. Acho que é mais esperta do que nós. Bill já foi para Londres?

— Ontem. — Ela então ficou subitamente em silêncio, enquanto pensava no que havia feito na noite anterior, e embora tivesse sido tão doloroso, sabia que Tanya acharia que agira certo. —

Ontem à noite guardei as coisas de Todd. Acho que devia tê-lo feito há muito tempo, mas antes disso eu simplesmente não estava preparada.

— Ninguém está contando os dias — disse Tanya, gentilmente. — Você faz o que tem de fazer para sobreviver por aqui. — E então contou a Mary Stuart sobre Nancy não estar deixando ela levar as crianças para Wyoming. Sentia-se amargamente desapontada, e Mary Stuart podia ouvir isso em sua voz. Sabia o quanto aquelas crianças significavam para ela. De certo modo, elas tinham sido a melhor parte do seu casamento.

— Isso é podre — disse ela com emoção.

— O que não é? Acabei de concordar em pagar meio milhão de dólares para aquele chantageador que vendeu o traseiro dele e o meu para os tablóides.

— Meu Deus, isso é horrível. Por que tanto?

— Porque todos estão com medo. Meus advogados têm pavor de júris. Eles acham que nunca poderiam vencer num tribunal de júri. O outro lado faria com que eu parecesse um monstro rolando em dinheiro. Não há nenhuma maneira de retratar qualquer coisa boa ou íntegra para eles. *Celebridade* é igual a *vagabunda*, ou pelo menos uma pessoa que merece cuspir grandes somas de dinheiro para aqueles que são menos afortunados, menos honestos, ou extremamente preguiçosos. Eles deveriam colocar essa definição no dicionário — disse ela, mastigando um pedaço de torrada, e Mary Stuart sorriu.

Tanya parecia estar aborrecida, mas não tão arrasada quanto poderia, considerando todas as coisas que estavam acontecendo com ela. Ela podia estar na cama com as cobertas puxadas por cima da cabeça, e não estava. Tanya sempre tivera muita coragem. Mary Stuart admirava isso nela. Independente do que a vida fizesse com ela, conseguia se erguer, e continuava em seu caminho outra vez, amassada, arranhada, com os cantos quebrados aqui e ali, mas voltava a ficar de pé, com um grande sorriso, cantando até não poder mais.

— Teve notícias de Bill desde sua partida? — perguntou Tanya, pensando no que Mary Stuart lhe dissera. Ela ainda achava extraordinário que Bill não quisesse a esposa com ele em Londres. E pelo que Mary Stuart dissera, não achava que ele a estivesse traindo. Apenas não a queria ao seu lado.

— Ainda não. Mas Alyssa telefonou ontem. Nossa viagem foi cancelada.

— Foi? — Tanya parecia chocada. — O que aconteceu?

— Ela recebeu uma oferta melhor. Com um rapaz de reboque. — Mary Stuart sorriu, mas sua voz soava desapontada. — Não há como vencer um programa desses na idade dela.

— Ou na minha — Tanya riu, pensando sobre o assunto. — E aí, como é que você fica?

— Acho que bastante encalhada. Estou tentando descobrir o que fazer pelos próximos dois meses. Bill e eu conversamos sobre isso outra vez antes dele partir, mas ele continua inflexível quanto a não querer que eu vá até lá. Ele acha que o "distrairia". Para dizer a verdade, estava pensando em ir até aí visitá-la por uns dias. Posso ficar num hotel. Nova York é simplesmente tão horrível em julho e agosto, e não fizemos nada para conseguir uma casa de veraneio esse ano, porque sabíamos que Bill ficaria ausente o verão todo.

— E quanto a Wyoming? — O rosto de Tanya se iluminou ao convidá-la. Pelo menos a metade do sonho podia se tornar realidade. Mesmo que Zoe não pudesse ir, ela e Mary Stuart podiam passar duas semanas em Wyoming e brincar de *cowgirls*. — Você iria comigo? Tenho uma cabana nesse rancho fantástico. Supostamente é o máximo do luxo, no estilo faroeste, e não consigo me ver lá sozinha. Já reservei a temporada, e ia dá-la para outra pessoa hoje, provavelmente para a minha secretária, ou alguma pessoa com quem trabalho.

Mary Stuart ficou com uma expressão pensativa, enquanto meditava sobre o assunto sentada em sua cozinha.

— Parece divertido. Não tenho mais nada para fazer. Não tenho mais certeza se ainda sou uma grande amazona, embora, sem dúvida, seja bem acolchoada para isso.

— Não me venha com essa, você pesa cinco quilos a menos do que devia. E quem se importa se nunca andarmos a cavalo? Quem vai saber? Podemos ficar olhando para as montanhas e beber café, ou champanha, ou correr atrás dos *cowboys*.

— Ah, ótimo. Lá vêm os tablóides. Não vou a lugar nenhum com você, se vai jogar minha reputação no lixo. — Mas Mary Stuart estava rindo dela. Adorara a idéia de ir para um rancho com Tanya. Antes, quando Tanya a mencionara, sequer pensara sobre a possibilidade, porque ia à Europa para encontrar com Alyssa, e Tanya estava indo para Wyoming com os filhos de Tony.

— Prometo que vou me comportar. Apenas venha. Eu adoraria. — Os olhos de Tanya estavam brilhando enquanto lhe dizia isso. — Você virá, Stu?

Mary Stuart abriu um grande sorriso quando ouviu seu velho nome de faculdade.

— Eu adoraria. Quando iremos? — Tinha o verão todo pela frente.

— Logo depois do Quatro de Julho. Compre umas botas para você. Ainda tenho as minhas velhas.

— Vou fazer compras essa tarde. Como é que chego lá? — Tinha tantas coisas para fazer, providências a tomar, botas de *cowboy* para comprar. De repente, sentia-se como uma criança outra vez, e a idéia de passar duas semanas com Tanya a fazia vibrar. Era exatamente de que precisava.

— Por que você não vem para Los Angeles e iremos de ônibus para Jackson Hole. Chegaremos lá facilmente em dois dias. Podemos dormir, comer, ler, assistir a filmes, o que você quiser. Meu motorista nunca conversa comigo. Você pode fazer o que quiser no caminho para Wyoming. — Tinha um verdadeiro ônibus de estrela de *rock*, com duas salas enormes, camas escondidas, um banheiro de mármore, e uma cozinha completa. Era perfeito.

— Irei até aí.

— Pegarei você no aeroporto. — Tanya lhe deu as datas, e Mary Stuart as anotou com cuidado. Isso não era de modo algum o que ela tinha esperado fazer, mas de repente percebeu que era sua passagem para a liberdade.

Enviou um fax para Bill assim que desligou, dizendo a ele que Alyssa cancelara a viagem delas, e que não iriam a Londres. Em vez disso, ela e Tanya Thomas passariam duas semanas em Wyoming, e prometeu enviar-lhe os detalhes quando os tivesse. Disse que esperava que tudo estivesse indo bem, e que eles se achassem estabelecidos no hotel. Comunicou que estaria partindo para Los Angeles na semana seguinte, depois do Quatro de Julho, e que lhe enviaria um fax de lá. Assinou *com amor*, mas dessa vez não disse a ele que sentia sua falta.

Depois de lhe enviar o fax, pegou a bolsa e saiu para comprar botas de *cowboy* na Billy Martin's.

E, na Califórnia, Tanya estava pulando ao redor da cozinha como uma criança, pensando na viagem das duas. Ela e Mary Stuart iam se divertir muito. Ela ficou num ótimo humor o dia todo pensando sobre a viagem, e naquela noite, no *show* beneficente, estava com uma aparência espetacular, num vestido preto de lantejoulas que se colava ao corpo extraordinário, e todos disseram que seu desempenho não podia ter sido melhor.

— Você estava maravilhosa! — sussurrou Jean, quando Tanya saiu do palco, cansada mas satisfeita. Fora uma grande noite, e a multidão a adorara. — Você é o máximo! — As cortinas se levantaram diversas vezes, e ela cantou mais canções, e as pessoas se comprimiam ao seu redor por toda a parte. Ouviram-se gritos arrebatadores da multidão, flores foram jogadas para ela, presentes empurrados em suas mãos, e até a cueca de alguém voou pelo ar em sua direção, mas ela se esquivou. Eles a adoravam, e enquanto a polícia a tirava rapidamente de lá, ela não podia deixar de pensar sobre a loucura de sua vida, nas dicotomias absurdas de que a celebridade era feita, o quão apaixonadamente era amada, quão desesperadamente era odiada.

Capítulo 8

Depois do telefonema de Tanya, o resto do dia de Zoe Phillips transcorreu como todos os seus outros dias, simplesmente voou, enquanto ela ia diligentemente de paciente em paciente. A maior parte deles eram homens homossexuais, mas em anos recentes estava vendo cada vez mais mulheres e heterossexuais que tinham contraído a doença sexualmente, ou através de drogas intravenosas, ou transfusões. Mas os casos que mais detestava, e tivera muitos deles, eram os de crianças. Parecia que trabalhava num país subdesenvolvido. Não podia lhes oferecer nenhuma cura, e havia tão pouco que podia fazer para ajudá-las. Às vezes apenas um gesto, um toque da mão, uma dádiva de tempo, um momento ao lado de suas camas antes que morressem. Passava horas incontáveis visitando seus pacientes. Era incansável e fora assim durante anos, desde a divulgação dos primeiros casos, no início da década de oitenta. Nos anos seguintes a AIDS se tornou sua rival insuperável, sua obsessão e sua paixão.

Ao fim de cada dia ela estava drenada de toda energia e emoção. O único ser humano para quem ainda podia pensar em oferecer qualquer coisa era sua filha. Tentava passar tanto tempo quanto possível com ela. Às vezes até ia almoçar em casa, só para estar com ela. No início, Zoe a trazia para o trabalho e a deixava em seu escritório numa cesta. Mas uma vez que Jade começou a andar, isso acabou. No dia em que Tanya telefonou, ela estava começando a se preparar para voltar para casa e para ela quando Sam Warner, seu único médico substituto do momento, passou para ver como iam as coisas. Era um bom médico e um homem agradável. Zoe o conhecia profissionalmente havia anos, e tinham sido bons amigos na escola médica, quando foram para Stanford. Por algum tempo, foram inseparáveis, e, quando eram jovens, Zoe sempre suspeitara que Sam tinha uma caída por ela. Mas estivera concentrada demais em seu trabalho para confirmar isso, e ele nunca tomara nenhuma atitude a esse respeito. Ele se mudou para Chicago a fim de fazer sua residência, e os dois perderam o contato por algum tempo, um tempo longo o suficiente para que ele se casasse e depois se divorciasse. E, quando ele finalmente voltou para a Califórnia, eventualmente se reencontraram e retomaram sua velha amizade. Mas agora não era nada mais do que isso. Eram companheiros, e ele adorava dar plantão em sua clínica.

— Como vão as coisas aqui? Não ouço notícias suas há semanas. — Ele meteu a cabeça por trás da porta do seu escritório, enquanto ela guardava os papéis. Tinha a aparência de um grande urso aconchegante de pelúcia. Era alto, largo e caloroso, com cabelos castanhos eternamente desgrenhados e grandes olhos castanhos, e, não importava o quanto tentasse, sempre parecia amarrotado.

Mas Zoe sabia que ele era brilhante com seus pacientes. Mostrava-se maravilhoso com pessoas de todas as idades e tamanhos, e era o único médico substituto em quem ela confiava.

— Você nunca tira um dia de folga? — perguntou ele, com um olhar preocupado. Sua especialidade era substituir uma variedade interessante de médicos. O que significava que se tratava de um "médico substituto" em tempo integral, sem nenhuma clínica própria. Fazia isso para ganhar a vida. Gostava particularmente da clínica de Zoe. Ela dirigia tudo com pulso firme, e a considerava uma excelente médica, trabalhando num campo quase impossível naquele momento.

— Tento não tirar tempo de folga — disse ela, respondendo à sua pergunta. — Meus pacientes precisam de mim. — Embora gostassem de Sam, ela sentia uma obrigação de não desapontá-los ou abandoná-los. Fazia rondas no hospital, e às vezes os visitava em suas casas, até mesmo aos domingos, e Sam sabia disso.

— Você deve tirar uma folga — brigou com ela, enquanto a observava tirando o guarda-pó branco e jogando-o na lavanderia. — Faz bem a você, e além disso — ele sorriu amplamente para ela — preciso do dinheiro.

— Acho que ainda lhe devo pela última vez, Sam. Tenho uma nova contadora e por enquanto ela tem sido um desastre. — Sorriu para ele, Sam era sempre incrivelmente paciente em relação a pagamentos. Na escola médica, soubera que ele era de uma família rica do leste e que tinha meios de subsistência independentes, mas ele nunca comentara sobre isso, e nada a seu respeito sugeria ostentação. Dirigia um velho carro caindo aos pedaços, usava roupas simples, na maioria camisas de trabalho e *jeans*, e andava com um par de botas velhas, que ele obviamente adorava e que pareciam ter sido usadas por dez mil *cowboys*.

— Alguma novidade por aqui? — perguntou ele. Gostava de se manter atualizado sobre sua clínica, para não ficar completamente perdido quando ela pedia que assumisse o posto. E a única hora em que ela fazia isso era quando estava doente, ou tinha de comparecer a um evento especial. Mas ultimamente não estava saindo muito. Sentira-se cansada demais à noite, e inacreditavelmente ocupada durante o dia, e ficava também feliz em permanecer em casa com o bebê. E quando saía para um encontro, o que fazia ocasionalmente, usava o bipe e respondia às chamadas ela mesma. Às vezes, se fosse necessário, ela saía de uma peça teatral, ou deixava um jantar antes mesmo que tivesse tocado a comida. Isso não fazia dela uma parceira muito excitante, mas a tornava uma médica fantástica.

— Não há muita coisa de novo. — Ela lhe deu os detalhes enquanto trocava de sapatos. — Parece que temos muitas crianças novas no momento, muito novas. — Tinham contraído a AIDS de suas mães, durante a gestação.

— Darei uma olhada por aí, depois que você se for. — Ela nunca se importara que ele examinasse seus arquivos. Não tinha segredos para Sam. — Dê um beijo em Jade por mim.

— Obrigada. — Ela sorriu, e saiu do escritório. Deu uma olhada para o relógio, era uma dessas noites raras em que tinha um encontro, e sabia que precisava se apressar. Mas já era tarde demais para isso. Eram seis e quarenta e cinco, e Richard Franklin a pegaria às sete e meia. Era um conhecido cirurgião de mama na Universidade da Califórnia, e eles tinham se conhecido dois anos antes, quando ambos estavam fazendo uma palestra na mesma convenção médica. Ela ficara intrigada com a rivalidade natural dos seus campos de trabalho, ele se mostrara irritado com a atenção que a AIDS recebera da imprensa, citando o fato de que mais pessoas morriam de câncer de mama do que de AIDS, e que os fundos de pesquisa deviam ser dirigidos para o câncer. O assunto fornecera uma discussão animada para eles, e a base de uma amizade interessante. E pelos últimos dois anos saíra com ele diversas vezes, em especial ultimamente. Era um homem brilhante, e ela gostava de sua companhia, e às vezes até de mais do que isso, mas Richard Franklin não era o tipo de homem por quem as pessoas se apaixonavam. Tinha havido outros em sua vida que significaram muito para ela, mas ninguém em muito tempo. O último homem de quem realmente gostara morrera de AIDS devido a uma transfusão de sangue dez anos antes, e sua morte fora o início da clínica, quando ele deixou todo o seu dinheiro para ela. Desde então, tivera uma ou duas pessoas especiais, mas nenhuma como ele, e ninguém jamais fizera com que tivesse vontade de se casar. Richard Franklin certamente que não.

Ela dirigiu para casa em sua velha kombi. Comprara-a quando da adoção de Jade, e a usava com freqüência para ajudar a transportar pacientes, e eventualmente achava que a usaria para um revezamento de carros. E agora a estava usando para dirigir para casa o mais rápido possível. Comprara um velha casa adorável em Edgewood, perto do hospital da Universidade da Califórnia, próximo à floresta. Saía para caminhadas naquela floresta com Jade, e a vista da sua sala de estar era espetacular. Tinha uma vista deslumbrante da Golden Gate e dos promontórios de Marin. Assim que abriu a porta da frente, Jade soltou um grito excitado.

— Mamãe! — Zoe tomou a garotinha nos braços e ficou abraçada a ela, acariciando-a, enquanto Jade balançava os braços e contava tudo sobre um cachorro, um coelho, uvas e um grupo com que brincava. Não era muito inteligível, mas Zoe sabia exatamente o que ela estava dizendo. — Toelho! Toelho! — disse ela, batendo palmas, excitada, e Zoe soube de imediato que ela o vira na casa do vizinho. — Mamãe, toelho!

— Eu sei. Talvez compremos um, qualquer dia desses. — Pôs a menininha, que começava a andar, no chão da cozinha e deu uma mordida no jantar dela. Era hambúrguer com arroz, preparado por Inge, a *au pair* dinamarquesa. Não era fabuloso, mas parecia saudável, e Jade estava sacudindo uma mão cheia de cenouras cruas que andara roendo, enquanto Zoe corria escadas acima para seu quarto. Queria trocar as roupas o mais rápido possível e então voltar para passar uns minutos com Jade, antes de sair com Richard Franklin. Era exatamente por isso que detestava sair à noite. Não deixava absolutamente nenhum tempo para ficar com a filha. Mas suas saídas e encontros eram raros, assim como seus dias de folga.

Desceu vinte minutos mais tarde, usando uma saia longa de veludo preto e uma blusa branca de renda. Parecia ter saído de um velho retrato de família, e seus longos cabelos ruivos tinham sido escovados e trançados de novo. Usava-os numa longa trança descendo pelas costas, como nos tempos de faculdade.

— Biita mamãe! — disse a garotinha, batendo palmas outra vez, e Zoe sorriu enquanto a colocava no colo. Estava incrivelmente cansada.

— Obrigada, Jade. Como está a minha garotona hoje? — perguntou, enquanto a criança se aconchegava a ela, e Zoe sorria enquanto a segurava. Era disso que a vida era feita, não de excitação, não de *glamour*, nem de dinheiro ou sucesso, e certamente de nenhuma das coisas sobre as quais Tanya falara com ela. Na opinião de Zoe, as coisas importantes da vida eram boa saúde e crianças, e ela nunca perdera de vista sua importância. Não tinha chance de fazer isso, havia lembretes diários em seu escritório.

Ela e Jade brincaram um pouco com uns blocos cor-de-rosa grandes de montar, e a campainha tocou. Era Richard Franklin. Estava com uma aparência refinada e tranqüila quando entrou. Usava calças cinza e um paletó, mas ela viu que sua gravata era cara, e, como sempre, parecia que acabara de cortar o cabelo. O Dr. Franklin sempre parecia impecável, como se estivesse esperando fazer uma palestra para os patrocinadores mais importantes do hospital. Ele conhecia sua especialidade perfeitamente, e era impossível não admirar sua cultura, se não seu jeito para tratar com doentes. Ele e Zoe sempre tinham sido extremamente diferentes, mas de alguma forma sentiam-se fascinados um pelo outro.

— Como está esta noite, Dr. Franklin? — perguntou, depois que a *au pair* o deixou entrar. Estava agachada no chão, brincando ainda com os blocos de montar e a filha.

— Estou impressionado — disse ele, conseguindo parecer tão bonitão quanto extremamente arrogante. Sempre existira algo de muito arrogante nele, e Zoe suspeitava que era isso que a atraía, sentia um desejo irresistível de domá-lo. Mas até aquele momento, de qualquer modo, conseguira controlá-lo. — Você tem de fazer isso com freqüência? — Ele indicou o brinquedo que ela estava jogando com Jade, onde construíra uma grande casa cor-de-rosa, e Jade a destruíra.

— Com tanta freqüência quanto possível — disse ela honestamente, sabendo muito bem que aquilo o deixava desconfortável.

Havia muito tempo ele lhe confessara que se sentia pouco à vontade perto de crianças. Não tivera nenhum filho, e, como ela, nunca fora casado. Ele afirmava que a oportunidade nunca se apresentara para ele na hora certa, mas ela pressentia com bastante correção que, basicamente, ele era egocêntrico demais.

— Gostaria de brincar? — provocou ela, não podia imaginá-lo de quatro no chão, jogando qualquer coisa. Ele poderia desarrumar os cabelos ou desfazer a dobra da calça. Ela sabia que a maior parte dos seus colegas considerava-o presunçoso, e de certo modo estavam certos, mas era tão incrivelmente inteligente, e aos cinqüenta e cinco anos mantinha-se atraente ao extremo. Na superfície, era o tipo de homem com quem sua família teria gostado que se casasse anos atrás, mas seus pais havia muito estavam mortos, e para ela só sair com ele já era exótico o suficiente.

— Você está pronta? — perguntou esperançoso, não parecendo particularmente encantado em assisti-la brincar com Jade. Ele se cansara da cena em menos de um minuto. E a reserva deles no Boulevard era para as oito, o lugar ficava a uma boa distância de Edgewood, e sabia-se que eles não gostavam de reservar as mesas, mesmo para médicos importantes.

— Pronta, senhor — disse ela, encolhendo os ombros para entrar numa pequena jaqueta de veludo. Mesmo em junho, as noites eram frias em San Francisco, e ela estava muito bonita enquanto pegava Jade no colo outra vez e a beijava.

— Amo você, ratinha — disse, esfregando o nariz no dela, e então lhe dando um beijo de borboleta na bochecha com seus cílios, enquanto a garotinha dava risadinhas. — Vejo você mais tarde. — Quando disse aquelas palavras, o lábio inferior de Jade começou a se acentuar, e Zoe pôde ver de imediato que lágrimas estavam a ponto de aparecer. Entregou-a rapidamente à *au pair* e acenou, no momento em que Jade soltava um grito, mas àquela altura já tinham saído pela porta, e a *au pair* fez com que a menina se virasse para distraí-la. No ano que passara, Zoe se tornara a mestra da saída rápida.

— Você faz isso muito bem — disse, admirando-a. Era muito incomum para ele sair com mulheres com filhos pequenos. Na maior parte do tempo, preferia mulheres que estavam envolvidas demais com suas carreiras para se casar ou ter filhos, o que era exatamente a situação de Zoe quando se conheceram.

E então ela o atordoara adotando um bebê. Não tinha sido nada do que ele esperava dela, e de certo modo isso alterou seu relacionamento, mas ainda a achava torturantemente atraente, e teria gostado de passar muito mais tempo em sua companhia. Mas na maior parte do tempo ela estava ocupada demais com a clínica, e agora com a criança, portanto ele fazia o melhor possível, e aceitava os farelos de sua mesa.

— Não a vejo há duas semanas — reclamou, enquanto dava partida em seu Jaguar verde-escuro.

— Tenho andado ocupada — disse ela, com simplicidade. — Tenho muitos pacientes doentes — acrescentou em tom casual. Perdera diversos deles ultimamente, e fora muito deprimente para ela, porque sempre ficava tão íntima deles, em especial no fim, quando era sempre tão comovente e patético.

— Também tenho pacientes muito doentes — disse ele, parecendo ligeiramente irritado, enquanto se dirigia ao centro da cidade, e atravessava o Haight logo abaixo dela.

— Sim, mas você tem sócios.

— É verdade. Em algum momento você deveria pensar sobre isso. Não sei como consegue dar conta das coisas, como você faz. Um dia desses vai acabar doente, um caso sério de hepatite, ou ainda pior, contraindo AIDS de um dos seus pacientes.

— Esse é um pensamento agradável — disse ela, virando o rosto para ele e olhando pela janela.

— Isso acontece — disse ele, sério. — Você devia pensar sobre o que está fazendo. Não há razão para ser uma heroína ou uma mártir.

— Já pensei sobre isso, e é aqui que eu pertenço. Eles precisam de mim, Franklin.

— Todas as outras pessoas também. A sua filha também. Você precisa tirar mais tempo de folga. — Ele era a segunda pessoa que lhe falara isso naquela noite, e ela deu uma olhada para ele, pensando por que dissera isso. Normalmente não era tão solícito, ou tão preocupado. Não se mostrava tão acalentador, embora fosse um médico. — Você está parecendo cansada, Zoe — disse ele simplesmente, e então deu uma palmadinha em sua mão com um sorriso. — Um bom jantar fora fará bem a você. Também é provável que você nunca tenha tempo de comer.

Não podia nem se lembrar se tomara o café da manhã ou almoçara naquele dia, começara a correr do momento em que chegara ao consultório. A maior parte dos seus dias era assim.

Mas quando chegaram ao restaurante, ela se sentiu inclinada a concordar com ele. Era bonito e bem iluminado, e a mesa estava tão convidativa que se arrependeu de não vê-lo com mais freqüência. Ele pediu vinho para ambos, decidiram dividir um prato de costelas de carneiro e pediram suflê para sobremesa. Sem dúvida, era uma grande diferença dos restos de hambúrgueres que ela comia do prato de Jade em casa, ou da *pizza* fria que encontrava na geladeira do consultório.

— Isso está maravilhoso — disse ela, com uma expressão de gratidão.

— Tenho sentido sua falta — disse ele com simplicidade, alcançando sua mão. Mas ela não estava disposta a um romance, e havia algo em sua arrogância que sempre a impedira de se apaixonar por ele, embora o achasse fisicamente atraente. Mas essa noite, apesar da luz de vela e do vinho, estava inclinada a manter distância.

— Tenho andado ocupada — disse, explicando sua ausência de duas semanas.

— Ocupada demais. Que tal um fim de semana em algum lugar? Aluguei uma casa em Stinson Beach para julho e agosto. Não quer vir comigo passar um fim de semana?

Sorriu para ele. Conhecia-o melhor do que ele pensava.

— Com Jade? — perguntou, e ele hesitou, e então balançou a cabeça concordando.

— Se você prefere, mas pode fazer bem a você se afastar dela também.

— Sentiria sua falta — disse, e então riu consigo mesma. — Eu provavelmente seria uma convidada terrível no momento, estou tão cansada que é possível que dormisse o fim de semana todo.

— Poderei pensar em maneiras de acordá-la — disse ele, com um ar alarmantemente sensual, enquanto levantava o copo para ela e então tomava um gole.

— Acredito que você pensaria, Dr. Franklin. — Sorriu outra vez para ele, e a noite passou rápida enquanto conversavam sobre o hospital onde ambos trabalhavam, sobre a política que era típica de todos os grandes hospitais universitários, e os diversos rumores intrigantes. Cada um falou sobre sua especialidade, e ele descreveu uma nova técnica que aperfeiçoara, que já estava sendo incluída nos livros didáticos. Ele era bom no que fazia, e não era particularmente modesto, mas Zoe não se importava. Isso era motivo de conversas fascinantes, e ela gostava de conversar sobre medicina com ele. Todavia, quando dizia isso para Sam de vez em quando, ele a acusava de pensar demais em uma só coisa, e dizia que detestava sair para jantar com médicas e discutir transplantes de fígado enquanto comiam macarrão. Ele achava que ela devia expandir seus horizontes, além do que, ele não agüentava Dick Franklin. Sam o achava impossível e pomposo.

Zoe e Dick, ambos tomaram *cappuccino* depois do suflê, e a essa altura já eram onze horas, e Zoe não queria admitir para ele, mas se sentia exausta. Era tudo que podia fazer para se manter acordada à mesa. E ela planejava fazer as rondas às sete na manhã seguinte, o que significava que estaria de pé às cinco ou cinco e meia com Jade. Acordava com ela todas as manhãs, e as duas brincavam antes de ela ir para o trabalho. Era sua hora favorita do dia com a menina.

Mas Dick nem pareceu notar como estava cansada quando a levou para casa e lembrou-lhe outra vez do fim de semana em Stinson.

— Avise-me quando for conveniente para você — disse, com um olhar caloroso para ela. — Estou a seu dispor.

— Primeiro tenho de arranjar meu médico substituto, e me certificar de que a *au pair* poderá ficar no domingo. — Apesar de ter brincado com ele, nunca lhe teria imposto a presença de Jade por um fim de semana inteiro. Ela o teria deixado louco, embora fosse uma criança bem-comportada. Mas ele queria ouvir música clássica, fazer amor à tarde e discutir técnicas cirúrgicas com uma igual, e não trocar fraldas ou limpar creme de maçãs de um bebê. E Zoe entendia isso. — Verei quando ambos estarão livres e telefonarei para você. — Estavam sentados no carro dele do lado de fora de sua casa. Ele desejara levá-la para sua casa em Pacific Heights, mas enquanto atravessavam a cidade, percebeu que ela já estava bocejando, e enquanto ele passava pela própria casa em direção a Edgewood, ela se desculpou por ser uma companhia tão ruim.

— Acontece que você não é — disse, gentilmente, olhando ansioso para a casa dela. Mas não tinha certeza quanto a enfrentar a criança e a *au pair*, e sabia que Zoe preferia ir para a casa dele. — Toda vez que a vejo, quero passar mais tempo com você, mas está sempre ocupada demais. — Todavia, ele entendia essa característica de sua vida. Ele mesmo tinha uma agenda ocupada, com um enorme número de pacientes para ver. Era considerado um renomado cirurgião de mama na Universidade da Califórnia, e ainda conseguia fazer palestras por todo o país.

— Talvez isso seja o que mantém as coisas interessantes — disse Zoe, sorrindo para ele, enquanto o observava sentada no carro confortável. Ele era incrivelmente refinado e atraente, e contudo, embora gostasse muito de sua companhia, sabia que nunca poderia amá-lo. — Se passássemos mais tempo juntos, talvez eu o aborrecesse.

Mas ele riu quando ela disse isso.

— Não acho que isso seja muito provável. — Ela era uma das suas mulheres favoritas, e de alguma maneira o atormentava, como estava fazendo agora. Conseguia ser tão vulnerável quanto inatingível, tão poderosa quanto gentil, e os contrastes o excitavam mais do que queria lhe dizer. — Imagino que não possa convencê-la a chocar os integrantes da sua casa, certo? — perguntou esperançoso, e ela sacudiu a cabeça lentamente. Nunca fazia isso. Não com a *au pair* e o bebê presentes, e não começaria com esse hábito, nem mesmo pelo Dr. Franklin.

— Receio que não, Dick. Sinto muito.

— Não estou surpreso — sorriu de bom humor —, apenas desapontado. Bem, vá verificar sua agenda e escolha uma data para o fim de semana. Logo, por favor.

— Sim, senhor. — Acompanhou-a escadas acima, abriu a porta para Zoe com a chave dela e a beijou castamente nos lábios. De sua parte, não havia razão para começar qualquer coisa que não pudessem terminar. E ele era um homem paciente, podia esperar uma ou duas semanas para vê-la outra vez, embora tivesse preferido fazer amor com ela naquela noite. Mas estava disposto a aceitar suas limitações. Ela lhe agradeceu pelo jantar, e o deixou. E assim que ele se foi, ela correu para o quarto, tirou as roupas e deslizou para debaixo dos lençóis sem vestir a camisola ou escovar os dentes. Estava cansada demais para fazer qualquer outra coisa que não fosse dormir, e ficou deitada, morta para o mundo, até as seis horas da manhã seguinte.

Quando entrou no quarto de Jade para vê-la, ela já estava acordada e brincando com os brinquedos que a *au pair* deixara no berço na noite anterior exatamente para aquele propósito. Ela estava falando consigo mesma e cantando baixinho alternadamente, mas se levantou e gritou quando viu a mãe.

— Olá, carinha de macaco — disse Zoe, enquanto a pegava no

colo e a levava para trocar a fralda. Mas quando fez isso, notou que Jade estava mais pesada do que de costume, e Zoe ainda se sentia cansada depois de uma noite de sono. Isso estava acontecendo cada vez mais ultimamente, o que a lembrou de ligar para o laboratório quando chegasse ao consultório.

Zoe saiu de casa às seis e quarenta e cinco, e estava no hospital da Universidade da Califórnia para fazer as rondas às sete, e em seu consultório às oito e meia, e já havia uma dúzia de pacientes esperando por ela. Foi um dos dias mais movimentados que tivera em meses, e não dispôs de tempo de telefonar para o laboratório até a hora do almoço. E quando ligou, eles não tinham os resultados para ela, e dessa vez perdeu a paciência.

— Esperamos duas semanas por isso, droga. Não é justo manter as pessoas esperando tanto tempo — reclamou. — Essas são situações de vida ou morte, pelo amor de Deus, estamos falando aqui de um exame de urina. Quando posso ter o resultado? — Eles se desculparam por estar com os pedidos acumulados e prometeram que se ela telefonasse às quatro horas receberia os resultados, mas ela não teve chance de parar outra vez até as cinco e meia, e ainda tinha pacientes esperando. Mas queria os resultados antes de fechar o expediente, portanto telefonou para eles. Ficaram nervosos procurando o resultado por algum tempo, enquanto ela ficava enfurecida e empurrava diversos recados ao redor da mesa, e então eles voltaram ao aparelho e disseram a ela.

— Positivo — disse o técnico do laboratório em tom casual. Não era grande surpresa. Os pacientes dela tinham sempre resultados positivos no teste de AIDS. Era por isso que eles a procuravam.

— Positivo? — disse ela, como se nunca tivesse ouvido aquilo antes. — *Positivo?* — Podia sentir o planeta girando.

— Foi o que eu disse — disse ele tranqüilo. — Dessa vez é uma surpresa? O problema é que não era surpresa. Isso explicava o fato de andar cansada, o quanto estava exausta, o peso que perdera, a diarréia que tivera de tempos em tempos e os sintomas que a estavam preocupando havia seis meses, desde o Natal. Os resultados dessa vez eram os dela própria, e sabia exatamente quando acontecera. Havia cerca de um ano, espetara-se por acidente com uma agulha suja, quando estava fazendo um exame de sangue numa garotinha que morrera de AIDS, havia dois meses, em abril.

Ela agradeceu ao técnico do laboratório pelos resultados e desligou o telefone num silêncio extremo, com a sensação de que o mundo acabara de chegar ao fim, do mesmo jeito que seus pacientes se sentiam quando lhes dava a notícia. Não houvera nada de sutil, nada de gentil no que ele dissera. "Positivo"... positivo... ela tinha AIDS... O que deveria fazer com Jade?... Como iria trabalhar? Quem cuidaria dela quando ficasse doente?... O que faria agora? E enquanto contemplava a enormidade daquela notícia, foi dominada pela intensidade dos seus sentimentos. A princípio, negara a verdade, mas vinha suspeitando dela havia semanas, quando aparecera uma ferida esquisita no lábio. Ela desaparecera bastante rápido, mas suas suspeitas não. Finalmente, sua própria experiência médica a forçara a encarar a verdade, e pelo menos fazer o teste. Era exatamente com isso que lidava em relação aos seus pacientes. Mas seus receios tinham sido vívidos o suficiente para fazê-la evitar Richard Franklin pelas últimas poucas semanas, embora sempre tivesse tido um extremo cuidado com ele. Desde a época em que seu amante morrera de AIDS, dez anos antes, sempre exercera todas as precauções, e avisara aos homens em sua vida sobre ele. Contara a Franklin, e ambos tinham sido infalivelmente cautelosos. Nunca o expusera a nenhum risco. Se era para continuar a vê-lo agora, ela lhe diria, só para que ele soubesse com o que ela teria de lutar. Mas não tinha nenhum desejo de vê-lo, ou de dizer-lhe. Não conseguia imaginá-lo tomando conta dela ou mesmo sendo solidário. Ele até a avisara dos riscos que estava correndo em seu tipo de especialidade. Havia acontecido com outros médicos antes, da mesma maneira que acontecera com ela. Franklin não achava que valia a pena correr o perigo.

Era um cientista, e certamente bons amigos, mas ele não parecia o tipo de pessoa que se procurava com um problema. Era o tipo de homem com quem se saía para passar uma noite agradável. Mas tinha certeza de que ele ficaria horrorizado se lhe contasse. E sabia, sem mesmo pensar sobre o assunto, que sua carreira de encontros acabara naquele momento. E o mesmo ocorrera com muitas coisas, talvez não com sua carreira médica, por enquanto, mas certamente com seu futuro. Tinha uma necessidade incontrolável de explodir em lágrimas, mas sabia que não podia, ainda tinha de ver pacientes. Mas, de repente, mal conseguia pensar direito.

— Tem alguém em casa? — Sam Warner enfiou a cabeça por trás da porta outra vez, e pareceu ficar espantado quando viu a expressão dela. Parecia que alguém acabara de detoná-la de um canhão. E eles a tinham detonado. De um grande canhão. — Você está bem? Está com um aspecto horrível — disse com franqueza.

— Acho que estou ficando doente com alguma coisa — disse ela, vagamente, tateando para encontrar uma desculpa para explicar sua completa falta de compostura. — Um resfriado, uma gripe... alguma coisa.

— Então não deve permanecer aqui — disse ele com firmeza. — Não a estou pressionando para me dar trabalho, mas seus pacientes não podem se dar ao luxo de contrair qualquer coisa de você, sabe disso.

— Usarei uma máscara — disse ela, procurando dentro da mesa com dedos trêmulos, e ele viu o quanto suas mãos tremiam, quando tentou amarrar a máscara sem sucesso. Mas não disse nada. Ele apenas parecia preocupado. — Eu... de verdade... estou bem... eu só... tenho uma dor de cabeça.

— Você está horrível — disse ele, tirando o estetoscópio do pescoço dela e colocando-o sobre a mesa. — Vá para casa. Verei o resto dos seus pacientes, e não cobrarei. É um presente da minha parte. Certas pessoas simplesmente não sabem quando desistir. — Sacudiu um dedo para ela e quase a empurrou para fora da porta, mas ela não resistiu.

De repente não conseguia pensar, não conseguia respirar, não conseguia acreditar no que ouvira. Ela tinha AIDS... AIDS... a doença assassina de que todos os seus pacientes morriam... sua vida estava acabada. Não estava, é claro, poderia viver durante anos com cuidados adequados, e sabia disso. Mas tinha o vírus no sangue, esperando lá, como um atirador de tocaia ou uma bomba-relógio.

— Vá para casa — dizia Sam para ela —, vá para a cama, e fique lá. Passarei por lá mais tarde para examinar você.

— Não precisa fazer isso, estou bem. E obrigada por terminar as coisas por mim. — Era um sujeito ótimo, e ela tinha um carinho profundo por ele. Era tão incrivelmente generoso e gentil com seus pacientes terminais. Ficou pensando se deveria dizer a ele o que acontecera, fazia sentido contar-lhe, mas não queria que ninguém soubesse. Ainda não. Não até que tivesse de falar. Não para Sam. Não para seus amigos. Para ninguém. Nem mesmo para suas enfermeiras. Exceto Richard Franklin, é claro. Sabia que teria de contar para ele que estava com o vírus da AIDS, embora tivesse sido escrupulosamente cuidadosa, e soubesse que não houvera nenhum risco para ele. Mas puramente por princípio ético, queria dizer-lhe, embora não tivesse nenhuma intenção de ir para a cama com ele de novo. Mas não havia mais ninguém com quem quisesse compartilhar suas más notícias. Como fazia com tudo mais, guardou o segredo consigo mesma. Zoe Phillips não chorava no ombro de ninguém.

Mas Zoe chorou no caminho todo para casa, na velha kombi, e quando chegou em casa sua aparência estava tão arrasada quanto ela se sentia. A *au pair* pareceu ficar chocada quando ela entrou, e até mesmo Jade ficou olhando fixamente para ela por um momento.

— Mamãe, triste? — perguntou, parecendo preocupada.

— Mamãe, ama você — disse, abraçando-a com força, pensando que teria de ter cuidado para não se cortar, ou chegar perto de Jade quando isso ocorresse. Pensou se deveria usar uma máscara e luvas dentro de casa agora, e então percebeu que estava sendo ridícula e que o pânico estava se estabelecendo dentro dela. Era uma médica, não ia se deixar envolver assim. Mas isso era tão diferente. Era a sua vida. Era difícil ser racional e objetiva.

Seguiu o conselho de Sam e foi para a cama. Jade se arrastou para debaixo das cobertas com ela, e Zoe ficou ali deitada por um longo tempo, abraçada à filha. Era como se a criança pressentisse que alguma coisa estava terrivelmente errada, e que de algum modo ela podia perder a mãe. Mas a questão não era que ela "podia" perder, era que um dia ela perderia, lembrou-se Zoe. A questão era quando, e não se, como acontecia com qualquer pessoa com o vírus da AIDS. Mas no caso de Zoe, devido ao modo com que o contraíra, seria mais cedo e não mais tarde, e entrou em pânico outra vez, com a percepção de que não tinha ninguém com quem deixar Jade quando morresse. Precisava pensar sobre isso sem muitas delongas, e a decisão tinha de ser feita.

Uma hora mais tarde, Inge entrou para dizer a ela que o Dr. Franklin estava ao telefone. Zoe hesitou por um momento, e então sacudiu a cabeça. Pediu a Inge para dizer a ele que saíra, e quando Inge voltou, deu para Zoe o número do telefone em Stinson Beach. Mas não queria falar com ele pelo telefone, já decidira que lhe enviaria um bilhete. Seria mais fácil dizer-lhe por escrito. Sua consciência estava limpa porque fora escrupulosamente cuidadosa, sempre fora, e sabia que não o expusera a nenhum risco. Mas ainda assim achava que tinha de lhe dizer, só esperava que pudesse confiar nele, e que ele não espalhasse a novidade.

A comunidade médica era tão mesquinha e fofoqueira. Simplesmente não queria que ninguém soubesse ainda. Embora imaginasse que, eventualmente, uma vez que ficasse muito doente, as notícias se espalhariam. Mas, se tivesse sorte, talvez isso não acontecesse por um longo tempo. E nesse meio tempo não queria Richard Franklin dando informações para ninguém. Não desejava que seus colegas ficassem falando e fofocando sobre ela. O fato de que estava com AIDS não dizia respeito a ninguém. Mas, apesar do fato de que não se sentia íntima de Franklin, achava que não tinha outra escolha senão dizer-lhe a verdade. E de fato, querendo desabafar, escreveu uma breve carta para ele naquela tarde. Dizia apenas o necessário, que o resultado do seu teste fora positivo, e achava que ele devia saber, mas lembrou-lhe de que ele nunca tinha corrido quaisquer riscos. Também lhe disse que precisava ficar sozinha por um tempo, e que achava que agora seria melhor que ambos seguissem seus próprios caminhos.

Libertou-o de uma situação difícil, de um modo muito gentil e gracioso, e, lendo o bilhete outra vez, pensou se ele ao menos lhe telefonaria depois que o recebesse. Richard Franklin era interessante e inteligente, mas nunca fora particularmente caloroso. Não podia imaginá-lo lhe oferecendo qualquer conforto, ou mesmo telefonando para saber como ela estava, quanto mais querendo saber se poderia ajudá-la com Jade. Franklin era somente um parceiro para jantar, uma companhia para o teatro ou para a ópera, ou para um fim de semana adulto. Era uma pessoa para os bons momentos e não para os maus. Mas não esperava nada dele. Tudo que queria era que não contasse para todos na Universidade da Califórnia. Parecia muito pouco para pedir dele.

Depois que lhe escrevera a carta, Zoe voltou para a cama e se aconchegou com a filha outra vez. Pouco depois, Inge entrou para levar Jade e dar-lhe o jantar, e ela olhou preocupada para a patroa. Nunca vira Zoe parecer tão sem vida ou tão angustiada, e Zoe nunca se sentira tão arrasada como se sentia agora, exceto talvez quando sua amiga morrera. Não se sentia doente, apenas apavorada, tudo que queria fazer era correr, esconder-se, puxar as cobertas sobre a cabeça e se agarrar a alguém, mas não havia ninguém lá a quem se agarrar.

Não se incomodou em acender as luzes, e ainda estava claro lá fora, embora o crepúsculo começasse. Podia ouvir Jade brincando no quarto ao lado com Inge, enquanto a *au pair* lhe dava o jantar. E com esses sons reconfortantes, Zoe adormeceu, e dormiu até ouvir alguém falando com ela, e levantou os olhos surpreendida ao ver Sam Warner. Ele estava parado ao seu lado, sentindo seu pescoço para detectar se estava com febre.

— Como se sente? — perguntou, suavemente, e ela nunca se sentira tão grata a ele como acontecia naquele momento. Podia ver por que suas pacientes o amavam. Ele tinha um bom coração e uma maneira gentil. Às vezes isso era mais importante do que ser um médico.

— Estou bem — disse, sincera. E estava, por enquanto, mas seu medo era tanto que quase se sentia doente, e estava zangada consigo mesma por se mostrar tão patética.

— Não, você não está — disse, abrupto. Sentou na cama com cuidado e olhou para ela, examinando seus olhos e sua cor sem jamais tocá-la, e ficou perplexo. — Você não tem febre, mas seu aspecto está horrível. — Mais do que qualquer outra coisa, parecia transtornada, e então ele teve um pensamento, e decidiu perguntar-lhe. — Você poderia estar grávida? — Ela sorriu em resposta, gostaria que a situação fosse tão simples, ou tão feliz.

— Receio que não — disse triste —, mas é uma idéia adorável. Quase desejaria estar.

— Ficaria feliz em ajudá-la se isso a animasse. — Ela riu, e ele estendeu-lhe a mão e pegou a sua. — Zoe, sei que parece que estou procurando trabalho, mas não é isso.

Ela sorriu para ele, sabendo o quanto já era ocupado trabalhando como médico substituto para outros médicos. Havia muitos que lhe pediam para trabalhar por eles, não precisava do trabalho dela.

— Garota, você precisa de uma folga. Não sei o que a está incomodando — estava começando a pensar que fosse um problema emocional em vez de físico, mas era óbvio para ele que Zoe precisava de férias —, entretanto, acho que precisa passar um tempo longe do trabalho. Não pode dar quatrocentos por cento de você o tempo todo e não pagar um preço por isso eventualmente. Por que não viaja? — Ela pensou no convite de Richard Franklin para ir a Stinson na noite anterior, mas agora não seria apropriado, e além disso ela não desejava isso. Mas também entendia o que Sam estava tentando lhe dizer. Precisava fazer alguma coisa por si mesma. E se teria de lutar por sua vida, também teria de tentar prolongá-la. E talvez agora isso significasse tirar um tempo de folga e acumular suas forças.

— Vou pensar nisso.

— Não, não vai. Conheço você. Estará de volta fazendo as rondas às sete horas amanhã. Por que ao menos não me deixa fazer isso por você durante alguns dias, e você pode chegar ao escritório como uma pessoa civilizada, às nove horas. — A oferta era muito tentadora, mas não tinha certeza do que devia dizer-lhe. Se não fosse aceitá-la na íntegra, ficaria agradecida por apenas uma noite de folga para dormir, pensar e se orientar.

— Você cobriria por mim hoje à noite e amanhã de manhã? — perguntou, sentindo-se exausta outra vez. Não tinha certeza se isso se devia à doença de que era portadora, ou se estava apenas emocionalmente drenada pela confirmação que a contraíra.

— Farei qualquer coisa que você quiser — disse ele, generosamente, enquanto Zoe sentia uma forte afeição por ele, e ficava tentada a lhe contar o que descobrira. Mas a essa altura não queria revelar sua doença a ninguém, nem mesmo a Sam. Mais tarde, precisaria dele. Eventualmente, precisaria diminuir seu ritmo de trabalho, talvez ele até se juntasse a ela durante algum tempo. Mas ainda era cedo demais para pedir isso a ele, e ficava deprimida em ter de pensar no assunto.

— Fico agradecida de verdade — disse ela, num tom suave, enquanto ele se levantava.

— Apenas pare de falar e trate de dormir. Telefonarei para a clínica por você. Amanhã, quando acordar, provavelmente se sentirá ótima, mas não quero vê-la no hospital. E pensando nisso, por que não chega por volta das dez?

— Você vai me deixar preguiçosa, Sam — disse ela, se recostando nos travesseiros, enquanto ele parava à porta.

— Não acho que ninguém possa fazer isso. — Ele sorriu para ela do outro lado do quarto. Havia muita coisa que teria gostado de dizer a ela, sobre respeito e amizade, e o tipo de relacionamento de trabalho que os dois compartilhavam, mas parecia que nunca encontrava a oportunidade para dizer-lhe isso. Queria convidá-la para sair desde que voltara de San Francisco, mas ela sempre se mantinha a distância. E ele a vira sair uma ou duas vezes com o ilustre Richard Franklin. Não acreditava que houvesse algo de sério entre os dois, mas também não achava que seria próprio perguntar. Apesar da longevidade de sua amizade, ela era extremamente fechada quanto à sua vida. Contudo, era difícil para ele não reagir ao seu calor e compaixão. Sam a admirava mais do que jamais poderia lhe dizer, e teria feito qualquer coisa por ela.

— Obrigada, Sam — disse Zoe, e ele acenou e fechou a porta ao sair. Depois disso, ela ficou deitada na cama, perdida em seus próprios pensamentos por um longo tempo. Havia tanta coisa sobre o que pensar, sua clínica, sua filha, seus futuros. Todos esses pensamentos passavam velozes pela sua mente, e quando fechou os olhos outra vez tudo pareceu um borrão. E então, de repente, enquanto estava deitada ali, pensou em Tanya. Era exatamente o tipo de coisa que teria recomendado para um dos seus pacientes, e ao pensar de novo naquilo, decidiu seguir seu próprio bom conselho e telefonar para a amiga.

Consultou o caderno de telefones e discou o número. Sabia que era uma linha particular, em algum lugar da casa de Tanya. Por um minuto, Zoe pensou que não estava lá, e então ela respondeu no quarto toque. Parecia estar sem fôlego e ouvia-se música no fundo. Estava sozinha àquela hora, e ficara ao ar livre fazendo exercícios ao lado da piscina.

— Alô? — Sua voz era exatamente a mesma dos tempos de faculdade. Era estranho como algumas coisas a respeito delas nunca haviam mudado, e outras tinham mudado demais.

— Tanny? — A voz de Zoe soava fraca, cansada e vulnerável ao estender as mãos para ela, e por um momento ela queria derreter-se em seus braços e se dissolver em lágrimas. Mas se forçou a ser forte enquanto falava com ela, e Tanya nunca suspeitou o quanto Zoe estava transtornada, ou que a amiga tinha um problema.

— Não pensei que ouviria notícias suas tão cedo. — Tanya parecia surpresa, mas feliz em ouvi-la. Haviam conversado no dia anterior, após dois longos anos, e estava surpresa em receber outro telefonema de Zoe tão cedo. — O que houve?

— Uma coisa maluca aconteceu hoje. — Na realidade, uma coisa muito louca, mas ela não disse isso. — Tem esse médico que me substitui de vez em quando. Ele está me expulsando do consultório por alguns dias. Disse que precisa do trabalho.

— Está falando sério? — A voz de Tanya ainda soava espantada, não entendia por que Zoe telefonara para ela.

— Estou... e estava pensando... a viagem de que você falou... Wyoming... acho que não... não iria querer me intrometer ou algo assim... você está indo com alguém? Apenas pensei... — Tanya então compreendeu a razão do seu telefonema, e era a oportunidade perfeita para ficarem juntas. Mas sabia que se Zoe soubesse que Mary Stuart estava se juntando a elas, provavelmente não iria. Haveria muito tempo para explicar isso às duas assim que chegassem lá, e Tanya tinha certeza de que se chegassem tão longe finalmente tudo ficaria bem entre elas.

— Não, estou indo sozinha — mentiu. Rapidamente, forneceu-lhe todos os detalhes e sugeriu que voasse direto para Jackson Hole. Tanya não queria correr o risco de que, se Zoe fosse a Los

Angeles para viajar para Wyoming com elas, Mary Stuart pudesse se recusar a entrar no ônibus. Tinha certeza de que uma vez que estivessem no rancho, seria uma reunião maravilhosa. Mas, antes que chegassem lá, não queria dar a nenhuma das duas a chance de desistir.

— Mas só posso ir por uma semana — disse Zoe com firmeza. Já estava entrando em pânico com o pensamento de deixar a clínica. Mas era o tipo de coisa que agora teria de fazer, se desejasse preservar a saúde. De qualquer modo, uma semana era tempo suficiente.

— Está bem. Talvez consigamos convencê-la a passar a segunda semana quando chegar aqui — disse Tanya, feliz. Ela não podia pensar em nada mais agradável do que umas férias com as amigas mais antigas da faculdade.

— Você não está levando um namorado, está? — perguntou Zoe, tendo ouvido a primeira pessoa do plural, mas quando Tanya disse que não, achou que *nós* era sua maneira de falar. Jamais ocorreu a ela que Tanya tivesse convidado Mary Stuart.

— E o seu bebê? — perguntou Tanya, candidamente. Teria feito algumas modificações de um jeito ou de outro. E Zoe pensou sobre o assunto por um longo momento e então sacudiu a cabeça devagar.

— Acho que não, Tan. Ela é de fato muito pequena. Não vai aproveitar com a idade que tem, e talvez seja bom me afastar de verdade para relaxar. — Embora, de certa forma, Zoe detestasse fazer isso. Estava relutante em deixar a filha e seus pacientes.

— Mas você está bem, certo? — Havia algo na voz de Zoe que preocupou Tanya, mas não era nada que pudesse perceber, e Zoe continuou insistindo que não existia nenhum problema. Mas havia alguma coisa em seu tom de que Tanya recordava vagamente, algo em sua voz que era reminiscente de quando Zoe se achava com problemas ou sofrendo com alguma coisa, como no caso de alguns anos atrás, com Ellie. Mas tanto tempo se passara desde que tinham se visto que Tanya não ousou pressioná-la, ou acusá-la de estar mentindo.

— Estou bem — tranqüilizou-a Zoe. — Mal posso esperar para

vê-la. — Ela era uma boa amazona, uma boa amiga, e com um pouco de sorte, pensou Tanya, na primeira noite Zoe e Mary Stuart já teriam feito as pazes uma com a outra, e as três ficariam juntas outra vez, como nos velhos tempos.

— Vejo você no rancho — disse Tanya ao desligar. Sentia-se muito feliz por Zoe ter ligado para ela.

— Vejo você lá. — Zoe sorriu, rolou de lado na cama e desligou. Não era do seu feitio largar tudo e deixar a clínica, mas sabia que tinha de fazê-lo. Agora faria tudo que podia para prolongar sua vida. Fora preciosa para ela antes, mas com a presença da pequena Jade agora era ainda mais preciosa. E sabendo com o que eventualmente teria de lutar, a viagem a Wyoming de repente se tornara muito importante.

Capítulo 9

Sam trabalhou com Zoe por diversas horas na semana seguinte, para se familiarizar com os pacientes em tratamento. Diversos deles ele conhecia das noites extras em que dera plantão por ela. Mas quando leu todos os arquivos em curso dos pacientes no estado mais avançado da doença, ficou espantando com a quantidade de pessoas de que ela estava tratando. Zoe tinha cerca de cinqüenta pacientes terminais, e mais chegavam à sua porta todos os dias, e às vezes todas as noites.

Eram trazidos por amigos, ou parentes, ou simplesmente por pessoas que tinham ouvido falar do trabalho que ela estava fazendo. Todos estavam muito doentes, alguns com AIDS, e outros não. Ela cuidava de todos eles, e Sam ficou particularmente comovido com as crianças. Havia as com AIDS. Fazia com que o médico se sentisse grato por todas as crianças saudáveis que já vira. Sam sabia por que Zoe apreciava Jade em especial. Ela era um bebê extraordinário, e maravilhosamente saudável.

— Não consigo acreditar no número de pacientes que você vê todos os dias — comentou Sam certa vez, no final da tarde —; é desumano. Não é de admirar que se sinta cansada o tempo todo.

Naquele momento, teria sido tão fácil dizer-lhe que tinha AIDS. Mas o problema não era dele, nem era de sua conta. Decidira que não ia fazer daquilo um peso para qualquer pessoa, a não ser para ela própria, enquanto pudesse. Planejava economizar dinheiro a fim de guardá-lo para seus próprios cuidados e tratamento médico, para serviços de enfermagem, se chegasse a isso. Seu único problema de fato era Jade, e o que fazer com ela quando morresse. Sentia-se horrível por pensar daquele jeito, mas Zoe sabia que precisava ser assim. Parte dela continuava resistindo à realidade, mas a outra já aceitara seu destino. Parecia um fim inacreditável para uma carreira brilhante, e se ela se permitisse, poderia ficar repisando sua má sorte e destino cruel, mas realmente não queria fazer isso. Desejava apenas desfrutar qualquer tempo que lhe restasse. E sabia que ainda poderia ter anos, até mesmo uma década, não acontecia com freqüência, mas com algumas pessoas era assim, e faria tudo para se assegurar de que no seu caso seria assim. A viagem a Wyoming fazia parte disso, o repouso, o cenário, a altitude, o ar, acompanhados do consolo de rever a velha amiga Tanya.

— E esse aqui? — Sam interrompeu seus devaneios para lhe mostrar um arquivo. Pertencia a um jovem extremamente doente. Ele já entrara nos últimos estágios de demência da AIDS, e Zoe duvidava que durasse muito mais. Ele lutara com valentia durante meses, e agora não havia muito que ela pudesse fazer, a não ser confortá-lo e consolar sua namorada. Ela o visitava todos os dias. Zoe explicou tudo a Sam, e ele sacudiu a cabeça. Sua clínica era a menos ortodoxa para a qual trabalhara, mas também era a mais criativa em termos de tratamento, e ele ficou profundamente comovido com sua compaixão. Parecia que ela movia céus e terras na procura de novos antibióticos, medicamentos, meios de tratar as infecções e a dor, e até mesmo tratamentos holísticos incomuns. Ela fazia o possível para derrotar a doença até o final amargo, e para confortar o paciente.

— Um desses dias teremos sorte — disse ela, triste. Mas não seria cedo o bastante para todos eles. Ou mesmo para ela própria agora.

— Acho que tiveram sorte quando encontraram você — disse ele, olhando-a com uma admiração sempre crescente. Sempre gostara tanto dela, e agora esse sentimento aumentava ainda mais. Ela representava tudo que um médico devia ser, e a maioria não se mostrava acessível pessoalmente, o que não acontecia com ela. Pensou consigo mesmo se isso teria alguma coisa a ver com o namorado que morrera de AIDS anos antes. Gostaria de saber se ela amara alguma pessoa desde então, e imaginou que não. Com certeza, não Richard Franklin. Sam teria gostado de ser mais íntimo dela. Sempre fora muito aberta com ele, e muito cordial, mas ele nunca sentira que havia qualquer interesse de sua parte para que fossem mais do que amigos, companheiros de trabalho e médicos colaboradores.

E, particularmente nos últimos tempos, ela achava que não podia se permitir ficar íntima de ninguém. Tinha muito cuidado em colocar uma distância segura entre ela e o resto do mundo, e até mesmo Sam, a quem conhecia desde a escola médica. Não queria iludi-lo ou qualquer pessoa, incitá-los, ou oferecer uma oportunidade para uma aproximação. Queria deixar claro para todos que não estava disponível como mulher, somente como médica. Parecia ser a única maneira justa de lidar com a situação. Pensou, inclusive, em comprar uma aliança de casamento, e se forçou a não pensar no caminho solitário que estava tomando.

Mas enquanto trabalhavam no último arquivo, Sam deu uma olhada para ela outra vez e pensou se poderia convidá-la para jantar. Ainda havia muita coisa sobre o que conversar, e ela parecia com pressa de ir para casa.

— Posso convencê-la a comer alguma coisa enquanto terminamos? Talvez pudéssemos ir a um restaurante de massas na vizinhança ou algo assim. O que acha da idéia? — perguntou ele, segurando a respiração e sentindo-se um tolo por isso. Às vezes, ela fazia com que se sentisse como uma criança, e ele achava isso interessante. Gostava de tudo a respeito dela. Sempre gostara. E, através dos anos, passara a admirá-la mais, e a envolver-se mais com ela.

— Parece ótimo — disse ela, sem ter nenhuma noção de que ele a achasse remotamente atraente. De qualquer modo, estava querendo convidá-lo para sair, para agradecer-lhe ter dado a ela a oportunidade de sair da cidade e desfrutar umas férias de verdade. Sentia-se um pouco culpada deixando Jade, mas Sam prometera que ficaria de olho nela também, e iria à casa de Zoe para ver a menina e a *au pair* quando saísse do consultório.

— Você é mesmo um médico plantonista para todo serviço — brincou ela, enquanto se sentava à mesa de um pequeno restaurante italiano no Upper Haight. Ela o freqüentava fazia anos, e gostava dele. Era tranqüilo, com uma comida boa, e era a primeira vez, desde a escola médica, que ela e Sam se sentavam e conversavam um com o outro durante o jantar. Os dois riram em relação ao longo tempo que se passara desde então. Embora seus caminhos tivessem se cruzado regularmente nos últimos dezoito anos, nunca tinham tido tempo para se encontrar sozinhos; viviam trabalhando.

Ambos pediram ravióli, e ele lhe ofereceu vinho, mas ela recusou, e então começaram a falar de trabalho outra vez. Estavam na metade do jantar quando ele olhou para ela com seu sorriso franco de garoto, e alguma coisa calorosa e amiga nos olhos dele fizera com que se sentisse, mais do que nunca, surpreendentemente à vontade com ele.

— Você não faz nada além de trabalhar, Zoe? — perguntou num tom gentil. Ele a admirava, mas também sentia pena dela. Fazia tanto por tantas pessoas, e ele sabia como isso era exaustivo. Mas não parecia existir ninguém para fazer qualquer coisa por ela. E Sam não conseguia imaginar que ela tirasse qualquer conforto real do seu relacionamento com Richard Franklin, ou qualquer outro igual a ele.

— Não ultimamente, exceto por Jade.

E então ele pensou numa coisa.

— Você alguma vez já se casou? — Ele achava que não, e certificou-se disso quando ela sacudiu a cabeça.

— Nunca. — Não parecia nem um pouco incomodada com isso. Estava confortável com sua vida, e feliz com a filha. Sua vida parecia ser enormemente satisfatória.

Mas Sam estava curioso sobre ela.

— Por que não? Se não se importa que lhe pergunte.

Ela sorriu. Não se importava nem um pouco. Exceto por sua doença, não guardava nenhum segredo dele.

— Quando era jovem, nunca quis realmente casar. E o único homem com quem provavelmente deveria ter casado morreu há mais de dez anos. Ele contraiu AIDS em uma transfusão. Graça a ele, iniciei a clínica. Ele trabalhava em pesquisa e era brilhante. Fez uma cirurgia de ponte-de-safena aos quarenta e dois anos, e eventualmente ela o matou. Não viveu sequer um ano após a transfusão. Pensei em entrar na área de pesquisa com ele. Sempre me senti intrigada com mistérios não resolvidos, e doenças remotas. E então apareceu a AIDS, e eu me envolvi na parte de cuidados físicos e não na pesquisa.

— Teria sido uma verdadeira perda para muitas pessoas se você escolhesse um caminho diferente — disse ele, gentilmente, e estava sendo sincero. Ela era uma médica fantástica. Ele também sabia sobre o médico que morrera, mas ouvira falar dele através de outras pessoas. Observou-a, enquanto ela contava o que acontecera. Parecia triste, mas não arrasada, e pressentiu que ela se recuperara, embora fosse óbvio que nunca encontrara ninguém que significasse tanto para ela.

— Antes da AIDS, eu estava bastante envolvida com a diabetes juvenil. De seu próprio modo, é outro flagelo como esse, embora receba muito menos atenção.

— Também sempre tive um interesse por ela. Gosto de visitar as clínicas dos outros, recolhendo informações e resolvendo problemas. Fazendo o possível, e então seguindo em frente. Pode parecer irresponsável, mas nunca quis ter minha própria clínica. Acho que há muita papelada e burocracia, e problemas que não têm nada a ver com medicina ou pacientes. Gosto de colocar mãos à obra, não quero perder tempo com contratos e seguros, e me preocupar com patrimônio e todas as questões políticas com as quais os médicos se envolvem. Talvez eu simplesmente ainda não tenha crescido. Fico à espera que isso aconteça e estou sempre pensando que um dia desses vou querer me associar a um grupo de médicos e me juntar ao consultório deles, mas nunca faço isso. O que vejo em relação à maioria deles me desanima por completo, a não ser numa base de regime rotativo, do jeito que faço com você. Dessa maneira, tenho a chance de fazer tudo que acho interessante.

Ela sorriu com esse comentário. Parecia um pouco com a filosofia dos médicos do setor de emergência. Eles queriam lidar com os pacientes e não com papéis, despesas gerais ou problemas. Mas, em seu caso, teria sentido saudades dos relacionamentos de longa duração que desenvolvia.

— Você me lembra um pouco do Cavaleiro Solitário — disse ela, sorrindo — ...quem era aquele homem mascarado, Tonto?... Meus pacientes o adoram. Você faz um trabalho maravilhoso. E não posso culpá-lo por evitar toda a burocracia que acompanha uma clínica comum. Realmente perdi em não ter parceiros, assim o trabalho é bem maior. Mas também me agrada não ter de enfrentar as dores de cabeça, as discussões, os ciúmes banais e todos os problemas afins. Quando Adam morreu, ele tornou possível montar o tipo de clínica que eu queria, e fazê-la exatamente do jeito que eu pensava que deveria ser. Mas ainda é terrivelmente difícil não ter uma ajuda adequada, exceto em certas ocasiões. — Sorriu para ele de novo, e ele se encontrou pensando outra vez no grau de envolvimento entre ela e Richard Franklin, mas tinha medo de lhe perguntar

— Você planejava casar com Adam antes de ele ficar doente? — Estava curioso sobre ela, sobre eles, sobre o bebê que ela adotara e a razão pela qual o fizera, e por que parecia tão confortável sozinha. Achava-a uma mulher fascinante.

— De fato, não. Acho que eventualmente poderíamos ter casado, mas não falávamos sobre isso. Ele fora casado, e tinha filhos. E eu estava ocupada desenvolvendo minha prática como residente. Trabalhava com dois outros médicos, mas deixei o serviço quando montei a clínica. Nunca pensei em casar, ou mesmo em ficar com qualquer pessoa indefinidamente. Nós nos víamos com muita freqüência, e éramos muito unidos, mas na realidade não vivemos juntos até a época em que ele estava morrendo. Tirei três meses de folga do trabalho e cuidei dele. Foi muito triste — mas ela aparentava estar em paz com o acontecido. Estava séria, mas não angustiada. Já se passara um longo tempo desde que ele morrera, e muitas coisas tinham acontecido nesse meio tempo. Ainda via os filhos dele de vez em quando, mas não ficara íntima deles. Só depois que Jade nasceu ela compreendeu de fato a alegria extraordinária de se ter filhos.

Ele perguntou sobre isso também, e ela lhe contou como tudo

acontecera. A mãe de Jade estava com dezenove anos, era solteira, e não tinha nenhum desejo de ficar com o bebê. E sua família recusara-se a recebê-la em casa ao descobrir que o bebê era asiático.

— Ela tem sido a melhor coisa que já aconteceu comigo — disse Zoe, simplesmente. E então ela virou a mesa, mudando a conversa para o lado dele. — E você? — Sabia que Sam tivera um casamento breve em Chicago. — O que aconteceu com seu casamento? — Tinham perdido contato um com o outro durante seus estágios de residência médica, e quando ele voltou para San Francisco seu casamento ficara para trás, e ele falava muito pouco sobre o assunto. Além do mais, era uma raridade para Sam e Zoe tirarem uma noite de folga só para conversar, desse jeito.

— O casamento durou dois miseráveis anos, enquanto eu estava fazendo minha residência — explicou, com um ar pensativo. — Pobre garota, eu nunca a via. Você sabe como é. Ela detestava isso. Disse que nunca se envolveria com outro médico. Mas estava condenada geneticamente. O pai, um grande cirurgião torácico em Grosse Pointe, o irmão é um médico de esportes em Chicago, e depois de mim acabou casando com um cirurgião plástico. Ela tem três filhos e mora em Milwaukee, e acho que é muito feliz. Não a vejo há anos. E logo que voltei para a Califórnia vivi com uma mulher por diversos anos, mas nenhum de nós tinha qualquer interesse em se casar. Ambos tivéramos más experiências antes, e nem um nem outro estava preparado. Na realidade, você me faz lembrá-la um pouco. Ela é um tipo de santa, assim como você. Sentia uma necessidade verdadeira de fazer diferença, e sempre me pressionava sobre isso. No final, ela fez o que achou certo, e eu fiquei para trás. Ela é uma enfermeira profissional numa colônia de leprosos em Botswana. — Zoe lembrava-se vagamente de ter ouvido algo sobre ela, mas fora antes de Sam ter vindo trabalhar para sua clínica como médico substituto, e Zoe nunca a conhecera.

— Isso é sério. — Zoe olhou para ele, fascinada com o que estava ouvindo. — E não conseguiu convencê-lo a se juntar a ela? — Zoe achou que soava ligeiramente atraente, mas obviamente Sam não concordava com isso, ao sacudir a cabeça com uma expressão de horror.

— De jeito nenhum. — Ele riu forçado. — Nem com todo o amor que sentia por ela. Detesto cobras, insetos; nunca fiz parte dos escoteiros, e acho que viagens em acampamentos e sacos de dormir são uma grande tortura. Definitivamente não fui feito para uma vida a serviço da humanidade na selva. À noite, gosto de uma cama confortável, de uma boa refeição, de um restaurante aconchegante, de um copo de vinho, e a vegetação mais selvagem que quero ver está no Golden Gate Park, no fim de semana. Rachel vem até aqui uma vez por ano, e ainda sou louco por ela, mas agora somos apenas amigos. Ela vive com o diretor da colônia de leprosos, e eles têm um bebê. Ela ama a África e diz que não sei o que estou perdendo.

— Por não ter filhos, ou por viver aqui? — Zoe estava rindo, mas era uma história e tanto.

— Por ambas as coisas. Ela diz que nunca vai deixar a África. Mas nunca se sabe. A situação política por lá às vezes fica bastante amedrontadora. Definitivamente não é para mim. É uma garota maravilhosa, e fez a coisa certa. Partiu há cinco anos, e não sei o que aconteceu, o tempo simplesmente voou. Estou com quarenta e seis anos, e acho que apenas esqueci de me casar.

— Eu também — ela riu para ele —; meus pais costumavam ficar loucos com isso. Os dois morreram nos últimos anos, portanto não há mais ninguém para me pressionar sobre isso. — E agora ela sabia com certeza que não se casaria. Mas falar sobre sua própria vida, de repente, fez com que Sam se sentisse mais corajoso.

— E o Dr. Franklin? — Sentia-se nervoso fazendo essa pergunta, mas estava curioso. Ela definitivamente não emitia vibrações de que estivesse aberta a convites. Queria saber se era por causa de Richard Franklin, ou se havia outras razões, talvez até outra pessoa de quem ele não soubesse. Era difícil acreditar que uma mulher como Zoe só se importasse com sua clínica e seu bebê.

— O que tem Franklin? — perguntou Zoe, parecendo intrigada. — Somos bons amigos, só isso. Ele é um homem interessante — disse ela, delicadamente, mas Sam estava olhando em seus olhos à procura de um significado mais profundo.

— Você não revela muita coisa, não é? — disse, e ela riu.

— O que exatamente quer saber, Dr. Warner? Quão sério é o nosso relacionamento? Não é. Aliás, não estou saindo mais com ele. Não estou saindo com ninguém, e é desse jeito que pretendo manter as coisas.

Havia algo de muito firme em sua voz quando disse isso que o surpreendeu. Não podia entender o que ela estava querendo dizer. Mas havia uma mensagem lá para qualquer um que quisesse ouvi-la.

— Está planejando entrar para um convento em breve? — brincou ele. — Ou vai apenas fazer *free lance*? — Olhando para ele, de repente, foi obrigada a rir de si mesma. Isso era muito novo para ela, e percebeu que poderia ter aprendido muito de seus pacientes. Como é que eles faziam? O que diziam? Sabia que muitos deles contavam às pessoas que tinham AIDS antes de iniciar relacionamentos, mas ela também não queria fazer isso. Desejava apenas ficar sozinha e desfrutar sua vida com Jade. Teria sido diferente se tivesse existido alguém em sua vida quando aconteceu, mas, como não foi o caso, no que dizia respeito a ela agora as portas estavam fechadas.

— Não tenho tempo para um relacionamento — disse com simplicidade, e ele pareceu chocado. Da maneira que Zoe dissera parecia tão definitivo, e tão diferente dela. Achava-a uma pessoa tão calorosa, e seria um desperdício tão grande ver uma mulher como Zoe sem um homem em sua vida. Isso realmente o incomodava.

— Você está me dizendo que tomou uma decisão consciente nesse sentido, em sua idade? — Parecia horrorizado com a perspectiva.

— Mais ou menos. — Estava se referindo à decisão que tomara, mas não queria entrar em detalhes com ele, e os dois estavam entrando num terreno perigoso, o que ela não queria que acontecesse. Mas Sam estava pronto a perseguir o assunto com ela com uma determinação obstinada. — Não posso dar nada a ninguém, Sam, estou envolvida demais com minha clínica e com minha filha. — Era uma desculpa, mas Sam tinha certeza de que estava sendo sincera.

— Zoe, isso é um disparate — disse Sam com firmeza —, está

errada se acha que não pode dar nada a ninguém. Existem mais coisas na vida do que apenas se dedicar ao trabalho e ao seu bebê. — Estava curioso em saber por que estava tão determinada em ficar sozinha. Se ainda sofria pelo antigo amor, embora ele duvidasse disso, já que sabia que ela saíra com Richard Franklin. Mas por que Zoe não queria se envolver com ninguém? O que estava escondendo? Não podia ser tão obcecada assim com a filha e o trabalho, ou era? — Você é jovem demais para fechar as portas para um relacionamento em sua vida. Zoe — falou, determinado —, você precisa pensar a respeito. — Teve uma sensação de perda pessoal ao olhar para ela e perceber que estava dizendo a verdade.

Zoe sorriu para ele, mas não estava sensibilizada com o que ele dissera.

— Você parece meu pai. Ele costumava me dizer que mulheres excessivamente educadas ameaçavam os homens, e que eu estava cometendo um grande erro quando fui para Stanford. Fazer a faculdade bem, mas cursar a escola médica era exagero. Ele disse que se eu queria me formar em medicina deveria ter ido para a escola de enfermagem e economizado muito dinheiro para ele. — Estava rindo enquanto dizia isso.

Sam sacudiu a cabeça. Ele conhecia pessoas iguais a ela. Sua própria família era formada de médicos, inclusive sua mãe.

— Bem, você deveria ter ido para a escola de enfermagem, se era para você, ao se formar médica, chegar a uma decisão ignorante como essa. Zoe, isso é simplesmente estúpido. — Pensou se ela tivera uma experiência ruim, talvez tivesse sido estuprada, ou se Franklin de fato fizera alguma coisa para aborrecê-la e ainda estava sentida, ou talvez ela estivesse envolvida com alguém casado, sem ninguém saber. Ou talvez apenas estivesse dizendo para ele, de uma forma gentil, que não estava interessada nele, mas esperava que aquele também não fosse o caso. Afora isso, simplesmente não podia entendê-la, mas Zoe parecia muito firme quanto à sua decisão.

Então ela voltou a conversa para outros assuntos, o que o deixou ainda mais frustrado. Ele descobriu que tinham ainda mais coisas em comum do que pensara, pessoas, planos, pontos de vista que compartilhavam sobre a medicina, e paixão por tudo aquilo que ela representava. Pior ainda, percebeu que estava ainda mais atraído por ela do que suspeitara antes. Zoe possuía um excelente senso de humor e um raciocínio rápido. Viajara muito, e havia algo maravilhosamente honesto e genuíno a seu respeito. Falava as coisas do jeito que elas eram, analisava situações de uma maneira muito astuta, e ao lhe falar sobre seus pacientes ficava óbvio o quanto os amava.

Era a primeira mulher que Sam conhecia em muito tempo por quem se sentia louco e com quem desejava sair desesperadamente. Durante anos sentira-se atraído por ela, mas sempre hesitara em tomar alguma atitude. Jantar com ela, conversar sobre uma variedade de coisas o deixara completamente apaixonado por Zoe. E estava ainda mais tentadora porque insistia em dizer que desistira de manter qualquer relacionamento e nem mesmo queria discutir o assunto com ele. Tinha certeza de que havia outra razão. Talvez fosse um romance com alguém que ela estava protegendo, e quanto mais pensava a respeito, mais desconfiava se seria com alguém casado. Mas, no que lhe concernia, ela poderia ter-lhe dito isso. Aliás, tudo em sua vida indicava essa possibilidade, o fato de que dispunha de tanto tempo disponível para passar no trabalho, que não tinha nenhum desejo de se casar. Era óbvio que estava envolvida com alguém e não queria admitir. E ele sentia muito saber disso.

E enquanto Zoe o observava durante a refeição, e depois enquanto permaneciam sentados e tomavam *cappuccino*, descobriu que também gostava dele. Sam era exatamente o que sempre parecera, um verdadeiro ursinho de pelúcia de homem, alguém inteligente e gentil, uma pessoa em quem se podia confiar. Estava tão enamorado de sua clínica quanto ela. Considerava isso um feito inacreditável, uma tarefa enorme, e a admirava muito por isso.

— De todas as clínicas que já vi, é da sua que mais gosto, e a que mais respeito. Aprecio muito a maneira com que lida com seus pacientes, em particular na assistência a domicílio.

— Essa foi a parte mais difícil de organizar, encontrar as pessoas certas em quem podia confiar, sem ter de monitorá-las a qualquer hora. Eu as vigio com atenção, mas ainda assim elas têm bastante autonomia. Todavia, os pacientes também requerem muita responsabilidade. — Muitos dos namorados, namoradas e famílias de seus pacientes cuidavam deles quase sem assistência profissional até o último momento, quando eram assistidos por equipes do hospício. Morrer de AIDS não era fácil.

Então, os dois conversaram outra vez por algum tempo sobre o que ela queria que Sam fizesse enquanto estivesse fora, e ele sorriu enquanto a ouvia. Sabia que para ela seria difícil deixá-los, e tentou tranqüilizá-la dizendo que, com ele, os pacientes estariam em boas mãos, e Zoe acreditou.

— Fale-me sobre Wyoming — falou Sam em tom afável, enquanto tomavam a segunda xícara de *cappuccino*. Mas quando foram servidos, ele notou que Zoe parecia exausta. Recentemente, notara como vivia cansada, mas não dera muita importância a isso. A clínica era tão extenuante que não surpreenderia que ela estivesse pálida, e foi só nessa noite que ele também notou que seu corpo estava demonstrando uma certa magreza. Obviamente, ela estava necessitando de férias, e ele se sentia feliz por ela ter decidido descansar um pouco. — Com quem você vai para Wyoming? Não vai acampar, vai? — perguntou, desejando por um momento insano que estivesse indo com ela.

Ela riu com a pergunta.

— Acho que não. Na verdade, vou com uma velha amiga da faculdade. É uma mulher incrível, e não a vejo há algum tempo, mas ela me ligou e me convidou. A princípio, não aceitei o convite, mas quando me senti tão mal decidi ir. Mas acredite em mim, conhecendo minha amiga, não vai ser um acampamento. Ela é ainda mais mimada do que eu. — Zoe também não era uma aficionada de *camping*, e nunca fora. Como Sam, ela não gostava de insetos, cobras, ou de seres rastejantes. — Ela vive em Los Angeles, e tenho certeza de que vamos ao rancho mais hollywoodiano de todos os tempos, se ela conseguiu encontrar um.

— Como se chama ela? — perguntou ele em tom casual, enquanto a conta chegava e ele abria a carteira. — É uma médica?

Zoe sorriu antes de responder.

— Não, exatamente. É uma cantora. Somos amigas desde a faculdade, e ela nunca mudou. Não que alguém acredite nisso. A mídia não lhe dá uma chance, realmente não é justo. — Parecia pensativa ao dizer isso. — Não me sinto bem em dizer às pessoas quem ela é, elas saltam de imediato para um milhão de conclusões incorretas.

— Estou fascinado — disse ele, olhando diretamente para Zoe, enquanto a garçonete levava a conta com o dinheiro. Estava fascinado por ela, pelos seus olhos verde-escuros, e tudo que via neles. — Então, quem é ela?

— Tanya Thomas — disse Zoe, baixinho. Para ela, era apenas um nome, para todas as demais pessoas significava uma vida inteira de falatório, um milhão de mentiras, uma voz de ouro, mil imagens que elas tinham visto.

Tanya era uma lenda, e Sam teve uma reação incomum. Seus olhos arregalaram-se, e sua boca se abriu, e então ele riu de seus próprios reflexos e deu um sorriso forçado, sentindo-se envergonhado.

— Não acredito. Você a conhece?

— Foi minha melhor amiga na faculdade. Éramos colegas de quarto. Eu a amo mais do que a qualquer outra amiga que já tive — disse, calmamente. — Não a vejo o suficiente, mas sempre que podemos nos reunir, nossos sentimentos de amizade continuam os mesmos. É surpreendente, não importa o que aconteça com qualquer uma de nós, nada jamais muda. Ela é uma mulher extraordinária.

— Uau! Estou impressionado. — Não pôde deixar de dizer, e estava sendo sincero. — Sei que parece bobagem, mas sempre me assombra saber que alguém conhece pessoas desse tipo. Que essas pessoas saem com elas, que se sentam em algum lugar, comem *pizza* e bebem café como o resto de nós, e lavam os cabelos e usam pijama. É bastante difícil pensar nelas como pessoas reais.

— Ela tem sofrido muito por causa disso. Pelo que sei, está se divorciando outra vez. Acho que seria impossível ter uma vida normal com os tipos de pressões com que convive. Ela se casou com um cara realmente bom quando saímos da faculdade, seu namorado da segunda série. Mas em um ano ficou famosa, conquistou um disco de ouro e uma carreira, e acho que isso simplesmente acabou com seu casamento. Pobre Bobby Joe, não tinha noção do que estava acontecendo com ele, nem Tanya. Ela se casou com uma verdadeira merda depois disso, seu agente. Ele a roubava, o que era previsível, e a tratava de uma forma bastante abusiva. Acho que era razoavelmente típico para o meio, mas era miserável para ela. Há três anos ela se casou com um sujeito em Los Angeles, acho que ele trabalha com empreendimentos imobiliários. Pensei que daria certo, mas agora os dois estão se separando, e ele não quer deixar que ela leve as crianças para Wyoming, como estava planejado. Portanto, ela tem essa cabana num rancho *cowboy*, e me convidou para ir com ela. — Zoe fazia tudo parecer tão comum que ele achou a situação engraçada.

— Sorte sua! — disse, com sinceridade. — Que divertido!

— É, ver Tanny vai ser mais divertido do que qualquer outra coisa. Nenhuma de nós é muito louca por cavalos — riu ela. — Aliás, tudo que desejo fazer é dormir a semana toda.

— Isso fará bem para você — disse ele, preocupado, e então a olhou de um modo estranho. — Você está bem, Zoe? Tem andado com uma aparência cansada, e sei que não estava se sentindo ótima na semana passada. Acho que está de fato forçando a barra. — Ele disse isso de um modo muito gentil, e a emocionou profundamente. Estava tão acostumada a tomar conta das outras pessoas que ficava surpresa quando alguém queria cuidar dela.

— Estou bem. Juro — disse, mas pensou consigo mesma o que ele teria visto. De repente, pensou se aparentava estar doente. Sentia-se cansada, mas, em sua opinião, não parecia estar nem um pouco diferente quando se olhava no espelho. Não apresentava feridas, ou outros sinais. Não havia nenhuma indicação de que contraíra AIDS, e sabia que podia não ter nenhuma por um longo tempo, ou talvez aparecessem diversas a qualquer momento. E o maior risco que corria eram as infecções. Mas sabia o que precisava fazer para se proteger; estava tomando cuidado. — Você é um amor em perguntar isso — disse, e ficou surpresa quando ele esticou o braço até o outro lado da mesa e segurou-lhe a mão. Não esperava que ele fizesse isso.

— Gosto de você. Quero ajudá-la, mas na maior parte do tempo você é bastante teimosa. — A maneira com que ele disse isso fez com que o encarasse nos olhos. Eles eram castanho-escuros, e infinitamente gentis.

— Obrigada, Sam... — Sentindo uma onda de emoção tomar conta dela, desviou o olhar do dele e então retirou a mão logo depois. Mais do que nunca, sabia que não podia ficar vulnerável. Não importava o quão gentil e atraente ele fosse, não podia se permitir fazer isso.

Tinha sido tão fácil com Richard, quando saíra com ele. Eram apenas amigos, e se eles levavam o relacionamento um pouco mais além de vez em quando, não havia nenhum mal. Não tinha nenhuma ilusão a respeito de como ele se sentia em relação a ela. Richard apenas queria uma companhia agradável de tempos em tempos, alguém para acompanhá-lo ao teatro, ou à sinfonia, ou ao balé, ou a um jantar caro. Mas não queria nada mais dela do que ela queria lhe dar. Aliás, se lhe tivesse dado mais do que isso, ele teria ficado com medo. Richard sabia com exatidão até onde queria chegar com ela, e sempre tomava cuidado para manter uma certa distância. Apesar do fato de que ela teria gostado de manter um relacionamento sério com alguém, na realidade não aparecera ninguém que a tivesse atraído nesse sentido em anos, e achava mais fácil evitar as imitações baratas. E agora que toda a sua vida mudara, era uma sorte tão ruim descobrir que Sam Warner um dia poderia ter sido importante para ela. Nunca percebera como ele era perspicaz, gentil, piedoso e afinado com o que ela estava fazendo. Apenas pensara nele como um bom médico, um bom amigo. E agora descobrira que havia mais em relação a ele e ao que sentia por ele, e não tinha nenhum direito de levar essa descoberta adiante. A porta para aquele setor de sua vida estava fechada para sempre. O que poderia oferecer para qualquer pessoa agora? Alguns meses? Alguns anos? Mesmo que fossem cinco ou dez anos, não seria justo para com eles. E, através disso tudo, sempre havia o risco remoto, mas em potencial, de contraírem a doença. Passara por todos esses problemas com Adam. Não podia mais repetir isso. E não tinha nenhuma intenção de fazê-lo com Sam. Não havia nenhuma chance no mundo de que fosse deixá-lo se aproximar mais dela. Eram colegas e amigos, e nada mais, e ele pressentiu isso. O que fez com que se entristecesse ao deixarem o restaurante. Mesmo gostando tanto de Zoe, podia sentir que estava se afastando dele. Não sabia por que, mas não estava gostando disso, e pressentiu que não havia o que pudesse fazer.

Olhou para ela por um longo momento, enquanto estavam sentados em seu carro do lado de fora do restaurante.

— Me diverti muito essa noite — disse, sincero, e Zoe concordou com a cabeça.

— Eu também, Sam.

— Espero que você se divirta muito em Wyoming — disse, enquanto olhava em seus olhos, e ela se sentiu como se pudesse ler seus pensamentos e não pretendia fazer isso. Não queria que ele abrisse seu coração para ela, ou lhe pedisse para abrir o seu. Ou, pior ainda, não queria ter de dizer-lhe por que não podia. No que dizia respeito a ela, ninguém tinha o direito de saber disso.

— Obrigada por me substituir — disse, sincera. Era um alívio falar a respeito do trabalho deles e não sobre seus sentimentos. Sentia com facilidade que estavam pisando em terreno perigoso, e ao olhar para ele com seu paletó de *tweed* e suéter cinza de gola rulê, forçou-se a não sentir nenhuma atração, mas não foi fácil.

— Você sabe que a substituirei a qualquer hora — disse ele, ainda sem ligar o carro. Havia algo que queria lhe dizer, e não sabia como fazê-lo. — Quero falar com você quando voltar.

Ela não ousou perguntar por quê. Estava subitamente com medo de que depois de todo esse tempo, de repente, ele decidisse pressioná-la. Não era justo que acontecesse agora. Lamentava que não tivessem descoberto a atração um pelo outro antes. No passado, fora completamente cega em relação ao sentimento dele, e até mesmo quanto ao fato de que ele na realidade era muito atraente.

— Acho que uma parte do que conversamos essa noite merece ser discutida um pouco mais — disse Sam num tom muito definitivo e um pouco assustador.

— Talvez não seja uma idéia muito boa — disse ela, baixinho, levantando os olhos lentamente para ele. Havia uma vida inteira de sofrimentos em seus olhos, e foi necessário toda sua força para que ele não colocasse os braços ao seu redor, mas sabia que, pelo menos no momento, não era o que ela queria. — Há certas coisas que é melhor deixar sem dizer, Sam.

— Não concordo com você — disse ele, os olhos penetrando nos dela, suplicando para que o ouvisse. — Você é uma mulher corajosa. Já a vi encarando a morte e a desafiando muitas vezes. Não pode ser covarde quanto à sua vida.

Parecia estranho para ela que Sam lhe dissesse isso e, por um momento, entrou em pânico sobre o que ele estava pensando. Mas sabia que ele não podia ter descoberto seu segredo. Os resultados do laboratório não tinham nome e haviam sido numerados.

— Não acho que eu seja covarde quanto à minha própria vida — disse Zoe, triste. — Fiz algumas escolhas que são certas para mim, não por covardia, mas por sabedoria.

— Isso é besteira — disse ele, inclinando-se de forma amedrontadora, próximo a ela, e ela virou o rosto e olhou pela janela.

— Sam, não faça isso... eu não posso. — Havia lágrimas em seus olhos, mas ele nunca as viu.

— Apenas diga-me uma coisa — pediu ele, olhando diretamente à sua frente. Tudo que desejava fazer era tomá-la nos braços e beijá-la, mas por respeitá-la, assim como suas idéias loucas, ele não o fez. — Existe outra pessoa? Diga-me com sinceridade. Eu quero saber.

Ela hesitou por um longo tempo. Era a saída perfeita. Bastava dizer que estava envolvida com outra pessoa, mas era honesta demais para fazer isso. Nem comprara a aliança de casada como planejara. Sacudiu a cabeça enquanto olhava para ele.

— Não, não existe, mas isso não muda nada. Você tem de compreender. Posso ser sua amiga Sam, mas não posso oferecer mais nada além disso a ninguém. É simples assim.

— Não entendo — disse, tentando não parecer zangado ou tão desolado quanto se sentia. Mas se sentia muito frustrado com as palavras dela. — Não estou pedindo que se comprometa comigo. Apenas que se abra comigo, só isso. Se eu não a atraio, se não há nada que você queira explorar melhor, então eu compreendo. Mas você fica repetindo para mim que a porta dessa parte de sua vida está fechada, e eu não entendo isso. É por causa do homem que morreu? Você ainda sofre com sua morte? — Onze anos mais tarde, parecia-lhe pouco razoável, mas quem era ele para decidir isso? Mas Zoe sacudiu a cabeça outra vez, enquanto ele a observava.

— Não, não é. Fiquei em paz com a morte de Adam há muito tempo. Sam, confie em mim, vamos ser amigos. Além disso — sorriu gentilmente para ele e tocou-lhe a mão —, acredite em mim, sou uma pessoa difícil.

— Você certamente é — disse ele, dando partida no carro.

Ela o fascinara completamente, e Sam não estava esperando por isso. Sentira-se atraído por ela durante anos, mas sempre controlara seus sentimentos, e havia muito tempo se acomodara a uma amizade tranqüila. Nunca esperara ficar completamente impressionado com ela, e então descobrir que a porta por trás da qual ela se escondia fora trancada e selada para sempre. Ficava alucinado só em pensar nisso. Enquanto a levava para casa, o tempo todo olhava para ela de relance; era tão tranqüila e bonita, parecia quase luminosa sentada ali. Comparava-a uma jovem santa, e ele sabia, só de olhar para ela, que tinha um espírito extraordinário. Ficava tentando lembrar a si mesmo que não se pode ter tudo na vida, mas parecia injusto, incrível quando pensava sobre Zoe. Quando chegaram à casa dela, ele deu a volta e abriu a porta para ela, que parecia um animalzinho abandonado, enquanto a ajudava a sair, e seu braço na mão dele era igual ao de uma criança.

— Tente engordar um pouco no rancho — disse ele, parecendo preocupado —; você está precisando.

— Sim, doutor — disse ela, olhando para ele com ternura nos olhos. Desejou que as coisas pudessem ser diferentes. — Passei momentos maravilhosos. Venha jantar comigo e com Jade quando eu voltar. Faço um ótimo cachorro-quente.

— Talvez eu devesse levar as duas para jantar fora. — Ele sorriu, desejando poder tirá-la de sua fortaleza. Mais do qualquer outra coisa, podia sentir que ela estava se escondendo. Não sabia por que, mas podia ver isso em seus olhos, e, por mais que tentasse, não conseguia alcançá-la. Mas, naquela noite, ele a alcançara mais do que sabia, tanto que Zoe ficou com medo dele.

— Passei momentos adoráveis. Obrigada, Sam.

— Eu também, Zoe... e sinto muito se a pressionei. — Estava com medo que a tivesse levado a se esconder ainda mais.

— Está tudo bem. Eu entendo. — Ela entendia mais do que queria, e estava lisonjeada e emocionada, mas impassível. Sua resolução era ainda mais forte.

— Não tenho certeza se você entende. Não tenho certeza se eu entendo — disse ele, triste. — Estava esperando para fazer isso havia muito tempo. De fato, desde a escola médica. Talvez tenha esperado demais. — Parecia infeliz, enquanto ficava parado ali.

— Não se preocupe com isso, Sam. Está tudo bem — disse ela, e deu um tapinha em seu braço.

Andou com ela vagarosamente até a porta da casa. E enquanto ficavam parados, desejou poder beijá-la. Ele não iria à clínica no dia seguinte, mas ela sabia que o veria outra vez antes de partir, e se consolou com isso. Se não podiam fazer mais nada, ao menos podiam trabalhar juntos de vez em quando.

— Eu a verei em alguns dias — disse ele, e beijou-lhe a testa. Então, quando ela abriu a porta, ele desceu os degraus rapidamente até o carro e parou lá, observando-a entrar. Zoe se voltou, e seus olhos se encontraram uma última vez, e então ela acenou e fechou a porta. Pouco depois, ela ouviu o carro dele se afastando, e, dentro do carro, Sam parecia aturdido com o poder do que estava sentindo. A noite não tinha sido nem um pouco como ele esperava. Mas Zoe também não fora. E apesar de tudo que sentia por ela, e de sua velha amizade, mais do que nunca, ela permanecia um mistério para ele.

Capítulo 10

No dia em que Mary Stuart deixou Nova York, ficou parada uma última vez na sala de estar e olhou ao redor do apartamento. As persianas estavam puxadas; as cortinas, fechadas; o ar-condicionado, desligado; e o apartamento estava lentamente ficando quente. Durante a última semana houvera uma onda de calor tremenda. Na noite anterior, falara com Alyssa na Holanda, ela estava se divertindo muito viajando com cinco amigos, e Mary Stuart suspeitava que a filha estivesse tendo seu primeiro romance realmente sério. Sentia-se feliz por ela, mas ainda estava triste por ter perdido a oportunidade de viajarem juntas pela Europa.

Também falara diversas vezes com Bill. Ele estava trabalhando duro, e pareceu ficar espantado quando lhe disse que decidira ir para Wyoming. Não conseguia entender por que, e achou que ela devia ir para o Martha's Vineyard, ou para o Hamptons, a fim de ficar com seus amigos, como fizera no último Quatro de Julho. Bill nunca aprovara realmente sua amizade com Tanya Thomas. E não podia entender por que ela queria ir para um rancho *cowboy*. Nunca achou que ela tivesse qualquer afinidade em particular com cavalos. Disse-lhe todas as coisas que, anos antes, a teriam feito reconsiderar, mas que desta vez não a afetaram. Mary queria passar duas semanas com Tanya no rancho; ficar com a amiga, conversar com ela, e olhar para as montanhas pela manhã. De repente ela percebeu que precisava se afastar e reavaliar sua vida, e se o marido não entendia isso, então o problema era dele. Ele ia ficar em Londres durante dois meses e não queria sua companhia, e não tinha nenhum direito de fazê-la se sentir desconfortável quanto a sua programação. Desistira desse direito quando lhe dissera que não desejava que ficasse com ele em Londres. Bill abrira mão de muitas coisas aquele ano, intencionalmente ou não, e ela queria pensar seriamente sobre isso. Não podia se imaginar voltando para o relacionamento deles da maneira que andava, ou do jeito que ele se tornara. Não podia viver na atmosfera sem ar, sem amor, sem alegria, que Bill criara. E embora, na noite anterior à sua partida, tivesse vislumbrado um pedacinho dele outra vez, não havia nenhuma promessa de que o reencontraria no final do verão. Ou no que dizia respeito a isso, se um dia voltaria a encontrá-lo.

Estava começando a perceber que aquilo que os dois tiveram um dia se fora, muito provavelmente para sempre. E ela duvidava se o que ficara em seu lugar valia a pena preservar. Não podia acreditar no que estava pensando. Mas não conseguia se imaginar voltando para ele, vivendo com ele daquele jeito outra vez, nunca conversando, abraçando-se, tocando-se. Eles tinham perdido seus sonhos, suas vidas, muito mais morrera do que apenas Todd. Sob muitos aspectos, Mary sentia que eles tinham morrido. E ir para Wyoming era uma maneira de deixar o que tinha sido para trás, e tentar entender o que ainda seria possível entre os dois. Por um estranho momento, enquanto olhava ao seu redor, sentiu-se como se estivesse abandonando para sempre a antiga vida a dois. Nunca mais seria a mesma coisa. Jamais voltaria para o homem que a deixara tão desolada e abandonada, durante o ano que passara. Ou ela voltaria para o homem que um dia conhecera, ou isso não aconteceria mais. Em ambos os casos, queria pensar se diria ou não para Bill vender o apartamento. Mas nada jamais seria o mesmo, como já não tinha sido no ano anterior, e Mary sabia disso.

A perspectiva de ficar sozinha outra vez, na sua idade, era amedrontadora. Mas a idéia de ficar sozinha com ele, no túmulo que ele criara para ambos, era um destino ainda pior. Andou até o final do longo corredor e parou por um longo momento em frente ao quarto que pertencera a Todd. As cortinas não se achavam lá, as colchas da cama estavam na lavanderia. Tudo fora guardado, e não sobrara nada dele. O que ela ainda possuía estava em seu coração e em suas recordações. Ele agora ficava livre.

Pegou a mala de novo e desceu o corredor lentamente, pensando nele... em Bill... e Alyssa, em como tinham sido felizes um dia, e como tudo parecia diferente agora. A mão cruel do destino, com um rápido golpe de pulso, acabara com o sonho. Tudo desaparecera tão rápido. Era estranho pensar sobre isso agora. Tinha a sensação de ter caminhado por um longo tempo sobre a água de mares gelados, e quase se afogara. Mas estava começando a avançar outra vez, ainda congelada, ainda dormente, ferida e marcada, mas achava que, depois de tudo, talvez não se afogasse. Havia agora uma chance mínima de que se salvaria. Enquanto estava parada na porta com as chaves na mão, queria dizer até logo para alguém... seu marido... seu filho... a vida que um dia haviam compartilhado ali.

— Eu te amo — disse, baixinho, no corredor vazio, sem ter certeza de para qual deles queria dizer isso, Bill ou Todd... ou para a vida que um dia haviam compartilhado juntos. Então, com uma última olhada, fechou a porta em silêncio.

O porteiro colocou-a num táxi lá embaixo, e ela chegou ao Aeroporto Kennedy pouco menos de uma hora depois. E o vôo para Los Angeles decorreu sem incidentes.

Quando Tanya saiu de casa, foi em meio a muita atividade. Ela empacotara seis malas, duas caixas cheias de chapéus, e nove pares de botas *cowboy* de couro de jacaré e lagarto, em cores variadas. Sua empregada estava colocando as bolsas de comida no ônibus, e ela comprara uma dúzia de vídeos novos, para mantê-las entretidas na viagem de travessia por Nevada e Idaho. Tinham dito para ela que era uma viagem longa e entediante, e ela até trouxera meia dúzia de novos *scripts* para examinar. No momento estavam oferecendo-lhe papéis em diversos filmes novos.

Eram onze horas, e o avião de Mary Stuart estava chegando às doze e meia. Mas ela queria fazer uma última parada antes que saíssem, para comprar mais comida no Gelsen's. O ônibus estava completamente abastecido, mas queria apenas comprar mais algumas guloseimas para finalizar.

O motorista aguardava, paciente, lá fora, enquanto ela dava um beijo de despedida em seu cachorro, agradecia à empregada, lembrava a ela sobre a segurança, pegava o chapéu, a bolsa, o livro de endereços e subia os degraus do ônibus correndo, com os cabelos voando soltos. Estava com uma ótima aparência, numa camiseta branca, um *jeans* apertadíssimo, e o mais velho par de botas *cowboy* em amarelo vivo. Comprara-as no Texas, em seu aniversário de dezesseis anos, e elas aparentavam isso. Usara-as durante a faculdade, e todos que a conheciam sabiam o quanto gostava delas.

— Obrigada, Tom — disse, acenando para o motorista ao subir a bordo, e ele começou a manobrar o gigantesco veículo lentamente pelos portões, descendo o estreito caminho de carros. O ônibus era enorme, e estava dividido em dois enormes cômodos. Uma sala de estar toda feita em madeira teca e veludo azul-marinho, com poltronas confortáveis, dois sofás, uma longa mesa para oito pessoas, e uma série de pequenos jogos arrumados para grupos de bate-papo. A sala dos fundos estava decorada em verde-floresta, e se transformava facilmente de outra sala de estar em quarto. Entre as duas havia uma cozinha grande e funcional e um banheiro em mármore branco. Ela comprara o ônibus anos antes, quando recebera seu primeiro disco de platina. Parecia bastante com um iate, ou com um avião particular muito grande, e com o mesmo custo.

Durante a viagem, ela e Mary Stuart dormiriam no quarto e estacionariam do lado de fora de um motel, para que pudessem arranjar uma acomodação para Tom. Um elaborado sistema de alarme mantê-las-ia em segurança. Em alguns casos, Tanya levava seguranças junto com ela mas achava que dessa vez talvez não precisasse deles. Estava esperando ansiosa pela viagem e pela oportunidade de passar dois dias inteiros conversando com Mary Stuart. Dirigindo dez horas por dia, eles esperavam chegar a Jackson Hole no dia seguinte, para o jantar.

Dez minutos antes do avião de Mary Stuart haviam chegado ao aeroporto, e Tanya aguardava no portão, de óculos escuros e com um chapéu *cowboy* preto, quando Mary Stuart desembarcou vestida num *jeans* e de *blazer*, carregando uma sacola Vuitton. Como sempre, sua aparência era imaculada, como se alguém tivesse passado seu paletó a ferro no avião, e parecia que seus cabelos tinham acabado de receber um corte.

— Gostaria de saber como você faz isso — disse Tanya, sorrindo para ela, e então abraçando-a com força. — Você sempre está com uma aparência tão arrumada e limpa.

— É congênito. Meus filhos me odiavam por isso. Todd sempre costumava tentar "me desarrumar", só para que eu parecesse "normal". Estava ligeiramente apologética, e de braços dados andaram até a área de desembarque da bagagem, onde o motorista de Tanya estava esperando para ajudá-las. Ficou parada um pouco para o canto com a amiga, e em menos de um minuto as cabeças começaram a se virar. Viu poucas pessoas sussurrando, alguns sorrisos tímidos, e cinco minutos depois um bando de adolescentes aproximou-se com uma caneta e uns papéis.

— Poderia nos dar seu autógrafo, Srta. Thomas? — perguntaram, dando risadinhas e empurrando uns aos outros.

Estava acostumada com isso, e sempre dava autógrafo quando pediam. Mas também sabia que se não se movessem rápido naquela hora, estaria cercada de fãs em menos de cinco minutos. Sabia por experiência que uma vez reconhecida, era apenas uma questão de momentos antes que aquilo se transformasse num tumulto. Sorriu por cima das crianças para Mary Stuart, enquanto a velha amiga a observava. Quando assinou o último pedaço de papel, sussurrou para ela:

— Temos de ir... isso aqui vai ficar uma loucura em um minuto. — Disse algo para Tom, e Mary Stuart lhe deu o canhoto da bagagem e descreveu sua mala; apenas trouxera uma, e Tanya a empurrou o mais rápido que pôde em direção à saída. Mas já havia um grande grupo de mulheres e jovens vindo em sua direção. Dois sujeitos de aparência rude agarraram-na pelo braço, e um deles empurrou uma caneta em sua cara.

— Ei, Tanya, que tal assinar algo para mim, hein, querida, como o seu sutiã. — Os dois homens estavam rindo, pensando que eram muito divertidos, e Tom, o motorista, os estivera observando e veio imediatamente.

— Obrigado, caras, uma outra hora... até logo... — e antes que Mary Stuart percebesse o que acontecera com eles, os sujeitos tinham saído pela porta afora e foram parar do outro lado da calçada, bem na frente das mulheres que estavam correndo em sua direção. Elas passaram rapidamente por eles, enquanto duas mulheres tiravam uma foto de Tanya. Mas Tom estava com a chave na mão e destrancou o ônibus, empurrando Tanya à sua frente, e Mary Stuart logo atrás dela. As duas entraram, e a porta se fechou numa fração de segundo. Mas já havia uma sensação sufocante de terem sido atropeladas. Isso fez com que Mary Stuart lembrasse de imediato como a vida de Tanya era difícil. Ela quase esquecera. Isso acontecia com ela em todos os lugares. No mercado, no consultório médico, nos cinemas. Não podia ir a lugar nenhum sem atrair atenção. Não importava o que fizesse para se esconder, eles sempre a achavam.

— Isso foi horrível — disse Mary Stuart de forma concisa, enquanto Tanya tirava duas cocas da geladeira na cozinha e dava uma para ela pela porta, com um sorriso para seu motorista.

— Você se acostuma... quase... Obrigada, Tom. Sua atuação foi muito tranqüila.

— Às ordens. — Ele avisou que ia voltar para pegar as malas de Mary Stuart, e lembrou a Tanya de manter a porta trancada.

— Com os diabos! Claro que não, pensei em me pendurar na porta e vender bilhetes. — Ela sorriu forçado com seu chapéu *cowboy* ainda no lugar. Com o chapéu e as botas, seu estilo estava bem texano.

— Cuidado — avisou ele outra vez ao sair.

As duas mulheres puderam ver uma pequena multidão se formando na calçada, tirando fotografias do ônibus e apontando para ele, embora não pudessem ver lá dentro e não houvesse nada para identificá-lo. Era apenas um ônibus preto, longo e reluzente, sem nenhuma marca. Mas eles sabiam. A notícia já correra. Tinham-na visto.

Quando Tom voltou, havia cinqüenta pessoas lá fora, aos empurrões, acotovelando umas às outras e falando. Quando ele estava entrando, elas tentaram impedi-lo, querendo empurrá-lo para passar na sua frente, mas Tom era muito forte, e ninguém ia passar por ele. Antes que qualquer pessoa chegasse perto, ele já entrara no ônibus com a bagagem de Mary Stuart, e a porta já estava trancada outra vez.

— Meu Deus, os nativos estão agressivos hoje, não? — disse Tanya, olhando para a multidão lá fora. Às vezes eles ainda a amedrontavam. Era apavorante ser tão perseguida, tão devorada, tão compulsivamente caçada. E quando Mary Stuart observou seu rosto, ficou inundada de pena.

— Não sei como você agüenta — disse Mary Stuart suavemente, e então ambas se sentaram, enquanto o ônibus começava a andar.

— Nem eu — disse Tanya, enquanto colocava sua lata de coca-cola sobre uma mesa branca de mármore —, mas você simplesmente agüenta, eu acho. Faz parte do pacote. Mas ninguém explica isso de verdade, quando você pega aquele microfone pela primeira vez e canta com todas as suas forças. A princípio você pensa que tudo tem a ver com você e a música. Mas não. Depois de algum tempo, não tem nada a ver com isso. Você pode desfrutar essa combinação a qualquer momento, completamente sozinha, lá fora no campo, numa banheira, em qualquer lugar que esteja... mas tem a ver com todo o resto que vem com isso. Eles lhe dão tudo, seus corações, suas mentes, suas almas, seus corpos se você os quiser, e então levam o seu e tudo que você tem, e se você não tiver cuidado, nunca mais receberá nada de volta. — Ela sabia do que estava falando. Lutara arduamente e por um longo tempo para chegar onde estava, pagara um alto preço por isso e desistira de partes de si mesma, que agora sabia jamais iria recuperar. Dera sua confiança, carinho e amor, e trabalhara mais do que qualquer pessoa que Mary Stuart já conhecera, e no final, ficara sozinha no topo da montanha. Não era um lugar fácil onde se alojar. Mary Stuart só podia imaginar como seria. Mas Tanya sabia.

— Então, como vão as coisas?... Como foi o vôo?... Como está Alyssa? — perguntou Tanya, acomodando-se em uma das poltronas grandes de braço, para a longa viagem até Winnemucca, Nevada, onde dormiriam.

— Alyssa vai bem. Está na Holanda, e está apaixonada. Ela parece tão feliz, que quase me magoa ouvi-la. E Bill também está bem — informou, espontaneamente, mas seu rosto se entristeceu de imediato ao dizer isso. — Ele parece estar muito ocupado — e não a queria com ele, pensou. No que se referia a ela, aquela sua atitude dizia tudo. Não disse mais nada, mas era óbvio que se sentia infeliz.

— Como vão as coisas? Ou não devo perguntar?

— Não tenho certeza. — Ela hesitou por um longo tempo, olhando pela janela. — Tenho pensado muito. — E então olhou nos olhos da amiga e lembrou das confissões sem fim em Berkeley, as horas que passavam falando de suas vidas e sonhos, e do que realmente queriam. Tudo que Tanya queria era casar com Bobby Joe. Mary Stuart queria um emprego, um marido maravilhoso e bons filhos. Casara-se com Bill dois meses após a formatura, e durante algum tempo parecera ter tudo que desejava. Mas agora não tinha tanta certeza. — Não sei se quero voltar depois do verão — disse ela baixinho, e Tanya pareceu ficar espantada.

— Para Nova York? — Não podia imaginá-la morando na Califórnia. Tanya era a única amiga que tinha por lá, e tudo em relação a ela era tão característico da costa leste. Teria sido uma decisão corajosa, mas Mary Stuart sacudiu a cabeça para a pergunta. Sua resposta chocou Tanya mais ainda.

— Não, para Bill. Não sei. Alguma coisa aconteceu quando ele partiu. É como se ele pensasse que agora pode fazer qualquer coisa que deseje. Ele tem a opção de fazer o que quiser, ir sozinho para Londres por dois meses, mesmo considerando que eu também poderia ter ficado lá. A firma até teria pagado pela estada, mas ele não me queria. E sim, ele espera que eu fique à sua disposição, para administrar sua casa, para receber seus recados, para preparar seu jantar. Mas ele não tem mais que falar comigo, ou sentir carinho por mim, ou me levar a lugar algum. Está me culpando em silêncio por matar Todd, ou pelo menos, por não tê-lo impedido de fazer aquilo. Mas Bill não age mais como se estivesse casado comigo. Essa é a minha punição. Eu sou casada, mas ele não. Como uma sentença a cumprir no purgatório, e eu estava deixando que ele me punisse porque me sentia culpada. Mas algo engraçado aconteceu quando guardei as coisas de Todd, senti que tinha me libertado. Estou triste, sinto a perda, e às vezes, uma dor terrível me sufoca. — Na noite anterior à sua partida, ela chorara de novo por ele e também pelo seu casamento. Pressentira antes de ir embora, que era possível que nunca mais voltasse exatamente da mesma maneira para o apartamento deles. — Mas não me sinto tão culpada. Não foi minha culpa. Foi terrível. Mas foi algo que Todd fez. E não importa quão terrível tenha sido o que aconteceu, ou quão tolo, mesmo sendo sua mãe, não teria como impedi-lo.

— Você realmente acredita nisso? — perguntou Tanya, parecendo aliviada. Era exatamente o que vinha tentando dizer a ela, mas Mary Stuart não estivera preparada para ouvi-la. Ou talvez Tanya tivesse iniciado aquele processo de conscientização para ela. Enquanto a ouvia, fazia votos que sim.

— Agora acredito nisso — disse Mary Stuart, tranqüila. — Mas talvez Bill não. Acho que ele vai continuar a me punir para sempre. — E então, enquanto deixavam o município de Los Angeles, ela olhou pela janela pensando no marido. — Não estamos mais casados um com o outro, Tan. Está tudo terminado. Acho que ele não admitiria se eu lhe perguntasse. Mas nada restou, e acho que ele também sabe disso. Se tivesse restado, eu estaria em Londres com ele.

— Talvez ele ainda não possa encarar você — Tanya tentou dizer imparcialmente, mas suspeitava que Mary Stuart estivesse certa. O que ela lhe contara em Nova York, tinha sido um pesadelo. O silêncio, a solidão, a agonia da rejeição dele. E até mesmo para Tanya, o fato de que ele não queria sua companhia em Londres, contava sua própria versão.

— Não acho que tenha nada para o qual voltar. Levei um longo tempo para encarar isso. Acho que foi especialmente duro para mim, porque eu costumava achar que tínhamos um casamento tão maravilhoso. Mais de vinte anos não é nada mau. E era tão bom quando tudo estava bem — disse Mary Stuart triste. — Sempre achei que éramos tão unidos e tão felizes. Parece incrível que um golpe como aquele pudesse acabar com tudo isso. Você imaginaria que ele nos uniria ainda mais.

— Acho que isso não funciona assim — disse Tanya, honestamente. — A maioria dos casamentos não sobrevive à morte de filhos. As pessoas culpam umas às outras, ou apenas murcham por dentro. Eu não sei, mas li muito sobre isso. Não acho que o que aconteceu seja surpreendente.

— É como se todos aqueles anos anteriores não contassem nem um pouco. Achei que era como dinheiro no banco, você o economiza, para quando realmente precisar dele você o ter. Então, quando o teto desabou, descobri que o nosso cofre de porquinho estava vazio. — Ela sorriu, melancólica, mas por estranho que parecesse, somente começara a aceitar tudo isso nas últimas poucas semanas. E uma vez que ele partira para Londres, tivera muito tempo para pensar. — Apenas acho que não poderia voltar para a situação do jeito que estava nesse último ano, e creio que jamais poderemos consertá-la.

— Você tentaria se ele lhe pedisse? — Tanya estava curiosa. Assim como Mary Stuart, ela sempre pensara que eles tinham um casamento maravilhoso.

— Não tenho certeza — disse Mary Stuart, cautelosa. — Agora simplesmente não sei. O que passamos foi tão doloroso que não quero voltar, só quero seguir em frente. — Tanya e ela se sentaram em silêncio por alguns minutos, enquanto se dirigiam para as montanhas de San Bernardino, e então Mary Stuart lhe fez uma pergunta. A essa altura ambas estavam esticadas nos sofás, e Tanya tirara o chapéu e as botas. Era uma maneira fantástica de viajar. — O que está acontecendo com Tony?

— Nada de mais. Ele chamou um advogado. O meu está cuidando disso por mim. Tudo é bastante previsível e relativamente desagradável. Ele quer a casa em Malibu, e não concordo em dá-la para ele. Eu a comprei e botei a maior parte do dinheiro que foi aplicado nela, e no final terei de dar a ele um monte de dinheiro para conservá-la. E mais umas outras coisas. Ele levou o Rolls, e quer uma pensão e uma indenização, e é provável que consiga. Ele diz que meu estilo de vida lhe causou dor e sofrimento, e quer ser indenizado por isso. — Ela sacudiu os ombros, mas o que disse deixou Mary Stuart lívida.

— Você pensaria que ele se sentiria envergonhado — disse Mary Stuart, franzindo as sobrancelhas em desaprovação. Ela sempre detestara as coisas que as pessoas faziam com Tanya. Era como se achassem que tudo era válido, por ela ser quem ela era. Mesmo Tony finalmente entregara os pontos. Era difícil para qualquer um lembrar que ela era uma pessoa, e mais difícil ainda resistir à tentação de botar as mãos no que queriam.

Tanya também detestava isso, mas era algo que havia muito tempo ela entendera e aceitara. Era apenas o que acontecia quando alguém se tornava tão famoso.

— Não há muita coisa que o deixe constrangido, ou a qualquer outra pessoa, no que diz respeito a esse assunto — disse Tanya, com as mãos atrás da cabeça, enquanto ficava ali deitada. — Apenas é assim que são as coisas. Às vezes acho que estou acostumada com isso, e outras vezes isso me deixa louca. Meu advogado vive me dizendo que é apenas dinheiro e para não deixar que isso me aborreça. Mas é o meu dinheiro e a minha vida, e trabalhei como uma condenada por isso. Não vejo por que um sujeito, qualquer sujeito, deva poder apenas aparecer, dormir com você por algum tempo e então levar metade do que você tem. É um preço muito alto a pagar por uns dois anos de cama, com um sujeito que de qualquer maneira é infiel. E a minha "dor e sofrimento"? Imagino que esse não seja o problema. Vamos para a corte no mês que vem, e a mídia vai adorar.

— Eles estarão lá? — Mary Stuart parecia horrorizada. Como podiam fazer isso com ela? Mas fariam, faziam, e tinham feito, durante cerca de doze anos agora.

— É claro que estarão lá. As salas do tribunal estão abertas para a imprensa e a TV. Primeira Emenda da Constituição, lembra-se? — Sua expressão era cínica, mas ela sabia o que acompanhava a pompa de sua profissão.

— Isso não é a Primeira Emenda, é uma babaquice, e você sabe disso.

— Diga isso ao juiz — disse Tanya, e cruzou os tornozelos. Estava com uma aparência gloriosa, mas não havia ninguém lá para vê-la. Esse era um pouquinho de privacidade raro para ela, e ela confiava em Tom, o motorista. Ele dirigira para Tanya durante anos, e era um modelo de discrição. Tinha uma esposa e quatro filhos, e nunca revelara a ninguém a identidade da pessoa para quem trabalhava. Às vezes ele dizia apenas, "Greyhound". Tom a admirava muitíssimo, e teria feito qualquer coisa para protegê-la.

— Não sei como você agüenta a merda que acompanha a sua vida — disse Mary Stuart, com admiração. — Acho que ficaria louca de raiva depois de uns dois dias.

— Não, não ficaria. Você se acostumaria, como eu fiz. Existem diversas coisas encorajadoras. De certa forma, é isso que a atrai no início, eles não a acertam com as coisas desagradáveis até mais tarde, e então é tarde demais, você já está envolvida até a cabeça para sair, e raciocina que, a essa altura, é melhor ficar para o resto do *show*. Eu mesma, ainda não tenho certeza se tem valido a pena. Às vezes duvido disso. E outras vezes adoro tudo. — Ela odiava a pressão, a imprensa e a feiúra do que era jogado em cima dela. Mas ainda gostava do que fazia, e na maior parte do tempo ficava pela música. O resto do tempo, ela não sabia por que fazia aquilo.

As duas viajaram em silêncio por algum tempo, e então Tanya foi para a cozinha e fez pipoca. Mais à tardinha fizeram sanduíches, e Tanya levou um para Tom, com uma xícara de café. Só pararam uma vez, para que ele pudesse se esticar, e o resto do tempo simplesmente prosseguiram, batendo papo e lendo. Tanya assistiu a um vídeo da primeira apresentação de um filme, que recebera da Academia, e enquanto isso Mary Stuart dormiu. Estava exausta de todas as emoções por que passara, antes de partir de Nova York. Desde que Bill se fora, ela estava avançando rumo a uma decisão sobre sua vida, e agora achava que a tinha tomado. Por mais triste que fosse, de certo modo era um alívio. Estava na hora de dividir as perdas. E Tanya não discordava dela. Mas tinha certeza de que Alyssa ficaria desnorteada, quando sua mãe lhe dissesse isso. Não tinha idéia de como Bill reagiria. Achou que poderia ser um alívio também para ele. Talvez fosse o que ele estava querendo o ano todo, e não tinha tido a coragem de lhe dizer. Ela iria esperar, e contar-lhe quando ele voltasse de Londres, no final de agosto ou setembro. E enquanto isso, faria planos para o futuro. Depois de duas semanas no rancho, Mary Stuart disse que iria para Los Angeles visitar Tanya, e então decidira ir para East Hampton por algumas semanas, para sair da cidade. Tinha muitos amigos lá. Seria um verão interessante.

Quando acordou do cochilo, Tanya estava sorrindo para ela. Àquela altura encontravam-se longe do sul da Califórnia e tinham avançado por Nevada.

— Onde estamos? — perguntou Mary Stuart, sentando-se e olhando ao redor. E mesmo sonolenta, ela mal parecia estar descabelada. Tanya se inclinou e desarrumou os cabelos dela, exatamente como fazia na faculdade, e ambas riram.

— Você parece ter doze anos, Stu. Detesto você. Passo a vida no cirurgião plástico e você tem essa aparência naturalmente. Você é revoltante. — As duas estavam com aparências fantásticas e nem de perto pareciam ter suas idades. — Por falar nisso, falei outra vez com Zoe na semana passada — disse ela, casualmente. — Ela está fazendo uma coisa incrível, com sua clínica para o combate à AIDS em San Francisco. Ambas concordaram que era bem do estilo dela, e Tanya comentou que era uma pena que nunca tivesse se casado.

— De alguma forma, nunca achei que casaria — disse Mary Stuart, pensativa.

— Não vejo por quê. Zoe tinha um bocado de namorados.

— É, mas sua idéia de cuidar de alguém entrava numa escala mais grandiosa... órfãos no Camboja, crianças morrendo de fome na Etiópia, refugiados de países subdesenvolvidos. Sua clínica para tratamento da AIDS não me surpreende nem um pouco, é exatamente o que deveria ter feito. A única coisa que me surpreende é o bebê que ela adotou. Também nunca imaginei que ela teria filhos. É idealista demais. Posso imaginá-la morrendo por uma causa que considera importante, mas não limpando vômito de neném. — Tanya não pôde deixar de rir com a descrição. Estava totalmente correta. Sempre foram Mary Stuart e Eleanor que limpavam o quarto. Zoe estava sempre fora, participando de passeatas em algum lugar, e Tanya estava no telefone com Bobby Joe, ou ensaiando para um concerto do departamento de música. As artes domésticas nunca tinham sido seu forte.

— Realmente gostaria de vê-la — disse Tanya, cautelosa. Imaginando exatamente quão zangada Mary Stuart ficaria, e esperando que não fosse muito. Seu coração iria se partir se uma delas se recusasse a ficar no rancho. Se uma das duas fosse embora, Tanya achava que seria Mary Stuart e não Zoe. Tinha sido Mary Stuart quem ficara tão magoada com o que Zoe lhe dissera.

Mas quando Tanya mencionou seu desejo de ver Zoe, Mary Stuart não respondeu. Apenas olhou pela janela, recordando o que acontecera. Tinha sido uma época trágica para todas elas, pouco antes da formatura. Uma maneira triste de terminar tudo. E as três nunca voltaram realmente a se reunir. Mary Stuart nunca mais vira Zoe, embora às vezes pensasse nela. E Tanya vira a ambas em ocasiões diferentes. Nenhuma delas tinha voltado para uma reunião da universidade. Berkeley era grande demais para que achassem o programa atraente.

Durante as horas seguintes, eles continuaram viajando, e as duas resolveram ler Mary Stuart levara uma pilha de livros com ela, e Tanya estava devorando revistas, e se sentindo aliviada de não se encontrar em nenhuma delas. Às nove horas, eles finalmente entraram em Winnemucca. Era uma cidadezinha barulhenta, cheia de restaurantes e cassinos ao longo da rua principal, que na realidade não passava de um pedaço da estrada. Tom entrou com o ônibus no estacionamento do Red Lion Inn, onde ele reservara um quarto. Tanya estava mais feliz ficando no ônibus com Mary Stuart, mas queria ir ao restaurante para jantar e jogar nas máquinas caça-níqueis. Na realidade, era mais uma lanchonete do que um restaurante. Mas havia mais ou menos cinqüenta máquinas caça-níqueis, e algumas mesas de vinte-e-um.

Ela pôs as botas, o chapéu *cowboy*, e um par de óculos escuros. Trouxera uma peruca preta curta, mas fazia calor, e ela lhe dava coceira, e na verdade não queria usá-la, a não ser que fosse preciso. Ela e Mary Stuart ficaram no banheiro de mármore, lavando os rostos e passando batom. Mary Stuart parecia relaxada, e ambas riram sobre como se sentiam bobas, em estar indo jogar juntas em Winnemucca.

— Olhe, garota, isso é sério. Uma de nós poderia tirar a sorte grande. Apenas não conte ao Tony — disse Tanya, e piscou. Ainda estava espantada com a rapidez com que ele fora capaz de deixar sua vida, e como todos os sentimentos entre os dois tinham sido totalmente cancelados. Era como se Tony mal a tivesse conhecido. E ele a estava deixando tão zangada hoje em dia, que não sentia sua falta. De vez em quando, tinha um momento de saudades dele, recordando alguma coisa que tinham feito, mas num minuto, ao se lembrar do resto, esse momento acabava. Fora um erro, um casamento que deveria ter sido um caso romântico. Aquilo doía, mas não tanto quanto receara quando ele a deixou, e isso foi uma surpresa. Pensou consigo mesma se estava ficando calejada, ou se seu casamento nunca fora o que ela fingira ser. Era muito estranho observar o relacionamento todo desaparecer no nevoeiro, como se nunca tivesse existido. A única coisa de que sentia falta, agora, era dos filhos dele.

Elas saltaram do ônibus, com Tom fiscalizando, e Tanya disse a ele que estariam bem. Ele devia relaxar, jogar, dormir, fazer o que quisesse. Ele entrou no hotel para se registrar e jantar. Com isso, Tanya e Mary Stuart entraram apressadas para trocar duas notas de cinqüenta dólares em moedas de vinte e cinco centavos, e puseram o dinheiro num balde. As duas se divertiram muito jogando nas máquinas de vinte e cinco centavos, ganhando um dólar de volta aqui e ali, e observando as pessoas. Havia muitas mulheres de cabelos azuis, usando blusões grandes de poliéster, em estampados florais variados e em tons pastéis. A maioria delas tinha cigarros pendurados dos lábios, e os homens estavam jogando vinte-e-um e bebendo. Também havia homens jogando nas máquinas caça-níqueis, mas havia mais mulheres nas máquinas, enquanto os homens preferiam as mesas de pôquer e vinte-e-um. Quando Tanya bateu palmas ao receber de volta dez moedas de vinte e cinco centavos, um homem jogando numa máquina próxima abriu um grande sorriso para ela. Um minuto depois, ele caminhou até onde ela estava. Suas pernas eram longas e finas, não tinha quadris, e seus *jeans* pareciam estar escorregando para o sul. O rosto exibia uma barba por fazer de uns dois dias, ele tinha mãos grossas e estava usando um chapéu *cowboy,* não muito diferente do de Tanya.

— Quanto você ganhou? — perguntou num tom familiar, e Mary Stuart deu uma olhada nervosa para Tanya. Não estava ansiosa para sair com um bêbado em Winnemucca.

— Uns dois dólares — disse ela, ignorando-o, franzindo as sobrancelhas, e fingindo estar concentrada nas duas máquinas em que estava jogando.

— As pessoas já lhe disseram que você se parece com Tanya Thomas, exceto que você é mais alta e mais nova.

— Sim, obrigada — disse ela, sem nunca olhar nos olhos dele. Cher dissera isso para ela uma vez, que se nunca fizesse contato visual eles não a reconheciam. Às vezes dava certo para ela e outras vezes, não. Dessa vez esperava que funcionasse. — As pessoas sempre me dizem isso. Mas acho que ela é bem baixa.

— Foi isso que eu disse. Você é mais alta. Contudo, ela é muito boa cantora. Você gosta do jeito dela cantar?

— Ela é razoável — disse Tanya, escorregando para seu velho sotaque arrastado do Texas, e Mary Stuart tentou não cair na gargalhada. — Mas as coisas que ela canta são meio bobas. — Ela realmente o estava instigando, e parecia despreocupada enquanto continuava a jogar.

— Nãaao, ela é boa — argumentou ele —, gosto dela de verdade. — Tanya encolheu os ombros, e poucos minutos depois ele foi para a mesa de vinte-e-um e sentou-se, e Mary Stuart se debruçou e sussurrou.

— Você tem muito peito — disse, com um amplo sorriso, e Tanya riu para ela e ganhou uma bolada de vinte dólares. Até aquele momento, entre as duas, estavam quase equiparando as perdas e ganhos. Elas tinham combinado no ônibus que, quando tivessem perdido os cem dólares, parariam de jogar. Entretanto, enquanto eles durassem continuariam.

— É a única maneira de fazer isso — Tanya deu uma risadinha, e pouco mais tarde ela ouviu uma mulher dizer:

— Olhem, é a Tanya Thomas — mas o homem que fora falar

com ela, disse que era apenas parecida, e muito mais alta. E a mulher que a notara concordou de imediato, e nada aconteceu.

— E mais nova — adicionou Tanya à meia-voz, enquanto Mary Stuart a empurrava. Àquela altura já tinham perdido cinqüenta dólares.

Às dez horas entraram no restaurante para comer um hambúrguer, e ela viu diversas pessoas olhando-as fixamente, mas Tanya fingiu não notar. A garçonete estava particularmente concentrada em vigiá-las, mas não tinha muita certeza, e não ousou perguntar nada. As duas de fato conseguiram fazer uma refeição em paz, o que era raro para Tanya. Então, voltaram para as máquinas caça-níqueis até quase meia-noite. No final, tinham quarenta dólares sobrando e os dividiram entre si.

— Uau! Ganhamos quarenta dólares — disse Mary Stuart, feliz, enquanto trancavam a porta do ônibus por trás delas.

— Não, boba — Tanya riu dela. — Perdemos sessenta. Lembra-se? Começamos com cem.

— Oh! — disse Mary Stuart, parecendo momentaneamente desanimada. Então as duas riram como crianças, enquanto se despiam e se preparavam para a cama no ônibus. Os dois longos sofás, na sala de estar verde situada na parte de trás do ônibus, viravam camas, e entre eles havia uma mesa de bom tamanho.

— Sabe, você parece com a Tanya Thomas! — falou Mary Stuart pausadamente para ela, enquanto Tanya escovava a cabeleira loira no banheiro. Era como se fossem companheiras de quarto outra vez na faculdade, e Tanya empinou o queixo. Ela fizera um pequeno implante anos atrás, e uma pequena lipoaspiração logo abaixo dele, o que lhe proporcionou o pescoço de uma mulher muito jovem.

— Porém mais alta e mais jovem! — elas entoaram juntas, rindo ainda mais.

— E não esqueça do mais jovem — lembrou-lhe Tanya. — Paguei uma fortuna para fazer toda essa merda.

— Você não tem jeito — disse Mary Stuart, rindo, enquanto vestia a camisola. Não se divertia desse jeito havia anos, e pela primeira vez em meses não sentia nem um pouco a falta de Bill. De repente, tinha sua própria vida, e a rejeição de Bill em relação a ela parecia triste, mas muito menos importante. — Sua aparência não está nem um pouco diferente do que era — disse ela, olhando cuidadosamente para a imagem de Tanya no espelho. Mas ela também não mudara, e não fizera nada para isso.

— Aí está a questão toda — explicou Tanya. — Contudo, o que eu gostaria de saber é como *você* não está nem um pouco diferente, e você diz que não fez nada. Acho que está mentindo — brincou ela, mas sabia muito bem que não. Mary Stuart apenas tinha ossos fantásticos, um rosto maravilhoso, genes excelentes, e era uma mulher linda. As duas eram.

Elas foram para a cama conversando como adolescentes, e falaram até às duas da manhã com as luzes apagadas. Então, finalmente adormeceram, e não acordaram até as nove no dia seguinte. Tanya avisara a Tom que o chamaria no hotel quando estivessem prontas.

Tanya fez café na cozinha, e pães doces no microondas, enquanto Mary Stuart tomava banho. E então, Tanya tomou banho, e às nove e meia, ambas estavam vestidas em *jeans* e botas *cowboy*. Nenhuma das duas se preocupou em botar maquilagem.

— Sabe, nunca faço isso — confessou Tanya, olhando-se no espelho, espantada. Nunca saía dessa maneira em Los Angeles, não podia se dar ao luxo, mas aqui não tinha importância. E era um verdadeiro luxo para ela ter a liberdade de fazer isso. — Estou sempre com medo de encontrar um fotógrafo ou um repórter em algum lugar. Mas aqui, que diabo! — disse, sorrindo. Sentia-se melhor só em estar lá, e Mary Stuart também. As duas se sentiam livres de suas pesadas cargas.

Poucos minutos mais tarde, elas voltaram ao cassino, Tanya chamara Tom e dissera-lhe que estavam quase prontas para partir. Tinham fechado suas camas, e ele terminaria de fazer a limpeza para elas e abasteceria o ônibus, enquanto as duas iam gastar uns outros vinte dólares nas máquinas caça-níqueis. Mas dessa vez cada uma delas dobrou o dinheiro. O amigo da noite anterior se fora, e em seu lugar havia uma dúzia de sujeitos como ele, mas absolutamente ninguém prestou atenção em Tanya. Mary Stuart achou surpreendente.

— Talvez você devesse sair sem maquilagem com mais freqüência — disse, quando subiram a bordo do ônibus. Tom estava esperando por elas, e pôs outro bule de café para esquentar.

— Obrigada, Tom — disse Tanya, quando viu como o ônibus estava bem arrumado. Mary Stuart teve de concordar com ela, achava que aquela era a única maneira de viajar. Ela estava adorando, e podia entender por que Tom chamava o ônibus de iate terrestre.

Eles saíram de Winnemucca pouco depois das dez, e continuaram sua jornada, atravessando Nevada durante a tarde toda, e quando chegaram a Idaho, a região rural começou a ficar mais verde. Tinha sido inacreditavelmente árida no deserto. Mas Idaho era mais convidativo. E elas seguiram em frente, continuando sua rotina da viagem, lendo, dormindo e conversando. Tanya entrou em contato com seu escritório e respondeu a umas chamadas telefônicas. Mas dessa vez não havia nenhuma crise. Ninguém queria nada dela, e não havia nenhum trauma novo ou ação judicial.

— Que tédio — brincou ela com Jean no telefone, quando ela lhe disse como estava tranqüilo. Mas Tanya se sentia agradecida pelo descanso. Havia apenas uma mensagem de Zoe confirmando seu vôo. Ela chegaria a Jackson Hole pouco depois delas. Uma *van* do hotel a pegaria no aeroporto. Tanya calculou que chegariam ao rancho por volta das cinco e meia, bem na hora de trocar as roupas e jantar. Mas ela não disse nada sobre a mensagem de Zoe para Mary Stuart, embora estivesse começando a pensar se devia avisá-la. Mas Mary Stuart estivera tão relaxada durante a viagem, que Tanya detestava estragar isso. Portanto, não disse nada. E durante as últimas poucas horas de viagem, ambas dormiram, e quando acordaram, ficaram deslumbradas com as Tetons. Eram as montanhas mais espetaculares que qualquer uma das duas já vira. Mary Stuart apenas ficou sentada e olhou fixamente para elas, e sem perceber, Tanya começou a cantarolar e depois a cantar.

Foi um momento que nenhuma delas esqueceria pelo resto de suas vidas. Enquanto Tanya cantava, Mary Stuart estendeu-lhe a mão e ficaram sentadas de mãos dadas, enquanto passavam de ônibus por Jackson Hole, em direção a Moose, Wyoming.

Capítulo 11

— Você tem de verificar nosso estoque de AZT constantemente — avisou Zoe para Sam, enquanto ele entregava suas malas para o carregador no aeroporto. — Você não tem idéia da rapidez com que o estoque acaba. E tento dar tantas amostras grátis quanto possível. É um remédio caro — disse ela, dando uma gorjeta e a passagem ao homem, para que ele pudesse despachar sua bagagem. — E você tem de pressionar sempre o laboratório para receber os resultados. Se deixar, eles levarão uma eternidade. Isso pode ser um desastre, particularmente com as crianças. Você vai querer saber o mais rápido possível o que está acontecendo com a contagem dos glóbulos brancos delas. — Ela estava frenética quando recebeu a passagem de volta e ele a acompanhou até o portão de embarque. Sua testa estava enrugada enquanto falava com Sam, e tentava lembrar de todos os assuntos que queria compartilhar com ele no último minuto.

— Essa notícia pode ser um choque para você — disse ele, gentilmente, enquanto entravam pelo detector de metais e o deixavam para trás. — Mas eu freqüentei a escola médica. Tenho o certificado do conselho e uma licença. Juro. — Ele levantou a mão, e Zoe riu, nervosa.

— Eu sei, Sam. Desculpe. Não posso evitar.

— Eu sei disso. Mas procure relaxar, ou vai ter um ataque cardíaco aqui mesmo, e nunca chegará a Wyoming. E eu detesto fazer ressuscitação cardiopulmonar num lugar como esse. É tão óbvio e faz com que eu pareça um médico de emergência, em vez de um humilde médico substituto. — Estava brincando com ela, e Zoe queria relaxar, mas simplesmente não conseguia. Sentia-se tão culpada em deixar a todos eles e a Jade, que estava arrependida de estar indo, e se pudesse ter desistido sem se sentir uma tola, teria feito isso. Mas prometera a Tanya, e sabia que precisava do descanso. Do contrário, teria ficado em casa e ido para o trabalho. Acabara de passar pela mesma cena em casa com Inge, dando-lhe instruções sobre Jade. E quando a menina começou a chorar, Sam quase teve de arrastá-la escadas abaixo com sua mala.

— Posso entender por que você nunca vai a lugar nenhum — disse ele, enquanto sentavam para esperar o avião. Ele achou que estava pálida e pensou consigo mesmo se estava doente de novo, ou apenas estressada e nervosa. Provavelmente um pouco das duas coisas. Ficava contente que ela estivesse tirando férias e adorava trabalhar como médico substituto em sua clínica. Também gostava de trabalhar para ela. Mas, no momento, estava disposto a se sacrificar e abrir mão de sua companhia, e era óbvio que Zoe estava necessitando desesperadamente de um tempo de folga.

Os dois não tinham mais falado sobre a vida pessoal dela. Desde a primeira noite em que saíram, Zoe mantinha a conversa voltada inteiramente para os negócios. Mas ele ainda não desistira. Prometera que faria um jantar para ela e Jade quando voltasse de Wyoming, e pelo menos ela aceitara. Zoe via a ocasião como uma oportunidade de continuar a amizade. Sam não.

— Não se esqueça de visitar Quinn Morrison, certo? Prometi a ele que passaria para visitá-lo todas as tardes depois do escritório. — Era um dos seus pacientes favoritos, um homem adorável em seus setenta anos, que contraíra AIDS depois de uma cirurgia da próstata, e não estava nada bem.

— Juro — prometeu Sam. Ela também lhe deixara dez mil instruções no escritório. E enquanto olhava para ela com um sorriso gentil, colocou um braço ao redor de seus ombros. — Também vou ficar de olho em sua filha, e me certificarei de que a sua *au pair* não a está espancando, ou fazendo sexo no seu quarto enquanto Jade assiste ao *Garibaldo* no Vila Sesámo.

— Oh! Deus, não diga isso — Zoe gemeu com a perspectiva. Nem pensara em Inge fazendo uma coisa dessas, e ele riu com a sua reação.

— Vou fazer você tomar Prozac se não parar com isso. Ou pelo menos Valium.

— Que idéia agradável — disse ela. Na realidade, acabara de começar seu tratamento com AZT naquela semana, como uma precaução. Era uma grande adepta da idéia de fazer esse tratamento profilaticamente, mesmo antes dos sintomas, e o recomendava a todos os seus pacientes. Chegara a comentar isso com Sam, caso ele visse quaisquer novos pacientes. — Eu realmente não devia viajar — disse ela, torturando-se ainda mais, e ele sugeriu que fossem tomar uma xícara de café.

— Não conheço outro ser humano que mereça essa viagem mais do que você — disse ele, sério, enquanto pedia dois *cappuccinos*. — Só acho uma pena que você não esteja indo por duas semanas, em vez de uma. — Mas ambos sabiam que ela jamais poderia ter feito isso.

— Talvez no ano que vem.

— Estou impressionado — brincou ele. — Você realmente acha que poderá fazer isso de novo? Pensei que fosse um negócio de uma só vez na vida. — Poderia ser, mas não pelas razões que ele estava pensando, mas ela não disse isso.

— Vamos ver. — Sua expressão era tímida, olhando-o por cima da xícara de café. — Depende do quanto eu gostar.

— O que há para não gostar? — Ele estivera uma vez no Yellowstone Park, e simplesmente adorou.

— Depende de quão atraentes os *cowboys* sejam. — Estava mexendo com ele, e ele achava que não estava gostando, todavia, parecia disposto a aceitar a brincadeira dela.

— Ah, ótimo. Primeiro você me diz que pretende se tornar uma freira, e agora está indo para Wyoming para correr atrás de *cowboys*. Fantástico. Nunca mais vou substituir você. Talvez eu dê placebos a todos os seus pacientes.

— Não ouse! — riu ela.

— Eu também uso botas *cowboy*, sabia. E posso comprar um daqueles chapéus bobos, se é isso que a atrai. Todavia, é engraçado, não consigo ver Dick Franklin bancando o *cowboy* — refletiu ele, e Zoe riu dele. Adorava implicar com ela sobre o ilustre Dr. Franklin. Sam realmente não gostava dele. Considerava-o um esnobe pomposo e pretensioso. Eles tinham discordado sobre o tratamento cirúrgico para o câncer de mama, num encontro médico em Los Angeles, e Franklin tratara Sam como um novato. E embora ele não fosse cirurgião, certamente tinha opiniões válidas. Mas Dick Franklin não achava isso.

— Trarei um chapéu de *cowboy* para você na volta — prometeu Zoe, e ele sorriu forçado. Ela ainda não o convencera da validade do seu celibato, e ele tinha todas as intenções de continuar a incomodála sobre isso.

— Só não traga um *cowboy* para casa.

— Telefonarei para você — disse ela quando o avião chegou. Voaria para Salt Lake City, e então seria transferida para um avião menor com destino a Jackson Hole, Wyoming. Ela calculara o horário com precisão, para chegar quase na mesma hora que Tanya.

— Dê um beijo em sua amiga por mim. Adoraria conhecê-la.

— Direi a ela para ligar para você — brincou ela. Todas as pessoas no mundo queriam conhecer Tanya. Era a garota dos sonhos de todos.

De repente ele ficou sério quando ela pegou a mala e se preparou para entrar no avião.

— Cuide-se. Você precisa de uma folga, Srta. Z. Use esse tempo para si mesma. Você o mereceu.

Ela balançou a cabeça, comovida com a maneira como ele a olhava, mas impossibilitada de corresponder. E então ela o viu estreitar os olhos numa pergunta muda.

— Acabei de pensar numa coisa. Você está levando uma maleta médica com você? — perguntou, com um ar preocupado.

— Sim. Por quê? Coloquei uma em minha mala, mas já foi com a bagagem. Você precisa dela? — Olhou ao redor, pensando se ele tinha visto alguma coisa que ela não notara. Geralmente, era cuidadosa quanto a oferecer assistência voluntária em público, mas se precisassem dela com urgência, ela sempre o fazia. — Alguém se machucou?

— Sim. Você. Depois que eu bater na sua cabeça com meu sapato. Você está de férias, sua tola. Achei que faria uma coisa dessas. Quero que a deixe em sua mala.

— Bem, eu não estava planejando circular pelo rancho com ela. Só achei que deveria tê-la, caso alguma coisa acontecesse. — E então olhou para ele incisivamente e lhe fez uma pergunta. — Você está me dizendo que não leva uma consigo quando vai a algum lugar? Eu me sentiria perdida sem ela. — Sabia muito bem que ele também se sentiria assim. Todos eles se sentiam.

— É diferente. Trabalho como médico substituto. — Parecia estar ligeiramente constrangido, e ela riu dele. Então, Sam pôs um braço ao seu redor e a puxou para perto, mas sabia que ela jamais deixaria que a beijasse. — Apenas seja boa consigo mesma. Esqueça de todos nós, se puder. Se eu realmente precisar de você, telefonarei.

— Promete que fará isso? — Parecia genuinamente preocupada, e ele balançou a cabeça. Era por isso que ela gostava de deixar a clínica em suas mãos, porque ele a ouvia, ele se preocupava, e fazia exatamente o que ela queria. Não tentava mudar o mundo e virar tudo de cabeça para baixo enquanto estava de plantão. E era verdadeiramente um grande médico, e Zoe sabia disso. Sempre achara que ele era um tolo em se satisfazer com o trabalho de médico substituto.

— Prometo que telefonarei se alguma coisa acontecer — tranqüilizou-a outra vez. — Prometa que vai descansar um pouco e voltará com as bochechas rosadas e um pouco mais gorda, mesmo que passe todo o tempo correndo atrás de *cowboys*. Também pegue um pouco de sol, e durma bastante.

— Sim, doutor. — Sorriu para ele, e agradeceu-lhe outra vez por ficar de olho na clínica. Pouco depois, desceu lentamente pelo corredor em direção ao avião. E ele acenou enquanto podia vê-la.

Sam ficou observando o avião até ele se afastar, e então saiu devagar do aeroporto. E pouco antes que chegasse à porta, seu bipe tocou, e ele foi para o telefone atender a uma chamada de um dos pacientes dela. Já estava correndo a caminho. E Zoe a essa altura estava no ar, a caminho de Wyoming.

O vôo para Salt Lake levou pouco mais de duas horas, então, ela teve de esperar duas horas para o próximo avião, e o fuso horário já mudara uma vez. Pensou em telefonar para Jade, mas decidiu que ouvir sua voz tão cedo e não entender onde ela estava poderia deixá-la confusa. Em vez disso, resolveu esperar até chegar ao rancho. Sentou-se no aeroporto, tomou café, leu o jornal, e ficou lá perdida em seus próprios pensamentos. Era tão raro ter tempo para fazer isso. Refletiu sobre o fato de ter tido notícias de Dick Franklin no dia anterior. Para sua grande surpresa, ele lhe telefonara. Ficara chocado, e muito emocionado com seu bilhete. Não pediu para vê-la de novo, mas disse que se ela precisasse de qualquer coisa, deveria chamá-lo. Apreciava sua honestidade, embora não estivesse preocupado, e lhe assegurou que seu segredo estaria seguro com ele. Perguntou-lhe como aquilo acontecera, ela contou, e ele disse que não estava surpreso. Quando desligaram, ela teve a sensação de que não teria mais notícias dele. Mas, em sua opinião, era melhor assim. Agora não tinha lugar para ele ou qualquer outro homem em sua vida.

Era relaxante ficar apenas sentada ali no avião, sem telefones, sem bipes, sem pacientes, sem ninguém precisando dela ou requisitando sua presença, sem ter de descobrir uma maneira de ajudá-los. Com todo o amor que tinha pelo seu trabalho, sabia que iria realmente gostar das férias. E queria aumentar sua energia e força. Sabia que precisaria delas. Tinha todas as intenções de continuar com a clínica até o final amargo. Já havia tomado essa decisão. Daria aos seus pacientes tudo que estava à sua disposição, até que não sobrasse mais nada para lhes oferecer. E para Jade também. Mas precisava descobrir o que fazer com Jade. Não tinha nenhuma família com quem pudesse deixá-la, tampouco amigos que achasse responsáveis o suficiente para cuidar bem dela, ou então se tratava de pessoas de quem gostava, mas que não tinham jeito para cuidar de crianças. Estivera pensando em falar com Tanya, e não tinha a menor idéia do que a amiga acharia disso. Pelo menos era uma possibilidade. Zoe sabia que eventualmente teria de fazer alguma coisa.

O vôo para Jackson Hole partiu na hora, e Zoe aterrissou dentro do programado, exatamente às cinco e meia. A essa altura não tinha nenhuma idéia de onde Tanya se encontrava, só sabia que estaria chegando de ônibus aquela tarde. Planejava entrar em contato com ela no rancho, e o hotel estava enviando uma *van* para buscá-la. Suas malas achavam-se entre as primeiras a desembarcar. O motorista a esperava, e tudo se desenrolou tranqüilamente.

O rapaz que dirigia a *van* estava usando *jeans*, botas e um chapéu *cowboy*, e parecia com todas as outras pessoas em Wyoming. Era alto, desengonçado e magro, tinha cabelos louros curtos, disse que se chamava Tim, e que era do Mississípi. Estava estudando na Universidade de Wyoming, em Laramie, e trabalhando no rancho durante o verão. Disse que adorava seu trabalho por causa dos cavalos. E enquanto a levava para lá, falou-lhe do rancho. Mas Zoe percebeu que mal podia ouvi-lo, estava hipnotizada pelas montanhas. Era a paisagem mais encantadora que já vira, e o sol do entardecer refletia sobre elas em tons azuis e rosas. Havia neve no topo, e para Zoe elas pareciam os Alpes suíços. Nunca vira nada parecido.

— São espetaculares não acha, madame? Chegam a tirar o fôlego, não é? — Ela concordou com ele, e deixou que ele continuasse tagarelando pela meia hora que levaram para chegar lá. Ele disse que tinha um tio que também era médico, ortopedista, e uma vez engessara o braço de Tim. E fizera um bom trabalho, porque quando ele participou do rodeio no ano anterior, o braço que havia fraturado antes, não o incomodou nem um pouco, mas ele acabara quebrando o outro, e uma perna também. Contudo, pretendia participar outra vez esse ano. A história sem dúvida tinha o colorido local.

— Aqui tem rodeio? — perguntou Zoe, com interesse.

— Sim, madame. Às quartas-feiras e sábados. Com touros e cavalos, e os garotos mais novos montam em bois e laçam bezerros. Já esteve num rodeio antes?

— Ainda não — sorriu, mas tinha certeza de que Tanya gostaria de assisti-los. Ela costumava falar sobre os rodeios do Texas. — Minha amiga é do Texas.

— Eu sei. — Pareceu ficar um pouco embaraçado, logo que ela mencionou isso. — Eu sei quem ela é, mas não devemos falar sobre isso no rancho. A Sra. Collins fica zangada de verdade se alguém fizer uma celebridade se sentir desconfortável, e nós as recebemos de tempos em tempos, sabe. Desde que comecei a trabalhar no rancho, recebemos umas personalidades realmente importantes lá. — Então a olhou com firmeza, e ela imaginou que fora por isso que Tanya escolhera esse lugar. — Não damos informação alguma para ninguém.

— Sei que ela vai apreciar isso — disse Zoe, gentilmente.

— Eles devem chegar de ônibus a qualquer minuto.

Ela não tinha certeza do que ele queria dizer com "eles", a não ser que pudesse ser o motorista do ônibus. Mas Zoe não se deu ao trabalho de lhe perguntar, e cinco minutos depois saíram da estrada, passaram por uns portões e desceram uma estrada cheia de curvas, que Tim chamou de entrada de carros, mas que parecia não terminar nunca. Passaram-se outros dez minutos, antes que alcançassem umas montanhas mais baixas, e ela então viu uma meia dúzia de prédios engenhosamente aninhados na base delas, um grande celeiro e diversos currais gigantescos cheios de cavalos. Havia árvores lindas por todos os lados, e os prédios estavam impecavelmente conservados, e ao alto, avultando-se sobre eles do outro lado do vale, estavam as sempre presentes Tetons.

Tim a levou para se registrar, e na recepção informaram-lhe que a Srta. Thomas ainda não chegara, mas lhe ofereceram de imediato calorosas boas-vindas. A sede do rancho em si parecia antiga e era muito bonita. Na parede, havia cabeças de antílopes e uma de búfalo, no chão estavam lindas vaquetas, e uma janela panorâmica espetacular exibia uma gigantesca extensão de montanhas. Havia uma lareira enorme, dentro da qual um homem alto poderia ter ficado de pé. Parecia tratar-se de um lugar aconchegante para se passar um longa noite de inverno, e poucos hóspedes estavam conversando tranqüilamente num canto. A recepcionista explicou-lhe, que àquela hora a maior parte deles estava nas cabanas trocando de roupa para o jantar. O jantar era servido às sete.

Deram para ela papéis informativos e um prospecto, e então

Tim a levou de carro para a cabana. Era um modesto eufemismo, para definir o que teria sido uma atraente casa para uma família de cinco pessoas, nos subúrbios de qualquer cidade. Havia uma sala de estar grande mas aconchegante, com uma lareira e um fogão bojudo de ferro, uma pequena cozinha e sofás estofados em tecidos texturizados. O ambiente do cômodo era do sudoeste, e um pouco Navajo, mas parecia uma foto de página dupla da *Architectural Digest*, onde de fato fora exibido recentemente. Havia três enormes quartos, cada um com uma vista esplêndida, e totalmente rodeados de árvores.

Era realmente linda, e Zoe se sentiu completamente mimada, enquanto colocava sua sacola no chão, e Tim deixava sua mala. Ele lhe perguntou qual o quarto que preferia, e ela quis esperar Tanya para fazer a escolha. Um era um pouco maior que os outros dois, mas eram todos grandes e confortáveis, com gigantescas camas, mobília em madeira talhada rústica, e uma lareira em cada quarto. Por um minuto, ela teve vontade de pular para cima e para baixo nas camas e gritar como uma criança, e estava radiante quando Tim a deixou. Durante alguns minutos, ficou andando de quarto em quarto, e se serviu de uma nectarina numa grande tigela de frutas colocada na mesinha de centro. Também havia uma lata grande de biscoitos frescos e uma caixa de chocolates. Eles também tinham perguntado para a secretária de Tanya quais eram suas preferências, e o cômodo estava cheio delas. Havia flores por todos os lados, refrigerantes e especialmente *root beer*, o favorito de Tanya, na geladeira, os tipos de biscoitos que ela preferia, a marca certa de bolachas e de iogurte que tomava no café da manhã, e também muitas toalhas e seu sabonete favorito nos três banheiros.

— Uau! — exclamou Zoe em voz alta, enquanto olhava ao redor, e então se sentou no sofá e esperou. Assistiu ao noticiário na televisão, serviu-se de uma coca-cola *diet*, e dez minutos depois podia ouvir o ônibus movendo-se pesadamente pela entrada de carros. Fora uma cronometragem perfeita. Quando Tanya desceu do ônibus, Zoe estava parada à porta, como se fosse a dona da casa esperando para recebê-la, e, assim que a viu, correu em sua direção. As duas logo estavam abraçadas, quando, de repente, Zoe viu por cima do ombro de Tanya, que uma outra pessoa também estava saltando do ônibus. E imediatamente ficou chocada, mas não tanto quanto Mary Stuart, que ficou parada, presa ao chão, e não sabia se voltava a subir no ônibus ou saía descendo pela alameda de carros. Em vez disso, ela apenas ficou parada olhando fixamente para Tanya. Quando as outras duas deram um passo atrás, Mary Stuart as estava encarando furiosa.

— Não acredito que vocês tenham feito isso — disse para as duas. Mas mesmo ela teria de admitir que Zoe parecia genuinamente atônita em vê-la. Era óbvio que ela também não sabia.

— A culpa não é dela — disse Tanya, rapidamente, enquanto Tom começava a desembarcar as malas. — É minha. Deixem-me explicar o que aconteceu.

— Não se dê ao trabalho. — disse Mary Stuart, em tom ríspido. — Vou embora. — Tom pareceu surpreso e deu uma olhada para Tanya, numa pergunta silenciosa. Mas ela estava ocupada demais lidando com a amiga para responder.

— Isso não é justo, Mary Stuart. Pelo menos dê uma chance. Não ficamos juntas há tanto tempo... só pensei que...

— Bem, não devia ter pensado. Depois do ano que acabei de enfrentar, não entendo como você pôde fazer isso. Foi um golpe sujo, e você sabe disso. — Estava lívida e havia lágrimas nos olhos de Tanya enquanto ela ouvia, percebendo que afinal fora uma atitude egoísta de sua parte. Apenas estava querendo que ambas lhe fizessem companhia. Mas se preocupara com isso desde que as convidara. Vinte e dois anos haviam se passado, era um longo tempo para que suas velhas feridas se inflamassem.

— Sinto muito, Mary Stuart — disse Zoe, tranqüila. — De qualquer modo, eu não devia ter vindo. Tenho muita coisa a fazer em San Francisco, e uma criança me esperando em casa. Faz mais sentido que eu vá embora. Eu não devia mesmo ter vindo. Pegarei um vôo depois do jantar. — Falou de uma maneira muito calma e gentil. Nas últimas duas décadas passara muito tempo com muitos doentes, extremamente infelizes, muitas vezes agitados, até mesmo com pessoas dementes, e era capaz de falar com sensatez, mesmo quando estava lutando contra suas próprias emoções.

— Você não tem de fazer isso — disse Mary Stuart, tentando recuperar a compostura, e sentido subitamente que fora rude. Mas ficara tão chocada em vê-la, e o momento fora tão constrangedor. — Ficarei perfeitamente contente em voltar de avião para Nova York pela manhã. — Mas tinha de admitir, era um desapontamento.

— Vocês são duas tolas — disse Tanya, a ponto de cair em lágrimas. — Não acredito que possam continuar com essa merda por mais de vinte anos. Estamos com quase quarenta e cinco anos, pelo amor de Deus. Vocês não têm mais nada em que pensar, que não seja ficarem aborrecidas sobre o que aconteceu quando éramos garotas? Por Deus, todos os dias eu enfrento tanta merda, não consigo lembrar da semana passada, o que dizer então de mais de vinte anos atrás. Me dêem uma trégua, garotas. — Ficou parada observando as duas, e Mary Stuart e Zoe olhavam uma para a outra, enquanto Tom levava suas malas para dentro da cabana. Ele estava planejando se hospedar num hotel em Jackson Hole, e ficar preparado para o caso de Tanya querer fazer quaisquer excursões. — Podemos ao menos entrar para discutir o assunto? — perguntou Tanya, parecendo magoada e zangada. E as três entraram, enquanto Tom colocava os mantimentos na cozinha e depois as deixava.

As três mulheres estavam desajeitadamente paradas na sala de estar, e Tanya pensava no que deveria fazer agora.

— Vocês poderiam pelo menos sentar? As duas estão me deixando nervosa — disse ela, andando para um lado e para o outro na sala, enquanto Zoe a observava. Ao contrário das outras duas, que estavam com a mesma idade, Zoe tinha quase um ano inteiro a mais, mas as três estavam com uma aparência fantástica. — Olhem — disse Tanya, quando elas sentaram —, provavelmente eu não deveria ter feito isso, perdoem-me. Foi uma coisa estúpida e imatura de minha parte, mas pensei que poderia unir a nós três de novo. Tenho sentido falta de vocês. Não tenho quaisquer outras amigas como vocês. Ninguém mais nesse mundo todo se preocupa comigo, absolutamente ninguém. Não tenho um marido, não tenho filhos, e nem enteados eu não tenho mais. Tudo que tenho são vocês... e o que eu queria era o que nós costumávamos ter... só isso... talvez seja loucura... mas gostaria que pelo menos vocês tentassem.

— Nós duas amamos você — disse Mary Stuart, calmamente, tentando recuperar a compostura — Ou pelo menos eu amo, e tenho certeza de que Zoe também, ou ela não estaria aqui. Não viemos aqui só pela vista e pelos *cowboys* — Zoe sorriu e balançou a cabeça enquanto ouvia —, mas não amamos uma à outra, Tan. Esse é o problema. Acho que seriam duas semanas muito difíceis se ficássemos todas aqui.

Zoe balançou a cabeça outra vez, e Tanya pareceu ficar ainda mais desapontada. Esperara algum tipo de reação quando chegaram, mas não que ambas insistissem em ir embora. Agora percebia que sua idéia tinha sido realmente sem propósito. Teria sido melhor se tivesse feito o convite para Mary Stuart ou para Zoe, e não tivesse se incumbido de uma reunião tão pretensiosa.

— Que tal se for apenas por essa noite? Estivemos na estrada o dia inteiro, e nós duas estamos extenuadas. — Falava de si mesma e de Mary Stuart, e se voltou para Zoe. — Você pegou dois vôos só para chegar até aqui, e parece cansada... está com uma boa aparência — corrigiu-se —, mas parece estar morrendo de cansaço. Todas estamos. Afinal, não somos mais crianças — brincou, mas nenhuma delas sorriu. Ambas pensavam no que deveriam fazer agora. — Por que não podemos ficar aqui só por essa noite, e então vocês decidem o que fazer. Não quero criar um caso. Se vocês duas estiverem furiosas, me disserem para não encher o saco, e se forem, a culpa é minha. Mas, então, também vou embora. Não ficarei sozinha aqui por duas semanas. Seria deprimente demais. — Era um lugar lindo, e uma verdadeira pena desperdiçar as férias.

Zoe foi a primeira a falar, e olhou para ambas as mulheres enquanto o fazia.

— Ficarei essa noite. Você está certa. É uma longa viagem de volta, e nem mesmo tenho certeza se há um vôo essa noite. Aqui não é exatamente o aeroporto Kennedy. — Sorriu para Tanya e olhou hesitante para Mary Stuart. — Assim estaria bem para você, Stu? — Ela usou seus velhos apelidos.

— Da minha parte está bem — disse Mary Stuart, polidamente. — Voltarei a Nova York pela manhã.

— Não, não vai — disse Tanya, abruptamente —, você prometeu que passaria uma semana comigo em Los Angeles — Estava começando a parecer aborrecida. Achava que Mary Stuart não estava sendo razoável, mas sabia exatamente quão profundos eram os velhos ferimentos.

— Voarei de volta amanhã — disse Zoe, casualmente, e Tanya resolveu desistir, enquanto estavam na dianteira. Elas iam passar a noite, era um começo, e talvez um milagre acontecesse antes do amanhecer.

— Que quartos vocês querem? — perguntou Tanya, tirando o chapéu, e jogando-o na chapeleira.

Os quartos tinham todas as coisas que elas possivelmente poderiam querer. Cabides para casacos, descalçadeiras de botas, luvas para o caso de as manhãs estarem frias. Havia capas de chuva no armário, para possíveis tempestades. Tudo era confortável, luxuoso e bem pensado. Mesmo Tanya nunca vira um lugar assim.

— Adoro esse lugar — disse ela, com um sorriso cauteloso, e dessa vez as outras duas corresponderam. Apesar do espanto por estarem juntas outra vez, todas concordaram que o rancho era fabuloso, e que sua cabana era melhor ainda.

— Eles fazem isso só para você, Tan? — perguntou Zoe. — Ou todos recebem esse tipo de tratamento? — Duvidava que todos recebessem a mesma atenção, nunca vira tantos pequenos toques atenciosos, incluindo-se todas as revistas que pudessem querer ler.

— Supostamente, todas as cabanas são como essa — disse ela, servindo-se de uma *root beer*. — Eles telefonaram para a minha secretária uma semana antes de nossa partida, para perguntar o que eu gosto de comer, beber e ler. Que tipo de sabonete é o meu favorito, quantos travesseiros e toalhas eu uso, de que vídeos eu gosto, se eu precisava de um fax no quarto, ou linhas telefônicas adicionais. Eu lhes disse que um telefone bastava, mas pedi que colocassem um fax, e três aparelhos de vídeo, e tentei adivinhar as comidas e bebidas de que vocês gostam. Se quiserem algumas coisa, é só pedir.

— Esse lugar é incrível — concordou Mary Stuart, enquanto foi olhar os quartos. Na volta, ela quase deu um encontrão em Zoe.

— Como você tem estado, Stu? — perguntou Zoe, solícita, e a

expressão em seus olhos surpreendeu Mary Stuart. Havia muito sofrimento e dor neles.

— Tenho estado bem — disse Mary Stuart, suavemente, querendo perguntar sobre a vida da própria Zoe nos últimos vinte anos. Mas Tanya lhe contara sobre a clínica.

— Sinto muito pelo seu filho — disse Zoe, e instintivamente tocou-lhe o seu braço. — Tanya me contou... é tão injusto... lido com isso o tempo todo, e nunca está certo, mas especialmente na idade dele. Realmente sinto muito.

— Obrigada, Zoe — disse, seus olhos encheram-se de lágrimas enquanto virava as costas para ela. Não queria que Zoe visse, mas Zoe pressentiu, e se afastou para não ofendê-la.

— Já decidimos sobre os quartos? — Tanya voltou à sala e viu que Mary Stuart estivera chorando, e pensou consigo mesma se elas tinham brigado. Mas nenhuma das duas parecia zangada, e então suspeitou que fosse sobre Todd, e quando levantou uma sobrancelha, Zoe balançou a cabeça confirmando.

Todas acabaram escolhendo seus cômodos. O quarto que era um pouco maior tinha uma banheira no chão e uma piscina de hidromassagem, e Zoe e Mary Stuart insistiram que Tanya ficasse com ele. Entretanto, ela o teria cedido para qualquer uma das duas. Quando ela concordou em usá-lo, disse para elas que podiam usar a piscina de hidromassagem a qualquer hora, mas ambas salientaram que partiriam pela manhã. Tanya quase lhes disse que achava as duas desagradavelmente teimosas, mas ficou quieta. Simplesmente foi para seu próprio quarto a fim de trocar as roupas para o jantar, e pouco depois, as outras fizeram o mesmo.

Zoe telefonou para casa do seu quarto, e tudo ia bem. Jade estava jantando quando ela telefonou. Inge disse que tudo estava correndo suavemente, pôs Jade ao telefone, e ela nem chorou quando ouviu a mãe. Pensou em chamar Sam pelo bipe, só para saber como iam as coisas, mas decidiu não fazê-lo. Ele já ia ser bipado por muitos dos seus pacientes, portanto ela não o chamou.

Pouco depois das sete horas, as três se encontraram na sala de estar. Tanya estava usando calças colantes de camurça preta e uma camisa *cowboy* enfeitada de contas, com os cabelos louros presos frouxamente para trás com uma fita preta. Calçara botas *cowboy* de cano alto em camurça preta, que comprara para a ocasião. Zoe vestira uma *jeans*, uma suéter azul-claro e botas de caminhada, e Mary Stuart usava calças cinza, uma suéter bege e mocassins Chanel. Elas estavam todas como sempre foram, surpreendentemente compatíveis, e contudo, totalmente diferentes. Havia um tipo de entrosamento entre elas, que mesmo agora, com a brecha entre duas delas, ainda era mais poderoso do que as três. E Tanya sabia que se tivessem sido honestas umas com as outras, teriam admitido que sentiam isso. Ela sentia, via-se atraída pelas duas, como se existisse um cordão invisível ao redor delas, puxando-as mais próximas umas das outras. Quando voltou à sala de estar, Mary Stuart estava perguntando a Zoe sobre sua clínica, e ela estava falando animadamente sobre ela, enquanto Mary Stuart ouvia fascinada.

— Que tarefa imensa — disse Mary Stuart, em tom de admiração. Mas quando saíram para jantar, ambas ficaram silenciosas, como se cada uma tivesse lembrado que não deviam estar falando uma com a outra. Entretanto, uma vez à mesa de jantar, a conversa continuou outra vez. Tanya falou extensamente sobre sua próxima turnê de concertos, e sobre o filme cujo contrato estava prestes a assinar, e ambas ficaram excitadas por ela. Era óbvio que as duas gostavam verdadeiramente dela e queriam protegê-la. Tinham sido colocadas numa mesa no canto da sala, e embora todas vissem cabeças se virando, ninguém veio pedir autógrafos, ou falar com elas, exceto a diretora do rancho, Charlotte Collins, que eventualmente parou à mesa para fazer com que se sentissem bem-vindas.

Era uma mulher extraordinária, com um sorriso amplo e olhos azuis penetrantes, que parecia ver tudo, e dava seu toque pessoal em cada torta, em cada quarto e em cada pessoa. Sabia exatamente o que cada um dos seus empregados estava fazendo naquela hora, e o que cada hóspede precisava naquele momento preciso. De algum modo, conseguia coordenar tudo ao máximo. Tanya estava extremamente impressionada com a operação toda, assim como as outras, que fizeram o mesmo comentário.

— Bem, esperamos que vocês gostem de sua estada conosco. É muito importante para nós — disse ela, e parecia que estava sendo sincera. Nem Zoe nem Mary Stuart tiveram a coragem de lhe perguntar sobre aviões ou de dizer-lhe que partiriam pela manhã.

— Perguntarei na recepção depois do café da manhã — disse Mary Stuart, depois que Charlotte Collins se foi. Então haveria bastante tempo, e ela sempre poderia voar para Los Angeles e passar uma noite no Beverly Wilshire. Ou poderia ir para Denver.

A rota de Zoe era bastante simples. Simplesmente iria para casa pelo mesmo caminho por onde viera.

— Não quero falar sobre isso agora — disse Tanya, séria. — As duas devem pensar sobre o que estão a ponto de fazer. Será que vocês realmente têm tantas amigas, que podem se dar ao luxo de perder uma pessoa que vocês conheceram a metade de suas vidas? — Mas o que as arremessara para longe uma da outra fora bastante brutal, e Tanya sabia disso. Apenas não queria que aquela desavença continuasse eternamente. Todas precisavam demais umas das outras, para desistir e se afastar para sempre.

Depois disso, elas falaram sobre outros assuntos, um pouco sobre Alyssa, e Jade, mas não sobre Todd. E nem Mary Stuart nem Tanya falaram sobre seus maridos. Conversaram sobre viagens, música e amigos, sobre os livros de que gostavam e sobre a clínica de Zoe, e então começaram a lembrar os tempos de faculdade. As pessoas que elas mais detestavam, as engraçadas, as pessoas de que tiveram notícias em anos recentes, as desastradas, as idiotas, as chatas, as levianas e as heróicas. Várias pessoas que tinham conhecido nos primeiros anos da faculdade haviam morrido no Vietnã, pouco antes da paz ter sido assinada. Fora particularmente cruel perder amigos nas últimas horas da guerra, mas isso acontecera. E outros tinham morrido desde então. Diversos colegas de turma tinham morrido de câncer, e Zoe parecia saber disso. Ela soubera através da comunidade médica ou de amigos, ou talvez porque morava em San Francisco, e muitos de seus colegas nunca haviam mudado de lá. Fora um pulo fácil e curto de Berkeley para a cidade. E durante todos esses assuntos nenhuma delas jamais mencionou Ellie. Ainda estavam falando sobre os outros amigos enquanto andavam de volta para a cabana, e somente quando estavam outra vez na sala de estar de sua cabana, Tanya falou sobre isso. Sabia que Ellie estava na cabeça das três, e seria mais fácil se alguém dissesse. Então ela disse.

— Vocês sabem, é incrível, depois de todos esses anos, ainda sinto a falta dela. — Houve uma pausa, e então Mary Stuart balançou a cabeça.

— Eu também — admitiu ela, numa voz suave.

De certo modo, Ellie fora o coração e a alma do grupo. Sempre fora a mais gentil delas todas, e todavia, tinha sido muitas vezes a alma da festa. Era uma garota engraçada e maluca, que fazia qualquer coisa para se divertir, inclusive entrar numa festa não usando nada além de tinta branca para cobrir o corpo. Ela fizera isso uma vez, e de vez em quando usava uma cúpula de abajur como chapéu para ir à capela. Fazia coisas loucas e bobas, e sempre as fazia rir, e então, ela fez com que chorassem. Sua morte partira o coração de todas, especialmente de Mary Stuart. Elas tinham sido as melhores amigas e companheiras de quarto. E estavam todas sentadas lá pensando sobre ela, quando Zoe quebrou o silêncio.

— Gostaria de ter sabido naquela época o que sei agora — disse gentilmente para Mary Stuart, enquanto Tanya as observava. — Eu não tinha nenhum direito de dizer as coisas que eu disse para você. Não acredito como podia ser tão jovem e estúpida. Muitas vezes penso sobre isso. Uma vez, quando meu primeiro paciente cometeu suicídio, quase lhe escrevi uma carta. Foi como uma vingança de Deus por ter sido tão cruel e agressiva com você. Foi como se ele estivesse tentando me ensinar tudo que não havia aprendido com Ellie. Que a culpa não era de ninguém, que não poderíamos tê-la impedido se tivéssemos tentado. Ah, talvez tivéssemos conseguido por algum tempo, mas não no final, não se era o que ela realmente queria. Eu era tão irritantemente ignorante quando jovem. Ficava pensando que uma de nós deveria ter visto, que você devia ter visto porque era sua amiga mais íntima. Não podia entender por que você não sabia que ela andava tomando pílulas e bebendo. Acho que devia estar fazendo isso havia meses, e imagino que estivesse escapando impune. Mas não era o que ela realmente queria. E Ellie acabou conseguindo exatamente o que queria.

Mas enquanto Mary Stuart ouvia as palavras de Zoe, começou

a chorar. Era como ouvi-la falar sobre Todd, mas Zoe não sabia disso. E Tanya colocou o braço gentilmente ao redor dela.

— Eu devia ter escrito a carta para você, Stu — disse Zoe, com lágrimas em seus próprios olhos. — Nunca me perdoei pelo que disse a você, e acho que você também não. Não a culpo — disse ela, triste.

Aquilo tinha jogado todas para longe umas das outras. Zoe fora perversa com Mary Stuart, esbravejara com ela durante dias, e até mesmo no funeral recusara-se a sentar-se ao seu lado. Ela a culpara totalmente por não ter sido capaz de impedir Ellie, e Mary Stuart ficara esmagada sob as acusações, e acreditara nela. Foram necessários anos para que superasse a sensação de ter fracassado em salvar a vida da amiga. Era quase como se a tivesse matado. E então tudo voltara a atormentá-la com Todd. Era como se o horror nunca tivesse acabado. Só que dessa vez foi pior, e agora Bill a estava culpando e não Zoe.

— Sinto muito — disse Zoe, enquanto atravessava a sala e sentava ao seu lado. — Estava querendo lhe dizer isso a noite toda. Mesmo se ambas formos, embora amanhã de manhã, especialmente se isso acontecer, não poderei viver comigo mesma a não ser que lhe diga o quanto estava errada, e como fui estúpida. Você teve razão em me odiar por todos esses anos, e realmente sinto muito. — Estava chorando quando disse isso. Agora, era importante para ela confessar seus pecados e ficar em paz com as pessoas que magoara. E na vida de Zoe, elas não eram muitas.

— Obrigada por me dizer isso — Mary Stuart se engasgou num soluço, enquanto a abraçava —, mas sempre achei que você estava certa. Como é que eu podia não saber o que ela estava fazendo? Como pude ser tão cega? — Eram as mesmas perguntas que ela se fizera sobre a morte de seu filho. A morte de Todd, de certa forma, fora similar à de Ellie. Era como uma repetição do pesadelo. Só que não se acordava nunca. Parecia continuar eternamente.

— Ela era muito dissimulada e queria morrer — disse Zoe, simplesmente. Sua clínica lhe ensinara muita coisa nas últimas duas décadas. — Você não poderia tê-la impedido.

— Gostaria de acreditar nisso — disse Mary Stuart, triste, subitamente confusa se elas estavam falando sobre seu filho ou sobre sua companheira de quarto.

— Eu sei que foi assim — persistiu Zoe, tão firme nesse posicionamento como fora no outro. — Ela não queria que você soubesse o que estava fazendo. Se ela tivesse deixado você saber, poderia tê-la impedido, mas do jeito que foi, você não pôde.

— Gostaria de ter podido saber — disse Mary Stuart, olhando fixamente para suas próprias mãos entrelaçadas no colo, enquanto as outras duas a observavam. E Tanya se preocupava. — Gostaria de ter sabido, sobre ambos. — Levantou os olhos para as amigas, e ambas podiam ver a agonia que eles guardavam.

— Ambos quem? — agora Zoe parecia confusa, e Mary Stuart não respondeu, mas as outras apenas esperaram. — Mary Stuart? — disse, olhando para ela. E quando Mary Stuart a olhou, então ela entendeu, e desejou ter podido morrer por ela, no lugar de ambos. Ela só podia começar a imaginar a agonia pela qual ela passara. Ainda mais depois da lembrança distante de Ellie. Devia ter sido como reviver tudo, mas a segunda vez fora tão pior para ela. Ao perceber o que acontecera, Zoe começou a soluçar. — Oh, meu Deus! — disse ela, enquanto apertava a velha amiga nos braços e as duas choravam. — Oh! Deus... Stu... lamento tanto...

— Foi tão horrível — Mary Stuart chorava —, foi tão horrível... e Bill disse todas as coisas que você disse, e ainda mais. — Ela continuou soluçando como se seu coração fosse partir. Mas Mary Stuart sabia que não poderia acontecer, ele se quebrara muito antes disso. — E Bill ainda me culpa — explicou. — Ele me odeia. Ele está em Londres agora, sem mim, porque não agüenta me ver, e não posso culpá-lo. Acha que matei nosso filho, ou que no mínimo o deixei morrer... exatamente como você pensou sobre Ellie.

— Fui uma idiota — disse Zoe, segurando Mary Stuart nos braços, mas era um consolo insignificante face ao que acontecera. — Eu tinha vinte e um anos e era uma retardada inexperiente. Bill não devia acreditar nisso.

— Ele está convencido de que eu podia tê-lo impedido.

— Então alguém precisa dizer a ele a verdade sobre suicídios. Stu, se ele queria fazer isso de verdade, nada nesse mundo poderia tê-lo impedido. Se ele realmente queria, jamais teria lhe dado nenhum aviso.

— Ele não deu — disse ela, triste, assoando o nariz num lenço de papel que Tanya lhe dera, enquanto Zoe se recostava e colocava o braço ao redor dos ombros de Mary Stuart.

— Não pode se culpar. Você tem de tentar aceitar o que aconteceu. Por mais horrível que tenha sido, você não tem como mudar os fatos, não pode impedir nada agora. Não podia ter impedido nada naquela época. Tudo que tem de fazer agora é continuar com sua vida, ou você se destruirá e a tudo ao seu redor.

— Na realidade, fizemos um trabalho bastante bom a esse respeito. — Assoou o nariz e sorriu para ambas as amigas, através das lágrimas que ainda rolavam. — Não sobrou nada do nosso casamento. Absolutamente nada.

— Bem, não se ele a culpa. Alguém tem de falar com ele.

— Provavelmente meu advogado — disse Mary Stuart, rindo sinistramente, e as outras duas sorriram também. Estava soando um pouco mais como ela mesma, e Tanya segurou uma de suas mãos, e Zoe segurou a outra. — De certo modo decidi desistir. Vou dizer-lhe isso quando voltar de Londres.

— O que ele está fazendo lá? — Zoe estava curiosa. Ela não achava que eles vivessem em Londres.

— Ele tem um grande caso jurídico por lá, pelo próximos dois ou três meses, mas não quis me deixar acompanhá-lo.

Zoe levantou uma sobrancelha e voltou ao seu velho estilo cínico, enquanto as outras duas a observavam. Ela se suavizara bastante nos últimos vinte anos, mas ainda havia bastante tempero sobrando.

— Ele está envolvido com alguma outra pessoa?

— Na realidade, acho que não. Não fazemos amor há um ano, não desde a noite anterior à morte de Todd. Desde então, ele nunca mais me tocou. É como se fosse a punição máxima, em silêncio. Acho que o revolto tanto, que ele não consegue me tocar. Mas, de qualquer modo, não acredito que haja outra pessoa. Isso poderia ter sido mais fácil de entender do que o que aconteceu.

— Não exatamente — a expressão de Zoe parecia mais clínica

do que solidária. —Algumas pessoas simplesmente ficam paralisadas após traumas como esse. É bastante típico. Já ouvi falar disso antes. Entretanto, não é exatamente terapêutico para um casamento.

— Realmente não. — Mary Stuart abriu um breve sorriso. — De qualquer forma, acho que afinal descobri do que preciso para mim mesma. E de qualquer maneira, ele nunca vai me perdoar, e é melhor eu acabar logo com isso. Viver com ele é como viver com a minha culpa todos os dias, e simplesmente não posso fazer isso.

— Você não deve fazer isso — disse Zoe, tranqüila. — Ou ele tem de lidar com isso honestamente, ou você precisa sair dessa. Acho que está fazendo a coisa certa — disse em tom casual. — E a sua filha?

Mary Stuart suspirou ao responder.

— Provavelmente ela vai culpar a mim pelo divórcio. Não acho que entenda como seu pai tem sido horrível comigo. Ela apenas acha que ele está ocupado. No princípio, eu também pensei da mesma forma. Mas ele deixou bastante claro o que estava sentindo. Não posso ficar mais lá, só pela Alyssa, ou mesmo por ele. Agora não sou nem mesmo uma esposa para ele. Nós não conversamos, não vamos a nenhum lugar, ele não quer estar comigo. E só de ver a maneira com que me olha, é como ser espancada.

— Então saia dessa situação — disse Zoe, com firmeza. Elas não tinham se visto por vinte anos, e de repente, era como se o relógio tivesse voltado atrás, para o início.

— Se ele está fazendo com que se sinta miserável, vai ficar melhor sem ele — disse Tanya, gentilmente. — Eu sobrevivi a isso. Você também conseguirá. Todas sobrevivemos.

— Fomos casados por vinte e dois anos. É incrível ver tudo acabar dessa forma.

— Parece que isso já aconteceu há algum tempo. — Disse Zoe, honestamente, Tanya balançou a cabeça concordando, e Mary Stuart não podia discordar delas. Mesmo agora que se fora, ele quase não lhe telefonava. E quando isso acontecia, ele ficava com pressa de desligar porque era tão constrangedor. Ultimamente, ela passara a lhe enviar mensagens via fax, como fizera naquela noite quando elas chegaram, apenas confirmando sua localização. E mesmo então, ele não respondera.

— Você ainda está jovem — disse Tanya, encorajadora —, pode conhecer outra pessoa, e ter uma vida nova com ela, com alguém que deseja estar com você. — Mary Stuart balançou a cabeça concordando, desejando acreditar nelas. Não conseguia imaginar mais ninguém querendo sua companhia outra vez, depois do jeito que Bill a via.

— Parece que está na hora de seguir em frente — confirmou Zoe.

Mary Stuart não discordou. Apenas detestava o fato de que tinha de acabar assim, depois de todos aqueles anos. Detestava a idéia de dizer isso a ele, empacotar suas coisas, e dizer a Alyssa que eles iam se divorciar. Tudo era tão difícil, e ela estremeceu com a perspectiva de voltar a namorar. Quase não conseguia agüentar a idéia. Mas era o mesmo barco em que Tanya estava, exceto que ela era Tanya Thomas, e Mary Stuart mencionou isso.

— Você está brincando? Não saí com ninguém desde que Tony se foi. Todos morrem de medo de mim. Ninguém vai me convidar para sair, a não ser algum maldito cabeleireiro, só para depois poder dizer que saiu comigo. Sou como o Everest. Ninguém quer morar lá, mas o mundo todo quer poder dizer que o escalou. — As três riram com o comentário.

Mary Stuart não tinha certeza se estava se sentido melhor ou pior. Só de falar sobre seus planos fazia com que parecessem tão definitivos. E, de certo modo, parecia ser uma traição para com Bill, que sequer sabia o que ela estava pensando. Mas era verdadeiro, e era o que estava sentindo, e o que achava que faria no final do verão. Pelo menos, agora tinha tempo de pensar sobre isso, enquanto ele estava na Inglaterra.

Elas continuaram sentadas e conversaram por um longo tempo. Nada se resolvera, mas sua amizade fora restaurada, e nenhuma delas falou mais sobre partir pela manhã.

As desculpas de Zoe significaram muito para Mary Stuart. E Zoe ficou profundamente comovida ao perceber que suas palavras haviam magoado sua amiga por todos aqueles anos, e que fora ainda pior desde que seu filho se suicidara, tal como Ellie. Às vezes a vida era tão cruel, mas em outros momentos também era tão gentil. Isso sempre a deixava confusa. E de manhã, quando o telefone tocou às seis horas, foi Zoe quem atendeu. Estava acostumada a acordar de imediato para atender o telefone à noite, e as outras duas ainda estavam dormindo.

— Alô?

— Zoe? — Era o Sam, e ela pensou naquele instante em Jade, e sentiu uma onda de pânico... apendicite... a morte no berço... um terremoto...

— Jade está bem? — Essas foram as primeiras palavras que saíram de sua boca. Era como se Jade tivesse nascido dela, amava-a tanto quanto qualquer mãe natural, e possuía os mesmos instintos.

— Ela está ótima. Desculpe se a assustei. Mas queria lhe telefonar. Achei que gostaria de saber. — Ele detestava ter de chamá-la com más notícias, mas tinha certeza de que ela nunca o perdoaria se não o fizesse. — Quinn Morrison morreu há uma hora. Ele se foi serenamente, e sua família estava com ele. Sinto que você não estivesse aqui com ele, mas fiz tudo que pude. Seu coração finalmente não agüentou.

— De certo modo, fora um golpe de misericórdia, e ela sabia disso. Mas de qualquer forma estava triste, e chorou quando ele lhe contou. Chorava pela maioria deles, os velhos, os jovens, e especialmente as crianças. Pelo menos Quinn Morrison tinha setenta e quatro anos de idade, levara uma vida completa, e a AIDS somente arruinara o último ano dela, não uma vida inteira, e não a fizera mais curta do que a de outras pessoas de sua idade, sofrendo de outras doenças. Mas, de qualquer forma, estava triste, sentia uma sensação de perda, e de ter sido derrotada. Era um sentimento familiar para ela, perdera tantos pacientes para aquela horrível assassina.

— Você está bem? — Sam parecia preocupado.

— Estou. Só me sinto mal por não ter estado aí.

— Sabia disso. Por isso telefonei. Ele disse que ficava feliz que você tivesse ido para Wyoming. — Ela sorriu. Soava exatamente como Quinn Morrison. Passara o ano todo dizendo a ela que deveria se casar e ter filhos.

— Os outros estão bem?

— Peter Williams teve uma noite difícil. Passei uma hora em sua casa, antes de ir até a de Quinn. Ele pegou pneumonia outra vez. Vou interná-lo pela manhã. — Peter tinha trinta e um anos, e também estava chegando próximo do fim. Mas, em seu caso, era muito mais perturbador, por ser tão jovem.

— Parece que você teve uma noite movimentada.

— O de sempre — disse ele, sorrindo. Ele adorava. Era para isso que fora para a escola médica. — E você? Está se divertindo? Já conheceu algum *cowboy*?

— Apenas um. O que me pegou no aeroporto. Ele tem uns doze anos de idade e três metros e meio de altura, um garoto do Mississípi. Aliás, isso aqui é inacreditável, realmente estou adorando.

— Como vai sua amiga?

— Vai bem. E tinha uma surpresa para mim. Nossa companheira de quarto em Berkeley. É uma longa história, mas eu e ela não nos falávamos havia vinte anos. Quando me viu, se dispôs a pegar o próximo avião de volta para Nova York. Mas acho que fizemos as pazes ontem à noite. De fato, agi mal com ela há vinte anos, nunca me perdoei por isso. E foi realmente agradável podermos deixar tudo isso para trás.

— Parece que você também esteve ocupada — disse ele, gentil.

— Sim, acho que sim.

— Bem, volte a dormir. Desculpe-me por lhe telefonar tão cedo. — Para ele eram apenas cinco e meia da manhã, e estava a ponto de ir para a cama. Mas desejara que Zoe soubesse do falecimento de Quinn Morrison logo que acontecera. Sabia que ela queria ser informada tão logo isso tivesse acontecido.

— Obrigada por me telefonar, Sam. Fico realmente grata. Sei que fez o melhor que podia por ele. Não pense que não. Eu não poderia ter feito nada diferente. — Era gentil da parte dela lhe dizer isso, e estava agradecido. Era uma boa mulher.

— Obrigado por me dizer isso, Zoe. Cuide-se. Falo com você em breve — mas ao desligar, sentiu-se triste pensando nela. Havia tanta coisa ali, tanta coisa que ele queria e admirava, e não conseguia se aproximar dela. E Sam também pressentia sua solidão. Havia uma irresistível qualidade vulnerável a seu respeito, e todavia ela estava se escondendo em algum lugar, e ele começava a suspeitar que jamais a encontraria.

Naquele exato momento, enquanto ele ia para a cama, Zoe estava parada na sala de estar de sua cabana em Moose, Wyoming, observando o sol nascer sobre as Grand Tetons. E lágrimas rolavam lentamente pelas suas faces diante daquela beleza absoluta. Pensou em Quinn Morrison, e na vida que ele levara. Sentia sua morte, sentia a morte de tantos deles. Havia tanto sofrimento na vida... Ellie... e Todd... e todas as dores que presenciara, e contudo, ao mesmo tempo, havia essa beleza arrebatadora. E subitamente ela se sentiu feliz por ter vindo. Independente do que acontecesse, uma vez na vida ela vira o sol nascer sobre as Grand Tetons. Quando se via aquela cena, era impossível ignorar a existência de um Deus. Voltou em silêncio para seu próprio quarto, na ponta dos pés, e deitou-se, pensando em Sam e olhando para o alto das montanhas lá fora.

Capítulo 12

Em sua primeira manhã no rancho, depois que Sam telefonou, Zoe voltou para a cama e dormiu mais um pouco. Mas acordou outra vez, no mesmo momento em que Mary Stuart saiu de seu quarto. Zoe ouviu alguém se movendo, levantou-se da cama, e as duas mulheres se encontraram na cozinha, onde Mary Stuart estava fazendo café. Ambas estavam de camisola, e Mary Stuart levantou os olhos e sorriu para ela. Zoe parecia estar mais descansada do que antes, e surpreendentemente jovem naquela manhã.

— Posso fazer café para você? Se quiser, também temos chá. — Mas Zoe não queria, e se serviu de um caneco de café fumegante.

— Tanya já levantou? — perguntou Zoe, e então ambas deram uma risadinha. — Acho que algumas coisas não mudam.

Por um momento, Mary Stuart olhou séria para a velha amiga. Tinham ficado afastadas uma da outra durante tantos anos.

— Não, elas não mudam. Ainda bem. Fico feliz em ter vindo. — Olhou diretamente nos olhos de Zoe.

— Eu também, Stu. Gostaria de não ter sido tão estúpida tempos atrás. Gostaria que tivéssemos mantido contato através dos anos. Só estou feliz que tenhamos nos encontrado agora. Teria detestado permanecer com esse obstáculo entre nós. — Essa situação mantivera-se por tempo suficiente. Ellie já se deitara para seu descanso eterno fazia mais de vinte anos, e suas velhas batalhas também podiam ser enterradas. Olhando para trás, tudo parecia tão tolo, e uma perda de tempo tão patética. — Devo uma a Tanya por tê-la convidado para vir aqui e não ter-me dito nada.

— Ela é uma espertinha, não é? — Mary Stuart riu. — No ônibus, durante o caminho todo até aqui, ela não disse uma palavra. Entretanto, eu deveria ter suspeitado de alguma coisa. Ela disse "nós" umas duas vezes antes que eu concordasse em vir, e acho que sua assistente disse algo sobre "eles" e três quartos. Pensei que se referia às crianças. Nunca passou pela minha cabeça que tivesse convidado mais alguém. E quando Alyssa cancelou nossa viagem, veio a calhar tão bem para mim. Não tinha nada para fazer.

— Foi uma dádiva de Deus para mim também. — Pensou na luz banhando o topo das montanhas aquela manhã, quando Sam lhe telefonara para dizer que Quinn Morrison falecera. Falou sobre isso com Mary Stuart, enquanto ficavam sentadas à bancada estreita da cozinha e bebericavam seus cafés.

— Deve ser um trabalho deprimente — disse Mary Stuart, baixinho. — Eu a admiro por ele, mas você simplesmente não tem como vencer. — Pensou em como fora horrível quando Todd morrera, não conseguia se imaginar lidando com isso todos os dias. Mas, por outro lado, ele era seu filho, não seu paciente.

— Você pode vencer durante algum tempo. E é bastante estranho, mas a maior parte do tempo não é deprimente. Você aprende a aceitar as pequenas vitórias e fica cada vez mais determinada a vencer a batalha. E às vezes você perde. — Ela perdia muitas vezes, era inevitável. Mas boa parte tinha a ver com as circunstâncias, e com quão prontos o paciente e sua família estavam para entregar os pontos. Às vezes, apenas estava na hora, como no caso de Quinn. Eram as crianças que ela mais detestava perder, e os jovens, os que ainda tinham tanto tempo para viver, aprender e dar. Como ela própria. Mas ela ainda não absorvera aquele fato.

— Tem sorte em ter achado o caminho certo para você há tanto tempo — disse Mary Stuart, invejando-a e desfrutando sua companhia. Era fácil lembrar por que tinham sido tão boas amigas. Seu desentendimento parecia tão insignificante agora. À luz da honestidade, ele finalmente desaparecera. — Faço muito trabalho de caridade em Nova York, participo de muitos comitês e de trabalho voluntário, mas tenho pensado em arranjar um emprego. Simplesmente não sei o quê. Na realidade, tudo que sempre fiz foi ser esposa e mãe dos nossos filhos.

— Isso não é ruim. — Zoe sorriu para ela, percebendo de repente o quanto sentira sua falta. E no inesperado crepúsculo de sua vida ela compreendeu o quanto precisava de suas amigas agora. Tudo era ainda mais comovente para ela, porque sempre pensara que teria tanto tempo, e agora, não tinha. — Ser esposa e mãe também é um trabalho.

— Bem, nesse caso — disse Mary Stuart, descansando seu caneco —, acho que meu trabalho está quase terminado. Alyssa já cresceu. Todd se foi, e nem sequer sou mais uma esposa para Bill. Apenas vivemos no mesmo endereço e meu nome está em seus formulários de imposto de renda. Subitamente, sinto-me inútil.

— Você não é. Talvez seja apenas hora de seguir em frente.

Tinha razão, mas o problema era saber com que destino. Mary Stuart andara pensando muito.

— Fico procurando as respostas, do que fazer, onde viver, o que dizer ao Bill quando ele voltar. Nesse momento, nem quero falar com ele. Mas ele também não quer falar comigo. Raramente me telefona. Talvez esteja passando pelo mesmo estágio, e apenas não queira dizer. Deve saber que está tudo acabado.

— Talvez você devesse lhe perguntar — disse Zoe, e olhou para seu relógio, pensando em quando Tanya acordaria, e então, deu uma olhada para Mary Stuart. — A que horas devemos estar no café da manhã?

— Acho que às oito horas. — Eram sete e meia, e tinham de se vestir, e então, Mary Stuart olhou para sua velha amiga com uma expressão de troça. — Você vai embora hoje? — O tom de sua voz era muito suave.

Houve uma longa pausa, e então Zoe sacudiu a cabeça.

— Prefiro não ir, a não ser que você assim o queira. Mas a decisão é sua, você veio de mais distante. Se alguém tiver de partir, serei eu.

Mary Stuart sorriu para ela, gentilmente.

— Quero que fique, Zoe, e também gostaria de ficar. Vamos deixar aquilo tudo para trás. Ambas amávamos Ellie, aliás, todas nós. Ela teria desejado que todas permanecêssemos unidas. De todas nós, ela era a mais amorosa, a mais generosa. Seu coração teria se partido se soubesse que, por sua causa, não falávamos uma com a outra havia vinte anos. — Era verdade, e ambas sabiam disso.

Zoe estava franzindo a testa, pensando nela.

— Ela merece ter um coração partido, depois do que fez com todas nós. Acho que fui tão horrível com você naquela época porque estava tão zangada com ela e não havia ninguém em quem desabafar.

— Passei pela mesma coisa com Todd. Fiquei zangada com todo mundo pelos primeiros seis meses. Com Alyssa, seus amigos, comigo mesma, com a empregada, o cachorro, Bill — disse tristemente —, e ele ainda está zangado. Acho que sempre estará.

— Talvez ele apenas se sinta confuso — disse Zoe, gentil. — Eu estava. Fiquei enlouquecida por um longo tempo, e quando superei o que acontecera, você tinha partido, todas tínhamos seguido nossos caminhos separados. Você se casara com Bill, eu estava na escola médica, pareceu mais fácil deixar que as coisas passassem, mas estava errada em fazer isso. Talvez Bill também esteja seguindo seu curso.

— Acho que ele seguiu seu curso saindo direto pela porta há um tempo e não notou. — Ela sorriu e olhou para o relógio outra vez. Faltavam vinte minutos para as oito, e tinham de se preparar para o café da manhã. — O que você diz de acordarmos a bela adormecida? — Elas abriram um grande sorriso uma para a outra, e rindo o tempo todo, andaram na ponta dos pés até o quarto de Tanya. Ela estava usando uma camisola branca de cetim e uma máscara de dormir, e agiu como se tivesse se erguido dentre os mortos quando elas a acordaram.

— Oh! Deus... parem com isso... odeio vocês... parem com isso... — Zoe estava fazendo cócegas em seus pés, enquanto Mary Stuart lhe dava travesseiradas. Pareciam duas crianças, e Tanya ficou indefesa, enquanto tentava se esconder debaixo das cobertas e descobria que não adiantava. — Vocês querem parar com isso! Parem com isso! Pelo amor de Deus, estamos no meio da noite! — Sempre detestara levantar de manhã, e elas sempre tiveram de arrastá-la para fora da cama para que não perdessem as aulas matinais.

— Tire a máscara de dormir — disse Mary Stuart. — O café da manhã será servido em quinze minutos, e as informações em cima da mesa dizem que, temos de estar no curral às oito e quarenta e cinco para escolher nossos cavalos. Levante seu traseiro da cama e vista-se. — Ela parecia estar em total comando, e Zoe estava arrastando Tanya para fora da cama por um braço, quando ela tirou a máscara e olhou de uma para a outra.

— Eu as ouvi dizer que vão ao curral? Isso significa que vão ficar?

— Aparentemente, não temos outra escolha — disse Zoe, soltando-a e dando uma olhada para Mary Stuart com um brilho de malícia nos olhos —; se não ficarmos, você vai dormir a semana toda, e jamais sairá do quarto até o jantar. Decidimos que ficaremos por aqui e a manteremos na linha. Sabemos o quanto detesta cavalos. Sem nós, provavelmente ficará sentada no quarto o dia todo, assistindo à televisão da banheira de hidromassagem.

— Deus, que idéia maravilhosa. — Tanya sorriu, orgulhosa das duas, elas haviam conseguido. Depois de todos esses anos, tinham recuperado a razão e restabelecido sua amizade. — Por que não falam comigo de novo no almoço, estava pensando em fazer um tratamento facial.

— Levante o seu traseiro da cama, Srta. Thomas — esbravejou Mary Stuart com ela. — Você tem exatamente doze minutos para escovar os dentes, pentear os cabelos, e se vestir.

— Por Deus, o que é isso, o Corpo de Fuzileiros? Sabia que não devia ter convidado vocês duas para vir aqui. Podia ter trazido pessoas *agradáveis*, que me tratariam *direito*, e me deixariam dormir um pouco. Sou uma pessoa muito importante.

— Importante coisa nenhuma — disse Mary Stuart, com um grande sorriso —, agora saia da cama. Você pode tomar uma chuveirada mais tarde.

— Ótimo. Vou ficar cheirando a cavalos. Esperem até que isso chegue aos jornais.

Mary Stuart e Zoe estavam paradas com as mãos nas cadeiras, enquanto Tanya saía relutante da cama, espreguiçando seu corpo comprido e belo com um bocejo, e então gemia, enquanto se dirigia para o banheiro.

— Vou pegar uma xícara de café para você — disse Zoe, enquanto voltava à cozinha.

— Faça-o intravenoso por favor, doutora — disse Tanya, enquanto acendia a luz do banheiro e gemia outra vez, ao ver seu rosto e cabelos no espelho. — Oh, Deus, estou com duzentos anos, e vejam a minha aparência. Alguém chame um cirurgião plástico.

— Você está ótima — disse Mary Stuart rindo, ao olhar para ela. Era tão incrivelmente bonita, e o engraçado era que nunca realmente soubera disso. Tanya se achava sem graça, e os outros sempre riam dessa sua percepção de si mesma. Mary Stuart sabia que ela realmente acreditava nisso. —Veja a minha aparência às oito da manhã, sem maquilagem. — Mary Stuart franziu as sobrancelhas para si mesma no espelho. Os cabelos tinham sido escovados até ficar brilhando, sua pele ainda era bonita, e ela aplicara apenas um toque de batom rosa pálido nos lábios. Estava usando uma camisa masculina de algodão azul, *jeans* recém-passados e um par novo em folha de botas de couro de lagarto da Billy Martin's.

— Cristo, olhe para você — Tanya reclamou enquanto escovava os dentes e deixava a pasta pingar em toda a sua camisola. — Parece que acabou de sair da revista *Vogue*.

— Ela só faz isso para nos sentirmos mal — disse Zoe, enquanto estendia uma xícara de café para Tanya. Estavam acostumadas com Mary Stuart. Mesmo na faculdade, sua aparência era sempre perfeita. Era apenas o seu estilo, e na realidade, todos gostavam dele. Os rapazes adoravam-no. E ela era, e sempre fora, uma inspiração para as outras.

Zoe estava usando *jeans* com furos nos joelhos, um par de botas *cowboy* que tinha fazia anos, e uma velha e confortável suéter bege. Os cabelos ruivos escuros estavam puxados para trás, e sua aparência era elegante e informal, e muito à vontade no ambiente que a cercava. Mas ambas tiveram de sorrir, quando viram Tanya emergir do banheiro cinco minutos mais tarde. Mesmo sem nenhuma maquilagem, e tendo sido arrastada da cama, ela estava sensacional. Tanya era simplesmente uma estrela, sem nem mesmo tentar. Seus cabelos louros cheios faziam tudo certo, caindo em cascata abaixo dos seus ombros. Não tivera tempo de puxá-los para trás, e parecia que tinha planejado o penteado daquela maneira. Estava usando uma camiseta branca apertada, que não era de forma alguma indecente, mas estava tão sensual, que nenhum homem teria sido capaz de resistir ao seu encanto. Seus *jeans* estavam exatamente do jeito que deveriam estar, nem apertados demais nem largos demais. Eles exibiam todas as coisas certas, o arredondado firme do traseiro, os quadris estreitos, a cintura fina e as pernas longas e graciosas. Estava usando as velhas botas amarelas, um lenço vermelho amarrado ao redor do pescoço, e colocara argolas de ouro lisas. Apanhou uma jaqueta de brim que trouxera, o chapéu *cowboy*, e um par de óculos escuros, e parecia uma propaganda para qualquer rancho de férias.

— Se não a amasse tanto, eu a odiaria — disse Mary Stuart com admiração, e Zoe abriu um grande sorriso. As três eram mulheres bonitas, mas não havia como negar, Tanya tinha algo especial.

— Nunca consegui entender como você faz isso — disse Zoe, absorvendo todos os detalhes, e sentido o mesmo brilho caloroso de afeição por ela que sentia por Mary Stuart. Nunca houvera sequer um resquício de ciúmes entre elas. Mesmo anos antes, as quatro tinham sido as melhores amigas, mais do que irmãs. — Sempre achei que se a observasse se vestindo, descobriria como você faz — disse Zoe, enquanto saíam do quarto —, mas é como um desses truques de mágica, em que você pode vê-los sendo executados quatro milhões de vezes, e há sempre aquele momento único em que o coelho aparece, e você nunca vê como aconteceu. Você é a única pessoa que eu conheço que pode entrar num banheiro e sair parecendo uma estrela de cinema três minutos depois. Eu poderia passar uma semana lá dentro e ainda sairia com a mesma aparência. Mais ou menos bem, bastante decente, os cabelos penteados, o rosto limpo, maquilagem usada corretamente, mas ainda sou eu. Você sai parecendo uma princesa encantada.

— É o milagre da cirurgia plástica — Tanya sorriu, deliciando-se com a companhia delas, mas não acreditando numa palavra do que estavam dizendo. Entretanto, achava que eram maravilhosas em dizê-las. — Se você fizer uns retoques, não precisará de maquilagem.

— Mentira — corrigiu-a Mary Stuart. — Você tinha essa aparência aos dezenove anos. Costumava levantar de manhã parecendo uma lagarta, e quando seus pés tocavam o chão, se transformava numa borboleta. Sei exatamente o que Zoe quer dizer. Apenas você é insegura demais para entender e acreditar em sua aparência. É por isso que todos a amamos.

— Pensei que fosse por causa do meu sotaque. — Ainda tinha o mais suave dos sotaques sulistas. Seus fãs, em particular, o adoravam quando ela estava cantando. — Não consigo acreditar que deixei vocês duas me tirarem da cama a essa hora. Não pode ser bom para a saúde, especialmente nessa altitude. De fato, acho que faz mal para o meu coração — reclamava Tanya, enquanto subia resfolegando uma pequena colina até o prédio principal.

— É ótimo para você — disse Zoe, casualmente, sorrindo para Mary Stuart —, e até essa noite, já terá se acostumado com a altitude. Só não ingira álcool.

— Por que não? — Tanya parecia surpresa. Não bebia muito, mas ficou curiosa.

— Porque vai ficar de porre nos três primeiros goles e fazer um papelão — explicou Zoe, rindo dela. Então, lembrou-lhe da vez em que desmaiara depois de uma festa dançante. Elas a tinham levado para casa, Tanya vomitara por toda a cama de Zoe, e esta quase a matou.

Zoe e Mary Stuart estavam rindo, e Tanya conseguiu parecer envergonhada mais de vinte anos depois. Estava tentando dizer a elas que contraíra uma gripe na ocasião, e Zoe dizia que ela estava bêbada, quando as três explodiram na sala de jantar, como uma visão de beleza.

Havia pessoas em longas mesas ao redor da sala, servindo-se do bufê. Todas pareciam sonolentas e desanimadas, exceto por uns poucos hóspedes aqui e ali que pareciam mais animados, e que eram claramente pessoas matutinas. Corria um rumor de que Tanya Thomas se encontrava no hotel, mas ninguém estava preparado para vê-la do jeito que ela realmente era. E rindo com as amigas, Tanya parecia tão relaxada e jovem, e tão incrivelmente bonita, que todos pararam e a ficaram olhando fixamente. De repente, Zoe sentiu pena dela. As duas amigas cerraram fileiras ao seu redor, e elas ocuparam uma mesa no canto oposto. Mary Stuart ficou sentada com Tanya, enquanto Zoe foi pegar o café da manhã para elas. Mas, subitamente, a sala inteira estava olhando e sussurrando, e ambas sabiam que não era nada fácil para Tanya.

— O que você acha que aconteceria se eu me levantasse de repente e andasse distraidamente pelo meio deles? — sussurrou Tanya. Estava de costas para a sala, e usava óculos escuros. Tinha pendurado o chapéu no encosto da cadeira, mas mesmo vista de trás, ela era um espetáculo. Cada centímetro dela pertencia a uma estrela, e o mundo todo sabia disso.

— Acho que você causaria uma grande impressão — respondeu Mary Stuart, e elas conversaram tranqüilamente até que Zoe chegou com um prato de pães doces e uma porção de *bacon*, e equilibrando três iogurtes.

— Pedi ovos mexidos e mingau de aveia para nós — disse ela, e Tanya pareceu horrorizada.

— Depois disso, terei de passar seis meses num *spa* de emagrecimento. Não posso comer todas essas porcarias no café da manhã.

— Faz bem a você — disse Zoe, casualmente. — Está se adaptando a uma altitude elevada e estará fazendo bastante exercício. Alimente-se bem no café da manhã. Ordens da doutora. — Ela própria seguiria o mesmo conselho, e Tanya pegou um iogurte.

— Não estou planejando engordar cinco quilos durante minha estada aqui — disse Tanya com firmeza. Mas estava com mais apetite do que pensava, e minutos depois serviu-se de um pão doce.

Àquela altura, Zoe voltara ao bufê para pegar mais comida, e quando retornou à mesa, Tanya deu uma olhada para ela com uma expressão soturna. Sem sequer olhar, sabia o que estava acontecendo à sua volta.

— O que você acha, está muito ruim?

— A comida? Acho que está boa. — Zoe pareceu surpresa. Achara os pães e o *bacon* deliciosos, e os ovos tinham acabado de chegar e também estavam com um cheiro gostoso. Mas Tanya não estava se referindo à comida e sim às pessoas.

— Não estou me referindo à comida, sua boba. Estou falando das pessoas. Posso farejar a agitação.

— Ah! — Zoe entendeu, e deu uma olhada para Mary Stuart, enquanto começava a comer os ovos. Não planejara dizer nada a Tanya. — Isso. Ah, provavelmente, é o normal de rotina.

— Apenas me diga, para que eu saiba o que esperar. Os nativos são amistosos? — Estava com esperanças de que eventualmente perdessem o interesse. Às vezes isso acontecia quando ficava hospedada em algum lugar, outras vezes tinha de partir e ir para outro lugar, mas não estava planejando fazer isso. Tivera esperanças de poder manter um perfil discreto e se misturar às outras pessoas, mas era impossível.

— Bem, vamos ver. — Zoe olhou para ela, espantada com o que acontecia com as pessoas quando ficavam perto de Tanya. — Quatro mulheres querem saber se os seus cabelos são verdadeiros, dois de seus maridos querem saber se você fez plástica nos seios, ou se eles são verdadeiros. Um sujeito está adorando seu bumbum. Três mulheres acham que você fez plástica no rosto, mas cinco outras juram que não. Há um grupo de garotas adolescentes loucas para pedir seu autógrafo, mas suas mães lhes disseram que as matariam se pedissem, e todos os garçons estão apaixonados por você, e a consideram maravilhosa. Acho que esse relatório cobre a situação bastante bem, a não ser pelo mexicano baixinho que cozinhou nossos ovos e quer saber se o rumor de que você é de origem hispânica é verdadeiro. Disse a ele que achava que não, e ele ficou realmente desapontado.

Tanya estava sorrindo enquanto ouvia. Sabia que era provável que Zoe estivesse exagerando um pouquinho, mas não devia estar muito longe da verdade. Era sempre assim. Mas contanto que se mantivessem sob controle e ficassem a distância, ela podia viver com a situação. Senão, arruinariam suas férias.

— Diga ao sujeito que adorou meu bumbum que é verdadeiro, e que ficarei feliz em mandar uma cópia xerox para sua secretária.

— E quanto aos seios? — perguntou Zoe com seriedade. — Estamos preparadas para fazer uma declaração sobre eles?

— Diga-lhes para lerem a revista *People*. Estarei nela na semana que vem.

— Ah, sim, e uma outra mulher quer saber sobre seu signo. Ela jura que você é de Peixes como a irmã dela. Disse que vocês podiam ser gêmeas. Ela quer lhe mostrar uma foto.

— Mal posso acreditar nisso tudo. — Mary Stuart olhava para ela estupefata. — Como é que você agüenta?

— Eu não agüento. Sou ligeiramente doida — disse Tanya com um sorriso, engolindo uma colherada de mingau de aveia. — Dizem que você se acostuma, talvez eu tenha me acostumado, e apenas não me dei conta disso. — A verdade era que, estava disposta a aceitar muita coisa, só ficava magoada quando as pessoas passavam dos limites ou eram realmente cruéis. E na maior parte do tempo isso acontecia assim, sendo esse o problema. Esses tipos de coisas, os signos, as perguntas, os autógrafos, eram todos bastante inofensivos.

— Isso me levaria à loucura — disse Zoe, com sinceridade. — Costumava me encolher de medo por você, todas as vezes que via seu nome nos jornais.

— Eu ainda faço isso — disse Mary Stuart. — Às vezes agarro um punhado deles no supermercado e os escondo — disse orgulhosa, e Tanya sorriu para as duas amigas. Era incrível, após duas décadas em Hollywood e todas as pessoas que conhecera, essas ainda eram as duas pessoas de quem mais gostava, e de quem se sentia mais próxima. Estar com elas fazia com que se sentisse segura e protegida.

— Não sei como se aprende a viver com isso — disse Tanya com um suspiro. — Às vezes ainda dói tanto, as coisas que eles escrevem, as mentiras. Elas me dão vontade de correr e me esconder. Às vezes, apenas penso em voltar para o Texas. Mas meu agente diz que agora não posso mais escapar. Isso tudo é grande demais, e já perdura há tempo demais. Ele diz que mesmo que me aposente, isso vai continuar eternamente; portanto, acho que não há muita razão para fugir. Pelo menos desse jeito, posso cantar e ganhar um dinheirinho.

Mary Stuart riu da idéia. Para Tanya, "um dinheirinho" era o preço do resgate de um rei. Ela viu a expressão nos olhos das amigas e riu de si mesma.

— Está bem. Muito dinheiro. Mas com os diabos, tem de haver algumas compensações.

— Essa é uma delas — Zoe sorriu e olhou ao redor, grata por estar ali. — Sabe, se não fosse por você, eu provavelmente não teria tirado férias por uns outros onze anos. Isso tudo, de certa maneira, só aconteceu num impulso.

— O que afinal fez com que viesse? — perguntou Tanya. Tinha esquecido de perguntar isso a ela, e Zoe hesitou apenas por uma fração de segundo.

— Peguei uma gripe, e estava me sentindo um trapo. E eu tinha um médico excelente que conheço, para fazer um *locum tenens* por mim, isso quer dizer que ele está me substituindo. É isso que ele faz para ganhar a vida, é sua especialidade, substituir outros médicos em suas clínicas. Ele não tem uma clínica própria. De qualquer modo, ele disse que faria isso por mim, e de certo modo me forçou a tirar férias. E você tinha me perguntado se queria vir para Wyoming.

— Fez ele muito bem — aprovou Tanya. — Ele é casado?

— Não. Mas está comprometido com meus pacientes, está tomando conta deles — Zoe riu. Às vezes Tanya só pensava numa coisa. Ela sempre adorara arranjar encontros às cegas entre seus amigos, quando estavam na faculdade.

— Esqueça dos pacientes. E você? Ele está saindo com você? — o radar infalível de Tanya captara alguma coisa.

— Não. Eu estava saindo com um cirurgião especialista em câncer de mama durante algum tempo, mas não era nada sério, e já acabou.

Mary Stuart sabia da existência de Adam anos antes, mas nunca ouvira falar de mais ninguém desde então. Pensou se haveria um homem importante na vida de Zoe, mas ela disse que não.

— Os médicos não saem nunca com outras pessoas que não sejam médicos? — reclamou Tanya. — Isso é que é se manter dentro do seu campo de negócios. Como os atores. Conversar sobre assuntos profissionais é tão entediante.

— Não, não é. Talvez ninguém mais consiga nos agüentar, as horas, as pressões. Nossos interesses são bastante restritos.

— E então, fale sobre esse cara, esse "lugar-tenente" ou seja lá o que você disse que ele era? Ele é um gatinho? — perguntou Tanya para ela.

— Ora, deixe disso — Zoe enrubesceu, e Tanya viu. — Ele é apenas um médico.

— Mentira! Você está ficando vermelha! — Mary Stuart estava rindo das duas, enquanto Zoe se remexia na cadeira sob o interrogatório de Tanya. — Ah! Ele deve ser um gato, e não é casado. Como ele é?

— Parece um urso de pelúcia. Ele é grande e forte, tem cabelos e olhos castanhos. Satisfeita? Está bem? Saí para jantar com ele uma vez, não pretendo namorá-lo, e ele sabe disso. Está bem? — retrucou Zoe diretamente para sua velha companheira, mas Tanya não estava preparada para esquecer o assunto.

— Por que não? Ele é hetero? Quero dizer, em San Francisco, ele poderia ser... — Ela parecia arrependida, e Zoe gemeu.

— Você não tem jeito. Ele é hetero, tem uma boa aparência, é solteiro e eu não estou interessada. Ponto final. — Estava sendo muito firme com Tanya, para quem não fazia a mínima diferença. Tanya decidira que Zoe gostava dele, apesar de seus protestos.

— Por que não? Por que não está interessada? Ele tem algum defeito horrível? Mau hálito, é mal-educado, esteve na cadeia, alguma coisa que deveríamos saber e de que devemos acusá-lo, ou você só está sendo difícil? — Zoe sempre fora incrivelmente exigente para escolher namorados.

— Não tenho tempo para ninguém. Trabalho o tempo todo, e tenho uma filha.

— Essa é uma péssima atitude — repreendeu-a Tanya. — Isso aqui não é um ensaio geral — ela mencionou seu cartaz favorito. — Você não pode viver sozinha pelo resto da vida, Zoe. Não é saudável.

— Não acredito nisso. Sou uma mulher de meia-idade e posso fazer o que quiser. Estou velha demais para namorar. Além disso, eu não quero.

— Bem, obrigada por me avisar — disse Tanya, empurrando seu prato. Comera tudo, até os ovos. — Você é um ano mais velha do que eu, o que significa que tenho um ano até que tudo tenha acabado. Em falar nisso, se disser a alguém que estou tão velha assim, eu mato você.

— Não se preocupe — disse Zoe, sorrindo para ela —, nunca acreditariam em mim.

— Podem acreditar, mas simplesmente direi que você é uma mentirosa compulsiva. Agora, qual é o nome desse cara, ele parece ser maravilhoso.

— Sam. E você é uma doida.

— Diga isso aos jornais. Gosto dele. Parece ser ótimo.

— Você não sabe nada sobre ele. — Disse Zoe com firmeza, tentando se manter calma. Não tinha bem certeza por que, mas Tanya a deixara enervada. Ela sempre teve a capacidade de fazer isso.

— Eu sei que você morre de medo dele, o que quer dizer que deve ser um relacionamento sério. Se fosse um idiota, você não se importaria. Acho que você sabe que ele seria perfeito para você. Há quanto tempo o conhece?

— Desde a escola médica. Estudamos juntos em Stanford.

Zoe não podia acreditar que estivesse respondendo às perguntas de Tanya, e Mary Stuart estava sorrindo para ambas, e passando batom. Era exatamente como nos velhos tempos. Costumavam ter discussões como essas durante o café da manhã em Berkeley. Tanya estivera tão apaixonada por Bobby Joe que achava que o mundo todo deveria se apaixonar, noivar, ou estar se casando. Ela não mudara muito.

— Você o conhece desde a escola médica? Por que não fez nada em relação a ele até agora? — Tanya parecia ultrajada.

— Porque ambos estivemos envolvidos com outras pessoas, com outras vidas. Perdi o contato com Sam durante algum tempo, agora ele está trabalhando um pouco para mim. É um homem agradável, mas é só isso. Agora, vamos andar a cavalo ou vamos ficar falando sobre o Sam o dia todo?

— Acho que você devia sair com ele, e dar uma chance para o cara — resmungou Tanya, enquanto se levantava. Ela não se divertia assim fazia anos, nem as outras. — Eu voto a favor do Sam. Vamos todas discutir isso outra vez mais tarde.

— Farei isso com certeza — disse Zoe, virando os olhos, e Mary Stuart guiou-as até o curral.

Foram as últimas a chegar lá, e quando chegaram, mais uma vez a presença de Tanya causou um grande impacto. Ouviram-se sussurros, as pessoas olhavam-na fixamente, as crianças se empurravam e dedos eram apontados para ela. Duas pessoas tiraram fotos disfarçadamente, mas ela voltou-lhes as costas de uma maneira habilidosa e rápida. Não se importava de posar para fotos com os fãs de vez em quando, mas não queria que se intrometessem em sua vida privada, e estava definitivamente "de folga". A Estrela Está Apagada, sussurrou ela para Zoe. Mas ambas as amigas eram boas em bloqueá-la da vista das pessoas, e o trio se amontoou discretamente num canto distante, enquanto a encarregada dos estábulos gritava os nomes, para combinar as pessoas com os cavalos. Na noite anterior todos tinham preenchido formulários, isentando o rancho de qualquer responsabilidade, e explicando a extensão de suas habilidades e experiência com cavalos. Tanya escrevera *Adiantada/Os odeio/Só montarei num nível intermediário com amigas.* Tanto Mary Stuart quanto Zoe eram amazonas apenas razoáveis. Mary Stuart tinha mais experiência, mas não cavalgava havia anos, e só cavalgara à inglesa. Zoe andara a cavalo diversas vezes, mas não recentemente, e nenhuma delas estava ansiosa para provar coisa alguma. Queriam apenas pegar trilhas fáceis. E o pessoal do rancho já explicara que, no momento, havia hóspedes demais para enviá-las num passeio sem a companhia de outros, mas Tanya disse que não se importava. Se a situação se tornasse difícil demais, devido a ficarem assediando-a, ou tirando fotos, ou se ela não gostasse das pessoas escolhidas, podia sempre optar por abandonar a cavalgada. Mas por enquanto estava disposta a tentar.

Acabou que seus nomes estavam entre os últimos a serem chamados, e havia somente três outros hóspedes além delas. A encarregada do curral veio até elas e falou com Tanya pessoalmente, enquanto um *cowboy* alto levava seu cavalo para fora.

— Queríamos deixar que o grupo diminuísse para lhe dar um pouco de espaço — explicou-lhe Liz Thompson. Ela era uma mulher alta e esbelta, com um rosto curtido e um vigoroso aperto de mão, em torno dos cinqüenta e cinco anos. — Achei que você não estava precisando de cinqüenta pessoas tirando fotos suas, enquanto metia os pés nos estribos — disse, sensatamente, e Tanya lhe agradeceu. — Notei em seu cartão que você não é uma amante de cavalos — sorriu ela. — Acho que temos um velhinho simpático aqui para você.

Por um minuto, Tanya ficou pensando se ela se referia ao cavalo ou ao *cowboy*, mas olhando para o homem que estava ajustando a sela para ela, era óbvio que não se tratava do *cowboy*. Parecia ter uns quarenta anos, e tinha um físico forte e ombros largos. Mas quando olhou para Tanya, ela notou que ele tinha um interessante rosto curtido, e que a estava observando com interesse. Se você o olhasse durante algum tempo, notava que era quase atraente. Os ossos do rosto eram um pouco largos demais, o queixo proeminente demais, e contudo, se combinavam de forma harmoniosa. Ele possuía um sotaque arrastado similar ao dela, e quando Tanya perguntou, ele disse que nascera no Texas. Mas os dois eram de extremos opostos do estado, e ele não parecia disposto a se aprofundar no assunto. A maioria das pessoas tentava encontrar algo em comum com ela. Ele estava apenas interessado em colocar a sela em seu cavalo, ajustar os estribos e apertar a barrigueira para ela, e em ajudar os outros a montar em seus cavalos. E assim que ela se acomodou sobre Big Max, como seu cavalo era chamado, ele se afastou. Como não se apresentara, ela só ficou sabendo do nome do *cowboy* quando ouviu um dos outros chamá-lo. Seu nome era Gordon.

Zoe ficou com uma égua malhada que parecia fogosa, mas Liz lhe prometera que era amigável, e Zoe parecia estar surpreendentemente confortável na sela. E Mary Stuart estava montada num palomino. Big Max era um cavalo preto alto, com uma crina e rabo longos, e como estivesse um pouco arredio no curral, Tanya ficou pensando se ele seria realmente tão manso quanto Liz prometera. Não tinha nenhuma intenção de percorrer todas aquelas montanhas lutando com um cavalo selvagem. Mas quando Liz passou por ela, explicou que ele ficava nervoso no curral e que logo que saísse se acalmaria. A encarregada do curral estava sendo muito atenciosa com Tanya. Muito mais do que Gordon, que estava ocupado com três outros hóspedes de quem estava encarregado, um casal de meia-idade vindo de Chicago, que se apresentou como Dr. Smith e Dra. Wyman, mas que pareciam estar casados. Eles até mesmo se pareciam, o que divertiu Tanya e ela disse algo a respeito para Zoe. E depois, havia um homem sozinho. Ele aparentava ter uns cinqüenta e cinco anos, e Mary Stuart ficou o tempo todo olhando-o fixamente, podia jurar que o conhecia. Era alto, magro, tinha uma juba de cabelos grisalhos, e penetrantes olhos azuis que examinavam o grupo todo com interesse. Era um homem atraente, e até mesmo Tanya não pôde deixar de notar que seus traços eram distintos. Podia ver que ele também a notara, e ele sorriu ao perceber quem ela era, mas não se aproximou. Ele parecia estar igualmente interessado nos outros. E só depois que já estavam começando o passeio, Mary Stuart se emparelhou com Tanya em seu cavalo e sussurrou para ela.

— Sabe quem ele é? — Finalmente tinha lembrado. Ela o vira uma vez antes, mas ali ele parecia diferente. Mas Tanya não o conhecia. Deu outra olhada rápida para ele e sacudiu a cabeça em resposta. — É Hartley Bowman.

Tanya levou um minuto para registrar e então balançou a cabeça com interesse, esforçando-se para não dar outra olhada por cima do ombro.

— O escritor? — sussurrou, e Mary Stuart confirmou com a cabeça. Atualmente ele estava com dois livros na lista dos *betsellers*, um de capa dura e outro de bolso. E sua carreira sempre fora altamente respeitada. — Ele é casado? — perguntou à sua amiga de Nova York, e Mary Stuart revirou os olhos para ela. Tanya não tinha jeito.

— Viúvo — informou Mary Stuart. Lembrava de ter lido que sua esposa morrera de câncer de mama um ou dois anos antes. Fora na revista *Time* ou na *Newsweek*. Como escritor, era respeitado ao extremo. Também parecia ser um homem interessante, e Mary Stuart teria gostado de conversar com ele, mas não queria ser como as pessoas que importunavam Tanya.

Mary Stuart e Tanya continuaram cavalgando lado a lado por algum tempo, e Zoe já começara a conversar com os dois médicos de Chicago. Tanya tinha razão. Parecia que os médicos sempre ficavam juntos. Ambos eram oncologistas, e a mulher já ouvira falar do trabalho de Zoe e de sua clínica. E estavam num bate-papo animado, enquanto os cavalos abriam caminho lentamente atravessando o vale. À volta, havia campos cheios de flores azuis e amarelas, e os topos nevados das montanhas agigantavam-se nas alturas acima deles.

— É inacreditável, não acha?

Mary Stuart ouviu uma voz ao seu lado e pulou, enquanto Tanya se adiantou em direção ao *cowboy*. Big Max se cansara de andar em passo de tartaruga, e ela afrouxara suas rédeas por alguns minutos, o que deixara Mary Stuart sozinha, mas não por muito tempo. Hartley Bowman se juntou a ela.

— Você já esteve aqui antes? — perguntou ele, casualmente, como se fossem velhos conhecidos. Mas afinal, a atmosfera do rancho era muito informal.

— Não, não estive — disse tranqüila —, é lindo. — E não pôde evitar de dar uma olhada para ele, enquanto cavalgava ao seu lado. Era muito atraente. Tinha uma aparência asseada e esportiva. Quando segurou as rédeas, ela notou que suas mãos eram bonitas, e pelo seu estilo, podia ver que cavalgava à inglesa. Ela fez menção a isso, e ele riu.

— Sempre me sinto um pouco estranho em selas com santantônio. Ando a cavalo em Connecticut — disse, espontâneo, e ela balançou a cabeça. — Você é da Costa Oeste? — Estava fascinado com ela, e com o grupo com o qual viajava. Reconhecera Tanya imediatamente e estava pensando como Mary Stuart se encaixava naquele círculo, mas não queria perguntar-lhe.

— Sou de Nova York — disse ela. — Só vim passar duas semanas.

— Eu também — disse ele, parecendo estar muito à vontade

com ela, enquanto sorria. — Venho todos os anos. Minha mulher e eu adorávamos vir aqui. Essa é a primeira vez que volto desde que ela faleceu.

Mary Stuart suspeitou que estava sendo difícil para ele, mas ele não disse nada. Todavia, imaginava que depois de ter estado ali com alguém, devia se sentir solitário.

— Muitas pessoas da costa leste vêm para cá. Realmente vale a viagem. Venho aqui para ver as montanhas — confessou, dando uma olhada para ela.

Na verdade, todos vinham pela mesma razão, mesmo aqueles que não as conheciam. Os outros achavam que vinham para andar a cavalo.

— Existe alguma coisa muito curadora em relação a elas. Eu não pretendia voltar outra vez, e não o fiz no ano passado, mas descobri que simplesmente não podia ficar longe desse lugar. Precisava estar aqui. — Disse isso com um ar pensativo, como se estivesse surpreso consigo mesmo por ter voltado. — Normalmente, prefiro o mar, mas há algo mágico em relação a Wyoming, e a essas montanhas.

Ela entendia perfeitamente o que ele queria dizer. Desde o dia anterior, começara a sentir isso. Em parte, era por essa razão que Jackson Hole se tornara tão popular em anos recentes. Era como ser atraído para a cidade de Meca.

— É engraçado que você diga isso — confessou ela, sentindo-se surpreendentemente confortável em sua companhia, considerando-se o fato de que eram estranhos. Mas ele era extrovertido. — Também senti a mesma coisa, ontem, quando chegamos. É como se aqui as montanhas estivessem aguardando por você... como se você pudesse contar seus problemas para elas, e elas estivessem esperando para abraçá-lo. — Receava estar parecendo uma tola, mas ele sabia exatamente o que Mary Stuart estava dizendo quando concordou com a cabeça.

— Deve ser difícil para a sua amiga — disse gentil. — Estava observando as pessoas na sala de jantar. Ficaram transformadas do momento em que ela chegou, e, sem nem mesmo ter a intenção, tornaram-se completamente tolas. Ela não passa um momento sem que as pessoas reajam à sua presença, querendo estar com ela, tirando fotos suas, e tentando participar de sua aura.

Era uma análise interessante, mas verdadeira, e Mary Stuart ficou fascinada com o fato de que ele percebia isso tão claramente.

— Deve ser difícil para qualquer pessoa que seja conhecida — disse ela, não querendo dizer que o reconhecera, e que lera seus últimos seis livros e os adorara. Não queria parecer uma fanzoca. Sendo tão íntima de Tanya durante todos esses anos, sabia o quanto isso podia ser incômodo.

— Tem suas desvantagens. — E então olhou para Mary Stuart com um sorriso. Entendera perfeitamente que ela o conhecia. — Mas não faço parte desses grupos. Poucos fazem. Provavelmente, existe apenas um punhado de pessoas no mundo que tem de agüentar o que ela agüenta. Ela parece ser bastante afável a esse respeito.

— Ela é — disse Mary Stuart, com firmeza.

— Você trabalha para ela? — Não queria ser indiscreto, mas estava pensando se as duas mulheres que se encontravam sempre ao seu lado eram suas assistentes.

— Fomos colegas de quarto na faculdade — explicou Mary Stuart, com um sorriso.

— E ainda são amigas? Que espantoso. Agora, essa é uma boa história — e então se explicou com rapidez antes que pudesse alarmá-la — para um livro, não para os tablóides — especificou, e ambos riram.

— Obrigada. Ela sempre passa por situações tão duras o tempo todo. É tão injusto.

— Do momento em que você vira uma estrela, deixa de ser humana para as pessoas. Você não importa mais, torna-se um lixo humano — disse ele com tristeza, e Mary Stuart balançou a cabeça concordando.

— Ela chama isso de "a vida como um objeto". Diz que você se torna um objeto, e então, qualquer coisa que façam com você é permitido. Ela tem agüentado demais. Não sei como consegue fazer isso.

— Deve ser muito forte — e então ele sorriu para Mary Stuart, admirando sua beleza impecável. Adorava seu estilo, mas não teria ousado dizer-lhe. — Ela tem muita sorte em contar com boas amigas.

— A sorte é nossa em tê-la como amiga. — Mary Stuart sorriu outra vez. — Na realidade, foi por acidente que viemos para cá. Tudo aconteceu praticamente no último minuto.

— Isso é muito bom para o resto de nós — disse ele. — Vocês três certamente realçam a paisagem. — Ele deu uma olhada para Tanya, com uma aparência gloriosa, enquanto galopava descontraída ao lado do *cowboy*. Mas Mary Stuart notou que não estavam conversando, apenas cavalgavam juntos. — Ela é uma mulher incrivelmente atraente. — Não podia deixar de admirá-la, e Mary Stuart concordou sorrindo, sem qualquer ponta de inveja. — Realmente gosto de sua música. Tenho todos os seus CDs — admitiu, parecendo ligeiramente envergonhado, e Mary Stuart riu.

— Tenho todos os seus livros. — Ela enrubesceu ao dizer isso.

— Você tem? — Ele pareceu ficar satisfeito, estendeu-lhe a mão e, embora obviamente não fosse necessário, se apresentou apenas por uma questão de boa educação. — Hartley Bowman.

— Sou Mary Stuart Walker. — Os dois se cumprimentaram por cima dos pescoços dos seus cavalos, e continuaram a cavalgar juntos descontraidamente. A essa altura, Tanya e o *cowboy* já estavam bem à frente deles, o trio de médicos vinha atrás, discutindo artigos e pesquisas, e um novo estudo oncológico feito recentemente no Massachusetts General Hospital.

Mary Stuart e Hartley conversaram por algum tempo, sobre livros, e Nova York, a cena literária, outros autores, e a Europa, quando ela mencionou que sua filha estava estudando em Paris. Eles pareciam coincidir em vários assuntos, e ficaram ambos surpresos quando o *cowboy* fez a volta lentamente e os guiou de volta para o curral. Era hora do almoço. Hartley e Mary Stuart ainda estavam conversando quando desmontaram dos cavalos. E ela notou uma expressão estranha no rosto de Tanya, quando ela desmontou de Big Max e entregou as rédeas ao *cowboy*.

— Você está bem? — perguntou, quando Tanya veio se juntar a eles, e a apresentou a Hartley.

— Estou ótima. Mas o nosso *cowboy* é realmente esquisito. Simplesmente não disse uma palavra para mim. Apenas saímos e voltamos cavalgando. Agiu como se eu tivesse a peste bubônica ou algo assim. Ele me detesta.

Mary Stuart riu da análise que fez da situação. Nunca conhecera um homem que detestasse Tanya, certamente não no primeiro encontro.

— Talvez seja tímido — sugeriu Mary Stuart. — Ele parecia ser bastante agradável. Apenas não foi muito conversador.

— Muitos deles são assim — explicou Hartley. — Nos primeiros dias mal falam, e quando partimos, nos sentimos como se fossem nossos irmãos. Não estão acostumados com todas essas coisas da cidade grande, e não são tão conversadores quanto nós — disse ele, e Tanya olhou-o sorrindo.

— Achei que dissera alguma coisa que o tivesse ofendido. — Tanya parecia ligeiramente preocupada.

— Suspeito que Liz tenha lhe avisado para se comportar com você, e não falar muito. Esses sujeitos devem ficar bastante impressionados ao estar próximo de uma grande estrela como você — ele sorriu e então ficou parecendo um menino, cabelos grisalhos e tudo. — Até eu fico um pouco trêmulo. Tenho todos os seus CDs, Srta. Thomas, e os adoro.

— Li todos os seus livros, e também gosto deles. — Ela sorriu para ele. Sempre ficava espantada quando alguém importante se mostrava impressionado com ela. Nunca realmente entendera isso. — Gosto muito deles. — Ambos pareciam constrangidos um com o outro, e, até certo ponto, desconfortáveis com seus próprios sucessos. Cada um deles era uma estrela por seus próprios méritos. Ele parecia se sentir muito mais à vontade com Mary Stuart do que com Tanya, e então Zoe se juntou a eles, dizendo que tivera uma manhã excelente. Realmente gostara de conversar com os dois médicos. E Mary Stuart a apresentou a Hartley.

— Qual é a sua especialidade? — perguntou ele, amavelmente, enquanto voltavam em direção às suas cabanas para tomar um banho antes do almoço.

— AIDS — disse ela, com simplicidade — e problemas relacionados a ela. Dirijo uma clínica em San Francisco.

Ele balançou a cabeça. Andava pensando em escrever um livro sobre o assunto, mas andara com preguiça de fazer a pesquisa. Parecia tão deprimente. Mas, sem dúvida, estava fascinado com o que ela fazia, e lhe fez inúmeras perguntas. Hartley pareceu pesaroso em ter de deixá-las em sua cabana e disse que as veria no almoço. Continuou andando sozinho, com a cabeça baixa e uma expressão pensativa, enquanto voltava para a sua cabana, e Tanya o observava.

— Que homem interessante — comentou Tanya, quando entraram em seu lar temporário, e tirou o lenço do pescoço. A temperatura esquentara desde aquela manhã.

— Ele é louco por sua música — disse Mary Stuart, encorajadora. Adoraria ver Tanya com alguém como Hartley, embora tivesse de admitir que não pareciam ter muita coisa em comum. Hartley era muito tranqüilo e muito ocidental, intelectual, mas de certo modo mundano, e muito refinado. Tanya era tão mais exuberante e sensual, não exatamente impetuosa, mas com tanta vivacidade. Mary Stuart achava que ela precisava de alguém mais poderoso para domá-la, ou pelo menos fazê-la feliz.

— Ele pode ser louco por minha música — disse Tanya, sabiamente —, mas gosta de você, garota. Está na cara dele. Ele não conseguia tirar os olhos de você.

— Isso é uma besteira. Ele está fascinado com nós três. Você sabe, como naquela série "As Panteras".

— Aposto quanto você quiser, que antes de partirmos, ele vai dar em cima de você — disse Tanya com total certeza, e Zoe revirou os olhos para as duas e lavou as mãos na cozinha.

— Vocês duas são revoltantes. É só nisso que pensam? Em namorar?

— Éééé — disse Tanya, com um sorriso malicioso. — Sexo. Leia os tablóides. — Mas elas sabiam muito bem que Tanya sempre tivera e mantinha princípios morais elevados. Talvez mais ainda que as outras, e que sempre fora monógama, mesmo na faculdade. — Estou dizendo para vocês o que estou vendo. O cara está louco por Mary Stuart.

— Quão louco ele pode estar? Acabei de conhecê-lo essa manhã.

— Bem, sua mulher morreu há uns dois anos, correto? Assim sendo, deve estar cheio de tesão, por isso, cuidado com ele, Stu. Pode ser um homem ardente.

Mary Stuart e Zoe estavam rindo de Tanya, enquanto ela prendia sem olhar os cabelos louros cheios em cima da cabeça e ficava com uma aparência ainda mais sensual do que estava no café da manhã.

— Por que você não enfia um saco de papel na cabeça ou algo assim? — disse Mary Stuart, revoltada. — Não sei por que me dou ao trabalho de pentear os cabelos, quando você fica com esse aspecto sem nem olhar para o espelho.

— É, e veja de que grande vantagem isso tem sido para mim. Nem mesmo o *cowboy* é capaz de trocar poucas palavras comigo. Por Deus, pensei que os lábios do sujeito tinham sido costurados. Ele não falou uma palavra sequer para mim. Que bundão.

— Agora você está tentando seduzir *cowboys*? — Zoe sacudiu um dedo para ela, e Tanya pareceu insultada.

— Só queria alguém com quem conversar. Tolstoi ou Charles Dickens, ou quem quer que ele seja, estava torrando as orelhas de Mary Stuart. Você e os médicos de Chicago estavam falando sobre coisas revoltantes que deixam meu estômago virado. E com isso, o Roy Rogers sobrou para mim. Bem, ouçam isso, o cara merece uma nota zero em conversação.

— Foi melhor do que se ele tivesse sido abusado com você — disse Zoe, casualmente —, ou fosse um fã enlouquecido fazendo perguntas idiotas.

— É, acho que sim — concedeu ela —, mas sem dúvida foi um tédio.

Elas então ouviram o sino tocar o sinal de almoço, e estavam começando a sair pela porta da cabana quando o telefone tocou. As três olharam umas para as outras, tentadas a não atender, mas sabendo que teriam de fazê-lo. Zoe se prontificou a assumir o plantão telefônico. Podia ser o Sam ligando sobre um de seus pacientes, ou sobre Jade. Mas era Jean, a assistente de Tanya. Tinha de falar com ela sobre um contrato. Estava enviando os originais para a turnê de concertos, e uma cópia marcada em vermelho via Federal

Express, a pedido de seu advogado, e ele queria falar com ela logo que o lesse. Só de ouvi-la, Tanya ficou impaciente.

— Está bem. Lerei os papéis quando chegarem aqui.

— Não estou brincando. Ele quer que você os devolva imediatamente.

— Está bem, está bem, farei isso. Alguma outra coisa importante que eu precise saber? — Um funcionário que ela dispensara assinara um documento concordando em não processá-la, o que para variar era um alívio. As revistas *Vogue* e *Harper's Bazaar* queriam fazer matérias de duas páginas sobre ela, e uma das revistas sobre cinema andava à procura de informações para publicar uma história realmente suja. — Obrigada pelas boas notícias — disse ela, detestando ouvir tudo aquilo. Trazia o grande mundo cruel direto para os degraus de sua porta em Wyoming. Mal pôde esperar para desligar e se juntar às outras.

— Está tudo bem? — Mary Stuart olhou para ela com preocupação. Tanya parecia aborrecida outra vez, e sua amiga detestava ver isso.

— Mais ou menos. Para variar, alguém não está me processando, e uma dessas revistas miseráveis vai publicar outra história feia. Não é grande coisa, eu acho. — Mas era como se partissem um pedaço de sua alma cada vez que faziam isso, como um biscoito velho e bolorento. E um dia não sobraria mais nenhum pedaço dela. Não teria mais nenhuma alma. Mas para eles não fazia diferença alguma.

— Não dê atenção para isso — sugeriu Zoe. — Simplesmente, não leia. — Alguns artigos críticos haviam surgido sobre ela logo no início da clínica, mas não era a mesma coisa, e Tanya sabia disso melhor do que Zoe. O que ela enfrentava era tão pessoal, tão lesivo, tão invasivo, e sempre tão feio.

— Tente esquecer — disse Mary Stuart, e as duas mulheres puseram os braços ao redor da cintura de Tanya. As três subiram em direção à sala de jantar, conversando, sem nenhuma idéia da forte impressão que causavam enquanto seguiam seu caminho. Eram três mulheres admiráveis. E de sua varanda, sem ser notado por elas, Hartley Bowman estava observando Mary Stuart.

Capítulo 13

O passeio da tarde foi tão agradável quanto o da manhã, e eles cavalgaram outra vez nos mesmos grupos e nas mesmas configurações. O mesmo *cowboy* e os mesmos cavalos, foram destacados para ficar com eles pela duração de suas estadas. Assim sendo, Liz, a encarregada do curral, estava ansiosa para saber se todos estavam satisfeitos com suas montarias e seus *cowboys*. E ninguém, que ela soubesse, parecia ter nenhuma reclamação.

Naquela tarde, Zoe conversou outra vez com os médicos, e Tanya tentou não ouvir quando continuaram o papo com transplantes, que não era melhor do que a discussão sobre membros amputados daquela manhã. E, tentando deixar Mary Stuart sozinha com Hartley, enquanto os dois discutiam sobre o livro que ambos tinham lido, ela se adiantou outra vez, emparelhando com o *cowboy*. Mais uma vez, eles cavalgaram em silêncio pelo que pareciam ser quilômetros. E então, finalmente, Tanya não agüentou, e olhou para ele do outro lado do pescoço de seu cavalo, mas ele sequer olhou para ela. Parecia não ter idéia de quem era aquela ao seu lado. Dependia totalmente dela se manter emparelhada, nem uma vez ele deu mostras de notar sua presença.

— Tem alguma coisa sobre mim que o incomoda? — perguntou Tanya, com uma expressão irritada. Ele realmente estava começando a aborrecê-la. Não estava se divertindo, e nem mesmo gostava dele.

— Não, senhora. Nada — disse, sem mudar a expressão. Ela pensou que ele ia cair em silêncio outra vez e desejou chutá-lo com sua bota *cowboy*.

Era o homem mais taciturno que já conhecera, e não agüentava isso. Em geral, as pessoas pelo menos falavam com ela, ou olhavam para ela, ou alguma coisa. Nunca conhecera ninguém com as reações de Gordon. Mas depois de mais meio quilômetro de cavalgada, enquanto estava debatendo consigo mesma se valia ou não a pena tentar outra vez, só para ver se ele respondia, Gordon a surpreendeu.

— A senhora é uma amazona muito boa. — A princípio, não conseguia acreditar que ele falara, e desta vez ele deu uma ligeira olhada de soslaio para ela, e então afastou os olhos com a mesma rapidez. Era como se a luz que emanava dela fosse ofuscante demais. Era isso que o estava perturbando, mas Tanya não sabia disso.

— Obrigada. Não gosto de cavalos. — Ou de *cowboys*. Ou de pessoas que não querem falar comigo. Ou qualquer coisa em relação a você.

— Vi isso no seu cartão, madame. Alguma razão em especial? Alguma vez levou um tombo feio?

Ela suspeitava que fosse o máximo que ele falara a alguém no ano todo, mas pelo menos ele estava tentando. Estava claro que era um homem de poucas palavras, mas ela começava a pensar se Hartley estaria certo, talvez fosse tímido e não estivesse acostumado às pessoas da cidade. Então ele deveria ter procurado um trabalho como engraxate, e não cavalgando com os hóspedes do hotel, pensou ela enquanto o observava.

— Não, nunca caí. Apenas acho que os cavalos são idiotas. Montei muito quando criança, mas jamais gostei.

— Cresci num cavalo — falou ele, casualmente —, laçando novilhos. Meu pai trabalhava num rancho, e eu trabalhei junto com ele. — Não disse a ela que seu pai morrera quando ele tinha dez anos. Que sustentara a mãe e quatro irmãs até todas se casarem, que ainda cuidava da mãe, e que tinha um filho em Montana, a quem ajudava de tempos em tempos.

Apesar do que Tanya pensava dele, Gordon Washbaugh era um bom homem, e era inteligente.

— A maior parte das pessoas que vem aqui diz que sabe montar, e também acha isso, mas são de fato pessoas perigosas. Não têm a mínima idéia do que estão fazendo. Todas acabam comendo poeira no primeiro dia de passeio. Não são como a senhora, madame. — Era uma afirmação modesta clássica, e ele sabia disso. Olhou-a, encabulado, e ela se surpreendeu em ver, que então, ele também estava sorrindo. — Nunca cavalguei com nenhuma pessoa famosa. Isso me deixa meio nervoso. — Foi tão honesto que a deixou impressionada. E, de repente, sentiu-se envergonhada das reclamações que fizera para as outras durante o almoço.

— Por que o deixaria nervoso? — A percepção que tinha dela a divertia. Era tão raro poder se ver daquela perspectiva. Nunca entendera por que as pessoas ficavam tão fascinadas, nem por que ele teria medo dela.

— Não quero dizer alguma coisa errada, madame. Poderia fazer com que ficasse zangada.

E então, ao cavalgarem por uma clareira, repentinamente ela riu. A luz era tão linda nas montanhas, e a distância podiam ver um coiote.

— Você realmente me deixou zangada quando não falou comigo essa manhã — admitiu com um sorriso, e ele a olhou de relance, cauteloso. Não tinha a menor idéia se devia ou não relaxar com ela, se ela era real, e de confiança. — Pensei que você me odiasse ou algo assim.

— Por que a odiaria? Todo o maldito rancho quer conhecê-la. Todos compraram seus CDs, querem seu autógrafo. Alguém tem um vídeo seu em algum lugar. Disseram-nos para não falar nada com a senhora, não fazer perguntas, não incomodá-la. Achei que era melhor simplesmente não dizer nada. Não queria importuná-la. Os outros fazem uns papéis tão bobos. Tentei fazer com que deixassem que outra pessoa fosse seu *cowboy*. Não sou muito bom de conversa.

Estava sendo tão sincero com ela que, apesar de como o julgara antes, gostava dele. E era surpreendentemente asseado e educado para um *cowboy*.

— Sinto muito se feri seus sentimentos. — Ele reduzia tudo a emoções tão reais.

Tanya começou a dizer que não, mas ele a tinha ferido, essa era a questão toda. Sentira-se magoada porque ele não falara com ela. Era algo novo para Tanya.

— Achei que seria mais relaxante para a senhora se eu mantivesse a boca fechada.

— Bem, faça um pouco de barulho de vez em quando, só para eu saber que você está respirando — disse ela com um sorriso de soslaio, e ele deu uma gargalhada.

— Em se tratando de alguém como a senhora, o mundo todo deve falar até deixá-la entediada. Não pude acreditar como todos ficaram alucinados antes que chegasse aqui. Deve ser duro para a senhora — disse ele, chegando ao fundo do problema, e ela concordou com a cabeça.

— É duro — disse, suavemente, capaz de ser honesta com ele, lá fora no meio do nada, enquanto galopavam juntos através de um campo de flores selvagens em direção às montanhas.

Era como procurar a verdade, ou encontrar o nirvana. Havia algo em relação àquele lugar que a tocava profundamente. A princípio, ia para lá para divertir seus enteados, e depois suas amigas, mas em vez disso estava encontrando algo que sua alma perdera fazia muito tempo, uma espécie de paz que há tempos havia esquecido.

— Todas essas pessoas agarrando você, tirando algo de você, levando algo para longe de você, é como se sugassem seu espírito e elas nem sabem disso, mas elas sugam... às vezes acho que um dia isso vai me matar, ou elas me matarão. — O pesadelo de John Lennon sendo assassinado por um fã era vívido para todas as pessoas famosas que, como ela, tinham multidões de fãs. Mas também havia outros pesadelos, no final tão letais, embora menos óbvios do que a arma que o matara. — É uma vida louca de onde eu venho — disse, pensativa —; no início não costumava ser. Mas ficou assim. E agora, acho que nunca mais mudará.

— A senhora devia comprar uma casa aqui — disse ele, olhando diretamente para as Tetons —, muitas pessoas como a senhora vêm para cá, para se afastar, para se esconder por uns tempos, recuperar seus espíritos. Elas vêm para cá, vão para Montana, ou para o Colorado, com a mesma idéia. A senhora podia voltar para o Texas. — Ele sorriu, e ela gemeu.

— Acho que já superei isso — confessou, e ele riu. Sua risada tinha um som refrescante e relaxado que combinava perfeitamente com ele, e que fez com que ela sorrisse em resposta.

— Acho que também superei o Texas há muito tempo. Era quente demais, poeirento demais, vazio demais. Foi por isso que vim para cá. Esse lugar me agrada mais — disse ele, enquanto Tanya olhava ao redor deles e balançava a cabeça concordando. Era fácil de ver o motivo. A quem não agradaria?

— Você mora aqui o ano todo? — perguntou ela. Isso era muito melhor do que fora de manhã. Mesmo que nunca mais o visse, pelo menos agora se comportavam como seres humanos. Ele sabia alguma coisa sobre ela, e ela sabia alguma coisa sobre ele. Pensou que talvez escrevesse uma canção sobre Gordon. O *Cowboy* Silencioso.

— Sim, madame — disse ele.

— Como é ficar aqui? — Ela estava pensando na canção naquele momento.

— Frio. — Ele sorriu e mais uma vez a olhou de esguelha. Era tão bonita, ela o amedrontava. Seria mais fácil não vê-la. — Às vezes chegamos a meio metro de neve. Em outubro, mandamos os cavalos para o sul. Não dá para a pessoa se locomover, a não ser com um trator para remover a neve.

— Deve ser solitário — disse ela, pensativa, tentando imaginar a cena. Ficava a anos-luz de distância de Bel Air, dos estúdios de gravação, dos cinemas, dos concertos. Meio metro de neve... um homem solitário... e um trator para remover a neve.

— Gosto disso — disse ele. — Me mantenho ocupado. Tenho muito tempo para ler e pensar. Escrevo um pouco — e então, sorriu, cauteloso e deu uma olhada para ela — ouço música.

— Não me diga que ouve meus CDs, enquanto fica sentado aqui, enterrado em meio metro de neve o inverno todo. — Aquela idéia toda era tão estranha para ela, que a espantava, e adorou isso.

— Às vezes — confessou ele. — Também ouço outras coisas. *Country western*. Costumava gostar de *jazz*, mas agora quase não ouço mais. Beethoven, Mozart.

O homem a estava fascinando. Definitivamente o julgara errado. Queria perguntar se era casado, se possuía uma família, por curiosidade, não por interesse nele, mas parecia pessoal demais, e pressentiu que ficaria ofendido. Era cuidadoso em estabelecer limites e ficar escondido por detrás deles. E então, antes que ela pudesse lhe perguntar qualquer outra coisa sobre sua vida lá, eles se reuniram aos outros. Hartley e Mary Stuart estavam conversando relaxadamente, e os médicos ainda estavam ocupados desmembrando os pacientes de que recordavam, encantados com suas discussões. Era um grupo surpreendentemente compatível, e todos lamentaram quando o passeio terminou. Já eram quatro horas, e estavam livres para ir para a piscina, fazer caminhadas ou jogar tênis. Mas todos sentiam-se exaustos, e Zoe aparentava isso. Desde o dia anterior, Tanya vinha notando que Zoe estava mais pálida do que era na época da faculdade. Sua pele que já era clara, parecia ter-se tornado ainda mais branca.

O casal de médicos de Chicago foi fazer uma caminhada para ver flores selvagens, e Hartley escoltou as três amigas de volta para sua cabana, e todos ficaram surpresos em ver um menininho lá. Ele estava apenas sentado ali, e quando Mary Stuart o viu teve uma reação que veio de suas entranhas. Ele tinha uns seis anos, e parecia estar esperando por alguém.

— Alô — disse Tanya, naturalmente. — Andou a cavalo hoje?

— Andei — disse ele, empurrando o chapéu *cowboy* vermelho para trás da cabeça. Estava usando botinhas *cowboy* pretas com touros vermelhos desenhados e pequenas calças *jeans* com uma jaqueta *jeans*. — O nome do meu cavalo é Rusty.

— E qual é o seu nome? — perguntou Zoe, enquanto se sentava no deque ao lado dele, grata por passar um momento sentada. A altitude deixava-a sem fôlego.

— Benjamin — disse ele, em tom formal. — Minha mamãe vai ter um bebê, por isso não pode andar a cavalo. — Ele estava mais do que disposto a compartilhar a informação, e Zoe e Tanya trocaram um sorriso. Mary Stuart estava parada perto dele, conversando com Hartley, mas sem sentir estava cerrando as sobrancelhas. Porém Tanya notara isso, e percebera o motivo, se Mary Stuart não sabia. O menino se parecia tanto com seu filho Todd quando na mesma idade, que fazia doer o coração. Tanya estava pensando se Mary Stuart notara isso, mas não queria dizer nada para Zoe, com medo de que Mary Stuart ouvisse. E o estranho era que a criança ficava olhando fixamente para Mary Stuart como se a conhecesse. Era sinistro.

— Minha tia é igualzinha a você — disse afinal, espontaneamente, fascinado com Mary Stuart, embora ela fosse a única do grupo que não lhe dirigira a palavra, e que não queria fazê-lo.

Ela não se esforçou para evitá-lo, mas também não travou uma conversa com ele. Mary Stuart sentira, mais do que vira, a semelhança entre eles. E Hartley viu algo nos olhos dela que o deixou curioso.

— Você tem filhos? — perguntou. Notara a aliança em sua mão naquela tarde. Mas com os comentários que ela fizera sobre decidir onde passar o verão, e a impressão que tivera de que estava sozinha, ele não tinha muita certeza sobre sua situação matrimonial.

— Sim, tenho... — respondeu, vagamente, em resposta à sua pergunta sobre filhos. — Uma filha... eu... e um filho, que morreu — disse, constrangida.

Ele pôde ver a dor em seus olhos e não insistiu no assunto. Ela então virou as costas para o menino e entrou na cabana com Hartley. Não queria olhar para aquela criança nem mais um minuto.

— Ele era... — ele hesitou, querendo confortá-la, mas sem saber como fazê-lo — ele era muito jovem quando faleceu? — perguntou, cauteloso, pensando se não devia ter omitido o assunto. Mas queria saber mais sobre ela. Talvez essa fosse a causa pela qual ela fora para lá. Talvez ele tivesse morrido num acidente com o pai... ou talvez ela ainda fosse casada. Tinha perguntas a lhe fazer. Depois de cavalgar com ela o dia todo, sentia-se como se agora fossem amigos. Estavam tão isolados do mundo que conheciam, nesse lugar extraordinário, jogados juntos apenas por alguns momentos. Se fosse para se tornar amigos, tinham de saber tudo um sobre o outro com a maior rapidez.

— Todd tinha vinte anos quando morreu — disse ela, baixinho, tentando não ver o menino do outro lado da janela. Ele ainda estava conversando com Zoe e Tanya. — Foi no ano passado — disse, baixando os olhos para as mãos por um momento.

— Sinto muito — disse Hartley, suavemente, e ousou tocar-lhe a mão por um instante. Conhecia bem demais a dor da perda. Ele e Margaret estavam casados fazia vinte e seis anos quando a perdeu, e nunca tiveram filhos. Ela não podia. E ele aceitara esse fato. De certa forma, sempre achara que isso os unira ainda mais. Mas agora olhava para Mary Stuart e podia apenas ter uma pequena visão do que ela passara. — Deve ser horrível perder um filho. Não posso nem imaginar. Foi duro o bastante quando Margaret morreu. Realmente, pensei que sua perda me mataria. Todas as manhãs quando eu acordava me surpreendia. Sempre esperava morrer de dor, e ficava aturdido por isso não acontecer. Escrevi sobre esses sentimentos o inverno todo em meu novo livro.

— Escrever sobre o que aconteceu deve ajudar — disse ela, enquanto sentavam no sofá da sala de estar. As outras duas ainda estavam lá fora conversando, mas agora não podia mais ver o menino. — Gostaria de poder escrever sobre tudo isso. Mas agora já estou melhor. Finalmente, guardei seus objetos pessoais há algumas semanas, antes de vir para cá. Antes não conseguia fazer isso.

— Com Margaret, levei quase dois anos — disse ele, com sinceridade. E havia saído apenas com duas mulheres desde então e detestou a ambas por não serem ela. Conhecia muito bem a dor da adaptação. Pelo menos ela não tinha de passar por isso, embora ele ainda não soubesse nada sobre seu marido. — Também deve ter sido muito duro para seu marido — disse, tentando jogar a isca para colher mais informações, mas ela não entendeu. Vira a fina aliança em sua mão, mas o modo com que ela falava não confirmava que estivesse casada.

— De fato — decidiu ser honesta com ele. — Foi duro para ele. Nosso casamento não sobreviveu.

Hartley balançou a cabeça. Também conhecia esse tipo de problema, embora não em primeira mão, mas através de um primo que passara por isso. Não era de surpreender.

— Onde é que ele está agora?

— Em Londres — disse ela, e ele balançou a cabeça. Era o que desejava saber. E assumiu que isso significava que Bill vivia lá. Mary Stuart não entendeu por que ele lhe perguntara isso e apenas pensou que estava sendo simpático. Fazia muito tempo desde que um homem lhe demonstrara interesse, e não entendeu que esse era o caso, com esse homem. Por enquanto, ela achava que eram apenas companheiros de cavalgada, embora estivesse gostando imensamente de Hartley, e espantada em relação à facilidade com que conversava com ele.

Hartley as convidou para jantar com ele, e Mary Stuart disse que perguntaria às outras. Então a deixou, para trabalhar um pouco e ler a correspondência. Como muitos deles, estava conseguindo manter contato com seu escritório a distância, e planejava trabalhar um pouco lá. Prometeu vê-la no jantar, e quando as outras entraram, ela lhes falou do convite. E, como era previsível, elas brincaram com Mary Stuart, especialmente Tanya.

— Trabalhou rápido, Stu! Gosto dele — estava sorrindo para Mary Stuart, que, indignada, jogou uma pequena almofada nela.

— Oh! Pelo amor de Deus! Ele convidou a todas nós para jantar, não foi só a mim, sua boba. Está se sentindo só. Perdeu a esposa, e não tem ninguém com quem conversar.

— Parecia estar indo muito bem com você — insistiu Tanya sem misericórdia, e Mary Stuart disse que ela era uma tola.

— Ele é muito agradável, muito inteligente e muito solitário.

— E muito interessado em você. Por Deus! Mesmo que seja cega, eu não sou. Acho que ficou casada tempo demais. Nem vê quando os homens olham para você.

— E quanto a você e o *cowboy*? — revidou Mary Stuart. Pareciam estar no último ano da faculdade. — Ele parece ter superado a inibição. Você até fez ele sorrir.

— Ele é realmente um tipo diferente. No inverno, mora aqui sozinho, enterrado em meio metro de neve. — Tanya não disse a elas que ele ouvia seus discos. Mas certamente não havia nada de romântico entre eles. Apenas os cavalos.

— Acho que vocês duas são cegas — disse Zoe para ambas. — Hartley Bowman parece estar louco por Stu, e a não ser que eu tenha perdido completamente meu toque, diria que até irmos embora daqui o *cowboy* vai estar loucamente apaixonado por Tanya. Essa é a minha predição para o anuário. — Ambas riram dela, e Tanya levantou uma sobrancelha. Era uma possibilidade tão remota, que nem se incomodou de fazer qualquer comentário.

— E quanto a você, Zoe? Vai destruir esse casamento e fugir com o médico de Chicago? — Ele era baixinho, gordo e careca, e só em pensar nisso era realmente engraçado.

— Infelizmente, a esposa dele é mais interessante do que ele, o que é um grande problema. Teria de fugir com ela, e temo que isso não faça meu gênero. Portanto, acho que essas circunstâncias me deixam encalhada aqui.

— Sempre haverá o Sam! — recordou Tanya, e Zoe gemeu. Não queria que a lembrassem disso.

— Trate de cuidar da sua vida. Ele mal sabe que tem uma campeã em Wyoming. Sabe o que mais, Tan, quando você vier a San Francisco, eu a apresentarei, e poderá sair com Sam. Acho que você gostaria dele.

— Negócio fechado. Agora, vamos falar sobre Mary Stuart. — Tanya virou a atenção para ela, e Mary Stuart gemeu, antecipadamente. — Conte-nos sobre seu novo amigo.

— Não há nada a contar. Já disse isso a vocês. Ele apenas se sente sozinho.

— E você também, assim como eu. E Zoe também. Portanto, qual é a novidade? — disse Tanya, deitando-se no sofá. Suas pernas estavam doendo. Elas tinham cavalgado muito.

— Não me sinto sozinha — corrigiu-a Zoe. — Estou muito feliz.

— Eu sei, você é uma santa. Apenas não sabe que está se sentindo solitária. Confie em mim — disse Tanya, e as três riram.

— Esqueça todos esses caras, vou sair com Benjamin — disse Zoe com um sorriso. Era uma criança adorável, e ambas tinham gostado dele.

— Grande escolha — disse Tanya, e Mary Stuart não disse nada, mas perguntou a elas o que queriam fazer quanto ao jantar com Hartley. Deviam aceitar o convite para sentar com ele à mesa? — Por que não? Talvez possamos arrumar Mary Stuart com ele.

— Relaxe — disse Mary Stuart, sobriamente. — Ainda estou casada.

— Ele sabe disso? — perguntou Zoe, com interesse.

Mary Stuart estava usando uma aliança, mas ele podia estar pensando onde estava seu marido e por que ela viera para o rancho com duas mulheres.

— Na realidade, ele não perguntou — disse Mary Stuart, confirmando seu ponto de vista, de que ele só estava interessado em amizade. — Num certo momento, perguntou onde meu marido estava, e eu disse que estava em Londres.

— Ah! — disse Tanya, sabiamente. — É melhor você esclarecer isso. Acho que ele estava perguntando o que nós pensamos, pode ter tirado a conclusão errada da sua resposta. — Mas qual seria a impressão certa?

— Disse a ele que depois da morte de nosso filho nosso casamento não sobreviveu — disse ela, casualmente.

— Você disse isso a ele? — Tanya estava espantada. Ela dissera bastante para um perfeito estranho. Mas tinham passado seis horas cavalgando lado a lado. Haviam passado mais tempo juntos do que alguns casais passavam em uma semana, e ele demonstrara muito interesse por ela.

— Talvez deva lhe dizer que ainda estou casada — embora não soubesse por mais quanto tempo. Mas, de algum modo, parecia presunçoso oferecer essa informação de forma voluntária. E se ele realmente não se importasse se era casada? — Direi o que parecer apropriado. Não acho que ele esteja interessado dessa maneira — disse Mary Stuart, recatadamente, e as outras duas a vaiaram.

— Vocês duas são revoltantes — disse ela, e foi tomar um banho, enquanto Zoe telefonava para Sam. Ela queria saber o que estava acontecendo em sua clínica, mas ele estava numa sala de tratamento com um paciente. E Annalee lhe disse que tudo estava correndo suavemente. Depois disso, ela foi se deitar e tirou uma curta soneca antes do jantar. Ao se levantar, ficou surpresa em constatar como estava se sentindo bem. Dormir realmente fazia uma diferença.

Aquela noite as três jantaram com Hartley. Ele era inteligente, interessante, e maravilhosamente mundano. Viajara para tudo quanto era lugar, sabia de coisas fascinantes e conhecera todo tipo de pessoas interessantes. E mais do que isso, era um homem agradável e extremamente educado quanto a dividir sua atenção. Em momento algum deixou alguém fora da conversa, e as três se sentiram como se ele estivesse gostando de suas companhias. Mas depois, quando andaram de volta para a cabana, e ele as acompanhou, Hartley andou ao lado de Mary Stuart. Ele lhe falava num tom de voz gentil, que parecia ser dirigido apenas para o ouvido dela e de mais ninguém. Tanya e Zoe entraram quando chegaram na cabana, e Mary Stuart ficou um pouco lá fora com Hartley. Ela não tinha certeza de como abordar o assunto, mas achava que as outras tinham tido razão quando estavam conversando aquela tarde, em relação a dizer a ele que continuava casada.

— Sinto-me um pouco tola dizendo isso para você — explicou ela, enquanto se sentavam tranqüilamente sob uma lua quase cheia, que brilhava irradiando uma luz azulada nas neves do topo das geleiras. — Não tenho a menor idéia se vai ter alguma importância para você, mas simplesmente não quero que faça uma idéia errada de mim. Sou casada — disse ela, e ficou espantada em ver uma expressão de desapontamento em seus olhos. — Meu marido está trabalhando em Londres durante o verão. Me dei conta de que o que eu disse para você poderia ter-lhe dado uma impressão diferente. Para lhe ser sincera — e ela sempre era com todos —, estou planejando deixá-lo no final do verão. Estava precisando de algum tempo para decidir o que fazer, mas nosso casamento morreu com nosso filho, e agora acho que é hora de seguir em frente, acabar com isso, e terminar tudo.

— Acha que seu marido ficará surpreso? — perguntou Hartley, baixinho. Estava olhando para ela com muita atenção. Mal a conhecia, e contudo gostava de sua honestidade, de sua gentileza e de seu modo direto. Mas ficava pesaroso em saber que ainda estava casada. Talvez, no final, não fizesse nenhuma diferença. Ela parecia bastante decidida quanto a se separar do marido. — Acha que seu marido está consciente do que você está sentindo?

— Não vejo como não poderia estar. Durante um ano ele mal falou comigo. Não temos nenhum casamento, nenhuma vida, nenhuma amizade. Ele me culpa pela morte de nosso filho, e acho que nada mudará isso. Não posso viver mais desse jeito. Não tenho a intenção de lhe contar meus problemas, mas apenas queria que soubesse que, de fato, no momento, ainda estou casada, embora ache que não continuarei por muito mais tempo.

— Obrigado por ser honesta comigo — ele sorriu. Até mesmo para ele, era inacreditável o quanto estava gostando dela. Era a primeira mulher de quem realmente gostava desde a morte de Margaret, e, após apenas um dia, estava louco por ela. Mas tudo ali acontecia em velocidade tripla. Era muito parecido com estar num cruzeiro marítimo.

— Espero que você não me considere maluca por ter tocado nesse assunto, simplesmente não quero lhe dar a impressão errada. Tenho certeza de que não faz nenhuma diferença... é só que... — De repente, ficou mortificada por ter falado qualquer coisa sobre isso para ele, e estava tropeçando nas palavras. Que diferença poderia fazer para ele que fosse casada? Subitamente, ficou furiosa com as outras duas por a terem influenciado, e se sentiu realmente estúpida. Mas, enquanto ficava sentada ali, constrangida, ele olhou para ela, e estava sorrindo.

— Não tenho a menor idéia do que estou fazendo aqui, Mary Stuart. Eu nem pretendia vir para cá esse ano. Por dois anos, venho sentindo pena de mim mesmo, e não olhei para qualquer outra mulher. E agora, repentinamente, aqui está você, como um brilhante raio de sol sobre as montanhas, e tudo que posso lhe dizer é que nunca tinha ficado tão interessado por alguém antes. Não tenho a mínima idéia do que isso vai ser, ou do que você quer, ou até do que vou fazer, ou se ao menos estaria interessada em mim. Mas só quero que saiba que mal a conheço, mas gosto muito de você. Detesto saber que perdeu seu filho — disse ele, enquanto colocava gentilmente o braço ao seu redor, e a puxava lentamente de encontro ao seu ombro. — Detestei olhar em seus olhos quando você viu aquele garotinho hoje à tarde, e queria afastar toda aquela dor de você. E na realidade, embora não possa acreditar que estou lhe dizendo isso, não me agrada o fato de que não está divorciada, mas nem tenho certeza que isso seja importante. Não tenho a menor idéia se você desejará me ver outra vez depois da semana que vem, e provavelmente, estou fazendo papel de bobo, e se estou, diga-me, e não a incomodarei mais pelo resto da sua estada. — Seus olhos estavam examinando os dela à luz do luar, e os olhos dela estavam cheios de lágrimas.

Essas eram todas as coisas que tinha querido que Bill dissesse e ele nunca o fizera. Ele a abandonara completamente, e de repente havia esse estranho, respondendo a todas as suas preces.

— Só quero estar com você, conversar com você, e conhecê-la... e então, vamos ver o que acontece.

O que mais uma pessoa poderia pedir? Ficou sentada olhando para ele, incapaz de acreditar no que estava ouvindo.

— Será que estou sonhando tudo isso? — perguntou, olhando para ele com os olhos cheios de lágrimas e desejos. Seria possível encontrar alguém como ele?

— Foi assim que me senti hoje, a tarde toda. Não procuremos respostas tão cedo assim. Vamos apenas desfrutar — disse ele, sentindo os cabelos dela roçarem sua face, fechando os olhos, e inalando seu perfume. Não disse mais nenhuma palavra, apenas sentou lá, abraçado a ela por um longo tempo, até sentir que ela começara a tremer, apenas parcialmente, devido à friagem, o resto era de pura emoção.

Ela apenas chegara no dia anterior, e o vira pela primeira vez naquela manhã. Mas lera tudo que ele já tinha escrito, sentia-se como se o conhecesse, haviam conversado durante horas, desnudando suas almas e compartilhavam uma atração poderosa.

— Você está com frio. Vou levá-la para entrar — disse ele, desejando não ter de deixá-la. Ela parou e levantou os olhos para Hartley, e mais uma vez ele colocou os braços ao seu redor.

— Obrigada por tudo — sussurrou ela, sentindo-o próximo. E então ele caminhou com ela até a porta e a deixou lá. Mary Stuart se esgueirou para dentro, com esperanças de que as outras já tivessem ido para a cama, e ficou agradecida em descobrir que realmente tinham ido. Mas quando entrou em seu quarto, encontrou um fax de Bill sobre a cama. Era dolorosamente simples.

"Espero que tudo esteja bem. O trabalho está correndo satisfatoriamente aqui em Londres. Minhas recomendações a sua amiga. Bill." Era tudo. E no final, com sua letra desenhada, Tanya rabiscara de um lado ao outro da página: "Se fosse você, chamaria meu advogado." Certamente era uma mensagem seca, e de repente a vida lhe estava dando uma nova chance. Uma porta estava se fechando às suas costas, mas outra, logo à frente, começava a se abrir. E através dela, finalmente, Mary Stuart podia ver a luz do sol brilhando sobre as montanhas.

Capítulo 14

Na manhã seguinte, Zoe e Mary Stuart juntas arrastaram Tanya para fora da cama.

— Hora de levantar! — disse Zoe, enquanto Mary Stuart puxava as cobertas e tirava a máscara de Tanya.

— Vocês duas são umas sádicas! — gemeu Tanya, apertando os olhos contra a luz do sol. — Meus Deus! o que é isso... estou ficando cega. — Rolou sobre o estômago e recusou-se a se mover, enquanto as outras duas a arrastavam para fora da cama como costumavam fazer na faculdade.

— Isso se chama luz do sol, e tem muito mais lá fora — disse Mary Stuart, enquanto Tanya se sentava lentamente em seus pijamas curtos cor-de-rosa. — Considerando o estado em que você acorda de manhã, se não a conhecesse tão bem, acharia que você era uma bêbada.

— É apenas minha idade avançada. Preciso dormir muito — disse ela, cambaleando devagar em direção ao banheiro.

— Bem, o Big Max está esperando — acrescentou Zoe.

— Diga a ele para voltar a dormir, vai se sentir muito melhor — disse, bocejando. Mas vinte minutos mais tarde, já tomara banho e se vestira, e assim como em todas as outras manhãs sua aparência estava espetacular. Ela vestira *jeans* e uma camisa rosa pálido, as velhas botas amarelas e um lenço rosa. Os cabelos desciam pelas costas numa longa trança, e suaves cachos emolduravam seu rosto, dando-lhe um toque incrivelmente sensual.

— Isso deverá prender a atenção do seu *cowboy* — disse Mary Stuart, quando viu a roupa de Tanya. Estava mais bonita do que nunca. — É uma pena que você seja tão feia. — Mary Stuart sorriu para ela, repentinamente ansiosa para ver Hartley. Pensara nele a noite toda, e se sentia como uma criança esperando para vê-lo aquela manhã. Por enquanto, eram apenas amigos, mas a tendência velada de algo mais se desenvolver a deixava fascinada.

Estavam se dirigindo ao restaurante, quando Benjamin cruzou seu caminho outra vez, e Mary Stuart parecia ter visto um fantasma, enquanto ele andava ao lado delas. Ele queria ficar ao lado de Mary Stuart, e seu desejo de estar próximo dela era quase sobrenatural.

— Onde está sua mãe, Benjamin? — perguntou Zoe, sentindo o desconforto de Mary Stuart. Era fácil ver por quê. Embora ela nunca tivesse visto Todd, o menino de fato se parecia com Mary Stuart.

— Ela está dormindo — disse ele, casualmente. — Meu pai me disse para ir tomar o café da manhã.

— Como é que ela pode dormir e eu não? — reclamou Tanya.

— Ela está grávida de oito meses — explicou Zoe.

— Se vocês não me deixarem dormir um pouco quando formos embora, vou parecer uma bruxa. Não é bom para a saúde acordar cedo desse jeito.

— Quem disse isso? — perguntou Zoe, rindo.

— Eu disse. — Tanya lançou um olhar feroz para ela enquanto entravam na sede, e um momento depois as três entraram a passos largos pelo restaurante, com Benjamin logo atrás. Ele estava se grudando a elas como cola, e Mary Stuart parecia determinada a ignorá-lo. Mas quando se sentaram à mesa do dia anterior, ele sentou-se junto com elas. Tanya estava se divertindo com ele, e Zoe também gostava dele, mas nenhuma das duas queria perturbar Mary Stuart. Elas tentaram sugerir que ele sentasse com seus amigos, mas ele não queria.

— Está tudo bem — disse Mary Stuart, finalmente, para elas. — Não é nenhum grande problema.

— Você está bem? — perguntou Tanya de forma incisiva, e Mary Stuart assentiu com a cabeça.

— Estou bem. — A pessoa não podia se proteger até aquele ponto. Não importava o quanto doesse vê-lo sentado ali, não se podia criar um mundo sem crianças.

— Aliás, foi um fax agradável o do seu marido ontem à noite — comentou Tanya, enquanto tomava o suco de laranja. — Muito caloroso, comovente e amoroso. Cara legal — disse ela, e Mary Stuart sorriu. — Sinto tê-lo lido, mas não pude evitar. Você vai responder?

— Não há muito o que dizer. — E então ela pensou em algo. A noite anterior fora como um sonho, e ela estava começando a duvidar se realmente havia acontecido. Estar sentada lá com os braços de Hartley ao seu redor, apertando-a contra ele, e dizendo-lhe que queria conhecê-la melhor. — A propósito, esclareci as coisas com Hartley ontem à noite, sobre meu marido. Vocês estavam certas. Acho que ele entendeu mal o que eu dissera. Mas agora está esclarecido.

— Ele se importou com isso?

Ela tentou parecer tranqüila sobre o assunto, mas as outras não acreditaram.

— Por que se importaria?

— Porque não acho que ele esteja interessado em lhe oferecer um emprego de secretária — explicou Tanya, como se ela fosse retardada. — O cara gosta de você.

— Vamos ver o que vai acontecer — disse Mary Stuart, calmamente, e não pôde deixar de notar Benjamin, com seu chapéu *cowboy* vermelho, olhando fixamente para ela.

— Você é meio parecida com minha mãe — disse ele, olhando para ela — e com minha tia Mary.

— Meu nome também é Mary — disse ela, para puxar assunto. — Mary Stuart. É um tanto estranho, não acha? Stuart era o nome do meu pai e ele queria que eu fosse um menino, assim sendo, esse foi o nome que me deram.

— Ah! — disse ele, balançando a cabeça. E então: — Você tem filhos? — Ele estava muito mais interessado nela do que nas outras, era como se sentisse algo de diferente em relação a ela.

— Sim, tenho uma filha, mas agora ela está muito grande. Tem vinte anos.

— Você também tem meninos? — perguntou ele, mastigando um pão doce que Zoe lhe dera.

— Não, não tenho — respondeu Mary Stuart. O menino era muito pequeno para compreender as lágrimas em seus olhos quando disse isso.

— Gosto mais de meninos — disse ele, casualmente. — Espero que minha mãe não tenha uma menina quando o bebê vier. Não gosto de meninas. Elas são bobas.

— Algumas delas são boas — explicou Mary Stuart, e ele encolheu os ombros, sem se deixar convencer em sua discriminação contra as mulheres.

— Elas choram demais quando você empurra elas — disse ele, como explicação.

Zoe e Tanya trocaram um sorriso enquanto ouviam. Talvez fosse bom para ela ter de falar com ele, pensaram em silêncio. Era como uma espécie de vacina.

— Algumas garotas são bastante corajosas — disse Mary Stuart, em defesa do seu sexo. Mas ele perdeu o interesse no assunto e comeu um pedaço de *bacon* e, pouco depois, se afastou outra vez quando viu o pai. Em alguns momentos, sua mãe também entrou no restaurante, e Mary Stuart notou que ela estava com uma barriga enorme. Seu marido explicara a Zoe mais cedo que a altitude a estava fazendo se sentir muito mal.

— Espero que você não acabe fazendo um parto — disse Mary Stuart, num tom mais baixo. — Ela parece que vai ter trigêmeos.

— Deus, não. Há um hospital aqui. Eu não carrego fórceps comigo. E não faço um parto desde quando era residente. Fiquei apavorada. Trazer bebês ao mundo é muito mais amedrontador do que o que faço. Coisas demais podem sair erradas, decisões demais têm que ser tomadas numa fração de segundo, existem inúmeros fatores que não se pode controlar, e eu detesto lidar com pessoas passando por tanta dor assim. Preferiria fazer dermatologia do que obstetrícia — disse Zoe, com veemência.

Mary Stuart falou que achava que seria divertido, e um trabalho muito alegre, já que na maior parte das vezes tinha um final feliz. Tanya então revelou que ficava imaginando como seria ter um bebê. Quando era jovem havia desejado muitos deles, mas do jeito que sua vida se desenrolou, a oportunidade nunca aparecera. E Mary Stuart ficou perplexa ao perceber, que de todas elas fora a única que tivera filhos.

— Talvez tenha sido alguma mensagem subliminar que nos passaram em Berkeley — disse Zoe, sorrindo para elas. Estava feliz por ter adotado uma criança.

— Eu adoraria ter tido filhos — disse Tanya. — Adorava quando os filhos de Tony estavam por perto, eram crianças maravilhosas. — Ela imaginou se um dia os veria por mais de alguns minutos outra vez. Tudo era tão cruel, perder as crianças, perder a ele, e quando tudo tivesse sido dito e feito, ele podia simplesmente levá-las consigo e deixar Tanya. Isso a fazia pensar que em algum ponto do seu caminho deveria ter tido seus próprios filhos, então ninguém poderia tê-los levado embora, e ela os teria para sempre, ou talvez não, percebeu ao pensar em Mary Stuart.

Elas terminaram o café da manhã a tempo, e se apressaram para o curral. Hartley já estava lá, e pareceu feliz ao ver Mary Stuart. Seus olhos se encontraram e se fitaram por um longo momento, e ele ficou parado perto dela, enquanto esperavam para montar em seus cavalos. Os médicos de Chicago também estavam de volta, e os mesmos grupos se formaram, como no dia anterior. Zoe cavalgou com eles, e Hartley foi ao lado de Mary Stuart, o que deixou Tanya e o *cowboy* para cavalgar à frente outra vez, e dessa vez ele tentou se esforçar mais.

— Você está muito bonita hoje — disse ele, olhando diretamente para a frente, e parecendo um robô.

Ela pôde ver um leve rubor em suas faces ao dizer isso. Estava realmente envergonhado, e tentou deixá-lo à vontade enquanto seguiam em frente, mas demorou um pouco para conseguir isso. Depois de algum tempo, ele fez algumas perguntas sobre Hollywood e as pessoas que ela conhecera. Ele lhe perguntou se conhecia Tom Cruise, Kevin Costner ou Cher, e disse que naquele verão vira Harrison Ford em Jackson Hole. Tanya disse a ele que conhecera a todos, e que ela e Cher tinham feito um filme juntas.

— É engraçado — disse ele, virando-se para ela e apertando os olhos —, olhando-a, você não parece esse tipo de pessoa.

— O que quer dizer com isso? — Ele a deixara confusa.

— Quero dizer que você parece uma pessoa de verdade, não uma estrela de cinema, ou grande cantora, ou algo assim. Você é simplesmente como uma mulher comum. Você monta, fala muito, ri e tem um senso de humor bastante bom. — Deu uma olhada para ela com o início de um sorriso, e dessa vez não estava enrubescendo. — Depois de um certo tempo, fica difícil lembrar que você é aquela dos CDs e dos filmes.

— Se isso é um cumprimento, obrigada. Se está me dizendo que o estou desapontando, também está bom. No final, sou apenas uma garota do Texas. — Estava sorrindo para ele, enquanto ele admirava sua camiseta cor-de-rosa.

— Não. — Ele sacudiu a cabeça, dirigindo-lhe uma olhada crítica com seus olhos espertos. Gordon tinha muito mais a oferecer do que se imaginava na primeira impressão. — Você é muito mais. E sabe disso. Mas você não é uma farsa, como os outros.

— Quem são os outros?

— Outros artistas de cinema que conheci. Eles nem mesmo andam a cavalo quando vêm aqui. Já os recebemos todos. Políticos, estrelas de cinema, até mesmo uns dois cantores. Apenas se exibem muito e esperam tratamento especial.

— Pedi muitas toalhas e um bule de café — confessou ela, e ele riu. — Além disso, anotei no cartão que detestava cavalos.

— Não acredito em você — disse, parecendo mais relaxado com Tanya do que estivera na manhã anterior. Na maior parte do dia anterior, mal ousara falar com ela. Dessa maneira estava muito melhor. Era divertido cavalgar com ele enquanto conversavam. — Você é do Texas — disse ele, em tom de aprovação. Do seu ponto de vista, isso lhe dizia alguma coisa sobre ela. As pessoas do Texas não detestavam cavalos. — E é apenas uma mulher comum. — O engraçado é que ela era exatamente isso, e ele sabia. Era o que ela fora com Bobby Joe, e Hollywood estragara tudo, e foi o que ela tentara ser com Tony. Mas Tony tinha desejado uma estrela de cinema, sem nenhum dos problemas que a acompanhavam. Ele queria algo, que mesmo com a melhor das intenções ela não podia lhe oferecer.

— Sou uma mulher comum, mas o mundo onde vivo não me dá muita chance de ser assim. Para lhe dizer a verdade, a vida que levo não é grande coisa, e nunca será. Odeio isso, mas essa é a realidade. A imprensa jamais deixará que eu tenha uma vida de verdade. E mesmo as pessoas que me conhecem também não deixarão. Eles querem que você seja o que imaginam que você é, e então, quando se aproximam de você, querem ferir. — Até mesmo falando sobre o assunto, parecia loucura.

— Parece horrível — disse ele, observando-a com interesse. Sentia-se surpreso em constatar o quanto estava gostando dela. Não tivera essa intenção, mas ela era completamente diferente do que esperara. Fizera todo o possível para não ser seu *cowboy*, e agora estava contente que Liz não o ouvira. De fato, era agradável estar com ela.

— É horrível — disse ela, baixinho. — Às vezes, acho que isso vai me matar. Talvez me mate algum dia, ou um fã o faça. — Falou isso tão tristemente, que ele sacudiu a cabeça enquanto a ouvia.

— Como você pode viver assim? Não me importa o quanto lhe pagam, não vale a pena — disse ele, enquanto seus cavalos começavam a galopar.

— Não é por causa do dinheiro. Não inteiramente. É o que eu faço. É a minha vida. Eu canto. Você não pode voltar atrás, nem se esconder. Se eu quiser continuar fazendo o que eu faço, então tenho de agüentar tudo isso.

— Não parece justo.

— Não é, mas é a realidade. — Ela não gostava, mas sabia que não havia nada que pudesse fazer para mudar as coisas. — São as outras pessoas que seguram todos os trunfos.

— Deve haver alguma maneira de mudar isso, ou de viver com isso, de modo a que possa se oferecer uma vida decente. Outros artistas de cinema se afastam, compram ranchos, e vão para lugares onde podem viver decentemente. Você deve fazer isso, Srta. Tanya. — Estava sendo sincero, e ela sorriu para ele, enquanto seus cavalos voltavam a andar mais devagar, e Gordon a observava com admiração. Era uma excelente amazona.

— Não me chame assim — repreendeu-o, quando a chamou de Srta. Tanya —, apenas Tanya está bem. — Agora eram quase amigos, o bastante para que ela falasse sobre sua vida. Era a mesma sensação que Mary Stuart experimentara com Hartley. As pessoas surpreendiam-se falando sobre as coisas mais esquisitas ali. Suas esperanças, seus sonhos e suas decepções. As montanhas pareciam exercer alguma influência estranha e fazer com que tudo se desenrolasse num passo acelerado.

Hartley também estava falando seriamente com Mary Stuart, e se desculpando caso tivesse passado dos limites na noite anterior. Quando voltara para sua cabana, ficara com medo de que a tivesse assustado com seu atrevimento. Haviam acabado de se conhecer, e contudo, sentia-se tão próximo dela. Mas ela se sentira exatamente do mesmo jeito, e em vez de ficar assustada, sentira-se confortada com isso. Ninguém colocara os braços ao seu redor em um ano e ela estava faminta por esse carinho. Não lhe disse isso exatamente, mas ele entendeu com muita clareza, enquanto cavalgavam juntos, que não ficara ofendida com seu comportamento. E enquanto seus cavalos paravam por um momento e bebiam água de um riacho, foi com grande alívio que, ao olhar para ela, a viu sorrindo. Só o fato de estarem ali já era mágico, e os dois sentiram isso.

— Essa manhã quando acordei, só conseguia pensar em ver você — disse ele, com um sorrisinho de garoto. — Não me sentia assim fazia anos. Nem tenho vontade de trabalhar. E para mim isso é raro, acredite. — Escrevia diariamente, não importava onde estivesse, como se sentia ou como eram as condições de sua vida. A única época em que não escrevera fora quando Margaret estava morrendo. Ele então descobrira que simplesmente não conseguia.

— Sei exatamente como você se sente. É engraçado como no momento em que você pensa que sua vida acabou, tudo começa outra vez. A vida sempre nos engana, não é? Quando você acha que está com tudo, perde tudo, e quando você acha que perdeu tudo, encontra algo infinitamente precioso — disse Mary Stuart, pensativa, olhando para as montanhas.

— Temo que Deus tenha um senso de humor e tanto — disse ele, enquanto seus cavalos começavam a cavalgar de novo, e ela sorria. — O que você gosta de fazer em Nova York? — perguntou ele, ainda querendo saber tudo sobre ela. Primeiro queria saber, e depois queria ter chance de fazer essas coisas com ela. Estava excitado com a notícia de que ela voltaria para Nova York, depois de passar uma semana em Los Angeles com Tanya.

Quando deixasse o rancho, teria de tratar de negócios em Seattle, e precisava passar alguns dias em Boston, mas então voltaria para Nova York mais ou menos ao mesmo tempo que ela.

— Você gosta de teatro? — perguntou, e os dois conversaram sobre isso por um longo tempo. Ele tinha alguns amigos que eram escritores de peças teatrais, e queria apresentá-la a eles. De fato, queria que conhecesse a todos os seus amigos. Havia tantas coisas que ele queria dizer, mostrar e perguntar a ela. Era impossível ficarem quietos. Os dois falavam sem parar, riam e trocavam idéias, e ambos ficaram surpresos quando chegaram de volta ao curral na hora do almoço. Não tinham nem prestado atenção por onde estavam andando.

Tanya e Gordon iam bem à frente deles, e os médicos vinham atrás bem devagar. Mary Stuart estava acabando de desmontar quando um cavalo passou correndo por eles. Havia uma pequena figura agarrada a ele, e Gordon a viu antes dos outros. O cavalo estava atravessando o curral a galope a caminho do celeiro, e ele imediatamente partiu para tentar detê-lo. Mas antes que pudesse alcançá-lo, uma pequena figura voou pelos ares e caiu com uma forte batida no acostamento pedregoso da estrada. A princípio não podiam ver do que ser tratava, era uma coisinha de nada.

Mas Mary Stuart sabia o que era, mais por instinto do que pelo que estava vendo. Parecia sentir mesmo antes de ver. E então os outros também viram. O pequeno chapéu *cowboy* vermelho estava caído ao lado do montinho que era Benjamin. Seu cavalo disparara com ele. E, sem pensar, Mary Stuart saltou para o chão e correu até ele, com Hartley logo atrás. Mas quando alcançou a criança, parecia sem vida. Estava inconsciente, e quando Mary Stuart baixou a face até seus lábios, ele mal respirava. Então ela se voltou aterrorizada para Hartley.

— Chame Zoe! — gritou para ele, e virou-se outra vez para a criança, receando movê-la por medo de que tivesse quebrado o pescoço ou a coluna. Então teve certeza de que ele parara de respirar, mas antes que pudesse verificar, Zoe estava de joelhos ao seu lado.

— Está tudo bem, Mary Stuart... estou com ele. — Havia muito pouco que podia fazer, e tal como a amiga, teve cuidado para não movê-lo. Zoe deu umas batidinhas gentis em seu peito e ele começou a respirar outra vez, e então ela levantou suas pálpebras.

Ele não via nada, e havia uma grande mancha molhada na frente do *jeans*, o que significava que estava inconsciente e perdera o controle de suas funções corporais.

— Vocês têm um número para atendimento de emergências aqui? — gritou Zoe para o *cowboy*, e ele confirmou com a cabeça. — Chame-os. Diga a eles que temos uma criança inconsciente, com um ferimento na cabeça e possíveis fraturas. Ele ainda está respirando, a batida cardíaca está irregular. Ele está em choque. Traga-os aqui o mais rápido possível. — Olhou para Gordon a fim de se certificar de que ele entendera a urgência da situação, e os outros dois médicos, tendo acabado de deixar seus cavalos, vieram correndo. Zoe ainda o estava apalpando e observando atentamente.

Mary Stuart se ajoelhou ao lado do menino, segurando a mão dele na sua, embora soubesse que isso não representava nada. Mas não queria soltá-lo, caso ele pudesse senti-la de algum modo. Zoe continuava a examiná-lo e parecia preocupada. Tinha certeza de que não quebrara o pescoço, nem a espinha, e estava apalpando seus membros, quando os olhos dele piscaram se abrindo, e ele começou a chorar.

— Aai!!! — Começou a gritar. — Quero minha mãe... — Ele estava soluçando e inspirando grandes quantidades de ar, e Zoe pareceu ficar mais contente enquanto o observava.

— Gostei disso — disse ela, ainda examinando-o de alto a baixo, e os outros dois médicos balançaram as cabeças concordando. Então, quando lhe tocou o braço esquerdo ele gritou. Estava quebrado. Mas coisas piores podiam ter acontecido. Então, ao gritar, ele olhou para cima e viu Mary Stuart, ela ainda estava segurando a mãozinha dele nas suas e chorava baixinho.

— Por que tá chorando? — perguntou ele, soluçando com as próprias lágrimas. — Você também caiu do cavalo?

— Não, seu tolinho — disse ela, se aproximando mais dele —, você caiu. Como está se sentindo agora? — Estava tentando distraí-lo do que Zoe estava fazendo, procurando prender seu braço com as talas que pedira para Gordon lhe trazer.

Hartley também estava rondando por perto, e Tanya estava assistindo, com uma expressão abalada. Todos estavam sensibilizados.

— Meu braço está doendo — disse Benjamin, gemendo.

Mary Stuart chegou um pouco mais perto, tentando não atrapalhar Zoe. Ela alisou os cabelos dele. Se fechasse os olhos, poderia ter sido Todd no chão ao seu lado. Desejou que fosse, teria sido tão maravilhoso lidar apenas com membros quebrados ou até mesmo um ferimento na cabeça. Ele estava vivo, estava coberto de poeira, estava chorando... mas Todd agora se fora.

— Você está bem, querido — disse Mary Stuart suavemente, como teria feito com o próprio filho. — Eles vão deixar você completamente bom. Aposto que vai ganhar um gesso e todos vão assiná-lo e fazer desenhos engraçados nele.

— Você vai fazer isso? — Ele se agarrava a Mary Stuart e ignorava os outros. Ninguém sabia por que, mas talvez não importasse. Talvez ele tivesse sido enviado para sensibilizá-la, para lembrá-la do que Todd fora um dia, ou de que havia outras crianças como ele. Mas de que adiantaria isso para ela... perdera seu bebê... e contudo, de algum modo, essa criança a sensibilizara. Era como uma visita de seu filho, ou pelo menos de seu espírito. — Você vai para o hospital comigo? — perguntou ele.

— Claro — disse ela, baixinho —, mas primeiro temos de encontrar sua mãe. Aposto que ela gostaria de ir com você.

— Ela só se preocupa com o bebê — disse ele, em lágrimas outra vez, e depois fazendo beicinho, enquanto segurava sua mão e esperava deitado na estrada poeirenta pela chegada dos médicos.

Agora ela o entendia melhor. Parecia-se com sua mãe, por isso se sentia atraído por ela, e estava zangado com a própria mãe por causa do bebê. Mary Stuart não pôde deixar de pensar, se seus caminhos haviam se cruzado para que ela pudesse ajudá-lo, ou talvez ele tivesse vindo para ajudá-la. Obviamente, havia uma razão para terem se conhecido.

— Benjamin — disse Mary Stuart, enquanto deitava no chão ao seu lado para poder falar melhor com ele, e àquela altura estava tão imunda quanto ele. — Aposto que sua mãe o ama mais do que a qualquer pessoa... os bebês não são tão excitantes assim. Claro, ela ficará feliz em ter o bebê, e você também. Mas você é especial. Você é o primeiro. Eu tinha um menininho exatamente como você, e ele foi especial, muito especial para mim... sempre. Porque o amei primeiro. Sua mamãe nunca vai amar outra pessoa mais do que ama você. Eu prometo.

— Para onde foi o seu filhinho? — Parecia fascinado com o que ela estava lhe dizendo, e ouvira suas palavras muito claramente.

Ela hesitou por um momento.

— Ele foi para o céu... e eu sinto muito a falta dele... ele era muito especial, assim como você.

— Ele morreu?

Detestava ter de dizer isso a ele, mas confirmou com a cabeça.

— Nosso cachorro morreu — disse ele, compartilhando uma informação importante com ela, e olhando profundamente em seus olhos. Então, subitamente, sem nenhum aviso, ele vomitou por cima dela toda. Zoe não se surpreendeu, e disse para Mary Stuart, num tom de voz baixo, que ele tivera uma concussão.

— Você está bem, Benjamin. Você está bem, querido — Mary Stuart limpou seu rosto com uma toalha que alguém lhe deu, e, como todos os outros, ficou com ele até a ambulância chegar com os paramédicos.

De fato, àquela altura ele já estava mais animado, e Zoe ficou menos preocupada. Estava todo sujo, e Mary Stuart também, mas Zoe tinha quase certeza de que ele escapara com uma concussão, um braço quebrado, e alguns ferimentos e manchas rochas. Na realidade ele tivera muita sorte. E no momento em que a ambulância chegou, sua mãe veio se arrastando pesadamente das cabanas, o mais rápido que podia. Gordon enviara alguém para chamá-la. Ela explodiu em lágrimas no momento em que o viu, mas Tanya, Hartley e os dois médicos logo a tranqüilizaram. Zoe lhe disse que achava que os ferimentos tinham sido razoavelmente leves, considerando a velocidade com que o cavalo galopava, a violência com que ele caíra e o fato de que não estava usando um capacete.

— Oh, Benjie — ela sentou-se no chão ao lado dele e se debulhou em lágrimas enquanto o segurava. — Eu o amo tanto. — Estava toda desalinhada quando olhou para eles todos e lhes agradeceu.

Mary Stuart baixou os olhos para Benjamin, sorrindo enquanto chorava, querendo lembrar-lhe do que dissera, que sua mãe jamais amaria a nenhuma outra pessoa mais do que a ele. Nunca amara a nenhuma outra pessoa mais do que amara a Todd. Amava a filha apaixonadamente, e o fizera desde o momento em que nascera, mas nunca a amara mais ou menos do que o seu primeiro bebê.

Ela tocou em sua mão quando o puseram na ambulância, abaixou-se e beijou-lhe a bochecha, e seu coração se despedaçou outra vez, quando se lembrou do cheiro doce da infância. Mesmo com o vômito, a sujeira e os cavalos, ele cheirava como um menininho para ela, pouco mais de um bebê.

— Amo você, garotinho — sussurrou para ele. Era exatamente como se estivesse dizendo aquilo para Todd outra vez e isso quase a matou, a não ser pelo fato de que também a fez se sentir bem. Era como se essa criança tivesse vindo ao seu encontro para abrir as comportas dos seus sentimentos. — Vejo você em breve — disse ela, e a mãe dele chorou e lhe agradeceu de novo.

Então, eles se foram, e Mary Stuart ficou ali parada, chorando, e não soube o que estava acontecendo, mas, repentinamente, um par de braços fortes a enlaçaram. Sabia de quem eram e voltou-se para ele, que a puxou mais para perto, e ela não conseguia parar de chorar enquanto ele a segurava nos braços.

— Sinto muito... Sinto muito... — Ela nem o conhecia, e estava coberta de poeira e do vômito do menino, mas ele não se importava, só queria estar ali ao seu lado.

— Oh, pobre querida... Sinto tanto... Gostaria de ter estado lá para lhe dar apoio.

Ela levantou os olhos para ele e sorriu através das lágrimas, pensando como é que de repente tivera tanta sorte. Talvez Deus tivesse achado que dessa vez ela pagara o suficiente, ou talvez fosse apenas pura sorte, ou talvez estivesse sonhando.

— Ele se parece tanto com meu filho — tentou explicar para ele, mas não era necessário. A mulher com a barriga enorme se parecia tanto com Mary Stuart, que poderia ter sido sua irmã mais nova. Era fácil ver a semelhança.

— Que momentos difíceis você passou — disse ele, enquanto os outros os deixavam sós, e os dois se sentavam num tronco por alguns minutos, para que ela pudesse recuperar-se.

Só em estar na companhia dele, ela já se sentia melhor. Talvez porque ele também não tivera momentos fáceis. Sua esposa morrera de forma agonizante e ele ficara ao seu lado, em todos os momentos. Mas, finalmente, ela havia encontrado a paz, e ele se dispusera a deixar que ela se fosse. O médico disse que ele tinha de fazer isso, dar-lhe a liberdade espiritual para que ela pudesse morrer em paz. E ela morrera em seus braços na manhã de Natal.

— Desculpe por estar tão suja. Ele fez alguma coisa comigo... apenas estendeu a mão e tocou meu coração. Não sei por que isso aconteceu.

— Algumas coisas apenas acontecem — disse ele, gentilmente, enquanto imaginava como seu filho morrera, mas não queria lhe perguntar. E ela pode sentir o que ele estava pensando.

— Meu filho cometeu suicídio — disse, como se ele lhe tivesse feito uma pergunta. Nunca dissera isso a ninguém, a não ser para Zoe. Nunca fora necessário. E ninguém jamais lhe perguntara. — Ele estava em Princeton. — Então lhe contou o que acontecera, como tinha sido, o choque, a agonia, o funeral, a reação do seu marido, tudo enfim. Era uma história terrível.

— Que experiência, foi um pesadelo para todos vocês. É surpreendente que qualquer um de vocês tenha sobrevivido — disse ele, com admiração.

— Não sobrevivemos. Meu marido é um zumbi, nosso casamento morreu há um ano. E acho que minha filha ficaria completamente contente se nunca mais voltasse para casa, e não tenho certeza se devo culpá-la. Só quero sair de lá agora e deixar tudo para trás.

— Tem certeza? — perguntou ele, cauteloso, tendo suas dúvidas agora que ouvira a história. Todos eles estavam em estado de choque. Mas e se saíssem dele? Ela e o marido tinham uma longa história juntos.

— Acho que tenho certeza — disse ela, honestamente. — Queria ter o verão para pensar sobre isso — e então, sorriu. — Nunca esperei que algo assim acontecesse. — E ainda não sabia o que acontecera, ou se alguma coisa se desenvolveria disso. Talvez nunca mais o visse, depois das duas semanas no rancho. Essa também era uma possibilidade. Ela não estava deixando Bill por ele. Estava fazendo isso porque precisava. — Eu só preciso ser cautelosa quanto aos passos que vou dar. Quero fazer a coisa certa, para todos nós, e acho que agora sei o que é.

Hartley balançou a cabeça concordando, e não disse nada, apenas a abraçou, e pouco depois a acompanhou de volta à cabana. Zoe e Tanya estavam tomando uma xícara de café, e Hartley se juntou a elas, enquanto Mary foi tomar um banho rápido. Tinham acabado de ouvir o sino do almoço. Eventualmente, as duas mulheres decidiram ir para o restaurante e escolher uma mesa. Elas deixaram Hartley esperando por Mary Stuart. Mas todos tinham ficado bastante sóbrios com os acontecimentos da manhã. Mary Stuart se surpreendeu quando saiu do quarto e descobriu que as duas amigas já tinham ido, e que Hartley ainda estava esperando por ela. Agradeceu-lhe por ter esperado, e ele a olhou com uma expressão gentil. De repente, ela ficou preocupada com ele. Também passara por tanto sofrimento, e estava sendo muito generoso com ela. Não tinha nenhum direito de magoá-lo com o que estava fazendo.

— Não quero fazer nada que o magoe — disse ela, enquanto andava lentamente em sua direção. Havia pensado sobre isso a manhã toda. Sentia-se tão atraída por ele, mas não queria ser egoísta. Ainda não resolvera de todo o problema referente a Bill em sua cabeça, embora achasse que tinha uma certeza razoável do que desejava fazer agora. Mas ainda precisava de algum tempo, antes de dizer isso a ele. — Você tem sido tão bom comigo, e eu mal o conheço. Hartley, você tem sido mais gentil do que qualquer outra pessoa em minha vida, exceto por Tanya.

— Obrigado — disse ele, e sentou-se no braço do sofá, enquanto a observava. Ela tinha vestido uma camiseta vermelha e *jeans*, e estava fazendo seu coração disparar. — Sou um homem crescido, Mary Stuart. Não se preocupe comigo. Ambos passamos por muitas coisas, não quero que nenhum de nós dois se machuque. Mas entendo quais são os riscos. Deixe-me fazer isso. Quero estar aqui com você.

Ela não podia acreditar no que estava ouvindo. Ele queria correr o risco com ela, para ver se deixaria Bill. Queria esperar e ver o que acontecia. E então, sem lhe dizer outra palavra, ele deu dois passos em sua direção, puxou-a para seus braços e a beijou. Ela cheirava a perfume, sabonete e pasta de dentes, estava toda asseada e atraente, e ele passou as mãos pelos seus cabelos enquanto a abraçava. Fazia tanto tempo que não beijava uma mulher, que quase esquecera da sensação, e nenhum dos dois era velho demais para desistir do que um dia tivera. Eram como duas pessoas que tivessem atravessado o canal da Mancha a nado, e que, finalmente, se arrastassem para a praia juntos. Estavam com frio, cansados e famintos, mas agradecidos por terem sobrevivido e se acharem juntos. Ele sorriu, olhando em seus olhos, então a beijou nos lábios outra vez, e ela nunca conhecera um toque tão suave. Sem querer, suspeitava que ele seria um amante incrível. Não tinha a menor idéia de onde isso iria parar, nem ele, mas por enquanto, estavam ali em Wyoming, juntos, e era tudo de que precisavam.

Capítulo 15

No terceiro dia em Wyoming, Zoe ficou deitada na cama e se espreguiçou sonolenta. Ainda não eram sete horas, e ela se levantaria em alguns minutos. Podia ouvir alguém se movendo na cozinha. Mary Stuart acabara de se levantar, e estava bocejando enquanto começava a se dirigir para a cozinha a fim de fazer café, e quase deu um pulo quando encontrou com Tanya.

— O que você está fazendo? — disse Mary Stuart, espantada. Ela nunca se levantara àquela hora em sua vida, nem mesmo na faculdade.

— Da última vez que olhei, estava morando aqui! — Ela fizera café, bolinhos de trigo, tirara um iogurte da geladeira, e parecia já ter escovado os dentes e lavado o rosto.

Quando Zoe saiu de seu quarto, também não conseguia acreditar.

— Alguma coisa está errada? — Zoe parecia preocupada quando as viu. Talvez houvesse algum problema. Tinha de ser uma verdadeira emergência para fazer Tanya sair da cama aquela hora, e não pôde acreditar quando descobriu que não havia motivo algum.

— Oh! pelo amor de Deus, o que vocês têm? Só queria me adiantar. — Mas elas não estavam acreditando em suas explicações.

— Já sei o que é — disse Zoe, com um grande sorriso. E agora era a sua vez. Tanya a pressionara sobre Sam, e à Mary Stuart sobre Hartley. — É o Gordon.

— Não seja boba — disse Tanya —, ele é um *cowboy*.

— Que diferença isso faz? — disse Zoe, casualmente. — Ele a olha como se você caminhasse sobre a água.

— Ora, isso é besteira — disse Tanya, enquanto se movimentava pela pequena cozinha. Mas havia mais verdade na afirmação de Zoe do que elas sabiam.

Na tarde anterior, tinham falado sobre muitas coisas enquanto cavalgavam. O acidente com o pequeno Benjamin estremecera a todos e os deixara sérios. Gordon falara sobre seu filho. Ele estava crescido agora e fazia dois anos que Gordon não o via. Tanya falou do seu casamento fracassado com Bobby Joe. Ela o considerava seu único casamento verdadeiro, e ainda sentia que ele não tivesse resistido aos rigores de sua carreira. Embora admitisse que, provavelmente, a essa altura já teria crescido demais para ele, de vez em quando ainda sentia sua falta. E agora que estava sozinha outra vez, ficava imaginando o que iria acontecer. Como ela acabaria? Com um monte de discos de ouro, uma pilha de dinheiro, uma grande casa? Não tinha marido, nem filhos, ninguém para cuidar dela quando ficasse velha, ninguém para lhe fazer companhia e compartilhar suas vitórias e fracassos. Tudo parecia tão sem objetivo, e a posição que alcançara na vida parecia tão vazia. Era o que todos em Hollywood queriam, e na verdade aquilo tudo não significava nada para ela. Fora um assunto sério para compartilhar com ele, mas o que Gordon lhe disse fizera muito sentido e ele a reconfortara muito. Era inteligente, prático e tinha os pés no chão. Ela também era assim, e de um modo estranho tinham muita coisa em comum. Ele teria gostado de conversar mais com ela, mas precisavam voltar ao curral, e só permitiam que os *cowboys* comessem com os hóspedes no domingo, a não ser que estivessem num dia de folga, o que era o caso de Gordon. Mas Tanya gostara de conversar com ele. Havia muitas coisas que gostava em relação a ele. E não se importava com sua simplicidade ou rudeza ocasional. Ele nunca era indelicado, ou sem consideração, não havia nada de ganancioso ou cruel nele, e era bastante inteligente. Ela até gostava do fato de serem conterrâneos texanos, mas não se sentia preparada para dizer isso às outras.

— Você está escondendo algum segredo de nós? — Zoe brincou, e Mary Stuart também riu dela.

Mas Tanya apenas as ignorou e foi terminar de se vestir. Estava particularmente espetacular naquele dia, num *jeans* desbotado e com uma camiseta cor de pêssego. Estava usando um novo par de botas, cor damasco, bordadas à mão, que comprara fazia algum tempo no Texas.

Quando foram para o restaurante tomar o café da manhã com os outros hóspedes, Hartley estava esperando por elas. Parecia estar muito alegre e à vontade quando colocou o braço ao redor de Mary Stuart e disse um caloroso alô para as outras. Cheirava a sabonete e colônia pós-barba, e estava muito atraente numa camisa branca e *jeans*, e Tanya não pôde deixar de pensar que ele e Mary Stuart ficavam maravilhosos juntos. Pareciam destinados um ao outro. Quando comentou isso mais tarde a caminho dos estábulos, Zoe concordou com ela.

O pequeno Benjamin estava esperando por elas lá, e estava fazendo todos assinarem seu gesso. Tanya lhe deu um grande beijo e um autógrafo, e um monte de garotas novas também lhe pediram um, e suas mães deixaram. As pessoas estavam mais à vontade em relação a vê-la nas redondezas, mas ninguém estava tirando fotos furtivas dela, o que ela apreciava. Quando Gordon a viu, acenou. Ele estava selando um monte de cavalos. Como sempre, estavam entre os últimos a montar, e Mary Stuart se sentou num banco com Benjamin no colo, fungando em seu pescoço, e conversando com ele. Agora, ela o via como um presente.

— Você sem dúvida nos assustou ontem, seu danadinho — disse ela, lembrando-se da cena dele voando em direção aos estábulos no cavalo em disparada, e então sendo jogado pelos ares e caindo na estrada cheia de pedras.

— O médico disse que eu deveria ter quebrado o pescoço, mas tive sorte.

— Bem, foi mesmo sorte.

— É, e minha mamãe chorou. — Então ele olhou sério para Mary Stuart. — Você estava certa. Ela disse que nunca vai amar o bebê como me ama. Eu disse a ela que você me disse isso.

— Que bom.

— Ela disse que eu sempre seria especial. — E então ele trouxe lágrimas aos seus olhos outra vez, com um gesto que a atingiu como um soco na barriga. — Sinto muito quanto ao seu filhinho — disse ele enquanto a beijava.

— Eu também — disse ela, enquanto seus olhos se enchiam de lágrimas e seus lábios tremiam, e Hartley a observava. — Ainda o amo muito, muito, muito — disse ela, mal podendo falar. — Ele ainda é muito especial.

— Às vezes você pode vê-lo? — perguntou ele, intrigado com a morte. Eram os tipos de perguntas que Todd lhe teria feito em sua idade, e ela teria tentado responder. Mas foi honesta com ele.

— Não, não posso. Não posso mais. Só em meu coração. Eu o vejo lá o tempo todo. E nas fotografias.

— Qual é o nome dele?

— Todd. — Benjie balançou a cabeça, como se isso fosse apresentação suficiente. E então, pouco depois, ele saltou do seu colo, foi olhar os cavalos e depois voltou para sua cabana e para a mãe. Parecia satisfeito com a visita.

Em seguida, Mary Stuart, Tanya e os outros saíram com Gordon. Hartley estava olhando para Mary Stuart, e ela sorriu. Lidar com Benjamin ainda era doloroso. Ele era tão direto com ela, mas talvez isso fosse saudável. Sem dúvida não era fácil, e Hartley a apertou rapidamente antes que subisse em seu cavalo e lhe disse que estava fantástica.

— Não sei o que fiz para me tornar uma pessoa de sorte — respondeu ela.

— Teve uma vida limpa — brincou ele. Aquela manhã, o passeio foi agradável. Zoe estava parecendo cansada, portanto foi devagar, e como os médicos tinham ido para uma viagem de balsa em Yellowstone, ela cavalgou com Hartley e Mary Stuart. Gordon e Tanya foram à frente, e ele a convidou para ir ao rodeio aquela noite. Ele iria participar dele.

— Você está brincando? De que tipo de eventos você participa?

Ele pareceu ficar acanhado por um minuto.

— Touros e cavalos. Tenho feito isso desde o Texas.

— Você está louco? — Estivera nesses rodeios quando criança. Os sujeitos eram pisoteados ou arrastados pelo chão, metade deles sofria danos cerebrais antes de completar trinta anos, os outros tinham tantos ossos quebrados que andavam como velhos, embora estivessem com seus vinte e tantos anos. — Fazer isso é realmente uma burrice — disse ela, parecendo zangada. — Você é um cara inteligente. Por que arriscar a vida por duas notas de cem, ou uma fivela de prata? — Ele tinha dez delas em casa, mas e daí se acabasse aleijado?

— Elas são iguaizinhas aos seus discos de platina — disse ele, tranqüilamente, sem se surpreender com a reação dela. Sua mãe dizia a mesma coisa e suas irmãs também. As mulheres simplesmente não entendiam. — É como as coisas que você tem de passar para conseguir um disco de ouro, ou um Oscar. Veja a tortura à qual eles a submetem, ensaios, ameaças, maus empresários, jornais. É muito mais fácil montar num cavalo durante noventa segundos.

— É, mas eu não sou arrastada pela cabeça em bosta de cavalo até perder o cérebro. Gordon, eu desaprovo isso — disse, com seriedade, e ele pareceu desapontado. No final, talvez ela fosse realmente uma garota da cidade grande, e não uma texana.

— Isso quer dizer que você não virá hoje à noite? — Parecia arrasado, e ela sacudiu a cabeça, mas estava sorrindo.

— Claro que vou. Mas ainda acho que você é maluco.

Ele então deu uma risadinha para ela e acendeu um cigarro.

— O que você vai montar essa noite?

— Cavalos de sela. Esses são fáceis.

— Exibicionista. — Estava excitada com o programa. Adorava rodeios, e de qualquer maneira tinha planejado vê-lo. Ele a convidou para ir vê-lo nos currais, e ela disse que iria se pudesse encontrá-lo.

Nem sempre era fácil para Tanya circular sem ser incomodada. Se as pessoas a reconhecessem, seus movimentos ficariam restringidos, e talvez até tivesse de ir embora se a cercassem. Nunca ia a eventos públicos como esse sem um guarda-costas, mas dessa vez não queria levar um. Iria em seu ônibus, com Tom, Zoe e Mary

Stuart. E Hartley, se ele quisesse se juntar a elas. Mas Tanya mal podia esperar para vê-lo. E tinha a roupa perfeita para o evento.

Quando se vestiram aquela noite, antes do jantar, Tanya parecia uma criança indo para o parque de diversões. Saiu do quarto vestida num *jeans* de camurça em bege claro, com franjas descendo pelos lados, combinando com uma camisa de camurça bege, com as mesmas franjas e um lenço de camurça. Usava um chapéu *cowboy* exatamente na mesma cor. A aparência era bem no estilo do Velho Oeste, mas comprara tudo em Paris, e a camurça era tão macia que parecia veludo em seu corpo.

— Nossa! Vocês texanos! — reclamou Mary Stuart. Ela estava usando *jeans* num tom verde-esmeralda e uma suéter combinando, com botas pretas de crocodilo da Billy Martin. Zoe estava usando *stretch jeans* com uma jaqueta militar Ralph Lauren. Como sempre, as três eram o grupo mais bem vestido do lugar, e Hartley já começara a chamá-las de "As Panteras do Hartley", o que as divertiu.

Aquela noite o jantar foi animado, e Benjamin estava correndo pelo restaurante todo enquanto sua mãe ameaçava iniciar o trabalho de parto. Ela dissera que a semana fora traumatizante e que mal podia esperar para voltar para casa em Kansas City, naquele fim de semana, e Mary Stuart não podia culpá-la. Não tinha sido o tipo de semana que uma pessoa desejaria passar no oitavo mês de gravidez, mas Mary Stuart estava feliz que conhecera Benjie. Ele fez com que ela assinasse seu gesso pela segunda vez, e logo depois do jantar eles foram para o ônibus de Tanya e partiram para Jackson Hole com Hartley. Ele concordara em se juntar a elas para ir ao rodeio, e ficou encantado com o ônibus enquanto viajavam para lá. Hartley o adorou.

— Não consigo acreditar — disse ele, entretido com tudo aquilo. — Pensei que era o tal, com um Jaguar.

— Eu dirijo uma Kombi que já tem dez anos — confidenciou-lhe Zoe, e ele riu. Mas em seu caso, era por uma boa causa, cada centavo que ela ganhava investia na clínica para comprar remédios e equipamentos.

— Receio que o mundo literário não possa competir com Hollywood — disse ele, em tom de desculpa. — Você derrotou a todos nós, Tanya.

— É, mas vejam a merda que tenho de agüentar. Vocês trabalham com cavalheiros. As pessoas com quem lido são selvagens, portanto, mereço isso tudo. — Ela se justificou, e todos riram, mas ninguém a invejava, nem mesmo Hartley. Ela trabalhava duro pelo dinheiro que recebia.

O tempo passou rápido no confortável ônibus, de Moose até Jackson Hole. Meia hora depois eles estavam no rodeio, e chegaram quase meia hora antes do seu início. O rancho arranjara ótimos lugares para eles. E tudo tinha um cheiro e uma sensação familiar, que fez Tanya recordar da infância. Era exatamente do jeito que Tanya lembrava, quando menina. Costumava ir ao rodeio montada em seu pônei e assistia a tudo. E quando ficou um pouco mais velha, participara dele algumas vezes, mas seu pai lhe dissera que ficava muito caro, e ela não era tão louca assim por cavalos. Apenas adorava a excitação. Era como um circo.

Eles ocuparam seus assentos e compraram pipoca e coca-cola, no momento em que um funcionário do rodeio se aproximou de Tanya. Ela pensou se havia alguma coisa errada, se tinham recebido uma ameaça de morte ou havia algum problema de segurança. O homem que estava se dirigindo ao grupo parecia extremamente nervoso, e Hartley tomou de imediato uma atitude protetora colocando-se à frente dela, enquanto o homem pedia para falar com Tanya.

— Posso saber do que se trata? — perguntou Hartley, educadamente, pressentindo algum tipo de perigo, ou no mínimo de imposição, como ela havia pressentido.

— Gostaria de falar com a Srta. Thomas — disse ele, com um sotaque que Tanya reconheceu facilmente como sendo do Texas e não de Wyoming. — Temos um favor para lhe pedir. — Deu uma olhadinha para ela por cima do ombro de Hartley e acrescentou — Como conterrânea texana.

— O que posso fazer para ajudá-lo? — Ela deu um passo à frente. Decidira que ele era inofensivo, embora importuno.

— Estávamos pensando se... — Ele estava suando descontroladamente, haviam lhe confiado essa tarefa e estava desejando que outra pessoa tivesse se incumbido dela. E o guarda-costas dela de fato o amedrontava. Estava muito bem vestido, e um pouco aterrador. Era Hartley, é claro, embora ela também tivesse comprado uma entrada para Tom, mas não soubesse onde ele estava sentado. — Srta. Thomas — continuou o homem do Texas, nervoso —, sei que a senhorita provavelmente não faz isso, e nós não podemos pagá-la... mas estávamos pensando... seria uma verdadeira honra... — ela queria sacudi-lo para ajudar as palavras a saírem —... se a senhorita cantasse o hino nacional para nós essa noite.

Ela ficou tão surpresa que por um momento não respondeu. Já fizera isso antes, mas havia alguma coisa comovente nesse convite. Era uma melodia difícil de cantar, mas de certo modo seria divertido fazê-lo. Ao ar livre, com as montanhas à toda volta. Era uma idéia tão gentil que sorriu para ele, e ficou curiosa quanto ao que Gordon faria se cantasse. De uma maneira estranha, queria fazer isso por ele, para desejar-lhe sorte em seu cavalo.

— Seria uma honra — disse ela, séria, e estava sendo sincera. — De onde vocês gostariam que eu cantasse?

— A senhorita poderia vir comigo? — Ela hesitou por um momento, sempre ligeiramente receosa da multidão, com o que poderia acontecer com ela, e não haveria ninguém para protegê-la. Os outros pareciam um pouco preocupados, mas até então ninguém a reconhecera, e era tentador ir simplesmente com ele e fazer o que pediam.

— Quer que eu vá com você? — perguntou Hartley. Não queria que ela corresse perigo, e ficaria mais do que feliz em ir com ela para oferecer sua proteção.

— Acho que estarei bem — disse ela, num tom mais baixo para ele. — Ficarei em campo aberto, e se você vir qualquer coisa estranha acontecer, ou uma multidão se aproximando, chame imediatamente a segurança, a polícia, apenas faça com que venham. — Mas eles podiam não chegar rápido o bastante, e ela sabia disso.

— Acho que você não devia fazer isso — disse ele, conservador.

— Contudo, é uma coisa bonita de se fazer. Significaria muito para eles. — E era um presente que queria dar a Gordon. Queria fazer isso por ele, e pelas pessoas de Jackson Hole, Wyoming. — Não se preocupe — disse ela, acariciou seu braço, deu uma olhada para as amigas e seguiu o homem suado do rodeio, que saiu da arquibancada descendo um lance de escada e circundou a arena. Eles estavam bem visíveis em campo aberto, e todos podiam vê-la.

Estavam propondo que ela subisse numa caixa no meio da arena, com um microfone, e cantasse, ou se preferisse, poderia fazê-lo a cavalo. Era um cenário que ela preferia muito mais. De uma maneira ou de outra, seria um alvo, mas teria mais mobilidade a cavalo do que a pé, e montava bem o suficiente para sair de qualquer situação, se tivesse um cavalo para fazer isso. Eles ficaram mais do que felizes em deixar que ela se apresentasse a cavalo, e lhe ofereceram um lindo palomino que combinava com seus cabelos e com suas roupas. De qualquer maneira, era mais teatral daquela maneira. Ela só esperava que não estivesse se tornando um alvo fácil para um maluco com uma arma. Era uma maneira horrível de pensar, mas quando dava concertos, tinha de pensar assim. Seu agente teria tido um ataque nervoso se soubesse o que ela estava a ponto de fazer, sem nenhuma proteção, e ainda por cima de graça. Mas a menina do Texas ainda estava viva dentro dela. Se tivesse pensado, quando era criança, que um dia cantaria o hino nacional no rodeio, jamais teria acreditado nisso. Era algo que nunca fizera, e com que costumava sonhar, quando ainda era criança no Texas. Concordou em cantar a cavalo. Eles lhe explicaram que entraria para se apresentar nos próximos dez minutos. Ao olhar ao redor, pensou se veria Gordon, mas não o encontrou. Ninguém parecia estar nem um pouco consciente de sua presença, ou do que estava por vir. Ninguém sabia que ela se encontrava presente, ou assim ela pensava, embora o pessoal do rodeio tivesse dito que a garota do rancho que encomendara seus bilhetes, lhes dissera para quem eles eram, o que a aborrecera um pouco, mas isso não parecia difícil de controlar. Alguém sempre dizia alguma coisa. Mas a multidão no rodeio não estava de modo algum preparada para o anúncio que foi feito quando o rodeio começou, nem Gordon.

— Senhoras e senhores — disse o mestre-de-cerimônias no microfone, ao entrar na arena num grande garanhão preto. — Temos um verdadeiro prazer reservado para vocês essa noite. O Rodeio de Jackson Hole lhes dá as boas-vindas. E para agradecer-lhes por terem vindo aqui para ver nossos touros, nossos cavalos e nossos *cowboys*, temos uma senhora realmente simpática que irá lhes oferecer um presente e tanto. Ela vai cantar nosso hino nacional. Está visitando Jackson Hole — e quando ele disse isso, Tanya rezou para que ele tivesse miolos para não dizer onde estava hospedada. E os outros ficaram na mesma expectativa, enquanto permaneciam sentados nas arquibancadas. Mas misericordiosamente ele não fez isso. — E está bastante familiarizada com rodeios. É uma garota do Texas... senhoras e senhores.

Ouviu-se um poderoso rufar de tambores dos membros da banda da escola de segundo grau, que estavam se preparando para tocar o hino.

— Eu lhes apresento... *Tanya Thomas!* — Quando ele disse essas palavras, um *cowboy* abriu a porteira, e ela galopou para o meio da arena num palomino. Sua aparição foi incrível, com os cabelos louros voando às suas costas. Estava segurando o microfone em uma mão e as rédeas na outra, e o cavalo era mais fogoso do que esperava. Ela estava rezando para não cair antes que conseguisse cantar o hino. De acordo com o planejado, galopou uma vez ao redor da arena, e então fez o cavalo andar até o meio, sorrindo para a multidão e acenando, enquanto todos gritavam e a ovacionavam. As pessoas estavam de pé e não podiam acreditar em sua boa sorte.

Pela fração de um instante, ela teve medo de que eles fossem correr em sua direção e pisoteá-la. Podia pressentir essa possibilidade fermentando. Desejou ver Gordon, mas não podia. Ele estava parado bem atrás dela, indeciso nos currais dos cavalos, sem conseguir acreditar no que estava vendo, ou nas reações da multidão. Estava surpreso que ela não o tivesse avisado, mas ficou observando enquanto a multidão continuava a gritar e chamar pelo seu nome, e a bater os pés em ritmo. Mas ela estava com a mão levantada, e eles finalmente pararam para poder ouvi-la.

— Está bem, agora... também estou excitada em vê-los, mas isso aqui não é um concerto. É um rodeio... e vamos cantar nosso hino nacional, portanto vamos nos acalmar. É uma verdadeira honra para mim estar aqui — disse isso com tal sentimento, que eles realmente se acalmaram e ouviram. — Essa é uma canção especial para todos nós, americanos — disse ela, tocando as cordas de seus corações. — E quero que vocês pensem no que ela diz, e a cantem comigo. — Ela baixou a cabeça por um minuto, houve um instante de silêncio, e a banda começou a tocar.

Eles o executaram melhor do que qualquer orquestra profissional que ela já ouvira fazer isso. Estavam tocando só para ela, e ela cantou com todas as suas forças para o povo de Jackson Hole, para os turistas, para os amigos, para o povo do Texas... e para Gordon. Ela cantou mais para ele, e esperou que ele soubesse disso. Sabia o que o rodeio significava para ele, a mesma coisa que significara para ela quando menina no Texas. Era um ponto alto de sua existência, pelo menos sempre fora. Mas, naquele momento, tudo em que ele podia pensar era nela, no que estava ouvindo e vendo. Nunca tinha visto ou ouvido qualquer coisa que fosse mais bonita do que Tanya cantando o hino nacional, e desejou poder ter gravado, para que pudesse ouvi-la para sempre. Sua apresentação levou lágrimas aos seus olhos, e de quase todos que a ouviram. Ficaram absolutamente loucos quando ela terminou.

Tanya acenou uma última vez e galopou para fora da arena, antes que pudessem pular as barricadas e cercá-la. Antes que pudessem se mover, ela já saíra pela porteira e entregara o microfone nas mãos do homem do rodeio, que a beijou no rosto com tanta força que quase a derrubou. Então ela desmontou e literalmente desapareceu na multidão, encaminhando-se para os currais dos cavalos à procura de Gordon. Estava tremendo de excitação.

Ninguém realmente viu para onde ela fora, e ela se moveu com tanta rapidez que perderam sua pista na multidão. Até mesmo Hartley não conseguia vê-la agora, e Mary Stuart e Zoe ficaram preocupadas com Tanya, mas ela sabia exatamente para onde estava indo. Tinha freqüentado rodeios tempo demais para não saber como encontrar os currais dos cavalos, e em dois minutos ela o viu, ainda parecendo atordoado, montado no curral número cinco. E como se a pressentisse se aproximando, ele olhou para baixo e a viu. E desceu, se agarrando nas cercas com os pés e as mãos como um macaco, até ficar de pé ao seu lado. Gordon se agigantou por cima dela. Tanya estava radiante.

— Por que não me disse que ia fazer isso? — Parecia magoado

que ela não lhe tivesse dito, mas ainda estava emocionado com sua interpretação.

— Eu não sabia, até chegar aqui. Eles vieram e me pediram no momento em que sentei.

— Você foi inacreditável — disse, orgulhoso. Não conseguia acreditar que a conhecia. Os últimos dias tinham sido como um sonho para ele, e agora estava parado ali, falando com ela, como se sempre a tivesse conhecido. Ele estava usando *chaparejos* de couro em verde e prata, botas feitas à mão para combinar com eles, uma camisa verde vivo, um chapéu *cowboy* cinza e esporas prateadas que chacoalhavam. — Nunca ouvi ninguém cantar desse jeito — disse maravilhado, enquanto as pessoas se empurravam ao redor deles, mas ninguém parecia perceber com quem ele estava falando. Ainda não a tinham descoberto.

— O que vou lhe dizer é uma loucura — disse ela, subitamente sentindo-se tímida como uma menina, e não tinha certeza se ele devia ouvir isso —, mas fiz isso por você. Achei que poderia lhe trazer sorte... Pensei que talvez gostasse...

Seus olhos a acariciaram enquanto a olhava, mas se sentia tão tímido quanto ela.

— Não sei o que dizer a você. Simplesmente não sei. Tanya... — Tanya... Tanya Thomas... ele continuava querendo se beliscar. Será que isso estava acontecendo com ele? Ela estava de fato falando com ele? Estivera realmente cavalgando com ela desde segunda-feira? Era uma loucura. Devia estar sonhando.

— Foi como um presente para você... agora me dê um também. — Ele ficou apavorado com o que ela lhe pediria. — Não se machuque, é tudo o que quero. Cuide-se. Mesmo que signifique não ganhar pontos. De outro modo, não vale a pena, Gordon. A vida é importante demais. — Ela vira tantas pessoas irem e virem em sua vida, vira tantas coisas estúpidas acontecerem, tantas pessoas que arriscaram tudo por alguma coisa que não significava nada. Não queria vê-lo se matando num cavalo idiota por setenta e cinco dólares. Sob alguns aspectos, os rodeios eram como touradas. Mas, às vezes, os riscos eram simplesmente grandes demais, e você tinha de saber quando devia entregar os pontos.

— Eu prometo — disse ele, parecendo rouco quando seus olhos se encontraram. Suas pernas pareciam sem força.

— Cuide-se — disse ela, e tocou-lhe o braço. O veludo de seu conjunto de camurça roçou a mão dele, e ela literalmente desapareceu. Ela notara que pessoas os estavam observando, e antes que qualquer uma tirasse uma foto, ou que a rodeassem, queria voltar às arquibancadas. De qualquer forma, era possível que não pudesse mais ficar, agora que sabiam de sua presença lá. Mas estava louca para vê-lo montar. Ela levou uns cinco minutos, mas voltou ao seu assento sem nenhum problema, e seu coração estava batendo forte quando chegou. Mas era por causa de Gordon, e não devido à multidão ou à apresentação. Em toda a sua vida, nunca se sentira tão perturbada com alguém como estava com ele, e sabia que isso poderia ser perigoso para ambos. Não precisava de outro escândalo, e ele não precisava de ter sua vida virada de cabeça para baixo, por uma cantora que iria entrar em seu ônibus e deixar a cidade duas semanas mais tarde.

— Com os diabos, onde você estava? — Zoe estava alucinada quando ela voltou para junto das amigas. Mary Stuart também estava, e até mesmo Hartley. Estavam quase a ponto de chamar a segurança quando ela chegou.

— Realmente sinto muito — desculpou-se profusamente com todos eles. — Não tinha a intenção de preocupá-los. Levei algum tempo para passar pela multidão, e me encontrei com Gordon.

Todos aceitaram a explicação, ela sentou-se e eles também, e meio minuto depois Mary Stuart se inclinou em sua direção e falou com ela num sussurro.

— É uma mentirosa deslavada, você foi procurá-lo. — Havia uma expressão marota em seus olhos, e Tanya evitou encará-la. Realmente não queria admitir isso. Estava muito mais encantada com ele do que estava preparada para dizer-lhes.

— É claro que não. — Ela tentou descartá-la e fingiu estar assistindo ao primeiro evento, a prova de laço, que sempre a entediara.

— Eu a vi — disse Mary Stuart, e seus olhos se encontraram. Sua amiga estava sorrindo. — Tome cuidado — sussurrou ela no ouvido de Tanya.

Mas enquanto estavam falando, meia dúzia de pessoas se aproximaram e pediram a Tanya que lhes desse seu autógrafo. E como fizera um espetáculo de si mesma, de livre e espontânea vontade, não achava que poderia se recusar.

A noite toda transcorreu daquele jeito, através da prova de laço, da corrida de barris, da prova dos cavalos sem sela, dos touros, e então, finalmente, ela o viu. Ele estava montando um cavalo furioso com uma sela. E a coisa que ela mais detestava em relação a cavalos de sela era que os *cowboys* prendiam uma mão no santantônio da sela. Eles tinham de desmontar de um lado específico e conseguir soltar a mão. Caso não conseguissem, podiam ser arrastados de cabeça para baixo pela arena por uns dez minutos, antes que os homens encarregados de resgatá-los os pegassem. Tinha visto alguns acidentes horríveis quando criança no Texas.

Tanya descobriu que estava apavorada, enquanto o assistia sair pela porteira num violento cavalo marrom, que fazia tudo que podia para se livrar do seu cavaleiro. Os pés dele estavam no ar do jeito que deveriam estar, as pernas esticadas retas para a frente, a cabeça e o tronco bem inclinados para trás, e ele não tocou a sela com a mão livre. E pareceu montar uma eternidade. Montou até o sino tocar. Ficara na sela mais tempo que qualquer outro, e deu um bonito e perfeito salto para o chão, enquanto a equipe de resgate corria atrás do cavalo e o segurava. Gordon recebeu uma pontuação quase perfeita e acenou com o chapéu e a mão amarrada em sua direção. Então, atravessou a arena a passos largos de volta para os currais, com uma aparência gloriosa em seus *chaparejos* e as botas. E fizera isso por Tanya.

Ela ficou até o último evento, uma partida final de touros, seguida de provas com garotos de quatorze anos montando em bezerros, que faziam você pensar que tipo de pais eles tinham. Certamente não era tão perigoso quanto os touros, mas bem próximo disso, e Mary Stuart ficou revoltada.

— Essas pessoas deviam ser postas na cadeia por deixar esses meninos fazerem isso. —Aliás, um dos jovens, um menino de doze anos, tinha sido pisoteado, mas em poucos minutos se levantara de novo. Zoe e os outros tinham observado atentamente.

Mas, apesar de algumas das barbáries e do puro melodrama, Tanya teve de admitir que adorava o espetáculo, o rodeio era tudo que sempre amara quando criança. E enquanto saíam, os outros não podiam acreditar na quantidade de pessoas que pediram autógrafos, tiraram fotos, e tentaram tocá-la, a caminho da saída. Mas o mestre-de-cerimônias, prevendo aquele assédio, muito gentilmente enviara a segurança e a polícia para assisti-la, e ela conseguiu voltar ao ônibus sem quaisquer problemas sérios.

Ainda havia umas cinqüenta pessoas paradas do lado de fora do ônibus quando ela partiu, acenando e gritando, e correndo ao lado do ônibus enquanto este se afastava. Era um fenômeno espantoso. Era a adoração que sempre vinha antes do ódio. Se tivesse ficado tempo suficiente, eles a teriam destroçado membro por membro, para conseguir um pedaço dela. Ou talvez algum lunático a teria machucado de fato. Era o tipo de atmosfera que sempre a deixara muito nervosa em meio às multidões, ou em público.

— Tanya, você é fantástica — disse Hartley, enquanto partiam. Estava repleto de admiração.

Ela fora generosa com todos, enquanto mantinha a dignidade, tentava dar-lhes o que queriam, e, todavia, mantinha uma distância razoável. Mas através daqueles momentos, podia-se sentir o quão precário era o equilíbrio da multidão.

— Eu ficaria aterrorizado com apenas uma pequena multidão como aquela — disse ele, sensato. — Sou um covarde inveterado.

Mas ela estava acostumada a dar concertos, frente a uma multidão tão grande quanto setenta e cinco mil pessoas. Contudo, mesmo numa multidão como a daquela noite, alguém poderia ter facilmente perdido o controle e matado Tanya. E ela sabia disso.

— Você também tem uma voz que vem diretamente de Deus — disse ele. — Todos ao nosso redor estavam chorando.

— Eu também — disse Mary Stuart, sorrindo.

— Eu sempre choro quando você canta — disse Zoe, naturalmente, e Tanya sorriu, sensibilizada com todos.

Fora uma noite extraordinária, e Hartley se sentou com elas por algum tempo depois que voltaram. Então, ele e Mary Stuart saíram para caminhar, e ele a trouxe de volta lá pelas onze e meia. Tinham ficado um bom tempo se beijando ao luar, e Tanya e Zoe acharam que formavam um casal perfeito e incrivelmente românticos.

— O que você acha que vai acontecer? — perguntou Tanya para Zoe, enquanto se sentavam na sala de estar.

— Seria bom para ela se as coisas dessem certo com ele, mas é difícil dizer. Tenho uma sensação de que num lugar como esse é um pouco parecido com um romance de cruzeiro marítimo. E não tenho certeza se ela já esclareceu as coisas em sua cabeça em relação a Bill. — Zoe foi astuta em notar isso.

— Ele agiu mal com ela o ano todo, e espero que o deixe — disse Tanya, num tom mais duro do que o usual, mas estava zangada com Bill, e sentia pena de Mary Stuart.

— Mas ele também tem sofrido. — Zoe estava mais familiarizada com a pressão que uma morte na família exercia sobre pessoas, que em outras circunstâncias eram decentes. Ela transformava algumas delas em santos, outras em monstros. E o caso de Bill Walker tinha sido definitivamente o último.

Zoe também ia dizer algo sobre o *cowboy* de Tanya, mas naquele momento Mary Stuart entrou, radiante.

— Temos licença para verificar se você está com queimaduras de barba na pele? — perguntou Tanya, lembrando-se dos tempos de escola, e as três caíram na risada.

— Deus, tinha me esquecido do que era isso — Mary Stuart riu e se voltou para Tanya. — Você esteve inacreditável essa noite, Tan. Melhor do que nunca. Nunca a ouvira cantar assim.

— Foi divertido. Essa é a parte boa. Eu sempre adoro cantar.

— Bem, você dá um prazer enorme a muitas pessoas — disse Mary Stuart, gentilmente.

Elas conversaram durante algum tempo, depois Mary Stuart e Zoe foram para a cama, e Tanya decidiu ficar lendo na sala. Ainda estava animada com o rodeio, e sua rápida apresentação, e logo depois da meia-noite ela ouviu umas batidas suaves na janela. A princípio, pensou que fosse um animal lá fora, e então levantou os olhos e viu de relance uma camisa verde, e depois, um rosto sorrindo para ela como o de um garoto levado. Era Gordon. E ela sorriu quando o viu. Ficou pensando se alguma parte dela estivera instintivamente esperando por ele. Esse pensamento cruzou sua mente, enquanto se esgueirava em silêncio para fora da cabana para vê-lo. Estava ligeiramente frio lá fora, ela ainda estava usando suas camurças aveludadas e estava descalça.

— Shhh! — Ele pôs um dedo à frente dos lábios, mas ela não tinha intenção de chamar seu nome. Já adivinhara que ele podia arranjar bastante problema por estar ali com ela, àquela hora. Sua cabana ficava mais abaixo, atrás dos estábulos.

— O que está fazendo aqui? — sussurrou, e ele a olhou radiante. Estava tão excitado quanto ela.

— Não sei. Acho que sou louco. Talvez tão louco quanto você. — Era como se a conhecesse havia uma eternidade. E jamais esqueceria o que ela fizera por ele aquela noite, ou a voz com que cantara.

— Você foi fantástico — disse ela, sorrindo para ele. — Parabéns. Você venceu.

— Obrigado — disse, orgulhoso. Era importante para ele. Muito importante. E do mesmo jeito que ela fizera aquilo por ele, ele montara o cavalo para ela. Era seu presente para Tanny, como a chamava. Fazia com que parecesse menos com Tanya Thomas.

— Eu sei que você montou o cavalo para mim.

Ele estava parado próximo a uma árvore enquanto ela falava, e subitamente se encostou nela e puxou-a para ele.

— Não sei o que estou fazendo aqui. Sou um louco. Poderia ser despedido por isso.

— Não quero que você se machuque — disse ela, honestamente, parada perto dele, e desejando que ninguém os visse.

— Também não quero que você se machuque. — E então ele enrugou a testa, olhando para ela. Nunca tivera tanto medo quanto naquela noite, não por ele, mas por ela, quando a multidão a engoliu, no momento em que ela o deixou. — Fiquei apavorado... Estava com tanto medo que alguém pudesse machucá-la.

— Talvez o façam um dia — disse ela, com tristeza, era algo que vinha com seu território, e ela aceitava, mas não muito. — Poderia acontecer. — Tentou parecer casual sobre o assunto, mas não conseguiu.

— Não quero que nada de mal lhe aconteça. Nunca. — E então ele se surpreendeu com o que disse. — Gostaria de estar lá para protegê-la.

— Você não pode me proteger o tempo todo. Alguém poderia me pegar saindo da minha casa, qualquer manhã dessas, ou no palco, durante um concerto. Ou no supermercado. — Sorriu, filosófica, mas ele parecia infeliz.

— Você deveria ter seguranças ao seu redor o tempo todo. — Ele a teria mantido trancada em casa, faria qualquer coisa para protegê-la.

— Não quero viver desse jeito, só mesmo quando não tiver outra alternativa — sussurrou ela. — Sou muita boa em lidar com a multidão, contanto que ela não enlouqueça.

— A polícia disse que havia mais de uma centena de pessoas correndo atrás de você, quando foi embora essa noite... isso me deixou com medo...

— Estou bem — sorriu para ele. — Você corre muito perigo montando aqueles cavalos malucos. Talvez deva pensar nisso, em vez de se preocupar com meus fãs — disse ela, enquanto ele a puxava ainda mais para perto e ela não resistia. Não queria resistir a ele, queria se derreter de encontro ao seu corpo, ser parte dele. E ao olhar para ela não conseguia pensar em mais nada além de seu rosto, seus olhos, na mulher que descobrira por trás da lenda.

— Oh! Deus, Tanny — sussurrou ele, em seus cabelos. — Não sei o que estou fazendo... — Tivera tanto medo dela, de se deixar levar por ela, ou se impressionar, mas nunca esperara isso, essa avalanche de sentimentos.

Quando ela colocou os braços ao redor dele, Gordon a beijou como nunca beijara nenhuma outra mulher. Estava com quarenta e dois anos, e em toda a vida nunca sentira por uma mulher o que estava sentindo por essa. E agora, em menos de duas semanas ela teria partido, e ele ficaria pensando se aquilo acontecera um dia.

— Diga-me que não estou louco — disse, baixando os olhos para ela depois de beijá-la. — Só que eu sei que estou. — Parecia se sentir ao mesmo tempo miserável e extasiado, vitorioso e derrotado, mas ela estava tão enlouquecidamente apaixonada quanto ele.

— Nós dois estamos loucos — disse ela, gentilmente. — Também não sei o que está acontecendo comigo. — Parecia um maremoto que simplesmente não parava. Beijou-a repetidas vezes, e tudo que ela queria era fazer amor com ele, mas ambos sabiam que não deviam.

— O que estamos fazendo? — Olhou para ela e perguntou. E então quis saber algo que nem pensara em perguntar-lhe. — Você é casada? Tem alguém... um namorado? — Se fosse casada ou tivesse alguém, ele pararia naquele momento, mesmo que o matasse. Mas ela sacudiu a cabeça e o beijou outra vez.

— Estou me divorciando. Já entrei com a ação. E não tenho mais ninguém. — Então olhou para ele, e era como se nunca tivesse existido ninguém. Suspeitava que se tivesse sido Gordon em vez de Bobby Joe, ainda estariam casados.

— É tudo que eu queria saber. Podemos decidir o resto mais tarde. Talvez não vá haver um "resto". Mas não queria ficar brincando com você, se fosse casada ou algo assim.

— Eu não faço isso — disse ela, baixinho. — Nunca fiz isso antes... não me importa o que digam sobre cantoras ou estrelas de cinema... Nunca me apaixonei tão loucamente assim. — Aliás, casara com os homens de quem gostava. Na verdade, era bastante conservadora. Mas o que estava sentindo agora por ele era demais para controlar. E então ela pensou nele e nas possíveis repercussões. — Você precisa ter muito cuidado para que ninguém descubra. Não quero que arranje problemas.

Ele assentiu, sem de fato se importar. Estava trabalhando no rancho havia três anos, e era o *cowboy* chefe no curral, mas teria ficado contente em desistir de tudo por ela, se ela lhe pedisse.

— Tanny — disse, apertando-a nos braços, passando as mãos pelos seus cabelos incríveis e beijando-a sem parar. — Eu amo você.

— Também amo você — sussurrou ela, sentindo-se mais do que um pouco louca.

Nenhum dos dois tinha a menor idéia do que iriam fazer sobre isso, mas por enquanto, a situação era mais do que um pouco irresistível. Ele nem queria pensar sobre o que estava fazendo.

— Você voltará ao rodeio no sábado?

— É claro. — Ela sorriu, desejando poder sentar no curral dos cavalos com ele.

— Não cante outra vez. Não quero que se exponha — sussurrou ele.

— Não cantarei — sussurrou ela de volta, ainda se apoiando de encontro à árvore com ele.

— Estou falando sério. — Parecia genuinamente preocupado com ela. Tanya marchara bem para dentro do seu coração três dias antes, como se pertencesse a ele.

— Então não monte nos cavalos — brincou ela, mas não estava falando sério. Sabia que ele tinha de fazer isso, por enquanto. Talvez, mais tarde, parasse. Se houvesse um mais tarde entre os dois. Mas como isso podia acontecer? Ambos sabiam que não era possível.

— Agora vou me preocupar com você o tempo todo — disse ele, infeliz.

— Não faça isso. Vamos confiar um pouco no destino. Ele nos aproximou. Foi por um total acidente que estou aqui... por que não aguardamos os acontecimentos? A vida é engraçada desse jeito.

— Você é engraçada, e eu te amo. — Ele sorriu e a beijou.

Ficaram parados ali por um longo tempo, trocaram beijos e conversaram. Gordon tinha um dia de folga no domingo e queria sair explorando as redondezas com ela. Tanya se ofereceu para levá-lo em seu ônibus, mas ele queria apenas sair com ela em sua *pick-up* e mostrar-lhe os lugares que amava, e ela concordou em acompanhá-lo. Já sabia o que dizer para as amigas. Realmente, não queria discutir isso com elas. Havia algo de tão mágico em relação ao que estava acontecendo com os dois, que desejava manter tudo em segredo.

— Verei você amanhã — sussurrou ele, finalmente. Mas não conseguia se imaginar não podendo beijá-la nem colocar os braços ao seu redor no dia seguinte, mas ambos sabiam que ele não deveria fazer isso. Talvez pudesse voltar na noite seguinte e caminhar com ela mais tarde, como hoje, mas ela não queria que ele arranjasse problemas.

A direção do rancho não gostava de romances entre hóspedes e *cowboys*, embora todos soubessem que isso às vezes acontecia. Mas ele jurou que isso nunca acontecera com ele. Nunca fizera nada assim. E tudo que ele podia dizer para si mesmo era que, para um iniciante, tirara a sorte grande.

Ela ficou parada na porta e o observou ir embora. Ele foi silencioso e rápido, e desapareceu na escuridão quase no instante em que a deixou. Àquela altura já passavam das duas da manhã, e eles tinham ficado lá fora quase duas horas, conversando e se beijando. Quando Tanya entrou, deu um pulo ao ouvir um ruído. Pensara que as amigas estavam dormindo, mas Zoe estava ligando a cafeteira na cozinha. Ela parecia estar verde e segurava um cobertor ao seu redor. Não contou para Tanya, mas estava com uma diarréia violenta.

— Você está bem? — perguntou Tanya assim que entrou, pensando em como explicar o que estava fazendo lá fora, mas isso não foi necessário. Zoe adivinhara, e não a pressionou sobre isso. — Você parece doente.

— Estou bem — disse Zoe sem convencer. Mas Tanya pôde ver que a amiga estava tremendo da cabeça aos pés, e ficou realmente preocupada.

— Zoe? — Tanya olhou para ela com os olhos arregalados e preocupados, e Zoe apenas sacudiu a cabeça. Não queria falar sobre isso. — Vá para a cama, farei o chá para você.

Zoe voltou para a cama agradecida, e minutos depois Tanya entrou no quarto com uma xícara de chá de menta. Zoe ainda estava tremendo mas parecia ter melhorado um pouco. Tanya entregou a xícara para Zoe e sentou-se na beirada da cama.

— O que está acontecendo? — perguntou ela, com um ar preocupado.

— Nada de mais. É só um germe. — Mas de alguma forma, Tanya não acreditou nela.

— Quer que eu chame um médico?

— É claro que não. Sou médica. Tenho tudo de que preciso aqui. — Tinha seu AZT e um monte de outros remédios, tinha até uma injeção que podia aplicar em si mesma, caso a diarréia ficasse descontrolada outra vez. Por pouco não chegara ao banheiro a tempo. Isso teria sido mais do que horrível, e seriam necessárias muitas explicações.

Ficaram sentadas ali durante algum tempo, as duas apenas pensando, enquanto Zoe sorvia seu chá e então se recostava nos travesseiros. Olhou para sua velha amiga e sentiu que tinha de dizer alguma coisa.

— Tanya... tenha cuidado... e se ele não for o que você está pensando... se ele vender sua história para alguém... ou a magoar. Você não o conhece de verdade.

Tanya pensou como é que Zoe sabia, era muito esperta, e ela sorriu enquanto a ouvia. Nada daquilo era impossível, mas seus instintos lhe diziam que ele era sincero, e em geral só arranjava confusão quando ignorava seus instintos.

— Acho que ele é uma boa pessoa, Zoe. Sei que parece loucura, porque mal o conheço. Mas ele me recorda o tempo todo de Bobby Joe.

Zoe sorriu palidamente para ela.

— O engraçado é que ele também me lembra Bobby Joe. E poderia fazer um monte de coisas para magoá-la. — O preço que os jornais colocavam sobre sua cabeça era alto. Teriam pagado centenas de milhares de dólares por uma história sobre ela. Especialmente essa. Sem falar nas fotografias.

— Eu sei disso — disse Tanya, cautelosa. — E é inacreditável que eu ainda esteja disposta a confiar em alguém, mas estou. Talvez seja loucura mas confio nele.

— Você pode estar certa — disse Zoe, razoavelmente. Ela sempre fora justa, mesmo quando eram jovens. Era uma das muitas coisas que Tanya adorava sobre ela. — Só não dê seu coração rápido demais, você só tem um, e uma vez quebrado fica complicado consertá-lo. — As duas mulheres trocaram um sorriso longo e vagaroso. Nada teria agradado mais a Zoe do que ver Tanya encontrar o cara certo e ficar protegida.

— E quanto ao seu coração? — perguntou Tanya, quando Zoe baixou a xícara. E ela estava com um aspecto um pouco melhor. — Por que você tem ficado sozinha por tanto tempo? Ele está partido?

— Não — disse ela, honestamente —, apenas está cheio das histórias de outras pessoas. Nunca tenho tempo suficiente... e agora tenho meu bebê. Não preciso de nada mais do que isso.

— Não acredito em você — disse Tanya, com sabedoria. — Todas nós precisamos.

— Talvez eu seja diferente — disse Zoe, mas parecia triste, doente e solitária.

Tanya desejou poder fazer mais por ela. Sempre a amara como a uma irmã, e Zoe fazia tanto por tantas pessoas. Ela era de fato uma santa, e Tanya estava preocupada com o fato de que parecia tão doente e estivesse tão exausta. Normalmente não havia ninguém para tomar conta dela, para acalentá-la e para fazer por ela o que ela fazia pelos outros. Mas agora ela estava parecendo sonolenta, e Tanya apagou a luz e a beijou na testa.

— Trate de dormir um pouco, e se não estiver se sentindo melhor pela manhã, chamarei um médico.

— Estarei bem — disse ela, fechando os olhos, e antes que Tanya saísse do quarto, já estava quase dormindo.

Tanya ficou parada à porta por um momento e olhou para ela. Zoe então já adormecera, e estava sorrindo.

Enquanto Tanya andava em direção ao seu próprio quarto, seus pensamentos flutuaram de volta para Gordon. Sabia que Zoe estava certa. Ele podia fazer coisas terríveis com ela e realmente a magoar. Ela era a pessoa mais vulnerável que conhecia, e não podia se permitir os mesmos luxos emocionais das outras pessoas. Ele podia escrever uma biografia não-autorizada, ou dar uma entrevista aos jornais, podia tirar fotos dela e a chantagear se ela deixasse. Podia fazer qualquer coisa desde extorquir dinheiro dela até matá-la. Mas como ela podia viver se preocupando sempre com coisas como essas? Sempre fora tão circunspecta e cuidadosa. E agora, de súbito, em três dias, se apaixonara loucamente por um *cowboy*. Era insano, e todavia, nada em sua vida jamais lhe dera a sensação de ser tão certo, ou saudável. E ao deslizar para debaixo dos lençóis de sua cama, depois de ter escovado os dentes e vestido a camisola, tudo em que podia pensar era na expressão dele aquela noite, quando ela lhe dissera que cantara o hino para ele. Tudo que lhe importava era estar com ele outra vez, de manhã. Quando adormeceu, podia ver seu rosto, seus olhos, enquanto montava o cavalo... seus *chaparejos* verde e prata voando... a mão erguida bem para o alto... ela estava cantando para ele... e ele estava sorrindo.

Capítulo 16

No dia seguinte ao rodeio, quando Mary Stuart acordou, ouviu ruídos logo do lado de fora do seu quarto. Vestiu o robe e entrou na sala de estar, e encontrou Tanya lá, completamente vestida e parecendo preocupada.

— Alguma coisa errada? — Nem mesmo brincou com ela por estar de pé aquela hora, já de botas e *jeans*.

— É a Zoe. Acho que ficou acordada a noite toda. Não quer me dizer o que está errado. Acha que é algum tipo de gripe, mas Stu, ela está com uma péssima aparência. — Mil possibilidades horríveis cruzaram suas mentes, desde úlceras a câncer. — Acho que devia ir ao hospital, mas ela não quer.

— Deixe eu dar uma olhada nela — disse Mary Stuart, baixinho. Mas quando a viu, o choque momentaneamente a deixou em silêncio. O rosto de Zoe estava tão pálido, parecia um verde fluorescente, e ela estava cochilando. Mary Stuart ficou parada ali por um minuto, e então elas saíram do quarto juntas.

— Meu Deus! — disse Mary Stuart, horrorizada —, ela está com um péssimo aspecto. Se não for para o hospital, devíamos pelo menos fazer alguém vir aqui para examiná-la — disse com total convicção, e Tanya ficou aliviada em ouvi-la dizer isso.

Tanya telefonou para o gerente e perguntou se havia algum médico por perto que pudesse fazer uma consulta a domicílio. Eles perguntaram qual era o problema, e ela disse apenas que uma de suas amigas parecia muito doente. Elas não sabiam o que era, mas poderia facilmente ser apendicite ou algo que necessitasse de tratamento imediato.

Charlotte Collins, a proprietária, retornou a chamada imediatamente, e disse que enviaria um médico para elas em meia hora.

— Você não acha que seja alguma coisa séria, acha? — perguntou Tanya a Mary Stuart enquanto esperavam, e Mary Stuart apenas sacudiu a cabeça, parecendo preocupada.

— Só desejava poder saber. Espero que não seja. Mas ela trabalha demais. Esperemos que no final não seja nada.

Fiel à sua palavra, Charlotte Collins fez o Dr. John Kroner estar lá às oito e meia. Ele era jovem, com um porte atlético, atraente, e parecia ter jogado futebol na faculdade. Quando entrou, era óbvio que sabia que estava vindo ver Tanya Thomas. Ele tentou não parecer impressionado, mas não pôde evitar, e ela sorriu calorosamente para ele, e tentou contar-lhe sobre Zoe.

— O que vocês acham que há de errado com ela? — Ele se sentou, olhando-a atentamente, e escutou.

— Eu não sei. Para mim ela parece estar pálida o tempo todo, e se sente cansada, mas na realidade parecia estar bem até ontem. Ela disse que estava gripada, e alguma coisa parecia errada com seu estômago. Ela estava completamente verde, e tremendo violentamente ontem à noite. Ficou acordada até mais ou menos duas da madrugada, e hoje de manhã, parece estar muito pior e tem febre.

— Sabe se ela está sentindo alguma dor?

— Ela não disse. — Mas parecera estar se sentindo verdadeiramente miserável. Isso tinha que vir de alguma coisa.

— Vômito? Diarréia?

— Acho que sim. — Tanya se sentia extremamente idiota.

Um momento mais tarde, ele entrou para ver Zoe. Fechou a porta, e eles ficaram lá dentro por um longo tempo, e então ele saiu. Fora uma reunião interessante para ele. Soube quem ela era do momento em que disse o nome. Lera tudo que ela escrevera. E para ele, conhecê-la era uma honra ainda maior do que conhecer Tanya.

Ele dissera a Zoe que achava que se sentiria melhor em poucos dias. Mas ela fora honesta com ele e compartilhara seu segredo. Ele sugeriu que descansasse bastante, ficasse na cama, tomasse muitos líquidos, fizesse o possível para não ficar desidratada, e que tentasse recuperar as forças. Tinha certeza de que se sentiria melhor até segunda-feira. Mas, sem sombra de dúvida, ela precisava de uma segunda semana de repouso, e ele não queria que fosse para casa no domingo. Zoe pareceu desanimada com isso. Sequer sabia se Sam estaria livre para substituí-la na clínica, por uma segunda semana. E ela disse sombriamente que teria de telefonar para ele. Queria ver sua filhinha e voltar ao trabalho, e estava preocupada que isso fosse um sinal do que estava por vir. Mas o Dr. Kroner lhe disse que esperava que não fosse. Estava fadada a ter incidentes isolados como esse, mas se tivesse o cuidado de lidar com eles apropriadamente, eles não representavam o sinal de um colapso total de suas defesas.

— Sabe — disse ele, num tom agradável —, você conhece muito mais sobre tudo isso do que eu. Leio seus trabalhos para poder ajudar meus pacientes. Você fez muita diferença para as pessoas com quem trabalho. O engraçado é que sempre quis escrever-lhe.

— Bem, agora não terá mais que fazer isso — disse ela, gentilmente, mas estava com um aspecto horrível. Ele se oferecera para lhe dar líquidos por via intravenosa, mas ela não queria abalar Mary Stuart e Tanya, e achava que podia fazer a mesma coisa ingerindo-os.

— Se você não conseguir mantê-los no estômago, voltarei para lhe dar soro por via intravenosa.

— Está bem, doutor. — Ele também sugeriu que a altitude poderia ter agravado sua situação. Ela achou que isso era uma esperança. Cada vez que ficava doente, receava que significasse uma degeneração marcante, mas até aquele momento tivera sorte, e sempre melhorara rapidamente.

Tanya e Mary Stuart estavam esperando do lado de fora da porta, quando o doutor saiu, e pareciam profundamente preocupadas com a longa visita.

— Como ela está?

— Vai ficar bem — disse ele, com tranqüilidade. Ela lhe avisara que suas amigas não sabiam nada sobre seu problema, e que não pretendia contar-lhes. Ele discordou, mas, obviamente, a decisão era sua. Ela era a paciente, assim como a especialista.

— Por que demorou tanto? — Tanya tinha entrado num pânico genuíno. Eram nove e meia quando ele saiu.

Hartley passara por lá uma hora antes, e Mary Stuart lhe dissera que não iam andar a cavalo aquela manhã. Tanya pediu a ele que avisasse a Gordon. Hartley disse que faria o passeio sozinho com ele, e se Zoe estivesse melhor à tarde, Mary Stuart e Tanya poderiam se juntar a ele.

— Receio que a culpa tenha sido minha — disse o jovem médico, desculpando-se e explicando sua longa visita com Zoe. — Sou um grande fã da Dra. Phillips. Li cada artigo que ela escreveu. — Era refrescante ver alguém ser fã de outra pessoa para variar, e Tanya sorriu para ele, achando graça. — Receio que estivesse roubando suas idéias e contando-lhe sobre alguns dos meus pacientes. — Ele era realmente o único clínico com um bom conhecimento de AIDS naquela região, e tinha um milhão de perguntas.

— Gostaria que você tivesse saído e dito para nós que ela estava bem — disse Tanya, mal-humorada. — Estávamos realmente preocupadas.

— Sinto muito — disse ele, gentilmente, e então lhes disse que voltaria no dia seguinte. — Façam-na ficar na cama e beber muito líquido — reiterou ao partir.

Mas quando elas entraram no quarto, Tanya descobriu que não precisariam discutir com ela. Zoe já estava se encarregando de beber uma garrafa grande de água mineral, mas continuava com uma péssima aparência.

— Como vão as coisas? — perguntou Mary Stuart, e ela encolheu os ombros.

— Não estão maravilhosas. Ele disse que me sentirei melhor amanhã. Contraí algum germe horrível por aqui.

— Sinto muito. — Tanya se sentia responsável, e Mary Stuart se sentiu maternal instantaneamente, arrumando os lençóis ao seu redor, trazendo-lhe biscoitos secos, uma lata de *ginger ale*, caso a preferisse mais do que água, e uma banana para repor o potássio que perdera com a diarréia.

— Vocês são maravilhosas comigo — disse Zoe, com lágrimas nos olhos. Estava se sentindo emotiva e queria ver sua filhinha. — Realmente tenho de voltar — disse, explodindo em lágrimas, e ficou furiosa consigo mesma quando fez isso. Não tivera essa intenção. — Ele acha que devo ficar aqui mais uma semana — falou isso como se fosse uma sentença de morte em vez de férias prolongadas. Mas também estava enfrentando todas as outras coisas que ele dissera para ela sobre seu estado de saúde, e eles tinham tido uma discussão séria sobre o AZT e suas células T. De alguma forma, discutir isso com ele trouxe outra vez a realidade de sua situação de volta para ela de um modo violento. Infelizmente, Zoe sabia mais sobre tudo aquilo do que ele. E também sabia qual era o prognóstico. Lidava com isso diariamente, e quando as duas amigas a olharam desalentadas, descobriu que não podia parar de chorar. Mas o fato das duas serem tão boas com ela tornou sua percepção das coisas mais dura do que nunca. Ela ainda estava se ajustando às realidades do seu futuro.

— Zoe, tem mais alguma coisa que a está incomodando? — Mary Stuart sentou-se em sua cama, parecendo preocupada. Não era do estilo de Zoe se mostrar tão sensível, e isso a amedrontava.

— Estou bem — disse ela, assoando de novo o nariz, e tomando um gole de água. Mas era tão duro. Então, ela morreria, e não tinha nenhum lugar onde deixar sua filha. Pensara nas duas amigas nos últimos dias, mas Tanya nunca tivera filhos, e Mary Stuart parecia se sentir como se tivesse passado desse tempo. Ainda eram jovens o bastante para ter outro filho naturalmente, portanto a idéia não era tão fora de questão assim, mas tinha medo de perguntar-lhes. E isso significaria ter de contar-lhes que estava com AIDS, e apesar do que o médico acabara de dizer sobre se abrir com as amigas e estender a mão para elas, a fim de receber apoio, ela realmente não queria fazer isso. Mas o que ele lhe dissera era exatamente o tipo de coisa que ela dizia aos seus pacientes. — É só que eu tenho trabalhado demais — explicou ela.

— Bem, então — disse Tanya, tentando parecer mais calma do que se sentia. Estava profundamente preocupada com Zoe. — Talvez isso seja uma lição importante. Talvez, quando voltar, precise ir um pouco mais devagar, até mesmo aceitando um sócio. — Zoe também pensara nisso, e a única pessoa em quem estaria interessada era Sam, mas achava que ele não aceitaria. Ele nunca demonstrara nenhum interesse antes em compartilhar uma clínica, apenas se interessava em trabalhar como médico substituto.

— Não me venha passar um sermão — disse, irritada, para Tanya, e surpreendeu as duas. — Você trabalha mais ainda do que eu.

— Não, não trabalho. E cantar não é nem de perto tão estressante quanto tomar conta de pacientes terminais.

Mas quando ela disse isso, Zoe começou a chorar outra vez, sentindo-se uma completa idiota. Estava terrivelmente infeliz e arrependida por ter vindo a Wyoming. Não queria que elas a vissem desse jeito, era realmente perturbador.

— Vamos, Zoe, por favor — implorou Tanya. — Você apenas está se sentindo horrível, portanto tudo parece ser pior. Por que hoje você não fica apenas na cama e dorme. Permanecerei por aqui se você quiser, e até a noite estará se sentindo melhor.

— Não, não estarei — disse ela, teimosa, repentinamente zangada com seu destino, e com o que ele significava para seu futuro.

— Ficarei na cabana — disse Mary Stuart com firmeza. As duas estavam disputando a tarefa de cuidar dela, e Zoe sorriu através das lágrimas, enquanto escutava.

— Quero que ambas saiam e se divirtam. Estou simplesmente sentindo pena de mim mesma. Ficarei bem... de verdade. — Estava começando a se acalmar, e Tanya pareceu aliviada enquanto a observava. — Além disso, ambas têm namorados. — Brincou com elas e assoou o nariz outra vez. De uma maneira louca, suas vidas estavam ficando tão mais normais, enquanto com a sua acontecia o contrário.

— Eu não chegaria a afirmar isso — discordou Mary Stuart com um sorriso. — Mas tenho certeza de que Hartley ficaria emocionado em ser chamado de meu "namorado".

— E Gordon ficaria louco se pensasse que alguém sabia que ele me dirigira mais de duas palavras — acrescentou Tanya.

— Vocês dois conversaram durante horas lá fora, ontem à noite — disse Zoe, parecendo satisfeita mas cansada e recostando a cabeça no travesseiro. — Só tenha cuidado — avisou-a outra vez, e Mary Stuart concordou com a cabeça. Ambas sabiam que geralmente Tanya era sensata, mas às vezes se deixava levar pelo coração, em vez de seguir seu radar.

— Por que você não dorme um pouco — disse Mary Stuart, gentilmente e Zoe balançou a cabeça. Mas de um modo engraçado, ela não queria que elas a deixassem. Queria apenas ficar ali pertinho delas. Parecia que as duas tinham se transformado em seus pais.

— Preciso telefonar para Sam — disse ela, sonolenta. — Nem mesmo tenho certeza se ele poderia ficar outra semana no meu lugar. Caso contrário, terei de voltar para casa de qualquer jeito, e pelo menos ver alguns dos meus pacientes.

— Isso seria realmente uma idiotice — disse Tanya. — Aliás — e ela olhou para Mary Stuart, incisiva —, não deixaremos você fazer isso. Vamos mantê-la como refém.

Zoe riu delas, e então, lágrimas encheram seus olhos outra vez, e curvando-se, Mary Stuart a beijou.

Zoe ainda estava extremamente nervosa, e quando Mary Stuart olhou em seus olhos, foi como se existisse uma pessoa amedrontada e triste presa dentro dela. De alguma maneira, precisava tentar mais uma vez. Não queria se intrometer, apenas ajudá-la. Enquanto se debruçava sobre Zoe, ela lhe fez uma última pergunta.

— Você está sendo sincera conosco? Há alguma coisa que quer nos dizer? — Não sabia o que a fizera perguntar isso, mas simplesmente pressentiu que Zoe parecia ansiosa e queria dizer algo a elas, mas estava com medo de fazê-lo. A princípio ela não respondeu. Tanya estava parada na porta, voltou-se e olhou para elas, e então, juntou sua voz à de Mary Stuart.

— Zoe, há alguma coisa? — Ambas tinham a sensação de que a amiga estava escondendo alguma coisa delas, e não tinham certeza do que se tratava, mas sabiam que era importante. — Tem alguma coisa errada com você? — Subitamente, Tanya teve a sensação esmagadora de que Zoe estava com câncer, mas ao olhar para elas, os olhos de Zoe se encheram de lágrimas outra vez, e sua voz estava muito baixinha quando respondeu.

— Meninas, estou com AIDS.

Houve um silêncio surdo no quarto, e sem dizer uma palavra, Mary Stuart se inclinou para ela e a abraçou. Então, ela também já estava chorando. Pelo menos o câncer talvez pudesse ter sido curado, mas com a AIDS isso não aconteceria.

— Oh! Meu Deus! — disse Tanya, entrando de novo no quarto e sentando-se na cama ao lado de Zoe. — Oh! Meu Deus!... por que não nos disse?

— Só soube recentemente. Não queria contar a ninguém. Como poderei cuidar dos meus pacientes, se eles acharem que estou doente? Tenho de ser forte por eles, e por tantas pessoas. Mas tenho pensado tanto sobre isso, sobre o que significa para minha vida, para minha carreira... para minha filha. Nem mesmo sei o que fazer com ela quando eu morrer, ou se ficar doente de verdade. — Então olhou de uma para a outra, aterrorizada. — Vocês cuidarão dela? — Eram suas melhores amigas, e adoraria saber que Jade estava com elas.

— Eu ficarei com ela — falou Tanya de imediato, sem hesitação. — Adoraria ficar com sua filha.

— E se por alguma razão Tanya não puder, eu ficarei. — Disse Mary Stuart num tom forte e firme, mas, embora agradecida, Zoe ainda estava preocupada.

— E se você voltar com Bill, e ele não a quiser?

— De qualquer modo, vou deixá-lo — disse ela, numa voz clara e decidida, e Zoe acreditou. — E se por alguma razão não o deixasse, eu com certeza o faria, se ele não permitisse que eu ficasse com ela. — Estava falando sério.

— E não tenho ninguém para me dizer o que fazer — disse Tanya, com um sorriso caloroso, segurando a mão da amiga. Era pequena, frágil e estava gelada. — Mas você precisa se cuidar. Ainda pode viver por muito tempo. Você deve isso a ela, a nós e aos seus pacientes. E quanto a esse médico que a está substituindo? Você já disse a ele? Precisará de sua ajuda para não se exceder.

Era exatamente o que o Dr. Kroner lhe dissera aquela manhã. Mas também não queria contar a Sam. Já bastava que Tanya e Mary

Stuart soubessem. Agora iriam pegar no seu pé, se preocupar com ela, e dizer-lhe o que fazer. Mas, por outro lado, elas a apoiariam e amariam. Era o mesmo dilema que ela via acontecer com todos os seus pacientes. De resto, quanto a Tanya e Mary Stuart, na realidade estava feliz por ter-lhes contado. Agora sabia que Jade podia ficar com Tanya, e que ela podia preparar os papéis para isso. Tinha esperanças de que isso não acontecesse por muito tempo, mas nunca se sabia.

— De fato, não quero contar a ele — disse Zoe, com relação a Sam. — A notícia se espalharia com rapidez, e simplesmente não quero que isso aconteça. Enfraquece meu impacto sobre os pacientes.

— Pelo contrário — disse Mary Stuart, séria — acho que o fortalece. Eles saberão que você realmente está ciente do que está falando. — E então, ficou curiosa sobre algo, embora estivesse quase envergonhada de perguntar a ela. — Por falar nisso, como é que você a contraiu?

— Através de uma espetadela da agulha de uma menina com AIDS. Ela se mexeu e eu também, realmente, foi apenas falta de sorte. Na época, fiquei pensando na possibilidade, mas decidi ser filosófica sobre o incidente. Quase o esqueci, e então comecei a ficar doente. Durante algum tempo, eu me recusava a acreditar, e então, finalmente, fiz o teste. Acabara de descobrir isso, logo antes de telefonar para você — disse ela para Tanya, que ficou sentada na cama, segurando sua outra mão e chorando.

— Simplesmente, não posso acreditar nisso — disse Tanya, sentindo-se muito abalada.

— Ficarei bem. Vou me sentir melhor quando meus intestinos se acalmarem — disse Zoe, parecendo um pouco mais forte. Elas estavam lhe dando tanto apoio, que se sentia horrível em tê-las perturbado. Estavam com uma aparência pior que a dela.

— Quero que ambas saiam e se divirtam. Não quero que fiquem sentadas aqui o dia todo — disse com firmeza. Já era quase hora do almoço.

— Nós iremos, se nos prometer que vai descansar um pouco — disse Tanya, e Zoe balançou a cabeça.

— Vou dormir o dia todo, e quando chegar a noite, se Deus quiser, já me sentirei humana.

— Você precisa estar bem até amanhã à noite — disse Mary Stuart, num tom prático — para que todas possamos aprender a dançar em dois tempos. Vamos acertar as prioridades aqui.

As três sorriram através de suas lágrimas e seguraram as mãos umas das outras por um longo momento. Zoe agradeceu a Deus pela sua sorte em ter ido a Wyoming. Compartilhar a companhia das amigas era a coisa mais importante que lhe acontecera em séculos, e decidira o futuro de sua filha. Fizera as pazes com Mary Stuart e estava até começando a aceitar o fato de que tinha AIDS. Detestava pensar nisso, mas de alguma forma sabia que se fizesse as coisas certas talvez pudesse prolongar e melhorar a qualidade de sua vida. Agora era o melhor que podia fazer. E então as três fizeram um pacto, e Zoe fez as outras prometerem, que não diriam a ninguém que tinha AIDS. Se alguém quisesse saber, ela queria que dissessem que tinha uma úlcera, ou mesmo câncer de estômago. Podiam dizer qualquer coisa, exceto que tinha o vírus da AIDS, e estava morrendo. Não queria lidar com o terror e a piedade das pessoas. E suas amigas concordaram em apoiá-la em sua farsa.

Finalmente, ela disse que se fossem. Quando Mary Stuart e Tanya saíram, começaram a chorar, mas não disseram nada até se afastarem o suficiente para não ser ouvidas.

— Oh! Deus! Que dia horrível — disse Mary Stuart, finalmente, quando estavam na metade do caminho para os estábulos. Não sabiam para onde se encaminhavam, só estavam andando e chorando, com os braços ao redor uma da outra. — Não consigo acreditar nisso.

— Você sabe, é engraçado. O tempo todo eu a achei muito pálida. Ela sempre teve aquele tipo translúcido de pele que combina com seus cabelos ruivos, mas tem estado mais pálida do que nunca desde que chegou aqui — disse Tanya, recordando os últimos dias — e está se cansando com facilidade.

— Bem, isso explica tudo. — Mary Stuart parecia arrasada, e estava agradecida por terem feito as pazes. — Graças a Deus que nos contou. Que terrível peso para carregar sozinha. Espero que possamos fazer alguma coisa por ela.

— Ela precisa dizer ao Sam, o médico que a está substituindo. Ele realmente tem de ajudá-la, ou ela terá de encontrar outra pessoa que faça isso — disse Tanya, praticamente, pensando no futuro.

— Acho que isso explica por que ela não quer namorar — acrescentou Mary Stuart.

— Se for cuidadosa, não vejo por que não pode — disse Tanya, pensativa. — Tenho certeza de que as outras pessoas fazem isso. Ela não pode se isolar totalmente, não é saudável. Oh! Meu Deus! Não consigo acreditar no que está acontecendo — murmurou Tanya.

Ambas assoaram os narizes em uníssono, no momento em que Hartley e Gordon caminhavam em sua direção, guiando seus cavalos. Elas quase se chocaram com eles, e os dois homens viram de imediato que as duas tinham chorado, e ficaram pensando o que teria acontecido.

— O que houve? — perguntou Hartley. Ficara muito preocupado quando Mary Stuart lhe dissera que não podiam cavalgar aquela manhã.

Gordon estava apavorado com a possibilidade de que Tanya tivesse recobrado o juízo e agora estivesse com medo de encará-lo. Mas agora era óbvio que alguma coisa muito pior acontecera com elas. No início, nenhuma das duas mulheres respondeu.

— Você está bem? — perguntou Gordon para Tanya, cauteloso. Ela estava com uma expressão, como se alguém muito próximo dela tivesse morrido. A situação ainda não era tão ruim assim, mas um dia seria. Aquilo era apenas a introdução.

— Estou bem — sussurrou Tanya, roçando a mão dele com os dedos e fazendo com que ele sentisse uma corrente elétrica correr pelo seu corpo.

— Como está a sua amiga?

Tanya não respondeu, e viu que Mary Stuart estava falando com Hartley e chorando outra vez. Sabia que Mary Stuart era discreta demais para quebrar sua promessa a Zoe e dizer-lhe que a amiga tinha AIDS. Mas Tanya suspeitava que ela poderia dizer que Zoe estava com câncer, que era o que as três tinham concordado em dizer para Hartley e Gordon. E Tanya resolveu fazer a mesma coisa com Gordon.

Ele se sentiu muito mal quando ouviu a notícia, e podia ver com facilidade o quanto as três eram próximas.

— Eu a conheço desde os meus dezoito anos. São vinte e seis anos de amizade — disse ela, sentindo-se miserável, e ele desejou poder colocar o braço ao redor de seus ombros, mas não ousou. Estava trabalhando.

— Você certamente não aparenta essa idade — disse ele, e ela sorriu.

— Obrigada. Devo ter uns dez anos a mais do que você — disse ela. — Oficialmente, tenho trinta e seis anos, caso faça diferença. Mas, na realidade, tenho quarenta e quatro.

Ele riu daquelas complicações.

— Bem, tenho realmente quarenta e dois anos, sou realmente um *cowboy*, e sou realmente do Texas, e estava começando a entrar em pânico. Imaginei que ao acordar você recobrara seu juízo e não queria nunca mais me ver ou algo assim. — Ficara num estado deplorável a manhã toda, e mal pôde dar atenção a Hartley. Felizmente, ninguém mais cavalgara com os dois.

— Levantei às seis horas, a fim de me aprontar para ver você. Estava tão excitada que não pude dormir. É como ter quatorze anos e estar apaixonada pela primeira vez. — Acontecera a mesma coisa quando se apaixonara por Bobby Joe, na quarta série do segundo grau, só que o sentimento era mais intenso. — Só pensava nisso a noite toda... e então, essa manhã, tudo enlouqueceu. Ela estava tão doente, que chamei o médico. Ele se sentou com ela durante horas, e então ela nos contou.

— Ela vai ficar bem? Quero dizer, por enquanto. Não deveria estar num hospital?

— Ele acha que não — explicou Tanya —, a não ser que piore enquanto está aqui. Mas ela quer voltar para casa e ir direto para sua clínica.

— É uma mulher surpreendente. — E então ele baixou os olhos para ela, que estava sofrendo pela amiga antes mesmo de a perder. Esse pensamento a sufocava, e fazia com que se recordasse de Ellie. Aquilo fora tão sofrido para todas elas. E no caso de Zoe seria ainda pior quando acontecesse.

— Você também é uma mulher surpreendente — disse ele, num tom gentil. — Nunca conheci ninguém como você. Nunca esperei que você fosse tão real. Pensei que seria a mulher mais caprichosa que já conhecera, em vez disso você é a mais humana, a mais honesta, a mais simples. — Não era um insulto e sim um elogio, e ela sabia disso. — Você acha que ainda poderá sair no domingo?

— Tentarei. Primeiro quero ver como Zoe ficará — mas ela também sabia que seria sua única chance de ficarem juntos. Ele trabalhava todos os outros dias da semana, e no domingo seguinte, quando estaria de folga outra vez, elas partiriam.

— Isso tudo é real, Tanny? — perguntou ele, subitamente, enquanto estavam parados ali, debaixo dos carvalhos. Ele queria que fosse, queria acreditar que era tudo aquilo que imaginava. Entretanto, estava desesperadamente receoso de que ela fosse apenas uma estrela de cinema famosa, que viera de Hollywood, que se divertiria um pouco e o esqueceria. Mas ela não parecia ser assim. Ele nem ousava dizer isso.

— É real — sussurrou ela, com suavidade. — Não sei como isso aconteceu, ou quando — ela então sorriu. — Você me irritou até as raias da loucura, quando não queria falar comigo na segunda-feira. Talvez tenha acontecido nesse dia. Mas, independente de quando ocorreu, nunca conheci nada assim. É real, Gordon, acredite em mim — disse ela, com doçura, e parecia tão desconcertada quanto ele.

— Não falei com você porque estava com medo, e então descobri que você não era do jeito que eu pensara, e simplesmente não pude evitar. Só queria cavalgar com você por essas montanhas para sempre.

— O que você vai fazer agora? — Queria vê-lo, conversar, passar um tempo com ele, e descobrir o que eles tinham nas mãos. Mas não queria prejudicar seu emprego e arranjar problemas para ele.

— Posso voltar e conversar com você hoje à noite? — perguntou ele baixinho, para que ninguém os ouvisse, e ela concordou com a cabeça e levantou os olhos para ele com um pequeno sorriso.

— Andaremos a cavalo amanhã. Acho que essa tarde ficaremos com Zoe, a não ser que ela esteja dormindo ou algo assim. Depois do almoço, quero ver outra vez como ela está. E quanto a amanhã à noite? Você virá para me ensinar a dançar em dois tempos? Os panfletos dizem que os *cowboys* nos ensinarão, e gostaria de cobrar essa promessa de você. — Apesar daquela manhã estar sendo horrível, ela estava brincando com Gordon, e ele adorou. Seus olhos estavam tão cheios de amor e excitação quanto os dela. Era realmente uma pena que não pudessem satisfazer seus impulsos. Mas o romance assim também tinha seus pontos altos, era doce e secreto. — O senhor me ensinará, Sr. Washbaugh?

— Sim, madame. Estarei lá. — Era um evento do qual esperavam que participasse, e ele pretendia tirar total proveito disso. — E no sábado, participarei do rodeio outra vez.

— Estarei lá — sussurrou ela.

— Vai cantar outra vez?

— Talvez — ela sorriu. — Foi divertido. — Mas também amedrontara um pouco a ambos. — Verei que tipo de multidão estará lá.

— Você estava linda naquele palomino. — Ela teria adorado cavalgar nele para longe com Gordon. — O domingo é nosso, e veremos como correrá a próxima semana.

— Parece bastante promissor. — Sorriu para ele. Isso tudo era novo para ambos, e mais do que um pouco amedrontador.

Então caminharam de volta até Hartley e Mary Stuart. Quando os deixou, Gordon roçou a mão de encontro à dela, e ficar tão próximo dele e não poder fazer nada deu um nó no estômago de Tanya. Estava louca para beijá-lo.

— Como foi seu passeio? — perguntou a Hartley, e ele a olhou com uma expressão solidária.

— Muito mais agradável do que a manhã de vocês. Mary Stuart acabou de me contar sobre Zoe. Câncer do pâncreas é uma coisa horrível. Tive um primo que morreu disso em Boston. — Tanya balançou a cabeça, grata em saber a história da amiga. — Sinto muito.

— Eu também — disse Tanya, e trocou um olhar rápido com Mary Stuart. — Pelo que parece, ela pode resistir por bastante tempo, mas, eventualmente, poderá haver complicações. — Mentir era complicado, mas ele estava concordando com a cabeça.

— Foi exatamente isso que aconteceu com meu primo. Tudo o que poderão fazer é deixá-la tão confortável quanto possível, permitir que faça o que quiser, e estar lá caso ela precise de vocês.

Ao ouvir seu comentário, Tanya se lembrou de que esquecera de dizer a Gordon que, eventualmente, adotaria o bebê de Zoe. Desejava que ele soubesse, por uma variedade de razões. Queria ver sua reação. Não conseguia acreditar que estava de fato explorando as possibilidades de um futuro com ele, após três dias. Mas se fosse até mesmo uma possibilidade remota para alguma data mais à frente, queria saber como ele reagiria a um número de coisas, e uma delas era o bebê de Zoe.

Hartley subiu com elas para o almoço, e os três falaram sem parar sobre Zoe, sua saúde, sua carreira, sua clínica, sua filha, seu futuro, sua mente brilhante, sua enorme devoção à humanidade. Continuaram falando sobre o assunto sem parar, enquanto o objeto de sua admiração e solidariedade estava sentada em seu quarto, pensando. Sabia que tinha de telefonar para Sam, mas estava protelando. Precisava perguntar-lhe se poderia substituí-la por mais alguns dias, mas estava receosa de que ele ouvisse algo mais em sua voz, e não queria lhe contar nada. Mas enquanto se mantinha sentada meditando sobre o que fazer, pensando se deveria apenas deixar uma mensagem para ele, o telefone tocou, e foi a providência, porque Sam estava telefonando para pedir sua opinião sobre uma paciente. Ela precisava de uma mudança radical de medicamentos, e Sam queria ter certeza de que estava fazendo o que Zoe queria. De fato, ficou surpreso em encontrá-la em seu quarto. Estava planejando deixar uma mensagem, mas pensou em antes fazer uma tentativa, só para o caso de que ela estivesse lá por um minuto.

— Estou contente em tê-la encontrado — disse ele, num tom satisfeito, e então perguntou o que queria e ela lhe respondeu.

Zoe ficou contente que ele a tivesse consultado, tantas outras pessoas não davam ao primeiro médico a cortesia de tomar a decisão.

— Realmente gostei muito de você ter me perguntado — disse. Era por isso que gostava que ele a substituísse, em vez de escolher outras pessoas. Outros médicos substitutos tinham piorado o estado de muitos de seus pacientes, enquanto ela estivera fora, e nunca sequer se incomodaram em lhe comunicar o que acontecera.

— Obrigado por me dizer isso — disse ele. Parecia ocupado e feliz, e disse que estava tirando um pequeno intervalo para almoçar. — Não dá para a pessoa engordar por aqui, isso eu tenho de dizer. Não corria desse jeito desde a escola médica. — Anteriormente, ele a substituiria à noite, ou à tarde, para que ela pudesse sair para jantar, ir ao cinema, ou saborear despreocupada uma taça de vinho num evento social. Era a primeira vez que a substituía por uma semana toda, e estava adorando. — Você dirige um grande *show* aqui — disse ele com admiração —, e todos os seus pacientes adoram você. É extremamente difícil me manter à altura.

— A essa altura, provavelmente, eles nem estão mais perguntando por mim. — Ela sorriu. — Todos vão chegar pedindo para ver o Dr. Warner.

— Quisera ter tanta sorte. — E enquanto ele a ouvia, achou que estava ficando um pouco estranha, como se estivesse cansada, na cama, tivesse acabado de acordar ou de chorar, e, subitamente, achou esquisito, e perguntou a ela sobre isso.

Era apenas um instinto, e Zoe ficou tão espantada por ele lhe perguntar se estava realmente bem ou aborrecida com alguma coisa, que por um momento ficou em silêncio. Então, começou a chorar outra vez, e não pôde responder. E ele também ouviu isso, e de repente sinos de alarme tocaram em sua cabeça.

— Aconteceu alguma coisa a uma de suas amigas? — perguntou, gentilmente. — Ou a você? — Era uma pessoa de uma intuição extraordinária, e isso a deixava com medo.

— Não, não, elas estão bem — disse Zoe, e então percebeu que tinha de perguntar a ele sobre a semana seguinte, enquanto ele estava no telefone, e decidiu tentar. — Na realidade, ia lhe telefonar de qualquer jeito. Estamos nos divertindo tanto que eu estava pensando se... — Ela fraquejou e tocou para a frente no mesmo fôlego, esperando que ele não notasse —... se você poderia talvez me substituir mais uma semana, possivelmente menos. Na pior das instâncias, eu voltaria para casa dentro de uma semana, a contar de domingo. Não tinha certeza se você estaria livre, ou como se sentiria quanto a isso, e queria lhe perguntar.

— Eu adoraria — disse ele, tranqüilo, mas ouvira cada entonação em sua voz e estava convencido de que ela estava chorando. — Mas alguma coisa está errada, e quero saber o que é para poder ajudá-la.

— Na realidade, nada — continuou a mentir para ele. — Mas você pode me substituir mais uma semana na clínica?

— Eu disse que sim. Não há nenhum problema quanto a isso. Mas esse não é o caso. Zoe, o que está errado? Tem sempre uma peça do quebra-cabeça que você não me mostra. Por que está se escondendo? Qual é o problema, querida... posso ouvi-la chorando... por favor, não me deixe de fora... quero ajudá-la. Ele também estava quase chorando, e no final ela estava soluçando.

— Não posso, Sam... por favor, não me pergunte...

— Por quê? O que há de tão terrível que você tem de se esconder e carregar seu fardo sozinha? — Ao perguntar isso a ela, descobriu que sabia. Era a mesma coisa que ela via todos os dias, e que ele estava vendo agora. O flagelo máximo, a maior das vergonhas, o sofrimento derradeiro. Ela estava com AIDS. Ela não disse, mas Sam sabia. — Zoe?

Podia ouvir na voz dele que algo acontecera. E do seu extremo do telefone ela ficou em silêncio. Isso explicava muita coisa. Por que ela não tinha nenhum relacionamento com ninguém, por que parecera tão doente naquele dia. Acontecia com muitos médicos que tratavam pacientes com AIDS. Você tentava ser cuidadoso, mas acontecia. Você cometia um erro, alguém se movia do jeito errado, você espetava uma criança e depois a si mesmo, estava cansado, ficava relaxado, qualquer que fosse a razão, o resultado era definitivo.

— Zoe? — disse, outra vez, e sua voz era muito suave. Só lamentava não estar no mesmo quarto com ela, para poder colocar os braços ao seu redor. — Você se espetou? Eu quero saber... por favor...

Houve um longo, longo silêncio, e então um suspiro. Era tão difícil lutar contra ele. Agora seu segredo fora revelado.

— Sim... no ano passado... ela era uma criança e se mexia muito.

— Oh! Meu Deus!... eu sabia. Por que não me disse? Tenho sido tão estúpido, e você também. O que está fazendo? Por que está se escondendo de mim? Está doente agora? — Ele parecia estar em pânico. Ela estava com AIDS, e ele não fizera nada para ajudá-la, a não ser substituí-la em sua clínica. Seus pensamentos e seu coração estavam disparando. — Você está doente? — perguntou outra vez, num tom ainda mais incisivo.

— Um pouco. Não é sério, mas o médico daqui quer que eu descanse por alguns dias. Acho que estarei bem até segunda-feira. Ele disse para eu relaxar mais uma semana inteira, a fim de evitar uma infecção secundária.

— Ouça o médico. Qual é o problema? — De repente, seu tom era mais clínico, e ela sorriu. — Respiratório? — Todavia, ela não demonstrava que fosse isso. A não ser pelas lágrimas, a voz estava normal.

— Não, é o pânico costumeiro que vem com essa doença. Uma forte diarréia. Realmente pensei que iria morrer na noite passada. Estou surpreendida que isso não aconteceu.

— Você não vai morrer por um longo tempo — disse ele, casualmente —, não vou deixar.

— Eu mesma já passei por isso, Sam — disse Zoe, com tristeza. — Não faça isso consigo mesmo. Lembre-se, foi assim que me iniciei nesse ramo de negócio. O homem com quem eu vivia recebeu uma transfusão de sangue contaminado. Comecei a clínica por causa dele. Mas observá-lo morrer foi a coisa mais difícil que já fiz, e, antes disso, eu passara muitos anos bons com ele. Não pretendo fazer isso com ninguém, e certamente não quero começar desse jeito. É começar pelo fim. Não farei isso.

— Você se arrepende de ter feito isso? Está desgostosa? Desejaria não ter estado com ele?

— Não — disse ela, com clareza. Amara Adam até o fim. Mas não queria que Sam passasse pelo mesmo problema que ela.

— E se ele lhe tivesse dito que não ia deixar você fazer isso? E se ele tivesse tentado afastá-la?

— Ele fez isso mais de uma vez — ela sorriu. — Simplesmente não lhe dei ouvidos. Não fui embora. Não o teria deixado — ao dizer isso pensou no que estava falando, e então vacilou —, mas aquele caso fora diferente. — E então teve suas dúvidas. — Teria me sentido lesada se não tivesse estado lá — disse, melancólica, pensando em Sam. Mas, de certo modo, mal o conhecia, e de outro, o conhecera a vida toda.

— Por que está tentando me privar disso? — disse ele, abrupto, sem estar mais disposto a se deixar dissuadir, ou fingir, ou esconder seus sentimentos. — Estou apaixonado por você. Acho que tenho estado há anos. Talvez até mesmo desde Stanford. Acho apenas que, naqueles dias, eu era idiota demais para saber. E quando descobri, você nunca me deu uma oportunidade de lhe dizer. Mas agora não deixarei você me impedir. Quero estar ao seu lado... Não me importa o que essa doença miserável fizer com você... Não me importa se você tiver diarréia, ou feridas no rosto, ou pneumonia. Quero ajudá-la a ficar viva, quero trabalhar com você, Zoe... eu amo você e Jade... por favor, deixe-me amá-la... há tão pouco amor nesse mundo. Se eu achei algum, vamos compartilhá-lo. Não o jogue fora. O fato de você estar com AIDS não muda nada, não faz com que eu pare de amá-la. Só quer dizer que o que temos é ainda mais precioso. Não deixarei que você o jogue fora. Significa demais para mim... — Agora ele estava chorando, e ela ficou tão comovida que não podia falar através de suas próprias lágrimas. — Zoe... eu te amo... se não a estivesse substituindo aqui, pegaria o próximo avião e lhe diria isso pessoalmente. Mas você me mataria se eu fizesse isso, e não deixasse ninguém para tomar conta da clínica. — Ele então riu através de suas lágrimas e ela também.

— É, eu o mataria, portanto não ouse sair daí.

— Não farei isso, mas do contrário estaria aí essa noite. Além disso, sinto sua falta. Você já se foi por tempo demais — reclamou ele.

— Sam, como pode ser tão louco? Como pode fazer isso consigo mesmo?

— Porque, na vida, você não tem escolha sobre coisas como essa. Você se apaixona pelas pessoas pelas quais se apaixona. Sinto muito se é inconveniente, sinto muito se você está doente. Eu poderia me apaixonar por uma mulher horrível amanhã e ela cair debaixo de um trem. Pelo menos aqui, eu e você estamos cientes dos fatos. Temos algum tempo, talvez muito, talvez pouco. Estou disposto a aceitar o que pudermos ter. E quanto a você? Vai desperdiçar isso?

— Você teria de ser tão cuidadoso. — Ainda estava tentando desencorajá-lo, mas ele não queria ouvir. Estava absolutamente convicto do que queria dela.

— Ser cuidadoso é um pequeno preço a pagar, não é? Vale a pena. Deus, sinto tanto sua falta, Zoe. Só quero abraçá-la e fazê-la feliz.

— Você trabalhará comigo? Quero dizer, em tempo integral, ou mesmo meio expediente? — Isso era quase tão importante para ela, senão fosse mais importante. Tinha uma responsabilidade para com muitas pessoas, do seu ponto de vista, ainda mais do que para consigo mesma. E precisava de Sam para ajudá-la. Mas ele estava mais do que disposto.

— Trabalharei com você noite e dia, se quiser — disse ele, e então, pensando melhor. — Aliás, darei plantão à noite e de dia, e você fará um pouco menos, por favor. E vamos tirar algum tempo para nós. Não quero mais que você fique se desgastando. Vamos cuidar bem de você. Está bem? Exatamente do jeito que dizemos aos pacientes. É melhor você me ouvir. Em seu caso, sou seu médico.

— Sim, senhor — ela sorriu, e enxugou os olhos de novo. Fora uma manhã emocionante. Contara tudo às duas melhores amigas e a Sam, e nenhum deles a desapontara, pelo contrário, eles eram três seres humanos extraordinários. E então Sam a surpreendeu ainda mais uma vez.

— Vamos nos casar — disse ele, e ela não pôde acreditar no que estava ouvindo. Era verdadeiramente louco, mas o amava por isso. Zoe estava abrindo um grande sorriso quando respondeu.

— Você está impedido por insanidade mental. Não permitirei que faça isso. — Estava horrorizada, mas profundamente comovida que ele tivesse sugerido tal coisa.

— Teria desejado casar com você se tivesse AIDS ou não. — E estava sendo sincero.

— Mas eu tenho, e você não precisa fazer isso consigo mesmo — disse ela, tristemente.

— E se esse caso fosse com um dos seus pacientes? Conheço você. Diria a eles para fazerem qualquer coisa que os tornasse felizes e que lhes parecesse certo.

— Como você sabe se isso está certo? — perguntou ela, delicadamente.

— Porque eu a amo — disse ele, rezando para que ela o ouvisse.

— Eu também te amo — disse, cautelosa —, mas não nos precipitaremos, vamos levar as coisas devagar.

Sam gostou do que ela estava dizendo porque isso significava que ela achava que tinha algum tempo para tomar decisões, e que se sentia otimista, o que era importante. Mas queria realmente casar com ela. Entretanto, sabia que poderia convencê-la com mais facilidade pessoalmente.

— Estou extremamente feliz por ter-lhe telefonado hoje — disse ele, alegre. — Consegui seu parecer sobre um paciente, um emprego, de preferência em tempo integral, e, possivelmente, uma esposa. Essa foi uma conversa muito proveitosa — disse, e ela riu.

— Mal posso acreditar que deixei um lunático como você encarregado da minha clínica.

— Eu também não. Mas seus pacientes me adoram. Pense em quão felizes ficarão quando formos Dr. e Dra. Warner.

— Também tenho de assumir seu nome? — Ela estava rindo. Realmente o amava. Gostara tanto dele por tanto tempo, mas nunca permitira que seus sentimentos progredissem. Estivera ocupada demais cuidando dos seus pacientes, para se permitir ser qualquer coisa a mais do que uma médica, e uma mãe.

— Você pode assumir o nome que quiser se casar comigo — disse Sam para ela, num tom magnânimo. — Sou muito liberal.

— Você é um maluco — e então ficou séria por um momento, embora ambos estivessem num alto astral. — Obrigada, Sam... você é maravilhoso — disse, com sinceridade —, e eu te amo de verdade — disse, suavemente. — Antes, ficava amedrontada em perceber o quanto gostava de você, mas estava determinada a não deixá-lo se envolver numa confusão como essa. E você se colocou bem no meio dela. Se quiser, ainda pode mudar de idéia.

— Estou aqui para sempre — disse ele, tranqüilo.

— Quem dera eu estivesse — disse ela, tristemente.

— Você poderá estar. Se eu tiver qualquer coisa a ver com isso, você estará.

— Pelo menos meu trabalho ficará... e a clínica... Jade... você... e minhas amigas.

— Se você me perguntar, soa como muitas coisas pelas quais ficar por aqui.

— Farei tudo que puder, Sam. Eu prometo.

— Ótimo. Então, trate de descansar bastante enquanto estiver aí e volte saudável. Se a diarréia não parar, interne-se num hospital.

— Ela já parou — disse, e isso o tranqüilizou.

— Beba bastante líquido.

— Eu sei. Sou uma médica. Não se preocupe. Ficarei boa. Juro.

— Eu te amo. — Era estranho. Fora tão completamente inesperado. De súbito, ele estava tão feliz. Ela o amava. Estava com AIDS, era uma notícia terrível, e contudo, de algum modo estranho, ele estava feliz, e Zoe também. Ela estava sorrindo quando Mary Stuart e Tanya vieram mais tarde, depois do almoço, para verificar como se sentia.

— O que aconteceu com você? — perguntou Tanya, desconfiada. — Está parecendo um gato que acabou de engolir um canário.

— Falei com Sam. Ele vai trabalhar na clínica em tempo integral.

— Puxa, isso é ótimo — disse Mary Stuart, entusiasmada. Sabia como isso era um alívio para Zoe.

— Não, não, espere... ela está mentindo — disse Tanya, estreitando os olhos e olhando para a velha companheira. — Tem mais coisa aí, que ela não está contando.

— Não, não tem. — Mas ela estava rindo ao dizer isso. Era um grande contraste do intenso sofrimento da manhã.

— O que mais ele disse?

Zoe estava sorrindo, enquanto tentava evitar as perguntas de Tanya.

— Nada, eu contei a ele — ela hesitou, subitamente com uma expressão mais séria — que era soropositiva. — Detestava dizer essa palavra. Então, olhou para as amigas com seus olhos arregalados cheios de incredulidade, ainda incapaz de acreditar no que ele lhe dissera na hora do almoço.

— O que ele disse? — perguntou Mary Stuart, com suavidade.

Zoe virou-se para ela com um sorriso amplo de espanto.

— Ele me pediu para casar com ele. Vocês conseguem acreditar nisso?

As duas amigas ficaram de queixo caído, e olharam para ela incrédulas, mas foi Tanya quem falou primeiro.

— Vamos tratar de fazer você ficar saudável para voltar para esse cara, antes que outra pessoa o agarre. Ele parece ser uma pessoa espetacular.

— Ele realmente é. — Zoe ainda não tinha a menor idéia do que faria. Mas teria a companhia de Sam, trabalharia com ele, iria se permitir experimentar tudo que a vida lhe oferecesse, e se ele realmente quisesse casar com ela, então, talvez ela o aceitasse. Mas, casando-se ou não com ele, sabia que o amava, e isso era o mais importante.

— Isso é maravilhoso! — disse Mary Stuart, muito impressionada com o Dr. Sam Warner.

As três conversaram sobre o acontecido por algum tempo, e então, à tarde, já que Zoe parecia sentir-se melhor, Mary Stuart e Tanya saíram. Hartley e Mary Stuart foram fazer uma caminhada e conversaram sobre diversos assuntos, especialmente sobre Zoe e um homem corajoso o suficiente para casar com a mulher que ele amava, apesar de saber que ela estava morrendo. Ambos achavam que era um gesto extraordinário, e o adoraram por isso.

Tanya foi cavalgar com Gordon. Estavam com sorte naquele dia. Nenhum dos outros integrantes do grupo queria andar a cavalo. Hartley estava fazendo a caminhada com Mary Stuart, e os médicos de Chicago tinham ido pescar naquela tarde; portanto, estavam realmente sozinhos, sem terem planejado. Gordon a levou a cavalo até uma cachoeira nas montanhas, e os dois desmontaram por algum tempo e se deitaram em meio ao capim alto entre flores selvagens, enquanto ele a abraçava e se beijavam, e faziam um esforço sobre-humano para não deixar que as coisas fossem mais longe. Todavia, apesar de terem um tempo limitado, queriam que tudo andasse tão lentamente quanto possível. Já se sentiam como se estivessem num trem expresso.

Mas aquela foi a tarde mais bonita da vida de Tanya, enquanto ficava deitada olhando para ele e depois ele se deitava ao seu lado, e ambos ficavam admirando as montanhas. Eles caminharam por algum tempo, de mãos dadas, puxando seus cavalos, conversando sobre suas infâncias, e também falaram sobre Zoe e o extraordinário amor que Sam sentia por ela. Eram pessoas corajosas num mundo duro. E de seu próprio modo, Tanya também era. Vencera um longo trajeto em sua vida, e agora, subitamente, havia uma pessoa estável, calorosa e gentil ao seu lado. Ficava um pouco amedrontada ao pensar no que a imprensa faria daquilo, e tentou avisálo dos danos que poderiam lhes causar, da mágoa que podiam infligir. Mas ele pareceu não se importar, e disse para Tanya olhar ao redor deles.

— Enquanto tivermos tudo isso aqui, como você pode se preocupar com todas as outras coisas? É tão inexpressivo. Tudo o que importa somos nós, e o que representamos um para o outro.

— E se não tivermos mais isso? — perguntou ela, olhando ao seu redor e pensando em voltar para a Califórnia.

— Nós teremos — disse ele, tranqüilo — precisamos ter. Enquanto tivermos alguma coisa aqui, um lugar para onde possamos voltar e recuperar a sanidade, talvez o resto não tenha importância.

Era uma idéia interessante, e Tanya gostou dela. Talvez ele estivesse certo, e ela devesse comprar uma casa em Wyoming. Sem dúvida, tinha dinheiro para isso. Podia até vender a casa em Malibu. Era enorme, e quase nunca ia lá.

— Sinto-me como se estivesse parada à beira de uma vida completamente nova — disse ela, enquanto ficavam parados num penhasco, olhando o vale lá de cima. Podiam ver búfalos, alces, gado e cavalos. Era uma vista deslumbrante, e ela podia entender facilmente por que ele a adorava.

— Você está parada à beira de uma nova vida — disse Gordon, calmamente, e então a virou para ele, colocou os braços ao seu redor e a beijou.

Capítulo 17

Na manhã de sexta-feira, Zoe ainda estava dormindo quando Tanya entrou em seu quarto na ponta dos pés para olhá-la. Mas ela parecia estar tranqüila, alimentara-se direito na noite anterior, e Mary Stuart concordou com ela que a cor de Zoe melhorara.

Estavam a ponto de sair para cavalgar, quando ela se levantou, e entrou pela sala de estar em sua camisola, e as duas ficaram contentes em ver que tinham estado certas. Zoe parecia muito melhor.

— Como está se sentindo? — perguntou Mary Stuart, solícita. As duas estavam preocupadas com ela.

— Como uma nova mulher — disse Zoe, quase arrependida de ter-lhes contado. Ficou pensando se não devia ter-lhes confessado que estava com AIDS, mas agora o segredo fora revelado, e significava muito para ela poder contar com o apoio das amigas. — Sinto ter-lhes dado tanto trabalho ontem.

Tanya queria dizer o quanto sentia por Zoe ter espetado o dedo um ano antes, e contraído a AIDS, mas não disse.

— Não seja boba. — Seus olhos encontraram-se e elas ficaram se olhando, e cada uma sabia o que a outra estava pensando. Entre as três havia amor, compaixão e carinho verdadeiros. Eram o tipo de amigas que encontramos uma vez numa vida toda. — Queremos que você se cuide. Fique na cama hoje, descanse bastante. Voltarei na hora do almoço para ver se precisa de alguma coisa — disse Tanya, enquanto colocava um braço ao redor de Zoe. Ficou surpresa ao perceber que, sob a camisola de flanela, o corpo de Zoe era incrivelmente frágil, ainda mais do que ela aparentava. Estava muito magra.

— Quer que fiquemos com você? — perguntou Mary Stuart, generosamente, e Zoe disse que não.

— Só quero que vocês duas se divirtam. Ambas merecem. — Todas tinham passado por momentos difíceis de formas diferentes, enfrentando a morte, o divórcio, todos os traumas de que a vida era feita e que ameaçavam a própria sobrevivência de uma pessoa.

— Todas merecemos nos divertir — disse Mary Stuart —, você também.

— Só quero retornar ao trabalho — disse ela. Começava a se sentir culpada por estar tão preguiçosa, e uma segunda semana fora parecia um pecado mortal. Mas sabia que precisava se recuperar daquele pequeno episódio pelo qual acabara de passar.

— Seja uma boa menina e continue preguiçosa. — Tanya balançou o dedo para ela, e minutos depois ela e Mary Stuart saíram para o café da manhã.

Hartley perguntou sobre a amiga, e eles se sentaram e conversaram tranqüilamente sobre ela durante o café. Eles achavam que ela era muito corajosa, e Tanya estava agradecida que Sam estivesse lhe dando tanto apoio.

— Ele deve ser um grande homem — disse Hartley, com admiração, quando Mary Stuart lhe contou a reação de Sam, ao ouvir a notícia de Zoe. Ainda não tinham dito a ele que ela estava com AIDS e não planejavam fazê-lo. Ele achava que ela estava com câncer.

— Talvez ela se recupere — disse, esperançoso, mas era óbvio que ele não achava que fosse muito provável, e elas também. — Conheci outro casal que fez algo assim, casaram-se mesmo cientes de um prognóstico terminal. Eles eram as pessoas mais formidáveis que já conheci, e provavelmente, as mais felizes, e acho que ela viveu muito mais tempo por causa disso. Ele simplesmente se recusava a deixar que ela se fosse, ela lutou com valentia, e acho que o amor deles adicionou anos à vida dela. Nunca os esqueci. Acho que depois da morte dela, ele nunca mais se casou. Ele escreveu um livro sobre isso, sobre ela, e foi a coisa mais comovente que já li. Chorei do início ao fim, mas não tenho palavras para descrever o quanto o admirava. Ele a amava mais do que qualquer homem poderia ter amado uma mulher.

Havia lágrimas nos olhos de Mary Stuart enquanto ouvia, e ela desejou mais do que nunca que fosse assim para Zoe.

Sam telefonou para Zoe aquela tarde, e os dois conversaram por um longo tempo. Queria que ela lhe prometesse que se casariam, e ela ainda o estava acusando de ser louco.

— Você não pode me propor casamento — disse, emocionada, lisonjeada, e comovida até as lágrimas, com o que ele estava lhe dizendo. — Você nem me conhece direito.

— Eu a conheço há mais de vinte e dois anos. Trabalhei com você periodicamente durante cinco anos. É provável que tenha me apaixonado por você nos últimos vinte anos, e se nós dois fomos idiotas demais para ver isso, então o problema não é meu. Você está sempre tão ocupada cuidando de todas as outras pessoas, Zoe, que nem vê o que está acontecendo bem próximo a você. Quero estar ao seu lado para lhe dar apoio — disse ele, com uma voz calorosa, rouca e sensual.

— Você já está me dando apoio, Sam — disse ela, suavemente. Ele era inacreditável.

— Ficarei ao seu lado o tempo que você me quiser. Depois, nós ainda nem saímos no nosso primeiro encontro.

— Eu sei. Você ainda não experimentou minha lasanha. — Havia tantas coisas para eles fazerem, tantas coisas para descobrirem um sobre o outro.

— Eu sou um ótimo cozinheiro. Qual é o seu tipo favorito de comida? — Não sabia de coisas desse tipo em relação a ela, e agora queria estar a par de tudo. Queria mimá-la, dar-lhe apoio e cuidar dela. Queria fazer história, e conseguir que ela se recuperasse. Mas se isso não acontecesse, ficaria ao seu lado do mesmo jeito, até o final amargo. Ele agora sabia, do fundo de sua alma, que esse era o seu destino, e nada que ela pudesse dizer-lhe iria dissuadi-lo ou mudar a situação.

— Minha comida favorita? — Estava sorrindo com a pergunta dele. Por um momento se esquecera da sua doença. Hoje se sentia melhor, e estava tão feliz. Tudo tinha a ver com o presente, com o fato de apenas se achar ali naquele exato momento, e não se preocupar com o amanhã. — Na verdade... acho que é a quentinha. Você sabe, uma refeição rápida, aquela que você enfia no armário do laboratório e come três garfadas entre um paciente e outro.

— Você é revoltante. Não queremos mais isso. Nada além de comidas *gourmet* para você. Talvez eu deva me encarregar do fornecimento de comida, em vez de atuar como médico substituto. — Mas agora ele trabalharia em tempo integral, e ambos adoravam a idéia. A idéia de trabalhar com ela todos os dias realmente o agradava. Além disso, poderia ficar de olho nela e se certificar de que não estava se excedendo. — Por falar nisso — lembrou-lhe —, precisamos encontrar um novo médico substituto, você não poderá me substituir nas consultas a domicílio, se vamos trabalhar juntos. Ela já estava presumindo, assim como ele, que estariam trabalhando juntos a maior parte do tempo. A idéia certamente a atraía, agora que ele sabia da situação, e ela tinha a sensação de que o relacionamento seria ainda melhor do que qualquer um deles esperava. Por um momento, ela sorriu e pensou em Dick Franklin. Jamais poderia ter feito nada disso com ele, nunca teria ficado ao seu lado para apoiá-la. Ela era apenas terrivelmente uma pessoa de sorte em ter conhecido Sam Warner, e sabia disso.

— Podemos substituir um ao outro algumas vezes — disse Sam, num tom prático — e procurarei um bom profissional que possa substituir nós dois? Tem um médico para quem já trabalhei que me agrada, e uma doutora que trabalhou muito com pacientes de AIDS no Hospital Geral. Ela é jovem, mas competente. Acho que vai gostar dela.

— Ela é bonita? — perguntou Zoe, preocupada, e ele riu.

— Você não tem nada com que se preocupar, Dra. Phillips. —

Mas soou como se estivesse contente. — Não sabia que era ciumenta. — Tudo isso era tão louco e tão maravilhoso. Era como se tudo tivesse se encaixado por mágica.

— Não sou, procuro apenas ser esperta e cuidadosa.

— Está bem, vou anunciar que só estamos à procura de homens ou mulheres feias para nos substituir... Zoe, eu te amo. — Havia algo tão suave em sua voz, que trouxe lágrimas ao olhos dela enquanto o ouvia.

— Eu também te amo, Sam — disse ela, e ele prometeu telefonar mais tarde, quando tivesse terminado de trabalhar.

— Seus pacientes estão se empilhando lá fora. Acho melhor voltar ao trabalho, antes que eu feche sua clínica. Trate de descansar, e lhe telefonarei mais tarde.

— Talvez eu vá jantar hoje à noite — disse ela, olhando para o teto enquanto conversavam. Realmente, estava se sentindo muito melhor.

— Não se esforce. Lembre-se, vá devagar. Quero sair com você quando voltar, portanto descanse. Há um novo restaurante na Clement que quero experimentar. — Tudo soava tão cheio de vida, tão real e tão esperançoso.

Ela disse tudo isso ao Dr. Kroner aquela tarde, quando ele veio visitá-la. Mas não tinha de fazê-lo, ele podia ver por si mesmo. Ainda estava um pouco desidratada, e ele queria que ela se esforçasse para ingerir mais líquidos mas parecia uma nova mulher. Ele sabia que ela estava consciente de que teria ocasiões assim, momentos terríveis, episódios de doença e desespero, e então se restabeleceria. Eventualmente, os maus momentos seriam mais numerosos do que os bons, mas não seriam necessariamente longos. Ela podia continuar desse jeito por um longo tempo antes que piorasse, ou poderia piorar com muita rapidez. Ninguém podia predizer, e ela sabia disso melhor do que ele.

— Seu médico substituto pode continuar trabalhando por mais algum tempo? — perguntou ele, depois de examiná-la, e sentar-se para conversar na cabana.

— Na realidade, sim, ele pode — ela riu, pensando em todas as coisas que Sam dissera no dia anterior. — Pode ficar por bastante tempo. Ele concordou em trabalhar em tempo integral. — Estava sorrindo enquanto dizia isso.

— Isso é fantástico — disse ele, parecendo contente por ela, e um pouco surpreso que ela parecesse tão feliz. O episódio do dia anterior parecia tê-la deixado quase extasiada. Era uma reação fora do comum para alguém que estava virtualmente tão doente como ela. — Mas quanto do trabalho acha que estará disposta a deixar que ele faça? A senhora tem de concordar em abrir mão de parte dele, Dra. Phillips — disse ele, e Zoe balançou a cabeça concordando, mas não podia parar de sorrir.

— De fato, acho que ele vai assumir uma grande parte. — Ela fez uma pausa, enquanto o olhava. — Ele quer se casar comigo — disse, sentindo-se outra vez como uma criança, em perfeita saúde. Ela nem tinha certeza se realmente casariam, mas o fato de que ele desejava isso a comovia profundamente. Saber que ele desejava estar ao seu lado para apoiá-la, era tudo que importava para ela, com ou sem casamento. O casamento era apenas o glace de cobertura no bolo, o importante é que Sam estaria ao seu lado, na doença e na saúde, para o melhor ou para o pior. Apenas isso importava.

Dr. Kroner a cumprimentou, e parecia estar contente por Zoe. As coisas certamente pareciam estar indo bem para ela, e isso era importante. Ela lhe disse que também contara sobre a doença para as amigas, e que fora uma experiência muito emocionante para todas elas, mas que sentira um grande apoio da parte de todas as pessoas que realmente considerava importantes para ela.

— Você sabe o quanto isso significa — lembrou a ele. Era importante não se deixar ficar vulnerável, contando sobre a doença para as pessoas erradas, aquelas que não podiam lidar com o fato, e se encolheriam horrorizadas dos pacientes. Mas a maior parte das pessoas tinha um pequeno grupo central que poderia fazer uma diferença, e agora ela contava com um.

Os dois conversaram durante algum tempo sobre seus planos, seu trabalho, sua clínica, Sam, Jade, e as coisas que ela queria fazer quando voltasse para casa. Ele lembrou-lhe que não devia se exceder, e Zoe prometeu não fazer isso, mas ele não acreditou.

— Você provavelmente está certo — ela riu. Mal podia esperar para ver seus pacientes, mas também estava se divertindo em Wyoming, e achava que isso estava lhe fazendo bem. Como os outros, sentira o mesmo magnetismo pelo lugar. Havia algo quase místico em relação às montanhas.

E então ele lhe perguntou uma coisa que a surpreendeu. Disse que desejava um favor dela, e Zoe não podia imaginar o que seria. Mas ficou profundamente sensibilizada, quando ele perguntou se visitaria alguns dos seus pacientes. Ela tinha tanto conhecimento e experiência, seria uma ajuda inestimável para ele se os visse. Ele só tinha uma meia dúzia de pacientes, mas lera tudo que podia e possuía uma enorme biblioteca de pesquisas relacionadas à AIDS. Ele disse que fizera cópias de todos os seus artigos. Mas se ela de fato fizesse as consultas com ele, seria a maior ajuda de que ele poderia dispor.

— Não até que se sinta mais forte, é claro... talvez em alguns dias... — levantou os olhos esperançosos para ela, e Zoe lhe disse que ficaria feliz em fazê-lo. Aliás, sentia-se honrada.

— Que tipo de serviços de visitação você tem? — perguntou, com interesse.

— Não é ruim — disse ele, modestamente, agradecido pelo seu interesse. — Temos um grupo de albergue maravilhoso, e algumas enfermeiras fantásticas. Vejo todos que posso. Vou até eles, e tento arregimentar seus amigos e familiares para ajudá-los. Estamos tentando organizar algum tipo de pequena central de cozinha a ser operada por alguns amigos, algo parecido com o Projeto Open Hand em San Francisco, só que numa escala menor. Espero que jamais tenhamos que prestar serviço para tantas pessoas assim. Por enquanto, felizmente, não temos tantos casos. Mas com a afluência de pessoas vindas das áreas urbanas, pessoas do setor de entretenimento, escritores, pessoas que apenas desejam fugir da cidade, acho concebível que possamos ter muito mais pessoas aidéticas vindo para cá, possivelmente até em estágios avançados, e necessitando de tratamento. Apreciaria muito receber de você toda a informação possível.

Ela balançou a cabeça afirmativamente, com seriedade. Ela prometeu enviar-lhe alguns livros adicionais, volumes que lhe tinham sido úteis, e até mesmo alguns dos artigos que Sam lhe recomendara. Eles então começaram a discutir a respeito de medicamentos alternativos, e ao fim da tarde descobriram que tinham ficado falando sobre assuntos profissionais por cerca de duas horas. Àquela altura Zoe se sentia cansada, e ele sugeriu que tirasse uma soneca antes do jantar. Ela queria ir ao restaurante, para assistir à aula de dança em dois tempos que fariam depois. Parecia divertido, Zoe sabia que as amigas iriam e queria acompanhá-las.

— Irei vê-lo no hospital em alguns dias, ou talvez você queira que o acompanhe para algumas visitas a domicílio. Veja o que é melhor para você — disse Zoe, solícita. — Estou a sua disposição, apenas me deixe uma mensagem.

Mais do que médico e paciente, agora eles eram médica e aluno, mas ele sabia que ela estava bem consciente do que precisava, mais ainda do que ele. Zoe lhe agradeceu outra vez pelo seu auxílio no dia anterior, e quando o médico se foi, ela se deitou de novo e adormeceu. Estava dormindo profundamente quando as outras voltaram da cavalgada. Fora uma tarde agradável para elas. Tinham formado pares, como faziam com freqüência agora. Hartley cavalgou com Mary Stuart, e Tanya foi à frente com Gordon. E ela ficou feliz em saber que, aquela noite, ele iria à aula de dança na sala de estar principal. Era uma das raras ocasiões em que os *cowboys* não só podiam se misturar aos hóspedes, mas eram requisitados para fazê-lo. E Gordon era particularmente popular, porque todos o consideravam um bom dançarino.

Zoe acordou a tempo de se vestir e conversou com as amigas. Com Zoe sentindo-se tão melhor outra vez, apesar de que elas agora sabiam de sua doença, estavam num alto astral surpreendente. Mas seus romances estavam fazendo com que todas rissem, falassem e dessem risadinhas. E mais uma vez isso fez com que se recordassem dos velhos tempos em Berkeley.

— Meu Deus, é como sermos adolescentes outra vez, não é? — disse Tanya, ainda maravilhada com o que estava acontecendo com cada uma delas. — Vocês acham que é a água daqui? — Havia anos que não tinha tanto para conversar com alguém como parecia ter com Gordon, e Mary Stuart e Hartley davam a impressão de terem sempre estado juntos. Sentiam-se surpreendentemente à vontade e relaxados, e pareciam ter pontos de vista idênticos, ou pelo menos compatíveis, em quase todos os assuntos.

— Nunca conheci ninguém como ele — disse ela. Isso a fazia pensar em sua vida com Bill, mesmo antes da morte de Todd. Sempre existira uma divergência de opiniões considerável entre eles, mas ela achara isso interessante, e mesmo nos melhores momentos existira uma quantidade razoável de conflitos amigáveis. Ela costumava pensar que isso dava uma textura às coisas, e desprendia uma nova luz numa variedade de situações. Mas no caso de Hartley, tudo corria tão mais suave. Agora ela estava vendo como era, estar com alguém que tinha as mesmas idéias sobre as coisas e compartilhava as mesmas opiniões, era como dançar com Fred Astaire e ser Ginger Rogers. Ela e Bill nem se encontravam mais no mesmo salão de dança.

Ela estava a meio caminho de sair pela porta aquela noite, vestida num *jeans* vermelho, com uma suéter combinando, um batom exatamente da mesma cor e com os cabelos escuros puxados para trás, quando o telefone tocou. As outras tinham acabado de ir na frente, e ela ficara para trás para procurar as botas *cowboy* vermelho, que comprara na Billy Martin's. Acabara de calçá-las e estava correndo pela porta quando o telefone tocou. Ficou tentada a não atender. Mas não parecia justo para com as outras, poderia ser uma chamada da filha de Zoe ou um de seus pacientes, ou alguém ligando para Tanya alertando-a de algum perigo, ou problema em potencial. Voltou correndo para a sala, carregando seu xale vermelho de *cashmere*, e atendeu ao telefone, sem fôlego.

— Alô?

— A Sra. Walker está? — A princípio não reconheceu a voz. Era um homem, e ela não podia imaginar quem estava telefonando.

— É ela. Quem está falando? — disse num tom formal, e então ficou espantada com a resposta.

— Mary Stuart? Pela voz, não parecia ser você. — Era Bill, e isso só enfatizava o quanto tinham se distanciado. Nenhum dos dois reconhecera o outro. Mas não falava com ele fazia dias. Agora, na maior parte do tempo, os dois trocavam mensagens curtas e extremamente desinteressantes pelo fax.

— Também não reconheci sua voz. Estava a ponto de me apressar para o jantar.

— Sinto muito se esse é um momento ruim — disse ele, num tom seco. Para ele, eram três horas da manhã. Não podia imaginar por que ele estava telefonando.

— Alyssa está bem? — Seu coração deu um pulo quando ela lhe fez a pergunta. Agora era a única razão em que podia pensar para ele ter telefonado.

— Ela está bem — disse ele, calmo. — Falei com ela ontem, estão se divertindo muito em Viena. Tinham acabado de chegar de Salzburg. Estão espalhados por todos os lados, mas para eles é divertido. Acho que agora não vamos vê-la o verão todo.

Mary Stuart sorriu com a descrição do que ele estava fazendo. Parecia bem ao seu estilo.

— Se falar com ela de novo, diga-lhe que a amo. Ela não me telefonou. Acho que a diferença de horário dificulta as coisas. Mas imaginei que estava bem, ou teria telefonado para você. O que está fazendo acordado a essas horas? — Eram como sócios de negócios trocando novidades, não havia nada de pessoal entre os dois.

— Estava trabalhando à noite, e fui estúpido o bastante para tomar café essa tarde, portanto, aqui estou, acordado a essa hora da madrugada, assim, pensei em ligar para você. A diferença de fuso horário também nunca funciona realmente comigo. — Nem o nosso casamento, ela queria acrescentar mas não o fez.

— É gentil de sua parte me telefonar — disse ela, num tom pouco convincente. Nem queria mais tentar. Não pretendia mais se interessar por ele. Já tomara sua decisão. Agora desejava sair daquele casamento. E não tinha nada a ver com Hartley Bowman. Mas tinha tudo a ver com William Walker.

— O que você está fazendo aí? Não me contou nada em suas mensagens via fax. Aliás, acho que não recebo notícias suas há vários dias, não é? — Ele sequer lembrava. Mas não importava para Mary Stuart.

— Você também não me conta muita coisa — disse, incisiva.

— Não há nada a contar, estou trabalhando. Não estou indo para o Annabel's ou Harry's Bar. Fico sentado dia após dia, noite após noite, me preparando para esse caso. Não é muito divertido, mas acho que vamos vencê-lo. Estamos muito bem preparados.

— Isso é bom — disse ela, baixando os olhos para as botas vermelhas de couro, e pensando no marido. Mas enquanto o ouvia descobriu que agora só conseguia pensar em Hartley. E Bill ficava em desvantagem com a comparação. Não podia se imaginar tendo uma conversa como essa com Hartley Bowman, ou passando com ele o ano que ela e Bill tinham acabado de compartilhar. Não podia imaginar nada disso, ou a possibilidade de querer viver tudo outra vez, ou mesmo de continuar com isso tudo.

— E quanto a você? — Ele a estava pressionando, e ela não parecia querer falar. Bill também notou isso, e ficou curioso.

— Temos cavalgado todos os dias. É incrivelmente bonito aqui. Nunca vi nada parecido. As Tetons são espetaculares, melhores do que a Europa.

— Como estão suas amigas? — Por que estava tão interessado de repente? Ela não podia entender isso.

— Elas estão bem. — Não falou uma palavra sobre Zoe. — Aliás, estão esperando por mim para jantar. — Não contou a ele sobre a lição de dança em dois tempos que vinha depois, ou sobre a doença de Zoe. Não havia nada que queria compartilhar com ele. Estava acabado.

— Então não vou atrasá-la. Dê a elas minhas recomendações.

Ela estava a ponto de agradecer e dizer adeus para ele, quando houve uma pausa constrangedora do lado de Bill. Era tarde para ele, e agora não o via há semanas.

— Stu... sinto sua falta. — Houve um silêncio sem fim depois que ele disso isso. Agora não queria iludi-lo, e não sabia por que ele estava fazendo isso. Depois de um ano de silêncio e dor, por que faria? Talvez estivesse apenas se sentindo culpado, ou lastimando o que não tinha mais entre os dois assim como ela estava fazendo. Mas não faria nenhum joguinho com ele, e não deixaria que a magoasse outra vez. Ele já a machucara demais. Agora as portas estavam fechadas. Ela ficou pensando, pela hora e o tom de sua voz, se ele estivera bebendo. Não era do estilo dele, mas era tarde e estava sozinho, era possível. Qualquer que fosse a razão, ela não a estava aceitando.

— Não trabalhe demais — foi tudo que disse. Um mês antes, seis meses antes... um ano antes... teria se sentido como um monstro pelo que não estava dizendo. Mas agora não estava sentindo nada enquanto se despedia, desligava o telefone e corria pela porta afora, para encontrar os outros para o jantar.

Naquela noite, a aula de dança em dois tempos foi ainda mais divertida do que o esperado. Todos os hóspedes compareceram, e Zoe ficou sentada, envolvida num xale de *cashmere* vermelho. Estava usando um vestido macio de *chamois*, lindos brincos de turquesa, e estava com uma aparência adorável sentada ali. Algumas das outras hóspedes usavam saias que rodavam ao dançarem. Como sempre, a aparência de Tanya era espetacular, usava um vestido vitoriano antigo de renda branca, que a fazia parecer tanto inocente quanto sensual.

Gordon pareceu ficar completamente extasiado com ela quando a viu. Ele estava de *jeans* e com uma camisa *cowboy* imaculada, um chapéu preto e botas pretas. Quando se encontraram, Tanya disse a ele que parecia um *cowboy* de filme. Charlotte Collins pediu a Gordon para fazer uma demonstração. Aparentemente, ele ganhara diversos prêmios pela sua destreza na dança em dois tempos.

— Não é só para montar touros e cavalos de sela que ele tem talento, embora não diga isso — brincou ela. Era uma senhora inteligente e perspicaz. E estava observando Zoe com um olhar maternal, que estava contente em ficar sentada no sofá. Ainda não se sentia preparada para dançar, mas estava se divertindo conversando com John Kroner, que viera para jantar e passar a noite. Charlotte o convidava com freqüência, e ele viera essa noite, só pelo prazer de ver Zoe e ter uma chance de conversar com ela.

— Alguém aqui já dançou em dois tempos antes? — perguntou Charlotte, enquanto Gordon dava um passo à frente e diversos hóspedes antigos levantavam as mãos sem jeito, e Tanya não pôde deixar de rir.

— Não desde que eu tinha quatorze anos, Srta. Charlotte.

— É verdade — Charlotte sorriu calorosamente para ela —, temos uma garota do Texas aqui. Você gostaria de fazer uma tentativa? — perguntou ela, como se Tanya fosse lhe fazer um favor, e os hóspedes aplaudiram no mesmo instante. Se eles não podiam ouvi-la cantar, pelo menos podiam assisti-la dançando em dois tempos.

— Receio que vá me desmoralizar — riu ela — e a você — disse a Gordon, quando ele se aproximou. Mas a tentação de dançar com ele era grande demais, a atração por ele forte demais, e deslizou sua mão gentilmente na dele e se dirigiu para o centro do salão, enquanto colocavam a música, e Charlotte explicava a todos como se fazia.

A princípio, Gordon fez todos os movimentos lentamente com ela, e então com a música seguinte, ele a fez rodopiar, andou para a frente e para trás e rodou com ela, e todos aplaudiram. Os dois ficavam maravilhosos juntos. Parecia uma demonstração profissional, e Gordon parecia que ia morrer de felicidade enquanto Tanya rodopiava levemente ao redor dele, que a tomava nos braços enquanto a música acabava.

— Sua texana convencida — sussurrou para ela, com um grande sorriso —, você é melhor do que eu. Não me diga que não faz isso há muito tempo.

— Não faço — sussurrou ela de volta, mas se divertira muito.

Os dois dançaram outra vez, enquanto os outros casais se juntavam a eles, e todos tentavam, mas a maioria tropeçava. Ela e Gordon dançaram mais quatro vezes, e então ele trocou de par e mostrou às outras pessoas como dançar. Mas no final, Gordon voltou para ela, e os dois dançaram uma última vez. Todos se divertiram muito, e as pessoas admiraram-na, mas dessa vez a deixaram em paz. Nem sussurraram muito quando a viram. Agora ela já era uma visão familiar e se sentia muito confortável no rancho, ainda mais ao lado de Gordon.

Quando a música acabou, ele ficou por perto, e diversos outros *cowboys* também estavam conversando com os hóspedes. Depois de seis dias juntos, todos eram bons amigos, e um relacionamento já se desenvolvera entre eles, embora nenhum tão intenso como o de Tanya e Gordon. Para o alívio dos dois, ninguém parecia suspeitar do que acontecera.

— Me diverti muito — ele baixou os olhos para ela, sorrindo, e ela levantou os olhos cheios de excitação e troça para ele.

— Eu também. O senhor é um bom dançarino, Sr. Washbaugh.

— Obrigado, madame. — Ele caprichou no sotaque arrastado e se inclinou para ela, e os dois riram enquanto Charlotte Collins se juntava a eles.

— Vocês dois deviam entrar no concurso da feira estadual — disse ela, com um largo sorriso. — O passo é realmente bonito quando executado corretamente.

— Acho que estou bastante enferrujada — disse Tanya, com modéstia. Mas ela e Bobby Joe tinham entrado em todos aqueles concursos e tinham ganhado.

— Está tudo bem? — perguntou Charlotte. Ficara muito preocupada com Zoe. John Kroner não lhe dissera o que ela tinha, mas mencionara que seu estado era sério, e isso a deixava preocupada. — A Dra. Phillips parece um pouco mais animada. — Mas ainda estava pálida, e apesar de seu aspecto animado, parecia muito frágil.

— Essa noite ela está se sentindo muito melhor — disse Tanya, parecendo aliviada mas ainda um tanto preocupada. Quando ficara um pouco distante de Zoe, notara outra vez como a amiga estava pálida e magra. Era difícil não notar isso, mas quando se falava com ela, parecia tão cheia de vivacidade e energia que se esquecia disso.

— Estou vendo que você vai voltar ao rodeio amanhã — disse Charlotte com um sorriso. Tanya e os outros tinham acabado de pedir bilhetes, antes de irem jantar.

— Vai cantar outra vez amanhã à noite? Depois de quarta-feira, você se tornou o assunto da cidade.

— Gostaria de fazê-lo — Tanya sorriu generosamente, jogando os longos cabelos louros por sobre os ombros, e viu do canto do olho que Gordon estava cerrando as sobrancelhas. — Vamos ver se eles me convidarão, e como se comportará a multidão. — Se ela visse muitos bêbados, ou se parecesse mais desordeira do que a que estava presente na noite de quarta-feira, então não cantaria.

— Ah, eles certamente a convidarão. Sua apresentação foi o ponto alto do ano em Jackson Hole. Talvez da década. Você foi muito gentil em aceitar o convite. — Ela sorriu e então continuou em seu caminho para falar com os outros hóspedes.

Gordon continuava com as sobrancelhas cerradas.

— Não quero que você faça isso — sussurrou ele. — Não gosto do jeito que as pessoas se comportam quando você fica próxima delas daquele jeito. Se você estiver em cima de um palco, com seguranças, eles não podem machucá-la.

— Podem sim — disse ela, com honestidade, e sabia que um dia poderiam fazer isso. Uma vez usara um colete à prova de balas num concerto nas Filipinas e jurou que nunca mais faria isso. Ficara tremendo da cabeça aos pés e a ponto de vomitar durante o concerto todo. — Foi por isso que me apresentei a cavalo na outra noite — disse, casualmente. — Sabia que, caso necessário, podia sair a galope.

— Não gosto que se arrisque — disse ele, sem querer bancar o dominador com ela, mas demonstrando uma preocupação sincera.

— Não gosto de vê-lo montando touros e cavalos. — Olhou-o diretamente nos olhos ao dizer isso. Conhecia essa vida de *cowboy*. Ela vinha desse meio. E sabia o preço que a pessoa pagava e os perigos que corria. Mas também conhecia seu próprio mundo, melhor do que ele.

— Sabe de uma coisa — disse ele, honestamente —, se um dia nós assumirmos um compromisso, desistirei dos touros e dos cavalos.

— Cobrarei sua promessa — disse Tanya suavemente, e então, também quis ser honesta com ele —, mas não posso desistir dos concertos, Gordon. É como ganho minha vida.

— Eu sei disso. Não iria esperar que você desistisse. Só não quero que se apresente num evento insignificante, só para ser simpática com as pessoas, e que acabe saindo machucada. Simplesmente não vale a pena. Eles não merecem.

— Eu sei — ela suspirou, levantando os olhos para Gordon. Era difícil acreditar que estavam tendo esse tipo de conversa, negociando o futuro juntos, as coisas de que cada um abriria mão ou não. Mas não havia nenhum mal nisso, se um dia acontecesse. — Às vezes gosto de cantar por prazer, sem os patrocinadores, os contratos, o falatório e todas aquelas mentiras. É divertido apenas cantar.

— Então, cante para mim — ele sorriu.

— Adoraria fazer isso. — Havia uma velha canção do Texas que teria adorado cantar para ele. Cantara-a quando garota nas danças do colégio de segundo grau, e desde então a canção se tornara popular. Mas sempre pensava nela como sendo a sua canção. — Um dia cantarei.

— Também cobraria essa promessa. — Havia muitas promessas flutuando entre os dois.

Todos ficaram parados de pé e conversaram por algum tempo, e então Mary Stuart e Tanya levaram Zoe de volta para a cabana. Gordon prometera aparecer mais tarde, se pudesse. Ele dissera que apenas daria uma batida suave na janela do quarto dela. Tanya lhe disse qual era o seu, e então eles se foram. Hartley voltou andando com elas e depois sentou-se do lado de fora com Mary Stuart. Tanya e Zoe ficaram dentro da cabana conversando.

Mary Stuart contou a ele sobre o telefonema de Bill antes do jantar, e ele olhou para ela, pensativo, enquanto a ouvia.

— Provavelmente, está percebendo o quanto perdeu, e do que abriu mão durante todos esses meses — disse ele, pensando sobre a atitude de Bill, e olhando para ela. — O que vai fazer se ele quiser consertar as coisas?

— Não posso imaginar — disse ela, honestamente —, mas percebi uma coisa, quando falei com ele essa noite. Não quero fazer isso. Não posso mais voltar atrás. Não podemos desfazer o ano passado, ou o que aconteceu a Todd. Jamais vou perdoá-lo pela maneira com que se comportou. É uma coisa ruim de dizer, e uma perversidade de minha parte, mas, para ser honesta com você, acho que ele matou meus sentimentos.

— E se isso não aconteceu? Se ele voltar e lhe disser o quanto a ama e como estava errado, e então? — Queria que ela pensasse sobre isso, antes que cometessem um erro. Ambos se sentiam atraídos um pelo outro, mas estavam sendo cautelosos, e era apenas isso que ele queria. Tampouco queria ser excluído.

— Não sei, Hartley. Não tenho certeza. Acho que sei. Acredito que para mim está tudo acabado. Suponho que não exista nenhuma garantia até que eu o veja. Só então poderei ter certeza.

— Por que vai esperar até setembro para fazer isso?

Era uma pergunta que ela também estivera se fazendo ultimamente. A princípio, pensara que precisava de tempo, e tinha ficado contente que disporia do verão para pensar. Mas desde que fora para lá, percebera que agora estava pronta para enfrentar o teste. Chegara a pensar em voar até Londres para falar com Bill, e ela disse isso a Hartley.

— Acho que é uma boa idéia — disse ele, gentil —, se está se sentindo pronta para isso. Não quero pressioná-la.

Fazia cinco dias que se conheciam, e fora uma experiência extraordinária para os dois. Mas talvez tudo não passasse de um sonho, uma ilusão, ou poderia ser real e muito especial. Somente o tempo diria. Mas, primeiro, ela teria de lidar com seu marido. Nenhum dos dois queria tomar nenhuma atitude confusa antes que ela o visse. E por mais que fosse tentador cair na cama um com o outro, ela sabia que não fariam isso.

— Vou a Los Angeles com Tanya quando partirmos daqui. Ficaria lá uma semana, mas de qualquer modo ela estará ocupada. — Mary Stuart estava pensando em voz alta e compartilhando seus pensamentos com ele. — Devo permanecer lá por alguns dias, e então voarei até Londres. Vim para cá a fim de pensar, e decidir o que fazer. E me decidi no momento em que cheguei aqui. Acho que sabia antes disso. — Quando deixara o apartamento em Nova York, estava ciente de que jamais viveria ali do mesmo jeito outra vez. Quando o deixou, sabia que estava dizendo adeus à sua vida antiga, e confessou isso a Hartley.

— Existe algo em relação a essas montanhas que nos dá as respostas para muitas coisas. Senti necessidade de vir para cá depois da morte de Meg. — Ele sorriu para Mary Stuart e tomou-lhe a mão na dele. — Seria fantástico se eu encontrasse minha vida nova aqui, se tiver vindo para cá para encontrar você — e então, olhou-a com uma expressão triste —, mas mesmo que não dê em nada, se você voltar para ele, quero que saiba o quanto me fez feliz. Você me mostrou que não estou tão sozinho quanto penso, que existe alguém lá fora que pode fazer com que eu ame outra vez. Você é um lindo presente que nunca esperei receber, uma visão do que a vida pode ser quando duas pessoas se amam e estão felizes.

Ele representava exatamente a mesma coisa para ela. Era uma prova viva de que existia alguém no mundo que se importava com ela, com quem podia conversar facilmente e que a amava. E agora ela não queria desistir disso tudo. Ele não estava pedindo que fizesse isso, mas desejava ter certeza de que ela sabia o que queria fazer em relação ao marido antes de se dirigir em sua direção. Mary Stuart tinha certeza de que já decidira o que fazer.

— Não acho que ver Bill vai mudar qualquer coisa — disse ela, suavemente, segurando a mão de Hartley e beijando-a. Ele lhe era tão querido, desenvolvera tanto carinho por ele em tão pouco tempo, e sentiam-se incrivelmente protetores um com o outro. Mas os dois também sabiam que ela precisava provar para si mesma quais eram seus sentimentos em relação a Bill. E Hartley não queria pressioná-la, mas ela insistiu que ele não estava fazendo isso.

— Foi tão estranho quando ele me telefonou essa noite. Parecia estar falando com um estranho. No início, não reconheci sua voz, nem ele a minha, e eu não podia imaginar por que ele estava telefonando. É triste sentir-se tão distante da pessoa que um dia amou. Jamais pensei que isso aconteceria conosco.

— Vocês suportaram um dos golpes mais cruéis aplicados pela vida — disse ele, solidário. — A maioria dos casamentos não sobrevive a isso. As estatísticas são assombrosas. Acho que a maioria das pessoas que perdem os filhos se divorciam. Você tem de ser extremamente forte para agüentar o trauma — disse ele, gentil.

— E suponho que nós não fomos.

— Adoro sua companhia, Mary Stuart — disse ele, sorrindo para ela, e mudando de assunto. Queria seguir em frente com ela, estar em Nova York com ela, ir para a Europa com ela, compartilhar seus próprios amigos, sua vida e sua carreira. Havia tanta coisa que queria fazer com ela, e estava ansioso para começar. Estava sozinho havia dois anos, mas sabia que tinha de esperar um pouco mais.

Ela precisava ir a Londres para ver o marido. Mas, uma vez que tivesse ido, se tivesse certeza, as possibilidades eram ilimitadas, e ele estava consciente disso. Não restaria mais nada para mantê-los separados, embora estivesse um pouco preocupado com a filha dela. Nunca tivera filhos e ficava imaginando se Alyssa se oporia a ele, se o culparia pelo divórcio, ou o odiaria por lealdade ao pai. Aliás, o divórcio não seria por causa dele, mas poderia ser difícil para ela aceitar isso. Comentara sobre isso com Mary Stuart aquela tarde, e ela admitiu que ela e Alyssa teriam de conversar seriamente. Mas, por outro lado, não estava disposta a ficar com Bill só para agradar a filha. Alyssa tinha de tratar da própria vida. Do ponto de vista de Mary Stuart, mais da metade de sua vida já se passara, essa seria possivelmente sua última chance de construir uma nova, com uma pessoa de quem de fato gostava e que a amava. Não deixaria essa chance escapar, só por lealdade a algo que não tinha mais, com um homem que não a amava mais.

Os dois ficaram ali sentados juntos, conversando sobre o passado, o presente e o futuro. E ficou tudo combinado. Ela iria a Londres na semana depois que todos partissem de Wyoming. Mary Stuart achava que não ficaria em Londres mais do que uns poucos dias. Era até mesmo possível que ficasse menos tempo ainda, se Bill não quisesse discutir o assunto mais extensamente. E ela poderia tentar encontrar-se com Alyssa em algum lugar por um dia. Não tinha certeza se contaria logo para a filha, a não ser que Bill achasse que deviam, do contrário era da opinião que poderiam esperar até setembro, para comunicar a Alyssa que seus pais estavam se divorciando. Mas queria apenas vê-la, se Mary Stuart pudesse encontrá-la em sua jornada ao redor da Europa. E então iria para casa outra vez e trataria de organizar sua vida. Não tinha nenhuma idéia do que Bill desejaria fazer com o apartamento. Se desejaria ficar com ele, ou vendê-lo, se pretendia morar nele ou achava que ela devia fazer isso. Mas ela também já se decidira sobre isso. Não queria morar lá. Era muito doloroso, e uma constante lembrança de tragédia, todas as vezes que passava pelo quarto de Todd. Não fazia diferença se os pertences dele ainda estavam lá ou não. Ela sabia que um dia ele vivera ali, sabia com exatidão onde a bandeira de Princeton estivera colocada, os troféus e o ursinho em sua cama quando ele era pequeno. Agora suas coisas estavam guardadas, e para eles chegara o momento de guardar também suas coisas. Estava na hora de iniciar uma vida completamente nova para todos eles, e esperava que, se tivesse muita sorte, e as Parcas fossem boas para com ela, sua vida seria com Hartley.

— Você gostaria de ir comigo a Fisher's Island quando voltar? — perguntou ele, cauteloso. — Tenho uma casa antiga muito interessante lá. Desde que Margaret faleceu não tenho ido muito por lá, mas pensei em passar algum tempo na ilha em agosto. — Ela então fitou-o com gratidão, e balançou a cabeça. Ele também tinha seus fantasmas, suas velhas assombrações, suas rotinas. Ambos tinham.

— Adoraria fazer isso. Realmente não sabia o que fazer de mim mesma este ano, com Bill distante durante tanto tempo. Ia viajar e visitar amigos em East Hampton.

— Então venha e fique comigo — disse, aconchegando-se a ela. Tudo o que queria fazer era acordar ao lado dela, ouvir o som do mar, fazer amor com ela o tempo todo, de manhã, à tarde e à noite, conversar até de madrugada e compartilhar seus livros favoritos com ela. Já descobrira que ela era uma leitora apaixonada e que gostavam de quase todos os mesmos autores. Possuía algumas primeiras edições maravilhosas que desejava dividir com ela. Queria andar pela praia segurando-lhe a mão e contar-lhe todos os seus segredos. Todavia, os dois já tinham compartilhado a maioria deles enquanto cavalgavam em meio às flores selvagens, atravessando os contrafortes e vales de Wyoming. Tudo já estava tão maravilhoso, e só podia ficar melhor.

Era tarde quando ele finalmente conseguiu se separar dela, e ambos pareciam satisfeitos com seus planos. Depois da semana seguinte, ela deveria ir a Londres, e então voltar e passar um tempo com ele em Fisher's Island. A viagem a Londres era muito importante. E ao dizer boa-noite a ela, fez uma última pergunta dolorosa.

— E se ele reconquistar você?

— Ele não conseguirá — disse ela, beijando-o.

— Seria um tolo em não fazê-lo — sussurrou Hartley, e então a beijou. E se ele conseguisse, Hartley sabia que teria de encontrar o caminho de volta sem ela. — Talvez devêssemos pensar num sinal — disse ele —, de forma que eu saiba se minha vida acabou ou está apenas começando.

— Pare de se preocupar — disse ela, e se beijaram outra vez, mas Hartley não conseguia evitar a preocupação. Queria-a tanto. — Eu te amo — disse ela, com uma sinceridade que vinha do fundo de sua alma. Mal o conhecia, e contudo sabia que poderia passar o resto de sua vida com ele, e nunca se arrepender sequer por um momento. Ele era totalmente diferente de Bill, e todavia, ela sabia que poderia ter vivido uma vida toda com qualquer um dos dois e ter sido perfeitamente feliz. Mas seu tempo com Bill viera e se fora. E seu tempo com Hartley estava apenas começando.

Capítulo 18

A caminho do rodeio, todos estavam animados outra vez. Zoe decidira não ir. Disse que se sentia disposta, e estava com uma boa aparência, mas queria policiar suas forças, e achava que o rodeio iria sobrecarregá-las demais. Ficou em casa com o último livro de Hartley, que ele lhe dera, e queria telefonar para Sam e falar com a filha.

Tanya e Mary Stuart estavam indo para o rodeio, e Hartley as acompanhava. Ele estava usando um chapéu *cowboy* novo que comprara na cidade aquela tarde, e aproveitara para comprar um para Mary Stuart. Tanya disse que eles pareciam um casal de rancheiros texanos elegantes. Os chapéus tinham sido moldados para eles; no dela, a copa fora erguida, e as abas tinham sido aparadas nos dois. Pareciam autênticos *cowboys* e formavam um casal atraente. O mais engraçado é que os dois tinham vestido roupas azul-marinho. Era algo que Hartley disse que às vezes os casais faziam inconscientemente, quando se achavam numa sintonia especial um com o outro. Mas o coração de Tanya se alegrava em vê-los assim.

— Vocês dois estão muito atraentes — disse ela, sentada num sofá em seu ônibus, balançando uma perna cruzada sobre a outra, ansiosa por ver Gordon. Hartley também estava sabendo daquela situação, mas era extremamente discreto, e Tanya sabia que ele guardaria o segredo deles. Mas, assim como Gordon, ele se preocupava com a segurança dela.

— Você não deveria estar acompanhada de seguranças? — perguntou, sensatamente, e Mary Stuart, confirmou com a cabeça. Ela também achava o rodeio perigoso para Tanya, que insistia que não era.

— Se fosse em Los Angeles, num evento como esse eu normalmente estaria, mas as pessoas daqui são tão boas. Não vão me machucar. O pior que farão será me pedir para assinar um monte de autógrafos, e isso não é tão ruim assim. Parece tão exibicionista levar uma porção de seguranças comigo para o rodeio de uma cidadezinha. É tão hollywoodiano, que eu ficaria constrangida em fazer isso.

— Talvez seja uma atitude mais esperta — persistiu ele. — Pelo menos, cuide-se — avisou, e ela sorriu.

Estava adorando o fato de ele ser tão bom com Mary Stuart. Nunca gostara realmente de Bill Walker. Sempre o achara excessivamente duro com Mary Stuart, e também por exigir tanto dela. Na opinião de Tanya, ele considerava Mary Stuart como sua propriedade garantida e nunca reconhecera seu valor.

Bill tinha a casa perfeita, a esposa perfeita, os filhos perfeitos, e era isso mesmo que esperava deles. Ela gostaria de saber o quanto ele realmente apreciara tudo isso e com que freqüência agradecera a Mary Stuart, se alguma vez o fizera. Mas tinha certeza de que agora ficaria chocado quando Mary Stuart lhe dissesse que estava tudo acabado. Até mesmo os faxes que ele enviava para ela deixavam Tanya zangada. Eram tão frios e distantes e tão hostis. Hartley parecia o oposto de Bill, era amoroso, gentil e solícito, e se interessava por todos ao seu redor. Ela realmente achava que ele era perfeito para Mary Stuart, e que os dois formavam o casal perfeito. Eram até um pouco parecidos, exceto pelos cabelos dele serem grisalhos e ser dez anos mais velho. E Hartley fez Tanya prometer que seria cautelosa aquela noite, e que, ao menor problema, pediria a ajuda da polícia.

— Apenas fique perto de nós, e não saia andando por lá — advertiu Mary Stuart, como se estivesse falando com Alyssa.

— Sim, mamãe — brincou Tanya, mas estava tão excitada que mal pôde se sentar quando chegaram lá. O ônibus entrou no estacionamento, pulando por sobre os sulcos do chão de terra, e passando bem próximo de crianças a cavalo.

Mas logo que Tanya saiu do ônibus, eles estavam esperando por ela, não só os fãs, mas o mesmo homem e as mesmas autoridades que haviam se aproximado dela na quarta-feira. Queriam que cantasse o hino nacional mais uma vez, exatamente do jeito que fizera da vez anterior, como Deus queria, disseram eles. Soaram tão artificiais que de algum modo a comoveram. Ela deu uma meia dúzia de autógrafos enquanto falava com eles, e Hartley e Mary Stuart estavam com uma expressão preocupada, mas ambos sabiam que a vida dela era assim. E ela detestava decepcionar os fãs. No final, concordou em cantar de novo. O mesmo palomino estava reservado para ela, e dessa vez perguntou se podia cantar outra canção antes ou depois do hino. Eles sugeriram que cantasse logo após o hino, e ela queria cantar "God Bless America". Era no que um rodeio sempre a fazia pensar.

— Que tal uma de suas próprias canções, Srta. Thomas? — perguntou esperançoso o mestre-de-cerimônias, mas ela se recusou. Não queria cantar suas composições com uma banda colegial de segundo grau sem ensaio, além disso, esse não era o lugar próprio para elas. Era o "God Bless America" ou nada, e eles aceitaram.

Ela foi procurar seu assento com Mary Stuart e Hartley, e olhou para os currais de gado, mas não viu Gordon. Poucos minutos depois eles voltaram para buscá-la. As pessoas estavam olhando para ela, e Tanya sabia que a haviam reconhecido, mas, a não ser por poucas crianças, ninguém ousava se aproximar. E ela se afastou para fazer sua parte por eles, vestindo calças *jeans* azuis, uma camisa vermelha e o par novo de botas vermelhas que Mary Stuart lhe emprestara, que ficaram fantásticas. As duas ainda calçavam o mesmo número. Tanya estava usando outra vez os cabelos soltos, e um lenço vermelho amarrado no pescoço. Diversas cabeças se viraram quando ela passou. Apenas em observá-la você sabia que era alguém especial.

— É uma garota incrível — disse Hartley, com admiração, enquanto ela se afastava, e ele a observava abrindo caminho pela multidão, com uma postura séria e graciosa. Ela possuía um jeito de ser maravilhoso, que era uma mistura de boas maneiras e gentileza. Não havia nada de prima-dona em relação a ela. — Contudo, me preocupo com sua segurança. Há alguma coisa na mentalidade dos fãs da música que sempre me amedronta. Tudo que sempre faço é assinar um ou dois livros, mas as pessoas como ela trazem à tona todos os malucos.

— Também sempre me preocupo com ela — admitiu Mary Stuart, mantendo os olhos grudados em Tanya. Sabia que agora ela estava do lado oposto da arena, e diversos cavaleiros estavam exercitando suas montarias.

Então ele lhe fez uma pergunta estranha.

— Você não acha que é sério, acha, entre ela e o *cowboy*? — Deu uma olhada em volta para se certificar de que não estavam sendo ouvidos. Mas não havia ninguém nos assentos próximos que eles conhecessem, nem do rancho nos assentos de trás.

— Não sei. Por quê? — Mary Stuart ficou preocupada que ele soubesse de alguma coisa que ela desconhecia.

— Parece uma combinação estranha. Ela é tão sofisticada, e ele vem de outro mundo. A vida dela deve ser muito complicada. Acho que seria necessário alguém bastante fora do comum para agüentar isso.

— É verdade — concordou ela, mas ele a recordava tanto de Bobby Joe, numa versão mais velha e mais sábia. E tinha certeza de que, mesmo que fosse apenas inconscientemente, Tanya sentira isso. — Mas ele se parece muito com seu primeiro marido. E ela não é tão sofisticada quanto parece. De certa maneira, Tanya é parte de tudo isso. O resto de sua vida, de certo modo, simplesmente aconteceu. No fundo do seu coração, ela é apenas uma garota do Texas. Quem sabe? Talvez dê certo.

Quem sabia de alguma coisa? Tudo era apenas sorte. E talvez nada jamais resultasse desse relacionamento, mas para o bem de Tanya, ela torcia para que tudo desse certo com Gordon. Exatamente quando Mary Stuart estava pensando nele, ela o viu. Ele subira na cerca acima dos currais dos touros, e estava observando Tanya montar em seu cavalo, sem dizer uma palavra para o mestre-de-cerimônias.

Enquanto ficava ali sentado olhando para ela, não podia acreditar em sua sorte. Isso não podia estar acontecendo com ele, dizia para si mesmo, as coisas não ocorriam desse jeito. As pessoas como Tanya Thomas não montavam simplesmente num cavalo e cavalgavam com você em direção ao pôr-do-sol. Ficava tentando lembrar a si mesmo de que era provável de que não passasse de um jogo para ela, uma parte divertida de suas férias. Contudo, das conversas que teve com ela, sabia que era verdadeira e sincera, e acreditava em tudo que lhe dissera. Tinham se beijado, conversado e acariciado um ao outro do lado de fora de sua cabana, até as três horas da manhã. E agora ele estava sentado, olhando para ela exibindo-se em volta da arena, no palomino que lhe haviam emprestado, e a multidão ficou em silêncio no mesmo instante. Poucos gritos soaram, e ele podia ouvir alguns dos fãs chamarem seu nome, mas quando ela olhou para eles, e se moveu ao redor da arena, eles silenciaram. Ela possuía um poder e carisma incríveis.

Então ela cantou para eles o hino, como lhes prometera, e depois, lentamente, começou a cantar "God Bless America", até as pessoas literalmente chorarem enquanto a ouviam. Tanya tinha uma voz poderosa que flutuava para os céus e envolvia a todos, e até mesmo Gordon limpou os olhos quando ela terminou. Ela então deu um grande sorriso para todos eles e acenou enquanto fazia o cavalo dançar, e então galopou para fora da arena com um bom grito texano, e a multidão enlouqueceu. Se tivessem podido segui-la, todos teriam corrido para fora da arena e a teriam agarrado. Mas dessa vez ela foi cautelosa. Desmontou do cavalo e sumiu antes que eles soubessem. Ela beijou o mestre-de-cerimônias na bochecha e agradeceu-lhe por deixar que cantasse ambas as canções, e depois, quando ele estava para ir atrás dela, desapareceu na multidão. Rapidamente tirou a camisa vermelha e a amarrou ao redor da cintura. Por baixo, estava usando uma camiseta branca. Isso a transformou de imediato, e com a mesma rapidez, puxou os cabelos para trás, trançou-os e os prendeu na ponta com um elástico. Quando chegou aos currais dos cavalos, estava com uma aparência completamente diferente, e Gordon ficou surpreso ao vê-la.

— Bem, essa foi uma mudança rápida — disse ele, admirando-a, aproximando-se dela o máximo que ousava, e morrendo de vontade de beijá-la.

— Essa é a idéia. — Ela tirou o chapéu *cowboy* dele e o colocou em sua cabeça e isso a disfarçou ainda mais.

— Boa manobra — disse ele, e ficou contente que ela estivesse sendo cuidadosa. — Você foi arrasadora — disse ele, referindo-se à sua apresentação.

— Sempre achei que esse devia ser nosso hino nacional, em vez de "Star Spangled Banner". Gosto muito dele.

— Gosto de qualquer coisa que você cante — disse ele, ainda com uma expressão um pouco reverente. — Você podia cantar "Smoky the Bear" e me faria chorar, Tanny.

— É bom ouvir isso — disse ela, acariciando-o com os olhos. Então ele lhe comprou uma cerveja e eles a dividiram. Ela ficou parada com um pé apoiado no curral, bebendo sua cerveja, com o chapéu de rodeio dele, parecendo uma verdadeira *cowgirl.*

— Tanny, você me deixa louco — sussurrou, e ela riu dele.

— Você também exerce um efeito e tanto sobre mim — brincou ela. Eles ficaram assistindo ao rodeio juntos por algum tempo, e então ela resolveu voltar para junto dos outros para que não se preocupassem. — Monte em segurança. Diga ao cavalo que se ele o machucar, volto aqui e dou um tiro nele.

— Sim, madame — disse Gordon, enquanto ela colocava o chapéu de volta em sua cabeça. Teria sido o momento perfeito para beijá-la, mas ele teve medo. Se algum fotógrafo estivesse por perto, acabariam em todos os jornais. Ele também não sabia se Charlotte Collins estava lá aquela noite. E com certeza os *cowboys* falariam. Ambos sabiam que era melhor guardar seu segredo.

— Tentarei voltar mais tarde. Do contrário, venha me visitar — sussurrou ela, antes de partir.

Aquela tarde ele prometera que viria à sua cabana outra vez, eles adoravam ficar sentados, conversando e trocando carícias ao luar. Marcara um encontro com ele na manhã seguinte. Iria em seu ônibus até Moose, ele a pegaria lá em sua *pick-up*, e passariam o dia juntos. Havia um milhão de lugares que Gordon queria lhe mostrar.

Ela lhe desejou sorte e voltou para o seu lugar, onde Mary Stuart e Hartley estavam esperando. Eles não a tinham localizado em meio à multidão do momento em que saíra da arena, mas quando ela voltou, puderam entender por quê. Tanya tirara a camisa e puxara os cabelos para trás.

— Você foi esperta — elogiou-a Mary Stuart e perguntou onde estivera, embora tivesse uma boa idéia da resposta antes que Tanya lhes dissesse.

— Nos currais de cavalos — disse ela, com um sotaque puro do Texas, e Mary Stuart riu.

— Lembro-me de quando você falava desse jeito o tempo todo. Costumava adorar seu sotaque.

— Estou morando na cidade grande há tempo demais — disse ela, arrastando o sotaque, e apesar da mudança de roupa, as pessoas ao redor estavam começando a apontar para ela e cochichar. Mary Stuart deu seu chapéu azul-marinho novo para ela usar, e Tanya se escondeu em silêncio sob ele, mantendo os olhos baixos.

Ela assistiu à maioria dos eventos com interesse, e então Gordon entrou. Estava montando em pêlo essa noite, o que era ainda mais difícil e perigoso. Tanya detestou tudo aquilo, e, mais do que tudo, detestou a sensação sufocante de vê-lo flutuando no ar, sacudido de todo jeito por uma besta selvagem que podia matá-lo com facilidade. Tudo estava indo bem, até que subitamente o cavalo literalmente voou pelo ar, e deu um salto para o portão do curral de touros. Ele estava disposto a fazer qualquer coisa para se livrar do cavaleiro, e conseguiu. O cavalo bateu com Gordon de encontro ao portão, e quando ele eventualmente caiu, o cavalo o arrastou pela mão por quase dez metros, mas enfim os homens encarregados do resgate alcançaram-no. Gordon estava dobrado para a frente e segurando o braço quando deixou a arena. Mas no último momento virou-se e acenou, e ela sabia que ele fizera isso só para ela, para que não se preocupasse. Queria correr para encontrá-lo e descobrir se ele estava bem, mas não desejava chamar atenção demais sobre si mesma. Assim sendo, esperou um pouco e o observou de onde estava. Ele subira de novo no curral de touros, mas parecia sentir o braço, e o anunciante o cumprimentou por uma cavalgada excelente. Ele teve a segunda pontuação mais alta da noite, mas a que preço recebeu essa glória.

— Acha que ele está bem? — Tanya se debruçou e perguntou a Hartley.

— Parece que sim. Eles o teriam levado embora ou chamado os médicos se não estivesse.

Mas foi um choque para todos eles, ver como os *cowboys* deixavam a arena obviamente machucados. Eles saíam mancando, com as mãos nas costas, arrastando as pernas, segurando os braços, tendo sofrido pancadas nas cabeças, suas entranhas machucadas, e eles voltavam para fazer tudo de novo três dias depois. O anunciante até congratulou um deles por voltar, após ter sofrido "uma concussão muito séria, montando touros na quarta-feira". Na opinião de Tanya, isso não era bravura, mas sim pura estupidez. Mas era o mundo em que eles viviam.

Até mesmo crianças de cinco anos foram para a arena durante o intervalo, correndo atrás de bilhetes de rifa e bilhetes de entrada grátis para a feira municipal, amarrados aos rabos de bezerros e de novilhos. Mary Stuart ficou reclamando para Hartley que eles iam ser pisoteados. Mas era assim que as pessoas viviam em Wyoming. Era como a corrida dos touros pelas ruas da Espanha, fazia sentido para eles. Mas até mesmo para Tanya, que vivera no Texas, tudo aquilo parecia perigoso e louco.

— Essa merda machista vai me matar — disse ela para Hartley, enquanto assistiam a um jovem cavaleiro de touros quase ser morto, quando o touro o jogou ao chão inesperadamente e então pisoteou no que deviam ser seus rins.

Eles chamaram uma ambulância, mas ele ainda se arrastou para fora da arena, sobre suas mãos e joelhos, com algum auxílio. E o público o ovacionou.

— Isso é muito pior do que o que eu faço — disse Tanya, e Hartley e Mary Stuart riram.

Pouco mais tarde, ela voltou ao curral dos cavalos para ver como Gordon estava.

— Você está bem? — perguntou com um olhar preocupado, quando chegou lá. Ela devolvera o chapéu para Mary Stuart, porque não queria sujá-lo ou perdê-lo se alguém o tirasse dela. Às vezes isso acontecia com ela. As pessoas roubavam seus artigos de vestuário e fugiam com eles como suvenires. Era realmente irritante, e sempre a amedrontava um pouco. — Como está seu braço? — perguntou-lhe rapidamente, e ele sorriu mediante sua preocupação. Podia ver que sua mão estava inchada, mas ele colocara gelo e afirmou que não sentia dor.

— Você está mentindo seu grandissíssimo tolo. Se eu sacudisse sua mão agora mesmo ou a segurasse, você me bateria.

— Não, mas poderia chorar um pouco — brincou, e ela riu, apesar de sua preocupação.

— Vocês são malucos — repreendeu-o. — Como está o cara que foi pisoteado pelo touro?

— Está bem. Não quis ir para o hospital. É bastante durão. Vai urinar sangue por uma semana, mas já está acostumado com isso.

— Se continuar fazendo isso, vou matar você — disse, ameaçadora. — Não fez bem aos meus nervos.

— Você faz bem aos meus — disse ele, chegando mais perto dela, e podia sentir o aroma de sua colônia pós-barba misturado com o cheiro dos cavalos. Gordon então notou que duas pessoas a estavam observando, e voltou-se a fim de bloqueá-la da linha de visão delas. Era sábado, havia mais pessoas ali aquela noite, e muitas delas estavam bebendo. — Quero que tenha cuidado quando for embora, Tan. Está ouvindo?

— Sim, senhor — disse ela, e bateu continência. Não estava preocupada. Ela gostava de pensar que era invisível, ou que não podia ser reconhecida se não quisesse e não fizesse contato com os olhos deles, mas ele sabia que isso não adiantava.

— Vou ficar bem — tranqüilizou-o. — Vejo você mais tarde. — Então tocou seu rosto e desapareceu.

Ele a observou pelo resto do rodeio, sentada nas arquibancadas. Não a viu partir, porque estava conversando com alguns dos outros homens. Conversavam sobre um *cowboy* que fora desqualificado dos cavalos de sela, e que recebeu uma oferta para montar de novo, mas a recusou. A política dos *cowboys*.

Mary Stuart e Hartley rumaram em direção à saída, com Tanya entre eles, e podiam ver a segurança por perto observando-os, e diversos policiais locais. E lá estava o grupo usual de fãs, acenando com canetas e suplicando por autógrafos, e diversos tiraram fotos dela, mas era tudo inofensivo, e Tanya não se sentiu ameaçada.

Estavam a seis metros do ônibus, quando dois homens abriram caminho aos empurrões até a frente dela. Os *flashes* de máquinas fotográficas dispararam, ela notou uma câmara de TV logo atrás deles. Eram os repórteres de noticiários locais, e eles queriam saber o que a fizera cantar o hino, se recebera pagamento por isso, se já estivera num rodeio antes, e se agora pretendia se mudar para Jackson Hole. Ela tentou ser agradável com eles, ao mesmo tempo que continuava abrindo caminho para a frente. Mas eles fizeram um bloqueio na rua e ela não podia chegar ao ônibus nem fazê-los sair do caminho, e o pessoal da segurança estava tão ocupado empurrando os fãs para trás, que ficou impossibilitado de ajudá-los.

Hartley tentou fazer os repórteres saírem do caminho, mas eles formaram uma parede à frente deles, tirando fotos, filmando vídeos e fazendo perguntas para ela, e subitamente era como se tivessem disparado sinalizadores. Todos os fãs da área perceberam onde estava e o que acontecera, e ela não podia passar pelas câmaras para alcançar segurança. Tom abrira a porta do ônibus para Tanya, mas foi imediatamente empurrado para o lado, e uma dúzia de fãs entrou, passando por ele, procurando por ela, pegando coisas, tentando ver o que podiam, tirando fotos. A polícia apareceu de repente, empurrando todo mundo, enquanto Tanya era puxada e sua camisa rasgada. Alguém puxou seus cabelos, e um bêbado parado perto dela tentou beijá-la. Era apavorante, mas através de tudo isso ela continuou tentando abrir caminho pelos repórteres, mas eles não deixavam, e Hartley e Mary Stuart foram separados dela por uma agitada massa de fãs que queria despedaçá-la membro por membro. Não sabiam o que estavam fazendo. Só queriam tê-la.

Àquela altura a polícia tinha tirado seus alto-falantes e estava avisando à multidão para se afastar, e berrando com os cinegrafistas que tinham começado tudo. Havia cinqüenta pessoas no ônibus e elas estavam rasgando as cortinas. Enquanto isso acontecia, Tanya percebeu que se encontrava realmente em apuros. Não conseguia se livrar deles, e eles a estavam empurrando, agarrando e arranhando. Não havia como fugir, e no meio disso tudo, ela sentiu um braço forte ao redor de sua cintura, e sentiu que estava sendo levantada do chão, enquanto via uma mão dar um soco em alguém, mas não sabia a quem pertencia. Estava sendo arrastada pelo chão, e então levantada no ar, e sendo meio carregada, meio arrastada até uma *pick up*. Achou que estava sendo seqüestrada com sucesso, e então viu que era Gordon. Ele perdera o chapéu, e a camisa também estava rasgada, mas estava com uma expressão nos olhos que dizia que ia matar alguém se tocassem nela. Ele era o único obstáculo entre ela e uma verdadeira destruição. A polícia ficara bem para trás deles.

— Vamos, Tan, corra! — gritou para ela, puxando-a junto com ele, enquanto os outros tentavam segui-los. Quando ele percebera o que estava acontecendo, estacionara a *pick-up* o mais próximo possível da multidão, e deixara o motor funcionando. E os pés dela estavam se movendo o mais rápido que podiam no chão de terra, quando quatro policiais a cavalo passaram galopando por eles. Mas então, já tinham alcançado a *pick-up* de Gordon, e ele a empurrou para dentro, pulou para o banco do motorista e deu a partida, quase atropelando mais de meia dúzia de pessoas e diversos cavalos. Mas ele não parou por nada. Havia literalmente um tumulto acontecendo para trás deles. Manteve o pé no acelerador até estarem distantes um quilômetro e meio, e então estacionou do lado da estrada e parou para olhar para ela. Ambos tremiam.

— Obrigada — disse Tanya, com uma voz trêmula. Tremia da cabeça aos pés. Tinha sido horrível. Fora uma das situações mais perigosas em que se metera recentemente, porque a multidão estava descontrolada, e ela não tinha uma segurança adequada para ajudá-la. Se ele não tivesse aparecido, poderia ter sido morta, ou seriamente ferida, e ambos sabiam disso. — Você salvou minha vida — disse, tentando não chorar, enquanto ele respirava fundo e olhava para ela, querendo desesperadamente protegê-la.

— Não me diga que os cavalos de sela são mais perigosos do

que isso. Comparado com isso, prefiro que me dêem um filho da puta de um cavalo bravo a qualquer dia. O que acontece com as pessoas? Essas são pessoas perfeitamente normais que saíram para uma noite de sábado no rodeio. Elas dão uma olhada para você e enlouquecem. O que é isso?

— Histeria coletiva. Não sei. Elas querem ser donas de você, mesmo que tenham de despedaçá-lo para isso. Mesmo que voltem com apenas um pedaço de você, uma camisa, um fio de cabelo, uma orelha, um dedo. — Sua cabeça estava doendo, tantas pessoas tinham puxado seus cabelos, tentando arrancar um pouco deles para guardar. Era um negócio verdadeiramente insano. Ela estava sorrindo, mas nenhum dos dois achava engraçado. Detestara deixar Hartley e Mary Stuart para se defenderem, mas não podia ajudá-los e sabia que a polícia faria isso.

— Foram aqueles malditos fotógrafos — disse Gordon, colocando um braço ao redor dela e puxando-a para perto dele. Ela acabara de lhe contar sobre os cabelos arrancados e ele não podia acreditar. — Se eles a tivessem deixado passar, você conseguiria chegar ao ônibus e teria ficado a salvo. Mas aqueles bastardos fizeram um bloqueio na rua para conseguir uma história.

— Bem, eles conseguiram uma. Uma muito melhor do que teriam, apenas me perguntando se me pagaram para cantar o hino nacional.

— Merda — disse ele, sacudindo a cabeça. Já podia imaginar a manchete. TANYA THOMAS CAUSA TUMULTO EM WYOMING. Agora podia ver como a vida dela se descontrolava tão facilmente. Como é que ela agüentava, pensou consigo mesmo. — Isso tudo vale a pena para você, Tan? — perguntou, olhando para ela. Estava honestamente curioso em saber por que ela fazia isso.

— Não sei — disse, encolhendo os ombros —, às vezes. É o que eu faço. Costumava dizer que ia me aposentar, mas não quero deixar que eles vençam. Por que deixar que me impeçam de fazer o que eu quero, só porque eles tornam minha vida miserável?

— É, isso é verdade. Mas talvez deva repensar a respeito. Você tem de se proteger de alguma forma.

— Eu me protejo. Em casa, tenho seguranças e arame farpado, portões elétricos, câmaras, cachorros, todas essas coisas — disse ela, como se fosse normal.

— Parece até a Texas State Prison. Quero dizer outra coisa, algum meio de evitar que as pessoas arranquem os cabelos de sua cabeça, todas as vezes que você for comprar sorvete. — Estava profundamente impressionado com o que acabara de ver e sentindo-se mais solidário do que ela imaginava. Na opinião dele, aquilo era desumano.

— Você poderia me levar a um telefone? — perguntou ela, parecendo preocupada. Queria telefonar para Tom no ônibus, dizer a ele que estava bem e que não fora seqüestrada por um estranho. Fora raptada por um amigo, ela sorriu para ele, e lhe contou o que pensara no primeiro momento em que sentiu seu braço ao redor dela. Ele a arrebatara com tanta força, que ela soubera que não tinha a menor chance de resistir.

— Pobre garota. Tudo o que eu queria fazer era tirar você de lá o mais rápido possível.

— E você conseguiu — disse, agradecida, enquanto ele parava numa loja da 7-Eleven.

Enquanto ela usava o telefone, ele ficou vigiando cuidadosamente para se certificar de que ninguém a reconhecera, e Tom respondeu no primeiro toque. Hartley, Mary Stuart e a polícia estavam esperando com ele. Sabiam que se ela estivesse bem telefonaria para o ônibus, e Hartley suspeitou que tinha sido Gordon quem a levara, mas não quisera dizer a eles. Haviam declarado apenas que Tanya tinha amigos no rodeio, e que estavam com esperanças de que tivesse ido embora com eles. Mary Stuart ficou imensamente aliviada ao ouvi-la.

— Você está bem? — perguntou, ela mesma ainda tremendo. Fora uma experiência horrível até mesmo para eles, e recordara a todos de como a vida de Tanya era difícil.

— Estou bem. Com uma aparência horrível, mas não quebrei nada. Apenas fiquei assustada. Sinto muito, Stu. Hartley está zangado? — Era uma experiência horrível para uma pessoa passar. Quando solteira, antes de Tony e ela se casarem, havia rapazes que não queriam sair com ela porque diziam que tentar levá-la ao cinema era como praticar luta livre na universidade.

— É claro que não — disse Mary Stuart, exasperada —, não com você. Está furioso é com os repórteres pelo que fizeram. Ele disse que vai telefonar para o proprietário do jornal e para estação do noticiário local amanhã.

— Diga a ele para não se dar ao trabalho. Nem tenho certeza se eles eram locais. Alguém pode ter passado a informação para os serviços de comunicação, ou para a TV a cabo. Não vi de onde eles eram. Não faz nenhuma diferença. De qualquer maneira, não farão nada sobre o que aconteceu. O ônibus está muito danificado?

Mary Stuart olhou ao redor, ainda aborrecida com o que as pessoas tinham feito. Os fãs tinham levado cinzeiros, almofadas, quebrado pratos, botado as cortinas abaixo, mas não havia nada que não pudesse ser consertado. O motorista disse algo para ela e ela repetiu para Tanya.

— Tom disse que foi tão ruim quanto em Santa Fé, mas nem de longe tão ruim quanto em Denver ou Las Vegas. Isso acontece com você regularmente? — Mary Stuart parecia ainda mais horrorizada com a lista de comparações. Pobre Tanya, que pesadelo.

— Acontece — disse Tanya, baixinho. — Vejo vocês mais tarde — então, Gordon tocou seu braço.

— Não faça nenhuma promessa — disse ele, suavemente, enrubescendo um pouco. Teria sugerido que fossem a um restaurante só para tomar um drinque a fim de relaxar, mas não ousava. Realmente, o que queria era levá-la à sua casa a fim de que ficassem à vontade, para que pudessem conversar e sentar perto da lareira. Essa noite não queria ficar sentado com ela ao ar livre. Tanya já passara um mau pedaço, queria levá-la para casa e envolvê-la em seus braços. E quem sabe o que poderia acontecer. Tanya leu um monte de coisas em seus olhos e balançou a cabeça com um sorriso.

— Não se preocupem comigo. É possível que eu chegue tarde em casa. Estou em boas mãos.

Mary Stuart sabia que Tanya estava com Gordon.

— Então eu a vejo amanhã? — brincou ela, e Tanya riu.

— Nunca se sabe. Diga a Zoe que a amo e que ela escolheu

uma boa noite para ficar em casa. E diga outra vez ao Hartley o quanto sinto pelo acontecido.

— Pare de se desculpar. Estamos sentindo por você. E agradeça ao nosso amigo por mim. Ele trabalhou bem.

— É um bom homem. — Tanya sorriu para ele da cabina telefônica.

— Acho que sim — disse Mary Stuart, suavemente. — Cuide-se, Tan. Nós a amamos.

— Também a amo, Stu. Boa-noite — disse ela, e desligou.

Então se virou para Gordon, que a envolveu em seus braços. Apenas ficou ali abraçado a ela, então, colocou-a na *pick-up* e levou-a para casa, para a pequena cabana atrás do curral. Gordon entrou com o carro o mais silenciosamente possível, apagou os faróis, e os dois ficaram sentados dentro do carro por um momento. Tinha sido uma noite muito agitada para ambos, e Tanya ainda se sentia abalada. A cena dele montando o cavalo, não tinha sido nada comparada ao que veio depois.

— Você está bem, Tanny? — perguntou ele, gentil.

— Sim. Acho que sim. — Estavam a cerca de um quilômetro da cabana de Tanya, mas ela não tinha o mínimo desejo de ir para lá. — Esse tipo de coisa sempre me deixa abalada por algum tempo.

— Você quer entrar? — perguntou ele. Teria entendido se ela não quisesse, se preferisse ir para casa e para a cama. Mas ele queria ficar em sua companhia, e mesmo que isso não fosse permitido, era melhor do que ser visto saindo da cabana dela. Perderia seu emprego em qualquer um dos casos, se alguém os visse juntos, mas Gordon decidira dias antes que achava que ela valia a pena. — Você não tem de fazer nada que não queira, Tanny — disse ele, gentilmente. — Levarei você de volta para a cabana se preferir.

— Gostaria de entrar — disse ela, baixinho. Queria ver onde ele morava, o que ele tinha, do que gostava, só queria estar em sua companhia.

— Acho que todos saíram, mas precisamos ser um pouco discretos.

Ela sabia quantos problemas ele teria se alguém os visse, e se preocupou com isso. As outras cabanas ficavam próximas, embora a dele fosse mais inacessível do que a maioria delas. Mas ela não queria que ninguém os visse.

— Vai ficar tudo bem com você? — perguntou, com um olhar preocupado, e ele deu um sorriso que arrebatou seu coração.

— O melhor que poderia ficar — disse ele, e então saiu da *pick-up* e caminhou rapidamente em passos largos para a sua cabana. Ela entrou atrás dele, e ele trancou a porta, baixou as persianas e acendeu as luzes. Tanya ficou surpresa em ver como tudo estava tão arrumado e como a cabana era agradável. Esperara encontrar um lugar muito mais rústico e bastante desordenado. A cabana em si, como lhe fora entregue, estava atraentemente decorada, com um sofá de brim e uma decoração em estilo *country*, e em toda a volta da sala ele colocara fotos do filho, dos pais, e de um cavalo que ele amara. Havia livros e revistas em pilhas arrumadas, algumas ferramentas numa caixa organizada e uma estante inteira cheia de CDs. Ficou surpresa em ver a quantidade de CDs seus que ele tinha, mas também gostou das outras escolhas.

Havia uma sala de estar, uma cozinha grande com uma área para refeições, e elas também estavam arrumadas, embora a geladeira estivesse quase vazia. Ele só tinha o que ela chamava de comida de solteiro. Pasta de amendoim, um abacate, dois limões e um tomate, água gasosa, muita cerveja e um abastecimento de biscoitos para durar a vida toda.

— Você não deve cozinhar muito. — Ela riu.

— Como no refeitório dos funcionários — disse ele, mostrando para ela, enquanto puxava a gaveta da geladeira, que também tinha ovos, *bacon*, geléia e manteiga.

— Estou impressionada — disse, rindo, e ele pôs o bule no fogão para fazer um pouco de café.

Gordon tinha uísque e vinho e ofereceu para ela, mas Tanya disse que não bebia muito e que não queria, embora ele achasse que depois do tumulto no rodeio uma dose de uísque poderia lhe fazer bem. Ao sair da cozinha de novo, com um caneco de café na mão, ela deu uma olhada para o quarto dele. Parecia pequeno e simples. Havia uma cama, uma cômoda e uma poltrona grande e confortável. Ele disse que não passava muito tempo lá. Mas era agradável estar no mundo dele, ver onde ele morava, e se sentiu surpreendentemente em casa. Era mais agradável que muitas das casas que ela vira em toda a sua vida.

— É quase tão grande quanto a casa onde cresci quando criança — disse ele, sorrindo. — Havia dois quartos, meus pais ocupavam um deles, e eu e meus cinco irmãos ficávamos no outro.

— Parece com o lugar onde cresci — disse sorrindo. — Provavelmente, ainda estaria por lá se não tivesse conseguido uma bolsa de estudos para estudar música em Berkeley. Ela mudou minha vida — disse Tanya, lembrando daqueles tempos, e das mulheres que conhecera lá.

— Você mudou minha vida — disse ele suavemente, enquanto sentavam no sofá e ele colocava um braço ao redor dela.

Alguns minutos depois ele pôs umas músicas para tocar. Tudo ali estava tão tranqüilo, ela não podia se imaginar sofrendo qualquer injúria em sua companhia. Sentia-se em completa segurança e com total proteção. Depois de algum tempo os dois começaram a se beijar outra vez, e todo o terror, alívio e absoluto pânico do que acontecera aquela noite pareceram fluir para longe dela enquanto Gordon a abraçava. Beijaram-se por um longo tempo, e então ele a olhou. Não queria fazer nada que ela não quisesse, ou de que se arrependesse mais tarde. A qualquer momento, ele a teria levado de volta para sua cabana se ela assim desejasse.

— Tanny? — Sua voz soou suave na escuridão. Ele apagara as luzes e acendera a lareira, e a música embalou-os enquanto eles se abraçavam, se beijavam e lentamente descobriam os corpos um do outro. — Você está se sentindo bem com isso, Tanny? Não quero fazer nada que você não queira — sussurrou ele.

— Estou bem — disse ela, suavemente, e voltou a beijá-lo, dando para ele todo o seu coração, toda a sua alma.

Ele se deitou ao seu lado no sofá, e vagarosamente tirou sua camiseta rasgada. À medida que a despia, deixou-se dominar completamente pela beleza do seu corpo. Ela era como uma mocinha em suas mãos, bronzeada e esculpida, e seus membros pareciam nunca terminar. Ambos ficaram nus, deitados lado a lado, enquanto ele sorria para ela. Nunca se sentira tão feliz em toda a sua vida, ou amara uma mulher mais do que a ela, quando ela enrolou os braços ao redor do seu pescoço e cedeu ao que ele tinha desejado fazer, quase desde o dia em que a conhecera.

Depois eles foram para o quarto, e ela dormiu em seus braços, e quando acordou ao amanhecer e olhou para ela, pensou consigo mesmo se estava sonhando, se tudo não passava de uma fantasia que acabaria com a manhã. Ela voltaria para Hollywood e esqueceria que um dia o conhecera. Mas enquanto pensava nisso, ela abriu os olhos, olhou para ele e lhe disse o quanto o amava.

— Estou com medo — disse ele, à luz suave da aurora. Nunca admitira isso para ninguém antes, mas se abrira com ela, do mesmo jeito que ela lhe contara todos os seus segredos. — E se isso nunca tiver acontecido?... E se tudo isso desaparecer de novo, e se...

— Pare com isso... Eu te amo... — disse ela. — Não vou a lugar nenhum. Sou apenas uma garota do Texas — ela sorriu —, não esqueça disso.

Ele riu à luz branda da manhã, então fizeram amor de novo. Eram dez horas quando acordaram outra vez, e ela entrou em sua sala de estar completamente nua.

— Oh! meu Deus! — disse ele, olhando fixamente para ela. — Como é que isso aconteceu comigo? — Ele estava sentado na beirada da cama com um olhar maravilhado, e ela riu feliz.

— Acho que ambos achamos que era uma boa idéia, em algum momento em torno de meia-noite. Ou você estava bêbado? — brincou Tanya, mas ele ainda parecia estar espantado.

— Não quero dizer isso... quero dizer, olhe para você. Deus, Deus... olhe essa mulher. É a Tanya Thomas andando nua em pêlo pela minha sala, segurando uma xícara de café da minha cozinha.

Ela riu do jeito com que ele falou isso, e ele também riu. Tudo aquilo era uma loucura. Ele, ela, onde ela fora parar na vida, o fato de as pessoas quererem rasgar suas roupas e arrancar seus cabelos.

— Para mim você também está com uma aparência bastante atraente — ela deu uma risadinha, e provou isso para ele no chão da sala, em seu sofá, e depois de volta na cama.

Gordon estava dividido entre passar o dia fazendo amor com ela e mostrar-lhe todas as coisas que queria que compartilhassem.

Era uma decisão difícil, mas ele lhe disse que a melhor hora para eles saírem seria quando todos tivessem ido para o almoço. Portanto, ao meio-dia, fugiriam em silêncio, e para sua satisfação ninguém os viu. Ela estava vestida com os próprios *jeans*, usava um chapéu velho, e amarrou uma velha camisa de trabalho dele por baixo dos seios. Estava maravilhosa, e ele sacudiu a cabeça, num falso espanto com o que seu destino lhe reservara, enquanto ela ligava o rádio e aumentava o volume da música.

Ela deixara uma mensagem no rancho para os outros, dizendo que estaria de volta alguma hora aquela noite. Queria passar o dia todo com ele, e fez isso.

Naquele dia, foram até uma cachoeira, e ele a levou em sua *pick-up* bem alto nas montanhas. A vista parecia inacreditável, e eles fizeram uma caminhada bem longa, enquanto ele falava sobre sua infância, sua família e seus sonhos. Ela nunca se sentira tão confortável com alguém na vida. No caminho de volta para a cidade, ele parou num velho rancho. Disse que um dia, aquele rancho tinha sido o melhor da cidade, mas o dono morrera, e ele não fora atraente o bastante para o tipo de pessoas que vinham para Jackson Hole hoje em dia. Uns dois artistas de cinema e um sujeito alemão tinham ido vê-lo. Gordon conhecia os corretores. Ele estava sendo oferecido a um preço justo, e precisava de algumas benfeitorias, mas a maioria das pessoas achava-o distante demais da cidade e que era excessivamente rústico. Estava situado a cerca de quarenta minutos de Jackson Hole, e para Tanya parecia algo saído de um velho filme de faroeste. Eles andaram pela propriedade e deram uma olhada lá dentro. A sede do rancho tinha um bom tamanho, e havia três cabanas decentes para empregados. Os estábulos estavam em mau estado, e havia um celeiro grande e bonito, que precisava de reparos, mas o principal estava lá, e ficara óbvio para Tanya que Gordon adorava tudo aquilo.

— Um dia gostaria de comprar um lugar como esse — disse ele, apertando os olhos em direção às montanhas. De onde eles estavam parados, podia-se olhar diretamente para o vale lá embaixo. O lugar oferecia passeios lindos, e era uma boa terra para cavalos.

— O que você faria com ele?

— Eu o consertaria. Provavelmente, criaria cavalos. Ganha-se um bom dinheiro com isso. Mas é necessário ter um capital inicial para fazer isso. — Em sua opinião era uma pena ninguém jamais ter comprado aquele lugar. Ele achava que todos estavam deixando escapar a oportunidade.

Tanya concordou com ele. Gostava do aspecto rude da propriedade, e já podia se imaginar escondida num lugar como aquele o inverno todo. Havia muitas coisas fantásticas que se poderia fazer com a sede do rancho.

— Pode-se entrar e sair daqui com a neve? — perguntou ela, e ele assentiu com a cabeça.

— Claro. A estrada é boa. Pode-se sair facilmente com um trator de pá. A pessoa teria de mandar alguns dos cavalos para o sul, mas provavelmente poderia manter alguns aqui, com um celeiro aquecido. — E então ele riu de si mesmo por fazer planos para um rancho que não possuía. Mas Tanya estava contente que ele compartilhara seus sonhos com ela.

Depois disso, os dois dirigiram pela área por algum tempo, e então a levou para jantar num velho restaurante em ruínas, que ficava a meia hora da cidade, que muitos dos velhos *cowboys* freqüentavam. Havia restaurantes mais elegantes para onde a teria levado, mas receava que em qualquer lugar que fossem, as pessoas a reconheceriam e começariam um novo tumulto. Mas ela gostou daquele velho lugar engraçado onde foram, e depois voltaram para a cabana dele. Ela se divertira muito, e sabia que deveria voltar, mas não queria. Sentou-se na sala com ele, ouvindo música. Então, para se divertir, ele pôs seu CD favorito de Tanya cantando, e ela o cantou para ele, e ele não conseguia acreditar no que estava ouvindo. Tinha certeza de que estava sonhando, disse ele, e ela riu.

— Não, não está — disse Tanya, rindo, e começou a tirar as roupas dele.

— Estou sim — disse ele, também dando risadas — isso é uma fantasia, veja só o que estou sonhando... estou ouvindo Tanya cantar e ela está tirando minhas roupas.

— Não, não está — ela negou o que estava acontecendo, enquanto ele também tirava suas roupas —, e você também não está tirando as roupas dela...

Estavam rindo, acariciando um ao outro e trocando beijos, e ele não conseguia acreditar no quanto a amava ou o quanto ela o excitava. Um minuto mais tarde, acabaram voltando para o quarto dele. E nem olharam para o relógio de novo, até muito depois da meia-noite.

— Talvez eu devesse apenas mudar minhas coisas para cá — disse, sonolenta, com uma voz grave e sensual que o deixou louco, e ele sorriu, pensando no que ela fizera com ele e no quanto ele gostara.

— Tenho certeza de que a Sra. Collins ficaria contente em nos ajudar. Simplesmente direi a ela que estou oferecendo minha cabana para você passar o resto da semana. — Os dois riram.

— Ou você podia ficar conosco.

— Isso seria ótimo — aprovou ele, e Tanya começou a fazer amor com ele outra vez, enquanto ele gemia e se contorcia sob sua língua e seus dedos. — Oh, Deus!... isso é tão gostoso, Tanny... — Ficaram deitados juntos até o amanhecer, então ela sabia que tinha de se levantar antes que alguém a visse. Mas detestava deixá-lo.

— Não quero que vá — disse ele, tristemente, observando-a se vestir depois de tomar banho com ela em seu pequeno banheiro. E aquilo quase fez com que começassem tudo de novo, mas dessa vez ele sabia que não podiam. — O que vou fazer depois que você partir? — perguntou, parecendo perdido como uma criança, e ela sorriu. Queria tanto ficar em sua companhia.

Sabia que Gordon estava se referindo ao domingo, quando ela voltaria a Los Angeles, para continuar a lutar suas batalhas.

— Por que não vem comigo? — perguntou ela, sabendo que era uma idéia louca, porém também não queria deixá-lo. Mas ele era muito mais sábio do que ela.

— E quanto tempo isso duraria? O que eu faria? Atenderia ao telefone? Carregaria as flores para você? Responderia a correspondência dos fãs? Seria seu segurança? Em pouco tempo você me odiaria, e eu também. Não, Tanny — disse ele, tristemente —, não pertenço ao seu mundo.

— Nem eu — disse ela, infeliz, sem saber como resolver o problema.

— Mas é a sua vida, e não a minha. Depois de algum tempo você me detestaria. — Ele era inteligente. Fora isso exatamente que acontecera com Bobby Joe. Quando finalmente voltou para o Texas, ele a detestava de verdade. — Não quero fazer isso.

— Então o que vai acontecer conosco? — perguntou ela, parecendo em pânico.

— Não sei. Me diz você. Eu poderia visitá-la de vez em quando, pelo tempo que você ou eu pudéssemos agüentar. Você poderia voltar para cá. Poderia comprar uma propriedade aqui, talvez faça bem a você. Um lugar para onde vir e recuperar a sanidade outra vez, depois do tipo de loucura que vimos na outra noite. Se você morasse aqui, seria diferente. Você viveria aqui uma parte do ano, Tan... e eu estaria aqui esperando por você. Se eu tivesse uma vida com você aqui, acompanhá-la a Los Angeles teria algum sentido. Farei qualquer coisa que você queira, ficar aqui, deixar você ir, desaparecer, esperar por você. Só não quero ir para Los Angeles, desistir da minha vida toda, e ver você acabar me odiando.

— Jamais poderia fazer isso — disse, honestamente. Ela também não odiara Bobby.

— Eu me odiaria, e você sabe disso. Volte para cá — disse envolvendo-a nos braços, e apertando-a tanto de encontro a ele, que ela não podia respirar quando a beijou. — Estarei aqui, esperando por você. Para sempre, se quiser.

— Você realmente virá algumas vezes a Los Angeles? — Agora estava preocupada com ele. E se nunca mais o visse? Se ele a esquecesse no momento em que partisse, se mudasse para outro rancho numa outra cidade, uma outra cantora? Estava tão amedrontada quanto ele.

— É claro que irei — tranqüilizou-a quanto a visitá-la em Los Angeles — Contanto que seja apenas para uma visita. E quanto a você morar aqui, pelo menos parte do tempo?

— Nunca pensei em algo assim — disse ela honestamente, refletindo sobre isso. — Acho que gosto da idéia.

— Talvez você adorasse.

— Se eu comprasse um rancho, você o administraria para mim?

— Claro — disse ele, pensando no assunto, enquanto se sentavam conversando em sua cama. — Mas não quero ser seu empregado.

— O que isso quer dizer? — perguntou ela, parecendo confusa.

— Quer dizer que não quero que você me pague — disse ele, tranqüilo, e ela podia ver em seus olhos que estava sendo honesto.

— E como é que você vai viver? — Estava preocupada com ele, e queria que resolvessem isso juntos. Tinha de haver um jeito dos dois fazerem isso.

— Tenho algum dinheiro economizado. Não trabalhei todos esses anos por nada. Pensei em comprar alguns cavalos, cruzá-los, fazer algum trabalho extra aqui no rancho. Eu poderia trabalhar em seu rancho em troca de comida e um lugar para morar. Poderíamos arranjar uma maneira — disse, puxando-a para perto outra vez. — Não estou preocupado com isso. — Estava se sentindo melhor outra vez. Ele a amava tanto, sabia que podia fazer qualquer coisa por ela, contanto que ficassem em termos de igualdade, de forma que não acabasse se sentindo como um de seus empregados. Mas ela gostara de suas idéias, e estava pensando nelas enquanto ele a beijava.

— Não quero deixá-lo — repetiu ela. Gordon sabia que ela queria dizer naquela semana e não naquela manhã.

— Então não vá — disse, roucamente, querendo fazer amor com ela outra vez. Nunca tivera outro relacionamento como esse. Sentia-se desafiado até as profundezas de sua alma, e fisicamente ela o deixava louco. — Não vá.

— Preciso ir. Tenho vários compromissos pelas próximas semanas, e um disco para gravar. — E então pensou na turnê de concertos com a qual concordara. Falou dela para ele enquanto se vestia, e ele ouvia. — Gordon, você viria comigo? — Isso significava expô-lo à imprensa, mas ambos sabiam que isso aconteceria mais cedo ou mais tarde. Só tinham de estar preparados para enfrentá-la.

— Eu iria se você quisesse — disse, pensativo. De um modo engraçado a idéia o atraía; de outro, não. Queria acompanhá-la e protegê-la de todo aquele lixo a que era submetida. Mas a idéia de fazer parte de tudo aquilo realmente o amedrontava. Mas ele sabia, que se ia ficar com ela, teria de compartilhar seu mundo pelo menos uma parte do tempo. Não podia esperar que ela passasse o tempo todo se escondendo com ele em Wyoming. — Eu faria isso — disse ele, e ela o beijou. — Não sei o que vamos fazer, Tan. Sua vida é bastante complicada, mas vamos dar um jeito se for necessário. — E então ele lhe fez uma pergunta estranha.

— E quanto a filhos? Por que nunca teve nenhum? — Ele estivera pensando nisso desde que a conhecera. Ela era uma pessoa tão calorosa e carinhosa, que lhe parecia estranho que nunca tivesse tido filhos.

— Nunca era a hora certa. Estava sempre casada com a pessoa errada, sendo empurrada de um lado para o outro por diretores e agentes. Eles provavelmente teriam me matado se eu tivesse engravidado.

Ele balançou a cabeça, fazia sentido para ele, mas tinha pena dela. Achava que teria sido uma boa mãe.

— Você ainda desejaria ter um? — perguntou, olhando para ela, pensativo, e ela ficou espantada com a pergunta.

— Não sei — disse honestamente. — Eu queria há alguns anos. — Tentara convencer Tony, mas ele não desejara mais filhos, e dissera que seria complicado demais. — Meu médico achou que isso exigiria um grande esforço na minha idade. — Mas só o fato de ele ter perguntado sobre o assunto fez com que ela pensasse nele outra vez, e ficou surpresa em perceber que a idéia a atraía. E então riu, ele certamente estava dando uma virada em sua vida. Estava tentando convencê-la a se mudar para Wyoming, viver num rancho e ter um bebê. Ela lhe disse isso, e ele riu. — Por falar em mudar o estilo de vida, sinto-me bem diferente aqui. — E então olhou-o com franqueza. — É possível que eu queira um filho, mas faria diferença se eu não pensasse nisso?

— Será o que você decidir — disse ele, curvando-se para beijá-la de novo e começando a tirar suas roupas, mas os dois sabiam que Tanya devia ir embora, antes que o rancho acordasse e todos começassem a trabalhar. — Apenas acho que seria maravilhoso ter um filho com você — disse ele.

Não se sentia assim em anos. Nunca tinha sentido nada disso, e então ela lhe contou sobre o bebê de Zoe, e perguntou como se sentiria se Zoe deixasse Jade com ela. Ela tivera a intenção de perguntar isso mais cedo, mas não tivera a oportunidade. Mas ele não viu nenhum problema nisso. Em sua opinião, a decisão cabia a Tanya.

Foram necessárias todas as suas forças para se afastar dele, e finalmente estava vestida, e ele estava de *jeans* e descalço, parado na sala. Ele a estava segurando nos braços, e não queria mais deixá-la partir sequer por um minuto. Eram seis horas, e em três horas eles cavalgariam juntos outra vez, mas ela não queria deixá-lo.

— Não posso me separar de você por três horas — disse ela, olhando-o com seus olhos enormes. — Como é que vou partir no domingo?

— Também não sei a resposta para essa pergunta. — Ele fechou os olhos e a segurou por um longo momento. — Mas é melhor você ir. — Ele deu uma olhada para o relógio, e sabia que a qualquer minuto os *cowboys* deixariam suas cabanas e iriam para o curral, e a maioria dos empregados sairia para o café da manhã. — Você voltará essa noite? — Ele a olhou com uma expressão preocupada, e ela sorriu.

— O que você acha? — Tanya lhe deu um beijo de despedida, e com um aceno, se foi, correndo estrada acima na luz do sol do amanhecer, quando os primeiros raios cruzavam o topo das montanhas.

Ela olhou para cima enquanto caminhava, pensando nele, e nos momentos que passaram juntos. Ele era tudo que desejara a vida toda, e nunca esperara encontrar. E agora, subitamente, aqui estava ele, em Moose, Wyoming. Havia muito sobre o que pensar, para resolver, para planejar, para decidir. Tudo o que sabia com certeza era que, numa única semana, um *cowboy* do Texas mudara sua vida para sempre.

Capítulo 19

Na manhã de segunda-feira, quando Tanya acordou, Zoe já estava de pé fazendo uma xícara de café para si mesma. Estava se sentindo ótima outra vez, não estava nem mesmo tão cansada quando estivera antes de vir para Wyoming. Ela levantou os olhos quando viu Tanya entrar e balançou um dedo para ela.

— Que que você esteve fazendo? Deixe-me adivinhar... um retiro religioso! — Era uma mentira que Zoe uma vez usara para encobrir Tanya dos pais, quando ela saíra para passar o fim de semana com um namorado.

— Como você descobriu? Tanya sorriu radiante, não só pelas fantasias que ela e Gordon tinham compartilhado pelas últimas trinta e seis horas, mas pelos sentimentos que descobrira sentir por ele.

— Isso quer dizer que você está desistindo de Hollywood, e mudando para Wyoming?

— Ainda não — disse Tanya, servindo-se de uma xícara de café.

— É apenas um caso amoroso passageiro, ou eu deveria estar ouvindo sinos matrimoniais? — Depois de apenas uma semana, era mais do que um pouco prematuro, mas o rancho parecia fazer um efeito extraordinário sobre as pessoas que se conheciam lá.

— Acho que é um pouco cedo para isso — disse Tanya, sensatamente —, e ele é mais inteligente do que Bobby Joe. Mas também é muito mais velho. Disse que não virá para Los Angeles, a não ser para me visitar.

— Que bom para ele — aprovou Zoe. — Seria devorado em cinco minutos. Fico contente que seja esperto o bastante para saber disso. Não que eu pense que ele não está à altura. Apenas não acho que iria gostar.

— Nem ele. Teve uma prova disso na outra noite, e acho que o acontecido o desanimou para sempre.

Zoe confirmou com a cabeça, seriamente.

— Mary Stuart me contou. Tom telefonou ontem à noite, disse que o ônibus está em forma outra vez. Ele pode substituir ou consertar tudo menos as cortinas.

— Você acredita nisso? — perguntou Tanya revoltada, exatamente quando Mary Stuart se juntou a elas, parecendo sonolenta.

— Acredita em quê? Alô, Tan, como vai sua vida sexual?

— Não faça rodeios para falar do assunto, está bem? — Tanya riu. Ela adorava o relacionamento que elas compartilhavam, e era tão maravilhoso estarem juntas de novo.

— Então, como ele é? — perguntou Mary Stuart, interessada.

— Você quer parar! — Tanya bateu nela com um travesseiro, e Mary Stuart riu de forma maliciosa. Queria saber de todos os detalhes.

— Olhe, eu não durmo com meu marido há um ano. Agora estou envolvida com um sujeito, que acha que não devemos fazer isso até que eu decida se vou me divorciar ou não. O que me resta senão viver indiretamente através de minhas amigas? — Ela então voltou os olhos para Zoe. — E isso vale para você também. Qualquer ação com Sam quando voltar, vou querer saber.

— Esperemos que, até lá, você também já esteja desfrutando a sua. — Respondeu Zoe de imediato para ela, e todas riram.

— Deus! Nossas vidas são uma confusão, não acha? — Mary Stuart sacudiu a cabeça enquanto as avaliava, mas na verdade sabiam que não era assim. As vidas de todas elas tinham sido boas, mas duras, vantagens enormes e tremendas dores, tinham pagado altos preços por todas as bênçãos que receberam, e agora não era diferente. Cada uma delas teria que, de algum modo, saltar por um círculo de fogo para conseguir o que queria.

— Na realidade, acho que somos maravilhosas — disse Tanya, olhando para as duas amigas com orgulho. — E amo vocês duas, caso queiram ouvir isso.

— Ahhh... a névoa pós-coito de amor pela humanidade... — disse Mary Stuart, e Tanya lhe deu outra travesseirada.

— Você é revoltante — disse Tanya, continuando a rir, e então ela olhou outra vez para as amigas, querendo compartilhar pelo menos uma coisa com elas. Ela mal podia se conter. — Estou apaixonada por ele — disse, olhando rapidamente de uma para a outra, e as duas riram, mas Zoe respondeu.

— Não me diga — disse ela. — Nós já imaginávamos isso.

— Não estou querendo dizer que apenas sinto tesão por ele, quero dizer que o amo. — Então, ambas ficaram quietas enquanto a observavam, e Mary Stuart falou com ela gentilmente.

— Sua vida é uma terrível complicação, Tan. Certifique-se de que ele pode fazê-la ficar melhor, em vez de piorá-la. Assegure-se de que ele está preparado, antes de pularem de mãos dadas do penhasco.

— Farei isso — disse Tanya, mas era Gordon quem estava sendo realmente cauteloso. — Ele está morrendo de medo de tudo aquilo. É inteligente.

— Fico contente — disse Mary Stuart, e então lhes contou o que planejara com Hartley. — Vou a Londres.

— De volta para Bill? — Tanya pareceu surpresa, imaginando o que teria acontecido enquanto estivera ausente.

— Não, apenas para falar com ele — explicou Mary Stuart. — Pretendia esperar até o fim do verão, mas mudei de idéia. Acho que eu sabia o que queria fazer quando deixei Nova York. De fato, não há razão para esperar.

— Tem certeza? — perguntou Tanya, baixinho. Todas estavam tomando decisões tão enormes.

— Muita.

— Ele sabe que você vai lá?

Mary Stuart sacudiu a cabeça em resposta.

— Pensei em ligar para ele dentro de alguns dias.

— E se ele lhe disser para não ir?

— Não estou lhe dando a opção — disse ela, com simplicidade. — Aqueles dias acabaram.

— Amém — disse Zoe, que sempre fora o espírito independente entre elas.

— Como está Sam? — perguntou Tanya, enquanto ia se vestir.

— Continua maluco — disse Zoe com um grande sorriso. E então ela lhes disse que iria à cidade aquela tarde, para visitar alguns dos pacientes de John Kroner.

— Pensei que estava de férias — comentou Mary Stuart.

— Não é nada de mais. Gostaria realmente de fazer isso.

— Quando você vai lá? — perguntou Tanya, com interesse.

— Pensei em andar a cavalo essa manhã, almoçar com todos vocês, e então ir até a cidade. Charlotte Collins me disse que alguém podia me dar uma carona.

— Eu levo você de ônibus. Eu mesma quero ir à cidade para fazer algumas coisas. — Ela perguntou a Mary Stuart se também queria ir à cidade, mas ela disse que queria ficar com Hartley.

E com isso, todas foram se aprontar. Era como se preparar para as aulas todas as manhãs, e as três chegaram ao estábulo com uma aparência radiante e de rostos frescos, pouco mais de uma hora mais tarde, após o café da manhã. Gordon ficou desapontado ao ouvir que Tanya tinha outros planos para aquela tarde. Ela disse que tinha de ir à cidade com Zoe.

— Você voltará à cabana essa noite? — perguntou ele, parecendo uma criança, enquanto cavalgavam à frente dos outros.

— Se você me aceitar — disse ela, e eles trocaram um olhar que teria valido milhões para os jornais.

— Eu te amo — sussurrou, ela lhe respondeu, e então eles galoparam pelo campo lado a lado, em perfeita harmonia. Era como se naquele dia e meio que se passara, suas almas tivessem sido soldadas juntas. Ela se sentia ligada a ele, e ele a teria seguido até o fim do mundo. Para qualquer lugar, exceto Los Angeles, ela brincou, enquanto eles se dirigiam de volta até os outros.

— Eu lhe disse, irei visitá-la.

— Quando? — perguntou ela, encurralando-o, sabendo como estaria ocupada pelo próximo mês. Mas ele explicou que não poderia deixar o rancho por mais de um dia por semana, até o final de agosto.

— Quando você poderá voltar aqui? — perguntou, mais objetivo, mas ela também não tinha muito tempo de folga. Tanya repassou todos os seus compromissos mentalmente, e chegou à conclusão de que tinha uma semana livre no início de agosto.

— Poderia voltar em três semanas — disse ela, e ele balançou a cabeça concordando, enquanto Hartley se juntava aos dois. Os médicos de Chicago tinham ido embora naquele fim de semana, assim como Benjamin e seus pais.

— Parece uma eternidade — sussurrou Gordon para ela, antes que Hartley pudesse ouvi-los.

Mas ela também achava isso. Mas, não havia nada que pudesse fazer por enquanto. Teria tempo livre outra vez em setembro, e ele poderia voltar com ela para Los Angeles. Seria interessante. Viajar diariamente para Moose, Wyoming.

— O dia hoje está lindo, não acha? — disse Hartley, levantando os olhos para um céu nos tons de azul e branco da porcelana Wedgewood, enquanto Gordon e Tanya sorriam um para o outro e concordavam.

Eles fizeram uma boa cavalgada até o meio dia, e depois foram almoçar, mas Gordon não se juntou a eles. Seu cavalo perdera uma ferradura, e ele precisava cuidar de papéis. Novos hóspedes tinham chegado no dia anterior, e embora não tivesse de cavalgar com eles, já que fora indicado para o grupo de Tanya, precisava assegurar-se de que os outros *cowboys* estavam fazendo seus trabalhos e que não havia problemas com os cavalos. No final, fora até bom que Tanya estivesse ocupada aquela tarde, pois duas mulheres de Nova York haviam caído de seus cavalos durante uma lição de galope no curral, e ele tinha de levar uma égua que torcera o tornozelo ao veterinário.

Aquela tarde, quando Tanya deixou Zoe no hospital, John Kroner estava esperando, e então ela saiu para cuidar do seu compromisso.

Marcara um encontro aquela manhã. E tudo funcionou perfeitamente. Conseguiu resolver os compromissos a tempo de também fazer algumas compras. Ela comprou um par de botas *cowboy* em tom turquesa, e pegou Zoe com tempo de sobra para voltar ao rancho para o jantar. Quando Tom chegou com o ônibus, eles estavam esperando por ela do lado de fora do hospital, e John Kroner se despediu quando elas se foram. Zoe parecia cansada, mas contente, quando se deitou no sofá à frente de Tanya.

— Como foi a visita? — perguntou Tanya, com um sorriso caloroso.

— Interessante. Ele tem uns pacientes muito simpáticos — disse Zoe, e tinham ficado tão gratos em conhecê-la. Foi quase constrangedor, e a equipe de funcionários fizera um enorme estardalhaço ao seu redor. Mas Zoe realmente se afeiçoara a John Kroner. Convidara ele e o amigo para jantar com elas uma noite. O outro era um radiologista e se mudara de Denver para Jackson Hole no ano anterior. Tratava-se de jovens simpáticos, e ambos tinham sido extremamente gentis com Zoe. — Realmente gosto dele.

— É uma competição para Sam? — Tanya levantou uma sobrancelha para ela — ou ele é jovem demais para nós? — brincou com sua velha amiga, e Zoe riu com sua suposição.

— Nenhuma das duas coisas, sua tola, ele é *gay*, ou você não notou?

— Na realidade — Tanya olhou pensativa para ela —, não tinha notado. Ah, bem. Você tem Sam. O que mais deseja? — Ela estava com um ótimo humor, e Zoe riu para ela, enquanto voltavam de ônibus para o rancho.

— Você não tem jeito. O que fez hoje?

— Apenas tratei de algumas incumbências e umas coisas. As lojas eram ótimas, e todos tinham comprado roupas de camurça e couro, e chapéus *cowboy* em suas excursões anteriores à cidade.

— Comprei um par de botas *cowboy* turquesa maravilhoso.

— Tenho certeza de que elas vão ficar lindas no Spago. Você ficou tempo demais aqui. Fiz isso uma vez em Aspen. Foram botas *cowboy* cor-de-rosa até o joelho, que de algum modo convenci a mim mesma que ficariam lindas no hospital. Ainda as tenho, novas, sem terem sido usadas, no fundo do meu armário.

As duas conversaram e riram o caminho todo até o rancho, e quando chegaram, Hartley e Mary Stuart estava conversando tranqüilamente na cabana. Parecia que eles nunca ficavam sem assunto, e era óbvio quando as outras duas chegaram, que o casal estivera se beijando. Era como interromper adolescentes namorando no sofá, e Mary Stuart enrubesceu quando viu Tanya levantar uma sobrancelha.

— Pare com isso! — disse ela, em meia-voz para Tanya, enquanto ia pegar uma coca-cola para Hartley.

— O que eu fiz? — disse Tanya, fingindo inocência. Mas todas elas pareciam crianças outra vez, e a sensação era fantástica. Era um contraponto muito necessário aos traumas excessivamente sérios de suas vidas, de suicídio a divórcio, da AIDS aos jornais. E um pouco de provocação, divertimento e romance entre elas, não só era inofensivo mas terapêutico.

— O que vamos fazer essa noite? — perguntou Zoe ao sentar-se, cansada, depois de uma tarde de visitas a pacientes, mas animada com a conversa que tivera com John Kroner. — Lições de tango? A dança da cobra? Alguma coisa excitante acontecendo?

O rancho oferecia uma quantidade razoável de entretenimento, embora Tanya e as amigas nem sempre aderissem a eles, geralmente para que Tanya pudesse se manter a distância.

— Acho que será apenas o jantar normal — explicou Mary Stuart, e então deu uma olhada para Tanya. Foi sua vez de levantar uma sobrancelha. — A senhorita vai se juntar a nós essa noite, Srta. Thomas?

— É claro que sim — disse Tanya, inocentemente. — Por que não?

— Você gostaria que eu lhe respondesse? — disse Mary Stuart com uma risadinha perversa, e Tanya fez uma expressão afetada.

— Não, obrigada. — Ela os deixaria depois do jantar para se encontrar com Gordon, mas eles não sabiam disso.

Os quatros desfrutaram um jantar agradável, e Zoe foi para a cama cedo, depois da tarde movimentada. Hartley e Mary Stuart decidiram ir até a cidade para assistir a um filme. Às oito horas, Tanya já estava descendo a estrada rumo ao curral, com suas velhas botas *cowboy* amarelas, seu *jeans* e uma grande suéter branca. Ela achou que estava sentindo cheiro de fumaça no ar, e ficou pensando se alguém estava cozinhando ao ar livre.

Tivera a idéia de usar um chapéu *cowboy* para que ninguém pudesse ver seu rosto facilmente, e quando chegou à porta dele, bateu uma vez e esgueirou-se para dentro. Não queria ficar muito tempo do lado de fora da cabana. E ele estava sentado no sofá, vendo TV, e esperando por ela.

— Por que demorou tanto? — perguntou, cheio de expectativa, parecendo uma criança à espera do Papai Noel, e ela riu baixinho, enquanto trancava a porta às suas costas. Ele já fechara as persianas e puxara as cortinas para guardar seu segredo.

— Por que demorei tanto? O jantar foi às sete, e são oito e cinco. Achei que conseguira vir em bom tempo. Quase corri até aqui.

— Da próxima vez coma mais rápido — disse ele, com um sorriso de menino, enquanto se levantava e a beijava.

Um momento depois ela estava presa em seus braços, e ambos já tinham tirado as roupas. Eles sequer chegaram até o quarto, mas deitaram-se no sofá, fazendo amor na frente da TV, alheios ao que o locutor estava dizendo. Só depois, enquanto ficavam ali deitados por algum tempo, conversando baixinho, ele percebeu que estavam dizendo que havia um incêndio em Shadow Mountain, e sentou-se para ouvir.

— Fica perto daqui? — perguntou ela, notando a preocupação em seu rosto.

— Logo acima de nós. — Ele estava ouvindo com atenção ao que estavam dizendo, e repentinamente ela lembrou-se de ter sentido cheiro de fumaça no ar, quando estava descendo a estrada a caminho da cabana para encontrar-se com Gordon.

O anunciante disse que o fogo estava confinado a uma pequena área, mas que os ventos tinham aumentado de intensidade, e o pessoal do departamento de parques estava preocupado. Ele mencionou um incêndio em Yellowstone que acontecera anos antes, e exibiu um filme antigo de total devastação. Então eles voltaram à programação normal.

— Pode ser que nos chamem essa noite — disse ele, baixinho, olhando para ela. Estava preocupado pelo rancho, e pensando nos cavalos.

— Você preferiria que eu não ficasse aqui essa noite? — perguntou ela. Teria compreendido se ele lhe tivesse dito que deveria voltar para a sua própria cabana.

— Não vejo por quê — ele sorriu. — Ninguém tem de saber que você está aqui. Não vão evacuar o rancho, a não ser que acabe sendo um incêndio realmente grande. — Ele foi lá fora por um minuto para olhar para o céu. Podia ver alguma fumaça, mas não havia nenhum fulgor do fogo, e não ficou preocupado. Quando voltou para dentro, seu interesse voltou-se mais para Tanya do que para Shadow Mountain.

Ele colocou algumas de suas músicas favoritas para ela, tocou uma velha guitarra, e ela cantou suavemente para ele, para que ninguém pudesse ouvi-los. Ela adorava quando eles cantavam juntos, e ele riu, enquanto tocava seu rosto gentilmente.

— É como cantar para os discos. — Eles cantaram juntos outra vez e dividiram um sanduíche por volta de meia-noite. Ele saíra para comprar alguns mantimentos aquela tarde, depois da cavalgada com Mary Stuart e Hartley, e mencionou para Tanya o quanto gostava deles. — Eles estão tendo algum envolvimento, não estão? — ele sorriu. Observara isso na primeira manhã. — Ela é divorciada?

— Vai ser. Está deixando o marido. Acho que ela vai a Londres na próxima semana para dizer isso a ele.

— Ele é inglês? — Ela sacudiu a cabeça. Ele estava interessado em suas amigas e em sua vida, e nas coisas com as quais ela se importava. Estava interessado em tudo que dizia respeito a ela.

— Ele vai ficar trabalhando lá o verão todo — explicou Tanya.

— Por que ela o está deixando? — Eles estavam sentados à mesa da cozinha, quando ele lhe perguntou isso.

Tanya suspirou enquanto pensava no assunto.

— O filho dela se suicidou no ano passado. Não sei todos os detalhes, mas acho que o marido a culpa por isso. Ela não fez nada para provocar essa atitude de sua parte. Apenas acho que Bill não sabe a quem mais culpar. O casamento deles praticamente desmoronou depois disso acontecer.

— Talvez não fosse tão sólido assim antes desse incidente.

— Talvez — disse ela suavemente, mas não concordava com ele. — Acho que era. Só acredito que tenha sido um golpe forte demais para eles. E agora ela está magoada demais com o que o marido fez. Em minha opinião, o casamento está acabado.

— Você acha que ela e o Sr. Bowman vão acabar juntos?

— Espero que sim — Tanya sorriu, pousando gentilmente a mão no braço de Gordon. — E quanto a nós? Você acha que vamos ficar juntos?

— Acho melhor — disse ele, inclinando-se para perto dela, e olhando em seus olhos. — Se você tentar escapar de mim agora, irei a cavalo pelo Hollywood Boulevard, num daqueles cavalos de sela, e vou buscar você lá.

A imagem era maravilhosa e Tanya riu para ele.

— Pensei que você estava desistindo deles.

— Não até ir até lá e resgatá-la.

Ambos estavam rindo, ela estava lavando os pratos nua, usando apenas a camisa dele aberta e com suas longas pernas aparecendo. Seria uma foto que ele adoraria ter, mas de qualquer modo, sabia que lembraria daquela cena para sempre. Ela era tão real, que ele mal podia acreditar. Era exatamente o que afirmava ser, uma simples garota do Texas. Mas sem dúvida não aparentava isso nem um pouco, e ninguém mais no mundo teria acreditado nisso por um minuto sequer.

— Você me surpreende — disse ele, colocando-se por trás dela, enquanto abraçava sua cintura, e apoiava o queixo em seu ombro. — Na semana que vem, vou pensar que estava tendo uma alucinação esse tempo todo. — Ela ficava triste em pensar numa época em que não estaria lá.

— Você me telefonará?

— Tentarei — disse ele. Ela pousou os pratos na pia, voltou-se e suas barrigas ficaram colados um no outro.

— O que você quer dizer com vou tentar? Você vai me telefonar ou não? — Ela parecia preocupada.

— Telefonarei para você. Mas não gosto muito de telefones. Mas farei isso. — Ele não tinha um na cabana, e não queria usar o telefone do rancho e lhes dar um registro das suas ligações. Na maior parte do tempo, eles só pagavam pelas suas ligações no final do mês. Ele teria de ir à loja da 7-Eleven. Ela ficava ainda mais preocupada com o fato de que não poderia ligar para ele. Não era uma situação maravilhosa. — Você só vai ter de voltar rápido, apenas isso.

— Prometo que sim. Se puder, em três semanas. Tenho de mudar alguns compromissos. — Ela já ligara para Jean e pedira para que fizesse isso, e agora, mais do que nunca, tinha motivos para fazer isso. — E é bom que você venha a Los Angeles depois do verão — avisou, num tom sensual, mas ele estava esfregando o corpo de encontro ao dela, e distraindo sua atenção do que estavam dizendo.

— Juro que irei. Direi a Charlotte que vou precisar de uma folga no final de agosto. — Ela já começara a calcular brechas em sua programação, quando poderia vir para Wyoming. Podia pegar um vôo direto para Jackson Hole, se trocasse de aviões em Salt Lake City ou Denver. Certamente era uma perspectiva interessante, e ela estava adorando.

Pouco depois eles voltaram para a cama, e estavam deitados nos braços um do outro, tendo acabado de fazer amor, quando ouviram batidas à porta, e Tanya deu um pulo. Gordon agarrou suas calças *jeans* e correu para a porta enquanto as vestia. Logo que acabou de abotoá-las, abriu a porta e viu um dos funcionários do rancho.

— O serviço de parques acabou de telefonar. Temos de evacuar o rancho.

— Agora? — Gordon parecia atordoado, mas quando olhou para o céu, pôde ver que ele estava de um laranja intenso por sobre a Shadow Mountain. — Por que eles não nos avisaram?

— Eles nos puseram em estado de alerta em torno da meia-noite, mas Charlotte achou que a essa altura já teriam o fogo sob controle. O vento simplesmente mudou — explicou ele. Havia uma forte brisa, e ele viu luzes se acendendo em todas as outras casas. — Charlotte está reunindo os hóspedes. Temos de pegar os cavalos e descer com eles para o vale. — Havia outro rancho próximo, e eles já tinham feito isso antes, mas era perigoso mover tantos animais a tanta velocidade. As pessoas ou os cavalos podiam se machucar.

— Saio em cinco minutos — disse para o rapaz, e entrou para falar com Tanya. Trancou a porta de novo, para que ninguém pudesse entrar de supetão, e contou a ela o que acontecera o mais rápido possível. — Vão mudar vocês para outro rancho — explicou. — Se chamar seu motorista, ele pode vir aqui pegar vocês. Preciso ir buscar os cavalos. Temos duzentas cabeças para tirar daqui o mais rápido possível — disse, movendo-se com rapidez, e então parou por um instante e a beijou. — Amo você, garota do Texas. Não se preocupe conosco, vamos fazer as coisas darem certo, mesmo que para isso eu tenha de ir para Hollywood. — Ele sabia que ela estava preocupada, e também estava receoso, mas se sentia determinado a fazer com que tudo desse certo. Mas agora tinha de voltar sua atenção para outras coisas. — Vista-se — disse a ela antes de sair. — Apenas fique fora da estrada, ande ao longo dela pelo capim alto e ninguém a verá. Agora as pessoas estão ocupadas demais para se preocupar com você. Volte para sua cabana. Eu a vejo mais tarde.

— Podemos fazer alguma coisa para ajudar? — Sentia-se estúpida apenas pegando seu ônibus e mudando para outro rancho, quando havia pessoas e animais em perigo.

— Esse é o meu trabalho — ele sorriu, enfiando o chapéu na cabeça, e agarrando sua velha jaqueta de brim. — Até mais — disse ele, e com um último olhar por cima do ombro, ele se foi. Tanya se sentiu como se fosse sua esposa, enquanto ficava ali parada. Então, vestiu-se rapidamente e fez o que ele lhe disse. E ao passar pela estrada em sua *pick-up*, ele sorriu quando viu um chacoalhar no capim alto se movendo em direção às cabanas.

Sabia exatamente o que era, e mentalmente colocou os braços ao redor dela e a beijou.

Mas logo que chegou ao curral, ficou cheio de serviço. Tinham de tirar todos os cavalos dos estábulos, levá-los ao curral principal, e atravessar o vale com eles. A proeza era se assegurar de que nenhum deles se machucasse, se perdesse ou fosse pisoteado. Ele escolheu dez homens capazes e quatro mulheres para fazer isso. Precisavam de toda a ajuda de que podiam dispor, e já haviam avisado o rancho seguinte. Lá eles já estavam esvaziando os estábulos e abrindo espaço para os vizinhos. E se o fogo se espalhasse até lá, eles todos estariam enfrentando um terrível problema. Mas, por enquanto, os ventos tinham mudado para a direção oposta.

Gordon estava gritando instruções para todos, e escolhera uma velha égua malhada para montar, que ele sabia que seria boa para o trabalho, exatamente quando Tanya entrou em sua cabana.

— Meu Deus! onde você estava? — Mary Stuart parecia amedrontada, e Zoe estava vestindo as roupas. Tinham acabado de ligar para elas, e elas sabiam exatamente onde Tanya estava, mas não sabiam como fazer para encontrá-la. — Telefonaram dizendo que temos de evacuar o rancho, e eu não queria dizer a eles que você estava na cabana do *cowboy* — disse Mary Stuart, ainda parecendo nervosa.

— Obrigada — disse Tanya, e discou o número de Tom. Pediu a ele para vir ao rancho, e contou-lhe o que acontecera. Ofereceria o ônibus para transportar quantas pessoas eles quisessem. No momento, havia quase cem hóspedes no rancho.

— Você acha que o fogo vai incendiar o rancho? — perguntou Mary Stuart, ansiosa, no momento em que Zoe entrava na sala numa suéter grossa e *jeans*, carregando sua maleta de médica. Estava frio, e o vento lá fora soprava forte.

— Não, não acho que o rancho pegará fogo. Gordon disse que isso acontece de vez em quando, e eles sempre controlam a situação. O que você está fazendo? — perguntou, quando se virou para Zoe.

— Vou lhes oferecer ajuda. Os bombeiros vão subir lá.

— Estão pedindo voluntários? — Tanya parecia surpresa. Gordon não lhe dera a impressão de que os hóspedes estariam ajudando, e naquele exato momento Hartley chegou, e disse que os estavam chamando para ir ao prédio principal, o mais rápido que pudesse chegar lá. Todos pareciam meio desgrenhados e muito preocupados, e estavam usando uma variedade de roupas amassadas e de trajes peculiares, enquanto se apressavam subindo a colina, em direção ao salão principal.

Mary Stuart conversou com Hartley, e pareceu mais calma quando chegou lá. Estava segurando a mão dele, e ele estava carregando uma pasta. Uma hora ou outra, estivera trabalhando num manuscrito desde que chegara lá. Os outros hóspedes estavam carregando uma estranha variedade de coisas que não queriam perder, desde malas a equipamentos de pesca e bolsas.

Charlotte Collins estava esperando por todos eles, e explicou de um modo calmo e sucinto que tinha certeza de que não havia uma ameaça real ao rancho, mas que parecia mais sensato mudar os hóspedes para outro local, para o caso dos ventos mudarem de direção. Não queriam ser apanhados numa situação que apresentasse perigo a qualquer pessoa, ou em que tivessem de se mover rápido demais. Todos estavam sendo levados para um rancho vizinho, e seriam acomodados o mais confortavelmente possível nos quartos vagos, e suas salas de estar seriam deixadas exclusivamente às suas disposições pela duração da estada. Obviamente, não havia quarto para todos, mas esperavam que as pessoas tivessem espírito esportivo em relação a isso, e tinham certeza de que poderiam trazê-los de volta numa questão de horas. Charlotte fez votos de que, seguindo o espírito do rancho, eles olhassem para os acontecimentos como uma aventura. Ela se conduziu de uma maneira inteligente, muito calma e muito animadora.

Sanduíches e garrafas térmicas de café estavam sendo preparados, disse ela, e assinalou que não haveria problemas quanto ao transporte. Acrescentou que sua maior preocupação era tirar os cavalos de lá, e que isso estava sendo feito naquele exato momento. Quando ela disse isso, Tanya pensou em Gordon.

Charlotte disse que todos seriam evacuados na meia hora seguinte, e que, é claro, os manteria informados. Com isso, a reunião terminou, e ouviu-se um grande burburinho de vozes, enquanto as pessoas circulavam discutindo umas com as outras, e com Charlotte, o que estava acontecendo. Tanya abriu caminho até ela e lhe disse que seu ônibus estaria à disposição a qualquer momento, e que eram bem-vindos a usá-lo para transportar as pessoas para outros locais.

Charlotte disse que ela era muito gentil, e que ficariam gratos em poder usá-lo. Ela também explicou que ônibus cheios de voluntários estavam subindo, para combater o fogo em Shadow Mountain. Zoe entrou na conversa, e perguntou se poderia subir com eles. Ela estava com uma bolsa de primeiros socorros, e Charlotte sabia que era médica. Ela hesitou por um instante, sabendo que Zoe não estava bem, e então concordou em deixá-la ir com os outros. Sempre precisavam de assistência médica, e sabia que Zoe se sentia bem o suficiente para ajudar. Quaisquer que fossem seus problemas de saúde a longo termo, e John Kroner lhe insinuara que eram graves, ela certamente parecia bem naquele momento.

— Apreciaríamos seu auxílio, Dra. Phillips — disse ela, enquanto dois outros hóspedes se adiantavam com suas maletas. Zoe não os conhecia, um era um ginecologista do sul, e o outro um cirurgião cardiologista de St. Louis, mas certamente todos eram capazes de fazer o que fosse necessário. — Subirá um caminhão em alguns minutos — comunicou Charlotte aos três médicos, e os três conferenciaram, e mostraram seus suprimentos uns para os outros. Nenhum deles estava bem preparado para queimaduras, mas Charlotte disse que tinha um *kit* só para aquele propósito, e alguém o trouxe para eles. Era enorme e extremamente útil.

As pessoas então começaram a entrar nas *vans* que tinham sido reservadas para elas, e vinte minutos depois o ônibus de Tanya chegou, e Charlotte começou a direcionar as pessoas para ele. Em meia hora tinham embarcado quase todos. Hartley e Mary Stuart estavam entre os primeiros que subiram, e Tanya ficara para trás para falar com Charlotte.

— Será que eu podia subir a montanha com a senhora, Sra. Collins? — perguntou baixinho, e a mulher mais velha lembrou-lhe de chamá-la de Charlotte. — Gostaria de ajudar se puder. Sei que tem voluntários lá em cima. Talvez pudesse dar uma mão, ou ajudar Zoe.

Charlotte Collins hesitou apenas por um instante, então balançou a cabeça concordando. Precisavam de toda a ajuda disponível, mas não queria que os outros hóspedes soubessem disso. Já era amedrontador o suficiente ver a noite incendiada acima deles. Agora o céu estava de um vermelho intenso.

Tanya correu para avisar Mary Stuart. Ela gritou para o ônibus que ficaria. Mary Stuart pareceu hesitar e então balançou a cabeça. Hartley estava ao lado dela. Um momento mais tarde, Tom partiu com as outras *vans*, e Charlotte levou o grupo de pessoas que ficara para os caminhões. Havia meia dúzia de homens, os três médicos, e Tanya, eles se dirigiram para o topo da montanha em jipes, caminhões e *vans*, juntamente com dúzias de *cowboys* e funcionários do rancho. Eram um exército pequeno e eficiente. O tempo todo Tanya ficava imaginando como Gordon teria se saído com os cavalos.

Eles subiram a montanha por cerca de meia hora e então alcançaram os bloqueios, onde tiveram de deixar os caminhões. Foram orientados a percorrer o resto do caminho a pé, e a se juntar aos outros na linha de combate ao fogo. As pessoas estavam passando baldes de água, enquanto aviões os sobrevoavam jogando químicos na mata incendiada. O fogo ardia insuportavelmente quente, ouvia-se um rugido constante, como de uma enorme cachoeira, e eles precisavam gritar para ser ouvidos. Tanya tirou a suéter e a amarrou ao redor da cintura. Estava usando uma das camisetas de Gordon, e nunca sentira tanto calor na vida. Seu rosto ficara empolado, e as fagulhas voavam ao redor deles.

A sensação era aterrorizante enquanto lutavam contra as chamas, e sequer estavam nas linhas de frente. Não conseguia nem imaginar como seria para os outros. Ao queimar as mãos, lamentou não dispor de luvas. Podia sentir o chão quente debaixo das botas, enquanto as árvores caíam, o vento continuava a soprar impiedoso e pequenos animais passavam correndo por eles, descendo a montanha. Todavia, já houvera um massacre interminável. De vez em quando via Zoe. Tinham montado uma estação médica, com alguns médicos e enfermeiros da cidade. As pessoas começavam a chegar em grupos para ajudar, e parecia que já haviam se passado horas quando ela avistou Gordon. Ele passou direto por Tanya, e então virou-se com um olhar de espanto e voltou por um minuto para vê-la. Ele pensou consigo mesmo se alguém sabia quem ela era, e duvidou disso. Ela estava apenas parada ali, trabalhando como todas as outras pessoas. Tanya então decidiu descansar por um minuto, estava trabalhando fazia horas, e seus braços estavam tão doloridos que mal podia levantá-los.

— O que está fazendo aqui? — Ele parecia cansado e estava imundo, mas a corrida com os cavalos até o outro rancho tinha corrido bem. Todos os cavalos estavam seguros lá, e ele subira para ajudar os outros a combater o fogo.

— Zoe e eu nos oferecemos como voluntárias. Imaginei que podiam precisar de ajuda.

— Você sem dúvida procura por maneiras suficientes de arranjar problemas, não é? — Ele sacudiu a cabeça para ela, não gostava da idéia de que estivesse ali combatendo o fogo. Se o vento mudasse de direção, alguns deles podiam ficar cercados. Era fácil morrer combatendo um incêndio como aquele. — Vou para a linha de frente, trate de ficar aqui para trás, voltarei para procurá-la mais tarde.

Ela queria dizer a ele que não fosse, mas sabia que era o seu trabalho. Ele precisava defender o rancho do fogo junto com os outros.

Os aviões continuaram a jogar produtos químicos no fogo a noite toda, e ao meio-dia eles ainda estavam lá. A maioria das pessoas estava a ponto de desmaiar de tanto cansaço. Colchões foram trazidos e colocados na traseira dos caminhões, para que as pessoas pudessem dormir e formar turnos. Havia dez pessoas dormindo na caçamba de cada caminhão. Estavam tão cansadas que teriam se deitado em qualquer lugar e apagado. Já era o início da tarde quando Tanya finalmente avistou Zoe. Não via Gordon desde aquela manhã.

— Você está bem? — perguntou Tanya com um olhar preocupado, mas Zoe parecia surpreendentemente bem disposta e calma.

— Sinto-me ótima — ela sorriu. — Estamos indo bastante bem, por enquanto não tivemos nada mais sério do que pequenos acidentes. Dizem que se o vento não mudar, conseguirão apagar o incêndio até o anoitecer. Vi Gordon há pouco. Ele disse para lhe dizer alô quando a visse.

— Ele está bem? — Tanya parecia preocupada, e Zoe sorriu enquanto balançava a cabeça confirmando.

— Ele está ótimo, chamuscou um pouco os braços, nada de mais. Nesse momento deve estar dormindo em um dos caminhões.

As duas mulheres ficaram paradas juntas bebendo café por um pequeno intervalo de tempo, e então voltaram aos seus postos. Parecia uma aventura para elas, e ambas gostavam do fato de que estavam sendo úteis. E estavam planejando espicaçar Mary Stuart por não ter vindo. Sabiam que ela detestava estar em qualquer lugar próximo de acidentes de estrada, incêndios, e de qualquer coisa amedrontadora, fora de controle, ou que apresentasse um perigo em potencial.

De fato, Tanya estava contente que ela tivesse sido evacuada com Hartley, não havia realmente nenhuma razão para que estivesse ali. Era apenas uma boa sensação poder ajudar, e Tanya estava feliz por se achar ali perto de Gordon, mesmo se nunca o visse. E, dessa maneira, podia ficar de olho em Zoe.

Eles ficaram lá até as quatro horas da tarde, quando os guardas florestais lhes avisou que o incêndio estava oficialmente sob controle. Eles achavam que conseguiriam apagá-lo completamente até o anoitecer. Por toda parte ouviram-se gritos de aclamação, e meia hora depois um grupo de pessoas imundas mas felizes voltou descendo a montanha. Voltaram em caminhões, *vans* e carros, e até mesmo a pé, conversando e brincando e compartilhando histórias do que acontecera no topo da montanha, nas encostas, nos caminhões, ou no ar. Todos tinham uma história.

Tanya estava caminhando quando Zoe e os outros médicos passaram de carro. Pareciam cansados mas como se estivessem se divertindo, e Tanya viu John Kroner entre eles. Acenou para eles, que continuaram em seu caminho. Ela andou lentamente montanha abaixo em direção ao vale. Sentia-se cansada, mas não se importava com a caminhada, enquanto olhava para as montanhas do outro lado do vale. Elas estavam sempre lá, suas amigas. Sabia que as amaria a vida toda.

— Quer uma carona? — disse uma voz de trás dela, e se voltou para ver quem seria. Era Gordon, dirigindo sua *pick-up* com o rosto todo preto e com um capacete. Seus olhos estavam com as marcas brancas dos óculos protetores que usara, e ela podia ver onde ele queimara o braço. O ferimento estava coberto com uma atadura.

— Alô, você está bem? — perguntou ela, e ele balançou a cabeça. Estava exausto. Estavam oferecendo comida na sala de jantar, e ele não sabia se conseguiria forças para comer. Ela pulou para dentro do carro e instintivamente se inclinou, e ele a beijou, e então, ambos pareceram ficar chocados com o que tinham feito. Parecia uma coisa tão natural para os dois agora, e então lembraram um ao outro que, especialmente no meio daquela gente, precisavam de ser cuidadosos.

— Desculpe, Gordon, eu não estava pensando.

— Nem eu — disse ele, com um grande sorriso. Tudo o que queria era ir para a cama com ela, dormir umas doze horas, e acordar ao seu lado pela manhã.

— O que vocês farão com os cavalos agora? — perguntou ela, tomando um gole de água de sua garrafa térmica. Ela cheirava a fumaça, mas Tanya estava morrendo de sede.

— Nós os traremos de volta essa noite. Pegarei você quando tiver acabado — olhou para ela com um sorriso —, se você estiver de acordo.

— Parece uma boa idéia. — Ela encostou a cabeça para trás no encosto do banco, olhou pela janela, e começou a cantar. Era apenas uma velha canção do Texas, uma de suas favoritas.

Ele também a conhecia, e começou a cantar com ela, e as pessoas pelas quais passaram sorriram. Enquanto ela cantava, começaram a perceber quem ela era, e ficaram assombradas ao perceber que viera com eles. Sua conduta impressionara a muita gente, e causara uma forte impressão em Charlotte Collins. Tanya trabalhara como uma escrava a noite toda. Ficara na montanha por dezessete horas com os demais, e quando Charlotte a vira, estava trabalhando mais do que a maioria deles. Zoe fizera a mesma coisa. Na realidade, passara momentos fantásticos com os outros médicos.

Quando chegaram ao rancho, antes que trouxessem de volta os hóspedes, a sala de jantar ficou aberta para todos os que trabalharam, e foi servida uma refeição gigantesca de ovos fritos, omeletes, lingüiças, *bacon*, tomates fritos e batatas fritas, além de bolos e sorvetes.

— A única coisa que eles não têm é cereal — reclamou Tanya com uma risadinha, enquanto ocupava a cadeira ao lado de Gordon.

— Está certíssima, esse pessoal aqui não sabe comer — ele riu com ela.

Os dois conversaram descontraídos, e Zoe veio e sentou ao lado deles, junto com John Kroner e seu namorado. Falaram sobre o incêndio por uma hora, e então, aos poucos, todos voltaram para os lugares de onde tinham vindo. Mas Gordon ainda precisava de reunir sua equipe, para irem buscar os cavalos.

— Você vai estar exausto esta noite — sussurrou Tanya para ele, enquanto saíam da sala de jantar. — Tem certeza de que quer que eu venha à sua cabana?

— O que você acha? — Ao olhar para ela, seus olhos disseram tudo.

— Acho que você é um macho durão, Sr. Rei dos Cavalos — disse ela, e quase o beijou.

— Cuidado com isso, ou vou parar na estrada pedindo carona e procurando emprego num outro rancho.

— Duvido muito. — Aquela noite ela vira o quanto ele trabalhara duro e como desempenhava bem suas funções. Charlotte Collins seria louca em despedi-lo. — Mas terei cuidado, prometo. — Apenas se sentiam à vontade demais, como se estivessem destinados a ficar juntos.

— Talvez você deva segurar esse — disse Zoe, referindo-se a Gordon com um sorriso, no instante em que o ônibus voltava e elas viram Mary Stuart.

O ônibus e as *vans* voltaram às sete horas, e um bufê informal de jantar estava esperando por todos, no mesmo salão onde ela e Zoe tinham comido com os voluntários, e elas realmente não estavam mais com fome.

De qualquer maneira, sentaram-se com Hartley e Mary Stuart, falando de suas aventuras. Ainda não tinham tido tempo de voltar à cabana. Zoe estivera guardando suprimentos depois do incêndio, e Tanya ficara por perto para ajudá-la, depois que Gordon se foi para pegar os cavalos. Mas uma amizade notável surgira entre aqueles que haviam combatido o fogo, e Zoe comentou o quão perfeitos Gordon e Tanya pareciam ser um para o outro.

Quando voltaram para a cabana aquela noite, o incêndio já estava completamente apagado. A notícia saiu no noticiário e se espalhou rapidamente pelo rancho. Tanya tomou um banho de chuveiro e depois ficou imersa na banheira de hidromassagem por uma hora. Ao sair da banheira e se enrolar numa toalha grande, ouviu umas batidas na janela. Abriu as cortinas e viu uma cara preta imunda, com marcas brancas ao redor dos olhos, e ficou com vontade de estender os braços e envolvê-lo.

Mary Stuart e Zoe já estavam na cama. Nenhuma das duas dormira na noite anterior, e ambas disseram que se sentiam exaustas. Tanya também estava cansada, mas resolvera esperar por Gordon, e levara horas imersa para tirar o cheiro de fumaça da pele e dos cabelos. Agora estava toda rosada e limpa, e cheirava a perfume. Gordon a estava convidando para ir com ele. Parecia cansado demais para esperar, um morto ambulante, mas ela fez um sinal para ele agüentar por um minuto, e correu até a porta da cabana. Enquanto relaxava na banheira de hidromassagem, tivera uma idéia.

Apagou a luz externa e a da sala de estar, para que ninguém os visse lá, e parou para falar com ele da porta.

— Vamos — disse ele com urgência, estava ansioso para irem embora.

— Quero que você entre. Ninguém vai saber. As outras estão dormindo, e depois da noite passada, se alguém vir qualquer coisa, você poderá dizer que estava falando comigo sobre o incêndio.

O dia e a noite tinham sido fora do comum, ele hesitou apenas por um minuto, e então se esgueirou para dentro da sala de estar e fechou a porta às suas costas. Todas as cortinas estavam fechadas, e ela o convidou direto para seu quarto.

— O que está acontecendo? — perguntou, nervoso. — Não acho que devamos passar a noite aqui.

— Quero que você tome um banho de hidromassagem — insistiu ela. — Está exausto. Vamos. Se quiser ir embora depois disso, irei com você.

Ele sabia que jamais ia querer ir para qualquer outro lugar depois que tirasse as roupas, mas não discutiu com ela. Não tinha forças para isso. Trazer os cavalos de volta, fora muito desgastante e estava mais do que exausto.

Ela encheu a banheira para ele e o ajudou a tirar as roupas. Gordon parecia um garotinho, mais do que feliz com aquela assistência, e um momento depois entrou na enorme banheira embutida no chão. Ela ligou os jatos, e ele ficou deitado lá com os olhos fechados, sentindo-se como se tivesse morrido e ido para o céu. Abriu os olhos uma vez quando começava a cair no sono e olhou para ela.

— Tanny, isso é incrível.

Ela não lhe disse que sua vida em casa era ainda mais luxuosa. Isso não era importante entre eles. Apenas deixou que ficasse mergulhado na banheira, e lavou os cabelos dele, enquanto ficava deitado ali se deleitando. Era o melhor presente que podia ter-lhe dado, e Tanya ficou satisfeita por ter insistido que ele entrasse com ela.

Gordon ficou imerso na banheira quase uma hora, e então deu uma olhada para ela. Ainda não dormira, mas estava com uma aparência bem melhor.

— Quer entrar? — perguntou, e ela riu. Ainda estava enrolada na toalha de seu próprio banho, e não podia acreditar que ele ainda estivesse pensando nessas coisas, cansados do jeito que estavam. Mas no momento em que entrou na banheira com ele, ficou óbvio que ele tinha outras coisas em mente além de dormir.

— Você é incrível. Uma hora atrás pensei que estava morrendo.

— Me ressuscitaram. Pelo menos, partes selecionadas de mim.

Ela riu para ele, certamente estava em boa forma, e fizeram amor na banheira de hidromassagem. Era meia-noite quando saíram dela outra vez, e tinham ficado tanto tempo na água, que ela disse que se sentia como uma passa enrugada. — Você certamente não está parecendo com uma passa — falou ele, arrastado, acariciando seu bumbum, e então ela se voltou e olhou para ele.

— Você quer voltar para a sua cabana ou ficar aqui?

Ele pensou um momento sobre o assunto, e sabia que era um idiota, mas simplesmente não pôde resistir. Só dessa vez, decidiu arriscar.

— Pode ser que eu me arrependa disso, especialmente se você não me expulsar daqui por volta das cinco e meia. É realmente importante.

— Farei isso — prometeu a ele.

— Então, vamos ficar aqui... Acho que não conseguirei chegar à minha cabana. — Mais do que isso, realmente não queria ir.

Eles deslizaram para a enorme cama, e ele pensou que nunca tinha experimentado algo tão confortável. Os lençóis estavam limpos, a pele dela era suave, cheirava a perfume e sabonete, e até os cabelos estavam limpos. Nunca se sentira melhor em toda a sua vida e adormeceu antes que ela pudesse apagar a luz.

Dormiu abraçado a ela a noite toda, e como prometera, ela o acordou gentilmente às cinco e vinte. Ligara o alarme do relógio.

— Detesto fazer isso com você, benzinho — sussurrou em seu pescoço, e ele rolou e pôs um braço ao seu redor. Mesmo dormindo era carinhoso com ela, e Tanya estava adorando. — Você tem de levantar.

— Não, não tenho — disse ele no escuro, com os olhos fechados. — Eu morri e fui para o céu.

— Eu também... vamos, levante-se, seu dorminhoco... Finalmente, ele abriu os olhos, e com um gemido saiu da cama e vestiu as roupas. Estava limpo e elas ainda estavam imundas do incêndio, mas só tinha de usá-las até a sua cabana, então tomaria outro banho de chuveiro e se vestiria para o trabalho. Mas detestava deixar Tanya.

— Obrigado — disse, enquanto ficava parado olhando para ela

—, foi o melhor presente que alguém podia me dar — ele queria dizer, a banheira de hidromassagem assim como seu carinho, e Tanya sorriu para ele.

— Achei que lhe faria bem. — Enquanto estavam parados ali, ela se lembrou de que era quarta-feira. — Você não vai montar no rodeio essa noite, vai? — perguntou, e ele hesitou mas então sacudiu a cabeça.

— Provavelmente, cairia no sono ou cairia do cavalo antes que saísse do curral. Acho que essa noite vou passar a oportunidade.

— Eu também — disse ela. Depois do fiasco da noite de sábado, também não estava planejando ir.

— Por que não passamos uma noite tranqüila ouvindo música? Você se importa de vir à cabana outra vez?

— Não, senhor. — Ela sorriu e o beijou, e disse que o veria mais tarde.

Então ele se esgueirou para fora com passos silenciosos e antes que alguém pudesse vê-lo, ele se fora. E quando ela o viu no curral às nove horas, ele estava com uma aparência limpa, organizada, e profissional, com uma camisa branca, um chapéu *cowboy*, e um par de *jeans*. Os cavalos já estavam separados e selados, e todos aparentavam outra vez um aspecto descansado. A não ser por um ligeiro cheiro de fumaça no ar, ninguém teria sabido que algo acontecera. Mas ninguém falou em outro assunto o dia todo. O incêndio em Shadow Mountain.

Foi um dia calmo para todos, e naquela tarde, depois do almoço, Mary Stuart telefonou para Bill em Londres. Ele estava trabalhando em seu quarto, e soou um pouco surpreso em ouvi-la. Ultimamente, ela apenas lhe mandava mensagens pelo fax e raramente falava com ele. Mas ele também raramente lhe telefonava.

— Alguma coisa errada? — perguntou ele, espantado em ouvir sua voz. Eram dez da noite em Londres.

— Não, estou bem — disse ela, em tom casual, e perguntou-lhe como ia o trabalho. Ele disse que estava indo bem, e então houve um silêncio desconfortável. Ela então contou-lhe sobre o incêndio na floresta, e que Zoe e Tanya tinham se apresentado, como voluntárias, mas ela fora levada da fazenda para outro rancho. Não disse que fora com Hartley. E então deixou o marido completamente aturdido. — Pensei em ir a Londres na semana que vem — disse tranqüila.

— Eu já lhe disse — falou ele, num tom irritado. — Estou ocupado.

— Estou bem consciente disso. Mas acho que precisamos conversar. Do contrário, não o verei até setembro. — Aparentemente aquilo não o incomodava. Mas sim a ela, e muito. Essa era parte do problema.

— É possível que eu volte até o fim de agosto.

— Não vou esperar mais seis semanas para vê-lo — disse ela, simplesmente.

— Também sinto sua falta — disse ele, ainda aborrecido —, mas estou trabalhando noite e dia. Eu lhe disse isso. Do contrário, teria trazido você.

— Você prefere que eu lhe mande um fax? — retrucou, asperamente. Era ridículo, ele sequer queria reservar um tempo para ela lhe dizer que estava tudo acabado.

— Não seja desagradável. Não tenho tempo para vê-la.

— Essa é precisamente a razão da minha visita. Você também não tem tempo para falar comigo, para fazer amor comigo, ou para ser meu marido. De fato, não acho que tenha tanto a ver com tempo, Bill, quanto com interesse.

— O que está querendo dizer exatamente? — disse ele, com um friozinho subindo pela sua espinha. De súbito, estava começando a entender o que ela estava dizendo, os faxes, o silêncio, o fato de que ela não telefonava. Estava recebendo a mensagem. Mas muito, muito devagar. — Por que você está vindo aqui? — perguntou ele, bruscamente. Sempre detestara surpresas.

— Para vê-lo. Não tomarei muito do seu tempo. Não vou nem ficar no mesmo hotel se você não quiser. Apenas acho que depois de vinte e um anos, devemos dizer uma palavra ou duas um para o outro, antes de jogar essa confusão toda na lata do lixo.

— É assim que você se sente em relação a nós? — Parecia tão consternado quanto chocado, mas ela não podia negar o que dissera.

— É, é sim, e tenho certeza de que você se sente da mesma maneira. Simplesmente, acho que devemos falar sobre isso.

— Não me sinto nem um pouco desse jeito — disse ele, parecendo arrasado. — Como pode dizer isso?

— Só o fato de você me perguntar isso é a coisa mais triste em que posso pensar.

— Ambos passamos por muita coisa... E eu tenho esse caso muito importante em Londres... você sabe disso...

— Eu sei, Bill. — Ela parecia cansada em ouvi-lo. Ele era tão totalmente desprovido de discernimento, que até pensou consigo mesma se valeria a pena ir até lá vê-lo. Só em falar com ele ficava deprimida. — Falaremos na semana que vem.

— Vamos falar ou assinar papéis? — disse ele, num tom zangado.

— Dependerá de você. — Mas na verdade ia depender dela. E sabia disso. Ele provavelmente continuaria daquele jeito para sempre, casado com uma mulher que nunca tocava, para quem não olhava, ou falava. Na opinião dela, não era nada atraente. E tendo acabado de passar dez dias conversando constantemente com Hartley, a idéia de voltar para um casamento silencioso e sem amor a deixava com tendências suicidas. Simplesmente não faria isso. Estava acabado.

— Parece que você já tomou sua decisão — disse Bill, infeliz. Ela quase falou que esse era o caso, mas se tivesse feito isso não haveria razão para ir a Londres. De algum modo, achava que devia lhe dar uma chance para se defender, para pelo menos explicar por que a tratara tão mal no último ano, antes que dissesse a ele o que decidira. Mas era um tribunal meio irregular, e ela sabia disso.

— Você vai pegar o avião de Nova York? — perguntou ele, como se fizesse diferença, mas é claro que isso não vinha ao caso.

— Vou sair de Los Angeles, logo que deixar Tanya.

— Isso é idéia dela? — perguntou ele, como se ela não pudesse ter pensado em fazer aquilo sozinha. — Ou da sua outra amiga, a médica?

— O nome dela é Zoe. E não é idéia delas. Bill, tomei essa decisão sozinha. Pensei nisso tudo antes de sair de Nova York, e não vejo nenhuma razão para esperar mais dois meses para lhe dizer o que penso.

— Me dizer o quê? — Ele realmente a estava pressionando. Ouvira o que ela estava dizendo e a maneira com que dissera, e estava começando a ficar em pânico. Era patético. Em vez de se sentir assim agora, ele devia ter percebido a situação seis meses ou mesmo dois meses antes. Isso poderia ter feito uma diferença. Agora não.

— Estou lhe dizendo que me sinto muito mal com você, ou não notou? E você se sente da mesma forma comigo quanto eu com você. E não seja desonesto quanto a isso.

— Têm sido tempos duros, mas tenho certeza que tudo vai ficar bem — disse ele, negando toda a agonia do ano que passara, toda a amargura, o silêncio, o rancor.

— Por que tudo vai ficar bem? O que poderia mudar? — Ela lhe pedira que procurasse um terapeuta meses antes e ele se recusara. Ele não estava encarando o problema, e sim se escondendo. Como poderia melhorar as coisas? Mas agora ele parecia como se estivesse lutando por sua vida.

— Não sei o que está acontecendo aqui. — Parecia completamente confuso, totalmente despreparado para encarar suas acusações. Como se nunca tivesse esperado que ela notasse o que estava se passando, como se pudesse apenas estacioná-la em algum lugar, agredi-la ocasionalmente, e um dia voltar, caso se sentisse melhor. Bem, era tarde demais. E de repente, ele sabia. — Não entendo por que você está vindo para cá. — Ainda estava tentando negar a situação.

— Falaremos mais sobre isso na semana que vem — disse ela, sem vontade de continuar mais com o assunto.

— Talvez eu possa ir a Nova York por um fim de semana — disse ele, como se a vinda dela a Londres fosse ameaçadora demais. Mas ela não iria esperar nem mais um minuto do que o necessário.

— Não precisa fazer isso. Está ocupado. Não vou tomar muito seu tempo. Prometo. Tentarei encontrar-me com Alyssa.

— Ela sabe que você está vindo? Alguém sabia? — Ele parecia estar terrivelmente assustado.

— Ainda não — disse Mary Stuart, com frieza. Ela o amara por um tempo longo demais, lhe dera demais de si mesma, e esperara um tempo longo demais para que as coisas melhorassem. E agora não tinha mais nada para dar-lhe. Sequer estava triste. — Tentarei localizá-la antes de ir.

— Talvez possamos todos passar um fim de semana juntos — disse ele, num tom esperançoso.

— Não quero fazer isso. Não é por isso que estou indo. Irei a Londres para vê-lo por um ou dois dias, e então voarei para onde quer que ela esteja. — Não deixaria que ele se escondesse atrás de sua filha, ou que brincasse de pequena família às suas custas. Isso era entre ela e seu marido, e ninguém mais, e não queria Alyssa com os dois.

— Você pode ficar mais tempo se quiser. Já que está vindo até aqui... — A voz dele se dissipou, mas estava começando a sentir que aquilo não adiantava. Não era um completo tolo, e nunca a ouvira falar de um modo tão insensível ou tão zangado. Nunca lhe ocorrera que podia existir outra pessoa. O tom dela não dava a entender algo assim, e ela não era esse tipo de mulher. Tinha certeza de que sempre lhe fora fiel, e estava certo. Mas nunca, jamais a ouvira tão zangada. Era mais do que isso, era desdenho. Agora ele percebia que tinha ido longe demais. E sabia exatamente o que ouviria quando ela viesse a Londres. Ele a respeitava por vir lhe falar em pessoa, em vez de lhe escrever, mas isso não melhorava as coisas.

Quando desligaram, Bill estava arrasado. Ela poderia ter-se poupado de uma viagem. Sabia precisamente o que ela lhe diria. Tudo o que podia pensar em fazer era em lhe mandar um fax. E quando ela chegou à cabana uma hora mais tarde, olhou para o fax e o jogou no lixo. Mas o papel acabou caindo no chão, e aquela tarde Zoe o encontrou e sacudiu a cabeça quando o leu. O pobre sujeito não tinha qualquer noção das coisas. Ele não tinha jeito.

"Aguardando ansiosamente por vê-la na semana que vem. Minhas calorosas saudações a você e às suas amigas. Bill." Para um homem que estava se afogando e lutando por sua vida, ele podia muito bem estar agarrado a um palito. E parecia óbvio para Zoe, ou para qualquer um que conhecesse Mary Stuart, que ele não seria bem-sucedido.

Capítulo 20

Quando quinta-feira chegou, cada uma delas estava se agarrando aos seus últimos dias no rancho. Como contas de um colar, cada uma estava se segurando aos seus últimos dias por razões diferentes. Das três, Zoe era a que estava mais excitada em relação a ir para casa. Falara com Sam todos os dias, sentia-se bem e estava ansiosa por ver a filha. Mas ainda gostava de estar no rancho, e sentia que cada dia lá era uma oportunidade de ficar mais forte. Era como ir a Lourdes, dizia brincando, podia levantar os olhos para as montanhas e rezar, e sabia que poderia voltar curada para casa. John Kroner chegou a comentar que havia uma possibilidade disso acontecer.

Mas para as outras cada dia a menos significava uma espécie de agonia, uma dádiva incalculável que tinham perdido, algo que sabiam que jamais recuperariam. Em face de suas partidas, Hartley estava começando a recear que tinham sido cautelosos demais. Que deveriam ter tido um caso, que deveriam ter feito mais do que apenas se beijar, e abraçar, e deveriam ter aprendido tudo um sobre o outro. Ele viu que Tanya e Gordon tinham feito isso, e de repente os invejou. Mas quando falou com Mary Stuart sobre isso na tarde de quinta-feira, ela disse que ele estava sendo um tolo. Tinham feito a coisa certa para os dois, e ele sabia disso. Ela lhe lembrou de quanta coisa tinham passado juntos, quanta perda, quanta dor, e como era muito mais sábio para ambos avançar com cautela. Não queria começar seu relacionamento sentindo que traíra Bill, ou que o deixara por Hartley. Não queria que a culpa os perseguisse pelo resto de suas vidas, e Hartley sorriu para ela, aliviado pelo que ela estava dizendo. Por um breve período, entrara em pânico.

— Enquanto existir o "resto de nossas vidas", então não estou preocupada. — Nenhum dos dois estava convicto disso, e ainda tinham de sobreviver à viagem dela a Londres, mas certamente parecia que os dois iriam acabar juntos. E qualquer um que os estivesse observando, teria apostado dinheiro nisso, em particular Tanya e Zoe.

— Acho que vou enlouquecer quando souber que você está em Londres — disse Hartley, envergonhado. Era um homem tão agradável, e tão atraente. Convidara Mary Stuart para ir para Seattle com ele. Estava em conversações com uma biblioteca de lá, que queria construir uma ala em sua homenagem, e de lá voaria para Boston, para discutir uma aula que daria em Harvard. Seria uma vida interessante para ela, caso se juntasse a ele. Também estava ansioso para que ela lesse seu trabalho, e dera-lhe partes do manuscrito em que estava trabalhando. Tinha sido uma grande honra para ela, e, subitamente, a perspectiva de encontrar um trabalho não parecia mais tão importante. Hartley a manteria bastante ocupada.

Mas ela recusou o convite para viajar com ele quando deixassem Wyoming. Queria voltar a Los Angeles com Tanya, passar um ou dois dias com ela, e então voar para Londres. Precisava resolver aquele assunto e tirar aquela preocupação da cabeça. Ela o encontraria em Nova York, logo que tudo estivesse resolvido. Seria melhor para ambos, porque então, ela estaria livre. E estava mais do que disposta a passar o resto do verão com ele em Fisher's Island. Hartley queria oferecer uma festa com jantar para ela, a fim de apresentá-la aos amigos, e para que eles soubessem que os bons tempos tinham voltado para ele, após quase dois anos de solidão e silêncio. Estava pronto para sair do seu esconderijo.

— Telefonarei para você logo que tiver falado com ele. — Mary Stuart sorria gentilmente, enquanto caminhavam juntos. Tinham cavalgado pela manhã, mas decidiram não fazê-lo à tarde. Queriam ficar sozinhos e caminhar um pouco.

— Talvez devêssemos combinar algum tipo de sinal.

— Como o quê? — Tentou imaginar como é que se sentiria no lugar dele, e era solidária, embora achasse que estava exageradamente nervoso. Sua viagem a Londres não era nada mais do que uma cortesia, no que tocava a ela, especialmente depois de sua última conversa com o marido. — Em que tipo de sinal você está pensando? — Ela sorriu, com suavidade.

— Um sinal se for por terra, dois sinais se for por mar — riu ele, e então arqueou as sobrancelhas enquanto pensava no assunto. E então, finalmente, voltou para ela um olhar preocupado. — Apenas me envie um fax com algum tipo de mensagem. E avise-me de quando você virá. Eu a pegarei no aeroporto.

— Pare de se preocupar — disse ela, e o beijou, enquanto andavam vagarosamente de volta para o rancho, de mãos dadas, no momento em que Gordon e Tanya retornavam galopando de Shadow Mountain. Tinham ido avaliar os danos depois do incêndio, e eram bastante extensos. Estavam falando sobre isso no caminho de volta, quando Tanya notou um homem a pé saindo de uma clareira. Parecia um tipo de montanhês selvagem, estava usando roupas rasgadas e tinha cabelos longos, e apesar do entulho e dos pedaços de madeira queimados por toda a parte, estava descalço. Ele ficou parado observando-os um pouco, e então desapareceu na fileira de árvores.

— Quem era aquele? — perguntou Tanya, enquanto continuavam cavalgando. Ele lhe parecera estranho, e estava carregando um rifle.

— Existem sujeitos como esse que vivem no topo das montanhas de tempos em tempos. Eles viajam pelos parques nacionais. Provavelmente o fogo fez com que abandonasse seu acampamento, e ele está procurando um novo local para se instalar. Eles são inofensivos. — Gordon parecia despreocupado, enquanto continuavam a passear, e Tanya sorriu ao pensar em algo. Ela lhe pedira para fazer um determinado passeio no dia seguinte. Ele disse que era possível, mas que teriam de sair cedo.

Os dois voltaram pontualmente ao curral no final da tarde. Ela o deixou, e ambos sabiam que ela iria à cabana mais tarde à noite. Estava passando todas as suas noites lá, depois de jantar com as outras, e voltava antes que elas acordassem. Eram os momentos mais felizes que tivera em anos, e nenhuma delas a estava censurando por isso.

Ela jantou com todos aquela noite, e estavam de bom humor. Hartley e Mary Stuart pareciam estar relaxados, e Zoe passara a tarde no hospital visitando John Kroner. Gostava da companhia dele, que ficava agradecido por sua assessoria com seus pacientes. Todos estavam rindo e contando piadas, e era mais tarde do que de costume quando ela os deixou na cabana. Até mesmo Hartley suspeitava de onde ela estava indo, embora não soubesse quanto tempo ficava lá. Mas Gordon era um bom sujeito e, surpreendentemente, eles pareciam se combinar bem. De fato, ele não estava chocado.

Ela desceu pelo caminho, somo sempre fazia, e o céu estava cheio de estrelas. Era uma noite tão bonita, que ela quase detestava ter de entrar, e podia ouvir os cavalos relinchando suavemente quando passou por eles. Gordon estava esperando por ela, como sempre. Música estava tocando e ele fizera café para ela. Os dois se sentaram e conversaram por algum tempo, e inevitavelmente fizeram amor, e enquanto estava deitada ao lado dele desejou poder voltar o relógio. O tempo estava passando rápido demais. Ficaram deitados no escuro e conversaram até tarde aquela noite, quando ela pensou ter ouvido o som de algo quebrando. Um cachorro latiu, e então, de repente, os cavalos começaram a relinchar alto. Gordon virou a cabeça no escuro e ficou ouvindo os sons, e então o cachorro latiu de novo, os cavalos estavam agitados.

— Alguma coisa está errada? — perguntou ela baixinho.

— Não sei. Às vezes algo os assusta, quando um coiote se esgueira até o curral, ou alguma pessoa passa por lá. Provavelmente não é nada.

Mas dez minutos depois, o barulho não tinha cessado, e estava pior, e ela podia ouvir sons de batidas, como se alguns dos cavalos estivessem recuando nas baias, e Gordon decidiu se vestir e dar uma olhada.

— Tenho certeza de que estão bem — mas era sua responsabilidade vigiá-los caso algo acontecesse. Tanya sabia que não podia acompanhá-lo.

— Esperarei aqui — disse, observando-o se movimentar no escuro.

Ele vestiu os *jeans* e as botas e enfiou um suéter sobre o peito nu. Estava tão atraente parado ali sob o luar, que quase o impediu de ir. Deu-lhe um beijo longo e intenso, sentindo-o ficar excitado, e ele riu suavemente na escuridão.

— Espere um pouco, volto já. — Ele se dirigiu correndo para o curral.

Ela o viu diminuir o passo ao dobrar a esquina. Estava olhando escondida da janela da cozinha, e não podia ver nada. Além do barulho dos cavalos, que continuava, tudo mais parecia tranqüilo. Mas ele estava demorando e depois de esperar uma hora, ficou preocupada. Não sabia se um dos cavalos estava doente, e Gordon tivera de ficar com ele, ou se alguma coisa acontecera. Não podia solicitar auxílio a ninguém ou pedir que alguém fosse verificar o que estava acontecendo. Resolveu se vestir e procurá-lo. Na pior das hipóteses, se encontrasse alguém, poderia dizer que não estava conseguindo dormir e saíra para dar uma volta. Não saberiam de onde ela vinha.

Andou lentamente em direção ao curral, que subitamente pareceu mais silencioso, mas ao virar a esquina ela os viu. Era o montanhês, ele estava apontando uma arma para Gordon, que estava completamente imóvel falando com ele. Então ela viu diversos cavalos manchados de sangue, e um deles estava deitado no chão, e notou uma enorme faca de caça que o homem estava sacudindo para Gordon. Ela levou um momento para perceber o que estava acontecendo, e depois, vagarosamente, retrocedeu e começou a correr, e no momento em que virou a curva ele a viu, e ao vê-la, um tiro soou. Não tinha a menor idéia de onde ele atirara ou em quem, ou se ele estava atirando nela, apenas continuou correndo. Sabia que tinha de conseguir ajuda e rápido, e rezou para que ele não estivesse atirando em Gordon. Mas não podia nem pensar nisso agora. Não se ouvia mais nenhum tiro no momento em que os pés de Tanya ressoaram no pórtico da casa do *cowboy* mais próximo, e ela bateu com força à porta. Era um dos homens que ela conhecia, um rapaz do Colorado, e ele veio à porta com um cobertor enrolado na cintura. Pensou que provavelmente era outro incêndio na floresta. Às vezes quando apagavam o fogo, uma brasa continuava a arder por algum tempo e então o reiniciava, mas ele viu em seu rosto se tratava de algo muito pior. Soube de imediato quem ela era, e ela o agarrou pelo braço e tentou puxá-lo.

— Tem um homem com uma faca e uma arma no curral, alguns dos cavalos estão feridos e ele pegou Gordon. Venha rápido!

Ele não fazia idéia de como ela sabia disso, nem lhe perguntou. Deixou cair o cobertor e vestiu as calças. Tanya se virou enquanto ele terminava de se vestir. Ainda estava puxando o zíper quando saiu pelo pórtico e bateu à porta da próxima cabana à frente. As luzes se acenderam, o homem saiu, o rapaz que estava com Tanya disse a ele para chamar o xerife e reunir os outros, e então ele e Tanya se dirigiram para o curral numa corrida cega, a tempo de ver o homem pular em um dos cavalos e galopar em direção às montanhas. Ainda estava brandindo a arma e gritando obscenidades para eles, mas não atirou em ninguém. Dois cavalos estavam caídos mortos, um esfaqueado, o outro baleado, e Gordon estava deitado no chão sangrando muito. Havia sangue por todos os lados, e estava esguichando do braço dele. Tanya logo compreendeu o que acontecera. Uma artéria tinha sido secionada e ele iria sangrar até a morte numa questão de momentos. Ela agarrou seu braço, pressionou-o, e gritou para o outro *cowboy* para correr até sua cabana e trazer Zoe. Enquanto olhava para ele, podia vê-lo se apagando para ela. Mas, pelo menos por um segundo, o sangramento tinha diminuído. Estava coberta de sangue, que se espalhara pelo chão todo, e os cavalos estavam enlouquecendo ao seu redor.

— Vamos, meu amor... vamos... Gordon, fale comigo... Estava tentando mantê-lo consciente, enquanto pressionava a artéria, mas podia ver que o estava perdendo. — Não! — gritou para ele, mas não tinha mão livre para esbofeteá-lo ou fazer qualquer coisa além de diminuir o sangramento. — Gordon! Acorde! — Ela estava gritando e chorando ao mesmo tempo, quando os outros começaram a chegar.

Ficaram chocados, e levaram um minuto para entender o que acontecera. Ninguém ouvira nada, e enquanto ela tentava explicar e segurar o braço de Gordon, viu Zoe correndo encosta abaixo em sua camisola. Ela estava carregando a maleta de médico, e quando os alcançou, Tanya viu que usava luvas de borracha para proteger Gordon de sua doença.

— Abram espaço para mim — disse ela para os homens — é só isso... obrigada. — Ajoelhou-se ao lado dele e olhou para Tanya.

— Alguém o cortou com uma faca de caça. — Zoe podia ver que o sujeito quase lhe cortara o braço fora. — Acho que ele atingiu uma artéria, estava esguichando sangue para todo lado. — Ela tomara aulas de primeiros socorros anos antes e pelo menos disso se lembrava.

— Não solte o braço dele — instruiu Zoe, e tentou examiná-lo, mas mesmo movendo o braço só um pouco, um esguicho de sangue atingiu-as e ao chão ao redor deles.

Tanya mudou a pressão outra vez, e Zoe fez um torniquete o melhor que pode, logo acima da artéria. Mas ele estava em mau estado, em choque, e não tinha certeza alguma de que sobreviveria. Tanya também podia ver isso e continuou gritando seu nome, enquanto os outros homens assistiam horrorizados. A essa altura, Charlotte Collins fora chamada, e dois dos *cowboys* estavam se lastimando pelos seus cavalos perdidos. O homem era louco. O *cowboy* que ela acordara estava contando a todos o que ele vira, e o que parecia ter acontecido.

— Quando você acha que a ambulância vai chegar? — perguntou Zoe a um dos homens.

— Dez, quinze minutos — responderam eles. Ela pareceu aflita. Gordon não estava com uma boa aparência, e não havia muito que pudesse fazer ali. Precisava de sangue, oxigênio e de uma sala de cirurgia o mais rápido que pudesse chegar lá. Mas no momento em que estava perdendo as esperanças, uma sirene soou na noite, e os *cowboys* a dirigiram diretamente para onde Gordon estava. Ele acabara de ficar inconsciente e seu pulso estava por um fio. Perdera muito sangue, e Tanya estava soluçando enquanto mantinha pressão sobre o ferimento, e Zoe continuava tentando tranqüilizá-la.

Além do torniquete, não havia mais nada que pudesse fazer agora, a não ser controlar seus sinais vitais e rezar para que ele sobrevivesse.

Ela disse imediatamente para os médicos tudo que sabia e, em segundos, eles o colocaram numa maca. Zoe entrou na ambulância com eles e alguém lhe entregou uma longa capa para cobrir sua camisola. Era tudo que tinham, e Tanya perguntou se podia acompanhá-los. Naquele momento os médicos estavam fazendo pressão sobre o ferimento de Gordon, e ele estava branco como um papel.

— E se eu a levar de carro? — perguntou uma voz, e Tanya viu que era Charlotte Collins. Não havia nenhuma desaprovação em seu rosto, apenas gratidão.

Tanya balançou a cabeça concordando. Ela deixou que a ambulância fosse na frente, de qualquer modo não tinham lugar para ela, e Zoe não queria que ela estivesse lá se ele morresse, o que achava possível. Era mais fácil para Tanya seguir logo atrás com Charlotte Collins. Tanya contou a ela que vira o homem mais cedo naquele dia, carregando um rifle, e que Gordon achara que era inofensivo.

— A maioria deles é, alguns são perturbados mentais. Contaram uma história horrível uns anos atrás, em que um sujeito que acabara de sair da prisão de outro estado matou uma família toda em seus sacos de dormir. Mas esse tipo de coisa não acontece com freqüência por aqui. A maioria de nós não tranca as portas durante a noite — disse ela, dando uma olhada para o óbvio terror de Tanya por Gordon. Desejava estar na ambulância. Não conseguia acreditar no que acontecera com ele. Era incrível, e tudo acontecera tão rápido.

Tinha a sensação de que estavam levando mil anos para chegar ao hospital, e nenhuma das duas falou outra vez no caminho. Tanya estava claramente alterada demais para manter uma conversação. Charlotte sentia-se profundamente solidária. Sabia mais do que Tanya pensava. Havia muito pouco acontecendo no rancho que ela não notasse. Não era o que ela recomendava aos seus funcionários, ao contrário, havia punições severas por relacionar-se com os hóspedes, mas de vez em quando coisas estranhas aconteciam. A vida era assim, e às vezes as regras eram outra história. Ela apenas esperava que agora ele não morresse. O resto podia ser esclarecido mais tarde.

Quando chegaram ao hospital, um aviso de emergência havia sido enviado, e eles foram recebidos por uma dúzia de funcionários, uma maca da sala de cirurgia e dois cirurgiões já estavam fazendo assepsia das mãos. Eles perguntaram a Zoe se queria entrar, e ela disse que não achava que seria útil. Ajudaria mais ficando na sala de espera com Tanya. Ela o mantivera vivo durante a viagem, era praticamente tudo que podia fazer por ele. O resto dependeria dos funcionários da emergência e dos cirurgiões.

— Como ele está? — perguntou Tanya, num tom rouco.

— Vivo — àquela altura era tudo que Zoe podia dizer por ele, mas sabia que tinha de ser honesta com ela. — Mas está por um fio.

Charlotte sacudiu a cabeça consternada com sua resposta, e ambas seguraram as mãos de Tanya, enquanto ela chorava e esperava. Tanya não se sentia constrangida com o fato de Charlotte a ver chorando. Não se importava com o que ela descobrisse agora. Tudo que Tanya sabia era que o amava.

A polícia veio depois de algum tempo e lhe fez perguntas. Ela lhes contou o que sabia e onde estivera, e Zoe ficou preocupada com ela. Quando aquela informação vazasse, ela estaria nos jornais outra vez, e não ia ser nada bom. Tanya Thomas "badalando" com os *cowboys* num rancho de férias. Charlotte também pensou nisso e foi falar com os policiais. Eles balançaram as cabeças e se foram. Não havia muito que pudessem fazer para omitir evidências ou testemunhos, e ninguém queria que o fizessem, mas precisavam chamar a imprensa. Eles conheciam Charlotte, e foram muito solidários. Também prometeram mandar o xerife às montanhas à procura do agressor de Gordon, e recuperar o cavalo roubado.

Depois de um certo tempo, até John Kroner apareceu. Como era o médico do rancho, alguém o chamara em casa, e ele se sentou e ficou conversando baixinho com Zoe. Ele subiu ao centro cirúrgico para ver o que podia descobrir, mas Gordon ainda estava entre a vida e a morte. A artéria fora suturada, mas aparentemente ele sofrera muitos danos e perda de sangue. Depois de algum tempo,

Tanya apenas ficou sentada lá com os olhos fechados, e Zoe e John andaram um pouco pelo corredor juntos.

— Ela não está com uma aparência muito boa — disse John para Zoe, quando se afastaram. — O sujeito também foi atrás dela? O que ela estava fazendo no curral à meia-noite? — Zoe olhou para ele e sorriu, ele era inocente, mas também era jovem, e ela passara a confiar nele desde que chegara lá.

— Ela está apaixonada por ele. — Aquilo explicou tudo, e John balançou a cabeça afirmativamente.

Mais uma hora se passou antes que o cirurgião-chefe saísse, e ele estava com uma expressão tão soturna, que Tanya quase desmaiou quando o viu. Zoe estava segurando sua mão com firmeza, e Tanya já estava chorando antes que ele dissesse uma palavra. Ele olhou direto para ela, como se entendesse a situação perfeitamente. Não tinha a menor idéia de quem ela era nem se importava. Ele podia ver o que estava acontecendo com ela e com quem precisava falar. — Ele vai ficar bem — disse ele, de um só fôlego, e Tanya explodiu em soluços e se agarrou a Zoe.

— Está tudo bem, Tan... está tudo bem... ele vai sobreviver... ssshh... querida.

— Oh! Deus, pensei que estivesse morto — enquanto os outros viravam as costas discretamente e a deixavam desabafar sua dor. O cirurgião explicou a Charlotte que o ferimento envolvera ligamentos e nervos, mas ele achava que Gordon ficaria bem. Talvez Gordon nem precisasse de uma cirurgia adicional, apenas de terapia, e uma ou duas semanas de convalescença. Ele perdera muito sangue, mas Tanya e Zoe tinham agido rapidamente e o tinham salvado. O médico decidira não fazer uma transfusão, e achava que se ele reagisse bem, não sentisse dor demais, e não tivesse febre, poderia até voltar ao rancho na manhã seguinte. Charlotte concordou com a cabeça, e lhe agradeceu, e então o cirurgião se virou para Tanya.

— Você gostaria de vê-lo? — Sorriu para ela. — Você e a doutora aqui fizeram um ótimo trabalho, prestando os primeiros socorros. Sem você pressionando aquela artéria, ele jamais teria sobrevivido. Teria morrido em minutos.

Tanya concordou em silêncio, incapaz de falar por um minuto.

— Ele está acordado? — perguntou ela, enquanto o seguia pelo corredor. Os outros tinham decidido ficar na sala de espera, e estavam conversando animadamente sobre o que acontecera.

— Mais ou menos — o médico sorriu, admirando a beleza de Tanya. Deduziu que ela tivesse uns trinta anos, e não fazia a menor idéia de que fosse Tanya Thomas. — Ele está um pouco zonzo, mas pediu para vê-la assim que acordou. Você é a Tanny, certo? — Ela confirmou.

Ela seguiu o médico até a sala de recuperação e vestiu um avental. Havia uma meia dúzia de enfermeiras ao redor, e o dobro de equipamentos, pelo que Tanya podia ver, mas ele levantou a cabeça e sorriu para ela quando a viu.

— Olá, meu bem — disse ele, e Tanya se inclinou e o beijou.

— Você quase me matou de susto — disse ela.

— Sinto muito... estava tentando afastá-lo dos cavalos e ele me pegou.

— Você teve sorte de não ser morto por ele — disse, ainda abalada com os acontecimentos daquela noite.

— O médico disse que você me salvou.

Os dois trocaram um longo olhar, que ninguém podia deixar de identificar, e ela o beijou outra vez.

— Eu te amo — sussurrou ela.

— Eu também te amo — disse ele, e então virou a cabeça para ela e fechou os olhos por um minuto.

Ela perguntou ao doutor se podia ficar com Gordon e ele concordou, caso quisesse. Ela saiu e avisou Zoe.

— Você tem certeza? — perguntou Charlotte Collins. — Pos so trazê-la de volta amanhã.

— Gostaria de ficar — disse Tanya, baixinho, e então olhou para a patroa de Gordon arrependida. — Sinto muito sobre o que tem acontecido... sobre ele... não queria criar problemas para ele. — Mas não havia nenhum jeito de esconder isso agora, e Charlotte concordou, sorrindo.

— Eu sei. Não se preocupe com isso. Está tudo bem. Apenas tenha cuidado. — como Zoe, ela estava preocupada com Tanya.

Zoe disse alguma coisa a ela antes de ir embora, sobre ser pressionada pela imprensa. E Tanya lhe disse para não se preocupar. Ninguém tinha a menor idéia de quem ela era no hospital.

As duas mulheres partiram, John Kroner foi para casa, e ela voltou para o lado de Gordon. Ele estava dormindo. Armaram uma pequena cama na sala de recuperação para ela, e às seis da manhã, eles o mudaram para seu próprio quarto e ela foi com ele. A essa altura ele já estava acordado, e disse que estava se sentindo bem, mas parecia bastante fraco.

— Estou ótimo, vamos para casa — disse ele, mas devido à grande perda de sangue, estava tonto demais para se sentar, e Tanya balançou um dedo para ele.

— É, você está com uma ótima aparência. Deite-se e fique quieto. — Brigou com ele, que ficou rindo. Era uma ótima oportunidade para mandar nele, e ele adorou.

— Só porque você salvou minha vida isso não significa que tem o direito de me dizer o que fazer pelo resto da minha vida — disse ele, com uma expressão rabugenta, mas não pôde deixar de olhar para ela e dar uma risadinha. — Você parece cansada, Tan — disse, parecendo preocupado.

— Você quase me matou de susto. — Mas Tanya tinha mais uma coisa a fazer a caminho de casa antes que pudesse dormir. E estava desapontada, porque desejara sair para um passeio com ele. Ela arranjou para que Tom viesse pegá-lo, e ele podia se deitar atrás do ônibus e relaxar.

O médico avisou que ele podia deixar o hospital ao meio-dia, porque não apresentara complicações e não estava febril. Tom veio buscá-los, conforme instruções de Tanya. Gordon assobiou da cadeira de rodas quando viu o ônibus chegar.

— Como somos sutis, não? — Ele riu. — Como vou explicar isso para Charlotte? Ou fomos descobertos?

— Eu diria que ela teve uma dica ontem à noite, enquanto eu pressionava seu braço na sala de espera, aguardando notícias do doutor. Aliás — disse Tanya, séria —, ela teve uma atitude muito decente a esse respeito. Acho que entendeu completamente.

— Espero que sim. Ser esfaqueado no meio da noite, com

você por perto, não estava exatamente nos meus planos — disse, ainda parecendo um pouco nervoso com o acontecido. Mas parecia estar razoavelmente saudável, embora ela pudesse notar que seu braço doía. Ele não queria admitir, mas quando o movia estremecia. Tinham lhe dado analgésicos para levar para casa, mas ele afirmava que tudo de que precisava era de uma dose de uísque.

Ela o acomodou em uma das camas, na parte de trás do ônibus, e colocou seu braço para cima, confortavelmente apoiado em travesseiros, e ele sorriu, enquanto ela lhe trazia uma coca-cola. Então partiam para o rancho. Mas, depois de algum tempo, ele deu uma olhada rápida pela janela e pareceu ficar perplexo.

— Detesto lhe dizer isso, Tan, mas seu motorista está indo até a China para voltar.

— Achei que você gostaria de um pequeno *tour* cênico no caminho de volta. — Ele não queria dizer a ela que queria um *tour* cênico da sua cama, estava com medo de ferir seus sentimentos; assim sendo, balançou a cabeça concordando, e a beijou.

— Só quero que você saiba que não vou deixar que isso afete nossa vida sexual — avisou, e ela riu.

— Deixe-me dizer uma coisa: por volta da meia-noite de ontem, sua vida sexual era o menor dos seus problemas. — Nenhum dos dois conseguia acreditar no que acontecera.

Naquele momento, Tanya notou que já estavam chegando ao seu destino. Ela deu uma olhada pela janela e o viu. Tinham feito uma curva, e estavam olhando por cima de um penhasco, logo abaixo das montanhas. Era um lugar onde estivera com ele na semana anterior, e ele o reconheceu ao olhar pela janela.

— Por que você quis voltar aqui? — Ele parecia estar se divertindo e sentou-se, enquanto olhava para fora. — Adoro esse lugar — disse ele. Pensou consigo mesmo, se ela estava apenas sendo sentimental, e inclinou-se e a beijou, mas Tanya estava rindo.

— Espero que sim — disse ela.

— Por quê?

— Por que sou sua proprietária.

— Você o quê? — Parecia estar completamente confuso com o que ela estava dizendo. — Não é não. Esse é o velho rancho Parker. Conheço-o há anos. Eu a trouxe aqui no domingo.

— Eu sei. — Parecia estar extremamente contente consigo mesma ao beijá-lo. — Comprei-o na segunda-feira.

— Você está louca. — Parecia completamente arrasado, e por um minuto ela receou que estivesse zangado. — Por que fez isso? — Queria acreditar naquilo tudo, mas simplesmente não podia. Ele a trouxera para ver um rancho no domingo, e no dia seguinte ela o comprara. Era um desafio para a imaginação.

— Você me disse que eu deveria comprar um rancho aqui.

— E então você o comprou? — Olhou fixamente para ela. — Num piscar de olhos.

— O corretor disse que era um ótimo investimento e que o preço estava razoável, portanto decidi arriscar. Achei que valia a pena fazer o que você disse. Você criará cavalos, e eu me refugiarei aqui para descansar. Você ainda pode fazer algum trabalho para Charlotte Collins e me ajudar a administrar o rancho. Mas primeiro vamos arrumá-lo. E veremos. Se o detestarmos, se você fugir com outra estrela do *rock*, se decidir se mudar para Los Angeles e desistir dos cavalos, sempre poderei vendê-lo. Pensei que podíamos experimentar e ver o que acontece.

— Ah, meu amor — disse ele, e a agarrou, puxando-a para perto dele com o braço são. Agora ele sabia que era para valer. Não se tratava de brincadeira. — Você é incrível.

— Você me ajudará a cuidar dele?

— É claro que sim — disse ele, sem fôlego. Depois do que ela fizera por ele, agora não havia nada que não fizesse por ela. Tanya provara sua sinceridade de todos os modos, e ele sabia que nunca esqueceria disso.

— Eu queria cavalgar com você até aqui hoje e mostrar-lhe.

— Não consigo acreditar nisso. — Ainda estava radiante quando o ônibus começou a se afastar e olhou para ela outra vez assombrado. — Você realmente quer fazer isso por mim? — Era uma prova de confiança da parte dela, um presente tão grande para ambos, que desafiava a imaginação. Realmente se sentia como se tivesse morrido na noite anterior e estivesse no céu. — Como você pode ser tão decente e confiante? — perguntou ele.

— Talvez eu não passe de uma idiota. — Ela sorriu e tomou um gole da coca-cola dele, e o acomodou de volta nos travesseiros. — Há alguma razão para que eu me sinta assim?

— Não — disse, orgulhoso —, a senhora terá o melhor pequeno rancho em Wyoming. Quando podemos começar a arrumá-lo?

— Logo que você puder voar de novo — ela apontou para sua asa quebrada. — Ele será nosso na semana que vem. — É claro que era seu, mas o compartilharia com ele. Pensou em dá-lo para ele como presente de casamento, se os dois se casassem, mas isso ficaria para mais tarde. Ainda precisava se divorciar de Tony, o que só ocorreria após o Natal. Mas depois... as possibilidades eram ilimitadas. O céu era o limite.

Quando chegaram ao rancho, e as pessoas viram o ônibus chegar, todo o quadro de funcionários estava esperando do lado de fora da cabana dele, e o aplaudiram aos gritos, quando Tom o ajudou a descer os degraus do ônibus e entrar na cabana. Tanya seguia atrás deles. Estava receosa demais de machucá-lo, se movesse seu braço da maneira errada. Todos queriam falar com ele, manifestar sua satisfação e ver que estava bem. Eles lhe tinham trazido livros, doces, comida e fitas de vídeo. Gordon tinha tudo que precisava. E agora tinha uma mulher que o amava, e o rancho com que sempre sonhara. Lágrimas vieram aos seus olhos quando, finalmente, ficou outra vez sozinho com ela na cabana.

— Ainda não consigo acreditar em você. Em minha vida jamais pensei que pudesse realizar esse sonho.

— Eu também — disse ela. — Adoro isso aqui, e quero estar junto de você.

— Também irei a Los Angeles, sempre que puder — tranqüilizou-a.

— Você não precisa ir se não quiser. — Agora ela aprendera essa lição. Vivia num mundo difícil, e se ele não quisesse fazer parte dele, não o forçaria.

— Eu quero. Você viu meu mundo e agora faz parte dele. Também quero conhecer seu mundo. Podemos ter aos dois, contanto que compreendamos um ao outro.

— Meu mundo pode ser cruel — disse ela, tristemente. — Ele o magoará terrivelmente, mesmo que seja cuidadoso. Nada é sagrado. Não quero que magoem você.

Mas a verdade é que não podia impedi-los. A história toda aparecia nos jornais no dia seguinte, enviada pelos serviços de telégrafo, e estava na primeira página dos tablóides. Tudo sobre como Tanya Thomas fora para um rancho duas semanas antes, tivera um caso com um *cowboy* e uma semana depois comprara um rancho para ele. A história dizia quanto ela supostamente pagara pela propriedade, e o montante ficava em torno de um milhão de dólares. A maior parte da notícia estava deturpada, e toda ela era horrível. As manchetes nos tablóides diziam UMA TRANSADINHA, OU MARIDO Nº 4? O QUE VAI SER, TANYA? Eles davam a quantia aproximada que ele ganhava por ano, e o quanto ela ganhava, e a ridicularizavam de todas as maneiras. Faziam com que ele parecesse um sujeito barato; e ela, uma prostituta. A história até fazia com que parecesse uma tola por ter cantado o hino nacional no rodeio, e haviam publicado as fotos que tinham tirado do lado de fora do ônibus lá. Até contaram a história de como ele fora supostamente esfaqueado por outro *cowboy*, brigando por ela no curral. O texto fazia o esfaqueamento soar como uma briga entre dois homens competindo por Tanya, e o artigo afirmava que ela quase morrera tentando apartá-los. Ela ficou sentada em seu quarto no rancho, sentindo-se nauseada com o que lera. O problema era que sempre havia um mínimo de verdade, o suficiente para fazer com que as pessoas considerassem o que fora dito. E estava preocupada com Gordon. O que ele pensaria dela quando lesse aquilo?

— Não leia essa merda — disse Zoe, furiosa com o que tinham feito com ela. E então ela não pôde evitar de perguntar. — Você realmente comprou um rancho para ele? Provavelmente, é mentira, mas fiquei curiosa.

— Não, comprei um para mim. Mas ele vai me ajudar a administrá-lo. Acho que me tornei esperta o bastante para não tentar arrastá-lo para dentro da minha vida. Ele se sente feliz onde vive.

Não quero estragar isso, portanto desejo passar algum tempo aqui.

— É justo — disse Zoe. — Só fiquei curiosa. E Tan, sinto muito.

— Eu também — disse Tanya, desanimada. — Eu costumava ficar imaginando quem é que falava de mim, mas acho que todos falam. Os policiais, a imprensa, as enfermeiras, os motoristas de ambulância, os cabeleireiros do mundo todo, os turistas, os corretores e, às vezes, até os amigos. Não tem jeito. Todos fornecem um pequeno pedaço de informação e então eles o transformam numa faca e a esfaqueiam com ela, bem no coração. — Pensava consigo mesma como estaria Gordon se sentindo. Provavelmente, miserável. Como que ele poderia não se sentir assim? Eles conseguiam fazer com que tudo que era bom parecesse sórdido. Ficara com ele na noite anterior e fizera seu jantar, e sequer o deixara até o amanhecer. Agora, o fato de que estava com ele não era mais um segredo. Quando voltara para a sua própria cabana, vira os jornais. As outras estavam pensando em escondê-los, mas sabiam que não adiantava. E acabaria por descobrir, e era melhor que encarasse os fatos.

— Não posso acreditar nesses bastardos — disse Mary Stuart furiosa para Hartley. Ele também passara por isso, mas nunca até aquele ponto. E seu sucesso era diferente do de Tanya. Normalmente, os escritores não eram devorados pelos tablóides, exceto por uns poucos selecionados. Mas, do ponto de vista deles, Tanya era uma caça legítima. E todos adoravam odiá-la.

Ela levou o jornal consigo quando voltou para a cabana de Gordon mais tarde, naquela manhã. As outras tinham saído para uma última cavalgada, e John Kroner as acompanhara. Ele estava cavalgando com Zoe. Tanya sentiu não poder ir, mas queria ficar com Gordon. E queria falar com ele sobre os jornais. Mas no momento em que ela entrou, soube que ele os vira. Havia alguma coisa dolorida em seus olhos, um tipo de constrangimento, e pensou consigo mesma se tudo acabara entre os dois. Olhou para ele por um longo e duro momento. Estava sentado no sofá, vendo TV e tomando café. A história também aparecera no noticiário, com uma foto dele, e os detalhes sobre o esfaqueamento' mas ela não sabia disso. Ele achava inacreditável, como podiam distorcer a verdade daquela maneira. Ao olhar para Tanya, pensou consigo mesmo o que ela estaria sentindo.

— Como vai o braço? — perguntou, e ele o moveu um pouquinho para que ela visse que já podia fazer isso. Mas não era com o braço que estava preocupada. Mas sim com o que estava sentindo em relação a ela depois da história no jornal.

— Você pagou demais pelo rancho — disse ele, casualmente, e ela olhou para ele enquanto se sentava. Ele lera a história.

— O que você achou de fazer parte das manchetes? — perguntou ela, observando seus olhos. Ele ainda não estendera o braço para ela, ou lhe dissera que a amava. Estava digerindo o que acontecera.

— Posso imaginar maneiras melhores de fazer isso, como dando um tiro num repórter. Gostaria disso.

— Acostume-se com isso — disse ela, com a voz um pouco áspera. Tinham feito isso com ela antes, mas nunca de um modo tão sórdido, ou com tanta crueldade. Eles o tinham humilhado, e a fizeram parecer ridícula e barata, como se fosse uma vagabunda. Era típico do que eles faziam. A vida como um objeto, em sua melhor versão. — É o que eles fazem o tempo todo, Gordon. Fazem isso sempre. Eles pegam tudo que você faz e transformam em merda. Fazem com que você pareça barato e idiota, interpretam tudo errado e o citam de forma errada. Nada é sagrado. Você pode viver com isso?

— Não — disse ele com simplicidade, olhando-a bem nos olhos, e seu coração parou. — E também não quero que você viva assim. Se é desse jeito que a tratam, então quero que fique aqui.

— Mas fazem isso aqui também. Quem você acha que lhes forneceu a história? Todos. O corretor, as enfermeiras ontem à noite, os médicos, os policiais, o mestre-de-cerimônias do rodeio. Todos querem se sentir importantes, e para fazer isso eles vendem meu traseiro.

— Eles não podem fazer isso. Ele é meu — disse ele com um brilho nos olhos, e ela o olhou com pesar.

— Na realidade, ele é seu — disse ela, desejando que isso não tivesse acontecido, que os dois não tivessem sido arrastados para os jornais — mas quero que você encare o fato de que tudo o que fizermos ou em que eu tocar vai acabar desse jeito. Se eu tiver um bebê, dirão que ele é de outra pessoa porque estou velha demais para ter um, ou dirão que transei com o carteiro. Se contratarmos uma faxineira, dirão que você está transando com ela, por que eu estou em Los Angeles. Se em algum momento eu lhe comprar um presente, dirão o quanto ele custou antes mesmo que eu o dê a você, e então farão com que você pareça um gigolô porque o aceitou. Vão nos agredir todos os dias, de todos os modos possíveis, e se tivermos filhos, também torturarão a eles. Não importa se eu viver aqui, ou em Los Angeles, ou na Venezuela, minha vida é assim, e quero que você veja isso agora, ou me odiará mais tarde. E mesmo que olhe para ela e pense que não vai incomodá-lo, entenda que depois que isso tiver acontecido mais de uma vez, todo o dentista que você procurar, ou tintureiro, ou prostituta, Deus me livre, porque eu o mataria — acrescentou, e ele riu —, mas cada pessoa com quem você fizer negócios, com uma ou duas exceções, o venderá e fará com que pareça um lixo. E talvez na nonagésima nona vez que isso lhe acontecer, você começará a odiar tudo. Já aconteceu antes. Eu sei como é. Conheço a sensação. Corrói sua vida como câncer. Perdi dois maridos por isso, e o terceiro era tão corrupto que vendeu meu traseiro para os tablóides, mais do que qualquer outra pessoa. — Estava se referindo ao seu segundo marido, o agente, que fizera isso.

— Parece que você tem levado uma vida maravilhosa — disse ele. Ela nunca lhe contara tudo isso sobre ela, mas ele suspeitava que era doloroso.

— O que você está esperando, Tanny? — perguntou, tristemente para ela, mas podia ver em seus olhos. — Está esperando que eu a deixe agora? Se está, ficará desapontada. Não me amedronto tão facilmente. E sei como é sua vida. Vejo os tablóides. Sei qual é o tipo de lixo que eles escrevem. E você está certa, a sensação é diferente quando falam sobre você mesmo. Abri o jornal essa manhã e queria matar alguém. Mas não foi você a culpada. Você é a vítima, e não o babaca que fez isso.

— As pessoas esquecem desse detalhe — disse ela, infeliz —, e não podem descontar nos culpados. Não há nada que se possa fazer com eles. Não vale nem a pena processá-los, não importa o quanto mintam, você apenas vende os jornais para eles. Por isso, no final, você acabará me odiando porque eles o estão magoando.

— Eu te amo — disse ele, claramente, enquanto se levantava e olhava para ela. — Eu te amo. Não quero que isso aconteça com você. E sim, vou odiar quando disserem esse tipo de coisas sobre você, e vai haver muita coisa para ser dita. Sou apenas um *cowboy* tolo do Texas, todos pensarão que estou atrás do seu dinheiro. Vão dizer que você mal me conheceu aqui e se ofereceu para mim. E daí? Você é autêntica. Eu sou autêntico. Isso só quer dizer que não poderei ficar o tempo todo com meu traseiro sentado aqui em Wyoming, como tinha pensado. Terei de passar mais tempo em Los Angeles protegendo você, porque, pode ter certeza absoluta de que não vou deixar que encare essa merda toda sem mim. Talvez ambos tenhamos que viajar de lá para cá por algum tempo, até que você se canse disso e decida criar cavalos comigo.

— Não desistirei da minha carreira — disse, parecendo preocupada. — Mesmo com toda essa merda, gosto do que faço. — E adorava cantar.

— Eu também gosto do que faço. Jamais lhe pediria para desistir de sua carreira. E talvez não dê certo ficar morando aqui parte do tempo. Mas gostaria que você tentasse. Vejamos o que acontece. Quero estar ao seu lado, aqui, lá, seja lá onde for. Eu te amo, Tanny. Pouco me importa o que eles digam sobre nós.

— Você está sendo realmente sincero? Mesmo depois disso tudo? — Acenou com o jornal para ele.

— É claro que estou sendo sincero. — Riu para ela, e então veio até onde estava sentada e a beijou. — Dizem que você me atraiu para a cama com promessas de comprar o rancho para mim. Quando foi que perdi essa parte?

— Você estava dormindo — ela riu. — Sussurrei essa proposta para você.

— Você é uma mulher incrível, e não sei como consegue agüentar todo esse lixo.

— Nem eu — disse ela, apoiando a cabeça de encontro a ele,

enquanto ele se sentava ao seu lado e colocava o braço ao seu redor.

— Eu os odeio.

— Não desperdice suas energias. Mas vou lhe dizer uma coisa. Você precisa ser mais cuidadosa. Nada de cantar nos rodeios, nada de ficar vagando pelos hospitais pensando que ninguém a conhece, e nada de simplesmente entrar numa corretora e comprar ranchos. Vamos ficar um pouco mais dissimulados em relação a essas coisas, está bem? Você pode se esconder atrás de mim se quiser. Não me importa o que digam. No meu caso, de qualquer maneira, é provável que seja tudo verdade. Deixe-me enfrentar essa barra por você.

— Gordon, eu te amo. Pensei que você nunca mais ia querer me ver depois de hoje. — Logo que vira o jornal ficara tão preocupada.

— Nem morto — sorriu ele. — Estava aqui sentado, pensando se poderia convencer Charlotte a me dar um fim de semana de folga na semana que vem, para poder ir a Los Angeles e surpreendê-la. Talvez agora que estou com a asa quebrada, ela me libere por alguns dias, já que não terei muita utilidade.

— Você fará isso se puder? Eu adoraria.

— Tentarei. De qualquer modo, ela e eu teremos de sentar e conversar seriamente na próxima semana. Depois do verão, gostaria de trabalhar aqui em meio expediente.

— Não se esqueça, no próximo inverno, serão Europa e Ásia. Vai ser um pesadelo.

— Você faz com que pareça fantástico — sorriu ele. — Mal posso esperar.

— Nem eu. — Olhou para ele, pensando em quão diferente sua vida seria agora, com Gordon para cuidar dela e protegê-la. Também queria ficar ao lado dele, mas ninguém a tratara do jeito que ele fazia.

— Por falar no assunto, onde vamos estar no Natal?

— Eu esqueço... Alemanha... Londres... Paris... talvez em Munique. — Não conseguia lembrar.

— Que tal nos casarmos em Munique? — disse ele, suavemente, enquanto a beijava.

— Acho que quero me casar em Wyoming — disse ela —, olhando para as montanhas lá em cima, onde o encontrei.

— Podemos cuidar disso mais tarde — disse ele, puxando-a de pé e para os seus braços, abraçando-a com o braço bom. — Temos que cuidar de outra coisa antes disso — disse, puxando-a para o seu quarto. — Está na hora da minha soneca.

Mas ela suspeitava que ele quisesse verificar se tudo ainda estava funcionando. Era doloroso perceber que esse era seu último dia juntos. Eles passaram a tarde toda na cama, enquanto os demais estavam cavalgando. Ele adormeceu em seus braços, e Tanya ficou abraçada a ele por um longo tempo, incapaz de acreditar em sua boa sorte. E quase o perdera dois dias antes. Não agüentava nem pensar naquilo.

Aquela tarde, Hartley estava muito quieto enquanto eles cavalgavam sozinhos, estava tentando lidar com a idéia de perdê-la, caso não voltasse para ele depois de Londres.

— Não faça isso consigo mesmo — disse Mary Stuart, gentilmente, quando ele lhe disse o que estava pensando.

— Eu tenho de fazer isso. E se você não voltar? Então o que vou fazer? Acabei de encontrá-la, e não consigo me imaginar perdendo-a tão rapidamente. — Não disse isso a ela, mas tinha certeza de que escreveria sobre o assunto. Isso não mudaria nada, mas pelo menos permitiria que trabalhasse seus sentimentos. — Você não pode me prometer que voltará, Mary Stuart. Você não sabe.

— É verdade. Mas temos tantas perdas nessa vida. Por que prová-las antes que aconteçam?

— Porque o sabor é amargo demais quando não fazemos isso. Sentirei tanto sua falta se a perder — disse, com uma expressão nostálgica, e ela se inclinou e o beijou.

— Farei o possível para voltar o mais rápido que puder. — E estava sendo sincera, mas ele a surpreendeu com o que disse em seguida.

— Se puder salvar seu casamento, nem volte para cá — disse, tristonho. — Margaret e eu quase nos divorciamos uma vez.

Tive um caso amoroso quando estávamos casados, havia mais ou menos dez anos. Foi uma grande estupidez da minha parte, e eu nunca mais fiz isso. Não sei o que aconteceu, andávamos tendo problemas, estávamos lidando com o fato de que ela não podia ter filhos naquela época, e isso era muito difícil para ela. Ficou transtornada por algum tempo, e colocou bastante de distância entre nós. Acho que ela me culpava, tanto quanto a si mesma, porque não podia engravidar. Qualquer que tenha sido a razão, acabei fazendo aquela besteira, e ela descobriu. Ficamos separados durante seis meses por causa disso, e eu continuei com meu caso, o que foi ainda mais estúpido. Àquela altura pensei que estava apaixonado pela outra mulher, e a situação ficou ainda mais complicada. Ela era francesa, e eu estava com ela em Paris. Fui a Nova York para dizer a Margaret que iria me divorciar dela. Mas quando cheguei lá, descobri que tudo que eu sempre amara em relação a ela ainda existia, todas as coisas de que eu não gostava também, e todas as razões básicas pelas quais fora infiel a ela. Ela possuía todas as inadequabilidades, neuroses, irracionalidades que a tornavam difícil, e também todas as coisas que eu adorava em relação a ela. Sua honestidade, sua lealdade, sua criatividade, seu maravilhoso senso de humor, sua mente inteligente, sua discrição e seu senso de justiça. Havia um milhão de coisas que eu amava em relação a ela. — Ele tinha lágrimas nos olhos quando disse isso, e Mary Stuart também. — Quando voltei para Nova York para dizer adeus a Margaret, me apaixonei de novo por ela. — Respirou fundo e olhou por cima das montanhas. — Nunca voltei para a mulher em Paris. Quando parti, ela sabia que aquilo ia acontecer. Ela disse isso. Nós tínhamos combinado um código. Ela disse que não agüentava longas explicações, e não as queria. Duas palavras seriam suficientes. Se eu tivesse resolvido tudo com Margaret para deixá-la, tudo que eu tinha de fazer era escrever, "*Bonjour*, Arielle" num telegrama. Isso foi há muito tempo — ele sorriu —, antes dos faxes. E se eu e Margaret fizéssemos as pazes, "*Adieu*, Arielle" seria suficiente. Ela era realista ao extremo, e absolutamente contra tolices. Parti para Nova York dizendo a ela que não tinha nada com que se preocupar, e encontrei com a minha Dalila, ela cortou meus cabelos, conquistou meu coração, e nunca mais saí do seu lado... no telegrama estava escrito "*Adieu*, Arielle". Nunca mais a vi. Era assim que ela queria. Mas nunca a esqueci. — Era uma história triste e sensibilizou Mary Stuart. — Se isso acontecer conosco, Mary Stuart — encarou-a, e foi sincero quanto a todas as suas palavras —, quero que saiba que não vou me arrepender disso nem por um momento, e a amarei para sempre. Continuarei em meu caminho, e me recuperarei. Arielle se casou com um ministro muito importante e tornou-se uma escritora bem-sucedida, mas tenho certeza de que nunca me esqueceu. Eu nunca a esqueci. — Ele então deu um sorriso malicioso. — Margaret também não esqueceu dela. Nunca pude me reabilitar totalmente, mas acho que ela me perdoou. Durante algum tempo foi uma confusão terrível, logo que tudo acabara de acontecer. Mas quero apenas que saiba que não vou me arrepender disso, essas duas semanas aqui com você foram as mais felizes da minha vida. — E, finalmente, ela o ajudara a superar a perda de Margaret. Ele estava se sentindo tão melhor.

— Também foram as duas semanas mais felizes da minha vida — disse ela. — E também não vou esquecê-lo. Mas não acho que vá ficar com Bill. Hartley, realmente não acho. — Ela dizia isso com sinceridade.

— Nunca se sabe o que vai ocorrer entre duas pessoas. Veja o que acontece quando falar com ele. Se eu tivesse deixado Margaret naquela ocasião, teria perdido mais dezesseis anos com ela, e estes foram maravilhosos. Seja aberta em relação ao que acontecer. Essa é a coisa mais imparcial que posso lhe dizer.

— Sempre te amarei — disse ela, suavemente.

— Eu também sempre te amarei. Então é isso que você pode me enviar no fax. — Ele encontrou o código que estavam procurando. Para me informar do que vai acontecer, escreva "*Adieu*, Arielle" ou "*Bonjour*, Arielle".

— Será "*Bonjour*, Arielle", disse ela, com uma expressão de certeza enquanto cavalgavam de volta para os estábulos, com o *cowboy* que estava substituindo Gordon.

Enquanto os outros cavalgavam, Zoe estava tomando café com John Kroner. Eles tinham se tornado amigos rapidamente, nas duas semanas em que ela ficara lá. Ela fora ao hospital para vê-lo diversas vezes, e ele adorava ir ao rancho para vê-la. Prometera visitá-la em San Francisco.

— Há um paciente sobre o qual vou querer consultá-la em breve — disse ele. — Acabei de iniciar seu tratamento e do seu amante com AZT. Ele é soropositivo, ambos são, mas por enquanto os dois não apresentam sintomas.

— Então você está fazendo a coisa certa. Não precisa de mim — ela sorriu, sentindo-se à vontade ao seu lado. Tinha certeza de que Sam também gostaria dele, e estava ansiosa para apresentar um ao outro.

Sam ligara para ela diariamente, mais para falar sobre eles do que sobre a clínica. E ela descobriu que gostava disso.

— Você está fazendo um excelente trabalho com os seus pacientes — encorajou John outra vez, e agradeceu-lhe por seu auxílio quando ela não estava se sentindo bem. — Você sabe — disse ela, filosoficamente —, agora eu tenho tanta empatia por eles — estava se referindo aos seus próprios pacientes. — Eu costumava pensar que sabia como eles se sentiam, ouvindo aquela sentença de morte, e então esperando que ela os golpeasse. Sentia tanto por eles. Mas, ainda assim, não os entendia realmente. — Olhou nos olhos dele com intensidade. — Eu nunca entendi até que aconteceu comigo — ela então tocou sua mão. — Você não sabe como a pessoa se sente, John. Você não pode imaginar.

— Sim, eu posso — disse ele, baixinho. — Também sou soropositivo. Eu sou o paciente que acabei de mencionar. Ambos somos. E quando começarmos a ficar doentes, quero ir até você para uma consulta — disse, casualmente, e ela pareceu chocada. Não sabia por que se sentia assim, mas não esperara aquilo. Ele tinha AIDS, e seu amante também.

— Sinto muito.

— Está tudo bem — disse ele, filosoficamente —, estamos todos juntos nisso. — Os olhos de Zoe estavam marejados de lágrimas quando o abraçou.

Todos tiveram uma noite tranqüila. Hartley e Mary Stuart passaram horas conversando. Zoe estava ao telefone com Sam em seu quarto, e Tanya estava na cabana de Gordon. Todos conversavam sobre seus planos, seus sonhos, as coisas que tinham acontecido no rancho e o quanto desejavam voltar para lá. Ele fora mágico para todos. E Tanya e Gordon estavam conversando sobre seus planos, para o rancho que ela acabara de comprar. Quase tinham esquecido os tablóides. Ele falara com Charlotte aquela tarde, e iria a Los Angeles para ver Tanya na semana seguinte. Isso era o começo. E ambos estavam excitados em relação a tudo. Havia tanta coisa que Tanya queria compartilhar com ele. Gordon queria caminhar pela Sunset Boulevard, ver o Pacífico, conhecer seus amigos, ver o estúdio onde ela ensaiava e gravava. Ela queria passar um fim de semana com ele em Malibu, caminhar pela praia com ele e levá-lo ao Spago. Fariam tudo isso se pudessem, e duas semanas mais tarde, ela estaria voando de volta para Wyoming para vê-lo.

— Gostaria de poder ir com você amanhã — disse ele, triste. — Detesto pensar no que terá de enfrentar sozinha lá.

— Gostaria de poder ficar aqui — disse ela, e era verdade. Detestava a idéia de deixá-lo, de largar aquele lugar e as montanhas.

— Você voltará — disse ele, puxando-a para perto.

Ela fechou os olhos, tentando gravar tudo na memória para quando tivesse partido. Sabia que jamais seria exatamente daquele jeito outra vez. Eles não estariam nessa cabana, isolados do mundo. Nunca mais seria simples como agora. Eles estariam em sua própria casa, e depois disso, fariam parte do mundo. Ele seria dono de uma parte deles, e agarraria tudo que conseguisse. Naquele momento, estavam a salvo ali, e ela adorava isso. E esperava poder recriar um pouco dessa atmosfera no rancho que acabara de comprar.

— Quero que seja exatamente assim — disse a Gordon, e ele riu.

— Poderia ser só um pouco maior, Tanny? Dou uma topada no meu dedão todas as vezes que levanto da cama aqui. — Era um homem grande, e a cabana era pequena, mas sabia o que ela estava querendo dizer, e tinha muitas idéias sobre isso. Vinha juntando idéias havia anos sobre um rancho próprio e agora sabia exatamente o que fazer.

Os dois conversaram pela noite adentro, e fizeram amor ao amanhecer, exatamente quando o sol despontou. Então ele a enrolou num cobertor e foram para fora da cabana e ficaram admirando a luz nas montanhas. Era lindo.

— Vai ser um dia lindo — disse ele. — Gostaria que você estivesse aqui comigo. — Ela mal podia agüentar a idéia de que estava partindo.

Nenhum deles podia. Estavam todos chorando enquanto se despediam no ônibus. Hartley segurou Mary Stuart nos braços por um tempo enorme. John Kroner e seu amigo tinham vindo se despedir, e ambos abraçaram Zoe e as outras. Todos aplaudiram quando Gordon beijou Tanya abertamente.

Todos agradeceram a Charlotte Collins na hora da partida. As três amigas estavam chorando quando subiram no ônibus. Mary Stuart ficou ali parada eternamente, olhando para Hartley. E Tanya se pendurou para fora da janela e avisou a Gordon para ficar longe dos cavalos. Ele acenou com o chapéu para ela, tanto tempo quanto possível com o braço bom. Zoe pensava consigo mesma se algum dia veria aquele lugar de novo, enquanto Mary Stuart rezava em silêncio para ver Hartley em Nova York, depois de sua viagem a Londres. Mil perguntas tinham brotando naquelas duas semanas no rancho, mas eles ainda não tinham todas as respostas.

Enquanto Tom dirigia o ônibus para longe, as três ficaram sentadas em silêncio, absortas em seus próprios pensamentos, refletindo sobre as pessoas e os sonhos que tinham deixado lá. Elas não falaram por um longo tempo, e cada uma ficou em seu canto. Tom planejava chegar em San Francisco à meia-noite.

Capítulo 21

Quando o ônibus parou em frente à casa de Zoe, as três estavam dormindo. Tinham ficado horas acordadas, rindo e falando sobre os homens em suas vidas. Prepararam alguma coisa para comer e a compartilharam com Tom, e eventualmente adormeceram. Fora um longo dia para elas. Tanya teve de despertar Zoe quando chegaram lá. Ela estava num sono profundo e sorriu quando a acordaram. Zoe as fizera prometer que entrariam por um minuto e veriam sua filha, apesar de ela estar dormindo, e ambas concordaram.

Tanya também acordou Mary Stuart, e o trio subiu os degraus da casa de Zoe, e esperou enquanto ela procurava a chave na bolsa Abriu a porta tão silenciosamente quanto possível, e elas entraram na ponta dos pés pela sala de estar, a caminho do andar de cima, para ver a menina. E quando Zoe entrou, viu que havia brinquedos espalhados por todos os lados, um prato de comida, e uma mamadeira, e então ela os viu. Sam estava adormecido no sofá, com Jade nos braços. Tinham esperado horas por elas. Inge subira e fora para a cama havia muito tempo, e Sam mantivera Jade acordada para que pudesse ver sua mamãe. As três mulheres olharam para eles, com uma aprovação carinhosa.

Zoe deu alguns passos na direção deles e se inclinou para beijar a filhinha adormecida. Neste momento, Sam abriu os olhos e a viu.

Ele mal se moveu, e sorriu enquanto ela olhava para ele. Então ela também o beijou. Primeiro no rosto, gentilmente, e depois nos lábios, enquanto suas amigas assistiam a tudo.

— Senti sua falta — sussurrou ele, e então se levantou para conhecer as outras.

Ele continuava segurando Jade, que estava num sono profundo e nem se mexeu. Tinham se tornado bons amigos nas últimas duas semanas, e ela realmente gostava dele. Sentira-se perfeitamente feliz em adormecer em seus braços, enquanto esperava pela mamãe.

— Ela estava louca para vê-la — explicou ele, e Zoe sorriu. — Eu também — disse, colocando um braço ao redor dela. — Você está bem? — Parecia preocupado, e ela balançou a cabeça, afirmativamente.

Mary Stuart e Tanya estavam ansiosas para continuar a viagem. Tom queria tomar bastante café para continuar dirigindo e chegar a Los Angeles pela manhã. Tinham mais seis horas de viagem pela frente, e agora tinham de partir, embora elas tivessem gostado de passar mais tempo com Sam e Zoe, mas sabiam que não podiam. E agora estava na hora de Zoe ficar com Sam.

Ele ainda tinha um braço ao redor dos ombros dela quando as duas se foram, depois de uma despedida entre lágrimas. Sam e Zoe acenaram da escada, enquanto o ônibus se afastava, e então ele levou Zoe para dentro, deitou Jade no sofá, e gentilmente tomou sua mãe nos braços e a beijou.

O ônibus chegou a Los Angeles dentro do programado, às seis horas na manhã seguinte. Tinham sido quase vinte e quatro horas de viagem desde que haviam deixado Wyoming. E quando chegaram à casa de Tanya, Mary Stuart encontrou um fax do marido. Ele estava perguntando sobre quando exatamente ela estaria chegando. Ela já fizera suas reservas, mas não lhe dissera. E havia uma longa lista de mensagens para Tanya, dos seus advogados, de sua secretária e dos seus agentes. Mas vendo-as agora, depois de ter estado em Wyoming pelas últimas duas semanas, tudo parecia menos importante.

Quando o sol subiu no céu sobre Los Angeles, Mary Stuart e

Tanya estavam sentadas à mesa da cozinha. Era um cômodo enorme, e de certo modo sentiam-se bem de estar em casa, mas ambas tinham saudades de Wyoming. Tinham deixado muito delas lá. Ficaram sentadas na cozinha, conversando sobre Gordon e Hartley. Fora uma viagem extraordinária para todas elas, e agora era difícil de acreditar que ela acontecera.

— Quando você vai a Londres? — perguntou Tanya. Ela também não sabia.

— Pensei em ficar por aqui hoje e amanhã, e viajar na quarta-feira, a não ser que você queira que eu vá mais cedo.

— Está brincando? — disse Tanya, espontaneamente. — Gostaria que você ficasse para sempre. E espero que volte logo. — As duas tinham feito Zoe prometer que se manteria em contato, e estavam falando em passar um fim de semana com ela em algum lugar, talvez em Carmel, se ela se sentisse disposta, ou na casa de Tanya em Malibu, ou até mesmo em San Francisco. Todas acharam que soava como uma excelente idéia. Não iam deixar que o tempo, a distância ou, pior ainda, a tragédia se colocassem entre elas.

Tanya passou o dia todo trabalhando com sua secretária, e tentando tomar decisões depois de duas semanas afastada, e mais tarde Gordon telefonou para ela. Ele estava ótimo, trabalhando no curral e louco de saudades dela, e fora lá em cima para ver a casa. Arranjara um empreiteiro para fazer uns projetos para ela. Ele disse que estariam prontos para mudar para lá em pouco tempo. Ela lhe contou sobre todos os horrores de voltar para o trabalho e o mundo real. E ele lhe disse para simplesmente agüentar firme até que chegasse lá.

— Mal posso esperar — disse ela, seus olhos se enchendo de excitação.

— Nem eu — disse ele, fechando os olhos e imaginando-a exatamente do jeito que ela ficava em sua cabana de manhã. Agora estava ansioso para montar o rancho deles.

Conversaram por um longo tempo. Gordon fizera a ligação de um telefone público. Ele ficou colocando moedas de vinte e cinco centavos no telefone, recusou-se a deixar que ela ligasse para aquele número, e não concordou em telefonar-lhe a cobrar no futuro. Era teimoso, e prometeu telefonar de novo no dia seguinte, além de pedir que ela desse recomendações a Mary Stuart. Ela não recebera nenhuma notícia de Hartley, nem esperava que isso acontecesse. Tinham concordado em não telefonar um para o outro, até que ela resolvesse os assuntos em Londres. Nem sabia onde contatá-lo em Boston ou Seattle. Ele estaria em casa na quinta-feira. E o código seria "*Adieu*, Arielle", ou "*Bonjour*, Arielle", dependendo do que acontecesse com seu casamento.

Tanya a levou ao Spago naquela noite, apresentou-a a Wolfgang Puck, o proprietário, e explicou quem eram todas as pessoas. Victoria Principal estava jantando com um grande grupo. George Hamilton estava lá. Harry Hamlin... Jaclyn Smith... Warren Beatty... E George Christy do *Hollywood Reporter* estava a uma mesa de canto. Todos conheciam Tanya, mas aquele era um dos poucos lugares em Hollywood em que não importava quão famosa fosse a estrela, as pessoas nunca a perturbavam.

Ela e Mary Stuart conversaram sobre tudo por um longo tempo, e a amiga parecia ter tomado uma decisão. Ela saiu para fazer compras no dia seguinte, quando Tanya foi para o ensaio. Aquela noite as duas foram cedo para a cama. Gordon telefonara outra vez, e havia um fax de Bill confirmando a chegada dela. Ele não dissera absolutamente nada que fosse pessoal, e Mary Stuart sacudiu a cabeça quando viu a mensagem.

No dia seguinte, quando partiu, ela e Tanya se agarraram uma à outra e choraram. Não estava nem um pouco com vontade de partir, e ambas queriam poder voltar o relógio e partir para Wyoming.

— Ficará tudo bem — encorajou-a Tanya. — Ficará tudo bem. Apenas pense em Hartley. — Desde a partida, e por todo o caminho até Londres, ele era tudo em que Mary Stuart podia pensar. Ela lhe escreveu uma carta. Seria sua primeira, sorriu consigo mesma, a primeira carta que escrevera para ele. Talvez ele até a guardasse. Hartley era tão maravilhosamente sentimental. Disse-lhe o quanto ele significava para ela, como tudo tinha sido tão maravilhoso em Wyoming, e como sua vida fora tão vazia antes de conhecê-lo. Pretendia enviá-la pelo correio quando chegasse ao hotel em Londres.

O hotel enviara um carro para pegá-la. Depois de tudo, ficaria no Claridge. Parecia mais fácil do que ir para outro hotel, quando ele estava hospedado lá. Mas ela reservara seu próprio quarto. Não tinha a menor idéia se Bill sabia disso. Mas, na realidade, o hotel informara a ele.

Passou facilmente pela alfândega e chegou ao hotel pouco depois. Tudo era muito civilizado, e quando ela chegou ao Claridge, eles a conduziram para cima como se fosse uma autoridade de outro país visitando-os. Informaram-na, de que o Sr. Walker se encontrava com sua secretária na suíte que estava alugando como seus escritórios, e estava trabalhando. Mas ela não ligou para ele logo que chegou ao quarto. Queria um tempo para se recompor. Lavou o rosto, penteou os cabelos e, como sempre, estava com uma aparência impecável, num costume de linho preto, que chegara em perfeito estado depois da viagem de Los Angeles a Londres. Era típico de Mary Stuart.

Depois de pedir uma xícara de chá e acabar de tomá-la, ligou para ele. Eram dez da manhã. Mas ela não tinha a menor idéia de que Bill estava enlouquecendo. Ele sabia que seu avião aterrissara às sete. Supôs que ela teria passado pela alfândega às oito e chegado ao hotel às nove. Ele ligara para a recepção para confirmar isso. Sabia que ela estava em seu próprio quarto, e não lhe telefonara. Desde então, ficara em agonia. Mas Mary Stuart não estava com pressa. Já era quinta-feira. Ela reservara um dia para resolver tudo, e como não pudera contatar Alyssa, voaria para Nova York na sexta-feira. Sem dúvida era uma rota tortuosa desde Wyoming.

Ele atendeu no primeiro toque, quando ela lhe telefonou. Agora, falar com ele era até constrangedor, ela lhe deu o número do seu quarto, e ele disse que desceria imediatamente para vê-la. Avisou à secretária para não incomodá-lo. Estava indo a uma reunião importante.

Mary Stuart abriu a porta e olhou para ele, e era doloroso ver como sua aparência lhe era familiar, o quanto se parecia com o homem que ela amara por tanto tempo, até o ano anterior. Mas sabia que esse homem era diferente. Os dois tinham mudado.

— Olá, Bill — disse, tranqüila, quando ele entrou.

Ele estava a ponto de colocar os braços ao seu redor, mas quando viu seus olhos, decidiu não fazê-lo. — Como vai?

— Na realidade, não muito bem — disse, e a surpreendeu.

— Algum problema? — Era estranho que ela, de todas as pessoas, perguntasse.

— Temo que sim — disse ele, sentando-se numa cadeira e esticando as longas pernas à sua frente.

— O que aconteceu? — Ela presumiu que o caso não estava indo bem, e lamentava ouvir isso. Ele certamente dedicara tempo e esforços suficientes para vencê-lo.

— Na realidade... — disse ele, olhando para ela pesaroso, e parecendo muito jovem. Parecia vulnerável e meio patético. — Fiz uma tremenda merda com a minha vida e com a sua.

Ficou espantada com seu aspecto, e mais ainda com a maneira com que ele disse isso. Pensou consigo mesma se ele iria lhe fazer algum tipo de confissão terrível, como um caso amoroso desde que viera para Londres. Mas, de certa forma, isso poderia facilitar as coisas. Não estava sendo fácil para ela como tivera a esperança de que fosse, simplesmente dizer-lhe que seu casamento acabara. De repente, ele era uma pessoa real, com rugas e imperfeições, e características que ela um dia amara.

— O que quer dizer? — perguntou ela, parecendo perplexa. O que queria dizer com, ele fizera uma tremenda merda de sua vida?

— Acho que você sabe exatamente o que estou dizendo. É por isso que está aqui, não é? Pelo menos calculei isso, com toda a minha estupidez. E como homem, tenho sido bastante idiota. Passei o último ano com a cabeça enterrada em minha escrivaninha em algum lugar, achando que se eu a ignorasse por um tempo suficiente você desapareceria. Ou a minha miséria e a minha culpa desapareceriam, ou Todd voltaria, ou as coisas idiotas que eu disse para você seriam esquecidas. Mas parece que nada disso aconteceu. A situação só continuou piorando. Eu me sentia pior a cada dia, e você passou a me odiar. Isso era bastante previsível, dada a maneira com que me comportei. Entretanto, o único que não previu isso fui eu, o que é bastante constrangedor. — Disse tudo aquilo como se fosse um menino.

Ela teve de rir com o que ele estava dizendo. Às vezes ele era muito cativante.

— De qualquer modo, suponho que nada disso a esteja surpreendendo. Acho que sou o único por aqui que está estupefato não so com minha estupidez, como com meu comportamento. Portanto, agora você veio para me dizer muito educadamente, e em pessoa, o que é muito gentil de sua parte, minha querida, que vai se divorciar de mim. — Ele era o criminoso ajudando o carrasco a armar a guilhotina e concordando o tempo todo que ele merecia. Na realidade, isso tornava mais difícil matá-lo.

— Onde você esteve o ano todo? — perguntou ela. Era uma coisa que vinha querendo lhe perguntar. — Como pôde se esconder tão completamente de mim, me congelando do lado de fora? Sequer falava comigo, ou respondia às minhas perguntas. — Foi como viver com um robô. Ou um homem morto, e ele estivera morto.

— Eu me sentia infeliz — disse ele. Era perito em atenuar os fatos, e ela ficava silenciosamente lembrando a si mesma de pensar em Hartley. — Então, o que fazemos agora? Você trouxe os papéis de divórcio? — Imaginou que ela já estava com tudo pronto quando falou com ela em Wyoming. De súbito, tudo se tornara claro para ele, e sabia exatamente por que ela estava vindo.

— Deveria tê-los trazido? Você os quer?

— Você está com eles? — Parecia pronto a assiná-los.

Ficou ainda mais aborrecida em ver como estava disposto a desistir do que eles tinham tido durante vinte e dois anos. Pelo que podia ver, ele não se importava nem um pouco. E ficou ainda mais furiosa.

— Não, não tenho nossos papéis de divórcio comigo — disse, zangada. — Contrate um advogado para você ou faça os papéis você mesmo. Por Deus, não posso fazer tudo. Vim aqui para falar com você, não para fazê-lo assinar papéis.

— Ah! — Sua expressão era de espanto. Ele também registrara a mensagem, quando o *concierge* lhe dissera que ela reservara seu próprio quarto. Tinha ido falar com a camareira para preparar seu quarto para mais um hóspede, e ficou arrasado quando percebeu que não ficaria com ele. Aquilo certamente deixou tudo bem claro.

— Você está muito zangada comigo, Stu — disse, tristemente, olhando para ela, desejando poder voltar atrás, ou mudar tudo. — Não a culpo. Tenho agido muito mal com você. Não posso nem lhe dar uma justificativa, embora você mereça uma. Só me resta lhe oferecer minhas desculpas. Tenho estado confuso desde a morte de Todd. Eu me sentia tão culpado, que não sabia sobre quem mais descarregar isso. Eu me culpava, mas não agüentava esse peso, portanto fingia culpar você. Mas na realidade nunca a vi sob esse ângulo. Sempre estive convencido de que eu fora o responsável.

— Como podia ter sido sua culpa? — Estava chocada com o que ele estava dizendo. — Não foi culpa de ninguém. Foi horrível para todos nós, até para Alyssa. Nenhum de nós merecia isso. Fiquei realmente zangada com ele quando limpei seu quarto, e o engraçado é que me senti melhor depois disso.

— Você limpou o quarto dele? Por quê? — Mais uma vez, ela o surpreendera.

— Porque já era tempo. Guardei tudo, e empacotei suas coisas. Dei as roupas dele para pessoas que podiam usá-las. No início pensei que se deixasse o quarto dele lá, tempo o bastante, Todd voltaria para ele. Finalmente, descobri que isso não aconteceria.

— Acho que descobri isso aqui em Londres.

Então ela o chocou outra vez.

— Quero vender o apartamento. Ou você pode fazer o que quiser com ele — corrigiu-se ela —, mas eu não quero viver lá. É deprimente demais. Nenhum de nós vai se recuperar enquanto permanecer lá. — Todos lhes tinham dito que não tomassem decisões apressadas, e eles não tinham feito isso. Já se passara um ano agora. — Você pode morar lá se quiser, mas eu não. — Assim que voltar a Nova York, procuraria um apartamento, a não ser que resolvesse viver com Hartley. Ainda não se decidira. E sabia que ele faria o que ela quisesse.

— Não se preocupe com o apartamento — disse Bill, finalmente, de forma abrupta. — Você quer viver comigo? Acho que essa é a questão. — Ele quase caiu da cadeira quando ela respondeu. Embora já esperasse, não queria ouvir a resposta.

— Não, não quero — disse ela, calmamente. — Não do jeito

que foi no último ano. Eu viveria, da maneira que costumava ser. Mas isso acabou.

— E se pudéssemos voltar o tempo outra vez? Se pudesse ser daquele jeito, como era antes, e então?

— Isso não acontece — disse ela, triste, e quando levantou os olhos viu lágrimas nos olhos dele e sentiu pena. Ela chorara tanto no ano anterior, que não conseguia fazê-lo mais. Para ela, estava tudo acabado. — Realmente, sinto muito.

— Eu também — disse ele, parecendo vulnerável e humano. Era triste, os vampiros de almas o trouxeram de volta tarde demais. Mas, de qualquer maneira, isso provavelmente não tinha importância, era apenas uma visita. Se tivesse concordado em voltar para ele, pensou, olhando-o, era provável que Bill voltasse a agir da mesma forma e parasse de falar com ela. Não queria correr o risco. — Sinto por ter sido tão idiota — disse ele, seu lábio tremendo, os olhos cheios de lágrimas. — Eu simplesmente não sabia como lidar com o que acontecera.

— Eu também não sabia — disse ela, os olhos se enchendo de lágrimas, a despeito de si mesma —, mas precisava de você. Eu não tinha ninguém. — Soluçou ao dizer isso.

— Nem eu. Não tinha nem a mim mesmo, e isso era desesperador. Eu parecia ter morrido com Todd, e matei nosso casamento.

— Você o matou — acusou-o abertamente. Por isso viera a Londres. Queria ao menos que ele soubesse por que estava indo embora. Ele tinha esse direito.

Mas Bill apenas ficou sentado lá, aos prantos. E enquanto chorava, parecia tão miserável, que tudo que tinha vontade de fazer era colocar os braços ao redor dele, mas se conteve.

— Gostaria de poder voltar atrás e fazer tudo diferente, Stu, mas não posso. Não há nada o que fazer além de lhe dizer o quanto estou arrependido. Você merece algo muito melhor do que isso. Sempre mereceu. Fui uma merda total e um completo retardado.

— E o que devo fazer com seu arrependimento? — disse ela, repentinamente andando para um lado e para o outro ao redor do quarto. Pela primeira vez parecia zangada e aturdida. — Por que está me dizendo agora que agiu mal comigo? Por que não fez alguma coisa em relação a isso?

— Não sabia como parar. Mas descobri como ao chegar aqui. Percebi o erro que eu cometera logo que cheguei a Londres. Me senti tão sozinho que não conseguia pensar direito. Desejava você aqui. Queria pedir que viesse, mas me sentia envergonhado demais para fazê-lo, e você estava se divertindo num maldito rancho de férias. Pelo visto, provavelmente se apaixonou por algum *cowboy* — disse ele, com uma expressão melancólica, e ela o olhou fixamente e teve vontade de sacudi-lo.

— Você é um completo idiota — disse ela, com total convicção. Devia ter dito isso a ele meses atrás, e agora se arrependia de não tê-lo feito.

— Sinto muito. Não tive a intenção de insultá-la. Só quis dizer que eu merecia isso.

— Você merece um bom chute no traseiro, e mereceu o ano todo, William Walker. O que quer dizer com ter-se sentido solitário quando chegou aqui? Como pôde ser tão estúpido a ponto de se estabelecer aqui por dois ou três meses, e me largar em Nova York? Por que eu deveria continuar casada com você?

— Você tem razão. Não deve — disse ele, com humildade.

— Muito bem. Estou contente que concordamos nisso. Vamos nos divorciar. — Ela finalmente conseguira dizer aquilo. Estava acabado, mas ele a estava olhando fixamente e sacudindo a cabeça, o que a deixou ainda mais confusa.

— Eu não quero — disse ele, parecendo uma criança se recusando a ir ao dentista. — Não quero me divorciar de você — disse com firmeza.

— Por que não? — Ela parecia exasperada.

— Eu te amo. — Olhou diretamente nos seus olhos quando disse isso, e ela desviou-os dele e olhou pela janela.

— Receio que seja um pouco tarde para isso — disse ela, tristemente. Jamais acreditaria outra vez que ele a amava. Ele a ignorara, a abandonara, fugira dela, a excluíra, fora para Londres por dois meses, e nunca lhe oferecera um momento de consolo quando seu filho morrera. Ele a destituíra de tudo que lhe devia como marido.

— Nunca é tarde demais — disse, olhando para ela, mas Mary Stuart sacudiu a cabeça. Sabia que não era assim. — Você está me dizendo que jamais poderia me perdoar? Não é do seu tipo Você sempre foi tão clemente.

— Provavelmente, fui demais — disse com sensatez. — Não sei por que, mas sei que já é tarde demais para mim. Realmente, sinto muito — disse, levantando-se e virando as costas para ele, enquanto olhava por cima dos telhados de Londres. Queria terminar aquele assunto. Ela lhe dissera que queria o divórcio. Fora para isso que viera. E tinha de enviar um fax... "*Bonjour*, Arielle"... Queria que Hartley o achasse no momento em que entrasse em seu apartamento, na sexta-feira.

Mas ela não percebera que Bill se aproximara dela pelas costas, e deu um pulo quando ele colocou os braços ao seu redor.

— Por favor, não faça isso — disse, sem se voltar para ele.

— Eu quero fazer isso — disse ele, num tom desesperadamente infeliz — só uma última vez, por favor... deixe-me abraçá-la...

— Não posso — disse ela, sentindo-se infeliz, e voltou-se para encará-lo. Os braços dele a envolviam e o rosto estava perto do seu, e ele não pretendia largá-la. Queria dizer-lhe que não o amava mais, mas não tinha coragem. Isso ainda não era verdade. Mas um dia seria. Tratava-se de uma questão de tempo. Ela o amara por um tempo demasiadamente longo para que o sentimento desaparecesse da noite para o dia. Mas ele a ferira demais para que quisesse continuar a amá-lo. O único problema era que ainda o amava.

— Eu te amo — disse ele, olhando-a nos olhos, e ela os fechou. Seus braços continuavam ao redor dela, ele não a soltava, e ela não queria olhar para ele.

— Não quero ouvir isso. — Mas ela também não se afastou.

— É verdade. Eu te amo... oh, Deus, mesmo que agora você me deixe, por favor acredite nisso. Sempre te amarei... assim como amei a Todd... — Ele estava chorando outra vez.

Sem querer, ela abaixou a cabeça e a apoiou no ombro dele. De repente, podia lembrar de como fora doloroso quando aquilo acontecera com eles, e Bill não ficara ao seu lado para lhe dar apoio. Ele se sentira tão morto, ferido e paralisado que não pudera ajudá-la. E agora ele estava chorando pelo filho deles, e ela também, enquanto se agarrava ao marido.

— Eu te amo tanto — disse Bill outra vez, e então a beijou. Tentou se afastar e empurrá-lo, mas não pôde. Em vez disso, se viu beijando-o e se odiando por isso. Como podia ser tão fraca? Como podia ceder a ele? E o pior era que queria beijá-lo.

— Não faça isso — disse ela, quando Bill parou, e ambos estavam sem fôlego. Mas ela descobriu que seu beijo abrandara a ferida, mesmo que não tivesse acabado com a dor. E então ele a beijou de novo, e ela correspondeu, e a sensação era de que nunca queria ele parasse, pelo resto da eternidade. — Essa conduta não é apropriada — disse, ofegante. — Vim aqui para me divorciar de você.

— Eu sei — disse ele, beijando-a, e então, subitamente, tudo fora mais longe. Estava tocando-a e abraçando-a, e ela o estava beijando, e nenhum dos dois podia entender aquela atração um pelo outro.

Isso não acontecia fazia um ano, e agora, de repente, ambos se viam dominados pelo desejo, e antes que qualquer dos dois soubesse o que acontecera, estavam na cama. E ela nunca o desejara tanto, nem se sentira tão excitada com ele, e um sentimento de paixão por ela o invadiu, como nunca conhecera. Suas roupas ficaram espalhadas pelo quarto, e quando finalmente pararam, ambos estavam exaustos. Havia um ano que não faziam amor. E enquanto ficava ali deitada, de repente ela riu, tudo era tão absurdo. E ele estava sorrindo.

— Isso é revoltante — disse ela, ainda sorrindo para ele. — Vim aqui para pedir o divórcio.

— Eu sei — disse ele, mas ainda estava sorrindo. — Não consigo acreditar nisso. Não sei o que aconteceu... vamos fazer isso de novo... E uma hora depois, eles fizeram. Conversaram e fizeram amor, e ele ficou deitado em seus braços e chorou pelo filho deles, e pelo que fizera com ela, e fizeram amor de novo. Ele não viu mais a secretária naquele dia, e ela não tinha a menor idéia do que acontecera com Bill, exceto que ele dissera que estava indo a uma reunião importante, e foi isso que ela disse para todos que lhe telefonaram.

Ainda estavam nus e na cama às seis horas, e se sentiam exaustos. Ele perguntou se queria pedir o serviço de quarto, mas tudo que ela desejava era estar com ele, e ela dormiu em seus braços. Quando acordou na manhã seguinte, Bill estava olhando para ela, rezando para que não tivesse sido um sonho. A única coisa que ele sabia em sua vida, com todas as incertezas que encontrara, era que não queria perdê-la. E lhe confessou isso durante o café da manhã. Pedira um lauto desjejum para ambos, estavam famintos por comida e um pelo outro. E enquanto ficavam sentados conversando, ele lhe perguntou o que gostaria de fazer naquele dia. Parecia que se achavam de férias.

— Você não tem de trabalhar? — perguntou ela, terminando o omelete e tomando um gole de café.

— Vou tirar folga hoje. Se você for voltar para Nova York, quero estar com você antes que se vá — e então, com um olhar tristonho, ele acrescentou. — Eu a levarei ao aeroporto.

Mas depois do café da manhã, fizeram amor outra vez, e aquela altura ela quase já perdera o vôo. Poderia ter chegado a tempo se tivesse pulado da cama e se vestido às pressas, mas não pretendeu fazer isso. Queria ficar. Por um dia, uma semana, pela duração da estada dele. O tempo que levasse. Talvez para sempre. E disse isso a ele, enquanto ficavam sentados juntos dentro da banheira.

— Você ficará? — perguntou ele, muito suavemente, e quando ela balançou a cabeça concordando, ele a beijou.

— Tudo o que tenho comigo são botas *cowboy* e *jeans*, e uns dois vestidos apropriados à cidade. — Sorriu para ele, e Bill parecia tão feliz como jamais o vira.

— Você fará sucesso em Londres. Temos de ficar em quartos separados?

— Não — disse, séria —, mas ainda quero vender o apartamento.

Ele também achava isso uma boa idéia. Já era tempo de seguirem em frente, de cicatrizarem as feridas, de encontrarem um ao outro de novo, e, com alguma sorte, começar tudo. Tinha todas as intenções de fazer com que isso acontecesse, e agradecia a ela por deixar que ele fizesse isso. Jurou que o pesadelo do ano anterior jamais aconteceria outra vez, e depois de toda a conversa que tiveram, ela acreditou nele.

Bill disse que queria levá-la para sair aquela tarde, apenas para caminhar, a fim de que pudesse estar com ela, conversar e recordar como era doce andar ao seu lado. Mas antes precisava ir ao escritório. Quando telefonara para a secretária, prometera a ela que assinaria alguns papéis. Mary Stuart disse que o encontraria no saguão.

Ela se vestiu tranqüilamente, pensando nele, e nos momentos que tinham compartilhado, e rabiscou uma mensagem com mãos trêmulas quando já estava vestida. Usava um vestido de linho marrom — o único de acordo para a ocasião que trouxera para Londres —, e seu cabelo não estava tão arrumado quanto de costume. Parecia mais jovem e apenas um pouco desarrumada. Já dissera a Bill que se ficasse, teria de fazer compras. Mas agora não estava pensando nisso, e sim nele, no homem que cavalgara com ela em meio às flores selvagens em Wyoming.

Ela desceu e falou com o *concierge*, e ele disse que não seria nenhum problema enviar a mensagem para ela, embora lhe lembrasse que seu marido dispunha de um fax particular em seu escritório. Mas ela explicou que preferia que ele a enviasse, e lhe deu o número do fax. Escrevera duas palavras, e seus olhos se encheram de lágrimas enquanto entregava o papel para ele.

— Seu fax será enviado imediatamente, senhora — disse ele, e ela tremeu ao pensar na dor que ele causaria a ambos. Mas fora mais sensata do que antes. Ele percebera melhor do que ela o que poderia acontecer.

O papel dizia "*Adieu*, Arielle". Nada mais. Apenas isso. E ela nunca lhe enviou sua carta. Agora não havia mais razão para isso. Aquela fora sua promessa para ele. Apenas duas palavras, sem maiores explicações.

— Pronta para respirar um pouco de ar puro? — perguntou Bill quando desceu. Ele achou que ela parecia quieta de novo, e ficou preocupado, e quando a olhou, viu que estivera chorando. Tinham ficado no quarto dela quase dois dias, mas haviam resolvido muitas coisas, e ele a envolveu em seus braços ali no saguão.

— Está tudo bem, Stu... juro que vai ficar tudo bem... eu te amo. — Mas ela não estivera pensando nele. Estivera se despedindo de um amigo. E então tomou a mão do marido na sua, e os dois saíram andando em direção à luz do sol. O porteiro observou-os enquanto se afastavam, de mãos dadas, e sorriu. Era tão bom, e tão raro, quando se via um casal feliz. A vida parecia tão fácil para eles. Ou talvez fossem apenas mais afortunados.

Este livro foi composto na tipologia Caslon 540 em corpo 11/14 e impresso em papel Offset 63g/m² no Sistema Cameron da Divisão Gráfica da Distribuidora Record.

Seja um Leitor Preferencial Record
e receba informações sobre nossos lançamentos.
Escreva para
RP Record
Caixa Postal 23.052
Rio de Janeiro, RJ – CEP 20922-970
dando seu nome e endereço
e tenha acesso a nossas ofertas especiais.

Válido somente no Brasil.

Ou visite a nossa *home page*:
http://www.record.com.br